AtV

Gabriele M. Göbel hat zahlreiche Romane geschrieben und lebt mit ihrer Familie in Bad Godesberg bei Bonn.

Im Aufbau Taschenbuch Verlag sind von ihr die historischen Romane erschienen: »Im Labyrinth der unerhörten Liebe« und »Die Mystikerin – Hildegard von Bingen«.

Kaum auf der Welt, begreift das Mädchen Elisa, daß ihr das Leben in ihrer Stadt viel zu klein ist. Sie sucht etwas jenseits der Konventionen und entdeckt den Mythos von Lilith, der ersten Frau Adams, die sich ihm entzog, weil sie sich beim Geschlechtsakt nicht unterwerfen wollte.

Fasziniert von dieser Gestalt, sucht Elisa nach Spuren Liliths und findet in ihr ein Wesen mit vielen Gesichtern. Lilith war nicht nur die Königin von Saba, sondern war auch das Mädchen, das sich im Mittelalter den Katharern anschließen wollte, oder Christine de Pizan, die erste Dichterin des Abendlandes. Vor allem aber entdeckt Elisa, daß Lilith für sie der Schlüssel ist, die eigene weibliche Existenz zu begreifen.

Gabriele M. Göbel

Hexen der Nacht

Roman

Aufbau Taschenbuch Verlag

ISBN 3-7466-2163-1

1. Auflage 2005
Aufbau Taschenbuch Verlag GmbH, Berlin

Dieser Roman erschien hier erstmals unter dem Titel »Ich, Lilith«.

Umschlaggestaltung MediaBureau Di Stefano, Berlin
unter Verwendung eines Fotos von getty images
Satz LVD GmbH, Berlin
Druck Oldenbourg Taschenbuch GmbH, Plzeň
Printed in Czech Republic

www.aufbau-taschenbuch.de

Wenn der Weg zu Ende und das Ziel erreicht ist,
erkennt der Pilger,
daß er von sich selbst zum Selbst gewandert ist.

(Sai Avatar)

Inhaltsverzeichnis

1. Kapitel Genoveva im Schnee 9
2. Kapitel Elisa, das Kind und der Garten Eden 13
3. Kapitel Hexen der Nacht 35
4. Kapitel Am Anfang war Lilith 56
5. Kapitel Something bigger than life 61
6. Kapitel Adams erste Frau 66
7. Kapitel Stellaluna 71
8. Kapitel Von Bilqis und anderen Mondgöttinnen . . 83
9. Kapitel Salomos Ring 95
10. Kapitel Zu den Perlen des Orients 107
11. Kapitel »Weihrauchland Zwei« 128
12. Kapitel »Kebra Nagast« oder Die Herrlichkeit der Könige 157
13. Kapitel Heimkehr 178
14. Kapitel Aller Tage Abend 184
15. Kapitel Übersinnliches Intermezzo 200
16. Kapitel Ich, Caroline 210
17. Kapitel Der Rosenkrieg 220
18. Kapitel Die Stadt der Vergessenen 238
19. Kapitel Der Purpurschneckenhäuserberg 253
20. Kapitel Die Schlangenbraut 265
21. Kapitel Häutungen 285
22. Kapitel Der Berg der Erlösung 293
23. Kapitel Das torlose Tor am Ende des weglosen Weges 325

Benutzte Literatur 368

1. Kapitel
Genoveva im Schnee

Am Anfang war Lilith. Ich erinnere mich noch an den Ort – ein verwahrloster Park hinter einem düsteren Gebäude – und die Jahreszeit, zu der ich diese Worte erst dachte, dann in den frischgefallenen Schnee auf dem Brunnenrand schrieb, dann neunmal laut vor mich hinsprach. Ich hatte den Text einer vergessen geglaubten Schöpfungsgeschichte wiederentdeckt und brauchte irgendein Ritual, um ihn der Menschheit zurückzugeben. Ein Ritual unter Zeugen.

Die heidnische Genoveva auf ihrem Sockel über den zugefrorenen Wassern schien mir genau die richtige zu sein. Sie war auch nicht allein. Ihre Linke ruhte auf dem Hals eines Fabeltieres; weißhäuptig vom nächtlichen Neuschnee, schaute es ergebenen Blickes zu ihr auf. Sie war eine Magierin aus den Wäldern Galliens und konnte sich in eine Hirschkuh verwandeln, wenn sie eine Jagdgesellschaft zum Narren halten wollte. Tagelang, so wollte es die Sage, ließ sie sich von der Meute jagen, fangen jedoch niemals …

Auch die Geschichte drohte in Vergessenheit zu geraten, dabei hatte die Figur der Genoveva schon an ihrem Platz in der Brunnenmitte gestanden, als Park und Gebäude noch nicht der Kirche gehörten. Eiszapfen unter dem Kinn ließen die weiße Hindin an jenem Tag wie eine ganz gewöhnliche Ziege aussehen.

Trotz des Frostes trug ich nur ein ausgefranstes Wolltuch über dem vorgeschriebenen Schulkleid. Mäntel mochte ich nicht. Auch meine stumme Schwester aus Stein besaß nicht mehr als ein Lumpenhemd und langes Haar, das ihr die Schultern wärmte. Ich war froh, daß unsere Schule wenigstens Genovevas Namen trug. Zuvor hatten anonyme Kirchenväter oder deren fromme Töchter ihr allerdings eine andere Legende auf den bloßen Leib geschrieben: An eine keusche Pfalzgräfin, der die eheliche Treue mehr bedeutete als ihr Leben, wollten sie uns glauben machen. An eine

»heilige« Genoveva, die in ihrem Versteck im Wald ein heiliges Kind gebar, das sie Tristan nannte. Eine heilige Hirschkuh, die es nährte.

Das Denkmal draußen im Brunnen paßte ganz und gar nicht zu dieser Version, doch das störte niemanden drüben im Haus. Man durfte den Nonnen keinen Glauben schenken. Sie waren geradezu versessen auf jungfräuliche Gemahlinnen und schmerzensreiche Mütter. Ich aber wußte es besser: Eine Göttin wie Genoveva verkannte und verbannte man nicht. Niemals wäre sie das Opfer einer höfischen Intrige geworden, kein armer Schelm namens Golo hätte es gewagt, sie aus verschmähter Liebe in ein Drama zu verwickeln. Genoveva war wie Lilith, unantastbar und nicht allein von dieser Welt. Durch mein Ritual hatte ich nur zusammengeführt, was zusammengehörte. Ich bewunderte Lilith, wäre aber nicht weniger gern eine Zauberin wie Genoveva gewesen, mit nichts als Luft bekleidet sein und die Haare hängen lassen. In einem Land leben, in dem es keinen Winter gab ...

Was ich jenem Frosttag sonst noch draußen im Park wollte, weiß ich nicht mehr. Wahrscheinlich nur ungehorsam sein; mit einer Zigarette im Mund Rosen unter dem Schnee suchen und mir dabei frühreife Spiele für meinen ersten Liebhaber ausdenken. Es kann auch alles ganz anders gewesen sein. Die Erinnerung ist der größte Dichter. Der Schule, dem ödesten Ort auf dieser Erde, fühlte ich mich zu der Zeit längst entwachsen. Zehn lange Jahre hatte ich es geduldet, daß man uns Gebote lehrte, ohne sie zu begründen, Gebete, bei denen wir nichts empfanden, und Theorien, die abstrakt blieben, weil es uns nicht erlaubt war, sie mit Erfahrungen zu füllen. Die Hoffnung, daß wir noch einmal zum Wesentlichen kommen würden, hatte ich schon in den unteren Klassen aufgegeben. Die anderen brauchten einfach zu lange, um zu verstehen. Sie kannten wichtige Worte ihrer eigenen Sprache noch nicht, übten aber wie die Papageien, in fremden Zungen zu reden, was man ihnen vorsprach. Sie gehorchten den obszönen Befehlen der einzigen weltlichen Person im Haus des Erzbischofs, einer magersüchtigen Turnlehrerin, die das Tamburin schlug und mit brüchiger Stimme zum Beinegrätschen und Bockspringen einlud. Im Spagat den staubigen Fußboden küssen oder wenigstens mit der Stirn berühren. Quälten ihren armen Geist mit mathematischen Gleichungen, die ein Verrückter sich ausgedacht hatte, Zeichen der Willkür ohne sinnlich wahrnehmbare Bedeutung. Die wirklichen Abenteuer hatten in den Köpfen stattzufinden; diese Spielregel kannten wir alle. Wer sich nicht darin hielt, wurde in ein abgegriffenes Buch eingetragen, eine Art Pranger für Unbelehrbare. »Elisa gibt laufend Widerworte, hat grundlos gelacht, unter dem Tisch fragwürdige Lektüre gelesen.« Eine Chronik pädagogischer Hilflosigkeit.

Ich habe nie verstanden, was sie sich davon versprachen, und sammelte Tadel wie andere Briefmarken oder Heiligenbildchen. Wagte ich es dann immer noch, den Dämmerschlaf im Klassenraum durch Gelächter oder vorlaute Fragen zu stören, durfte ich draußen im Flur auf und ab gehen, bis mich der elende Geruch der Feuchtigkeit und Küchenmief ausdünstenden Schulmäntel wieder reumütig an meinen Platz zurücktrieb oder ganz hinaus in den Park. Das allerdings kam einer Todsünde gleich. »Schülerin E. hat das Haus ohne Erlaubnis verlassen. Eigenmächtig.« – eine ganz und gar nicht erwünschte Fähigkeit.

»›Herr, dein Wille geschehe‹, heißt unser tägliches Gebet«, behaupteten seine selbsternannten Stellvertreter. »Ob es dir nun gefällt oder nicht, Elisa! Wo kämen wir denn hin, wenn jeder täte, was ihm in den Sinn kommt?«

Jawohl, Herr Pastor, Fräulein Doktor, ehrwürdige Mutter. Behaltet eure Worte, ich kenne sie schon alle. Nicht nur Genoveva konnte sich in eine andere verwandeln, um ihren Peinigern zu entkommen. Ich konnte es auch.

Am Anfang war Lilith. Ich allein hatte das herausgefunden und damit den letzten Akt einer Kindheit eingeleitet, deren Ende ich herbeisehnte wie die Erlösung von einem Übel. Es ging dann auch alles sehr schnell. Wenige Wochen nachdem ich unseren Abiturientinnen die frohe Botschaft in aller Öffentlichkeit kundgetan hatte, durfte ich die Schule mit dem schönen Namen für immer verlassen. Die großherzige Genoveva hätte sich zweifellos mit einer Ketzerin verbündet, statt sie zu vertreiben, nicht so die frommen Frauen auf der anderen Seite des Parks, darunter meine Lieblingslehrerin Laetitia, die jedes Jahr zu Karneval mit soviel Inbrunst das Lied vom »treuen Husar« schmetterte. Immer hatte ich dahinter einen nie verwundenen Schmerz vermutet, von dem sie womöglich selbst nichts mehr wußte und der nur einmal im Jahr zum Vorschein kam. In allen übrigen Tagen zeigte sie eine andere Seite: Vollkommen entrückt sah sie aus, wenn sie zusammen mit den Schwestern Psalmen sang; es war unmöglich, ihre Stimme aus denen der anderen herauszuhören. Im Chor legten sie Wert darauf, wie aus einem Mund zu singen, dezent und verhalten. Niemand durfte sich besonders hervortun. »Ave Maria« ... Vokale wie Weihrauch. Sie stiegen himmelwärts und vergingen.

Ich liebte Laetitia wegen dieses Geheimnisses, das sie vermutlich hütete. Eine Zeitlang hatte ich sogar um ihre Freundschaft gebuhlt, in der Hoffnung, daß sie sich mir eines Tages anvertrauen werde. Sie aber wich mir aus, als würde der kostbare Schatz, der im Herzen einer Klosterfrau begraben war, zu Staub zerfallen, wenn man ihn berührte.

Laetitia fand kein Wort zu meiner Verteidigung. Stumm stand sie neben der Schwester Oberin und sah mich an wie eine Fremde.

»Wie konntest du die Schöpfungsgeschichte so entstellen, Elisa? Gott lästern und unseren Glauben verraten?«

Die Brillengläser der Oberin funkelten im heiligen Zorn.

»Sollten wir die Texte nicht wenigstens kennen, die man im Laufe der Zeit aus dem Alten Testament entfernt hat? Nicht einmal fragen, wann und in wessen Interesse sie gestrichen wurden? Wenn Sie eine Frau wären, ehrwürdige Mutter, würden Sie es wissen wollen!«

Nein, so antwortete ich ihr nicht, nicht mit diesen Worten und mit anderen auch nicht. Ich lachte nur auf dreierlei Weise, verführerisch, dämonisch und göttlich, so wie die Lilith in meiner Geschichte.

»Was bist du nur für ein Menschenkind, Elisa?«

Die Frage meiner ratlosen Mutter aus dem Mund dieser Schwester.

Es war einmal und ist noch nicht vorüber. Die Ereignisse wiederholen sich so lange, bis wir ihren Sinn erkennen.

2. Kapitel

Elisa, das Kind und der Garten Eden

Als Lilith noch Elisa, das Kind, war, wartete sie voller Ungeduld darauf, daß etwas geschah, was die Dinge wieder zurechtrückte. Dann endlich würden sich Wahrheiten zeigen, die nicht auf ewig verborgen bleiben konnten: Sie hatte das Licht der Welt am verkehrten Ort erblickt, unter Menschen, die nicht zu ihr paßten. Und war zu Unrecht in einen Kinderkörper eingesperrt worden. Sämtliche Schwierigkeiten, in die sie geriet, verdankte sie nicht etwa sich selbst, sondern dieser Kette von Irrtümern.

In Wirklichkeit gehörte sie zu den Erwachsenen und mußte sich weder beschimpfen noch dafür strafen lassen, daß Gefühl und Handlung nur selten übereinstimmten. Wenn Elisa schrie, dann nicht vor Wut; wenn sie tanzte, dann nicht vor Freude; wenn sie lachte, dann nicht, weil sie irgend etwas komisch fand, sondern weil sie, wie jedermann, nur so tat als ob. Der Unterschied war, daß sie es wußte und die anderen nicht.

Ihre Mutter hielt die Tragödie, zu der sie ihr Dasein gemacht hatte, für das Leben selbst, und der Vater, ein Häusermakler und Hasardeur, brauchte den Nervenkitzel der Spielbanken, um sich und seine Gefühle mit einer Intensität zu spüren, die er nirgendwo sonst gefunden hatte und die ihn auf die Dauer süchtig machte.

Elisa, die Erstgeborene, sah keinen Grund, so schwachen Naturen zu gehorchen. Um in deren Welt Fuß zu fassen, hätte sie vergessen müssen, was sie schon wußte: daß die Wirklichkeit nicht das war, was sie zu sein schien. Von Kindheit an lebte Elisa in einer leuchtenden Welt jenseits der äußeren Sinne, zu der sie den Zugang nie ganz verlor, da für sie der Schleier ein Leben lang durchsichtig blieb, der ihr eigenes Reich von dem aller anderen trennte.

Die sieben ersten Jahre, als die Großeltern noch über das Wohlergehen ihrer Kinder und Kindeskinder wachten, kamen ihr später trotz allem paradiesisch vor. Da bewohnten sie zu acht ein rosa gestrichenes Haus in einem ehemaligen Weinberg mitten auf dem Land und doch unweit der Stadt, wo der Vater seine Geschäfte abwickelte. Hinter dem Haus führte ein Trampelpfad durch einen Obstgarten in einen kleinen Wald mit uralten Bäumen, in denen es niemals zu rauschen aufhörte. Unterhalb des Weinberghauses grasten Schafe und Pferde auf einem Wiesenhang, und ganz unten in der Tiefe glitzerte der Fluß, der im Frühling zur Schneeschmelze mächtig anschwoll, sich wälzte und wichtig machte, während er sommers in seinem viel zu großen sandigen Bett ertrank.

Elisa, das Kind, hielt es nie lange im Haus. Immer wurde sie irgendwo hingezogen, wußte nicht, woher und warum, und konnte keine Erklärung geben. Es lockten sie Stimmen im Wind, Wesen in den Wolken und über Wassern, in der Nähe des alten Brunnens vor allem, den sie hartnäckig belagerten wie die Wespen ein Honigglas, wenn sein Deckel zu lange geschlossen blieb. Die Riesen in den alten Bäumen waren Elisa ebenso vertraut wie das kleine Volk zwischen den Baumwurzeln. Wer sich gut mit ihm stand, wurde auch schon einmal ins Erdinnere eingeladen, in eine seiner verborgenen Höhlen, die aus funkelnden Edelsteinen bestanden.

Elisas Lieblingsplatz aber war ein Hochplateau zur Linken des großelterlichen Weinbergs. Stundenlang konnte sie allein unter einer der drei Eichen im Zentrum eines frühgeschichtlichen Steinkreises sitzen, der von einem zweiten Kreis aus Weißdorn und Wildrosen umsäumt war, und vor sich hinträumen oder nachdenken. Zu jedem der achtzehn Steine hatte die Großmutter etwas Besonderes zu sagen gewußt; je öfter Elisa das Gehörte wiederholte, desto weniger würde sie es vergessen: Der dritte und sechste Stein markierten Stellen am Horizont, wo zur Sommer- oder Wintersonnenwende die Sonne aufging, der siebte war durch eine gedachte Linie mit dem benachbarten Burgberg verbunden, in dem ein tausendjähriges Ungeheuer hauste, und der fünfzehnte Stein zeigte zur städtischen Münsterkirche auf der anderen Seite des Flusses …

Nicht nur über Steine konnte man mit der Großmutter reden. Sie konnte auch die Namen sämtlicher Sterne auswendig; sie wußte, wo die besten Heilpflanzen wuchsen, und sie schimpfte nicht wie die Eltern, wenn Elisa immer wieder ihre Sätze mit: »Als ich früher groß war und Lolaga Singh hieß«, beginnen ließ.

Nur einmal, als das Kind von einer »Babanonna« sprach, die ihm immer so schöne Lieder in einer anderen Sprache vorgesungen habe und nun gar nicht mehr komme, legte die Großmutter ihren Zeigefinger zwischen Elisas Nase und Oberlippe und fragte: »Weißt du denn auch, woher du dieses hübsche Grübchen hast?«

»Nein.«

»Nun, es stammt von dem Engel, der bei deiner Geburt dabei war und dir die Lippen versiegelt hat.«

Lächelnd wartete sie, bis Elisa ihr »Und wozu?« fragte. Diese Enkeltochter wollte niemals wissen, warum etwas geschah, wie andere Kinder ihres Alters. Sie interessierte allein der Zweck einer Handlung.

»Vor seiner Geburt weiß ein Kind alles über sich und die Welt«, antwortete die Großmutter. »Dann aber kommt ein Engel und legt ihm einen Finger über die Lippen, damit es von nun an schweigt und wieder vergißt, was es einmal wußte.«

Elisa schüttelte energisch den Kopf. »Lilis Engel will das aber gar nicht.«

Das Kind hatte schon damals gern das letzte Wort.

Ich weiß nur, daß zu der Zeit noch alles im Gleichgewicht war.

Wenn die Mama bei strahlendem Sonnenschein mit einem Eisbeutel auf der Stirn im verdunkelten Zimmer lag und die Frage »wozu?« mit Verwünschungen beantwortete, knüpfte mir die Großmutter ein Lederband mit einem Amulett gegen den bösen Blick um den Hals. Hatte der Papa unser Haushaltsgeld beim Spiel verloren, schlachtete der Großvater zwei seiner Hühner, und wir lebten bis zum Monatsende von Suppeneintopf. Gegen alles fanden sie ein Mittel, nur nicht gegen Onkel Benno, der auch bei uns wohnte. Bei Onkel Benno mußte ich mir selbst helfen.

Er war zehn Jahre jünger als Papa und genauso ein Luftikus wie er und alle Nachkommen dieser tadellosen Großeltern. Bei ihm lernte ich, daß sich das wenigste von dem, was geschieht, in Worte fassen läßt. Die Sprachlosigkeit des Kindes begünstigt die Willkür der Erwachsenen. Später in der Nonnenschule sagten sie, ich sei eine notorische Lügnerin, und meine Mutter, die nie etwas von mir gewußt hat, beeilte sich, ihnen nach dem Mund zu reden, wie immer, wenn jemand schlecht über ihre Tochter sprach.

»Ja, leider. Elisa lügt sogar beim Beten.«

Als ob sie jemals dabei gewesen wäre! Hätte ich ihr von Vaters Bruder erzählt, sie hätte mir nicht geglaubt. Szenen wie die mit Onkel Benno kann man nicht erfinden, nur erinnern: Elisa, das Kind, saß auf dem einzigen Stein außerhalb des Kreises und versuchte zu erfühlen, was diesen neunzehnten von den anderen unterschied, als es hinter ihr in der Wildrosenhecke auf eine Weise lebendig wurde, die weder zu dem herumhuschenden Getier auf dem Boden noch zu den flatterhaften Spielgespenstern über Elisas Kopf passen wollten. Aber was war es dann? Es knackte und keuchte und gehörte nicht hierher. Noch ehe sie sich umdrehen konnte, hielt ihr jemand die Augen zu.

Elisa hatte ihren Onkel Benno lange nicht gesehen. Seine Finger rochen nach Zigaretten und etwas, für das sie noch keinen Namen hatte, obwohl es ihr bekannt vorkam. Es mußte an der Zahl liegen, daß der Stein soviel Unruhe ausstrahlte, dachte sie. An der neunzehn. Dann biß sie dem Onkel, so fest sie konnte, in den kleinen Finger. Fluchend zog er seine Hände zurück. Sie lachte, bis er sich wieder beruhigt hatte und sie verstehen wollte, was er sagte.

Warum flüsterte Benno denn auf einmal so, als wären in der Rosenhecke lauter kleine Ohren versteckt? »Wer flüstert, der lügt«, sagte die Mama.

Er habe heute morgen zufällig mit angesehen, wie sie ein sterbendes Küken wieder zum Leben erweckte, entnahm sie seinem Geraune, und ob sie noch wüßte, wie sie das gemacht hätte.

»Ich habe es in meine Hand genommen, lange gestreichelt und ihm mit meinem Atem Leben eingeblasen«, entsann sich Elisa. »Großpapa sagt, nur ich brächte das fertig, aber wir sollten es lieber nicht jedem erzählen.«

Zufrieden strich Benno ihr über den Kopf.

»Ich habe dir noch ein Küken mitgebracht«, sagte er. »Man darf es aber nicht erschrecken. Es ist so klein und schwach, daß ich es unter meinem Regenmantel verstecken mußte. Am besten schließt du die Augen. Ich gebe es dir dann in die Hand, und du machst mit ihm dasselbe wie heute morgen mit den anderen.«

Elisa zögerte. Irgend etwas stimmte daran nicht.

»Woher wußtest du denn, daß ich hier bin?«

»Das weiß doch jeder. – Nun mach schon, sonst stirbt das Küken noch, und du bist schuld.«

Elisa hörte das Rascheln von Stoff und das Geräusch eines Reißverschlusses, dann bekam sie etwas in ihre ausgestreckten Hände gelegt und fühlte, wie es unter ihren Fingern stark wurde.

»Mach jetzt die Augen wieder auf, und sieh es dir an!« Der Onkel konnte kaum sprechen vor Erregung.

»Wozu?« sagte Elisa, ohne eine Antwort zu erwarten.

Sie kniff die Augen noch fester zusammen, tat aber, was Benno verlangte, weil sie sicher war, damit einem Erwachsenengeheimnis auf die Spur zu kommen. Was sie da streichelte und mit ihrem Atem wiederbeleben sollte, war viel zu fleischig, zu nackt und zu groß für ein Küken. Wofür hielt der Onkel sie nur? Elisa kicherte. Es machte ihr aber nichts aus, so zu tun als ob. Und sie biß nicht einmal zu, obwohl sie das gerne getan hätte.

Einen ganzen Sommer lang erweckte sie fleißig das Küken ihres Onkels zum Leben und machte sich einen Spaß daraus, ihn oft auf Knien darum bitten zu lassen. Dann aber wurde ihr das Spiel langweilig, und sie hörte auf, sich dumm zu stellen. Eines Tages, als die Zeit, da die Hühner Nachwuchs hatten, längst vorbei war, verlangte Elisa Geld und Geschenke dafür, daß sie das Geheimnis ihres Onkels nicht verriet.

»Was bist du doch für ein ausgekochtes kleines Luder!« schimpfte Benno und kam nie wieder zum neunzehnten Stein.

Elisa war enttäuscht. Sie liebte Geschenke über alles, und sie hätte ihren Onkel ohnedies nicht verraten. Was er mit ihr tat, stand ihm im Gesicht geschrieben. Jeder, der wollte, hätte es lesen können.

Als ich meine Mutter ein Jahrzehnt später um ihren Liebhaber brachte und die Genovevaschule, so wurde behauptet, um ihren guten Ruf und beide sich in ihrer Rachsucht lächerlich machten, war Benno der einzige, der einfühlsame Worte zu meinen Gunsten fand. Ich allein kannte den Grund und wußte: Wegen dieser Kleinigkeit die Lippen zu bewegen, war das mindeste, was er für mich tun konnte, nachdem er jahrelang geschwiegen hatte, wo er hätte reden müssen. Um meinen exhibitionistischen Onkel nicht unnötig bloßzustellen, hatte ich es zugelassen, daß meine Mutter mich für die

Mörderin meines kleinen Bruders hielt, den ich liebte, obwohl alle anderen das auch taten. Benno hätte mit dem Vorwurf nicht leben können, und für mich machte es damals schon keinen Unterschied mehr.

Nur die Großmutter hatte es kommen sehen.

»Man gibt seinem Sohn nicht den Namen eines Engels, wenn man ihn auf dieser Erde halten will«, hatte sie von Anfang an zu Elisas Mutter gesagt.

In ihrer Familie hießen die ältesten Söhne »Hans« mit Bindestrich und einem zweiten Namen dahinter. Aber doch nicht »Camael«.

Hört sich an wie Kamel, dachte Elisa, hatte es aber schon gelernt, solche Einfälle für sich zu behalten.

»Camael bedeutet ›Engel der Freude‹«, erklärte Elisas Mutter. Sie hatte vor ihrer Heirat Sprachen studiert, insofern durfte man ihr glauben. »Mein Sohn schlägt ohnehin nach unserer Familie.«

»Wozu schlägt er euch denn?« fragte Elisa und betrachtete ratlos die winzigen wächsernen Hände des neugeborenen Bruders, sein schütteres Haar über dem ausladenden Hinterkopf, seine lichtblauen Augen und sein zielloses Lächeln.

Wie immer war es die Großmutter, die ihr antwortete.

»Weil er kein rotes Haar hat, unser Enkelsohn, keine einzige Sommersprosse«, sagte sie bedauernd. »Kein breites Kreuz und gewiß keine heilenden Hände. – Was habt ihr euch bloß dabei gedacht? Man muß sich doch auf die Seele einstellen, die man anziehen will.«

Elisas Mutter verstand kein Wort. »Er ist unser Versöhnungskind«, sprach sie und mußte es wissen.

Der Knabe Camael ließ niemanden in der Familie unbeeinflußt. Alle schienen auf einmal das Bedürfnis zu haben, alte Gewohnheiten aufzugeben und etwas Neues anzufangen. Der Großvater vernachlässigte sogar seine Hühner, weil er viel lieber bunte Windräder für seinen Enkel baute, die er zu Dutzenden auf den frischgestrichenen Zaun um das Weinberghaus pflanzte, während seine Frau es sich in den Kopf gesetzt hatte, den verwilderten Weinberg von Grund auf zu bereinigen. Man hörte sie von besonderen Lagen und Jahrhundertweinen reden, dabei hatte sie ihr Lebtag nie etwas anderes als Wasser oder Buttermilch getrunken und nur, wenn es sein mußte, einmal an Großvaters Selbstgebranntem genippt.

Elisas Mutter, der jede Hausarbeit lästig war, begann plötzlich Brot zu backen und Kinderpullover zu stricken, und ihr Vater gab sein Nachtleben auf und kam eine Zeitlang pünktlich wie ein Postbeamter nach Hause, um seinen Sohn noch bei Tageslicht zu sehen.

Nur den Küken-Benno ließ der kleine Camael kalt. »Der Junge wird nie so hübsch wie seine Schwester«, prophezeite er, »zumal er scheel ist.«

Alle außer Elisa, die sich gerade in einem Dosendeckel spiegelte, widersprachen heftig und redeten durcheinander, bis die Großmutter eine Erklärung fand.

»Alle Säuglinge schielen«, sagte sie leise. »Sie schauen mit einem Auge noch in die andere Welt.«

Elisa legte den Dosendeckel aus der Hand. Wozu hatte die Großmutter ihre Stimme so gesenkt? Wollte sie ihr etwas verschweigen? Jetzt war sie erst recht hellhörig geworden. Eine Welt »neben« der sichtbaren Welt, ein Leben »vor« diesem Leben, alles Wunderbare und Verbotene entzündete Elisas Phantasie und führte zu immer neuen Fragen.

»Können Blinde Engel sehen?« begann sie und hatte es überhaupt nicht so gemeint, wie ihre Mutter es wieder verstehen wollte.

»Typisch Elisa! Sie muß immer noch eins draufsetzen! Ohne Rücksicht auf die Gefühle anderer«, klagte sie. »Aber hier in diesem Haus kann sich ja jeder alles erlauben.«

Ihre scharfen Augen wanderten von der Tochter zur Schwiegermutter, und keine von beiden fand Gnade darin.

Erschrocken breitete die Großmutter ihre Schürze über Elisas Kopf, als müsse sie das Kind vor den mütterlichen Blicken bewahren.

»Aber sie weiß doch gar nicht, wovon sie spricht.«

»Weiß ich wohl«, sagte Elisa und hob sich ihre Frage für ein andermal auf.

Wenn es sein mußte, konnte sie sich gedulden. Auch, was den kleinen Bruder betraf. Die Mutter würde ihn nicht auf immer für sich behalten wollen, das paßte nicht zu ihr. Am Ende, wenn er nicht mehr so neu war auf der Welt, würde sie die Lust an ihm verlieren und ihn anderen überlassen. Wie alles, was Arbeit machte. Elisa erfand solange die schönsten Spiele ihrer Kindheit, geheimnisvolle und auch gefährliche, von denen niemand etwas wissen durfte. Wenn sie schon nach fünf Jahren noch einen Bruder bekam, wollte sie ihn das Staunen lehren.

Über ein Jahr lang schaute sie von weitem zu, wie sich alles um ihn drehte. Eines Morgens aber, nach einem Ehestreit, der jeden im Weinberghaus um den Schlaf gebracht hatte, zog die Mutter ihre Hand zurück, als Camael haltsuchend danach griff. Für einen kurzen Augenblick schwankte ihr Sohn, dann hielt er sich an seinem linken Ohrläppchen fest und lief tapfer weiter.

»Ist er nicht ein Tausendsassa?« frohlockte die Mutter unter Tränen.

Elisa hatte das Wort noch nie gehört. Was würde geschehen, wenn sie sich ebenfalls am Ohr festhielt, während sie lief? Sie versuchte es und erntete nur Kopfschütteln.

»Paßt auf die Kleine auf«, warnte der Großvater. »Eifersucht unter Geschwistern ist eine tödliche Krankheit.«

Er irrte. Worauf hätte Elisa eifersüchtig sein sollen? Ihr Wünschen hatte ja geholfen. Der Bruder gehörte ihr allein, nachdem die Mutter ihn losgelassen hatte. Sie konnte nun mit ihm machen, was ihr gefiel: ihn zum Weinen bringen oder zum Lachen, ihn Huckepack auf ihrem Rücken tragen oder in dem kleinen grünen Bollerwagen hinter sich herziehen, den der Großvater ihnen gebaut hatte.

Camael äußerte selten eigene Wünsche. Am liebsten blieb er breitbeinig auf der Wiese sitzen, geradeso, wie seine Schwester ihn hingesetzt hatte, und ließ sich von ihr betrachten. Wozu war er hier? Wer war dieses Bruderkind mit seinem wirren Haar und den feuchten Ringellocken, die ihm auf der Stirn klebten, seinen lichtblauen, immer noch schielenden Augen, die so ungewohnt weit auseinander standen, seinem halboffenen Mund, von dem man nicht wußte, ob er lachen oder beißen wollte? Wie ein seltenes Tier erschien ihr Camael, das gekommen war, der Schwester die Spielgespenster und Naturgeister zu ersetzen.

Einander tief in den ungleichen Augenpaaren liegend, ließen sie ihre Blicke verschwimmen, um sich wortlos in ein Land jenseits von Zeit und Raum zu begeben, in dem sie beide schon gewesen waren und wo sie Dinge erlebten, die sie für immer verband. Die Kinder hatten eine Art, miteinander zu spielen, die es den Leuten im Weinberghaus verbot, sich einzumischen. Wer sie eine Weile beobachtete, fühlte sich geradezu erleichtert, wenn er sie endlich aus ihrer Versunkenheit erwachen sah und sie kreischend ums Haus tobten wie andere ihres Alters. Niemand mochte sie dann zur Ordnung rufen. Sie durften sich sogar auf der Wäschewiese herumwälzen und auf den Laken, die dort zum Bleichen ausgebreitet waren, Landeplätze für Engel bauen.

Elisa war die Hüterin ihres Bruders, die beste, die man sich denken konnte.

»Wer hätte ihr soviel Geduld zugetraut!« staunten die Eltern.

»Ihr dürft sie aber nicht überfordern«, warnte der Großvater. »Elisa kann auch ganz schön leichtsinnig sein.«

Zwei Jahre verbrachte sie jede Stunde mit dem Bruder. Zwei Jahre, in denen er kaum wachsen wollte und auch nicht sprechen lernte, obwohl er seiner Schwester unermüdlich zuhörte und sie ihm gerne das eine oder andere Wort entlockt hätte. Ihm zuliebe wurde Elisa zur Geschichtenerzählerin und Sängerin. Sie dachte in Bildern und versuchte ihm alles, was sie sah, zu beschreiben. Mehrteilige Balladen, von denen sie nicht wußte, wer sie ihr in den Mund gelegt hatte, sang sie Camael in sein ausdrucksloses Gesicht. Oft spielten fremde Küsten auf der anderen Seite der Erde eine Rolle oder untermeerische Höhlen, und auch ein Fluß unter dem Fluß. Im Winter erfand die Schwester dem Bruder gar einen zugefrorenen Himmel, an dem zwei Schlittschuhläufer kopfunter ihre Schleifen malten. Zu gern hätte sie ihnen durch Camaels Augen dabei zugesehen, um zu wissen, wie das für ihn war.

»Du kannst dir die Mühe sparen«, flüsterte Onkel Benno ihr zu, nachdem er eine Weile gelauscht hatte. »Siehst du denn nicht, daß dein Bruder mit Idiotie geschlagen ist?«

Wie unrecht er ihm tat! Camael schien sich vor aller Augen langsam aufzulösen, das war es, was Elisa sah. Sein Haar wurde immer heller, seine Haut trotz der Sommersonne so transparent, daß man darunter die fein verästelten Blutgefäße erkennen konnte. Auch wollten seine Füße ihn nicht mehr tragen. Täglich stolperte er und fiel hin, ohne den geringsten Schmerz zu empfinden, wenn er sich Kopf und Knie blutig schlug. Elisa wußte nicht, ob sie ihn deswegen bedauern oder beneiden sollte.

»Er ist schafssichtig«, vermutete die Großmutter und meinte damit, daß Camael Doppelbilder sah, die ihn zu Fall brachten.

Bei anderen besaß er indessen einen sechsten Sinn für Gefahren, der seiner Schwester fehlte. Sah er sie einbeinig auf Zaunpfählen balancieren, so gellte er mit seiner hohen Tierstimme, daß ihr das Blut in den Adern stockte. Sie mußte herunterkommen und ihn schütteln, damit er wieder still war. Elisa kannte keine körperliche Angst, doch niemals hätte sie verlangt, daß er nachahmte, was sie tat. Sie war die Akteurin, er der Zuschauer.

Wozu hätte sie ihn ertrinken lassen sollen?

Eines Tages aber war er verschwunden, und man gab ihr die Schuld. Selbst die Großmutter schrie: »Wie konntest du nur?« und sah dabei ihre Enkelin an, als sie nach langer Suche, an der Elisa sich nicht beteiligt hatte, Camaels leblosen kleinen Körper aus dem Brunnen zogen.

Daß Elisa gar nicht stark genug gewesen wäre, den schweren Deckel hin- und herzubewegen, bedachten sie nicht. Und daß der einzige, der sich dauernd am Brunnen zu schaffen machte, weil ihn nach Abkühlung lechzte, Küken-Benno war, auch nicht.

»Elisa hat schon immer eine Vorliebe für Wasser gehabt«, entsann sich die Mutter, nachdem sie aufgehört hatte, ihren Schmerz mit Schlaftabletten zu betäuben, und wieder zu denken begann. »Sie ist ja so eitel: Jede Pfütze, jede Fensterscheibe, jeden Silberknopf macht sie zum Spiegel. – Elisas Eitelkeit hat den Jungen das Leben gekostet.«

Aber das war, wie immer, nicht einmal die halbe Wahrheit. Wer brauchte schon einen Spiegel, um sein eigenes Bild darin zu sehen? Elisa jedenfalls nicht. Bei ihr waren es die Gesichter anderer Mädchen und Frauen von irgendwoher, die sich aus einem dichten weißen Nebel über der Spiegeloberfläche formten, wenn sie nur lange genug wartete. Um diese Gesichter, und was sie wohl zu bedeuten hatten, ging es ihr. Doch wie hätte sie das erklären wollen und wem? Der Großmutter mit ihrem: »Wie konntest du nur«? Die mußte es besser wissen. Als ob es etwas zu tun oder zu lassen gegeben hätte, damit Camael am Leben blieb! Einer mit einem Engelnamen, der nichts fühlte und sich nichts wünschte, mußte früher oder später dahin zurück, wo er hergekommen war. Die Großmutter hatte es selbst gesagt. Elisa versuchte gar nicht erst, sich mit Worten zu rechtfertigen. Und mit der Zeit fand sie sogar Gefallen daran, für die Mörderin ihres Bruders gehalten zu werden, den sie geliebt hatte, obwohl alle anderen das auch taten.

Mein Bruder war tot, mir aber sollte das nicht so gehen.

Ein Ortswechsel, so dachten sie, würde das Unglück vergessen lassen. Doch damit fing es erst richtig an. Zu dritt tauschten »Vater-Mutter-Kind« die Enge im rosaroten Weinberghaus gegen den Lärm einer lichtlosen Stadtwohnung. Drei Zimmer, Küche, Bad mündeten in einen langen, spinatgrün gestrichenen Flur. Viel Raum, aber kein Landeplatz für Engel.

Die Eltern kauften Spitzengardinen, Polstermöbel, großgemusterte Teppiche und richteten sich ein in ihrer neuen Welt, jeder in der seinen. Elisa kam darin nicht vor. Nachdem Camael sich aufgelöst hatte, in Wasser oder Luft, beschloß sie, sich zu wappnen. Keiner sollte ihr mehr zu nahe kommen, um dann wortlos das Weite zu suchen. Schon gar nicht die beiden Störenfriede im Haus, an deren Elternschaft sie ernsthaft zu zweifeln begann. Die Frau war so schwach, wie konnte sie es wagen, ihre Mutter sein zu wollen? Der Vater so fern, was hatte er mit ihr zu tun? Rotes Haar und weiße Haut reichten nicht aus, die Blutsverwandtschaft zu bezeugen. Den Körper mochte sie vielleicht von ihm geerbt haben, den Geist aber hatte sie von sich selbst. Und dieser Geist forderte Widerstand. Elisa beschloß, den Eltern zu mißraten. Die Zeit, in der sie ihnen gefallen wollte, aber nicht konnte, war vergangen, bevor einer von beiden etwas davon gemerkt hatte. In Zukunft sollten sie Grund zur Klage haben. Die Mutter würde der Tochter den Tod ihres »Versöhnungskindes« niemals verzeihen, das stand schon fest.

»Wenn man mir den einzigen Sohn nicht genommen hätte, wäre mein Leben wenigstens ein halber Erfolg geworden«, pflegte sie zu sagen, und meist fügte sie hinzu: »Und wenn mir der Mann nicht fremdginge, ein ganzer Erfolg.«

»Fremd-gehen«, ein Wort, das allerlei Gefühle in Elisa weckte, obwohl sie nicht wirklich etwas damit anfangen konnte.

In den ersten Tagen ihrer Dreisamkeit hatte die Mutter versucht, dem Kind das Ausmaß der Kränkungen vor Augen zu führen, das für sie mit diesem Wort verbunden war. Während sie die Tochter mit ihren scharfen Augen betrachtete, mit ihrem roten Mund auf sie einredete, mit ihren harten Händen nach ihr griff, begann Elisa sich heftig zu langweilen. Geduldverloren trat sie von einem Fuß auf den anderen und lief davon, sobald die Mutter ihren Griff lockerte. Wozu sollte sie nun noch deren Komplizin werden, nachdem sie es gerade anders beschlossen hatte?

Die Mutter beließ es bei diesem einen Versuch, die Tochter auf ihre Seite zu ziehen. Wer nicht bereit war, sich mit ihr gegen den treulosen Ehemann zu verschwören, mußte gegen sie sein.

Es bleibt nun nicht mehr viel, was Elisa, das Kind, von der Schuleschwänzerin am Genovevabrunnen trennt. Den sieben friedlichen Jahren auf dem Land folgten sieben turbulente in der Großstadt, wo ich die Rolle des Mädchens, das bei jeder Gelegenheit absichtlich aus der Reihe tanzt, übte, bis sie mir in Fleisch und Blut überging. Flammendes Rot – obgleich unpassend zum Kupferton des Haars – wurde meine Farbe und die Wölfin das Tier, mit dessen Natur ich mich identifizierte. Ich brauchte solche Marotten, um meine Selbstliebe zu entwickeln. Beim Spielen auf der Straße steckte ich meinen Rock in die Unterhose, um die Gruppe der Mädchen, die sich gegen eine wilde Jungenbande behaupten mußte, besser anführen zu können. Beim sonntäglichen Kirchgang mit den Eltern knöpfte ich mein Kleid falsch herum; ich knurrte und fletschte die Zähne, damit jedermann sehen konnte, daß ich ein Kind der Wölfin war und keine Tochter aus gutem Haus.

Zur selben Zeit begann mir das Haar unbändig zu wachsen. Es wurde so lockig, daß man es nur noch schneiden konnte, nicht aber kämmen. Wie eine Ballonmütze aus rotem Persianerfell umgab es meinen Kopf. Auch meine Füße veränderten sich; sie waren viel größer als die anderer Siebenjähriger, und die Sohlenhaut wurde so empfindlich, daß ich die Beschaffenheit des Bodens bis in alle Einzelheiten fühlen konnte, ohne hinzusehen.

Die leichtesten Schuhe wurden mir zur Qual, sie störten mich so, als hätte man mir die Augen verbunden. Wahrscheinlich war es auch so. Am liebsten lief ich barfuß wie in den Sommern auf dem Land. Selbst in der Schule, der idealen Probebühne für meine Spielchen und Talente, zog ich unter dem Tisch Schuhe und Strümpfe aus.

Der Unterricht langweilte mich meistens, und es half auch nicht viel, daß mir die erste Klasse erspart blieb. Obwohl ein ganzes Jahr zu spät eingeschult, schien ich schon zu wissen, was man dort lernte. Meine Lehrer hielten dies für ein Zeichen von Intelligenz; dabei hatte ich mich nur zu erinnern brauchen. Um sie zu foppen, begann ich in Spiegelschrift zu schreiben, und auch das bewunderten sie, bis es einem von ihnen einfiel, daß man mir das schnell abgewöhnen sollte, bevor die anderen Kinder es nachmachten.

Man setzte mich neben ein stilles, blasses Mädchen, dessen hellblaue Augen und flaumiges Blondhaar an meinen Bruder erinnerten. Sie hieß Rosemarie, einen schöneren Namen hatte ich noch nie gehört: »Rose Marie«.

Von ihr lernte ich gleich am ersten Tag, daß sich Falschheit gern durch Sanftmut tarnte. Ein Lieblingssport der Lehrerinnen bestand nämlich darin, daß wir uns mehrmals am Tag in Zweierreihen auf dem Schulhof aufstellen mußten. Glücklich wie in den Tagen mit Camael hielt ich Rosemaries zartes Händchen in meiner viel derberen sommersprossigen Wolfspfote. Sie warf mir scheue Blicke aus den Augenwinkeln zu und lächelte versonnen. Sekunden später aber schrie sie auf, als hätte eine Wespe sie gestochen. Alle Köpfe wandten sich nach uns um. Das gefiel mir.

»Elisa tut mir weh! Sie hat mich gekniffen!« ließ Rosemarie unter Tränen jeden wissen, der es hören wollte.

Das gefiel mir nicht. Lügen sollten meinem eigenen Repertoire vorbehalten bleiben.

Man befahl mir, weniger grob zu sein. Ich nickte irritiert und berührte Rosemarie nur noch mit den Fingerspitzen. Trotzdem wiederholte sich das Spiel zwei- oder dreimal, bis man mich von meiner Nachbarin wegzerrte und zur Strafe allein auf dem Hof stehen ließ. Zutiefst empört über das kleine Biest, das mich vor aller Welt zum Trampel degradiert hatte, hielt ich es für an der Zeit, ihr die verborgenen Kräfte meiner Hände vorzuführen: Ich konzentrierte mich auf Rosemaries kleine Stupsnase – nicht einmal dort hatte sie Sommersprossen – und sorgte dafür, daß sie tüchtig zu bluten begann, sobald wir wieder nebeneinander an unseren Plätzen saßen. Erst als sich auf ihrem himmelblauen Kleid von oben bis unten ein Fliegenpilzmuster gebildet hatte, legte ich ihr eine Hand in den Nacken und eine auf die Stirn. Ich ließ meine Hände eiskalt werden, und das Blut versiegte auf der Stelle.

Am nächsten Tag wiederholte ich den Versuch, auch am übernächsten. Als eine gewisse Inge sich beim Turnen Holzsplitter in den Fuß trat, bat unsere Lehrerin mich freundlichst um Hilfe. Ich tat mein Bestes, und der Ruf meiner Hände, der einzige, auf den ich Wert legte, war wiederhergestellt.

Rosemarie versuchte weiterhin, ihre kleinen gemeinen Tricks anzuwenden, allerdings nie mehr bei mir. Sie war eine Musterschülerin, konnte Gedichte auswendig aufsagen und zu jedem Lied die zweite Stimme singen; nur draußen auf dem Schulhof war sie die Schwächste von allen. Wenn ihr ein Ball zugeworfen wurde, ließ sie ihn fallen; wollten wir uns verstecken, wurde sie als erste gefunden; spielten wir die »Reise nach Jerusalem«, blieb sie jedesmal übrig. Eine wie sie konnte nicht gewinnen.

Einmal hantierten wir nach Schulschluß auf dem Hof der Jungen mit Pfeil und Bogen, was natürlich nicht erlaubt war. Wir schossen auf Blechdosen und bunte Luftballons. Rosemarie, die Verbotenes sonst nur heimlich tat, war aus irgendeinem Grund auch mit dabei. Eine Weile ging alles gut, doch dann sah ich, wie ein Pfeil genau auf ihren Kopf zuflog. Was tun? Zum Eingreifen war es zu spät. Blitzschnell stellte ich mir eine Art Heilgenschein vor, der Rosemaries Kopf wie ein Schutzschild umgab, und tatsächlich wurde der Pfeil kurz vor dem Auftreffen abgelenkt.

»Wahnsinn! Habt ihr das gesehen?« rief die Bogenschützin.

Rosemarie selbst wußte von nichts.

»Warst du das, Elisa?« fragte sie, nachdem die anderen sie aufgeklärt hatten.

»Gewiß.«

Sie nahm meine Hand, und wir wurden endlich Freundinnen. Wer weiß, ob ich ohne sie meine magischen Fähigkeiten und meine

Vorliebe für religiöse Dispute so früh kennengelernt hätte. Die scheinheilige kleine Rosemarie war ein frommes Kind, das fleißig betete und ein silbernes Marienmedaillon um den Hals trug.

»Wenn ich es am Abend abgenommen habe, küsse ich es, und bevor ich es mir morgens wieder umbinde, küsse ich es noch mal«, erzählte sie.

Ich wollte auch so ein Medaillon haben, doch meine ungläubige Mutter, die Vater und mich nur gelegentlich, und um mit ihm gesehen zu werden, zur Sonntagsmesse begleitete, verbot mir den »Götzendienst«. Was blieb mir anderes übrig, als Rosemarie das Medaillon flinkerhand zu stehlen. Ich küßte es zweimal täglich und versteckte es in meinen Kleidern. Um den Hals meiner Freundin baumelte schon nach einer Woche ein neues Kettchen mit einer noch schöneren, weil bunt emaillierten Madonna. Diesmal gönnte ich es ihr, und so war uns beiden geholfen.

Am meisten Spaß machte uns der Religionsunterricht. Rosemarie, weil sie unseren jungen Herrn Kaplan anhimmeln konnte, und mir, weil ich mit ihm streiten wollte. Einmal in der Woche kam er in unsere Klasse, um uns mit seiner biblischen Geschichte zu beglücken, bei der mir beinah jedes Wort falsch vorkam.

Bei Adam und Eva fing es schon an. Kaplan Kückelmann belehrte uns, die ersten Menschen seien als Ebenbilder Gottes geschaffen worden, und zwar Adam, der Mann, aus Erde, sein Weib Eva dagegen aus Adams Rippe.

Ich stieß Rosemarie in die Seite, sie rührte sich nicht. Verzückt hing sie an des Kaplans feuchten Lippen und wartete auf die nächste Lüge. Und die anderen? Hörten sie überhaupt zu? Sie dösten, schwätzten oder malten. Keines der dreißig braven kleinen Mädchen zuckte zusammen, keines wehrte sich gegen die Märchen, die uns da erzählt wurden.

»Wenn Eva aus Adams Rippe geschaffen wurde«, rief ich, wie immer, ohne mich vorher gemeldet zu haben, in die Klasse, »dann hat sie ja gar keine Seele!«

Kückelmann schwieg. Seine Zungenspitze beulte erst die rechte Wange, dann die linke.

»Und wenn sie keine Seele hat, wie kann sie dann das Ebenbild Gottes sein?«

Nach einer milden Rüge über »Elisas ewige Disziplinlosigkeit« klopfte der Kaplan auf seine Bibel und sagte: »So steht es geschrieben. – Und Adams Seele wird der Allmächtige geteilt haben: Die eine Hälfte für den Mann, die andere für seine Frau.«

»Das habe ich aber anders gehört!« beharrte ich.

»So? – wie denn, mein Kind?«

»Adams Frau wurde ebenfalls aus Erde geschaffen.«

»Wer sagt das?«

»Die Gerechtigkeit.«

Kaplan Kückelmann zuckte die Schultern – endlich wußte ich, an wen er mich erinnerte: an »Küken-Benno«; nicht nur wegen seines Namens –, dann wechselte er schnell das Thema. Zur nächsten Stunde sollte ihm jedes Kind »den Garten Eden mit den ersten Menschen und dem ›Baum der Erkenntnis‹« malen.

Ich wählte den Obstgarten meiner Großmutter für mein Bild, denn einen anderen kannte ich nicht. Unter einem kerzengeraden Apfelbäumchen ruhte der schlafende Adam-Riese; ihm zu Füßen hockte Eva, sein Weib, in Gestalt einer Barbie-Puppe. Die Seele in ihrer Brust war mitten durchgerissen. Statt einer Schlange versteckte ich in der Baumkrone einen rosaroten Phallus mit des Kaplans Gesicht. Kückelmann aber erkannte sich nicht.

»Und die Gerechtigkeit«, sagte er, indem er mir ungelenk über den Kopf fuhr, was bewirkte, daß seine Finger sich in meinen verfilzten Locken verfingen, »die Gerechtigkeit, kleine Elisa, die sieht bei unserem Herrgott auch anders aus.«

Er hätte es sich so gerne leicht gemacht, der Kaplan Kückelmann, ich aber ließ das nicht zu. Viele Religionsstunden lang stritten wir über den Sinn der Erbsünde und meine Beschuldigung, der Gott aus seiner biblischen Geschichte sei ein Schurke, der Adam und Eva am Ende nur verflucht hätte, weil er ihnen ihr Glück zu zweit nicht gönnte. Er war schließlich allein.

Monate später vergoß ich Tränen der Empörung über den Kreuzestod Jesu. An einen so blutrünstigen Vatergott wollte ich nicht glauben. Er sollte die reine Menschenliebe sein oder sich aus allem raushalten. Wieso benötigte er ein Opfer, um seinen Kindern ihre Sünden vergeben zu können? »Der Vater und ich sind eins«, sollte Jesus gesagt haben. Wieso konnte man ihn dann überhaupt kreuzigen?

Sosehr der Kaplan sich auch mühte, er fand nicht die Worte, meinen Zorn zu besänftigen, und litt sichtlich darunter.

Für die anderen kleinen Mädchen war ein Kreuz an der Wand nicht ungewöhnlicher als ein Bild oder eine Lampe, für mich aber war es zum Zeichen der Grausamkeit geworden. Mit Abscheu stellte ich fest, daß es kaum ein Haus in dieser Stadt zu geben schien, in dem nicht eines hing.

Als das Schuljahr vorüber war, sollten wir bei unserem Herrn Kaplan zur ersten Beichte gehen. Mir war gleich klar, daß es keine Sünde gab, die ich noch nicht begangen hatte, und erst recht keine, die ich nicht wiedertun würde. Womit sollte ich also anfangen? Meine fromme Freundin fand »Unkeuschheit« am schlimmsten, vor allem »mit anderen, denn allein sieht es ja keiner«. Typisch Rosemarie, dachte ich und erzählte Kückelmann, was ich damals am neunzehnten Stein mit meinem Onkel erlebt hatte. Ich vergaß auch nicht, Bennos Ähnlichkeit mit ihm zu erwähnen, weil ich hoffte, es würde dem Kaplan gefallen, daß ich so freimütig war.

Kaplan Kückelmann aber bekam einen Schluckauf und wischte sich mit seinem Mundtuch den Schweiß von der Stirn. Als er wieder Herr seiner Stimme war, ließ er mich zur Buße so viele »Vaterunser« beten, daß ich mein Lebtag genug davon hatte.

Auch meine erste Kommunion, die sie die »heilige« nannten, verlief nicht ohne Zwischenfall. Abgesehen davon, daß mir, und nur mir, während der Prozession zum »Tisch des Herrn« durch einen Luftzug Satans die Kerze ausgeblasen wurde und das Myrtenkränzchen auf meinem störrischen Haar nicht halten wollte, hatte man mir die Füße in enge schwarze Lackschuhe gesperrt. Meine empfindliche Sohlenhaut, deren Poren in Wirklichkeit Augen waren, brannten so höllisch, daß sich die ersehnte Ekstase, der ich seit Tagen entgegenfieberte, nicht einstellen wollte. Nicht einmal, als mir die Hostie in den Mund geschoben wurde, streifte mich der Hauch des Wunderbaren, dabei sollte sie durch eine Zauberei des Priesters gerade eben zum »Fleische Jesu« geworden sein. Um den Augenblick bis ins Letzte auszukosten und so vielleicht doch noch in den Genuß himmlischer Seligkeit zu kommen, wollte ich mein hauchdünnes Scheibchen vom Lamm Gottes so lange bei mir behalten wie nur irgend möglich. Ich balancierte es auf der Spitze meiner ausgestreckten Zunge, dabei angestrengt nach unten schielend, um zu ergründen, woraus es denn nun bestand. Doch anscheinend war meine Nase zu lang für derlei Akrobatik; soviel ich auch züngelte und äugte, ich sah nicht viel. Statt dessen drohte mir die heilige Hostie herunterzurutschen. Erschrocken fing ich sie mit den Händen auf, denn sie zu Boden fallen zu lassen, wäre ein Sakrileg gewesen, das selbst hundert Vaterunser nicht hätten wiedergutmachen können. Mit zwei Fingern hielt ich die kleine verwandelte Oblate gegen das Licht und betrachtete sie von allen Seiten, bevor ich sie den Weg jeder irdischen Speise nehmen ließ. Durchsichtig weiß war das Fleisch Jesu gewesen, so wie die Haut von Camael, aber ohne eine Spur von Blut.

Natürlich hatten alle gesehen, was Elisa, das Kind, sich da schon wieder herausnahm. Die Meßdiener grinsten, die Blicke des Herrn Pastor schickten mich in die ewige Verdammnis, und hinterher hieß es, ich habe mit Absicht gefrevelt.

»Du liebst es, Gott zu versuchen«, sprach auch der Kaplan mit betrübter Miene.

Ich lachte. Die Kommunionkerze ohne Licht, der rutschende Kranz, die Schmerzen unter den Füßen …

»Und wenn es Gott ist, der mich versucht, Küken-mann?«

»Deine armen Eltern!« seufzte der Herr Kaplan.

Damit hatte er zweifellos recht.

Mit den Worten: »Unsere Tochter erfindet die Religion neu, das darf man doch nicht so ernst nehmen«, versuchten meine Eltern, die Bedenken der beiden Geistlichen zu zerstreuen. Mehr wollte ihnen dazu nicht einfallen.

Sie dauerten mich beinahe, diese Eltern, aber ich konnte ihnen nicht helfen. Sie wurden, was sie von sich dachten. Im Gegensatz zu mir hatten sie ihre Hoffnungen, die mit dem Neuanfang in der Stadt verbunden waren, schon begraben, und zu originelleren Visionen fehlte ihnen die Phantasie oder gemeinsame Kraft.

Wir selbst sind die Schöpfer unserer Welt, das war es, was ich von ihnen lernte. Wenn ich die Mimik meiner Mutter studierte, wozu ich allerdings nur selten Lust hatte, sah ich, wie es hinter ihrer gefurchten Stirn arbeitete, wie ihre Gedanken, die fast ausschließlich dem Tun und Lassen ihres Ehemannes galten, sich, ungefiltert zum Wortschwall aufgebläht, über meinen Vater, den Spieler und Meister der Ironie, ergossen, sobald er des Nachts über die Türschwelle trat. Worte wie Luftballons, die kleinste spitze Bemerkung aus seinem Mund ließ sie zerplatzen. Den Worten würden Szenen folgen, Handlungen, eine noch törichter als die andere, die Handlungen zu Gewohnheiten werden – waren es längst geworden – und die Gewohnheiten zu dem, was sie ihr »Schicksal« nannte. Und all dies nur, weil meine Mutter jedem ihrer Gedanken unkontrolliert seinen Lauf ließ. Ich dankte ihr für die Lektion, und ich verachtete sie dafür.

Mein Vater ließ sich weniger gut beobachten; meist glänzte er durch Abwesenheit. Er sei liebestoll geworden, behauptete seine Frau, ein streunender Kater. Sie hielt es nicht aus mit ihm und ertrug es trotzdem viele lange Jahre. Meinen Lieblingssatz: »Genug ist genug!« – sie sprach ihn nie.

Nachts weinte sie lange und laut und genoß es, tagsüber schlief sie oder las Ratgeberbücher, die ihr nicht halfen. Es war nur gut, daß mein Engelbruder sich davongestohlen hatte, denn bei uns zu Hause wurde nur noch selten saubergemacht oder gekocht, und auch die Großeltern auf dem Land, zu denen man sich hätte flüchten können, gab es nicht mehr. Sie waren kurz hintereinander gestorben, im Abstand von wenigen Wochen, so, wie es nur Menschen fertigbringen, die einander sehr lieben.

Eine Weile hatte Benno noch im Weinberghaus gewohnt und sich um nichts gekümmert, dann wurde es verkauft und der Erlös unter den Geschwistern geteilt.

Ein Jahr später war meinem Vater sein Erbe zwischen den Fingern zerronnen, ohne daß wir ihm dabei hätten helfen dürfen. Um es wieder zurückzugewinnen, spielte er seither Abend für Abend in irgendeinem Club – »Hölle« nannte es meine Mutter. Wenn er spät in der Nacht heimfand, hörte ich sie auf ihn einreden. Ihre Stimme hatte mit der Zeit eine Schärfe bekommen, die nicht nur in den Ohren schmerzte; mir tat das Atmen weh, sobald sie erklang.

Auf warmes Essen und saubere Kleidung konnte ich zur Not verzichten, mein Schlaf aber war mir heilig, seitdem die Visionen der frühen Kindheit allmählich an Leuchtkraft verloren. Die Bilder der Nacht mußten mir nun die einstigen Tagträume ersetzen; ich brauchte die Stille, damit sich der Nachhall aus der Vergangenheit so richtig entfaltete. Dann flog ich noch einmal über Städte und Landschaften, in denen ich schon gewesen war, und wußte, ich würde sie auch in diesem Leben irgendwann aufsuchen und wiedererkennen. Niemand hatte das Recht, mich durch sein Lärmen davon abzuhalten, schon gar nicht die eigene Mutter.

Ich besann mich auf meine magischen Fähigkeiten und versuchte es zum erstenmal in meinem Leben mit einem Schadenzauber. Jener unbeherrschten Lady, so wünschte ich, sollte die Spucke versiegen, die Zunge verdorren, die Kehle austrocknen. Und für den Fall, daß Wünschen allein diesmal nicht genügte, bastelte ich eine Puppe, die ihr ähnlich sah, und schneiderte ihr Kostüme aus den Lieblingskleidern der Lady. Vielleicht tat ich des Guten zuviel, und der Schmerz über die verschandelten Textilien wäre ohne weitere Verwünschungen schon Schaden genug gewesen, jedenfalls verbrühte meine Mutter sich lediglich den Unterarm, weil ein Kessel mit kochendheißem Teewasser, den ich aufgesetzt hatte, wie von Geisterhand bewegt vom Herd rutschte, als sie daran vorbeiging. Sonst geschah nichts. Brandblasen auf der Haut lähmten tagelang die Aktivitäten ihres linken Armes, die Lippen aber waren unversehrt geblieben und produzierten um so fleißiger Sprechblasen.

Als der nächtliche Wahnsinn nicht mehr auszuhalten war, schrieb ich eines Nachmittags mein »Genug ist genug!« auf den Badezimmerspiegel, bevor ich unsere Wohnung verließ, um die Nacht woanders zu verbringen. Was mein Vater tat, konnte ich ebenso gut, auch ohne Spielbank und die weichen Kissen einer Geliebten.

Ich ließ mich einfach in meinem Lieblingskaufhaus einschließen und sagte hinterher, es sei aus Versehen passiert. Im Schein einer Taschenlampe versorgte ich mich mit allem, was ich sonst entbehren mußte. Ich plünderte die Delikatessenabteilung, schaute mir Bücher und Spielzeug an und verkroch mich nach ausgiebigen Streifzügen in einem Zelt der Campingabteilung. Niemand würde mich dort finden, selbst dann nicht, wenn ich bei Tagesanbruch verschlafen sollte. In einen Schlafsack eingehüllt wie in einen schützenden Kokon, dämmerte ich dem Morgen entgegen. Die Stille ringsum war so groß, daß ich das Blut in meinen Ohren rauschen hörte. Ich fühlte mich wie auf einem anderen Planeten ausgesetzt, an einem Ort außerhalb der Zeit. Vollkommen allein und vollkommen geborgen. Kein Wunder, daß der Schlaf mich in dieser ersten Nacht floh und ich ihn auch nicht suchte. Meine Traumbegegnungen, dachte ich, mußten warten, bis ich mich an die neue Kulisse gewöhnt hatte. Nach dem Gefühl, mich in einem Ausnahmezustand zu befinden, schien mich vor allem der Geruch all dieser unbenutzten Dinge in meiner Nähe an das Wachbewußtsein zu fesseln. Zum Fliegen brauchte ich vertrautere Düfte.

»Beim nächstenmal», flüsterte ich in den rauhen Stoff des synthetischen Schlafsacks, »wirst du mein fliegender Teppich sein.«

Das Kaufhaus war ein Ort des Wunderbaren, und ich suchte es einen Monat lang jeden Freitagabend auf, bevor die alltäglichen Streitereien zu Hause zur Wochenendschlacht ausarteten.

Leider wurde ich schon in der fünften Nacht von dem Schäferhund eines Wachmannes aufgespürt und meinen Eltern zurückgegeben. Sie hatten mich diesmal zwar als »vermißt« gemeldet, scheuten dann aber jede Mühe, mich zum Sprechen zu bringen. Sie konnten, so redete ich mir ein, meine wahren Eltern nicht sein.

Als Gras über die Kaufhaus-Eskapaden gewachsen war, erschloß ich mir weiteres Neuland für abwechslungsreiche Streifzüge und friedvolle Nachtlager: das Mineralienmuseum mit seiner Sammlung im Kerzenlicht schimmernder Edelsteine, den Hochzeitssaal des Rathauses, nebenan die unverschlossene Cafeteria, und im Winter den labyrinthischen Heizungskeller der alten Universität. Die Obdachlosen der Stadt hätten von mir lernen können, aber nur eine von ihnen schloß sich mir an: Friederika, meine unbehauste Freundin aus der Bahnhofsszene. Sie war lesbisch, trug immer Männerkleidung und wollte Frieder genannt werden. Die Freundschaft mit ihr ging nach einigen Monaten zu Ende, weil sie mich, ein Jahrfünft älter als ich, nicht weiblich genug fand und ich überdies ihr Lebensziel, Jungfrau zu bleiben, nicht teilte, sondern diesen Zustand so bald wie möglich beenden wollte.

Zu der Zeit führte ich bereits ein Doppelleben wie mein Vater. Morgens besuchte ich, der Grundschule endlich entwachsen, das Haus der Nonnen und nachmittags die Straßenecken in einem Stadtviertel, das in keinem guten Ruf stand, mich aber magisch anzog. Dort vertrieben sich die »Freudenmädchen« – wie vielversprechend klang allein dieses Wort – die Wartezeit, indem sie einander Geschichten über ihre Freier erzählten. Von ihnen lernte ich, worauf es im weltlichen Leben ankam, während sich die Nonnen um die Rettung meiner Seele bemühten. Die Schwestern und die Straßenmädchen ... ich mochte sie beide. Einmal sollten wir ein auswendig zu lernendes Gedicht von der Tafel abschreiben.

Leg deinen Schatten auf die Sonnenhuren, stand hinterher, wie von fremder Hand geschrieben, in meinem Heft, und ich hatte es nicht einmal böse gemeint. Trotzdem sollte ich zu meiner Besinnung mit bunter Kreide eine Sonnenuhr auf den Schulhof malen – eine Strafe, die ich sehr genoß, weil sie einmal nicht mit Beten und Stillsitzen verbunden war. Obwohl die Schwestern mir nie so ganz trauten, hatte ich mir ihr Wohlwollen noch nicht verscherzt. Meine nicht einmal geheuchelte Leidenschaft für ihre Religion schien sie zu beeindrucken. Jedenfalls nahmen sie alles ernst, was ich sagte, und wenn ich ihnen erzählte, ich hätte ausgerechnet zu Pfingsten einen Dornbusch brennen sehen, schauten sie auf die gefalteten Hände in ihrem Schoß und unterschieden mit holder Stimme die Berufenen von den Auserwählten. Sie hatten meinen Eltern versprochen, mich auf den rechten Weg zu bringen; das war ja kein großes Geheimnis. Ich aber erwartete mehr von ihnen. Und wieder fing es mit Adam und Eva an.

»Das Fundament unserer Religion«, schrieb die dreizehnjährige Elisa zum Thema *Woran wir glauben* in ihr Heft, »ist die Schöpfungsgeschichte. Aber vielleicht wurde sie ja nur erfunden. Wie alle Geschichten. Ohne den Apfelbaum und die Schlange und Adams Frau in dem Bild, das wir uns vom Paradies gemacht haben, gäbe es keinen Sündenfall. Und ohne Sündenfall müßten wir nicht erlöst werden. Der Tod am Kreuz erübrigte sich, und die Kirche wäre dann auch überflüssig. Darum sollen wir lieber an die Schöpfungsgeschichte glauben.«

Die Schwester, die den Religionsunterricht gab, zog eine zweite zu Rat. Über Elisas Kopf hinweg suchten sie nach einer Erklärung.

»Wenn sie nicht so jung wäre«, sagte die eine – ich glaube, es war Laetitia –, »könnte man sie für eine Ketzerin halten.«

Ich hörte das Wort »Ketzerin« zum erstenmal.

»Zu jung gibt es nicht«, sagte Elisa.

Später schlug ich das Wort, das so ähnlich wie »Kätzin« klang, im Lexikon nach: *Bezeichnung für Menschen mit abweichender religiöser Meinung, abgeleitet von Katharer (gr. die Reinen), vermutlich im 12. Jahrhundert vom Balkan her eingewanderte religiöse Sekte,* stand da.

Das mit der abweichenden religiösen Meinung stimmte ja. Also konnte es nichts Schlimmes sein, zu den »Ketzern« zu gehören. Irgend etwas in mir reagierte auf dieses Wort, aber ich wußte noch nicht, was. Eines Tages würde ich es bestimmt herausfinden.

Die besorgten Schwestern schickten mich mit gemischten Gefühlen hinaus zu den anderen. »Elisa ist ja noch ein Kind«, glaubten sie.

3. Kapitel

Hexen der Nacht

Wochen darauf kam so viel Bewegung in unsere häusliche Szenerie, daß ich die Schöpfungsgeschichte für eine Weile vergaß.

Mein Vater machte den zwanghaften Ritualen von Schuldzuweisungen und Hysterie ein Ende, indem er einfach von zu Hause fortblieb. Er hatte uns verlassen, das ließ sich bald nicht mehr übersehen. Er konnte mein wirklicher Vater nicht sein, wiederholte mein kindlicher Gerechtigkeitssinn. Da er nur sporadisch Geld schickte, sah sich meine Mutter, die nie in ihrem Leben berufstätig gewesen war, gezwungen, ihren Teil selbst zu verdienen. Sie erledigte Schreibarbeiten in einer Ohrenarztpraxis und vermietete eines unserer drei Zimmer an einen Studenten der Theologie.

Ich sah gleich, daß er gut zu mir paßte. Karl-Otto besaß nichts außer einem Goldfischglas, einer Gitarre und einer Sammlung heiliger Schriften. Er hatte hellrotes Haar wie ich als kleines Kind. Ich nannte ihn »Karotto« und ließ ihm Zeit. Zeit, mit meiner Mutter die lang entbehrten Freuden der Liebe zu teilen. Zeit, sich auf das vorzubereiten, was ich eines Tages mit ihm anstellen würde. Denn die Künste meiner prüden Mutter, da war ich mir sicher, würden ihn bald langweilen.

»Alle Ehefrauen sind schlecht im Bett«, hatten mir meine Sonnenhuren verraten, obwohl das gar nicht nötig gewesen wäre. Der Engel, den die Großmutter bei meiner Geburt gesehen haben wollte, mochte mir möglicherweise die Lippen versiegelt haben – die Kerbe unter meiner Nase war wirklich ausgeprägt genug –, nicht aber die Quelle des Wissens jenseits der Worte. Jedenfalls konnte ich mir die Spielarten der körperlichen Liebe noch sehr gut vorstellen. Der Student Karotto, den meine Mutter hofierte, als wäre er der Mann ihres Lebens, sollte mein erstes Versuchsobjekt werden. Dazu war er ausersehen worden, und nicht nur von mir, denn an den Zufall glaubte ich schon damals nicht.

Wenn meine Mutter nicht zu Hause war, saß ich, noch ganz das brave kleine Mädchen, auf seinem Schoß und blätterte in seinen Büchern. Mehr als die Evangelien, die ich ja zum Teil aus der Schule kannte, interessierten mich Schriften mit dem geheimnisvollen Namen »Die Apokryphen«.

»Kann ich diese Schriften mal lesen?« fragte ich.

Karotto lachte schallend. »Du schreckst auch vor nichts zurück, bella Elisa! In deinem Alter lesen kleine Mädchen allenfalls Pferdebücher. Die Apokryphen aber sind jahrhundertealte Geheimschriften, außerbiblische Überlieferungen, die immer nur einem nicht allzu großen Kreis von Eingeweihten bekannt waren.«

»Und worum geht es dabei?«

»Um religiöse Texte, von denen die Kirche nichts wissen will.«

Schon das Wort »Geheimschriften« hatte mein Herz höher schlagen lassen, nun aber begann mir die Kopfhaut unter dem Lockenfell zu kribbeln und auch die Sohlenhaut meiner empfindlichen Füße.

»Dann müssen die Texte wahr sein«, behauptete ich.

»Ich glaube, ja«, sagte Karotto ernst. »Wenn etwas in der Lehre der Kirche nicht vorkommt und auch von der Religionsgeschichte verschwiegen wird, verbirgt sich dahinter häufig eine unliebsame Wahrheit.«

Zufrieden lehnte ich mich zurück an Karottos schmale Theologenbrust. »In der Schule nennen sie mich eine ›Ketzerin‹, wenn ich nicht glauben will, was in der Bibel steht.«

»Über die wichtigsten Themen lernt man nichts in der Schule und auch nichts an der Universität«, bestätigte mein Herr Student. »Mit den wirklich brennenden Fragen der Theologie stehst du allein, sobald du sie stellst.«

Genau das hatte ich hören wollen. Diesen Karotto mußte mir der Himmel geschickt haben, wenn nicht die Hölle! Überschwenglich küßte ich sein bärtiges Kinn.

Bei meiner nächsten Sitzung auf Karottos Schoß bemerkte ich außer gewissen Regungen, die mir nicht wenig Vergnügen bereiteten, ein Buch mit dem Foto einer Steinskulptur – ein »sumerisches Relief« nannte es mein leicht verlegener Lehrer –, das mich auf der Stelle gefangennahm. Es zeigte eine nackte Frau von außergewöhnlicher Schönheit. Besonders bemerkenswert erschienen mir die riesigen Flügel an ihren Schultern und ihre überlangen Raubvogelfüße mit den scharfen Krallen. Sie hatte wunderbar gerundete Brüste und auf dem Kopf eine hohe Haube, deren Form mich an ein Schneckenhaus erinnerte. In jeder Hand hielt sie eine Art Ring. Es sei das Omega-Symbol, sagte Karotto. Ich hatte so ein Wesen noch nie gesehen, und es berührte mich tief. Bestimmt war sie eine Göttin oder Zauberin. Geheimnisvoll lächelnd stand sie auf dem Rücken von zwei in die entgegengesetzte Richtung blickenden Löwen, während zu ihrer Rechten und Linken zwei große Eulen saßen, die ihr bis zu den Knien reichten und dieselben Flügel und Füße besaßen wie die Göttin selbst.

Als ich mich von meinem Staunen erholt hatte und mir ein wohliger Schauer nach dem anderen über den Rücken lief, las ich den Text, der dazu gehörte, erst leise, dann laut, damit auch Karotto sich damit beschäftigte: »›Furchtbar ist sie, ungestüm ist sie, sie ist eine Göttin, schrecklich ist sie. Sie ist wie ein Leopard. Ihre Füße sind diejenigen eines Vogels. Ihr Schrei ist der einer Eule. Ihre Hände sind schmutzig. Ihr Gesicht ist das eines starken Löwen. Ihre Haare sind aufgelöst, ihre Brüste sind entbößt. Ihre Hände sind im Fleisch und Blut. Sie dringt durch das Fenster ein, sie schleicht sich an wie ein Schlange. Sie tritt in das Haus ein, sie geht aus dem Haus wieder weg ...‹«

Vor Aufregung versagte mir die Stimme. »Wer ist das?« krächzte ich.

»Manche halten sie für die Große Göttin ›Inanna‹, die sich die Männer von der Straße in ihren Tempel holt, andere für ›Ischtar‹, die heilige Dirne«, antwortete Karotto. »Schwer zu sagen, wer recht hat, dieses Relief ist schließlich dreieinhalbtausend Jahre alt. Für mich kann die Schöne nur eine sein: die Nachthexe ›Lilith‹!«

»Und was tut eine Nachthexe?« Unruhig rutschte ich auf Karottos Schoß hin und her.

»Sie und ihre übermütigen Töchter, die Lilim, verführen keusche Geistliche und solche, die es werden wollen.«

»Und wie machen sie das?« Ich wagte es kaum, auf eine Antwort zu hoffen, doch Karotto schien vollkommen vergessen zu haben, daß es angeblich noch Kinderohren waren, die ihm zuhörten. Oder er hatte mich als einziger erkannt.

»Wenn ein solcher Mann, zum Beispiel ein Mönch, tief schläft, hockt sich eine der Lilim über ihn und treibt es so heftig mit ihm, daß er nicht mehr weiß, wo oben und unten ist. Manch geplagter Mensch hat sich des Nachts schon ein Kruzifix an seinem Ding befestigt, um damit die Nachthexen abzuwehren. Hatte er dann trotzdem einen feuchten Traum, erscholl – so wird erzählt – das unflätige Gelächter Liliths in den Klostergängen.«

Der rote Karotto schien zu wissen, wovon er sprach, mir war, als hätte auch er ein eisernes Kreuz unter seinen Jeans versteckt.

»Deine Lilith gefällt mir!« sagte ich, und er drückte mich noch fester an sich.

»Sie ist die ärgste Herausforderung des mönchischen Lebens. Darum sollte ich mich lieber nicht mit ihr beschäftigen«, sagte er mit einem Seufzer. »Sie war übrigens Adams erste Frau.«

»Die erste Frau hieß aber Eva, das weiß nun wirklich jedes Kind!«

Alles glaubte ich unserem Herrn Studenten in seiner momentanen Verwirrung dann doch nicht.

Er schüttelte heftig den Kopf. »So lernt man es im christlichen

Religionsunterricht. Die jüdische und babylonische Mystik aber weiß es besser, und auch in den aramäischen Zaubertexten steht, daß Adam schon vor Eva eine Frau hatte, die Lilith hieß. Und sie war auch nicht aus seiner Rippe geschaffen, sondern aus der gleichen Erde wie er.«

»Ich hab's doch gewußt!« Karotto schrie vor Schmerz, so wild ritt ich auf seinem Schoß.

»Was hast du kleines Luder gewußt?«

Meine Mutter, die wir durch meinen Temperamentsausbruch nicht hatten nach Hause kommen hören, öffnete die Tür, sah uns in die erhitzten Gesichter und zog die falschen Schlüsse.

»Daß die Geschichte von Adam und Eva eine Lüge ist«, sagte ich; dann strich ich meinen Rock glatt und stieg unter Mutters argwöhnischen Blicken vom Schoß ihres Schatzes.

Sie war Eva und ich Lilith. Lilith würde siegen.

In der Nacht träumte ich von einem smaragdgrünen Pfau, der ein Rad schlug. Imposant sah er aus, sich seiner Wirkung vollkommen bewußt. Die großen goldumrandeten Augen seiner Schwanzfedern betrachteten eine barleibige Frau, die eine Feige aß. Soviel sie auch aß, die Feige blieb frisch und heil. Schließlich bot sie dem Pfau ihre purpurfarbene Frucht an. Der aber schloß seine vielen Augen, eines nach dem anderen, und sagte:

»Da du den bunten Vogel liebtest, hast du ihn geschlagen und ihm die Flügel gebrochen, da du den Löwen liebtest, grubst du ihm Gruben, sieben und abermals sieben, da du liebtest das schlachtenfromme Roß, hast du ihm Stachel und Peitschenschnur bestimmt und sieben Doppelstunden zu rennen, da du deines Vaters Palmgärtner liebtest, der ständig Körbe voll Datteln dir brachte, täglich prangen ließ deinen Tisch, hast du ihn geschlagen und in den Schatten seiner selbst verwandelt, auch ließest du ihn wohnen inmitten von Strapazen ...«

Nach einer Pause fügte er hinzu: »Und liebst du auch mich, so machst du mich jenen gleich.«

Die barleibige Frau aber lachte ihn aus. »Und hättest du die Frucht genommen, die ich dir bot, so hättest du von meinem Fleisch gegessen.«

Ich erwachte von einem Pfauenschrei, der mein eigener war.

Benommen setzte ich mich auf, der Mund war mir wie ausgedörrt, das Gesicht tränennaß. Nie zuvor hatte mir eine Traumstimme eine so lange Botschaft überbracht. Bestimmt war sie sehr wichtig und würde nicht wiederholt werden. Wenn ich nicht sofort notierte, was ich gehört hatte, würde ich bis zum Morgen alles vergessen haben. Ich suchte Papier und Bleistift und schrieb auf, was ich behalten hatte. Sollten wirklich all diese Worte aus dem Schnabel eines Pfaus gekommen sein? Ich versuchte, mich in mich selbst zurückzuziehen wie in meiner Kinderzeit, mich mit geschlossenen Augen in einer Spirale zu verlieren, bis ich den Punkt erreicht hatte, an dem mein Ich sich auflöste. Nur von da aus würde ich die Antwort erhalten.

Doch wieder war es nicht still genug in der Wohnung. Nebenan vergnügte sich meine Mutter mit meinem zukünftigen Liebhaber, und sie tat es mit Absicht so geräuschvoll wie möglich. Noch nie hatte ich sie dabei so laut stöhnen gehört. Menschen, die bei der Liebe keuchten und stöhnten wie bei einem Ringkampf, waren mir ebenso zuwider wie solche, die nächtelang stritten. Eines klang so lächerlich wie das andere. Von Karotto kam kein Laut. Durch einen Türspalt sah ich das Auf und Ab seines Körpers über dem ihren; er bewegte sich schnell und rhythmisch wie eine Maschine. Karotto hatte die Augen fest zugekniffen, sein ganzes Gesicht war eine verzerrte Maske. Auch meine Mutter lag in einer Pose erstarrt da, mit seltsam verrenkten Beinen, mit ausgestreckten Armen, wie gekreuzigt. Karotto hielt ihre Handgelenke fest umfaßt; er ließ ihr keinen Spielraum unter seiner Last. Meine Mutter konnte wie immer außer ihrem Mund nichts bewegen. Es war alles nur Theater.

Zwei Stunden später wurde es draußen vor meinem nackten Fenster endlich hell. Ich hätte ohnehin nicht mehr einschlafen können. Graublaues Zwielicht kündigte einen jener Tage an, die uns daran erinnern, daß das Leben kurz ist, viel zu kurz, um es mit Nichtigkeiten zu vergeuden. Ich täuschte Halsschmerzen vor und blieb liegen, bis meine Mutter – sie war aufgekratzt wie nach einer Ballnacht – und ihr Traumtänzer die Wohnung verlassen hatten. Sofort lief ich hinüber in Karottos Bude, um ungestört in seinen

Büchern zu stöbern. Da ich gründlich vorgehen wollte, begann ich mit dem Alten Testament, mußte mich aber nach zeitraubender Suche mit einer einzigen Zeile begnügen, in der wenigstens Liliths Name erwähnt wurde: »... Fuchs und Luchs begegnen sich, struppige Böcke treffen einander, auch die Lilith wird dort rasten, eine Ruhestatt finden für sich.«

Soweit der Prophet Jesaias. Zumindest legten seine Worte nahe, daß Lilith allgemein bekannt gewesen war. Eine aufschlußreichere Textstelle oder einen Hinweis auf Liliths Verbindung zu Adam fand sich nicht; ich hatte auch gar nicht damit gerechnet. Wie jedermann weiß, ist unsere gute alte Bibel im Laufe der Jahrhunderte mehrfach falsch abgeschrieben und nach Belieben überarbeitet worden. Selbst unser müder Hausgeistlicher hatte das in einer schwachen Stunde zugeben müssen. Zum Glück gab es noch etwas anderes als die Bibel. Ich nahm jede von Karottos alten Schwarten in die Hand und blätterte darin, ohne etwas Brauchbares zu entdecken. Gern hätte ich mich hier und da festgelesen, vor allem in einem verschrobenen »Ehzuchtbüchlein« aus dem 16. Jahrhundert, in dem es hieß:

Er ist die Sonn', sie ist der Mond.
Sie ist die Nacht, er hat Tagesmacht.
Was nur von der Sonnen, am Tag ist verpronnen.
das kühlt die Nacht, durch des Mondes Macht.

Hörte sich ganz gut an, aber würde es mich zu Lilith führen?

Erst als ich alle Bücher aus dem Regal geräumt hatte, sah ich, daß Karotto dahinter Stapel von schlecht gedruckten, lose zusammengehefteten Papieren verwahrte, wahrscheinlich Raubkopien irgendwelcher Bücher, die er sich nicht leisten konnte. Das am stärksten vergilbte und daher kaum noch lesbare Bündel hatte einen Titel, der mich nicht weniger elektrisierte als gestern das Lilith-Relief: *Die erste Eva – über den dunklen Aspekt des Weiblichen,* las ich. Das mußte es sein, mein Buch der Bücher! Ich hätte es zu gerne gleich und in Karottos Bett liegend verschlungen, doch an seiner Steppdecke haftete noch der Geruch meiner Mutter, und so trug ich meine kostbare Beute hinüber zu mir und kuschelte mich damit in meine eigenen Kissen. Ich las wie im Rausch, obwohl mir der Magen knurrte und ich seit dem Pfauenschrei in der Nacht auch nichts mehr getrunken hatte. Bald wußte ich, daß es eine Fülle von Lilith-Quellen gab, wie man sie sich aufregender kaum wünschen konnte. Die Frau, nach der ich forschte, hatte ebenso viele Namen wie Eigenschaften, wurde Lamaschtû und Lamia genannt, auch Lahvla, Leila, Karina und Inanna. Kaum ein weiblicher Name, der nicht zu ihr gehörte. Ebenso facettenreich war ihr Charakter, und einem Mann zeigte sie sich immer ganz anders als einer Frau. Lilith verkörperte die göttliche Dirne, die Verführerin aller Männer, aber auch das Wüstengespenst, die kinderwürgende Dämonin und die furchtbare, den Nachwuchs verschlingende Mutter. Sie war die Herrin über das Dunkle, zugleich aber die Eingeweihte, die ihren Geliebten für das Höhere begeisterte und ihn an seine göttliche Herkunft erinnert. Welche Rolle Adam, ihr erster Mann, dabei spielte, war mir noch nicht ganz klar geworden; zumindest schien er Lilith als weibliche Gottheit verkannt zu haben, doch das konnte noch nicht alles sein. Lilith entzog sich jeder Eindeutigkeit.

»Sie konnte der Sonne Licht schenken und dem Wind Musik«, schwärmten die einen, während andere sich mit babylonischen Bannsprüchen gegen sie wappneten wie: »Du sollst deine Füße nicht in den Abdruck meiner Schritte setzen. Wohin ich gehe, sollst du nicht gehen. Wo ich eintrete, sollst du nicht eintreten.«

Im jüdischen Talmud wurden die Jünglinge gar gewarnt: »Man darf nicht allein in einem Haus schlafen, denn wer in einem Haus allein schläft, wird von der Lilith überfallen.«

Was für ein Fund! Frohlockend legte ich die wundersamen Papiere zur Seite. Ich schloß die Augen und öffnete sie gleich wieder. Wenn ich meiner Mutter nicht begegnen wollte, sollte ich das Haus jetzt lieber verlassen. Ich stand auf und ging unter die Dusche, betrachtete amüsiert meine Füße im Wasser. Sie waren zu lang und viel zu empfindlich. »Mehr Vogelklauen als Menschenfüße«, hieß es in der Lilith-Literatur. Jedenfalls nicht normal – und damit meinen eigenen ähnlich. Auch Liliths Eigenschaften entsprachen den meinen, von den bereits vorhandenen bis zu den gewünschten. Von der Kindermörderin, die meine Mutter immer noch in mir sah, über die Eingeweihte, die ich aus mir sprechen hörte, sobald ich meine Worte nicht bewußt wählte, bis zur Männerverführerin, die ich einmal werden wollte. Kurz, die schillernde Lilith schien mehr mit mir zu tun haben, als ich es mir gestern abend noch hatte träumen lassen. Ganz berauscht durch meine Entdeckung, beschloß ich, den Nachmittag in Belcantos Eiscafé zu verbringen, dem Treffpunkt aller Schulschwänzer und Tagediebe. Auf dem Weg dorthin fiel mir ein, daß ich mich als kleines Kind ja stets »Lili« genannt hatte. Mit Karottos Schriften unter dem Arm tanzte ich über die Straße, als hätte die Frühlingsluft mich betrunken gemacht.

»Du warst zwei Wochen nicht hier«, sagte Belcanto vorwurfsvoll; trotzdem spendierte er mir eine große duftende Tasse Capuccino, die ich gar nicht bestellt hatte. »Und du wirst jeden Tag schöner. Eine wie du ist für die Nonnenschule viel zu schade.«

Belcanto, der Schaumschläger. Seine eigene Tochter, kaum weniger hübsch als ich, saß in meiner Parallelklasse. Ich hatte an dem Tag keine Lust, auf seine Komplimente einzugehen, so schmeichelhaft sie auch waren. Er zuckte die Achseln und bediente schweigend eine mächtige dunkelhäutige Frau am Nachbartisch. Mit ihrem hohen gewundenen Kopfputz und einem smaragdgrünen Umhang sah sie höchst theatralisch aus, wie eine Opernsängerin aus »Aida«. Sie lächelte mich an, und ich lächelte zurück, bevor ich mich wieder in meine Quellen vertiefte, wo ich schon nach einigen Seiten auf eine Textstelle stieß, die beinahe wörtlich dem entsprach, was mir der Pfau in meinem Traum erzählt hatte. Es handelte sich um ein Zitat aus dem berühmten Gilgamesch-Epos. Gilgamesch, König von Uruk, beschimpft darin die Göttin Ischtar, weil es ihr durch ihre unwiderstehliche Schönheit immer wieder gelungen war, Götter, Halbgötter, Menschen und Tiere zu verführen und nachher zu verderben:

»Da du den bunten Vogel liebtest, hast du ihn geschlagen, ihm die Flügel gebrochen. In den Wäldern weilt er nun, um seine Flügel klagend ...«, flüsterte ich, fröstelnd vor Ergriffenheit.

Nach einer Weile fühlte ich mich beobachtet und blickte auf. Die geheimnisvolle Diva vom Nachbartisch hatte sich zu mir gesetzt und starrte mich aus ihren schwarzen Neumondaugen unverwandt an. Wie lange mochte sie schon hier sein, und wieso hatte ich nichts davon gemerkt? Irritiert hörte ich zu flüstern auf und breitete wie ertappt meine Arme über die Seiten.

Sie schob mir einen Zettel hin.

Wie alt bist du? stand darauf.

Ich sah sie fragend an. Sie legte einen Finger über ihre Lippen. Ein dunkler Engel, der sein Schweigen bewahren wollte.

»Siebzehn«, log ich.

Deine Füße sind zu groß, sonst bist du vollkommen, schrieb sie auf einen zweiten Zettel.

Ich lachte. »Wer sind Sie?«

Scheba – die Königin von Saba, schrieb sie mir. Mit dem Kopf deutete sie auf mein Manuskript, ließ sich das erste Blatt herüberreichen, kritzelte etwas darauf und gab es mir zurück.

Siehe das »Alphabet des Ben Sira«, Midrasch aus der geonischen Epoche, Seite 95/96, entzifferte ich und schüttelte den Kopf. »Das habe noch gar nicht entdeckt«, sagte ich.

Die Frau aber war verschwunden.

Wenn ich jetzt Belcanto nach ihr frage, wird er sagen, er habe sie nicht gesehen, dachte ich.

»Ist dir die Frau am Nebentisch aufgefallen, Belcanto, die mit dem Turban?«

»Na und ob! So ein Prachtweib übersieht man doch nicht!« bestätigte mein Freund. »Aber ich kenne sie nicht. Sie muß zum erstenmal hier gewesen sein.«

»War sie stumm, Belcanto?«

»Nein«, meinte er. »Nur ein bißchen heiser.«

Und plötzlich wußte ich, daß sie mich an den Pfau aus meinem Traum erinnerte.

»Sie war die Königin von Saba«, sagte ich.

»Und ich bin Pavarotti!« Schon begann Belcanto seine Lieblingsarie zu schmettern: »Un bel di vedremo ...«

Ich umarmte ihn hastig. »Ciao, amigo!«

Wenn ich mich jetzt nicht verabschiedete, würde er sein ganzes Puccini-Repertoire zum besten geben wollen.

Zum Glück war ich vor Karotto zu Hause. Ich wußte, er würde am Nachmittag noch in der Universitätsbibliothek zu tun haben, so daß mir Zeit genug blieb, in seinem Sammelsurium von Raubkopien nach dem Text mit den angegebenen Seiten zu fahnden, bevor ich die Bücher wieder einräumte. Karotto war ein ordentlicher Student, der seine Texte beschriftete und durchnumerierte, das erleichterte die Suche. Trotzdem hatte ich kein Glück. Wahrscheinlich hat es einen »Ben Sira« nie gegeben, tröstete ich mich, geschweige denn ein Alphabet in seinem Namen. Mehr zum Spaß schlug ich in Meyers Handlexikon aus dem Jahre 1883 nach und erfuhr zu meiner Überraschung, daß ein solcher Mensch im sechsten Jahrhundert am Hof von Nebukadnezar gelebt hatte, einem König von Babylon, der Syrien und Palästina unterwarf und Jerusalem zerstörte. Das ominöse Alphabet wurde leider nicht erwähnt.

Als Karotto nach Hause kam, war ich noch immer mit seinen Lexika beschäftigt. Er schien nicht sehr erbaut zu sein, mich in seinem Zimmer zu finden.

»Was ist ein Midrasch?« fragte ich sofort, damit er sich nicht einbildete, ich hätte auf ihn gewartet.

»Eine erzählende Darstellung«, antwortete er unwillig.

»Und das Alphabet des Ben Sira?«

Er stöhnte. »Was willst du denn damit, Elisa? Hast du nichts Besseres zu tun, als in meinen Sachen herumzukramen?«

Ich ignorierte seine Frage und wiederholte meine eigene.

»Kennst du es, oder kennst du es nicht?«

»Zum Teufel, nein! Und ab morgen werde ich meine Zimmertür abschließen, damit du dich nicht ganz bei mir einnistest.«

»Tu das, Karl-Otto«, sagte ich kühl. »›Wo ich mich aufhalte, sollst du dich nicht aufhalten. Wo ich mich setze, sollst du dich nicht setzen. Du sollst nicht in mein Haus eintreten. Du sollst mein Haus nicht verzaubern.‹«

Ich stand am Fenster, als ich den babylonischen Bannspruch gegen Lilith aufsagte, wobei ich genüßlich jedes Wort betonte.

Karotto trat hinter mich – es hörte sich an, als stampfte er dabei mit dem Fuß auf – und hielt mir den Mund zu.

»Schweig, du kleine Hexe!«

Ich wandte den Kopf unter seinen Händen und schaute ihm ins Gesicht. Sein Blick sagte alles. Er senkte die Augen. Zu spät. Ich hatte seine Wünsche verwildern gesehen; er konnte sich nicht mehr vor mir verstecken.

»Mach's mir nicht so schwer«, bat er.

Mein kleiner Student war ein Feigling.

»Paß auf, was ich als nächstes tue!« sagte ich, bevor ich ihn seinen heimlichen Gelüsten überließ.

Zur Strafe erzählte ich ihm nichts von Gilgamesch und dem Pfauentraum, kein Wort über meine Begegnung mit der Königin von Saba. Auch an den darauffolgenden Tagen ließ ich Karotto links liegen. Es würde noch eine ganze Weile dauern, bis ich ihn wieder brauchte. Ich hatte mir vorgenommen, in der Zwischenzeit bei den Schwestern ein paar Pluspunkte zu sammeln, denn als »enfant terrible«, das die Schule schwänzte, Entschuldigungen fälschte und mit Wonne provozierende Fragen stellte, war ich auf dem besten Wege, mir die Sympathien aller zu verscherzen. Ich mußte mein Programm ändern, sonst würde niemand mich ernst nehmen, wenn ich einmal wirklich wichtige Dinge zu sagen hätte. Irgend etwas in mir bereitete sich darauf vor, gehört werden zu wollen, und zwar bald, das spürte ich.

Es hatte sich herumgesprochen, daß ich ganz gut schreiben konnte. Brachte ich meine Worte in aller Ruhe zu Papier, so wurden sie oft besser verstanden, als wenn ich einer dösenden Klasse leidenschaftliche Monologe hielt. Ich brauchte also lediglich eine Schülerzeitung zu gründen und sie mit selbstgemalten Bildchen zu füllen, die der Schwestern Herz erfreuten. Nonnen waren zweifellos gutmütige Tiere. Schon bald würden sie mir eine gewisse Narrenfreiheit einräumen, worauf ich das Blatt für meine eigenen Zwecke nutzen könnte. Natürlich hätte ich die Zeitung gerne »Lilith« genannt, doch dazu war die Zeit noch nicht reif. Meine Freundinnen und ich gaben ihr den Namen *Genovevas Töchter*, das klang auch nicht übel. Die Schülerzeitung war mein Kind, und so ernannte ich mich, unangefochten von den anderen, die gern taten, was man ihnen sagte, zu ihrer Chefredakteurin. Wochenlang verwandte ich meine Energie darauf, zu lernen, wie man Mitarbeiterinnen anheuerte, bei Firmen Anzeigen einholte und ein Layout herstellte. Dann hatten wir es geschafft: *Genovevas Töch-*

ter wurde schon mit der dritten Ausgabe Landessieger im Schülerzeitungswettbewerb.

Die Schwester Oberin gratulierte uns persönlich bei dünnem Kakao und nach Mottenpulver riechenden Plätzchen und lobte mich als »höchst unbequeme, aber zweifellos kreative Person«. Ich bedankte mich mit Worten, die mein Unterbewußtsein, oder was auch immer, mir in den Mund legte: Erkenntnisse ohne Grenzüberschreitung, behauptete ich, seien schlechterdings unmöglich.

Die ehrwürdige Mutter hob warnend ihren fleischigen Zeigefinger, widersprach mir aber nicht. Ganz geheuer war ich ihr nie. Vielleicht konnte sie mir die Hintergedanken auch von der Stirn ablesen, behielt dies aber für sich, solange ich der Schule Ehre machte. Sie brauchte die Spenden begüterter Eltern, und der Erfolg von *Genovevas Töchtern*, über den mehrere Tageszeitungen berichteten, war eine willkommene Reklame für ihr Haus.

Um zu testen, wie weit ich gehen konnte, veröffentlichte ich in der nächsten Ausgabe, Karotto sei Dank, den »Katechismus der Vernunft für edle Frauen« von Friedrich Schleiermacher. Das von mir leicht gekürzte Glaubensbekenntnis des evangelischen Theologen aus dem 18. Jahrhundert besagte:

1. Ich glaube an die unendliche Menschheit, die bereits da war, ehe sie die Hülle der Männlichkeit und Weiblichkeit annahm.

2. Ich glaube, daß ich nicht lebe, um zu gehorchen, sondern um zu sein und zu werden; und ich glaube an die Macht des Willens und der Bildung, mich dem Unendlichen wieder zu nähern, mich aus den Fesseln der Mißbildung zu erlösen und mich von den Schranken des Geschlechts unabhängig zu machen.

3. Ich glaube an Begeisterung und Tugend, an die Würde der Kunst und den Reiz der Wissenschaft …

Von Schleiermachers »Zehn Geboten«, eines noch kühner als das andere, traute ich mich indessen nur eine Auswahl abzudrukken:

2. Du sollst dir kein Ideal machen, weder eines Engels im Himmel, noch eines Helden aus einem Gedicht oder Roman, noch eines selbstgeträumten oder phantasierten.

3. Du sollst von den Heiligtümern der Liebe auch nicht das kleinste mißbrauchen.

5. Ehre die Eigentümlichkeit und die Willkür deiner Kinder, auf daß es ihnen wohlergehe und sie kräftig leben auf Erden.

8. Du sollst nicht geliebt sein wollen, wo du nicht liebst.

9. Du sollst nicht falsch Zeugnis ablegen für die Männer; du sollst ihre Barbarei nicht beschönigen mit Worten und Werken.

10. Laß dich gelüsten nach der Männer Bildung, Kunst, Weisheit und Ehre.

Mit wohlüberlegten Worten forderte ich *Genovevas Töchter* dazu auf, sich mit diesem ungewöhnlichen Katechismus auseinanderzusetzen. Sie sollten ihre Meinung dazu in Form von Leserbriefen äußern dürfen, je kontroverser, desto besser.

Unsere Schwester Hildegardis warnte mich auch diesmal, nicht zu weit zu gehen. Schließlich sei mein Herr Schleiermacher Protestant gewesen und schon allein aus dem Grund mit Vorsicht zu genießen. Sie wolle uns die Freude an der Diskussion aber einstweilen nicht nehmen. Noch gefiel sie sich in der Rolle der toleranten Schulleiterin. Ermutigt durch soviel Milde, klärte ich meine Mitschülerinnen schon in der nächsten Nummer über die Herkunft der Heiligen Schrift auf.

Das Wort »Bibel«, so schrieb ich, *leitet sich von »Byblos« ab, einer Stadt in Phönikien (Syrien), die Stadt der Großen Mutter mit dem ältesten ununterbrochen benutzten Tempel der Welt. Die Göttin dieses Tempels war die Schutzpatronin des Lernens, und ihre Priesterinnen gründeten eine Bibliothek aus Papyrosrollen, die sie selbst zusammengetragen hatten. Für die Griechen war daher jeder Papyros ein »byblos«, ein heiliges Buch.*

Besonders erwähnenswert fand ich, daß in mehreren Büchern der Bibel das Wort für »Gott« nachweislich falsch übersetzt wurde; statt dessen hätte es »Göttinnen« heißen müssen.

Die Bibel, das zu betonen war mir wichtig, *ist eben in einem langen Prozeß entstanden, der bis heute andauert. Ständig wurde sie überarbeitet und verändert. Die letzte Revision erfolgte erst kürzlich, im Jahr 1952, als zwölf Verse aus dem Ende des Markus-Evangeliums getilgt werden mußten, weil sie auf späteren Einschüben beruhten, die schlichtweg falsch waren, darunter so folgenschwere Worte wie: »Wer aber nicht glaubt, wird verdammt werden.«*

Gern hätte ich dem letzten Satz noch einen ätzenden Kommentar hinzugefügt, doch das wäre wohl zu gewagt gewesen.

Die Zeitungen waren noch nicht ganz verteilt, da wurde ich schon zur Schwester Oberin gerufen. Sie muß sich sofort auf deinen Artikel gestürzt haben, dachte ich nicht ohne Stolz.

»Was versprichst du dir von dieser abenteuerlichen Art der Bibelforschung, Elisa?«

»Ich möchte, daß sich alle Mädchen und Frauen ihrer spezifisch weiblichen Göttlichkeit bewußt werden!« Ich hatte diese Frage erwartet und mir die Antwort sorgfältig zurechtgelegt: »Der Ursprung der Bibel läßt solche Schlüsse zu, Schwester Hildegardis.«

»Dazu hättest du aber die Bedeutung der Heiligen Schrift als von Gott diktiertes Wort nicht relativieren müssen!«

Ich fand es klüger, zu schweigen und mein scheinheiliges Lügengesicht aufzusetzen. Sogleich war die Schwester besänftigt.

»Es ist eine Dummheit, Elisa, alles auszuplaudern, was man einmal irgendwo aufgeschnappt hat. Ich hätte dich für gescheiter gehalten.«

»Aber ...«

»Überlaß die Theologie denen, die etwas davon verstehen, mein Kind.«

»Den Männern, ehrwürdige Mutter?«

»Keine Wissenschaft wird bereits dadurch besser, daß Frauen sie betreiben.«

Ich protestierte schwach.

»Wie auch immer. Die Theologie ist kein Kinderspiel; sie sollte reifen Menschen vorbehalten bleiben, die sie gründlich studiert haben und fest im Glauben sind. Ich werde die letzten Sätze in deinem Artikel persönlich widerlegen.«

Was sie dann aber vergaß.

Der Schlüssel zu den wirklich wichtigen Offenbarungen würde, davon war ich überzeugt, in jenem »Alphabet des Ben Sira« zu finden sein, das ich nirgends zu Gesicht bekam, so eifrig ich in den Bibliotheken der Stadt auch danach suchte. Meine Königin von Saba konnte mir auch nicht weiterhelfen, denn sie beehrte Belcantos Café nie wieder mit ihrem Besuch.

Vielleicht sollte ich Karotto noch einmal anzapfen; es war ohnehin an der Zeit, mit ihm zu tun, was ich tun mußte.
In einer hellen Nacht aus Mondlicht und Sternenstaub ging ich hinüber zu ihm, um mich zu entjungfern. Es war Sommer, und Karotto schlief nackt; kein Kruzifix schützte ihn vor den Hexen der Nacht. Trotz der Hitze hatte ich eine Gänsehaut vor Erwartung. Mehr noch als mein Vorhaben selbst erregte mich die Ungewißheit, ob ich es würde zu Ende bringen können, bevor er erwachte.

Mit einer flackernden Kerze in der Hand, die mir diesmal kein Teufelchen ausblies, sah ich ihn mir genau an, Zentimeter für Zentimeter. Besonders lange verweilte ich auf dem goldfarbenen Kleinod in seiner Mitte, das meine alternde Mutter so stolz war, für sich gewonnen zu haben. Ich verglich es mit Erinnertem und Erdachtem und befand es für erfreulich wohlgeraten, glattglänzend und unter meinem begehrlichen Blick bereits halb aufgerichtet in seinem Kranz rötlicher Locken.

Wie die Lilim wollte ich es machen, von denen er mir so anschaulich erzählt hatte. Mit klopfendem Herzen hockte ich mich über den zukünftigen Gottesmann, bis sich alles so zusammengefügt hatte, daß ich auf ihm tanzen konnte. Mein Leib hatte ohne weiteres die Trophäe meiner Mutter geschluckt und fand sie wie für sich geschaffen. Einmal war mir, als blinzelte Karotto mir zu unter seinen hellen dichten Pferdewimpern, und es machte mir Vergnügen, mich mit seinen Augen zu betrachten. Ich trug nichts als ein rotes, straßbesetztes Samthalsband auf meiner weißen leuchtenden Haut und schwarze Spitzenstrümpfe bis über die Knie. Mein üppiges Haar hatte ich in Spiralen hochgesteckt wie die geheimnisvolle Göttin auf dem Relief der Sumerer. Ich war, dem Kokon des kindlichen Körpers gerade erst entschlüpft, ebenso wunderbar gewachsen wie sie, mit hochangesetzten runden Brüsten und einer sehr schlanken Taille. Zwar fehlten mir die Flügel, nicht aber die breiten Schultern und die langen, muskulösen Beine. Kein Mann, der mich so sah, würde unberührt bleiben können; keinem Mann würde ich es gestatten, mich zu berühren. Feuchte Hände auf meiner Haut, indiskrete Finger, die sich an Stellen verirrten, die nur mir gehörten, waren nicht nach meinem Geschmack.

Eine Frau, so dachte ich, die beim ersten Liebesspiel die Handelnde war, würde auch in Zukunft Meisterin ihres Geschickes sein. Meine Mutter, die Dulderin, hätte von mir lernen können, was sie mir vorenthalten mußte.

Ich ritt Karotto, tat Dinge, die niemand mir beigebracht hatte, und ich genoß es. Das Recht der ersten Nacht gebührte mir allein. Die Entjungferung war ein heiliger Akt, eine Art Initiation; ich erlaubte es meinem Geist nicht, bei dem kleinen Unbehagen zu verweilen, welches damit verbunden war, daß irgendwo in mir ein sorgsam zu hütendes Siegel riß. Kein flüchtiger Schmerz sollte die Lust trüben, endlich geöffnet zu sein Ich erwartete keine ekstatischen Gefühle von meiner ersten Liebesnacht, dazu mußte ich zu achtsam sein, denn Karotto, so hatte ich es beschlossen, durfte seinen Höhepunkt erst erreichen, wenn ich nicht mehr um ihn war. Ob er wirklich die ganze Zeit über schlief oder nur so tat, als ob, war mir letzten Endes gleichgültig. Mein Blut auf seinen Schenkeln würde ihm schon verraten, daß seine Traumbilder in dieser Nacht keine Illusion gewesen waren.

Gerne hätte ich meiner Mutter am Morgen ein beflecktes Laken präsentiert oder es wenigstens, einem archaischen Impuls gehorchend, zum Fenster herausgehängt; allein der Triumph erschien mir dann doch zu billig. In unserem ehemaligen Weinberghaus oberhalb des alten Dorfes hätte ich damit Aufsehen erregen können, hier in der Stadt aber fragte niemand nach der Jungfräulichkeit von Nachbarstöchtern.

Meine Freundinnen in der Nonnenschule wollten mir meine »Geschichte der ersten Nacht« gar nicht erst abnehmen.

»Wenn ich demnächst in unserer Zeitung Tabuthemen aufgreifen will, und das sind in Wahrheit die einzigen, die mich interessieren«, versuchte ich mich verständlich zu machen, »muß ich doch wissen, worüber ich schreibe. Oder?«

Die Freundinnen rümpften die Nase.

»Du bist frühreif, Elisa, das sagen alle«, behaupteten sie und waren nicht einmal neugierig. Unbegreifliche Wesen, diese gefügigen Nonnenkinder!

Drei lange Nächte überließ ich Karotto dem Liebeshunger meiner Mutter, dann aber ging ich eines Morgens, als es schon tagte und sie sich gesättigt unter ihre eigene Bettdecke verkrochen hatte, wieder zu ihm. Behutsam hockte ich mich über den Schlafenden, um das Nachthexenspiel, diesmal gelöster und mit größerem Lustgewinn für mich, fortzusetzen.

Karotto sah so unschuldig aus mit seinem entspannten Schlafgesicht; seine zerzausten Haare erinnerten mich an ein rennendes Kind, an Camael, wenn wir getobt hatten. Auf seine Hinterlist war ich nicht vorbereitet. Noch ehe ich reagieren konnte, bäumte mein Heiliger sich auf, schüttelte mich ab und warf sich über mich. Die Zange seiner Beine preßten meinen Leib zusammen, seine Arme versuchten, mich auf seiner harten Matratze festzunageln.

»Bist du irre, Karotto, ich bin es doch, nicht sie!« schrie ich ihn an.

»Verflucht sei der Mann, der die Frau zum Himmel und sich selbst zur Erde macht!« hörte ich ihn aus irgendeiner vermaledeiten Theologenschrift zitieren. »So steht es geschrieben!«

Unser Herr Untermieter schien im religiösen Wahn zu reden. Ich hatte ihm, außer meiner nur einmal zu vergebenden Jungfräulichkeit, eine Variante der Liebeskunst für sein ganzes zukünftiges Leben geschenkt, er aber wollte seine alte Nummer abziehen, der Barbar!

»Hüte dich vor der Missionarsstellung der Paschas und Ehemänner!« hatten die Freudenmädchen mich damals beschworen. »Sie ist der Alptraum aller empfindsamen Frauen.«

Ich trat mit den Füßen nach Karotto, hämmerte mit den Fäusten gegen seine knochige Brust. »Laß mich los, du Tier!«

»Schrei nicht so, du, du, du ...«

»Sonnenhure!« half ich ihm, das passende Wort zu finden.

»Oder willst du, daß deine Mutter dich hört?«

Er hielt mir schon wieder den Mund zu mit seinen ungeschickten Händen, und wieder kam seine Vorsicht zu spät. Meine Rivalin stand bereits mitten im Zimmer; keiner von uns beiden hatte auch nur ein Dielenbrett knarren gehört. So laut waren wir doch gar nicht gewesen! Wahrscheinlich hatte sie längst auf der Lauer gelegen, war auf leisen Sohlen hinter mir hergeschlichen, um ihren lange gehegten Argwohn bestätigt zu sehen.

Jeder noch so unliebsame Gedanke trägt den Keim seiner Verwirklichung in sich, mußte ich denken. Nun war sie es, die schrie.

Mehr Laute als Worte, sinnloses Zeug, kaum zu verstehen, genauso wie früher in den Szenen mit meinem Vater. Sie würde es nie lernen. Als sich endlich Sätze aus dem hysterischen Geschluchze formten, bestanden sie aus maßlosen Vorwürfen und Verwünschungen. Natürlich gab sie mir die Schuld, nicht nur an der Untreue ihres Schatzes, sondern an jedweder Wunde, die das Leben ihr geschlagen. Um alles sollte ich sie gebracht haben, sogar um ihr Studium, die Freuden der Mutterschaft, den einzigen Sohn und nun auch noch um den Mann ihres Lebens. Die Litanei nahm kein Ende und gipfelte in der Drohung: »Das werde ich dir heimzahlen!«

Schierer Haß funkelte in ihren Augen, und ich wußte, sie würde Wort halten.

»Du kannst ihn haben, deinen Lustknaben«, versuchte ich einzulenken. »Ich schenke ihn dir!«

Aufreizend langsam und ohne mich meiner Blöße zu schämen, verließ ich Karottos Bett. Dann stellte ich mich seelenruhig vor sie hin. Sollte sie doch schwarz werden vor Neid auf soviel Schönheit und Jugend!

»Ich kann so einen Milchbubi wie ihn wirklich nicht brauchen«, bekräftigte ich.

Sie aber schlug mir ins Gesicht.

Das hätte sie nicht tun dürfen. Schon in meiner Kindheit fand ich es unverzeihlich, wenn sie ihre Hand gegen mich erhob, denn ich erinnerte mich noch an die eine oder andere Person, die ich einmal gewesen war, während sie rein gar nichts von sich wußte.

»Das wird dir noch leid tun!« erwiderte ich und ballte die Fäuste vor Wut.

Zuerst dachte ich an einen neuen Schadenzauber, schrecklicher denn je, um das Gleichgewicht wiederherzustellen, doch dem fühlte ich mich ebenso entwachsen wie den mütterlichen Ohrfeigen. Viel mehr Witz würde es haben, die Absichten meiner Feindin zu durchschauen und zu vereiteln. Sie würde so bald wie möglich bei unserer Obernonne aufkreuzen, um sie über meinen wahren Charakter aufzuklären. Das zu erraten war nicht schwer, denn sie liebte Auftritte und Intrigen.

Also kam ich ihr zuvor, bat um eine Unterredung mit Schwester Hildegardis und schilderte in bewegenden Worten die Geschichte meiner Kindheit in einem chaotischen Elternhaus. Meinen Vater entlarvte ich als verantwortungslosen Spieler und Trinker, die Mutter als lebensuntüchtige Depressive. Ich brauchte nicht einmal zu lügen.

»Sie wissen ja, Schwester Hildegardis«, hauchte ich, »gebrochene Gemüter sehen nichts Falsches darin, selbst die Gemüter der eigenen Kinder zu brechen.«

Die Schwester wußte Bescheid. Und da ich gehört hatte, daß ihr das Thema des Kindesmißbrauchs besonders am Herzen lag und jede Schülerin, die in der eigenen Familie so etwas witterte, bei ihr ein kaum zu erschöpfendes Interesse fand, erinnerte ich mich an jenem Tag besonders gut an die Episoden mit Küken-Benno.

Am Ende weinten wir beide; sie drückte mich an ihre weiche Brust und meinte, nun endlich begreife sie, warum sie und die anderen Schwestern immer das Gefühl gehabt hätten, daß ich ein unglückseliges und gefährdetes Mädchen sei. Es liege an meiner Ausstrahlung, und diese sei das Ergebnis meiner schweren Kindheit.

Doch die Gebete der Nonnen, gepaart mit meiner selbstlosen Arbeit an der Zeitung, die man trotz gelegentlicher Einwände im Haus durchaus zu schätzen wüßte, würden meinen Charakter schon noch festigen.

Unter Tränen lächelnd, gestand ich, mir aus eben diesem Grund das Schreiben ausgesucht zu haben, denn wer schon in frühester Jugend so schonungslos mit der Welt der Erwachsenen in Berührung gekommen sei wie ich, hätte es beizeiten gelernt, seine Zunge zu hüten.

Was für eine Posse! – Schwester Hildegardis nickte verständnisvoll. Sie entsann sich noch etlicher großer heiliger Frauen mit ähnlichen Biographien und gab mir die prophetischen Worte mit auf den Weg:

»In dir steckt mehr als in den anderen Mädchen, Elisa, das ist auch uns nicht verborgen geblieben. Mag sein, daß der Allmächtige noch viel mit dir vorhat!«

Da ich derselben Meinung war, konnte ich sie nun getrost verlassen. Nach der Schule streunte ich für gewöhnlich noch ein wenig durch die Kaufhäuser, bevor ich mich auf den Heimweg machte. Wenn es sein mußte und mir das Risiko gering erschien, klaute ich auch gern ein paar Kleinigkeiten. Zur Übung gewissermaßen. An dem Tag aber ersparte ich mir weitere Aufregungen. Zu Hause ging ich sofort in mein Zimmer und schloß mich ein, bis mich gegen Abend der Hunger in die Küche trieb.

Meine Mutter und ich sprachen nicht mehr miteinander, doch verriet mir ihr Gesichtsausdruck, daß sie irgendeine Gemeinheit plante. Karotto konnte ich nicht danach fragen, denn auch ihn strafte ich mit Mißachtung, und je mehr ich das tat, desto anziehender wurde ich für ihn. Ständig suchte er meine Nähe. Also schien es zu stimmen, was in seinem Buch geschrieben stand, dachte ich mit der ganzen Hybris meiner Jugend und angelesenen Gelehrsamkeit, daß nämlich ein Mann nach einer Erfahrung mit einer Nachthexe nicht länger durch die Liebe einer sterblichen Frau befriedigt werden könne. Durch mich, Elisa, hatte unser Untermieter folglich seine Unschuld verloren.

Eines Abends, als ich ziemlich spät und ein wenig angeheitert aus Belcantos Café nach Hause gekommen war, denn dort hatte ich ganz allein meinen sechzehnten Geburtstag gefeiert, fand ich auf meinem Kopfkissen zwei vergilbte Manuskriptseiten. Sie hatten Stockflecken, eingerissene Ränder und waren in einer Art Spiegelschrift geschrieben. Niemand außer mir hätte sie entziffern können, denn ich war nicht aus der Übung gekommen und hatte auch in der Nonnenschule hin und wieder Texte in verdrehter Schrift abgegeben, wenn ich mich wieder einmal interessant machen oder einer Aufgabe entziehen wollte.

Die beiden Blätter trugen unleserliche Seitenzahlen und enthielten als letzte Steinchen eines Mosaiks, das ich in den vergangenen Monaten vergeblich versucht hatte, zu einem Ganzen zusammenzufügen, das legendäre *Alphabet des Ben Sira*. Ich las es und staunte. Schwester Hildegardis hatte recht gehabt: Es gab für mich etwas zu vollbringen, womöglich sogar etwas »Großes«, aber es würde ganz gewiß nicht das sein, was sie von mir oder ihrem Herrgott erwartete. Doch darauf konnte ich nun keine Rücksicht mehr nehmen.

4. Kapitel

Am Anfang war Lilith

Nach gründlicher Lektüre der nun vollständigen Schrift über »Die erste Eva« fügte ich unserer nur allzu bekannten Schöpfungsgeschichte ein aufregend neues Kapitel hinzu: »Und sollte es nicht wahr sein, so ist es doch wahrer als das, was wir in der Schule gelernt haben«, behauptete ich einfach.

Nachdem ich meine verschiedenen Informationen in eine schöne Sprache gekleidet hatte, denn darauf legte ich Wert, fand ich den Text viel zu lang für eine normale Schülerzeitung, in der ja leider jede Jahrgangsstufe zu Wort kommen sollte. Ich ließ daher, auf eigene Rechnung und ohne jemanden um Erlaubnis zu fragen, ein achtseitiges Sonderheft drucken und schummelte es am letzten Schultag unseren Abiturientinnen und deren Eltern unter ihr Festprogramm.

Während der Schulchor »Die Himmel rühmen« sang, saßen die Ehrengäste, einschließlich aller Schwestern, in den ersten Reihen und lasen mit sich rötenden Gesichtern, was ich für sie herausgefunden hatte.

Schon unsere Bibel, so schrieb ich, *kennt zwei unterschiedliche Versionen der Schöpfungsgeschichte, die eine steht in »Genesis I«, die andere in »Genesis II«. Es lohnt sich, diese beiden einmal miteinander zu vergleichen, vor allem die Zeilen über »Die Erschaffung des Menschen«. Wir alle haben während unserer gesamten Schulzeit mit folgender Geschichte vorlieb nehmen müssen:*

»Da ließ Gott der Herr einen Tiefschlaf auf Adam fallen, so daß er einschlief, nahm eine seiner Rippen und verschloß deren Stelle mit Fleisch.

Gott der Herr baute die Rippe, die er dem Menschen entnommen hatte, zu einer Frau aus und führte sie ihm zu. Da sprach der Mensch:

›Das ist nun endlich Bein von meinem Gebein und Fleisch von meinem Fleisch. Diese soll man Männin heißen; denn vom Manne ist sie genommen.‹«

(Genesis II, 21–23)

Die beiden kleinen Worte »nun endlich« verraten im Grunde alles. Adam hatte nämlich schon einmal eine Frau; und so steht es geschrieben: »Dann sprach Gott: ›Lasset uns Menschen machen nach unserem Abbild; uns ähnlich; sie sollen herrschen über des Meeres Fische, über die Vögel des Himmels, über das Vieh, über alle Landtiere und über alle Kriechtiere am Boden!‹

So schuf Gott den Menschen nach Seinem Abbild, nach Gottes Bild schuf er ihn, als Mann und Frau schuf er sie.

Gott segnete sie und sprach zu ihnen: ›Seid fruchtbar und mehret euch, füllet die Erde und machet sie untertan.‹«

(Genesis I, 26–28)

Diese zweite Version der Erschaffung von Mann und Frau wird uns von der christlich-jüdischen Geschichte meist zugunsten der ersten verschwiegen. Aus der Sicht der Männer eine ebenso verständliche wie wünschenswerte Wahl (nicht umsonst heißt ja das englische Wort für Geschichte »his-story«!), aus der Sicht der Frau aber eine tragische Entscheidung, gibt sie doch von Generation zu Generation den Mythos von der weiblichen Unterlegenheit weiter. Eine Frau aus der Rippe des Mannes kann nun einmal nicht dieselbe Gottähnlichkeit haben wie er, was ihre Verführbarkeit durch die Schlange dann auch prompt bestätigt. Die Frau ist die moralisch schwächere.

Nicht einmal der Name von Adams erster Frau wird uns im Religionsunterricht verraten. Ihr Name war »Lilith«, und die Mythen der Welt wurden in all den vergangenen Jahrtausenden nicht müde, von ihr zu berichten. So war Lilith die dreifache Muttergottheit, die »Große Schlangenbraut«, der frühen matriarchalischen Stämme. In Mesopotamien wurde sie schon vor viertausenddreihundert Jahren von den Sumerern als Göttin verehrt, und auch das beinah doppelt so alte Gilgamesch-Epos besingt ihre Schönheit und Verführungskünste. In der jüdischen Mythologie lebt sie seit dem zehnten Jahrhundert vor Christus, und zwar zunächst als Göttin, bevor die Furchtsamkeit der Männer sie zur Dämonin machte.

Lilith verkörperte den Lebensdrang, der sich nicht assimilieren lassen wollte – das aber war den Menschen schon immer suspekt. Aus der kanonischen christlichen Bibel mußte sie sogar ganz verschwinden, weil man die Hinweise auf ihre Existenz nicht als göttlich inspirierte Eingebung anerkennen wollte, und den Patriarchen des Mittelalters erschien sie so unheimlich, daß sie selbst Liliths Töchter, die Lilim, noch fürchteten und verteufelten.

Die wichtigeste Quelle meiner Geschichte war das »Alphabet des Ben Sira« (9.–10. Jahrhundert n. Christus), das ursprünglich in aramäischer Sprache abgefaßt wurde und außer dem Leben des Autors am Hofe des neubabylonischen Herrschers Nebukadnezar (600 v. Chr.) auch die entscheidenden Szenen zwischen Adam und Lilith beschreibt. Und ich gestehe, daß ich um der Erzählung willen auch das eine oder andere Wort hinzugedichtet habe, denn sonst hätte mir das Schreiben keinen Spaß gemacht.

Ich widme meine Arbeit den Abiturientinnen unserer Schule, so schloß ich, *»weil ich glaube, daß sie es mit ihrem »Zeugnis der Reife« verdient haben, auch von der Existenz Liliths zu wissen, war sie doch die erste Frau in der Geschichte der Menschheit, die den Herrschaftsanspruch des Mannes angefochten hat. Sich ihr verwandt zu fühlen, kann unser Leben verändern.*

Ich appelliere an Euch, die nun erwachsenen Töchter Genovevas, diese Spur aufzunehmen, die ich für uns entdeckt habe, denn »es ist niemals falsch, sich auf die Suche nach dem zu machen, was die Seele braucht«.

An die Tür unserer alten Aula gelehnt, vergewisserte ich mich, daß mir alle, die begonnen hatten, in meiner Zeitung zu lesen, bis zu dieser Stelle gefolgt waren. Daraufhin stahl ich mich still davon. Den Rest, die eigentliche Geschichte über »Adams erste Frau« sollten die einmal auf den Geschmack Gekommenen ohne mich lesen. Und den Tumult, der unweigerlich folgen würde, konnte ich mir an einem schöneren Ort ausmalen.

»Du Elisa, bist eine Ketzerin und wirst immer eine Ketzerin bleiben«, orakelte die Schwester Oberin, nachdem meine Strafen verhängt und mein Schicksal beschlossen waren.

Ich versprach, mein Bestes zu tun. Daraufhin schwieg sie ausgiebig, und ich erwiderte ihr Schweigen. Das letzte Wort sollte sie sprechen müssen.

»Woran denkst du?«

Ich stand mit dem Rücken zum Licht und beobachtete meinen Schatten.

»Sprich, damit ich dich sehe«, sagte der Priester zur Delinquentin in der Todeszelle. Wenn ich mir das nicht gerade ausgedacht hatte, mußte es aus einem Theaterstück sein.

Hildegardis' Stimme kam aus der finstersten Ecke der alten Bibliothek. Die Schwestern hatten ganze Wände voll frommer Werke, aber nur eine einzige Leselampe. Wer hier nach Erkenntnis suchte, würde sich die Augen verderben.

»An eine Hellseherin, die im Dunkeln sitzt, ehrwürdige Mutter.«

Ich wiederholte mein Wortspiel, weil ich es für besonders gelungen hielt und sicher sein wollte, daß die Schwester es nicht überhörte. Sie ließ sich aber von mir nicht provozieren. Ich wünschte, sie würde sich der Geschichte zuliebe eine letzte Blöße geben, doch den Gefallen tat sie mir nicht. Minuten später merkte ich, daß sie den Raum durch eine Büchertür, die ich nicht kannte, verlassen hatte. Das Spiel war aus und niemand applaudierte. Mir fehlte das Publikum, zu guter Letzt doch.

»Was sagst du dazu, Lilith? Sprich, damit ich dich sehe!«

Mit angehaltenem Atem wartete ich auf Antwort.

Die wurmstichigen Holzregale bogen sich unter der Last der alten Wälzer. In regelmäßigen Abständen knackte es im Holz, und in den Pausen wehte plötzlich ein Wispern aus den Falten des Fenstervorhangs hinüber zu mir. Ich spitzte die Ohren und verstand es wohl: »Was kümmert dich das Publikum, Elisa? Pfeife drauf, falls du das gelernt hast. Mädchen, die pfeifen ... Du weißt schon. Und erwarte niemals Beifall, Gunst oder Gegenliebe von anderen, auf daß du nicht Schaden nimmst an deiner Lebensfreude inmitten von Strapazen!«

»Hörst du etwa Stimmen, Elisa?« hatte die lammfromme Laetitia mich einst gefragt, als mein Benehmen sie an meinem oder ihrem Verstand zweifeln ließ.

»Und Sie, Laetitia, hören Sie etwa keine? Nein? Dann fürchte ich, wird man Sie niemals heiligsprechen!«

Lilith hatte recht. Was meine Texte über den Tag hinaus mit dem Schulvolk machte, brauchte mich nicht mehr zu interessieren. Ich hatte das Resultat meiner Suche nach dem Baum der Erkenntnis allen mitgeteilt, ob Genovevas Töchter seine Früchte nun kosten oder verschmähen wollten, ging mich nichts mehr an. Ich brauchte ihre Nähe nicht länger zu suchen. Ein nie wiedergutzumachendes Sakrileg hatte die Oberin mir eben noch vorgeworfen. Was wollte ich mehr …

Am Abend hieß ich die dreizehnte Fee zu Hause bleiben, als die ich mich eigentlich ungeladen unter die Gäste des Abiturballs hatte mischen wollen. Leicht fiel mir der Entschluß nicht. Zu lange schon hatte ich mich an der Vorstellung geweidet, wie ich mich in meine viel zu kleinen roten Schuhe zwängen würde, um mich darin genüßlich zu Tode zu tanzen – fürwahr, ein Schauspiel nach Liliths Geschmack! Oder wie ich um Mitternacht im geliehenen Bauchtanzkostüm aufträte, um inmitten der höheren Töchter meinen mit falschen Diamanten geschmückten Bauchnabel kreisen zu lassen. Eines der Straßenmädchen hatte mir diese Kunst beigebracht und behauptet, ich sei ein echtes Naturtalent. Eine orientalische Nacht unter Nonnen wäre ein letztes Wagnis wert gewesen …

Nun aber ließ ich Scheherazade in meiner Phantasie bauchtanzen und leistete statt dessen meiner unglücklichen Mutter Gesellschaft. Bei einer lange gehorteten Flasche zähflüssigen Eierlikörs – der einzige Alkohol, den sie vertrug – stimmte sie ihr Lamento über den »Prototyp des frühreifen und verdorbenen Teenagers« an und meinte damit Elisa, die Tochter.

»Sie lügt, sie hintergeht, und das Schlimmste: Sie gibt niemals etwas zu«, klagte sie einem unsichtbaren Zeugen, denn der rote Karotto hatte beizeiten das Weite gesucht. (Das Weite suchen, dachte ich, was für eine Metapher! Das Weite suchen und das Weitere finden … Weiß der Himmel, das wollte ich auch!)

»Vielmehr macht sie sich einen Spaß daraus«, fuhr meine Mutter fort, »Zweifel und Unsicherheit zu säen. Und diese scheinheiligen Schwestern …« – dies war ihr nun beinah das Ärgste – »lehnen jede Verantwortung dafür ab. Sie waschen ihre Hände in Unschuld wie Pontius Pilatus in ihrer Bibel. – Stell dir vor, Lisa, was ich ihnen zu sagen hatte, interessierte sie überhaupt nicht. Wie findest du das?«

Nicht einmal rächen konnte sie sich ohne mich!

»Haben sie dir denn keine Adresse gegeben? Kein Heim für gefallene Mädchen genannt? Keine Schule für Schwererziehbare? Keine geschlossene Anstalt?« erkundigte ich mich teilnahmsvoll. Ich war ja kein Unmensch, ganz im Gegenteil: Ich wollte alle Welt glücklich sehen, von der Unwissenheit befreit. »Irgendein Knast wird ihnen doch eingefallen sein!«

Sie schüttelte erbittert den Kopf. Man hatte die Tochter von der Schule gewiesen und die Mutter mit ihren Sorgen allein gelassen.

»Dann weiß ich auch nicht, was du mit mir anfangen sollst, Mama. Am besten überläßt du es mir.«

Ob es an der Süße des Eierlikörs lag oder an der des Wortes »Mama«, das ich seit Jahren nicht mehr in den Mund genommen hatte, wer weiß. Jedenfalls gestattete mir meine Mutter nach dem fünften Glas, ihr die Last meiner Erziehung ein für allemal von den müde gewordenen Schultern zu nehmen.

5. Kapitel
Something bigger than life

Endlich, so redete ich mir ein, konnte ich tun und lassen, was ich wollte. Doch nachdem ich tagelang ebenso ziellos wie freiheitstrunken durch die Stadt getaumelt war, brachte mich meine alte Kinderfrage »und wozu?« wieder in die Wirklichkeit zurück. Ich besaß nämlich weder die Mittel, aus der mütterlichen Wohnung auszuziehen, noch den geringsten Anhaltspunkt, wie ich zu der von mir ersehnten Lebensschule finden sollte, deren Meister – oder besser noch: »Meisterin« – nur darauf warteten, mit ihrem Wissen den Hunger meines Geistes zu stillen. Völlig unvorbereitet schlug mich die Erkenntnis, daß ich auch nicht mehr mit mir anzufangen wußte als meine phantasielose Mutter. Ich bekam einen Vorgeschmack auf die Krisen des Lebens und fand wenig Gefallen daran.

Auf dem Höhepunkt meiner Verwirrung – ich war drauf und dran, in einem Kloster oder Harem der Welt zu entsagen, mich auf dem Sklavenmarkt der Lust zu verkaufen oder, als Mann verkleidet, der Fremdenlegion anzuschließen – standen eines Abends vor unserer Wohnungstür zwei als Bürgerschreck verkleidete Gestalten, von denen einer behauptete, er sei mein Onkel Ben aus Amerika.

»Man darf«, sprach er mit einstudiertem Akzent, »niemanden vergessen, der uns einmal geliebt hat.«

Meine Mutter schlug irritiert die Tür zu, und ich öffnete sie wieder.

»Woher willst du wissen, daß er die Wahrheit sagt, Elisa? Ich erinnere mich kaum noch an ihn.«

»Ich dafür um so besser, Mama. Einen wie Küken-Benno würde ich selbst mit verbundenen Augen erkennen. Also sei nicht kindisch, und bitte die beiden herein!«

»›And all the world is a stage and all the men and women merely players, they have their exits and their entrances, and one man in his time plays many parts‹«, schrieb ich, einer plötzlichen Eingebung Meister Shakespeares folgend, um Mitternacht in fetten Lettern auf das letzte Blatt meines Schulzeichenblocks und heftete es von innen an die Wohnungstür. Eine Schulbildung, die es einem erlaubte, seine Stimmungen durch klassische Zitate aufzuwerten, war vielleicht doch nicht ganz zu verachten, mußte ich mir eingestehen.

We are merely players ... – das hatte Elisa als Kind schon gewußt. Und wenn es einen Regisseur in dem Stück gab, das wir aufzuführen hatten, dann hätte der mir keinen größeren Gefallen tun können, als an jenem Abend Ben und seinen Freund Julian bei uns auftauchen zu lassen. Allein zu meiner Rettung waren sie erschienen. Nachdem sie zehn Tage lang bei uns gewohnt und uns all ihre erlebten oder erfundenen Abenteuer zum besten gegeben hatten, packten wir unsere Siebensachen, sie und ich, um das Leben zu dritt miteinander auszuprobieren.

Meine Mutter war so erschöpft von dem Chaos, das die beiden Künstler und Weltverbesserer in ihren Haushalt gebracht hatten, daß sie uns ohne große Widerrede gehen ließ. Ben und Julian waren nämlich in Amerika zu Hippies geworden, was soviel wie »sentimentale Anarchisten« zu bedeuten schien. Sie redeten von »New Age« und »freier Liebe«, sie redeten überhaupt sehr viel, außer wenn sie kifften oder ihre Songs einübten. Julian war der Sänger, Ben der Gitarrist. Das poetisch-naive »blowin' in the wind« gehörte zu ihren Lieblingsliedern und natürlich »San Francisco«. Ben stieg jedesmal wieder das Wasser in die Augen, wenn Julian sein »if you are going to San Francisco« anstimmte. »Be sure to wear some flowers in your hair«, sang dann auch Ben, nicht besonders schön, aber um so gefühlvoller. Ben hatte in Frisco, als er einmal zu Fuß und ohne die Absicht, sich umzubringen, über die Golden-Gate-Bridge spazierte, eine Vision gehabt, von der er meinte, daß sie sein Leben verändert hätte.

»Ich war in der Mitte stehengeblieben«, erzählte er, »um das Vibrieren unter den Füßen zu spüren – das ist ein viel intensiveres feeling, als nur ins Wasser zu sehen. Ich schwöre dir, Lisa, ich hatte an dem Tag keinen einzigen Joint und an dem Tag davor auch nicht; trotzdem geriet ich in einen tranceähnlichen Zustand, in dem ich Szenen aus einer fernen Vergangenheit nicht nur betrachten konnte, sondern ganz unmittelbar erlebte. Ich war Mönch, stellt euch vor, ich und ein buddhistischer Mönch! In einem safrangelben Gewand und in Holzsandalen sah ich mich über eine Holzbrücke gehen, die zu meinem Kloster im tibetischen Hochland führte. Ich war schon sehr alt und wußte, daß ich diese Welt bald verlassen würde. Das war wohl auch der Grund, weshalb ich während der Abendmeditation die wichtigsten Begebenheiten meines Mönchslebens an meinem inneren Auge vorbeiziehen ließ. Nach dieser Rückschau, also in meiner damaligen Gegenwart, fand ich mich jedoch in einer völlig fremden Kulisse wieder, so utopisch wie für uns Heutige das Leben der Extraterrestrischen: Ich stand auf einer kühn konstruierten Brücke und starrte ins Wasser, bis ich das Gefühl hatte, selbst aus Wasser zu sein und mich ganz darin aufzulösen ... Als ich wieder in mein normales Bewußtsein zurückkehrte, war ich am anderen Ende der Golden-Gate-Bridge angekommen. – Es kam mir vor, als wäre ich mindestens einen Tag lang woanders gewesen, in Wirklichkeit waren nur ein paar Minuten vergangen. Seitdem«, schloß Ben, indem er blaue Marihuanakringel zwischen seine Worte blies, »weiß ich, daß wir nicht nur ein Leben haben.«

»Und daß es so etwas wie Zeit nicht gibt«, ergänzte Julian.

Er, der gebürtige Kalifornier, sprach im Gegensatz zu Ben ein beinahe akzentfreies Deutsch; es klang so akademisch, als käme er geradewegs vom Campus.

»Zeit ist eine Fiktion«, meinte er. »Gegenwart und Vergangenheit können sich je nach dem Zustand deines Bewußtseins überlagern.«

Ich mußte lachen, weil ich ähnliche Sätze in den letzten Tagen immer wieder aus dem Mund dieser beiden New-Age-Apostel gehört hatte.

»Ihr mit eurem Bewußtsein!« neckte ich sie und animierte sie damit zu weiteren Sentenzen. Sie wären in der Tat auf der Suche nach something bigger than life, erklärten sie mir.

Wer nicht? Ich nickte erfreut.

Materie, so erfuhr ich, könne nun einmal nicht in der Zeit reisen, wohl aber das Bewußtsein, da es an Zeit und Raum ja nicht gebunden sei. Von einer höherdimensionalen Warte aus schrumpften die zeitlichen Abstände gegen Null. Es herrsche »Gleich«zeitigkeit.

Mit Verschwörermiene, als ginge es um ein Spionagegeheimnis, nannten sie mir die Namen von amerikanischen Physikern, die schon seit vielen Jahren vermuteten, daß wir in unendlich vielen Parallelwelten gleichzeitig existierten.

Ich fand den Gedanken wirklich spannend, dennoch hatte er einen Schönheitsfehler: »Was weiß denn die eine Existenz von den anderen?«

»Meistens nichts, Lisa, und wenn doch, so hält man sie für psychisch gestört.«

Wir saßen alle um den Küchentisch meiner Mutter und aßen und rauchten, während wir versuchten, in die Mysterien der Zeit einzudringen. Ben nahm eine Gemüsezwiebel in die Hand.

»Stell dir vor, daß jede dieser Zwiebelschalen eine unabhängige parallele Welt ist, eine Realität für sich«, schlug er vor. »Alles geschieht nebeneinander und gleichzeitig.« Er stach mit einem Messer in die Zwiebel. »Und schon ein winziger Spalt erlaubt es uns, von einer Schale in die andere einzudringen, von der Gegenwart in die Vergangenheit oder Zukunft.«

Ich stimmte ihm zu, denn ich mußte an Elisas Babanonna-Geschichten und andere frühe Rückerinnerungen denken, die sich in das Parallelweltkonzept der Physiker fügten, als hätte das Kind sie eigens dafür abgerufen. Elisa hatte schon immer gewußt, daß es so etwas gab, nur die Erwachsenen weigerten sich, dem nachzugehen. Sie bestanden auf dem umgekehrten Vorgang: Um ernst genommen zu werden, so hatten sie es miteinander vereinbart, mußte ein Phänomen erst beweisen, daß es mit den derzeit bekannten Naturgesetzen übereinstimmte. War das nicht der Fall, durfte man es getrost ignorieren.

Ich mußte lange nachdenken, bis ich Worte fand, die intelligent genug wiedergaben, was ich meinte. Als Studierende ohne Schulabschluß war ich mir das schuldig.

»Mich müßt ihr nicht überzeugen«, sagte ich schließlich. »Die Zeit gehört zu den Themen, die es schon bei der geringsten Informationslücke ausschließen, daß man sich darüber unterhält.« Das klang wirklich gut und war nicht einmal angelesen.

Küken-Benno, der Heuchler mit seinem »Man darf niemanden vergessen, der uns einmal geliebt hat«, mochte von mir halten, was er wollte, allein seinem Freund Julian hatte ich Lust zu gefallen. Seine Augen, die so grün waren wie Blätter, sahen mich erwartungsvoll an.

»Du glaubst auch nicht, daß es so etwas wie Zeit gibt, Eliza?«

Er nannte mich »Eliza«, und wäre ich nicht schon Lilith, hätte ich es ihm gern erlaubt, den Professor Higgins zu spielen und mit mir im Duett »Es grünt so grün, wenn Spaniens Blüten blühen« zu singen!

»Ich brauche es nicht zu glauben«, sagte ich. »Ich weiß es. Zeit ist für jeden etwas anderes. Für mich ist sie nichts weiter als das Echo eines Midrasch aus der Vergangenheit.«

Endlich hatte ich mein Stichwort gefunden.

Ich erzählte den beiden von meinem Gilgamesch-Traum, von Belcantos Café mit der Königin von Saba, von all den scheinbaren Zufällen, die mich am Ende zu Lilith geführt hatten.

»Wollt ihr meine Version der Schöpfungsgeschichte lesen?« fragte ich dann.

Wer sich jetzt zierte, hätte sich als Banause entlarvt.

Ben runzelte die Stirn. »Meinst du dieses Märchen vom Garten

Eden? Deine Mutter sagt, du seist deswegen von der Schule geflogen.«

»Ja, aber es ist kein Märchen. Und jemand wie meine Mutter kennt immer nur die halbe Wahrheit.«

»Second hand ist nie gut«, bemerkte Julian. »Nur du kannst uns sagen, was du geschrieben hast, Eliza. Du bist – wie sagt man? – die Quelle.«

Flugs holte ich zwei Abiturzeitungen aus meinem Zimmer und gab sie den beiden. Ben las nur die ersten Sätze. Bekifft, wie er war, ließ er das Blatt gleich wieder sinken. »Verschwende deine Zeit nicht mit Theologenkram, Kleines«, belehrte er mich. »High-sein ist subversiver als Ketzerei!«

Julian dagegen überflog die erste Seite und wünschte dann, daß ich ihm die ganze Geschichte von Anfang an vorläse.

Mit mehr Herzklopfen als nötig tat ich ihm den Gefallen. Und während ich meiner eigenen Stimme zuhörte, die da etwas von einem »verschollenen Mythos« murmelte, bevor sie tapfer den eigentlichen Bibeltext vortrug, wurde mir die Geschichte mit jedem Wort fremder.

Jemand anderer als ich mußte sie geschrieben haben.

6. Kapitel
Adams erste Frau

»Höret nunmehr«, begann ich, »meine Worte, die so alt sind wie die Welt.

Durch Ben Sira (Sohn des Propheten Jeremia und dessen Tochter) wurden sie über die Jahrtausende gerettet, durch die Königin von Saba inspiriert und in der Sprache der Bibel von Lilith formuliert.

Es begab sich zu einer Zeit, die noch nicht war – denn die Zeit ist nichts als eine Pause zwischen zwei Geschehnissen und existierte noch nicht –, an einem Ort, der noch nicht war – denn auch der Raum, der nichts ist als die Entfernung zwischen einer Woge auf dem Meer und der darauffolgenden, war noch nicht geschaffen –, es begab sich also, daß durch einen Gedanken des Schöpfers Bilder entstanden und Bewegung in den Bildern.

›Einer allein bin Ich, viele will Ich sein‹, lautete der Gedanke, der das Sein zum Werden veranlaßte. Auf der Stelle erhoben sich Berge, begannen die Flüsse zu fließen. Unten war Erde und über ihr Himmel. Ozeane, Meere, die Sonne und der Mond, Sand und ganze Wüsten entstanden aus dem Nichts, um die Existenz des Schöpfers zu bezeugen. Und da es eine Liebe gibt, die nur das Selbst für das Selbst empfinden kann, erschuf der Herr Adam, den Menschen, nach Seinem Abbild.

Dann aber sprach er: ›Es ist nicht gut, daß der Mensch allein sei‹; und er formte ihm eine Gefährtin, ebenfalls aus Erde, blies auch ihr den Lebenshauch ein und nannte sie ›Lilith‹. Und der Herr segnete sie und sagte:

›Seid fruchtbar und füllet die Erde.‹

Von nun an gab es Dunkelheit und Licht, Berge und Täler, Mann und Frau, und beide waren von gleicher Schönheit und von gleichem Wert.

So und nicht anders fing es an. Im Laufe der Zeit aber geriet die Geschichte von der Erschaffung der Welt in Vergessenheit; neue Geschichten wurden erzählt. Mit dem reicher werdenden Wortschatz ließen sich die Dinge, die es vorher einfach nur gegeben hatte, alsbald in gut oder schlecht unterscheiden. Die Zeit der paradiesischen Ruhe war damit bereits vergangen; es entstand Streit: Die Dunkelheit begann das Licht zu fürchten, die Sonne den Mond und seine Nacht. Die Berge schluckten die Täler, und auch Adam und sein Weib stritten sich längst.

Adam wollte es von einem Tag auf den anderen nicht mehr wahrhaben, daß Lilith und er einst zur gleichen Zeit und aus gleichem Stoff geschaffen wurden. Vielmehr bestand er darauf, daß sie ihm untertan sei wie die Erde und daß ihr Leib bei der Liebe unter dem seinen zu liegen habe, und zwar immer.

Sie aber wehrte sich und sagte: ›Ich will nicht jedesmal unter dir liegen und mich nicht so bewegen können, wie ich es möchte. Laß es uns anders machen!‹

›Du bist aber dazu bestimmt, unten zu liegen, nicht ich‹, entgegnete Adam. ›Nach deinem Mann wirst du verlangen, heißt es, er aber soll dein Herr sein.‹

Lilith ärgerte sich: ›Erinnere dich, du Dickkopf! Wir sind beide aus Erde geschaffen und also gleich.‹

›Ich‹, rief er, ›will es aber so wie gehabt!‹

›Und ich sage dir, was ich nicht will!‹ widersprach Lilith. ›Und du, der du das Wörtchen Ich erfunden hast, kannst nicht einfach tun, was ich nicht will!‹

Adam verstopfte seine Ohren mit Gras, damit er nicht anhören mußte, was ihr am Herzen lag.

Genug ist genug! dachte Lilith und rief mit lauter Stimme den verborgenen Namen Gottes, den sie allein kannte. Sogleich wuchsen ihr Flügel; sie erhob sich über die Welt des Mannes Adam und flog davon.

Adam aber klagte seinem Schöpfer im Gebet: ›Herr der Welt, die Frau, die du mir gegeben hast, ist von mir gegangen!‹

Da sandte der Herr drei Engel, um sie zurückzuholen. Weit über dem Roten Meer, über dem reißenden Wasser, in dem später die Ägypter ertrinken sollten, holten sie Lilith ein und forderten sie auf, mit ihnen in das Paradies zurückzukehren. Dann sei ihr auch alles verziehen.

Sie aber stellte sich taub.

Anderenfalls, so weissagten ihr die Engel, werde sie für immer eine Ausgestoßene sein, da sie der Welt den geheimen Gottesnamen verraten habe. Sie werde sich nicht nur mit Dämonen paaren, sondern auch den Fürsten der Finsternis zum Gemahl nehmen müssen, der schon darauf warte, sich mit ihr zu verbünden. Samael besitze nämlich nicht nur zwei Flügel, sondern ein Dutzend, und das werde ihn in ihren Augen unwiderstehlich machen.

Sie aber lachte lauthals und auf dreierlei Weise.

Daraufhin drohten ihr die Engel, daß jeden Tag hundert ihrer Kinder sterben müßten, mit denen sie die Erde bevölkern werde. Und daß sie ihrerseits die Säuglinge fremder Mütter im Kindbett töten werde, um sich zu rächen.

Sie aber erwiderte, sie würde sich lieber in den Fluten des Roten Meeres ertränken, als mit Adam zu leben, der sie nur zu unterdrücken trachte. Niemals werde sie eines Mannes Sklavin sein.

Und dabei blieb sie.

Entwaffnet durch soviel Starrsinn, schlossen die drei Engel einen Pakt mit Lilith: Sie möge tun, was ihr beliebt, für die unschuldigen Kinder jedoch eine Sonderregelung treffen. Und zwar solle sie nur die Seelen derjenigen Neugeborenen von Leib und Leben befreien, denen es bestimmt sei, daß sie auf Erden einiges Unheil anrichten würden. In dem Fall wäre ihre Rache am Ende eher ein Segen als ein Fluch für die zukünftige Menschheit, selbst wenn diese das nicht würde erkennen können.

›Was habe ich dann davon?‹ fragte Lilith.

›Du wirst gefürchtet sein‹, sprachen die Engel.

Sie zuckte die Achseln.

Und noch eines verlangten sie von ihr: Lilith möge alle kleinen Kinder verschonen, welche ein Amulett bei sich trügen, darin die Engelnamen ›Sanvai‹, ›Sansanvai‹ und ›Semangloph‹ eingraviert seien.

Damit sie wieder abzögen, stimmte Lilith endlich zu.

Die Prophezeiung der drei Engel sollte sich erfüllen: Lilith gab sich fortan den erfreulicheren Wonnen mit Dämonen hin und fand nichts daran auszusetzen, zumal sie mit der Zeit reich und berühmt wurde, denn ihre Vermählung mit Samael machte sie zur Königin von Saba, dem Land der Magier. Im ›Testament des Salomon‹ ist diese Geschichte nachzulesen.

Ein einziges Mal noch hat sie, die ›Große Schlangenbraut‹, den Garten Eden besucht, um zu sehen, wie Adam sich sein Leben ohne sie eingerichtet hatte. Was sie dort vorfand, wunderte sie nicht: Träge war er geworden, ihr erster Mann, fett und phantasielos. Ihm zur Seite sah sie Eva, die Frau aus seiner Rippe, für die ihm die Seele geteilt wurde. Sie folgte ihm wie sein eigener Schatten, lag ihm zu Füßen und las ihm seine Wünsche von den Augen ab.

›Du‹, höhnte Lilith, ›wirst ihm gewiß die Ruhe gönnen, die ich mit Absicht ihm geraubt. Nichts Großes wird er je vollbringen, denn du bewunderst ihn für jeden Dreck und bist ihm stets zu Willen, damit er glaubt, daß er sein Glück im Paradies bereits gefunden habe. Mag sein, daß du mit deinem Leib aus seiner Rippe dazu bestimmt bist, dem Mann zur Seite zu stehen, ihm aber wie seine Sklavin zu Füßen zu liegen, ist des Guten gewiß zuviel.‹

So sprach sie, doch Eva war es nicht gegeben, die Stimme Liliths zu hören. Auch die Tränen sah sie nicht, die Adams erste Frau um sich und ihn und die vergeudeten Möglichkeiten vergoß.

Doch bald faßte Lilith sich wieder und besann sich auf ihre Rolle. Mit den magischen Künsten bestens vertraut, stieg sie in den Baum der Erkenntnis, wo sie sich in jene Schlange verwandelte, welche Eva zur verbotenen Tat überredet haben soll.

Was dann geschah, erzählt euch jedes Kind.

Und es begab sich – oder es begab sich nicht ... Fragen über Fragen: War es wirklich Eva, die in den Apfel gebissen hat? Hätte die Frucht vom Baum der Erkenntnis ein Weibchen wie sie nicht auf der Stelle umbringen müssen? – War es nicht vielmehr Lilith, in der Haut der Verführerschlange, die zu Adam sagte: ›Siehe, ich habe für dich von dieser Frucht gekostet, und sie hat mich nicht getötet? Nimm sie und iß, und du wirst erleuchtet werden?‹

Und wie war das mit dem Geheimnis des Gottesnamens? Bestand er womöglich darin, daß Lilith eine weibliche Gottheit anrief? Zumal ja die Wurzel des Wortes ›Jahwe‹ sowohl ›Leben‹ als auch ›Frau‹ bedeutet.

Festzuhalten bleibt, daß Lilith ihre Rolle als Vermittlerin zwischen Himmel und Erde, wie auch immer, erfüllt hat. Was Adam daraus machen wird, ist von Stund' an seine Sache und die seiner Frau, ihrer Kinder und Kindeskinder.

Und damit beginnt Liliths Irrfahrt durch Raum und Zeit«, schloß ich.

»Ihre jahrtausendealte Geschichte, welche im Garten Eden ihren Anfang nahm. Fortan wird sich ihre Spur in Meeren und Wüsten verlieren und in Luft auflösen, bis jemand kommt, der ihre Fährte zu lesen versteht.«

»Die Fährtenleserin bist natürlich du, Eliza«, sagte Julian, und ich glaubte so etwas wie Zärtlichkeit in seiner Stimme zu hören, als er hinzufügte: »unsere selbsternannte Lilitheologin! – Wo willst du anfangen?«

Ich verstand nicht.

»Wenn du dich nicht auf Gedankenreisen beschränken, sondern auch körperlich in der Zeit unterwegs sein willst, mußt du früher oder später den Lebensraum einer Person am Bestimmungsort einnehmen. – Wo also willst du anfangen?«

Ich zuckte die Achseln, dachte nach. »Ich glaube, am liebsten da, wo ich aufgehört habe, bei der Königin von Saba.«

»Also in Nordarabien, Jordanien, Jemen ... Hast du Geld, um zu verreisen?«

»Noch nicht.«

»Dann beschaffe dir welches. Ich helfe dir. Ich habe nämlich noch eine alte Rechnung mit jemandem zu begleichen. Deshalb bin ich hier. ›Wenn eine Zeit sich wandeln will, kehren die Sündenböcke heim‹, heißt es bei uns zu Hause. – Ist es nicht so, Ben?«

»Bloody nonsens«, knurrte Ben.

Ich warf ihm einen Blick zu, der ihn hätte stutzig machen müssen. »Siehst du, Küken-Benno, du bist durchschaut!«

7. Kapitel
Stellaluna

Am Morgen nach diesem Gespräch zogen meine beiden Zeitreisegefährten und ich in den entgegengesetzten Teil der Stadt. Meine Mutter, die ihre Meinung immer gern der ihrer Umgebung anpaßte, glaubte mich auch diesmal in guten Händen. Ein Onkel zum Anfassen sei allemal besser als ein Vater, der seiner Familie höchstens für ein paar Stunden im Jahr ein Gastspiel gebe, fand sie; und Küken-Benno schämte sich nicht, sie für diese späte Erkenntnis zu loben.

Ich glaube, insgeheim sympathisierte sie von Anfang an mit der Anarchie der Blumenkinder, vorausgesetzt, daß sie sich nicht in ihrer eigenen Wohnküche abspielte. »Die Jugend muß wohl revoltieren«, redete sie dem Zeitgeist nach dem Munde. »Die einen brüllen Parolen und tragen Transparente gegen Vietnamkrieg und Notstandsgesetze durch die Straßen, die anderen singen: ›We shall overcome one day‹. Die einen fordern Liebe statt Krieg, die anderen mögen keinem Menschen ab dreißig mehr über den Weg trauen …«

Die anderen waren ihr lieber, denn »die Apo-Studenten mit den Mao-Bibeln unter dem Arm sind so humorlos«, bedauerte sie. »Und sie sprechen eine Sprache, die unsereins nicht versteht.«

So entschloß sich meine Mutter, über vierzigjährig, ein spätes Blumenkind zu werden. »Unsere Herbstzeitlose«, nannte sie Ben.

Mir ging sie auf die Nerven mit ihrem weinerlichen Hippie-Getue und den albernen Kostümierungen. Sie trug eine Lammfelljacke über bodenlangen Büßergewändern als Zeichen ihrer pazifistischen Gesinnung und jede Menge Klunker um Arme und Hals. Von nun an zählte auch sie sich zum Anti-Establishment, und je älter sie wurde, desto beharrlicher hielt sie fest an ihrem einmal übernommenen flower-power-Konzept. Kiffen, lieben und diskutieren, das sei schon immer nach ihrem Geschmack gewesen, verkündete sie, der ihr gemäße »way of life«; es hätte ihr bisher nur niemand gesagt, daß es so etwas gebe. Erst durch Woodstock mit seiner halben Million Wallfahrer sei ihr klargeworden, zu welch globaler Bewegung von »love and peace« sie nun gehöre.

Als Nachfolger von Karotto suchte sie sich blutjunge Hippies aus, »anschmiegsam und androgyn«, hieß es in ihren Annoncen in Szeneblättern, »Kommunarden mit wilden Bärten unerwünscht«. Gern sprach sie auch von ihrer Vorliebe für »zivilisierte Zwanglosigkeit und Poesie im Alltag«, auf ein Minimum an Kontrolle, glaubte sie, könne der Mensch allerdings nicht verzichten.

Sie kannte Stellaluna nicht. »Nur wer Chaos im Herzen trägt, kann Sterne gebären«, hätte meine neue Freundin dazu gesagt. Doch die schloß sich erst Monate später unserer Wohngemeinschaft an. Meine Mutter sollte sie nie kennenlernen. Sie und ich sahen keinen Grund mehr, unser Mutter-Tochter-Drama um Erwartung und Verweigerung, Starrsinn und Schwäche fortzusetzen. Wir verloren einander aus den Augen wie flüchtige Bekannte, deren Wege sich kreuzen und wieder trennen, wenn sie einen bestimmten Punkt erreicht haben.

Stellaluna war blaß und blond wie eine Botticelli-Madonna und hieß im bürgerlichen Leben Isolde. Julian und sie teilten irgendein Kindergeheimnis, so wie Ben und ich, und hatten einander beinahe vergessen, bis ein mittelalterlicher Jahrmarkt, auf dem Julian als Minnesänger engagiert war und sie als Sterndeuterin, die beiden wieder zusammenführte.

Erkannt hätte sie ihn, so erzählte sie, an seinen beiden Herzen, und da wir sie vermutlich ansahen, als redete sie, ihrem extraterrestrischen Künstlernamen entsprechend, in fremder Zunge, fügte sie hinzu: »Jeder, in dem das Feuer der Rache brennt, beherbergt zwei Herzen in seiner Brust, das eines wildernden Wolfes und das des Lammes, welches seiner eigentlichen Natur entspricht.«

Sogleich forschten Ben und ich in Julians Zügen nach Spuren dieser verborgenen Doppelnatur.

»Stimmt«, bestätigten wir.

Stellaluna war zur Zeit jenes Mittelalterspektakels gerade dabei, sich aus alten, unliebsamen Bindungen zu befreien, »sich selbst zu erlösen«, wie sie es nannte. Aus dem Grund war sie obdachlos und ohne regelmäßige Einkünfte und sah sich den Jahrmarkt schon als Bettelweib verlassen.

Julian zitierte Bens »Man darf niemanden vergessen«-Spruch, bevor er die einstige Gespielin dazu einlud, das Gleichgewicht der Geschlechter in unserer Wohngemeinschaft wiederherzustellen. Ich fand seinen Impuls mehr als überflüssig und haderte insgeheim mit dieser unerwünschten Wendung. Wie konnte mein grünäugiger Troubadour nur so instinktlos sein, unsere gelungene ménage à trois zu erweitern, bevor diese Konstellation ausgereizt war! Gerade erst hatte ich begonnen, mein Bett mit Ben zu teilen, um mir, wohlwissend, was ich tat, das Spielzeug einzuverleiben, das vor Jahren dem Kind gegen seinen Willen in die Hand gedrückt worden war. Nur so würde ich beenden können, was Bennos unreifes Gemüt mir einst aufgezwungen hatte, und es würde eine besondere Schönheit darin liegen, den alten Bann zu brechen. Gleichzeitig hoffte ich, daß Julian, dem unser Treiben in dieser Wohnung ohne Türen nicht lange verborgen bleiben konnte, das Feuer fing, das ich woanders legte. Er begehrte mich wie beinah jeder Mann in meiner Umgebung, daran zu zweifeln wäre weltfremd, doch schien ihm das Talent oder die Lust zur Leidenschaft gänzlich zu fehlen.

Wir Frauen müßten die Männer nur gehörig schmachten lassen, damit sie gute Liebhaber abgäben, hatten meine Sonnenhuren mich gelehrt. Julian aber dachte gar nicht daran zu leiden. Er suchte sich Arbeit, notfalls auch auf dem Jahrmarkt, sang dort mittelalterliche Minnelieder und schleppte uns am Ende diese blonde Zigeunerin mit dem Gesicht einer Nonne ins Haus. Ben spielte den Großzügigen, und mich hatten sie gar nicht erst gefragt.

Wie sollte ich mich nun verhalten? Ich schwankte zwischen Feindseligkeit, die mich zu allerlei kindischen Einfällen verpflichtet hätte, und einer völligen Mißachtung der neuen Situation. Doch bald schon mußte ich einsehen, daß beides Energieverschwendung wäre. Stellaluna war von einer Aura der Unanfechtbarkeit umgeben, der weder freche Sprüche noch alltägliche Gemeinheiten etwas anhaben konnten. Vermutlich würde sie sogar gegen jedweden Schadenzauber immun sein. Sie hatte, obwohl gut zehn Jahre älter als ich, immer noch den schmächtigen Körper eines Kindes, darin aber steckte eine Frau, die mir weiser und stärker vorkam als alle meine bisherigen Freundinnen. Nichts konnte Stellaluna aus der Ruhe bringen; sie blieb in jeder Situation so ausgeglichen, daß es schon beinah aufreizend wirkte, zumindest auf eine Unruhestifterin wie mich. Auch sprach sie nur das Nötigste, und dabei neigte sie ihren Kopf lauschend zur Seite, als sammelte sie Informationen aus der Luft.

»Wie bringst du es bloß fertig, so gleichmütig zu bleiben?« fragte ich sie einmal, nachdem einer ihrer Klienten ihr ein Glas Wasser in den Schoß gekippt hatte, nur weil er sich von ihr durchschaut fühlte. Dieser Mann hatte sein Leben lang Energie von anderen Menschen abgezapft, indem er versuchte, sie zu kontrollieren und ihre Gedanken zu manipulieren. Stellaluna hatte ihm in ihrer behutsamen Art klargemacht, daß er damit so etwas wie ein geistiger Vampir sei, er aber wollte das nicht hören.

»Da, wo ich herkommen, haben wir die Kraft der Gedanken zu verstehen gelernt«, antwortete sie mir, sobald ihr Graf Dracula uns, ohne zu bezahlen, verlassen hatte.

»Was willst du damit sagen?«

»Nichts, was du nicht schon selbst erfahren hättest, Elisa. Oder was hältst du von der Wahrheit Nummer eins, die da lautet: ›Alles, was wir denken, fühlen wir auch, und alles, was wir fühlen, trägt die Tendenz, sich zu verwirklichen, bereits in sich.‹«

Ich dachte an meine früheren Experimente mit Schadenzauber und Verwünschungen. »Ja«, sagte ich. »Und?«

»Nun, wenn du diese Wahrheit wirklich verstanden hast, hältst du ganz von selbst alle negativen Gedanken von dir fern«, antwortete Stellaluna, während sie ihren pitschnassen Rock auszog. »Das heißt, du läßt keine an dich heran und sendest auch keine aus.«

Verblüfft starrte ich auf ihre merkwürdig geformten blassen Beine, deren Oberschenkel kaum dicker waren als die Knie. Wächsern und makellos glatt, erinnerten sie mich an ein Paar Altarkerzen ... Vielleicht trug sie deswegen meist mehrere Röcke übereinander.

»Da, wo ich herkomme ... sagtest du«, wiederholte ich langsam. »Wo kommst du denn her?«

Stellaluna wrang lächelnd ihre Röcke aus, antwortete mir aber nicht.

»Ich würde gerne lernen von dir«, bat ich sie, bevor sie hinter dem nachtblauen Samtvorhang verschwand, den wir mitten durch unser Wohnzimmer gezogen hatten, damit sie halbwegs ungestört ihre wenigen Klienten empfangen konnte.

»Du willst von mir lernen?« wunderte sie sich auf der anderen Seite des Vorhangs. »Als gehörtest du zu denen, die nicht wissen, wie sie erfahren können, was sie bereits wissen!«

Ich mußte lachen. Stellaluna war wirklich nicht dumm.

»Ich will es beschleunigen«, sagte ich.

»Was willst du hören?«

»Alles, was du weißt. – Alles außer Astrologie, denn daran glaube ich nicht.«

»Ach!« Jetzt lachte sie. »Du magst nicht glauben, daß unser Universum ein System energetischer Vorgänge ist?«

»Doch, schon.«

»Na siehst du! Wenn aber das ganze Weltall von Kräften und Strömen durchzogen ist, sollten dann nicht auch die Gestirne Einfluß auf uns haben oder zumindest Informationen über uns vermitteln?«

»Schon, aber ich glaube nun mal nicht, daß jemand Fieber kriegt, nur weil der Saturn gerade hier oder da steht.«

»Das brauchst du auch gar nicht zu glauben«, beruhigte mich Stellaluna. »Jemand kriegt Keuchhusten, während Saturn irgendwo da oben seine Bahn zieht, nicht weil. Das Wörtchen ›weil‹ stimmt nicht. Es gibt keinen kausalen Zusammenhang zwischen Krankheit und Planeten. Und trotzdem ist es kein Zufall. Es ist wie bei einem Fieberthermometer. Das Thermometer mißt das Fieber, aber es erzeugt es nicht. So ist auch die Astrologie ein Meßinstrument, das etwas anzeigt. Ein Meßinstrument der Wirklichkeit, mehr nicht.«

Ich hörte sie ihren Stuhl ganz nah an den Vorhang schieben, bevor sie weitere Worte hindurchschickte, einem Orakel gleich, das dem Ratsuchenden gerade so viel zumutet, wie er verstehen kann. Der dicke Samt dämpfte auf angenehme Weise ihre Stimme, die sonst immer etwas blechern klang. Keinem von uns beiden wäre es in den Sinn gekommen, den Vorhang zur Seite zu ziehen.

Stellaluna sprach über die Astrologie, die so alt sei wie die Menschheit selbst. Um mit der Wirklichkeit in Kontakt zu treten, hätten die Menschen von jeher Bilder und Symbole gebraucht. Für sie, Stellaluna, seien die Tierkreiszeichen unveränderliche Ursymbole. Sie beschäftige sich daher weniger mit der Lehre von den Sternen, als mit der von den Urprinzipien, den archetypischen Kräften, die den gesamten Kosmos durchzögen. »Und im Augenblick«, so schloß sie ihre Ausführungen, »interessiert mich dabei die Lilith am meisten.«

Ich verschluckte mich fast am Saft einer Orange, die ich auslutschte, während ich der Stimme hinter dem Vorhang zuhörte.

»Du interessierst dich«, wiederholte ich hustend, »für Lilith?«

»Nicht, woran du denkst«, vermutete Stellaluna. »Bei meiner Arbeit geht es nicht um die Dämonin aus der Bibel, sondern um den ›Schwarzen Mond‹, genannt Lilith.«

Wovon in aller Welt redete sie?

»Meinst du den Neumond?«

»Nein, Elisa, ich denke an etwas ganz anderes: Der Mond dreht sich, wie wir alle gelernt haben, in einer elliptischen Bahn um die Erde. Diese Ellipse, und das dürfte weniger bekannt sein, hat zwei

Brennpunkte, der eine ist die Erde und der andere der Schwarze Mond. Er wurde bereits in der babylonischen und assyrischen Astrologie berechnet. Für mich ist der Schwarze Mond ein sensitiver Punkt, vergleichbar den Mondknoten, andere halten ihn für einen echten Trabanten. Zuletzt soll er Ende des vorigen Jahrhunderts von mehreren Personen in Greifswald beobachtet worden sein.«

»Und der heißt Lilith?« flüsterte ich, ganz ergriffen von dieser Neuigkeit.

»So ist es. Und es kommt noch besser: Lilith, beziehungsweise der Schwarze Mond, symbolisiert den Archetyp der Großen Göttin, das heißt, das Verlangen nach dem Absoluten.« Auch Stellalunas Stimme klang bewegter als sonst. »Ich bin ja bei weitem nicht die einzige, die sich mit dem Thema beschäftigt, Elisa. Astrologinnen in der ganzen Welt sind unabhängig voneinander zu demselben Ergebnis gekommen wie ich: daß nämlich von Lilith eine destruktive Wirkung ausgeht, wenn sie, besser gesagt, ihre Stellung im Horoskop eines Menschen, dominierend ist.«

»O je!« Ihre Worte ließen mein Herz höher schlagen, aber nicht vor reiner Freude. »Hältst du es für möglich, daß ich ...? Andererseits – ist das Verlangen nach dem Absoluten doch nichts Destruktives – oder vielleicht doch?«

Mit einem unangenehmen Geräusch, so, als würde etwas zerrissen, tat sich der Vorhang auf, und Stellaluna stand vor mir in einem bodenlangen, durchsichtigen Kaftan, den ich noch nie an ihr gesehen hatte.

»Habe ich dich erschreckt?« Beruhigend klopfte sie mir auf die Schulter. »Du darfst das alles nicht überbewerten. Lilith ist lediglich ein Katalysator für bestimmte Tendenzen, die schon in dir angelegt sind.«

»Sag doch gleich, daß du dabei an perverse und morbide Neigungen denkst«, versuchte ich sie zu provozieren.

Stellaluna hatte sich hinter meinen Stuhl gestellt und drängte sich nun so dicht an mich, daß ich ihre Beckenknochen in meinem Rücken spürte und ihre Eingeweide in ihrem flachen Bauch rumoren hörte.

»Ach, weißt du, in den Horoskopen, die ich bisher untersucht habe, gab es zwar einen Zusammenhang zwischen der Position des

Schwarzen Mondes und den Themen Tod, Schmerz, Zerstörung, oft aber blieben diese auf der Ebene des Unbewußten.«

Ich spürte, daß ich langsam gereizt wurde, wie immer, wenn meine Gedanken den Gefühlen nicht folgen konnten.

»Du hast Hunger«, stellte ich fest. »Ich mache uns jetzt etwas zu essen!«

Da ich wußte, daß Stellaluna die Dinge der Welt in Streicheleinheiten maß, egal, ob es um Stoffe, Mahlzeiten oder Wohnungen ging, fragte ich sie nach ihrer Prognose zur Bewertung einer Ofenpizza.

»Neun«, sagte Stella, und das war ihre Höchstzahl.

Zu viert lebten wir uns an den Rand des Möglichen; alle gleichzeitig und jeder auf seine Weise. Während Julian um seine Urheberrechte an einer Bluesballade kämpfte, die ihm jemand geklaut und glänzend vermarktet haben sollte, und Ben längst verjährte Erbansprüche gegen meinen Vater wiederaufleben ließ, bemühte Stellaluna sich darum, ganz ohne Drogen mein Alltagsbewußtsein zu erweitern.

Was ich über den Mythos der Lilith bereits herausgefunden hatte, fand sie zwar erstaunlich, »vor allem für eine Nonnenschülerin«, aber noch zu sehr vom »alten Denken« geprägt.

»Diese Schulen verbilden uns nur, Elisa«, erklärte sie mir. »Dein Ansatz ist vielversprechend, aber wir müssen darüber hinausgehen. Was wir brauchen, ist ein völlig neues Weltbild.«

»Und wie sollte das deiner Meinung nach aussehen?«

»Das müssen wir eben herausfinden, du und ich. – Weißt du, was ›New Age‹ bedeutet?«

»Na klar.« Schließlich hatte ich auch das Musical »Hair« gesehen, von dem sie alle redeten. »Soviel ich weiß, ist damit der Wechsel vom Zeitalter der Fische zu dem des Wassermanns gemeint.«

Stellaluna nickte. »Das ist die astrologische Ebene. Aber was symbolisiert sie?«

Sie wartete meine Antwort gar nicht erst ab. »Eine astrologische Verschiebung bringt immer Veränderungen mit sich, nicht nur beim einzelnen, sondern auch in der Gesellschaft. In unserer Zeit wird es dabei sogar um einen Quantensprung des menschlichen Bewußtseins gehen.«

Mir war immer noch nicht klar, worauf sie hinauswollte.

»Von gesellschaftlichen Veränderungen reden auch die Linken«, versuchte ich ihr zu folgen.

»Schon. Aber sie bleiben im Gesellschaftlichen stecken, statt ihre Möglichkeiten auszudehnen. Ich finde es viel interessanter, Begrenzungen aufzuheben.«

»Ich doch auch!« freute ich mich. »Ich habe noch nie auf die Gesellschaft mit ihren Allgemeinplätzen hören wollen. Was ›man‹ tut und läßt, kümmert mich überhaupt nicht ...«

»Das ist ja auch nur das Geschwätz des kollektiven Bewußtseins«, unterbrach mich Stellaluna. »Warum solltest du das nachmachen! Als multidimensionale Persönlichkeiten, die wir in Wahrheit sind, dürfen wir uns in keinem Fall davon beeinflussen lassen. Du bist eine spirituelle Rebellin, Elisa, keine gesellschaftliche!«

Das hatte sie schön gesagt, und im Gegensatz zu mir würde sie wohl wissen, wie es gemeint war. Sie war wirklich brillant; es sah ganz danach aus, als hätte ich in ihr schon meine Meisterin gefunden. Und mehr verlangte ich im Augenblick nicht.

Eher als erwartet, machte mich Stellaluna zu ihrer Assistentin. Sie kam darauf, nachdem ich ihr die langen glatten Haare gebürstet hatte und sie dabei in Ekstase geraten war. Das, gestand sie mit schleppender Stimme, sobald sie wieder sprechen konnte, geschehe ihr zwar manches Mal beim Haarekämmen, aber nur, wenn sie es selbst tue. Ihre Pupillen waren noch ganz weit vor Lust. Sie betrachtete meine Hände von allen Seiten und gab der Energie, die davon ausging, die Streicheleinheit neun.

»Hat dir schon mal jemand gesagt, daß du heilende Hände hast, Elisa?«

Ich war so berührt von dem, was ich bei ihr ausgelöst hatte, daß ich gar nicht antworten mochte. Stellaluna, die gleichmütige, beherrschte, gab das Gesicht einer Frau auf dem Höhepunkt ihrer Lust preis, und dieses Gesicht war aufregend schön. Ich griff zur Bürste, um zu sehen, ob sich dieser Erregungszustand, wenn nicht steigern, dann doch wenigstens für eine Weile aufrechterhalten ließ. Sie aber hielt mir die Hände fest.

»Die sind viel zu schade, um nur mir allein Wohltaten zu erweisen«, entschied sie und schlug vor, daß ich einigen ihrer Klienten im Anschluß an ihre Beratung die Hände auflegen sollte. Einfach nur so, als Experiment. Hatte ich damit Erfolg, würde dies Stellalunas Arbeit sehr bereichern – und unsere magere Haushaltskasse womöglich ebenso. Ich sollte allerdings nur im verborgenen und auf Spendenbasis arbeiten, um nicht mit den Gesetzen in Konflikt zu geraten. Das Schild, welches meine Meisterin gleich unten an der Haustür anbringen ließ, beschränkte sich auf: STELLALUNA + LILITH – STUDIO FÜR LEBENSBERATUNG UND ASTROLOGIE.

Ich kam mir vor wie eine Hochstaplerin, doch Stella sah das anders:

»Und wenn schon, das ist doch kein Schimpfwort, Elisa! Um eine gute Hochstaplerin zu sein, braucht man psychologisches Wissen und theatralische Fähigkeiten«, zerstreute sie meine plötzlichen Skrupel. »Und du hast das Zeug dazu.«

Die Kunde von den zwei schönen Frauen, die jeder aufsuchen konnte, der sich mühselig und beladen fühlte, sprach sich in unserem Viertel schnell herum. Auch die geringen Kosten für eine oft stundenlange intensive Zuwendung zog viele an. Während Stellaluna für jeden Hilfesuchenden komplizierte Behandlungspläne unter besonderer Berücksichtigung des Schwarzen Mondes austüftelte, tat ich mit meinen Händen, was ich konnte, ohne zu wissen, was ich tat. Manchmal spürte ich gar nichts, und ich versuchte einfach nur, meine Energie gleichmäßig fließen zu lassen, ohne irgendwelche Störfelder finden zu wollen. Bei anderen Gelegenheiten schien es mir, als zögen meine Finger ganze Fäden oder sogar unsichtbare Knäuel kranker Materie aus den verschiedenen Körperteilen. Und obwohl ich meine Hände anschließend immer heftig ausschüttelte und in Stellalunas Tinkturen tauchte, fühlte ich mich dann oft selbst unwohl und geschwächt.

Lieber waren mir die heimlichen Genießer, die ihre körperlichen Beschwerden nur vortäuschten, um sich von mir mit einer erotischen Massage verwöhnen zu lassen. Diese Leute zahlten dann auch gerne, und schon nach wenigen Wochen waren die Massagekunden in der Überzahl. Sie wußten, was sie bekamen, während die Kranken zunächst einmal glauben mußten, daß ihnen durch mein Händeauflegen geholfen würde.

Stellaluna sah, was ich tat, und schwieg.

»Lilith ist die Schutzgöttin der Dirnen«, glaubte ich mich einmal nach einer offensichtlich stimulierenden Ganzkörperbehandlung bei einem meiner Lieblingskunden vor Stella rechtfertigen zu müssen, wobei ich gleichzeitig einen Hunderter vor ihren Augen tanzen ließ.

»Deine heilenden Hände wurden dir in die Wiege gelegt, Elisa, aber du bist noch nicht genügend entgiftet, um feinstoffliche Vorgänge wahrzunehmen«, sagte sie schmallippig. »Und du weiß nicht, wer du wirklich bist.«

»Dann entgifte mich und sag mir, wer ich bin!«

»Warte es ab!« Jetzt lächelte sie doch, aber nur mit dem Mund. O allwissende Stellaluna, du hattest natürlich längst erfaßt, daß die Geduld zu meinen Tugenden nicht zählte! Schon nach einem halben Jahr glaubte ich, mit deinen Künsten hinreichend vertraut zu sein, dabei hätte ein halbes Leben kaum dazu ausgereicht.

Stellaluna war eine vielseitige Lehrerin, zu ihrem Repertoire gehörte neben dem Heilen mit Blütenessenzen und Kristallen auch das Befragen von Tarot und I-Ging, das Lesen der Handlinien und das Deuten der Aura. Außerdem hatte sie, so erfuhr ich eines Tages aus einem Gespräch mit Julian, Zugang zur sogenannten »Akasha-Chronik«.

»Was hat er damit gemeint, Stella?«

Sie massierte mir meine schmerzenden Schulterblätter, als es mir einfiel, sie danach zu fragen.

»Tut es hier weh?« fragte sie zurück.

Ich stöhnte hinter zusammengebissenen Zähnen. Bei mir führte das stundenlange Händeauflegen immer noch zu Verkrampfungen. Ich fand das unprofessionell und ärgerte mich.

»Und auf der anderen Seite?«

Ich stöhnte noch mehr.

»Das, meine Ärmste, sind die Engelflügelpunkte, die Stellen, wo deine Flügel einmal waren«, scherzte meine Meisterin. »Du hast Phantomschmerzen, glaube mir.«

Ich nickte zerstreut und wiederholte meine Frage: »Was ist das, eine ›Akasha-Chronik‹? Ich habe das Wort noch nie gehört.«

»Es kommt aus dem Sanskrit und bedeutet ›Buch des Lebens‹. Eine planetarische Bibliothek, wenn du so willst. Alle menschlichen Gedanken und Taten sind als Bilder im Äther der Welt gespeichert wie in einem überdimensionalen kosmischen Computer.«

»Eine lebendige Bibliothek?« staunte ich und dachte an die langsam zu Staub zerfallenden Folianten im Gehäuse der Nonnen. »Und wer kann darin lesen?«

»Medien, wer sonst?« Stellaluna strich mir mit einer schwarzweißen Vogelfeder die Wirbelsäule entlang, was bei mir ein Gefühl erzeugte, als würden mich elektrische Ströme durchfließen.

»Noch gibt es hierzulande nicht so viele Medien. Doch das läßt sich ändern. Falls ich jemals in meinem Leben zu Geld komme, werde ich eine moderne Mysterienschule gründen, in der Eingeweihte und Lichtarbeiter ihre Kenntnisse im Sinne einer geistig beseelten Wissenschaft weitergeben ...«

»Hohe Priesterinnen wie du und kleine Ketzerinnen wie ich werden mit Schwingungen und Energie heilen«, fuhr ich fort, denn Stellas Traum von einer Mysterienschule war mir wohlvertraut, sprach sie doch seit Wochen von nichts anderem. Jeden Pfennig sparte sie dafür.

Meine Engelflügelpunkte, die ich selbst nur schwer erreichen konnte, hatten sich unter Stellalunas tanzenden Fingerspitzen schon wieder ganz entspannt. Ich stand auf und legte meinen Kopf in ihren Schoß, denn ich wußte, daß sie mir von dort aus keine noch so dumme Bitte abschlagen würde.

»Lies mir etwas aus der Akasha-Chronik vor, Stella!« bat ich in die Falten ihrer wollenen Röcke, die einen leicht erdigen Geruch verströmten. Wahrscheinlich hatte die Gute sie seit ihrem Mittelalterjahrmarkt nicht mehr gewaschen.

Mit allen zehn Fingern versuchte Stellaluna, mein krauses Langhaarfell zu entwirren. »Deine Locken stehen dir um den Kopf, Elisa, wie ein Haufen rostroter Fragezeichen. Wenn du nichts dagegen tust, werden sie dir noch ganz verfilzen.« Sie räusperte sich. »Wen soll ich dir denn vorführen?«

»Du kannst alle Leben sehen, die es auf dieser Erde jemals gegeben hat?«

»Theoretisch ja.«

»Dann möchte ich am liebsten der historischen Königin von Saba begegnen.«

»Oh!« Sie zögerte. »In dem Fall muß ich vorher in Trance gehen.«

»Wozu?«

»Damit ich die damit verbundenen Informationen wie in einem Film vor meinem geistigen Auge ablaufen lassen kann ... Es gibt nämlich eine Gen-Erinnerung in unseren Zellen, die weit in die Vergangenheit hineinreicht. Es ist alles in uns gespeichert, verstehst du, und es funktioniert wie bei einem Hologramm, bei dem jedes Bild eines Teiles sogleich Informationen über das Ganze enthält. Das gesamte Universum ist ein Hologramm, nehme ich an, und das menschliche Gehirn ebenso. Sobald ich meinen inneren Bildschirm anschalte, kann ich sehen.«

Wie selbstverständlich sie das sagte! Mir lief ein Kribbeln über die Kopfhaut, und ich wußte wieder nicht, was stärker war, meine Neugier, wenn nicht gar Neid, auf Stellalunas unglaubliche Fähigkeiten oder die Angst, mich in ihrem magischen Theater zu verlieren.

Zitternd vor Erregung, empfing ich ihre Durchgaben und versuchte möglichst viel davon zu behalten, um es später als die »Lehren der Stellaluna« in meine Tage- und Nachtbücher mit aufzunehmen.

8. Kapitel

Von Bilqis und anderen Mondgöttinnen

»Unendlich verschlungen sind die Wege des Menschen durch Raum und Zeit, Ewigkeitsmuster ohne Anfang und Ende«, behauptete Stellaluna, bevor sie ihre Übertragung mit einer Art Ansprache begann: »Als Höllenbraut hast du dich einst von uns entfernt, Lilith, Gemahlin des Samael, um ungezählte Menschenleben später als Königin des Südens in der Welt wiederaufzutauchen. Und nur noch die Nomaden Nordarabiens mögen um deine Wurzeln gewußt haben …«

Nachdem Stella mehrmals tief ein- und ausgeatmet hatte, änderte sich ihr Tonfall. Sie war nun vollständig in ihre Quelle eingetaucht und sprach so flüssig, als läse sie mir aus einem Buch vor: »Lilith von Smaragd nannten sie ihre Herrscherin, die Königin der Magier, an deren Seite sie des Nachts die Wüste durchwanderten, den Mond verehrend statt die Sonne. Seßhaft geworden irgendwann, bauten sie dem Nachtgestirn einen Tempel in Marib, Sabas alter Hauptstadt. Der Grundriß des Tempels hatte die Form einer Ellipse, soviel läßt sich heute noch erkennen; später kam dann eine Säulenhalle mit riesigen Monolithpfeilern, die den Gestirnen zugeordnet wurden, als Vorraum dazu. Zu der Zeit waren die Menschen schon vom Mondkult zur Astralreligion übergegangen, und noch später tauften sie den Tempel der Mondgöttin Almaqa ›Haus der Bilqis‹, denn so lautet der islamische Name der Königin von Saba. Bald entsannen sich nur noch wenige Eingeweihte, daß die letzte Ruhestätte ihrer einstigen Nomadenkönigin nicht, wie von den Unwissenden behauptet, in Marib lag, sondern auf syrischem Boden in Tadmur, dem alten Palmyra, der letzten Station der aus dem fernen Osten kommenden Seidenstraße. Endpunkte sind immer auch Durchgangstore, nicht anders das turbulente Tadmur. Alle Händler, die über die Weihrauchstraße nach Indien und China zogen, mußten noch einmal in der alten Karawanenstadt rasten. Wo sollte eine domestizierte Dämonin wie Lilith-Scheba-Bilqis wohl besser ihre ewige Ruhe finden als an diesem Ort der Begegnung?

So viele Länder hat sie bereist, in so vielen Kulturkreisen ihre Spuren hinterlassen, auf so vielen Hochzeiten hat sie getanzt, soviele Namen getragen … Auf welchen wird sie uns antworten, die Königin des Südens?«

Stella legte eine Hand um ihre Ohrmuschel, als hörte sie Stimmen von weither.

»Bleiben wir bei Bilqis, dem der Mondgöttin gehörenden«, entschied sie dann. »Prinzessin Bilqis war das einzige Kind eines jemenitischen Königs, und als ihr Vater gestorben war, schickte sie sich an, seinen Platz einzunehmen. Ein Teil des Volkes aber mochte keiner Frau huldigen; es erkor sich statt dessen einen König aus den eigenen Reihen. So kam es, daß das Reich zwischen Bilqis und ihm aufgeteilt wurde. Eine Dummheit, wie sich schon bald herausstellte, denn der Mann war ein gewissenloser Tyrann, der überall nur Unheil anrichtete. Seine Untertanen wären ihn lieber heute als morgen wieder losgeworden, wußten aber nicht, wie sie das anstellen sollten. Nach längerem Zaudern gingen sie zu Bilqis, die sich bei ihrem Volk in kurzer Zeit Ansehen erworben hatte, und fragten sie um Rat.

Bilqis schloß ihre Augen, um in die Zukunft zu schauen, bevor sie sprach:

›Dieser Mann, über den ihr euch beklagt, hat mich schon immer gereizt. Ich werde ihn heiraten, dann ist uns allen geholfen.‹

Sie schickte eine Gesandtschaft zum Nachbarkönig und ließ ihn wissen, daß er an ihrem Hofe um sie freien möge, da sie von jeher ein heftiges Verlangen nach ihm verspüre, welches sie nie habe stillen können.

Nun galt Bilqis allgemein als schöne Frau, dunkel waren ihre Mandelaugen und goldbraun die Haut, gut gewachsen war sie, schlank wie eine Zypresse. Jeder Mann hätte sich geschmeichelt gefühlt, von ihr begehrt zu werden, so auch der Tyrann aus dem Nachbarreich. Allein, die Ältesten ihres Volkes, bei denen er um ihre Hand anhielt, schickten seine Boten wieder zurück. Sie wußten nichts von Bilqis' Plänen und konnten sich nicht vorstellen, daß sie ausgerechnet diesen König erhören würde. Der aber bestand auf seiner Werbung.

›Eure Königin ist es, die den ersten Schritt getan hat‹, ließ er ihren Beratern ausrichten. ›Niemals hätte ich es von mir aus gewagt, mich ihr zu nähern.‹

Die Männer konnten es immer noch nicht glauben. Mit verstörten Mienen begaben sie sich zu Bilqis, um ihr die Angelegenheit vorzutragen. Die Königin hörte ihnen geduldig zu, ein geheimnisvolles Lächeln umspielte ihre Lippen.

›Wie sollte ich nicht einverstanden sein?‹ sagte sie dann. ›Entspricht es doch ganz meinen Wünschen, mein Geschick und das meines Landes mit dem dieses Mannes zu verbinden.‹

So blieb ihrem Volk nichts anderes übrig, als seine Königin mit dem verhaßten Tyrannen zu verheiraten und zu hoffen, daß sie ihn wandeln werde.

Der Tag der Hochzeit kam, und Bilqis, die Braut, wurde von ihren Getreuen in das Haus ihres zukünftigen Mannes geführt. Im Königspalast war alles bestens vorbereitet: Süße Musik und der Duft von tausend Rosen betäubten die Sinne, erlesene Speisen füllten die Tische, und der Wein floß in Strömen. Bilqis sorgte selbst dafür, daß der Becher des ihr Angetrauten niemals leer wurde, während sie an ihrem eigenen nur nippte. Als sie endlich miteinander das Schlafgemach betraten, war ihr Schatz zu betrunken, um noch irgend etwas von sich oder seiner Umgebung wahrzunehmen. Daraufhin schlug Bilqis ihm mit dem Schwert, das sie am Leibe trug, den Kopf ab und kehrte noch in derselben Nacht in ihren eigenen Palast zurück.

Erst am nächsten Morgen wurde der enthauptete Tyrann von seinen Dienern aufgefunden, und jedermann wußte, wer ihn vom Leben zum Tod gebracht hatte und aus welchem Grund.

Wieder wurde eine Gesandtschaft zu Bilqis geschickt, diesmal mit der Nachricht: ›Du allein bist der Herrschaft am würdigsten, o Königin!‹

›Ich habe nur getan, was getan werden mußte‹, sprach Bilqis, ›denn ich habe nicht nur das Böse vor mir gesehen, welches dieser Mensch bereits angerichtet hat, sondern auch alles weitere Unheil, das durch ihn noch entstanden wäre und sich ausgebreitet hätte wie eine üble Seuche.‹

›Ihr tatet recht daran‹, versicherten ihr die Männer und feierten sie als ihre neue Königin. Im ganzen Reich wurde Bilqis als Befreierin von der Tyrannei gerühmt. Man sah in ihr eine Schwester der Judith, die einst den persischen Belagerer Holofernes enthauptet hatte. Sie selbst aber blieb in …?«

Hier brach Stellaluna ab; ihre halbgeschlossenen Augen öffneten sich weit, und sie sprach zu jemandem, der mir verborgen blieb: »Ihr bringt mich zum Staunen, Königin des Südens. – Wie viele Leben habt Ihr gelebt? An wie vielen Orten gewohnt? Vor meinen Augen erscheint ein Palast nach dem anderen im milchigweißen Nebel, darunter ein Turmhaus … In jenem Weihrauchland wird es sein, zwanzig Stockwerke hoch und mit bunten Steinen verkleidet. Weiß sind sie und grün, schwarz sind sie und rot. Von allen vier Ecken brüllen bronzene Löwen in den Wind. Hoch oben über der Dachterrasse erhebt sich ein weiteres Stockwerk, so wie es heute noch die Häuser der Stadt Sanaa tragen ...«

»Und wer, bitte schön, hat der Königin des Südens diese Himmelsburg bauen lassen?« Das war Julians Stimme.

Ich wußte nicht, wie lange er uns schon zuhörte, und empfand ihn plötzlich als Eindringling. Er brachte Schwingungen mit sich, die nicht mit unseren harmonisierten. Im Lotossitz saß er hinter uns auf dem Fußboden und sah irgendwie gebeutelt aus; an Leib und Seele gebeutelt, wie jemand, der einen Kampf verloren hatte. Womöglich war er auch nur berauscht, unser Mann mit den zwei Herzen; jedenfalls hatte er Chaos in allen beiden und würde uns nun doppelt so viele Sterne gebären müssen, es sei denn, Stellalunas Weisheit war nicht mehr als ein dummer Spruch gewesen.

»Die Dschinnen haben diese Burg gebaut«, gab er sich selbst die Antwort, »die guten Geister des Königs Salomo. Er und Lilith, solltet ihr wissen, waren einander bestimmt, seitdem die Erde sich dreht.«

»Das ist zwar richtig, aber es ist noch nicht an der Zeit, davon zu reden«, entgegnete Stella schroff und hatte schon aus der Trance zu ihrer Alltagsstimme zurückgefunden.

»›Nachts stürzen wir mit solchem Liebreiz ineinander, doch sobald es hell ist, wirfst du mich zurück, wie beim Kämmen dein Haar‹«, zitierte Julian seinen Salomo oder wen auch immer.

Ich seufzte tief, denn ich spürte auf einmal ein kaum zu bezwingendes Verlangen, es den liebreizend Ineinanderstürzenden gleichzutun. »Hat König Salomo so gesprochen?« fragte ich und konnte es nicht verhindern, daß mir eine Träne der Wehmut die Nase entlanglief und auf den Handrücken tropfte.

»Was weiß ich, Lisa. Salomo der Weise soll ja das Hohelied der Liebe verfaßt haben, gelesen hab ich's aber nicht. Jedenfalls hat er vierzig Jahre lang regiert, sein Zeitalter wird zu den goldenen gezählt ...«

»Ich glaube kaum, daß seine siebenhundert Haupt- und dreihundert Nebenfrauen derselben Meinung waren«, bemerkte Stellaluna seltsam gereizt.

»Er war Soloman«, murmelte Julian, »der Meister aller Dämonen und Geister, der Mann, der auf der Erde zurückgelassen wurde und nicht wieder heimkehren kann.«

Stellaluna gab sich amüsiert, dabei klang ihr Lachen nicht ganz echt, wie so oft, wenn etwas nicht wunschgemäß verlief. »Der Soloman bist wohl eher du, mein Freund«, räsonierte sie und war nicht zu bewegen, sich in seiner Gegenwart noch einmal in die Akasha-Chronik zu versenken.

In der Nacht hörte ich Julian in seinem Zimmer herumlaufen, von Wand zu Wand, vom Fenster zur Tür, wie ein eingesperrter Löwe. Ich ging zu ihm, um ihn von dem Raubtier in seiner Brust zu erlösen, denn die Liebe ist nun einmal die einzige Beschäftigung, die uns unsere Gefangenschaft vergessen läßt. Ich hatte lange genug darauf gewartet, daß Stella von ihren älteren Rechten Gebrauch machte, an denen ihr womöglich gar nichts lag. Wer schon beim Haarekämmen Höhepunkte erfuhr, mochte sich selbst genug sein.

Von nun an hatte ich nicht mehr soviel Zeit für die Unterweisungen meiner Seelenführerin. Julian war der erste Mann in meinem Leben, den ich beinah liebte. Stellaluna hätte es mir ansehen können, aber sie sah mich nicht mehr an. Julian meinte, es sei die Eigenart vieler großer Meister, ihre Schüler von heute auf morgen links liegenzulassen, um die Echtheit ihrer Gefühle auf die Probe zu stellen, und ich sollte mir darüber keine Gedanken machen.

Ich widmete meine ganze Phantasie den Spielarten der Liebe. Wir beide waren, so redete ich uns ein, Engel mit nur einem Flügel und mußten einander umarmen, um fliegen zu können. Wenn Julian und ich Zeit hatten, machten wir den Tag zur Nacht und verließen unser Lager nur für Stunden. Mein Minnesänger schien allein von dem Wunsch beseelt, mir gutzutun. Ich hielt das für Selbstlosigkeit und merkte nicht, daß sich dahinter nur Julians Unfähigkeit verbarg, seinen eigenen Bedürfnissen gerecht zu werden. Sein Selbstbild ließ es nicht zu, daß er sich im Bett entspannte und der Lust hingab, jedenfalls nicht vollständig. Auch dies war eine Variante des männlichen Egoismus, wie mir erst im Laufe der Zeit schmerzlich bewußt wurde.

»Liebe dich selbst und achte die Erde«, lautete Stellalunas Rat an andere Einsamkeitsgegerbte, die außerhalb ihrer selbst nach Liebe suchten. Ich hatte ihn mir wohl gemerkt und gab ihn an Julian weiter, als er mir einmal gestand, daß er es in seinem ganzen Leben noch nicht fertiggebracht hätte, sich selbst zu befriedigen, nicht einmal als Collegeboy.

»Ich glaube nicht an diesen psychologischen Nonsens, der da behauptet, man müsse sich erst selbst lieben, bevor man einen anderen lieben kann«, meinte er. »Wer liebt sich schon selbst?«

»Ich liebe mich so, wie ich bin«, sagte ich. »Und du solltest es auch tun.«

»Bei dir fällt mir das ja auch nicht weiter schwer«, scherzte er und senkte die Augen, damit ich seine Halbherzigkeit nicht sah.

Meine Heildienste absolvierte ich zu der Zeit wohl ziemlich zerstreut, und Stella reagierte auf ihre Weise: Sie entzog mir das Privileg, ihre einzige Privatschülerin zu sein. Wenn ich von ihr lernen wollte, mußte ich mich nun in einen ihrer Gesprächskreise begeben. »Sex und Spiritualität« hieß auf einmal ihr Lieblingsthema. Die Botschaft an mich war nicht zu überhören.

»Der einzige Weg, der zur Vereinigung des Männlichen und Weiblichen führt, liegt jenseits unserer Körper«, dozierte sie, und ihre Zuhörerinnen, die bei mir alle mehr oder weniger den Eindruck erweckten, als hätten sie eine wie auch immer beschaffene Not zur Tugend gemacht, nickten eifrig.

»Die spirituelle Komponente in dir ist weder männlich noch weiblich«, betonte eine ihrer Bewunderinnen, die ich im stillen die »Giraffe« getauft hatte, weil ihr Hals ungewöhnlich lang war und die stark vergrößernden Brillengläser ihrem Blick etwas zutiefst Beleidigtes verliehen. Ihre Nachbarin, eine kinderlose Ehefrau, die es dank ihrer pädagogischen Fähigkeiten bis zur Silberhochzeit gebracht hatte, war da schon kompromißbereiter: »Die Männer haben ihre weibliche Seite unterdrückt und die Frauen ihre männliche«, bedauerte sie.

»Ganz gleich, was die Männer unterdrückt haben«, versuchte

ich mich interessant zu machen, »wißt ihr denn nicht, daß die von Stellaluna Eingeweihten sich hier auf diesem Planeten befinden, damit sie die männliche Herrschaft über die weibliche ›heilen‹?«

»Du sprichst vom Heilen, mein Kind, neigst aber selbst dazu, den Sex zu mißbrauchen, ganz wie ein Mann«, stellte mich meine liebe Stella vor ihren Schülerinnen bloß.

Ich spielte die Schmollende und ließ sie weiterreden.

»Die Sexualität ist auch heute noch von Geheimnissen umgeben, trotz oder gerade wegen all unserer modernen Aufklärung. Deshalb reden wir auch so gerne darüber. Die Mysterienschulen des Altertums haben einst das Wissen vermittelt, daß wir alle – modern ausgedrückt – elektromagnetische Wesen sind, die bei der körperlichen Liebe ihre Frequenzen austauschen, was tiefgreifende Folgen hat, nicht nur für unseren physischen Körper. Wir sollten daher nicht leichtfertig Liebesbeziehungen eingehen.«

»Amen«, sagte ich.

»Die wenigsten wissen, was beim sogenannten Miteinanderschlafen energetisch geschieht. Wenn eure Körper zusammenkommen, werden reichlich Hormone ausgeschüttet, die wiederum bestimmte Energien in den Zellen aktivieren, das heißt: Die Essenz eines Menschen wird auf einen zweiten übertragen. Das ist auch der tiefere Grund, weshalb es euch so schwerfällt, euch von einem Partner zu trennen, in dem ihr euch getäuscht habt. Er gefällt euch gar nicht mehr, aber ihr könnt seine Energie nicht abschütteln, denn ihr hattet einen elektromagnetischen Austausch mit ihm ...«

»Und welche Lebensform schlägst du vor, damit wir unsere, ach so kostbare, Essenz nicht an Unwürdige verplempern?« unterbrach ich Stellaluna. »Steht es uns wenigstens frei, zwischen dem Kreuz der Jungfräulichkeit und der tödlichen Langeweile einer monogamen Ehe frei zu wählen?«

Ich erschrak ein wenig, weil ich wieder meine alte Aufsässigkeit in mir spürte wie einen Rückfall in eine längst überwunden geglaubte Kinderkrankheit.

»Ich schlage vor, daß du abwartest, bis sich dir das bietet, was du wirklich willst«, sagte Stellaluna so leise, daß die anderen sie kaum verstehen konnten. »Bei dir ist die Lust an der Verführung stärker als die am Liebesakt selbst.« Und lauter werdend: »Übrigens eine typische Lilith-Eigenschaft, die schon zu meinem nächsten Thema gehört: ›Der Eros des Schwarzen Mondes‹.«

Mit dieser Antwort hatte sie so ganz nebenbei den Wunsch nach einem weiteren Seminar geweckt, denn es gab niemanden in unserer Runde, der nun nicht mehr über ihr neues Thema hätte wissen wollen. Sie war schon geschickt, meine Stellaluna, und ich hatte ihr das Stichwort geliefert, als hätten wir einander abgesprochen! Obwohl sie mir ja schon verraten hatte, daß der Schwarze Mond zu meiner Geburtsstunde im Sternzeichen der Jungfrau stand – was auf massiven Widerstand gegen die Gebote der Sitten und Moral hinweisen sollte –, war ich viel zu neugierig, um Stellas angekündigtem Erotikseminar fernzubleiben.

Als ich am Abend nach ihrem ersten Energievortrag noch einmal kurz bei ihr hereinschaute, um mir ihren Haartrockner zu borgen, lag sie schon halb ausgezogen auf ihrem Bett. Ihr Minirock war höchstens so breit wie jener Gürtel, den Herkules einst einer Amazonenkönigin geraubt hatte. Daß ich derartige Vergleiche überhaupt anstellen konnte, hatte ich natürlich auch wieder ihr zu verdanken, meiner selbstgewählten Meisterin.

Stella trug keine Unterwäsche in dieser heißen Sommernacht, und obwohl sie ihre Altarkerzenbeine keusch übereinandergeschlagen hatte, konnte ich sehen, daß sie sich ihr, vermutlich ebenfalls botticelliblondes, Schamhaar abrasiert hatte.

»Wie eine Nixe mit Fischschwanz kommst du mir vor, Stella, für den Austausch von Liebesfrequenzen in der Tat ungeeignet«, versuchte ich sie zu versöhnen.

»Mich interessiert Sex nur als Initiation in höhere Bewußtseinsbereiche«, behauptete sie, bevor sie sich auf den Bauch drehte und mir ihr blankes Hinterteil zuwandte. Ihr Po hatte eine reizvolle Apfelform, auf jeder Backe saß in gleicher Höhe ein hellbrauner Leberfleck und verlieh ihm das Aussehen eines Gesichtes.

»Ich glaube erst an den kosmischen Orgasmus, wenn ich ihn selbst erlebt habe«, gestand ich Stellas Hinterteilchen.

»Mit Julian wirst du nie so weit kommen«, drang es aus ihren Kissen. »Deine Liebe – oder was du dafür hältst – untergräbt seinen Selbsthaß. Irgendwann wird er dich dafür strafen.«

Ich ahnte, daß sie recht haben könnte, lachte sie aber aus. »Du bist ja nur neidisch!« warf ich ihr vor, als wäre meine Seelenführerin – »deine Psychopompossa«, nannte Julian sie – eine von meinen unbedarften kleinen Schulfreundinnen.

Manchmal konnte ich selbst bei ihr meiner Lust zu verletzen nicht widerstehen. Auch dies eine typische Lilith-Eigenschaft, wie wir im Schwarzmond-Seminar erfuhren.

»Unter ›Eros‹ verstehe ich den Trieb, mich mit dem zu vereinigen, zu dem ich gehöre, während der Schwarze Mond, genannt ›Lilith‹, für mich den Kampf der Geschlechter repräsentiert«, machte uns Stellaluna auf dem Seminar mit ihrer Theorie vertraut. »Lilith geht es dabei nicht etwa um Dominanz, sondern um Ebenbürtigkeit, dieser Aspekt ist mir besonders wichtig. Die triviale Frage: Wer besteigt wen? stellt sich ihr gar nicht erst. Ihr müßt einmal die Bibelstellen in Genesis I und II miteinander vergleichen: Eva will gehorchen, werdet ihr feststellen, Lilith will die Wahl haben. Eva fühlt sich ohnmächtig. Wer sich ohnmächtig fühlt, weiß nicht um seine Möglichkeit, zu wählen. Das ist das ganze Geheimnis. Lilith wird uns nur dann zur Dämonin, wenn wir ihre Forderung nicht umsetzen, nachdem wir sie einmal verstanden haben. Wir sollten unser Bewußtsein transformieren – so lautet ihre Forderung. Lilith steht aber nicht nur für eine seelische Realität, sie ist auch eine archaische Göttin, die ›Große Mutter‹. Als Große Mutter fordert sie Blut, als Große Göttin Bewußtsein ...«

»Und was hat das alles mit dem Schwarzen Mond zu tun?« begehrte mein Liebster auf, den ich mir vorsichtshalber mitgenommen hatte.

Als einziger Mann in unserer Runde fand er sofort Verbündete.

»Bravo! Ich habe schon drei Zeitungsartikel über den Schwarzen Mond gelesen und weiß immer noch nicht, was er eigentlich bedeutet«, flüsterte ihm seine Nebenfrau ins Ohr.

Julian machte eine wegwerfende Handbewegung. »Das heißt nichts. Man muß jeden da abholen, wo er steht«, flüsterte er zurück.

Ich lächelte zufrieden. So machte er das immer. Erst suchte er Verständnis, dann ließ er einen auflaufen.

»Lilith konfrontiert uns mit so unliebsamen Themen wie Verrat und Verlust, Verweigerung und Vergewaltigung, Kastration,

Verstümmelung ...«, fuhr Stellaluna ungerührt fort, und ein Seufzer der Furcht oder Faszination ging durch ihre Zuhörerschaft, als sie hinzufügte: »Mit Blutopfern und Beschneidungen werden wir uns beschäftigen müssen, mit Henkern und Selbstmördern, denn da, wo wir den Schwarzen Mond im Horoskop haben, geht es nicht selten um Leben und Tod, erreicht die Dynamik unserer Entwicklung ihren Höhepunkt. Vom blinden Fleck in unserem Bewußtsein – auch dies ein Schwarzer Mond – wird die Rede sein, vom Kontakt mit unseren persönlichen Dämonen. Wollen wir die alten Gespenster füttern, wollen wir uns weiter die Augen zuhalten oder endlich hinsehen?«

»Hinsehen!« verlangten die Mondsüchtigen.

Stella nickte. »Wir werden unsere Horoskope untersuchen und, soweit das noch möglich ist, herausfinden, was geschah, als der Schwarze Mond bei uns über die Planeten und durch die Häuser lief. Bei jedem einzelnen von uns. Lilith ist die Initiatorin all der Dinge, die wir uns für gewöhnlich nicht so gern anschauen. Sie läßt sich nicht allein mit dem Verstand erfassen. Ich habe daher einige Mythen und innere Bilder ausgewählt, die uns mit ihrer Welt vertraut machen. Vor der eigentlichen Arbeit an unseren Horoskopen werden wir uns zunächst damit befassen.«

Unsere Psychopompossa sprühte vor Energie. Ich dagegen tippte Julian an, weil ich mich plötzlich überfordert fühlte. Stella fütterte uns mit mehr Informationen, als ich so schnell verdauen konnte.

»Komm raus hier, sonst kriege ich noch eine Schwarzmondgastritis!« bat ich meinen Liebsten. Julian aber stellte sich taub und ließ mich allein gehen.

In der Nacht bekam ich Bauchschmerzen und Fieber, so daß mir Stella, die mich hatte stöhnen hören, zu Hilfe kam. Minutenlang befühlte sie meinen Puls, auf ayurvedische Weise bis hinauf zur Armbeuge, sah mich dabei aber immer noch nicht an, selbst als sie mir ihre Enziantropfen auf die Lippen träufelte nicht.

»Was ist los?« fragte ich.

»Nichts Besonderes. Ich hatte dich nur überschätzt, und das ärgert mich. Erst wenn du einmal ganz am Boden bist und eine Kraft in dir spürst, die alles überstrahlt, wirst du wissen, wer du wirklich bist.«

»Dann verzichte ich lieber«, stöhnte ich.

Ich fühlte mich so fiebrig, daß ich glaubte, mich diesmal unterhalb meines Alltagsbewußtseins zu befinden, auf einer Ebene, von der Stella immer behauptet hatte, daß sie ebenso wichtig sei wie die darüber. Irgendwo tief im Erdinneren mußte sie sein, teuflisch heiß und unangenehm.

»Sei nicht wehleidig«, verlangte meine Meisterin. »Ich habe nicht von körperlichen Schmerzen gesprochen. Das Leiden, das ich meine, hilft dir, deine Seele zu erfahren und zu wissen, daß du unsterblich bist.«

»Und was habe ich davon?« Mir schlugen die Zähne aufeinander vor plötzlichem Schüttelfrost.

»Du entwickelst die Fähigkeit, das Göttliche in dir zu finden.«

»Ihr mit eurer Philosophie des Leidens! Du bist auch nicht viel besser als die Kirchenleute, Stella.«

»Und du bist eine Ballonfahrerin, die nicht begreift, daß sie Ballast abwerfen muß, wenn sie steigen will ...«

»... und Gas ablassen, bevor sie wieder landen kann«, ergänzte ich. »Ach, wie lästig!«

»Wer die Ebenen wechseln will, muß nun einmal Opfer bringen«, so Stella.

»In dem Fall fliege ich lieber auf meinem Zauberteppich, dann brauche ich weder Sand noch Gas zu opfern!«

Ich hatte mir nichts Besonderes bei diesem Einfall gedacht, dazu fühlte ich mich viel zu elend, doch Stella war auf einmal wie ausgewechselt.

»Ein fliegender Teppich, gewebt aus deinen Gefühlen«, sagte sie sanft. »Für solche Sätze liebe ich dich, Lisa. Das ist Lilith, wie sie in der Akasha-Chronik steht!«

Ich öffnete die Augen, weil ich Stellas Blick endlich wieder auf meinem Gesicht ruhen spürte.

»Was kann ich für dich tun, Liebe?« Reumütig wie eine Mutter, deren Kind durch ihre Nachlässigkeit zu Schaden gekommen war, strich sie mir ein paar fieberfeuchte Haarsträhnen aus der Stirn.

»Erzähl mir von der Königin des Südens«, bat ich, die Gunst

des Augenblicks nutzend. »Du hast mir längst noch nicht alles gesagt, was du gesehen hast.«

Stella tat mir den Gefallen.

9. Kapitel

Salomos Ring

»Julian hatte recht«, sagte Stella. »Das Schicksal der Königin des Südens ist mit dem König Salomos eng verbunden. Er war ein ›Selbstgeborener‹, dieser König aus dem Stamme Davids, das heißt, einer, der sich selbst erschaffen hat, wie auch immer wir uns das vorstellen mögen. Groß und schön war er, im Inneren wie im Äußeren. Und er stand über den Dingen, nachdem er die Existenz paralleler Welten erfahren hatte.«

»Ach nein! Und wie hatte er davon erfahren?« fragte ich dazwischen.

Dann hörte ich nur noch zu.

»Nun, König Salomo besaß einen magischen Ring, in den der Name Gottes eingraviert war. Allein kraft dieses Ringes soll er in der Lage gewesen sein, den einzigartigen Tempel in Jerusalem zu bauen, der in Wirklichkeit die holographische Entsprechung eines extraterrestrischen Tempels hier auf der Erde ist. Erinnere dich: Unter einem Hologramm verstehen wir, daß jedes Bild eines Teils zugleich Informationen über das Ganze enthält, so auch bei jenem Tempel in Jerusalem: Ein Teil befand sich hier unten auf der Erde und das Ganze oben auf dem Nibiru, einem ›Kreuzenden Planeten‹, dessen Umlaufbahn ihn alle sechsunddreißigtausend Jahre einmal in unser Sonnensystem führt. Übrigens waren die Niburaner Schöpfergottheiten, die zur Erde herabkamen ...«

Stellaluna verstummte. »Ach, das führt jetzt zu weit«, sagte sie mit einem Seufzer des Bedauerns, bevor sie weitererzählte: »Salomos Ring machte ihn zum Meister der Dämonen, so daß nicht einmal Satan Macht über ihn hatte. Eines Tages aber erschien der Teufel vor ihm, seinen Herrn herauszufordern: ›Du bist der Herrscher über alles. Jeder muß dir gehorchen, sogar ich‹, stellte er fest.

›Daher bitte ich dich: Überlasse mir ein einziges Mal deinen Ring, damit ich sehen kann, welche Macht der Gottesname über mich hat. Und fürchte dich nicht, es kann nichts Böses geschehen, denn ich bin ja gebunden.‹

Salomo ließ sich erweichen und übergab seinen Talisman dem Widersacher.

Der aber schleuderte den Ring so weit von sich, daß er bis weit über das Meer hinausflog, wo er versank. Daraufhin nahm Satan den Platz auf dem Thron Israels ein. Für den entmachteten Salomo begann nun ein wahrer Alptraum, eine jahrelange Odyssee, so wie sie im ›Buch der Pilger‹ beschrieben ist. Niemand wollte ihn mehr als König anerkennen. Seine Untertanen dienten dem Teufel und merkten es nicht einmal, verwechselten sie doch alle das Amt mit der Person und hielten den, der auf dem Thron saß, für den rechtmäßigen Herrscher. Salomo irrte durch die ganze Welt und versuchte vergebens, die Menschen zu überzeugen, daß er der wahre König von Jerusalem sei.

›Alles ist eitel, die ganze äußere Welt nichts wert‹, stellte er schließlich, zwischen Bedauern und Erleichterung schwankend, fest.

In einem fernen Land verdingte er sich als Koch des Königs und erwähnte seine Herkunft nie mehr. Dieser König aber hatte eine Tochter, die sich in Salomo verliebte, ihn erkannte und zum Mann begehrte.

Der König war außer sich. ›Meine Tochter und dieser hergelaufene Koch? Eher lasse ich ihn töten!‹ drohte er.

Wieder mußte der Herrscher über das Volk Israel fliehen, diesmal zusammen mit der Königstochter. Zu zwei irrten sie nun durch die Welt, bis Salomo eines Tages einen Fisch fing. Er schnitt ihn auf, um ihn zu kochen – und siehe da: Im Inneren lag sein verlorener Ring! Kaum hatte er sich ihn auf den Finger gesteckt, da saß er wieder auf seinem Thron in Jerusalem, während Satan gebunden in der Ecke des Palastes hockte. Des Königs Irrfahrt in die Gegenwelt hatte ihr Ende gefunden, als wäre sie nur ein böser Traum gewesen. Salomo aber wußte von da an, daß es einen erfahrbaren Raum außerhalb der Zeit gab.«

Stellaluna versank erneut in Schweigen, und erst als ich schon befürchtete, sie würde mir auch diesmal nicht mehr preisgeben wollen, sagte sie: »Laß mich nun die Königin des Südens wieder ins Spiel bringen und mit einer Variante jener Wiedehopfgeschichten beginnen, wie sie so zahlreich im kosmischen Gedächtnis gespeichert sind: König Salomo war bekanntlich auch der Herr der Tiere. Eines Tages hatte er sie nun alle zu sich eingeladen, die Vögel und Feldtiere, ja selbst die Winde, Geister und Hexen, damit sie vor ihm tanzten. Doch als das Fest beginnen sollte, merkte der große Meister, daß einer seiner Lieblinge fehlte: der Wiedehopf und königliche Botenvogel ›Hudhud‹. Salomo wurde sehr zornig, er drohte sogar, ihn diesmal zu bestrafen, es sei denn, sein Bote hätte einen guten Grund gehabt, nicht zur festgesetzten Stunde vor ihm zu erscheinen.

Nachdem Hudhud mit großer Verspätung endlich eingetroffen war, wußte er Erstaunliches über einen langen Besuch in der Weihrauchstadt Kitor, bei der Königin von Saba zu berichten. Dort, so sagte er, habe er das Paradies auf Erden gefunden. Der Sand sei in jenem Land aus purem Gold, das Wasser so rein wie Morgentau und das ganze Reich – ringsum von gewaltigen Bergketten wohlgeschützt und nur zur Seeseiten hin offen – eine einzige Oase üppigster Fruchtbarkeit.

›Die Königin selbst‹, erzählte er, ›habe ich auf einem juwelengeschmückten Thron unter einem Himmel aus blauer Seide sitzen sehen. Sie ist nicht nur unermeßlich reich, sondern auch bildschön. Kupferrot ist ihr Haar und so lang, daß zwei Dienerinnen es in einer goldenen Schale auffangen und ihr nachtragen müssen, wenn sie sich erhebt.‹

Der König hörte ihm verwundert zu. ›Es wird sich zeigen, ob du die Wahrheit gesprochen hast‹, sagte er nur, bevor er Hudhud umgehend mit einer Botschaft zur Königin von Saba schickte.

Als der Wiedehopf, begleitet von einem riesigen Vogelgefolge, in Kitor eintraf, hatte die Königin sich gerade niedergekniet, um ihr tägliches Sonnengebet zu verrichten. Der einfallende Vogelschwarm aber verdunkelte die Sonne und hüllte das Land in Finsternis. Die Königin, die nicht wußte, was dies zu bedeuten hatte, zerriß vor Verzweiflung ihre Kleider. Endlich setzte der Wiedehopf sich ihr zu Füßen und bewegte sie, den Brief aus seinen Flügeln zu lösen. Nachdem sie den Brief gelesen hatte, zerriß sie zum zweitenmal ihre Kleider. Dann rief sie den Thronrat zusammen und sagte: ›Ich habe soeben ein ebenso ehrenvolles wie verfängliches Schreiben von König Salomo erhalten, einem Mann, der für seine Weisheit berühmt ist. Er hat mich aufgefordert, nach Jerusalem zu reisen und ihm meinen Besuch zu machen. Komme ich seiner Bitte nach, so will er mir größere Ehre erweisen als allen anderen Königen, tue ich es nicht, so beabsichtigt er, mir seine Könige, Truppen und Soldaten ins Land zu schicken. Eine seltsame Drohung, denn soviel ich weiß, bezeichnet er die Feldtiere als seine Könige, die Vögel als seine Reiter und die Winde, Hexen und Geister als seine Soldaten. Ich bitte um den Rat meiner Edlen in dieser heiklen Angelegenheit, damit ich weiß, ob ihr billigen werdet, was ich beschließe.‹

Ihre Minister beratschlagten und antworteten ihr so: ›Da König Salomo nicht wie wir und unser Volk die Sonne verehrt, wird er Euch bekehren und unterwerfen wollen. Wir bitten Euch daher inständig, keine Reise nach Jerusalem zu unternehmen.‹

Indessen dachte die Königin an den Schrecken, den schon allein Salomos Vögel verbreitet hatten, als sie die Sonne so jäh verdunkelten, und sie folgte dem Rat der Minister nicht.

›Man sollte‹, sprach sie, ›es nie so weit kommen lassen, daß fremde Könige und ihr Gefolge ungerufen in ein Land einziehen, es verwüsten und die Einwohner demütigen. Wenn ich der Bitte des Königs von Israel nicht nachkomme, könnte er verstimmt sein. Ich werde daher doch lieber nach Israel reisen und bei der Gelegenheit auch Salomos sprichwörtliche Weisheit auf die Probe stellen.‹

In aller Eile wurde eine Karawane aus Maultieren, Kamelen und Elefanten zusammengestellt und mit Gastgeschenken beladen, zu denen Weihrauch, Gold, Edelsteine und viele andere Kostbarkeiten gehörten, darunter auch ein Münzschatz, aus dem später der Judaslohn bezahlt wurde – dies sollte der Wahrheit zuliebe hier nicht unerwähnt bleiben. Die Königin von Saba schwärzte sich also ihr Gesicht, um es zudringlichen Blicken zu entziehen, und setzte sich auf ihrem weißen Elefanten an die Spitze der Karawane. Wie durch Zauberei erreichte sie Jerusalem schon nach drei Jahren, während gewöhnliche Sterbliche für den Weg meist doppelt so lang brauchten. Und obwohl eigentlich noch niemand mit ihrer Ankunft hätte rechnen können, wurde sie vor den Toren der Stadt von einem jungen Mann erwartet, dessen Schönheit sie sogleich in ihren Bann zog. Wenn dies König Salomo ist, dachte die Königin des Südens, so könnte es leicht geschehen, daß ich mich in ihn verliebe.

Dem Jüngling gefiel die südländische Fremde nicht weniger gut, die da mit untergeschlagenen Beinen und wiegendem Oberkörper auf ihrem weißen Elefanten daherkam. Und wie kostbar sie gekleidet war! Hauchdünne Seidenstoffe in leuchtenden Farben, mit Sonnensymbolen und Goldtropfen verziert, umschmeichelten ihre Gestalt, und ihr Gesicht, nun nicht mehr geschwärzt, sondern sorgfältig geschminkt, strahlte vor freudiger Erwartung.

Doch sobald sie erfuhr, daß der vermeintliche König lediglich Benajahu, sein Gesandter, war, schlug sie die schönen Sternenaugen nieder.

›So bringt mich zum König‹, verlangte sie. ›Nur ihm zuliebe habe ich mein Land verlassen.‹

Gehorsam geleitete Benajahu sie in den Thronsaal, der ein kleines Weltwunder war. Salomo hatte ihn eigens zum Empfang der sabäischen Königin bauen lassen, und zwar ganz aus Glas, damit sich ihm ein Geheimnis offenbarte, das die Dschinnen ihm verraten hatten.

›Was versprichst du dir von der Magierin aus dem Goldland?‹ hatten sie ihm eingeflüstert. ›Sie hat zwar die Reize einer Frau, aber die verformten Füße einer Dämonin und die behaarten Beine eines Mannes, denn auch ihre Mutter stammte von den Dschinnen ab.‹

König Salomo antwortete den eifersüchtigen Plagegeistern mit denselben Worten, die er dem Hudhud mit auf den Weg nach Saba gegeben hatte: ›Es wird sich zeigen, ob ihr die Wahrheit sprecht.‹

Als nun die Königin, etwas überreizt von der langen Reise, den Spiegelsaal betrat, wurde sie – ganz nach Salomos Plan – das Opfer einer Sinnestäuschung: Sie glaubte, sein Thron stehe im Wasser, und raffte ihr Kleid hoch, um hindurchzuwaten.

Da überzeugte sich Salomo, daß sie weder Ziegenfüße noch Eselshufe hatte, sondern ganz gesunde Füße und ausgesprochen schön geformte Beine, die allerdings an den Waden stark behaart waren. Ein Lächeln überflog sein Gesicht: ›Du hast das Antlitz eines Engels und die Beine einer Dämonin‹, neckte er sie. ›Man nennt dich die Königin des Südens, ich aber sehe Lilith in dir, Lilith von Smaragd, die einstige Wüstenkönigin, die bald hier, bald dort auftaucht, obgleich ihre Zeit längst abgelaufen ist.‹

Die Königin war um eine Antwort nicht verlegen: ›So solltest du getrost deinen Augen trauen, so wie ich darauf vertraue, stets zur richtigen Zeit am richtigen Ort zu sein; die Dämonin aber sollten wir lassen, wo sie hingehört‹, entgegnete sie, ›in der Wüste und in der Vergangenheit, was mitunter das gleiche ist.‹

Beeindruckt von der Anmut und Klugheit der Königin, besann sich Salomo auf seine Rolle als Gastgeber. Die Weitgereiste möge nun ihre Gemächer aufsuchen und eine ausgedehnte Ruhepause einlegen, empfahl er ihr. Er werde sich bis zum nächsten Tag gedulden, und es werde ihm eine Freude sein, die Unterhaltung mit ihr dann fortzusetzen.

Mit charmanter Geste überreichte er ihr ein Körbchen, das vor Blütenblättern und frischen Früchten schier überquoll, und obendrein ein Kästchen seines Hofzauberers, angefüllt mit einem duftenden Balsam, welcher die Königin über Nacht von ihrer Beinbehaarung befreien werde. Ihr Gegengeschenk aber wies er, bis auf einen magischen grünleuchtenden Stein aus dem Besitz der legendären Lilith von Smaragd, mit den Worten zurück: ›Ich bitte dich, mir keine Geschenke zu geben, sondern der Geschenke würdig zu sein, die ich dir zugedacht habe.‹

Die Königin erschrak. Meinte er etwa die Hautsalbe? Und wenn ja, war sie nicht eine Gabe, wie sie sich allenfalls für eine Braut vor der ersten gemeinsamen Nacht geziemt hätte? Und war es nicht überhaupt der schiere Hochmut, der aus diesem Manne sprach? Unschlüssig drehte sie das Balsamkästchen in ihren Händen.

Salomo, dem ihre Bedenken nicht entgangen waren, beeilte sich fortzufahren: ›Halte mich bitte nicht für unhöflich, aber ich besitze seltene Geschenke vom Allerhöchsten und begehre keine anderen mehr. Kehre dein Gesicht zu dem, der die Sterne gemacht hat, und du wirst den wahren Reichtum finden.‹

Die Königin von Saba neigte zustimmend ihr Haupt. Ob Sonne oder Sterne, dachte sie, was macht das schon für einen Unterschied! Und war nicht die Weisheit, nach der sie dürstete, strahlender als alle beide?

›Selig bist du, mein Herr, daß dir solche Erkenntnis zuteil wurde‹, rühmte sie nun ihren Gastgeber und meinte vielleicht sogar, was sie sagte. ›Mir gefällt die Süße deiner Stimme und die Schönheit deines Angesichts. Nachdem auch ich mit irdischen Reichtümern mehr als gesegnet wurde, verlange ich nun nach Weisheit, und mein Herz sucht Erkenntnis, denn die Weisheit ist kostbarer als alle Schätze der Welt. Sie ist süßer als Honig, leuchtender als die Sonne und begehrenswerter als alle Edelsteine. Kein Reich dieser Welt kann Bestand haben ohne Weisheit, und kein Reichtum wird erhalten bleiben ohne sie. Wer Weisheit gesammelt hat, dem kann sie – anders als Gold und Silber – niemals geraubt werden. Wer Zuflucht zu ihr nimmt, dem wird sie Kraft und Stärke geben. Wer sie liebt, den wird sie nicht verlassen. Die Liebe zur Weisheit aber schließt die Liebe zum Weisen mit ein.‹

Hier verneigte sich die Königin von Saba, die bisher auf alle an Salomos Hof üblichen Unterwerfungsrituale verzichtet hatte, so tief, daß ihr üppiges Haar zu Boden floß.

›Und wüßte ich nicht, daß du aus dem fernen Goldland kommst‹, erwiderte Salomo, ›in das außer meinem Botenvogel keiner aus dem Volke Israels je seinen Fuß gesetzt hatte, so würde ich glauben, daß du mein „Buch der Sprüche“ kennst, in welchem über die Weisheit geschrieben steht: „Der Herr hat mich geschaffen am Anfang Seiner Wege, ehe er etwas schuf, war ich da. Ich bin eingesetzt seit Ewigkeit, von Anfang an, vor der Erde.“‹

Die Königin fand es klüger, diesen Worten nichts mehr entgegenzusetzen, und begab sich zur Ruhe.

Auch in den darauffolgenden Tagen war die Königin von Saba nicht sehr gesprächig. Sie hatte genug damit zu tun, das Leben am Hofe König Salomos in allen Einzelheiten zu beobachten. Nichts sollte ihren prüfenden Blicken entgehen. Den verschiedenen Gerichten, die im Palast aufgetischt wurden, schenkte sie ebensoviel Aufmerksamkeit wie den Opfergaben, welche der König im Tempel darbrachte. Sie wollte wissen, wo seine Untertanen wohnten, welche Gewänder die Dienstboten trugen und auf welche Weise Salomo mit seinen Bauarbeitern sprach, wenn er ihnen im Bereich des Tempelberges begegnete.

Was sie sah, überzeugte sie davon, daß der König Recht und Gerechtigkeit walten ließ und ein Mann war, der alles tat, seinem Gott und den Menschen wohlgefällig zu sein. Und obwohl die Königin von Saba in ihrem Land eine viel prachtvollere Residenz besaß, als es der geschwätzige Wiedehopf in seiner Vogelsprache hatte ausdrücken können, wurde sie es nicht müde, in den Gärten und Palästen des Salomo zu lustwandeln, die Stuckarbeiten in den Laubengängen zu bewundern, die Alabasterschalen seines Löwenbrunnens und die farbigen Fischschwärme, welche die Wasserbecken wie schwimmende Juwelenbouquets durchzogen. Sie fand sogar Gefallen daran, die verschiedenen Höfe, Hallen und Wasserspiele auf Papyrusblätter zu zeichnen und als Gedächtnisstütze für später aufzubewahren.

Am liebsten verweilte sie in einem etwas abgelegeneren Saal, dessen leuchtend weißer Marmorfußboden den Goldglanz der Kuppel reflektierte, was im ganzen Raum ein besonders schönes Licht erzeugte. Den unteren Teil der Wände schmückten kunstvoll bemalte Tonfliesen, während weiter oben reiche Stuckarbeiten, so fein wie Silberfiligran, das Auge erfreuten. In den Nischen zu jeder Seite des Saales standen Ruhebetten, die dazu einluden, sich niederzulegen, nach oben in das Gold der Kuppel zu schauen und sich in himmlische Gefilde versetzt zu fühlen. Die Baumeister des Salomo hatten die Kuppel mit ihren azurblauen Zwischenräumen so luftig konstruiert, daß sie über dem Saal zu schweben schien, was auch dem Betrachter ein Gefühl der Schwerelosigkeit vermittelte.

Ferner entdeckte die Königin hinter einem inneren Bogengang einen Balkon mit einem vergitterten Fenster. Dort, so vermutete sie, mußten die Frauengemächer liegen; zuweilen glaubte sie gar, hinter den engen Maschen ein dunkel funkelndes Augenpaar auszumachen, welches nach ihr, der Beobachterin, spähte. Sobald sie sich näherte, um es genauer zu betrachten, ihm womöglich ein Zeichen des Erkennens zu geben, verschwand es in den Tiefen des Harems. König Salomo, so hatte ihr eine kleine schwarze Wasserträgerin zugeflüstert, betreibe Vielweiberei und besäße siebenhundert Haupt- und dreihundert Nebenfrauen.

›Und wenn es so wäre, gehörte ihm in Wahrheit keine‹, hatte die Königin dazu gesagt.

Nach einer Handvoll Tage befand sie, daß es nun an der Zeit sei, Salomos Weisheit noch unmittelbarer zu untersuchen und mit Rätselfragen auf die Probe zu stellen. Sie begann mit typischen Frauenrätseln zu Themen der Schwangerschaft, Liebe und Geschlechtlichkeit, und nachdem der König diese einen ganzen Vormittag lang mit ebensoviel Klugheit wie Phantasie gelöst hatte, gab sie ihm, wohl gestärkt durch ein heiteres gemeinsames Mittagsmahl, einige Unterscheidungsrätsel auf. Zunächst wurden auf ihren Wunsch hin eine Reihe männlicher und weiblicher Wesen hereingeführt, die alle von gleichem Aussehen, gleicher Gestalt und gleich gekleidet sein mußten.

›Sondere mir nun die männlichen von den weiblichen Geschöpfen‹, bat sie den König.

›Nichts leichter als das‹, sagte der und sorgte dafür, daß jedem der Jungen und Mädchen eine Schale voll Wasser gebracht wurde. Dann forderte er sie auf, sich zu waschen.

Die Mädchen ließen das dargereichte Wasser erst von einer Hand in die andere fließen, bevor sie ihr Gesicht benetzten, die Jungen dagegen schöpften das Wasser mit beiden Händen und führten es direkt zum Gesicht. Salomo aber amüsierte sich königlich, die jungen Leute genau das tun zu sehen, was er erwartet hatte.

Am dritten Tag schließlich kam die Königin mit einem Initiationsrätsel.

›Dieses Mal, Sohn Davids, sondere mir die Beschnittenen von den Unbeschnittenen!‹

Da befahl Salomo dem Hohepriester, die gut verhüllte Bundeslade mit den Gesetzestafeln aus dem Tempel herbeizuschaffen und für die umstehenden Jünglinge einen Spalt weit zu öffnen. Der Königin bot sich nun ein Schauspiel, das sie ihr Lebtag nicht vergessen sollte: Diejenigen Knaben, welche mit ihrer Beschneidung zugleich eine spirituelle Initiation erhalten hatten, brauchten ihre Körper nur ein wenig zu beugen, damit der Glanz der göttlichen

Gegenwart ihre Gesichter gleich einem Heiligenschein überstrahlte. Die Unbeschnittenen aber fielen auf ihr Angesicht, sahen nichts und blieben unberührt, da sie noch nicht zu den Eingeweihten gehörten.

Die Königin war beeindruckt.

›Bei allem, was mir heilig ist‹, sprach sie, ›ich mochte den Erzählungen über deine Tugenden kaum glauben, nun aber sehe ich, daß mir eher zuwenig als zuviel versprochen wurde. Du, Salomo, hast mehr Geschick an den Tag gelegt, als die Kunde über dich zu sagen wußte. Gepriesen seien deine Untergebenen, die ständig von deiner Weisheit kosten dürfen und gepriesen sei dein Gott Jahwe, der an dir so viel Wohlgefallen hat, daß er dich auf den Thron Israels setzte und damit seinem Volk eine Epoche des Glücks und des Friedens bescherte, wie sie auf Erden kaum zu finden ist.‹

Salomo war merklich zusammengezuckt, als er die Königin des Südens, die doch zu den Sonnenanbeterinnen und somit zu den Ungläubigen zählte, den geheimen Gottesnamen aussprechen hörte, was gegen die heiligen Regeln verstieß. Dann aber siegte seine salomonische Toleranz, und er entschied, den Gast aus Saba nun seinerseits auf die Probe zu stellen. Nachdem er alle, bis auf den Hohepriester, wieder hinausgeschickt hatte, wandte er sich an die Königin: ›Du, die du den Gottesnamen und noch weitere Geheimnisse kennst, da du vermutlich eine Magierin bist, beschreibe mir, so du vermagst, wie diese Bundeslade aussieht und was sie enthält.‹

Die Königin, die sich die ganze Zeit über in respektvollem Abstand von der Lade gehalten hatte, schloß die Augen, denn sie hatte die Gabe des inneren Sehens, und sagte: ›Sie stammt aus Indien, eure Bundeslade. Ganz aus dem Holz der Akazie gemacht, wurde sie im Inneren mit Blattgold verkleidet. Auf dem Deckel sitzen einander zwei Cherubime gegenüber – genauer gesagt: zwei Sphingen mit Stierkörpern und nach vorne gestreckten Flügeln. Zwischen ihren Gesichtern erscheint, nach bestimmten Ritualen, der Hohepriester, eine Materialisation des göttlichen Geistes, aus der sich die Zukunft deuten läßt. Im Inneren der Lade ruht der Stab des Mosesbruders Aaron neben verschiedenen Figuren aus Elfenbein, welche die Gestirne und Elemente symbolisieren und, ebenso wie ein magisches Quadrat und weiteres Orakelwerkzeug, zur Weissagung dienen. Als größter Schatz aber gilt dem Volke Israels die Gesetztestafel. Sie besteht aus rötlichem ägyptischen Marmor, den Rand zieren Blumenornamente. Die Gebote selbst sind untereinander in zwei Quadrate eingraviert, und zwar je fünf auf einer Seite. Auf dem unteren Teil der Tafel stehen drei Buchstaben, die ich weder deuten kann noch will und deren Erklärung ich auch nicht von dir, o Salomo verlange, um dich nicht in Verlegenheit zu bringen.‹

Hier schlug die Königin die Augen wieder auf. Eine kleine Ewigkeit lang ruhten sie auf dem Gesicht des Königs, zogen ihn in Welten, die er kaum noch verlassen mochte. Bisher hatte Salomo die Zurückhaltung der Sabäerin respektiert, wenngleich ihre vielsagenden Blicke ihm oft etwas anderes zu bedeuten schienen, nun aber erhob er sich von seinem Thron und schloß sie tief bewegt in seine Arme: ›Du bist nicht nur ein schönes und kluges Weib, Scheba, sondern auch eine begnadete Seherin‹, murmelte er mit dem Mund über ihrem Haar, das noch ganz durchdrungen war vom Weihrauchduft Sabas. ›Du hast zwar andere Talente als ich, doch stehen sie den meinen in nichts nach. Beim Gott Israels, wir sind einander ebenbürtig!‹

Trotz dieser Erkenntnis spürte Salomo, daß ihm noch manche Facette der Königin verborgen geblieben war. Unruhe erfaßte ihn, weil er sich in Gedanken darüber verlor, ob und wie er dieses allerletzte Rätsel, das sie selbst ihm war, wohl auch noch würde lösen können. Und er begann, um sie zu werben, wie er noch um keine seiner bisherigen Frauen geworben hatte, indem er ihr Tag für Tag seine ungeteilte Aufmerksamkeit schenkte. Er kam auf die seltsamsten Einfälle, um ihr zu huldigen. So hüllte er sich als Tribut an ihren Sonnenkult eine Zeitlang ausschließlich in orangerote Gewänder. Je mehr er sich aber um sie bemühte, desto mehr entzog sie sich ihm. Er glaubte, das Spiel von Nähe und Distanz längst zu kennen, und kannte es doch nicht. Sein Botenvogel Hudhud konnte es schließlich nicht länger mit ansehen, wie sein Herr sich plagte, und kam mit kühnen Ratschlägen, um ihn zu trösten.

›Was kühl ist, muß noch kälter werden, damit es das Feuer zu schätzen weiß‹, sagte er einmal und fand es gescheit.

Dann erzählte er von einem Berggipfel, welcher der kälteste Ort der Erde sei. Erst kürzlich habe er ihn entdeckt. Es sei dort so kalt, daß ihm die Flügel am Boden festgefroren wären.

›Und?‹ fragte der König zerstreut.

›Nun, begebt Euch auf die Reise, lockt die Königin unter einem Vorwand dorthin, und schlagt Eure Zelte auf. Der spröden Dame wird so kalt sein, daß sie lieber das Lager mit Euch teilen als weiter so frieren wird. Am nächsten Morgen zaubert Ihr dann eine warme Quelle aus dem Berggestein, damit die Königin darin baden kann.‹

›Und?‹

›Ihr habt gewonnen! Sie wird Euch dankbar sein und Euch lieben.‹

›Bei meinen Haremsdamen hätte ich mit solchen Possen wohl Eindruck machen können, nicht aber bei einer Königin von Saba. Nein, nein, lieber Hudhud, da müssen wir uns schon etwas Besseres einfallen lassen!‹ Und er seufzte so tief, daß dem Hudhud ganz weh ums Herz wurde.«

Stellaluna, deren Redefluß bei den letzten Sätzen schon ins Stocken geraten war, verstummte nun ganz.

»Und?« wiederholte ich die Frage Salomos.

Stella runzelte die Stirn. »Die Verführungsgeschichte zwischen dem König Israels und der Königin des Südens mögen diejenigen wiederaufleben lassen, denen sie bestimmt ist.«

Sogleich fühlte ich mich angesprochen. »Und wer soll das sein, Stella?« tat ich ahnungsloser, als ich war, denn ich spürte wieder das fast schon vergessene Geheimnis um meine Bestimmung, das ich zuletzt in meiner Kindheit gespürt hatte.

Doch Stella wußte auch darauf noch eine allgemeingültige Antwort: »Es ist derjenige«, erzählte sie mir, »der Salomos Ring findet, das Pentagramm mit den sieben Siegeln.«

Zwei Wochen später war ich mit Julian im Weihrauchland.

10. Kapitel
Zu den Perlen des Orients

»Eine von Liliths Stärken war ihr Schweigen«, hatte meine Meisterin mir gerne vorgehalten, wenn ein Wort das andere ergab und keines uns einer Wahrheit näherbrachte, die wir selbst noch nicht kannten. Auf Erklärungen oder gar Abschiedsbriefe von mir mußten Stellaluna und Benno daher verzichten; statt dessen inszenierte ich unseren Aufbruch so, daß er nach einer magischen Flucht aussah. Ich steckte zwei Paar Sandalen, die Julian und mir gehört hatten, so in die aufgeweichte Erde im Stiefmütterchenbeet vor dem Haus, daß nur die Fußspitzen herausschauten. Mochten sie meinen, wir hätten uns meines Zauberteppichs bedient oder wären von Außerirdischen entführt worden. Meine »Psychopompossa« hoffte nämlich insgeheim, daß eines Tages ihre Seelengefährten von der Venusebene auftauchten, um sie aus ihrem terrestrischen Exil zu befreien. Das hatte sie mir selbst in einer schwachen Stunde anvertraut.

Während der ersten Flugkilometer unserer Reise in den Orient weideten Julian und ich uns daran, Stella erfundene Kommentare in den Mund zu legen: »Habe ich mir doch gedacht«, ließen wir die Allwissende seufzen, »daß Lisa auf Aventure gehen würde, sobald sie begriffen hat, worin die Initiation der Lilith besteht. Sie besteht darin, immer schon, einem jeden Menschen, und auch mir, den Gehorsam zu verweigern.«

Und Julian parodierte: »Eine wie Elisa muß eben eines Tages losstürmen und alle Teufel küssen.«

»Ach was!« widersprach ich. »Wenn sie bis zum heutigen Tag noch nicht zu ihrem Thema gekommen ist, dann nur, weil sie nicht weiß, wer sie wirklich ist. Ihr Selbst ist ihr Thema.«

Was Stella tun würde, wenn sie feststellen mußte, daß mit uns zwei Drittel ihrer Ersparnisse verschwunden waren, malten wir uns lieber nicht auch noch aus. Im Mittagsschlaf hoch über den Wolken sah ich sie vor Verzweiflung ihre Kleider zerreißen wie einst die Königin von Saba. Das Bild schmerzte mich mehr, als ich zugeben mochte.

»Wenn in unserer Kultur so etwas wie Mysterienschulen fehlen sollten, gäbe es längst welche«, rechtfertigte Julian meinen Diebstahl. »Man muß nicht alles wiederaufleben lassen, von dessen Existenz man zufällig erfahren hat. Außerdem hast du in eurem Job immer die besseren Geschäfte gemacht.«

»Wir müssen ihr das Geld eines Tages zurückgeben«, sagte ich.

»Sobald ich meinen Plagiatsprozeß gewonnen habe«, versprach er.

Ich tat so, als glaubte ich ihm, als hätte ich es dem Mann mit den zwei Herzen nicht längst von der Stirn abgelesen, daß er in der ersten Instanz bereits verloren hatte. Natürlich wußte Stella das auch. Zu gern hätte ich erfahren, in welchem Licht sie mich nun sah, nachdem sie selbst ein Opfer meines Charakters geworden war. Unschuldige Opfer gab es nur in deren Phantasie.

»Um eine gute Hochstaplerin zu sein, braucht man psychologisches Wissen und theatralische Fähigkeiten«, hatte Stella mich zu Anfang herausgefordert.

Vielleicht hätte sie das nicht tun sollen. Damit sie nicht zum wunden Punkt auf meinem sonst so robusten Gewissen wurde, beschloß ich, ihr regelmäßig Reiseberichte zu übermitteln. Als Zeichen meiner unverminderten Anhänglichkeit schickte ich ihr gleich eine große Postkarte von Damaskus bei Nacht. In winziger Schrift, damit ich alles darauf unterbrachte, kritzelte ich:

Laß Dir zuerst den Morgenlandhimmel beschreiben, Stella. Luna, die Mondin, zeigt sich hier brav auf dem Rücken liegend, so wie sich das seit Adam und Eva gehört, und die Sterne leuchten viel heller als bei uns. Sie alle scheinen mir etwas auszudrücken, selbst die heiße Mittagssonne, die Bäume, die Blüten, die Vögel, die Wüsten … sämtliche Aspekte des Kosmos, Du weißt schon. Damaskus soll die älteste Stadt der Welt sein, eines der vielen Paradiese auf Erden, und doch hat Kain einst gleich nebenan auf dem Quassyun-Berg seinen Bruder erschlagen. Händchen haltend, spazieren nun seine Söhne am Abend durch eines der sieben Tore zur geraden Straße, während die Frauen hinter vergitterten Türen in den Höfen sitzen und schwatzen. Schwarz vermummt und verschleiert, sind sie ganz auf ihr Gesicht reduziert und manchmal allein auf die Augen. Dennoch ist das zweit(!)wichtigste Heiligtum der Stadt einer Frau gewidmet, Sitt Zeinab, der Enkelin Mohammeds. Ein riesiger Kristallüster hängt bedrohlich tief über ihrem Grabmal und läßt die gelben Ornamente oben in der blaugekachelten Kuppel wie Himmelssterne strahlen. Der Schrein selbst ist von einem Gitter umgeben – als müßte man den Körper der Frau auch nach seinem Tod noch einsperren, ihrer befreiten Seele zum Trotz. Du solltest mal sehen, mit welcher Inbrunst die Schiiten diese Gitterstäbe abküssen und mit bunten Schleifen schmücken, durch die sie ihre geheimen Wünsche kundtun. Dazu winseln Klageweiber schaurig-schöne Balladen. Ich stelle mir vor, daß ich auf Zeinabs Spuren barfuß über die Straßen und Plätze Allahs wandere, um den Kopf weht mir ein seidener Schleier, der durchsichtig genug ist, das Rot meiner Haare nicht zu verleugnen. Niemals würden meine morgenländischen Schwestern sich das erlauben. Wenn aber doch mal eine aus der Reihe tanzt – ob man sie dafür steinigen würde? Bevor ich schließe, wisse: Was Julian und mich verbindet, ist die Sehnsucht nach einem Land, in dem wir nicht geboren sind. Darum ist er Dir entgangen (mit mir). Die nächste Botschaft kommt so gewiß, wie ich diesen Ort bald wechseln werde.

Es zeigte sich ein wesentlicher Unterschied zwischen meinem Reisebegleiter und mir: Ich hatte es eilig und er nicht. Nach ein paar Tagen schon war ich der Kirchen und Moscheen, der Karawansereien und Mausoleen überdrüssig, und auch der typische Basargeruch nach Mokka, Weihrauch und Gewürzen, an dem Julian sich kaum sättigen konnte, vermochte mich nicht mehr zu berauschen. Endlich im Morgenland angelangt, wollte ich von einem Ort der Verheißung zum nächsten eilen, statt gleich am erstbesten Wurzeln zu schlagen.

»Was treibt dich denn bloß so?« mäkelte Julian. »Bis zum dreißigsten Lebensjahr gibt es keine Zeit.«

»Ja, das sehe ich.«

Schon seit einer Stunde nuckelte er an seinem Glas Granatapfelsaft, einer braunen Brühe, die aussah wie Coca Cola und ein wenig nach Rotwein schmeckte.

»Palmyra«, sagte ich, »klingt verführerischer als Damaskus.

Petra ehrwürdiger als Palmyra, Sanaa edler als Petra und Marib stolzer als Sanaa ... Perlen des Orients, Julian, sind sie allesamt, und ich werde, wenn es sein muß, auf der Zeit reiten, um nach solchen Perlen zu tauchen.«

»Wenn du wirklich eintauchen willst, mußt du an Ort und Stelle bleiben«, beharrte Julian.

Ich zuckte die Achseln. War aber nicht eine von Liliths Hauptrollen die der Nomadenkönigin gewesen? Und galt nicht das Weihrauchland als ihr jahrtausendealter Abenteuerspielplatz?

Noch trennten sich unsere Wege nicht endgültig, doch den Reisebus nach Palmyra bestieg ich bereits allein, während Julian einen weiteren Tag im Badehaus verdöste, mit einer Wasserpfeife in Reichweite vermutlich.

Palmyra sei die letzte Station der Seidenstraßen aus dem Osten gewesen, hatte Stellaluna mir in ihrer Bilqis-Vision verraten, und das antike Tadmur ein »Durchgangstor« und einen »Ort der Begegnung« genannt. Beides hörte sich reizvoll an. Außerdem sollte die Königin von Saba dort begraben sein und wartete gewiß darauf, von mir begrüßt zu werden.

Sechs Stunden brauchte der Bus für die zweihundertvierzig Kilometer über eine holprige Wüstenpiste, obwohl man uns nur eine einzige Pause an einem Beduinenmarkt auf halber Strecke gönnte.

Beim Aussteigen sichst Du auf ein Meer aus roten Araberzumseln (Kopftüchern), begann ich meinen Brief im Kopf an Stellaluna. Es sind vorwiegend Männer gekommen, die nun, zum Ende des Ramadans, ihre Widder und Schafe verkaufen wollen; in kurzen Stricken fest aneinandergebunden, zittern die Opfertiere ihrer Hinrichtung entgegen, nur den kleinen Lämmern ist es noch erlaubt, frei herumzulaufen, womöglich zum letzenmal in ihrem Leben. Ich flüstere jedem, das ich erwischen kann, warnende Worte ins Ohr und gelobe, niemals mehr Lammfleisch zu essen. Meine mit Straßsteinen besetzte Sonnenbrille erregt die Aufmerksamkeit der wenigen Beduinenfrauen hier, hochgewachsen sind sie, unverschleiert und schön. Sie bieten Medizinkräuter an, einfarbige Stoffe in leuchtenden Rottönen und Tongeschirre. Eine von ihnen läßt mich von einem weißen Pudding kosten, der mit giftgrünen Pistazien bestreut ist, aber leider nach Seife schmeckt. Wie gern hätte ich mich mit den Töchtern der Nomadenkönigin unterhalten, denn spontaner Augenkontakt ist ja immer ein Zeichen für Gesprächsbereitschaft, doch leider haben weder sie noch ich das Zungenreden gelernt. Mit einer Geste des Bedauerns verabschiede ich mich von den freundlichen Frauen. Noch viele Kilometer hinter dem Markt kommen uns die Dreiradwagen der Händler entgegen, so schwer bepackt mit Kindern, Tieren und Hausrat sind sie, daß sie von rechts nach links schwanken wie die Karawanenkamele. Ein alter, französisch sprechender Mitreisender erzählte mir, die Beduinen seien reich, sie lebten in gut ausgestatteten Zelten, besäßen Radios, Fernseher, Schmuck und Bargeld, das sie in ihre Kleider einnähten ... Dieser Mann hat mich dringend davor gewarnt, die Ruinen Palmyras allein zu besuchen, es warteten nämlich Scharen liebestoller Jünglinge darauf, Ausländerinnen ihre Dienste aufzudrängen. Ob ich das glauben soll, Stella?

Natürlich glaubte ich es nicht, zumal der Alte sich selbst Hoffnungen auf ein paar Piaster machte. Ich sollte mich ihm als Fremdenführer anvertrauen und würde es nicht bereuen, versprach er mir.

Ich antwortete mit meinem einzigen arabischen Satz und hütete mich, die männliche Anredeform mit der weiblichen zu verwechseln: »Shu is mak?«

»Abu Ubaida«, verriet er mir.

Sein Name gefiel mir, und er sah imposant aus mit seinem muskulösen Körper unter einem engen Kaftan, seinem weißen Kinnbart und dem gelockten Haupthaar.

Außerdem sprach er ein halbwegs verständliches Französisch, denn mehr als die nötigsten Worte Arabisch hatte ich mir bisher nicht gemerkt. Abu Ubaida mußte schon um die Siebzig sein, hatte er doch, wenn es denn stimmte, noch die französische Besetzung von Damaskus und Aleppo miterlebt, und die lag ein halbes Jahrhundert zurück. Er brüstete sich auch damit, mir verborgene Stätten zeigen zu können, die niemand außer ihm kenne, denn er sei dabeigewesen, als sie vor Jahren im Südosten des Ruinengeländes eine Erdöl-Pipeline verlegt hätten.

»Und? Habt ihr was Aufregendes gefunden?«

»Münzen, Statuen, unterirdische Gräber.«

»De la Reine de Saba?«

»Bien sûr.«

Sein Lachen klang etwas sonderbar, aber ich dachte mir nichts dabei. Abu Ubaida schien mir genau der richtige Mann für meine Recherche zu sein. Während unsere Mitreisenden kostbare Minuten damit verschwendeten, sich im nächstbesten Hotel zu erfrischen, spazierten mein Begleiter und ich schon über die Straße von Tadmur – es gab es diesen Ort also tatsächlich – vorbei an einem prächtigen Triumphbogen zum Tempel des Sturm- und Wettergottes Baal. Dem heftigen Wind nach zu schließen, der uns mit Sandwolken empfing, war Baal immer noch der Herrscher Palmyras.

»Erzählt mir vom Baal!« bat ich, indem ich unter den verwitterten Kolonnaden seines Tempels Schutz suchte.

Abu Ubaida blies zweimal die Backen auf und ließ die Luft geräuschvoll entweichen, bevor er antwortete: »Baal bedeutet Herr. Jeder Gott ist auch ein Baal. Man verbindet ihn mit Eigenschaften und Orten. So ist Baal-Schamin, der gegenüber vom Zenobia Hotel einen eigenen Tempel hat«, er zeigte in die Richtung, aus der wir gekommen waren, »der Stadtgott Palmyras. Es gibt noch Baal-Gad, den Ziegenherrn – im Abendland nennt man ihn Pan –, ferner Baal-Hadad, den Herrn der Jagd, Baal-Rimmon, den Herrn des Granatapfels …«

»Soviel ich weiß, ist das König Salomo«, unterbrach ich ihn, weil ich mich plötzlich an Lilien und Granatäpfel erinnerte, die ich auf den Kapitellen seiner Tempelsäulen gesehen hatte, als Stellaluna mir davon erzählte. Rimmon oder Granatapfel, entsann ich mich weiter, stand überdies für das weibliche Geschlechtsteil, doch zum Glück reichte mein Schulfranzösisch nicht aus, und so blieb es unerwähnt.

»Wenn Sie alles besser wissen …«, murmelte Abu Ubaida und wandte sich zum Gehen, um nach ein paar Schritten bereits wieder vor einem Wandrelief stehenzubleiben.

»Sehen Sie, so hat man den Baal vor Jahrhunderten dargestellt, bartlos, in einer Rüstung und mit den Beinkleidern der Parther, erscheint er zwischen Jaribol und Aglibol, die Sonne und Mond symbolisieren, womit sie auf die kosmische Natur des Gottes hinweisen.«

Ich nickte und wollte weiter. Ein Kreuz war sie schon, diese Unruhe damals, die mich an Orte trieb, die ich dann vor lauter Unruhe kaum wahrnahm! Sie scheuchte mich jetzt, mit dem Wind und meinem kurzatmigen Führer im Rücken, durch den mittleren Durchgang des dreifachen Triumphbogens, über die weltberühmte Säulenstraße zum Tempel des Gottes Nabo zur Agora und zum antiken Theater.

»Und wer war Zenobia?« Von der erhöhten Bühne in der Form eines Halbmondes aus schrie ich meine Frage in die Weite, denn nicht zu dieser Ruinenkulisse aus Stein war ich gepilgert, mochte sie noch so grandios sein, sondern um unter Göttinnen, Priesterinnen und Dämoninnen etwas über mich selbst zu erfahren.

»Eine berühmte Herrscherin«, scholl des Alten Stimme aus dem Zuschauerraum unter mir, dessen Sitzreihen in konzentrischen Halbkreisen die Bühne umgaben.

Erst in der sogenannten Südwestnekropole, bei den Turmgräbern, verriet er mir mehr. Wenn ich ihn richtig verstand, trugen alle matriarchalischen Königinnen von Palmyra den Dynastie-Namen Zenobia. In aramäisch hießen sie Bath-Zabbai oder Bath-Scheba, und das bedeutete »Tochter der Göttin«. Palmyras berühmte Zenobia Septima, die im dritten Jahrhundert das römische Asien und Ägypten erobert und daraufhin die syrische Unabhängigkeit von Rom erklärt hatte, war die siebte Bath-Scheba. Sie hatte keinen offiziellen Ehemann, sondern nannte ihren Sohn Wahab-Allath, das »Geschenk der Göttin Allath«.

Zenobia war eine Tochter der Scheba, Köngin von Saba. Wie erwartet, führten auch hier alle Spuren zu ihr. In solchen Augenblicken liebte ich meine Rolle als Fährtenleserin! Genüßlich schüttelte ich mir den Sand aus den Haaren.

»Und wer, Abu Ubaida, ist Allath?«

»Die arabische Mondmutter, Mademoiselle. Gegenüber auf der anderen Seite der Säulenstraße haben polnische Archäologen den Tempelbezirk der Allath freigelegt, sie glauben, es sei der älteste hier. Das Museum von Tadmur zeigt ein Relief aus diesem Tempel.«

In Tadmur wollte ich mich ohnehin noch umsehen. Doch nun hübsch eins nach dem anderen, damit ich nicht die Übersicht verlor.

»Allath ...«, wiederholte ich langsam. »Könnte es nicht sein, daß das Wort ›Allah‹ davon abgeleitet wurde?«

Bestimmt war es so und nicht nur im islamischen Teil der Welt. Das Geheimnis des Gottesnamens ... In meinem ketzerischen Pamphlet über »Adams erste Frau« hatte ich ja schon die Frage gestellt, ob es womöglich ein weiblicher Name war, den Lilith im Streit mit Adam schrie. Dann wäre es der Name dieser Göttin gewesen, dessen Kraft sie durch die Lüfte bis zum Roten Meer katapultierte! Die Wurzel des Wortes »Jahwe« bedeutet nämlich sowohl »Leben« als auch »Frau«, hatte ich damals herausgefunden ...

Verächtlich spuckte Abu Ubaida einen Mundvoll Sand vor seine Füße.

»Es gibt Ungläubige – emanzipierte Frauen vor allem –, die sich derlei Unsinn aus den Fingern saugen.«

»Aber sie könnten doch recht haben«, beharrte ich, auf die Gefahr hin, mich vorzeitig unbeliebt zu machen. »Woran erkenne ich sie überhaupt? – Ich meine, was ist das Symbol Allaths?« fügte ich hinzu, da der Alte mich nur verständnislos ansah.

»Der Halbmond«, brummte er unwillig und ging weiter.

Ich lachte überlegen, weil ich die Antwort für einen Beweis meiner Vermutung hielt. Natürlich würde kein Moslem jemals zugeben, daß ein weibliches Symbol auf seinen Flaggen prangte.

Mit einer energischen Bewegung seiner Hand forderte Abu Ubaida mich auf, meine Schritte zu beschleunigen.

»Wenn wir uns jetzt nicht etwas beeilen, Mademoiselle, werden wir bald die ganze Bagage am Hals haben!«

Dem Stimmengewirr nach zu urteilen, hatte die erste Touristengruppe tatsächlich schon Agora und Theater erreicht. Gehorsam heftete ich mich an die Fersen meines Muselmannes. Eine halbe Stunde wollte ich ihm geben. Sollte er mir bis dahin nichts Überraschendes gezeigt haben, würde ich ihn fortschicken, zumal mir seine Art auf die Nerven ging. Außerdem begann er mich zu langweilen, als er mir, nachdem er gerade noch zur Eile gemahnt hatte, in allen überflüssigen Einzelheiten die Pilasterordnung der einst bis zu fünf Stockwerken hohen Turmgräber erklärte, die Grundrisse der unterirdischen Kammersysteme sowie die weitverzweigten Verbindungen zwischen beiden. Die Grabarchitektur über und unter der Erde schien sein Hobby zu sein; ich lernte begehbare Familiengräber kennen, in denen die Reliefbüsten der Verstorbenen so plastisch waren, daß sich mir die Oberkörper lebendiger Wesen aus den Wänden entgegenzustrecken schienen, lernte Schacht- von Schiebegräbern zu unterscheiden und Grabtempel von Hypogäen. Das einzige, was mich wirklich berührte, war eine Marmorabbildung im »Hypogäum der drei Brüder«. Sie zeigte ein geflügeltes weibliches Wesen auf einer Kugel, das in den emporgehobenen Händen ein Rundschild mit einem Bildnis hielt. Je länger ich es betrachtete, desto lebhafter fühlte ich mich an die nackte sumerische Göttin aus Karottos Buch erinnert. Hätte sie nicht vor vielen Jahren meinen Forscherdrang erweckt, so stünde ich jetzt nicht hier.

»Wen, glauben Sie, stellt sie dar?« fragte mein Begleiter mit scharfer Stimme.

Warum wollte er das wissen?

»Lilith«, sagte ich.

»Die Würgerin? Nicht doch! Talmudisch-rabbinischer Aberglaube, Mademoiselle! Es gibt Namen, die Unglück bringen, sobald man sie ausspricht. Aber das respektiert ihr Ausländerinnen ja nicht.«

»Und wer ist sie für euch? Lamaschtû die furchtbare Muttergöttin der Babylonier? – Als Lamaschtû hätte sie allerdings das Haupt eines Löwen haben müssen und ein abschreckendes Aussehen. Diese hier aber hat ein anziehendes menschliches Antlitz, Monsieur. Dann ist sie vielleicht die griechische Lamia, Geliebte des Zeus, die ihre Augen herausnehmen konnte, um selbst im Schlaf noch nach Kindern Ausschau zu halten, die sie zu rauben gedachte, nachdem die Gattin des Zeus ihr die eigenen aus Eifersucht umgebracht? – Doch nein, eine Lamia besäße keine Flügel. Lilith dagegen hatte Flügel! Möglich wäre auch die babylonische Ischtar, die große Verführerin, die zur Unzucht verleitende Göttin«, provozierte ich den Alten, denn ich war es leid, mich von ihm noch länger wie eine unbedarfte Touristin behandeln zu lassen.

Hör mir gut zu, Stellaluna: Auch die Eloquenz zählt nämlich zu Liliths Stärken, nicht nur die Schweigsamkeit. Eloquenz, selbst in französisch! Zufrieden opferte ich der umstrittenen Göttin einen Strauß wilder violetter Alpenveilchen, die ich draußen zwischen den Steinen gepflückt hatte.

»Sie ist Astarte, Göttin der Fruchtbarkeit und zweite Gefährtin des Baal«, sagte Abu Ubaida ohne jede Arroganz.

Ein besseres Stichwort hätte er mir gar nicht liefern können.

»Ah, um so besser! Soviel ich weiß, wurde Astarte von König Salomo verehrt, von dem Sie ja nicht viel zu halten scheinen«, trumpfte ich auf. »Jedenfalls hat er ihr in Jerusalem einen Tempel mit vier Säulen gebaut. Und immerhin waren diese Säulen dem Wollen, dem Wissen, dem Wagen und dem Schweigen geweiht.« Ich hatte keine Ahnung, ob das stimmte, aber es hörte sich gut an. Trotzdem wechselte ich lieber das Thema: »Ich möchte, daß Sie mir nun das Grab der Königin von Saba zeigen. Sie sagten vorhin, es sei Ihnen bekannt.«

Darauf bekam ich keine Antwort.

»Das Grab der Bilqis«, versuchte ich es noch einmal.

»Salomo, der Hurensohn, hat seinen Thron der Bilqis gestohlen«, behauptete Abu Ubaida nun mit grimmiger Miene.

»Wer sagt das?«

»Der Koran.«

Darüber wollte ich lieber nicht mit ihm streiten.

»Finde ich das Grab der Bilqis hier im Tal bei den anderen?«

»Sie? Nein.«

Langsam machte er mich wahnsinnig. »Aber Sie wissen, wo es ist?«

»Das schon.«

»Wo ist es also?«

»In Tadmur.«

»Gut, dann gehen wir jetzt dorthin«, schlug ich vor, »denn wegen dieses Grabes bin ich hergekommen.«

Das hätte ich ihm besser nicht verraten, aber so gut kannte ich die Gepflogenheiten im Orient damals noch nicht.

»Nicht mit mir!« verkündete mein Fremdenführer. »Ich gehe nicht nach Tadmur. Es ist ein verfluchter Ort der Dämonen!«

»Ich denke, Sie sind nicht abergläubisch!«

»Das kommt darauf an.« Mit Daumen und Zeigefinger machte er eine Geste des Geldzählens, die mich endlich begreifen ließ, warum er sich so zierte.

»Wieviel wollen Sie?« seufzte ich und ärgerte mich über mich selbst. Wie hatte ich es vergessen können, vorher einen Preis mit ihm auszumachen!

Dann verlangte er zwanzig Dollar für den bisherigen und dreißig für den weiteren Weg. Da er mir vier bis fünf Stunden zur Verfügung stehe, entspreche dies einem Stundenlohn von gerade mal zehn Dollar, rechnete er mir vor. Nach zähen Verhandlungen mit gegenseitigen Beschimpfungen auf deutsch und arabisch einigten wir uns auf die Hälfte, wovon ich fünfzehn Dollar sofort zahlte.

Mit dem Wind im Rücken flog ich nun beinahe zurück über die legendäre Säulenallee und durch den mittleren Bogen des Triumphtores, um dann in die Straße nach Tadmur abzubiegen, obwohl Abu Ubaida einen letzten Versuch machte, meine Schritte in eine andere Richtung zu lenken, indem er wieder von seinen sensationellen Funden beim Verlegen der Pipeline zu schwafeln begann.

»Und was habt ihr gefunden?«

»Unterirdische Gräber, Tonscherben mit Zeichen darauf ... Im syrischen Ugarit, Mademoiselle, ist ja die Schrift entstanden, wir haben das älteste Alphabet der Welt, aus dreißig verschiedenen Buchstaben bestehend.«

»Und wo sind diese Gräber?«

»Gleich hinter dem Baal-Tempel«, antwortete der Alte.

»Und warum sagen Sie das erst jetzt, wir waren doch zu Beginn lange genug dort.«

»Woher sollte ich wissen, was Sie suchen.«

Da nahm ich einen Apfel aus meinem Beutel und teilte ihn so in zwei Hälften, daß der fünfzackige Sternenkern im Querschnitt zu sehen war.

»Das ist es, was ich suche.« Ich hielt ihn Abu Ubaida vor die Nase.

»Einen Apfel? Was soll das? Woher kommen Sie? Nur Zigeunerinnen schneiden ihren Apfel auf diese Weise auf.«

Ich weiß, ich war dabei, alles zu verderben, und konnte es doch nicht lassen. Wortlos kniete ich mich nieder und malte mit den Fingern das Pentagramm des König Salomo in den Sand. Die Wirkung war verblüffend. Mein nekrophiler Fremdenführer verwandelte sich in einen Dämon des Zorns. Er traktierte mich mit Fußtritten, riß mich an den Haaren in die Höhe und beschimpfte mich dabei als Spionin, Magierin und Hexe. Es hatte keinen Sinn, sich zu wehren oder um Hilfe zu schreien, zumal niemand in der Nähe war. Ich konnte nur schleunigst die Flucht ergreifen, und selbst da warf er mir noch Steine hinterher. Wenigstens war ich ihn nun los. Ich rannte die Straße nach Tadmur herunter, bis ich das Eingangstor zum Ruinengelände sehen konnte, durch das die Besucher strömten. Dann suchte ich mir zwischen den Silberdisteln etwas abseits vom Weg einen glattgeschliffenen Stein, auf dem ich sitzen bleiben und mich beruhigen konnte. Leider war ich historisch und politisch zu ungebildet, um zu ergründen, ob mein Freund Abu Ubaida eine Ausnahme war oder ob die Syrer immer ausrasteten, wenn man sie mit heidnisch-jüdischen Symbolen konfrontierte. Zwar war mir ihr Dauerkonflikt mit Israel nicht entgangen, doch hatte ich mich hier in Palmyra, diesem Schmelztiegel so vieler Völkern und Kulturen, auf neutralem Boden geglaubt. Ratlos schaute ich in die breiten, kahlgefressenen Bäume neben mir, auf deren Ästen kleine Ziegen wie Vögel hockten. Möglicherweise lag es ja am Pentagramm selbst, dem sogenannten »Salomosiegel«, das wiederum einen geheimen Namen Gottes enthalten sollte. Andererseits gab es auch babylonische Schutzamulette mit diesem Zeichen. Es war ebenso als »Stern der Ischtar« oder »Stern der Isis« bekannt. Ich verstand daher die Aufregung nicht.

»In Wirklichkeit ist es ein universales Symbol«, erklärte ich den Baumziegen und fühlte mich schon besser.

Ich beschloß, diesen Abu Ubaida zu vergessen, ein Verrückter mehr, was machte das schon. Ich hätte mich gar nicht auf ihn einlassen sollen, zumal die Alternative, wie ich soeben mit eigenen Augen sah, soviel reizvoller war: Eine Touristengruppe zog oben auf der Straße vorüber, und mir fiel auf, daß jede Frau, ganz gleich welchen Alters, von einem jungen Einheimischen begleitet wurde, der mit Blicken, Worten und Gesten um ihre Aufmerksamkeit warb. Die meisten der Knaben liefen westlich gekleidet in Turnschuhen, T-Shirts und Jeans, einige aber auch barfuß, mit bloßen Oberkörpern und einem bunten Tuch um die Hüften. Alle waren sie gutgewachsen und blutjung.

»Nie geht nachts oder morgens ein Jüngling vorbei, dem ich nicht sehnsüchtig nachblicke und mir sage, ach, wenn er doch meine kranke Seele heilen würde«, hieß es in einer der vielen Lilith-Geschichten, die ich mir im Laufe der Zeit angelesen hatte. Nun war ich wohl gerade ähnlicher Stimmung, denn ich fühlte mich nicht abgeneigt, mir auch so einen Lustknaben zuzulegen. Es reizte mich mit einemmal, herauszufinden, ob sie tatsächlich so liebestoll waren, wie Abu Ubaida behauptet hatte.

»Du«, sprach ich zu einem der Hübschen, der nur mit einem weißen Stirnband und leuchtendrotem Lendenschurz bekleidet war, »wärst mir gerade recht.« Obwohl ich zu mir selbst gesprochen hatte, wirkte die Magie der Worte. Er ließ von seinem bisherigen Opfer ab – einer drallen Abendländerin, deren kurze Hosen viel bleiche Orangenhaut sehen ließ –, blieb stehen und schaute, den Kopf anmutig zur Schulter geneigt, zu mir herüber. Die schon tief stehende Sonne überzog seinen Oberkörper mit einem rötlichen Bronzeguß. Palmyra, hatte Stella gesagt, war ein Ort der Begegnung. Ich bedeutete dem vielversprechenden Knaben, näher zu kommen, was er sogleich mit strahlendem Lächeln tat.

Mein »Shu is mak« schenkte ich mir diesmal und fragte lieber gleich auf englisch nach Tadmur und dem Grab der Bilqis.

»Yes, sweetheart, looky, looky ...«

Galant reichte er mir seine schmale braune Hand und half mir, aufzustehen und die Böschung zur Straße hochzuklettern. Zuerst hüpfte er wie ein Lämmchen neben mir her, beobachtete mich dabei aus den Augenwinkeln, um sich dann, als er meines Wohlgefallens sicher war, beim Gehen so eng an mich zu schmiegen, daß sich seine Hüfte an der meinen rieb. Es war gewiß ein ansehnliches Paar, das dort im Gleichschritt Einzug in die alte Karawanenstadt hielt, die allerdings mehr einem aufgeräumten Museumsdorf glich. Ohne langes Hin und Her führte mich der Bronzeknabe durch ganz Tadmur bis zu einem ausgetrockneten Flußbett am Ortsrand. Er deutete auf einen kleinen rechteckigen Quaderbau und sagte: »You are welcome.«

Und dann geschah etwas Erstaunliches: Aus einer verborgenen Falte seines Hüfttuches zog er einen Schlüssel, mit dem er die Tür zum Mausoleum öffnete. Es war also keineswegs für jedermann zugänglich, und es trug auch sicher nicht jeder der vielen fremdenführenden Knaben, die hier herumlungerten, diesen einen Schlüssel unter seinem Lendenschurz. Während meine Augen sich noch an das Dämmerlicht gewöhnten, war der Kleine schon vorausgegangen, um zwei kleine Öllämpchen anzuzünden und in seinem drolligen Englisch von einem mächtigen Sarg zu erzählen, der vor mehr als eintausendzweihundertundfünfzig Jahren in der alten Stadt gefunden worden sei. Als man den Sargdeckel abhob, fand man die unverweste Leiche der Königin Bilqis, kauderwelschte mein Begleiter.

Da er mir die Zweifel von der Stirn ablas, nahm er nicht nur meine Hand und ließ mich eine Inschrift auf dem Sarg abtasten, sondern klaubte auch gleich einen stark vergilbten Zettel aus einer Mauerritze, auf dem in mehreren Sprachen geschrieben stand: *Dies ist das Grab der frommen Bilqis, der Gemahlin Salomos, des Davidsohnes. Sie wurde Muslimin im Jahre 20 seiner Regierung, heiratete ihn am Asura-Tag und starb am 2. Tag des Rabia im Jahre 27 seiner Regierung. Begraben wurde sie des Nachts unter einer Mauer in Tadmur, ohne daß jemand davon wußte außer den Totengräbern.*

Das war nun eine echte Sensation! Bilqis, die islamische Königin von Saba, hatte demnach nicht nur den Davidsohn geehelicht, sondern war auch noch eine fromme Muslimin geworden! In keiner der jüdisch-kabbalistischen Quellen hatte ich jemals diese Version gelesen. Der jüdischen Legende nach hatte man Scheba/Lilith zwar ebenfalls in Tadmur begraben, doch entweder als Nomadenkönigin oder als unheilvolle Dämonin, was dazu führte, daß auch der Ort in Verruf geriet und im Laufe der Zeit vom ehemaligen Tempelbezirk abgegrenzt wurde.

Noch viel zu ergriffen, um mit dem Knaben gleich wieder Konversation zu machen, ging ich in die Knie und zeichnete die Ornamentenfriese, Weinranken oder Efeublätter, auf dem Sarg der Bilqis mit den Fingern nach.

»Unendlich verschlungen sind die Wege der Menschen durch Raum und Zeit«, hattest du, Stellaluna, damals deine Geschichte begonnen. »Ewigkeitsmuster ohne Anfang und Ende.«

Hier in Tadmur hatten sie sich manifestiert, diese Ewigkeitsmuster. Irgend etwas zwang mich, mein Ohr an den kühlen Marmorstein zu legen, als könnten die Gebeine der Bilqis, ob nun zu Staub zerfallen, mumifiziert oder unverwest, in Worten zu mir sprechen. Ich hörte aber nur mein eigenes Blut rauschen – wie als Kind, wenn ich eine Muschel ans Ohr gedrückt hielt –, und plötzlich schob sich ein Satz in den Vordergrund, den Julian einmal verkündet hat: »Salomo und Lilith«, so lautete er, »sind einander bestimmt, seit die Erde sich dreht.«

»Und was soll ich damit anfangen?« fragte ich laut.

Meine Hände berührten den Boden, denn ich wollte mich wieder erheben, und stießen dabei auf ein Stöckchen oder Knöchelchen, das ich gedankenverloren an mich nahm. Sogleich war der Knabe zur Stelle, meine Frage zu beantworten oder mir aufzuhelfen oder so zu tun, als ob, und mir gleichzeitig im Haar herumzufingern, dessen flammendes Rot ihn ähnlich exotisch anmuten mußte wie mich der Bronzeton seiner Haut. Eine ganze Weile waren wir so mit der Erkundung von des anderen Haut und Haaren beschäftigt, dann aber warf der Kleine mit einem heftigen Ruck seinen Kopf in den Nacken und stieß mir ungebeten seine Zunge in den halb geöffneten Mund. Leider hatte er verspielt, bevor es richtig losgehen konnte. Ich gab ihm einen Stoß vor die Brust, daß er taumelte. Auch ich hatte meine zehn Gebote der Liebeskunst, und das Eindringen fremder Körperteile war ein Sakrileg, wenn es auf diese Weise geschah, so ohne jede Phantasie und Raffinesse. Gerade Zungenküsse wollten wohl vorbereitet sein, darin verstand ich keinen Spaß.

»Dabei«, bedauerte ich, »hätten wir hier alle Zeit der Welt gehabt.«

Oder etwa nicht? Draußen vor der Tür wurden Stimmen laut und kamen näher ...

Sollten auch noch andere Reisende vom Sarkophag der Bilqis

gehört haben, oder war man uns einfach gefolgt? Der Knabe und ich nahmen eine gesittete Haltung ein und erhoben erwartungsvoll die Öllampen. Eintrat Abu Ubaida in Begleitung eines Polizisten, der mir in barschem Militaristenenglisch befahl, das Mausoleum zu verlassen und meinen Paß nebst Visum zu zeigen und auch mein Busticket. Nachdem er meine Papiere von vorne bis hinten studiert und mehrmals gegen das Licht gehalten hatte, wollte er wissen, wie lange ich bleiben werde – »zwei Tage, Sir« – und wo ich wohne.

»Im Hotel Zenobia«, antwortete ich, denn eine Unterkunft dieses Namen wollte ich mir nicht entgehen lassen.

Wie ich überhaupt in dieses Mausoleum gekommen sei. Die Frage war leicht zu beantworten, schließlich war nicht ich es gewesen, die einen großen Schlüssel unter dem Lendenschurz trug. Doch als ich mich nach meinem zungenfertigen Lustknaben umsah, hatte der sich in Luft aufgelöst, während Abu Ubaida in seiner imposanten Gestalt höchst präsent war. Er hatte wirklich den Kopf eines weißbärtigen biblischen Propheten, und nur sein diabolisches Grinsen, das sich bei meiner etwas hilflosen Antwort noch verstärkte, wollte nicht recht zu dieser Rolle passen.

Sein uniformierter Freund ließ mich nun den Inhalt meines Reisebeutels leeren, und leider auch den meiner Hosentaschen, denn dabei kam jenes Stöckchen zum Vorschein, das ich an mich genommen hatte, als ich vor dem Grab der frommen Bilqis kniete.

»What is that?« brüllte der Polizist.

»Don't know. A little stick, a bone of a bird ...«

»A bone of a bird! Are you crazy, girl? Just have a look!«

Er hielt mir seinen Fund so dicht unter die Nase, daß ich schielen mußte, um etwas erkennen zu können. Ich sah ein kleines, elfenbeinfarbenes Knöchelchen, das fatalerweise an einem Ende in Blei eingefaßt war.

Hätte ich das Grab aufgebrochen und die Juwelen der Königin von Saba geraubt, das Lamento der beiden Männer hätte kaum größer sein können. Am Ende der Szene wurde ich in eine Polizeistation geschleppt und dort weiter verhört, zum Abend aber gegen Zahlung einer saftigen Geldstrafe – von der vermutlich auch der saubere Abu Ubaida profitierte – wieder freigelassen.

Palmyra, so hieß es, hatte ich am nächsten Morgen mit dem ersten Bus zu verlassen.

Ich würdigte meine Peiniger keines Wortes mehr, und das kostete mich meine ganze Selbstbeherrschung, denn innerlich kochte ich vor ohnmächtiger Wut. Mit letzter Kraft gelang es mir, mich im Zenobia-Hotel einzuquartieren und zu hoffen, daß meine geplünderte Reisekasse diesen Luxus überhaupt erlaubte. Bis zum Abendessen blieb mir noch etwas Zeit, mich auf dem kleinen, windgeschützten Balkon meines Zimmers zu erholen. Das Hotel lag inmitten einer kleinen Oase am Rande des Ruinengeländes, und der Blick auf ein wogendes Palmenmeer beruhigte meine Nerven, so daß ich das anschließende Nachtmahl mit seinen vielen orientalischen Köstlichkeiten schon beinahe wieder genießen konnte. Da trugen gleich drei dieser Wunderknaben, mit denen Palmyra so überreich gesegnet war, Porzellanschälchen mit verschiedenen Speisen auf und warfen mir dabei schmachtende Blicke zu. Danach stellten sie sich so dicht hinter mich, daß ich ihren warmen Atem im Nacken spürte, während sie jeden meiner Bissen mit den Augen verfolgten, um sich auf den Teller zu stürzen, sobald er geleert war. Wenn sie mir Wasser oder Wein nachschenkten, so niemals, ohne meine Hände zu berühren; und wenn sie mir die Namen der Gerichte nannten, dann flüsternd, damit ich ihnen die Worte von den Lippen las.

»Babaganusch«, nuschelte der erste, ein honigbrauner, höchstens vierzehnjähriger Knirps, und sprach von Auberginenpaste, mit Granatapfelkernen garniert.

»Bassalia«, lispelte der zweite, ein zarter Zimtfarbener mit dem ersten Flaum auf der Oberlippe, und meinte gedämpfte Zwiebeln und Salat. »Fatayer« nannte der dritte seine mit Spinat und Pinienkernen gefüllte Teigtaschen, »Warak-anab Mahchi« waren gefüllte Weinblätter.

Ich bedankte mich höflich – »shurak« – und wiederholte die Namen, damit ich sie nicht gleich wieder vergaß. Obwohl ich mir geschworen hatte, mich hier im Zenobia-Hotel, unweit der Polizeistation, so unauffällig wie nur möglich zu verhalten, konnte ich mir einen letzten Test nicht versagen: Ich teilte einen Apfel nach Zigeunerinnenart und hielt den Knaben die beiden Hälften mit je einem großen feuchten Stern der Isis in der Mitte unter die Nasen. Daraufhin knieten zwei von ihnen neben mir nieder, einer rechts, der andere links, nahmen die Apfelhälften andächtig in Empfang und hauchten beide, als hätten sie sich miteinander abgesprochen, wie aus einem Mund: »Paradise-Apple, Madame, thank you very much.«

Dann erhoben sie sich wieder und bissen lustvoll in ihre Apfelstücke. Die Knaben Palmyras waren bemerkenswerte Geschöpfe, weiß Gott! Auch an anderen Tischen sah ich sie, die alle knopflose weiße Hemden und leuchtendrote Hüfttücher trugen, ihre Oberkörper weit über weibliche Schultern beugen und ihre Schenkel an dekolletierten Rücken reiben. Es war amüsant zu beobachten, was sie sich alles einfallen ließen, um ihrer Sucht nach Hautkontakt zu frönen. Ich aber hütete mich, noch einmal mit einem von ihnen anzubandeln, und beließ es bei der Rolle der Beobachterin, mochten andere sich an ihnen die Finger oder Zungen verbrennen.

In der Nacht schenkte mir Zenobia, Bath-Zabba, die Tochter der Göttin, dann endlich den ersehnten Traum, den sie mir nur hier in Palmyra, vor den Mauern des alten Tadmur, hatte schenken können, nämlich eine weitere Episode aus der Liebesgeschichte zwischen Salomo und der Köngin von Saba. Schon zur Morgendämmerung, als mich der Gestank der Schwefelquellen in der Oase draußen aus dem Schlaf riß, notierte ich den Traum, solange er noch frisch war, für meine Mitteilungen an Stellaluna. Ein »Durchgangstor« und ein »Ort der Begegnung«, beides traf auch hier wieder zu.

»Monde sind vergangen, seitdem Du mir in jener Fiebernacht von der Reise Schebas nach Jerusalem erzählt hast, beste Freundin«, schrieb ich der, die ich bestohlen hatte, »Monde auch am Hofe Salomos. Als nun aber der Tag des Abschieds nahte, und die Königin des Südens seinem Werben immer noch nicht nachgegeben hatte, folgte der König dem Rat seines Botenvogels Hudhud und ersann eine List, um sie sich gefügig zu machen. Allerdings entführte er sie nicht an den kältesten Ort der Erde, sondern lud sie in seine Residenz zum Festessen ein. Ich sah seine Diener Teppiche legen und Purpurseide ausbreiten, sah sie die Tafel richten und Wohlgerüche verbreiten, Weihrauch und Myrrhenöl stieg mir im Traum in die Nase und ein betörenden Duft, den sie ›Galban‹ nannten und der mir im Wachzustand gänzlich unbekannt ist. Den Vertrauten der Königin wurden für jenen Abend vom Schatzmeister kostbare Ehrenkleider überbracht, denn so verlangte es der Brauch, während die dunkelhäutige Scheba selbst im eigenen jadegrünen Gewand erschien, das durchsichtig genug war, die Reize ihres Körpers zu betonen, ohne seine letzten Geheimnisse preiszugeben.

Der König geleitete die Dame seines Herzens in vollendeter Liebenswürdigkeit zu Tisch und ließ ihr dann die erlesensten Leckerbissen auftragen: weißes Geflügelfleisch in gepfefferter Sauce, gesalzenen Fisch und raffiniert gewürzte Gemüsebeilagen, alles wohlkomponierte, aber dursterregende Speisen, dazu saure Getränke, die das einmal entfachte Feuer nicht zu löschen vermochten. Als das Mahl nach einem Dutzend Gängen vorüber war und alle Gäste bis auf die Königin den Saal verlassen hatten, führte Salomo ihre Hand an seine Lippen und bat: ›Es ist unsere letzte Nacht, Schönste der Schönen, laß sie uns in Liebe miteinander verbringen.‹

Scheba schloß ihre Augen, öffnete sie wieder und sagte: ›Sollte ich mich nach Menschenart verleiten lassen, so wird mir das nur Unglück bringen. Darum schwöre mir bei deinem Gott, dem Gott Israels, daß du mir keine Gewalt antun wirst, wenn ich bis zum Morgen bei dir bleibe.‹

›Zwar liegt mir nichts ferner als dir Gewalt anzutun, aber da es dich zu beunruhigen scheint, will ich es dir schwören‹, antwortete Salomo und spielte den Gekränkten. ›Allerdings solltest du mir dann auch etwas schwören …‹

›Und das wäre?‹

›… daß du keinem Gegenstand in meinem Haus Gewalt antun wirst.‹

Die Königin fand sein Anliegen mehr als merkwürdig, geradezu lächerlich, schließlich kannte Salomo den unermeßlichen Reichtum ihres Heimatlandes und wußte sehr wohl, daß sie ihn nicht wegen seines Besitzes aufgesucht hatte, sondern um seine Weisheit zu prüfen. Eine Weile argumentierten sie hin und her, er aber bestand auf seinem Prinzip der Gegenseitigkeit mit den Worten: ›Beiden Teilen geziemt der Schwur, auf daß sie einander kein Unrecht zufügen; wenn du mich aber nicht schwören läßt, will auch ich dich nicht dazu bringen.‹

Obwohl es sie ärgerte, daß er sie mit seinem Vorschlag einem Gegenstand in seinem Haus gleichsetzte, gab sie schließlich nach, damit sie nicht die ganze Nacht mit Wortgefechten verbrachten, und jeder sprach seinen Eid. Daraufhin ließ Salomo ihr auf der anderen Seite seines Schlafgemaches, ihm gegenüber, ein Lager richten und befahl seinem Diener in einer Sprache, die Scheba nicht verstand, zwischen die beiden Lager einen Krug mit Wasser zu stellen und sich dann ebenfalls zur Ruhe zu begeben.

Nun waren an der Decke des königlichen Schlafgemaches Gestirne aus leuchtenden Perlen angebracht, deren Licht Tag und Nacht nicht erlosch, und so konnte die Königin sich davon überzeugen, daß Salomo seine Augen geschlossen hatte, bevor sie selbst sich dem Schlaf überließ. Was sie nicht wußte, war, daß es zu seinen Gewohnheiten gehörte, des Nachts die Augen halb offen zu halten, wenn er schlief, und sie zu schließen, wenn er wach war. Doch wie auch immer, viel Ruhe war der Königin des Südens ohnehin nicht gegönnt; nach nicht einmal einer Stunde war ihre Müdigkeit schon wieder verflogen, denn sie spürte nichts als brennenden Durst. Ganz ausgetrocknet fühlte sie sich von all diesen Speisen, die Salomo ihr kredenzt hatte, und nach einem Blick auf den fest schlafenden König beschloß sie, sich lautlos, ohne ein Geräusch ihrer Füße, zum Krug zu stehlen, der dort zwischen den Betten stand, und vom Wasser des weisen Salomo ein wenig und nicht mehr als nötig zu trinken. Der König aber schlief keineswegs, sondern lag auf der Lauer, damit ihm nur ja nicht entging, was geschehen mußte. Sobald Scheba den Krug ergriff und halb verdurstend an ihre Lippen setzen wollte, hielt Salomo ihre Hand fest und sagte: ›Warum brichst du den Eid, den du geschworen hast: Du wolltest keinem Gegenstand in meinem Haus Gewalt antun?‹

Da lachte sie ihn aus, weil sie kaum glauben konnte, was sie da hörte. ›Ist es vielleicht Eidbruch, Wasser zu trinken?‹

›Dann nenne mir etwas, das du mehr begehrst als mein Wasser.‹

Die Königin ahnte zwar, daß Salomo sie überlistet hatte, dennoch blieb sie ihm die Antwort schuldig, allzu quälend war ihr Durst. Sie flehte ihn an, ihr einen Schluck Wasser zu gewähren, und entband ihn schließlich von seinem Eid.

Da ließ Salomo sie nach Herzenslust trinken, führte sie, als sie genug hatte, zu seinem Lager und schlief mit ihr.

›Wie konntest du dich nur einem so engherzigen Menschen hingeben?‹ sagte ich im Traum zur Königin des Südens«, schrieb ich an Stella. »›Einem, der sogar das Wasser zu seinem Eigentum erklärt? Lieber wäre ich verdurstet!‹

›Der Traum ist ja noch nicht zu Ende‹, antwortete mir Scheba.

Sobald Salomo, ermattet von der Liebe und glücklich, daß auch sein Durst nun endlich gestillt war, mit halbgeschlossenen Augen schlief, erhob sich die Königin vom gemeinsamen Nachtlager, trat zum Fenster und sprach zur aufgehenden Sonne: ›Lange genug hast du über Israel verweilt, entferne dich nun, und fliege zum Land Äthiopien. Du wirst gerne dort sein und magst bis in alle Ewigkeit über Äthiopien leuchten, denn mit der heutigen Nacht hat die göttlichen Gnade das Land Salomos verlassen.‹

Auch Salomo sah im Traum, daß die Sonne sein Land Israel von Stund an floh«, dichtete ich hinzu, weil es so gut paßte, und schloß mit den Worten: »Heimkehren, Stella, kann ich nun erst, wenn ich auch in Äthiopien auf Aventure gegangen bin, wie du es so schön nennst. Das wirst du doch verstehen!«

In Damaskus aber wartete Julian und hatte womöglich auf dem Diwan seines Lieblingsdampfbades Wurzeln geschlagen, argwöhnte ich und tat ihm Unrecht. Kalifornische Hippies bildeten allenfalls Luftwurzeln. Die Suche nach ›something bigger than life« hatte ihn mit diversen Abenteurern zusammengebracht, unter ihnen der Anführer eines Trupps von Weihrauchpflückern. Ein gelegentliches gemeinsames Kat-Kauen hatte genügt, ihn glauben zu machen, er, der Weltmann Julian, müsse sich nur zum Hauptumschlagplatz nach Addis Abeba begeben, um gleich als Experte im Weihrauchgeschäft mitmischen zu können. Während ich darauf brannte, ihn mit meinen jüngsten Abenteuern in Erstaunen zu versetzen, erging er sich in Weisheiten über den Harzgewinn, die er nur vom Hörensagen kannte.

Allein jenen Verführungstraumszenen aus meiner einzigen Nacht in Palmyra hörte er mit ungeteilter Aufmerksamkeit zu, kommentierte sie sogar mit den Worten: »Salomo und deine Königin von Saba haben sich ständig gegenseitig beklaut, Elisa, das ging sogar bis zum Raub der berühmten Bundeslade.«

»Wieso?«

»Nun ja, sie verschwand aus Jerusalem und befindet sich nun schon seit ewigen Zeiten in Aksum, der Hauptstadt des christlichen Äthiopien.«

»Ach darum!« rief ich und glaubte plötzlich Zusammenhänge zu verstehen. »›Lange genug hast du über Israel geweilt, entferne dich nun und fliege zum Land Äthiopien. Du wirst gerne dort sein und magst bis in alle Ewigkeit über Äthiopien leuchten, denn mit der heutigen Nacht hat die göttliche Gnade das Land Salomos verlassen‹, sprach Scheba zur aufgehenden Sonne«, klärte ich den kopfschüttelnden Julian auf. »Woher weißt du das mit der Bundeslade?«

»Gehört zur Allgemeinbildung«, behauptete er, und ich küßte ihn dafür auf sein linkes Ohrläppchen, das durch eine Laune der Natur die Form eines Kleeblattes erhalten hatte.

»He, was willst du mir damit sagen?«

»Daß wir unsere Reiseroute bis nach Äthiopien ausdehnen werden.«

So hatte ich es längst beschlossen und würde mich durch nichts davon abbringen lassen. Doch diesmal war es meinem Weihrauchsüchtigen nur recht.

11. Kapitel

Weihrauchland Zwei

Petra

»Im Luftraum über dem Mittelmeer formierten sich die Störche zum Flug in den Norden, als der Zauberteppich, ›gewebt aus meinen Gefühlen‹, wie Du es nanntest, sich ebenfalls in die Lüfte erhob und unschlüssig über der Küste kreiste, bis wir irgendwann die Geduld verloren und ihm befahlen, weiter in das Landesinnere dieses Kontinents vorzudringen«, schrieb ich an Stellaluna. »Kurz vor Petra, der Felsenstadt der Nabatäer, wollten wir indessen gleich wieder zu Boden gehen. Von der Höhe der Shara-Berge kommend, durchquerten wir das Tal des Moses ganz gemächlich zu Fuß. Dort im ›Wadi Musa‹ habe Moses einst Wasser aus den Steinen geschlagen, glauben die Einheimischen, und die vielen fruchtbaren Felder an den Talhängen ihres Dorfes schienen dies zu bestätigen. Es hat mich gewundert, daß die Moslems den guten alten Moses nicht weniger verehren als die Christen und Juden. Sogar eine Moschee wollen sie ihm über der vielbesuchten Quelle bald bauen. Vom Mosestal aus brauchten wir dann nur der kilometerlangen Wasserleitung zu folgen, um im Felsenkessel von Petra herauszukommen. Die ständig wechselnden Steinformationen auf dem Weg ließen uns nach immer neuen Vergleichen suchen, hatte die eine die Form eines Delphins, so sahen andere wie Schildkrötenpanzer und Elefantenfüße aus, und alle waren sie jetzt, zu Frühlingsanfang, für wenige Wochen von einer jadegrünen Pflanzenhaut überzogen.«

Um Stellas Achtung wiederzugewinnen, die ich seit meiner Flucht verloren glaubte, wäre ich gerne zur Dichterin geworden, und so plagte ich mich mit meinen Briefen sehr, sollten sie doch weder nach Reiseführerklischee klingen, noch so schwärmerisch sein, daß es den Neid der unfreiwillig Daheimgebliebenen erregte. Um der Schönheit Petras gerecht zu werden, hätte es allerdings eines größeren Talentes bedurft.

Es war schon später Nachmittag, als wir Bab es-Sik, das Tor zur Schlucht, erreichten. Fahles, gelbes Licht lag über beinah senkrechten Felswänden, die bis zu hundert Meter hoch einen steinigen Hohlweg flankierten. Trotz der vorgerückten Stunde standen junge Burschen mit Reitpferden bereit, um auch noch die letzten Besucher durch Jordaniens berühmtesten Canyon zu schleusen. Julian und ich saßen auf und schätzten uns glücklich, halbwegs sattelfest zu sein, wären uns die Spuren der Nabatäer, rechts und links des Pfades, doch sonst gewiß entgangen. Schon nach wenigen hundert Metern tauchten große Steinquader auf, die Julian für Wasserspeicher hielt, während unser Pferdeführer sie mit raunender Stimme zu »Geistergräbern« erklärte. Auch jährte sich just an diesem Tag eine Naturkatastrophe, fiel es dem Jungen wenig später ein, denn am 8. April genau vor sieben Jahren seien hier achtundzwanzig Menschen ertrunken, als sich nach einem Wolkenbruch eine haushohe Flutwelle durch den Sik wälzte.

»Heute werden wir allenfalls an Staubwolken ersticken«, prophezeite ich, denn es störte mich, daß wir bei all dem Sand, den die vor uns laufenden Pferde aufwirbelten, bald kaum noch etwas erkennen konnten. Dabei hätte es sich gelohnt: Reliefs mit großäugigen Gesichtern, so schien es mir, waren in die Felswände gemeißelt, gut erhaltene Götteridole thronten gleich paarweise in steinernen Nischen, und an den Pforten einer Seitenschlucht, in die ich zu gern hineingeritten wäre, führten zu beiden Seiten Treppenstufen in die Höhe und verloren sich im Ungewissen. Es war indessen kaum möglich, sich durch Rufe zu verständigen. Julian, der gemächlich vor mir herritt, wurde bei jeder Antwort von einem Hustenanfall geschüttelt, und ich zog es nach einiger Zeit vor, Nase und Mund hinter einem Tuch zu verstecken und, so weit es ging, auch noch die Augen, die schon ganz verklebt waren vom Sand. Dabei verengte sich der Weg immer mehr und wurde schließlich so schmal, daß die entgegenkommenden Pferde sich gerade noch an uns vorbeidrängen konnten, wobei sich die Steigbügel der Reiter ineinander zu verhaken drohten. Fußtritte und die Berührung fremder Knie waren beinah unvermeidlich. Höchst ungemütlich fand ich zum Schluß diesen Ritt durch die Schlucht, beklemmend die Dunkelheit und stickige Luft. Auch die Pferde stolperten nur noch über das Geröll, manche rutschten sogar aus, doch gerade, als ich mich zum Abspringen entschloß, weil ich lieber meinen eigenen Füßen vertraute, wenn dieser Enpaß schon kein Ende nehmen wollte, geschah es.

»Eine letzte Biegung des Weges und dann, völlig unerwartet, ein Anblick, den wohl kein Mensch jemals wieder vergessen wird«, schrieb ich an Stella. »Die verstreuten Ruinen einer Karawanenstadt hatte ich erwartet und schaute auf die schönste Felsenfassade der Welt, auf ›Khazne Firaun‹, das ›Schatzhaus des Pharaos‹. Vom Glanz der späten Sonne rosarot überhaucht, hätte es aus reinster Koralle sein können. ›Antiker Barock‹, murmelte Julian, der als erster seine Sprache wiederfand, und ich glaube, besser kann man es nicht ausdrücken. Ich will aber versuchen, es Dir, so gut ich kann, mit eigenen Worten zu beschreiben:

Das ganze Gebäude, das in einem Stück von oben nach unten aus dem Fels geschlagen wurde, erinnert mich an einen zweistökkigen Tempel, obwohl ich nicht weiß, wo ich einen solchen schon einmal gesehen haben könnte und ob überhaupt. Jedenfalls erheben sich vor einer Art Veranda im Untergeschoß sechs glatte Säulen mit floral verzierten Kapitellen, und darüber ein flacher Giebel, eingefügt in eine Attika. Auch das obere Stockwerk schließt mit einem Giebel ab, diesmal aber wurde er in der Mitte gesprengt, um einem hübschen runden Pavillon über einer Urne Raum zu geben. Allein diese Urne, die den legendären Pharaonenschatz enthalten soll, ist über drei Meter hoch, Stella, und zahlreiche Einschußlöcher erzählen von ebenso dreisten wie nutzlosen Versuchen, sie aufzubrechen. Was Dich noch interessieren wird: Unter dem Dach des Pavillons steht die Statue der ägyptischen Schöpfergöttin Isis, reichlich verwittert, aber noch erkennbar, ist sie die ›Spenderin allen Lebens‹; ihr Symbol, die Sonnenscheibe zwischen Hörnern und Ähren, prangt überdies im Zentrum des unteren Giebels. Ach ja, und im Halbdunkel hinter den Säulen der Fassade verbergen sich die Gestalten weiterer Göttinnen und Amazonen.

Monumental und zugleich grazil mußt Du Dir diese Fassade vorstellen, wenn Du kannst, und dazu das Farbenspiel des Lichtes und der Schatten, das der von Menschenhand geformten Skulptur zwischen den unbearbeiteten dunklen Felsmassen jenen überirdischen rötlichen Glanz verleiht ... Verzeih, wenn Du das kitschig findest, Stella, aber für mich gehört des Pharaos Schatzhaus zu den Weltwundern.«

Das Innere des Felsenbaus fand ich dafür wenig spektakulär: Zwei noch recht üppig geschmückte Portale führten in zwei Seitenkammern, die völlig kahl waren und nur durch Ochsenaugen von der Vorhalle aus spärlich beleuchtet wurden. Gähnende Leere, wie es so schön heißt, herrschte auch im Hauptraum, obwohl große und kleinere Seitennischen nahelegten, daß dort einmal Sarkophage und Götterbilder gestanden haben mußten – was erfreulich gut zu meiner Tempeltheorie paßte. Wahrscheinlich war das Schatzhaus ein Grabtempel gewesen. Wen es interessierte, würde irgendwo nachlesen können, zu welcher Zeit die verschwundenen Kunstgegenstände den Raubzügen fremder Barbaren zum Opfer gefallen waren. Die Nabatäer selbst waren ja ein arabisches Wüstenvolk, dessen Karawanen seltene Kostbarkeiten wie Weihrauch und Myrrhe, Aloe und Zimt in den Mittelmeerraum brachten.

Bereits in der Bibel, das wußte ich noch aus meinen kindlichen Recherchen in Karottos Studentenbude, wurden sie als »Volk Nebajoth« erwähnt, das »Ägypten gegenüber in Siedlungen und Zeltlagern lebte und Schafe hielt«.

Wie es weiterging, erfuhren die Schatzhausbesucher aus dem Munde einer kanadischen Kunsthistorikerin, die darauf brannte, unaufgefordert ihr Wissen mit uns Ahnungslosen zu teilen:

Zu Caesars Zeiten, so das Mädel aus Manitoba, tauchten die Nabatäer in der Geschichtsschreibung als »Bitumengewinner« wieder auf. Sie bargen nämlich große Brocken Bitumen aus dem Toten Meer, ihrem »Asphaltsee«, wie sie es tauften. Diese schwarze pechartige Masse boten sie vor allem den Ägyptern an, die Höchstpreise zahlten, weil sie sie zum Einbalsamieren ihrer Toten brauchten. Es geschah in einem Menschenleben nur ein-oder zweimal, daß Bitumenbrocken aus der Tiefe hochgespült wurden und, für jedermann sichtbar, an der Oberfläche des Toten Meeres schwammen, entsprechend kostbar war die Ware; sie galt überdies als Medizin gegen diverse Leiden und wurde zum Abdichten von Schiffen verwendet. Die Nabatäer – sie zählten damals an die zehntausend Häupter –, handelten auch schon mit Weihrauch und Gewürzen; sie verehrten die Sonne wie viele Nomadenvölker und ließen ihre Kamele und Schafe noch frei in der Wüste weiden, denn seßhaft wurden sie erst später. Als Umherziehende kannten sie nicht nur die wenigen Wasserstellen, sondern wußten sie auch zur Anlage von Brunnen und Zisternen zu nutzen. Nach weiteren Jahrhunderten bauten sie feste Häuser, kultivierten sie Felder und entlockten dem Wüstensand üppige Gärten. Besonders fasziniert waren sie von der griechischen Kultur, unter ihrem Einfluß entwickelten sie sich von einer beduinischen Stammesorganisation zum Königreich. Ihre kurze Blütezeit, zu der sie auch Petra, ihre Heilige Stadt und Königsresidenz, gründeten, erlebten die Nabatäer im ersten Jahrhundert vor und nach Christus. Zu der Zeit verschafften sie sich in wenigen Jahren Kontrolle über den nördlichen Teil der alten Karawanenstraße von Südarabien, begannen Münzen zu prägen und schufen eine eigene Schrift, welche als »Mutter« der arabischen Schrift bezeichnet wird.

Die Auflösung des Nabatäerreiches, so ließen wir uns sagen, setzte schleichend ein. Als es im zweiten Jahrhundert unter römische Herrschaft geriet, konnte es als »Provincia Arabia« seinen Wohlstand und seine künstlerische Kreativität noch eine ganze Weile beibehalten, dann aber machte die verbesserte Navigationstechnik der ägyptischen Handelsmarine unter dem Kommando Roms den Seeweg über das Rote Meer zur kürzeren und damit preiswerteren Verbindung. Und damit begann der Abstieg des Wüstenvolkes. Die nabatäische Kultur vermischte sich mehr und mehr mit der griechisch-römischen, Götter und Göttinnen verloren ihre arabische Identität, Allath wurde zu Athene, Manawat zu Nemesis, und Isis gehörte plötzlich dem hellenistische Mysterienkult. Langsam erlosch die nabatäischer Zivilisation, und zwei schwere Erdbeben taten ein übriges, ihre Spuren zu verwischen. Zur Zeit der islamischen Eroberungen war Petra bereits verlassen. Und nachdem Jahrhunderte später auch die Kreuzritter ihre Festungen im Wadi Musa räumen mußten, geriet die Felsenstadt so sehr in Vergessenheit, daß sie über fünfhundert Jahre lang von keinem Europäer mehr besucht wurde.

Wäre es doch dabei geblieben, dachte ich wehmütig, als ich das Schatzhaus des Pharaos wieder verließ, um mich am Anblick der rosaroten Fassade zu weiden, solange es noch hell genug war. Neben mir feilschte die letzte Touristengruppe lautstark mit den viel zu zahlreichen Schmuckhändlern um Ketten aus Halbedelsteinen, welche die Farben der Erde, des Sandes und der Steine wiederholten.

Wie die Bewohner des Karawanenstaates einst gelebt hatten, war uns durch die beredte Kanadierin im Khazne Firaun nicht enthüllt worden. Sie sprach zwar von einem Buch über »The Mysterious People in the Black Desert«, das sie zu schreiben beabsichtigte, doch allzuweit konnte sie damit noch nicht gekommen sein. Meine bohrenden Fragen beantwortete sie mit Spekulationen: Die Nabatäer wären vermutlich von antiautoritärem Denken geprägt gewesen, denn sie wären ja selbst auf Raubzüge gegangen und hätten weder Landesgrenzen noch Steuereinnahmen gekannt, interessanterweise auch keine Revolten. Selbst in der Architektur erkannte die Miss Zeichen dieser Toleranz, die vielen verschiedenen Baustile hätten sich nämlich nicht historisch entwickelt, einer aus dem anderen, »vielmehr«, betonte sie, »existierten alle Stile nebeneinander«.

»Dann müßte ja alles gleichzeitig entstanden sein?« zweifelte ich und bekam keine Antwort.

Erst in der Nacht auf dem harten Lager, das ich mit Julian im Resthouse des Wadi Musa teilte, glaubte ich plötzlich etwas vom Lebensgefühl dieser Wüstenwesen zu spüren. Es war stockdunkel und spät, eine echte Schwarzmondnacht, würde Stellaluna sagen, als uns ein ganz eigenartiges Konzert kurz vor dem Einschlafen in eine verfremdete Wirklichkeit zurückholte. Äußerst dissonant, dabei aber nicht unharmonisch wirkten die von den Arabern draußen mehrstimmig gesungenen Halbtonakkorde auf unsere beatlesverliebten Ohren. Aus verschiedenen Richtungen, so schien es uns, kamen diese Stimmen, nein, mehr noch, aus einer längst vergangenen Zeit.

»Archaische Diaphonie«, raunte mein sachverständiger Sängerknabe mit seinem Mund an meinem Hals, »das können nur unsere Pferdeknechte sein.«

Ich ließ mich sachte über ihn rollen, damit ich mich rittlings auf seine Schenkel setzen konnte. Über seinen Lenden spürte ich eine Gänsehaut. Beste Voraussetzungen für einen kleinen Energieaustausch, dachte ich, denn meine Handflächen waren so heiß geworden, daß Julian sie wie eine Berührung auf der Haut spürte, obwohl ich sie zentimeterweit entfernt hielt, während sie den Konturen seines Körpers folgten. Auf den Fersen hockend, streichelte ich die unsichtbare Hülle, welche den Leib meines Geliebten umgab, erregte seine Lust, ohne ihn auch nur anzutasten; der auf- und abschwellende Gesang der Jünglinge und der Weihrauchduft unserer eben verglühten Räucherstäbchen taten ein übriges, unsere Sinne zu erregen. Als wir endlich, ganz außer uns vor Verlangen, ineinandersanken, bescherte uns dies einen Entzückensrausch, von dem ich glaubte, er würde niemals vergehen. Gleichwohl ahnte ich, daß es eine weitere Liebesnacht mit Julian in diesem Leben nicht mehr geben würde.

Am »Morgen danach« wieder Momentaufnahmen aus der Touristenperspektive, obwohl mich diese erheblich zu stören begann. Was nutzte es mir zu wissen, daß es im Stadtzentrum des antiken Petra einst einen »Löwen-Greifen-Tempel« gegeben hatte und ein Theater für viertausend Zuschauer, daß man ihren Prachtbrunnen als »Nymphäum« bezeichnete und daß ein Prozessionsweg über achthundert Stufen zum Prunkgrab des »ed Deir« führte, womit aber nicht der Name eines Gottes, sondern das Kloster an sich gemeint war. Zinnen-, Urnen-, Treppen-, Schlangen-, Seidengräber wollten besichtigt werden, Tausende von Gräbern, alle irgendwie benannt und katalogisiert, ärger noch als in Palmyra. Demnach war die Wüstenstadt eher eine luxuriöse Nekropole als Metropole gewesen. Ich fand das unglaubwürdig und morbid. So grandios diese Friedhofsarchitekur für Kunstgeschichtler auch sein mochte – viel mehr hätten mich die Schicksale der Lebenden interessiert, bevor man über ihren Knochen Mausoleen errichtete. Eine Initiation in die Mysterien eines verschollenen Volkes mußte doch auch anders möglich sein als über Zahlen und Fakten und langweilige Typisierungen.

»Die Wege zur Weisheit führen durch die Wüste,« sagte ein Sprichwort der Beduinen.

Um eben diese Wege ging es mir, denn sonst würde mich die Suche nach Lilith nirgendwohin führen. Stella hätte das auch so gesehen. Julian dagegen überhörte mein Murren. Mit dem törichten Gesichtsausdruck eines Mannsbildes, das in der Nacht fürstlich bedient worden war, bestaunte er alles, was sich ihm bot. Wieder fand ich seine Augen so grün wie die Blätter einer Sommerlinde, aber ohne den Bodensatz verletzter Gefühle darunter. Kein Selbsthaß lauerte mehr hinter der Fassade des »nice guy«, und auch die Rachsucht schien ihn derzeit nicht zu plagen. Mit meinen Händen habe ich sein Muster gelöscht, Stella. »Ich« habe »ihm« gutgetan, nicht umgekehrt, und er hat es geduldet, zum erstenmal. Und sollte er mich jetzt noch immer strafen wollen, hellsichtige Hinterbliebene, dann jedenfalls nicht aus mangelnder Eigenliebe. Der Mann mit den zwei Herzen hatte über Nacht zu seiner Lammnatur zurückgefunden und schickte sich an, den hungrigen Wolf zu verleugnen. Als er seinen Arm um mich legen wollte, schob ich ihn weg.

Den Aaronsberg, südlich der Stadt, sollte niemand ohne Führer besteigen, hatte man uns eingeschärft, andernfalls würde man den Zorn der Beduinen auf sich ziehen, die ihren »Jebel Harun«, welcher das Grab des Mosesbruders beherbergte, als heiligen Gipfel betrachteten. Einer Macht der Gewohnheit gehorchend, schlug ich die Warnungen in den Wind und machte mich in einem günstigen Augenblick allein auf den Weg. Nur mit einer Wasserflasche und einer Tüte Rosinen ausgerüstet, wanderte ich durch ein kilometerlanges Wadi zwischen lachsroten, blaugebänderten Felsen voll der schönsten Tiergraffiti begegnete einem Schlangendenkmal und einer breitbeinig auf einem Sockel sitzenden Isis und kletterte schließlich über einen Saumpfad zum höheren der beiden Harun-Gipfel, auf dem das überkuppelte Heiligtum stand.

Der moslemischen Legende nach hatte es hier einst eine Höhle gegeben und in deren Tiefe einen goldenen Thron mit der Inschrift: »Für den, dem er angemessen ist«. Moses soll als erster Platz darauf genommen haben, doch weil er zu klein war und den Thron nicht ausfüllte, versuchte nach ihm Bruder Aaron sein Glück. Siehe da, Harun, wie man ihn hierzulande nannte, besaß genau die richtige Körpergröße.

Er konnte sich aber kaum daran erfreuen, denn sobald er sich niedergelassen hatte, »erschien ein Todesengel und führte seine Seele hinweg«. Später klagten die Israeliten Moses an, den Tod seines Bruders verschuldet zu haben; daraufhin führte er sie zur Höhle, erweckte den Toten aus dem ewigen Schlaf und ließ ihn offenbaren, was geschehen war. Ob man ihn zum Dank gleich wieder in die Unterwelt schickte oder ob er sich damit Zeit lassen durfte, verrieten die Quellen mir nicht.

Eine typische Männergeschichte, dachte ich, His-story. Ob Bibel oder Koran, es wehte derselbe Geist. Macht, Konkurrenz, Tod und Wiedergeburt. Womit hatte das alles angefangen? Mit den ersten Menschen, Adam und Lilith? Oder erst mit Eva? Liliths Kinder, diese Dämonenbrut aus dem Samen Samaels, bevölkerten zu Tausenden die Erde, und doch war es die brave Eva, welche Kain und Abel gebar.

Gerne hätte ich Aarons Seele zuliebe ein kleines Ritual durchgeführt, allein mir fehlten die geeigneten Gegenstände. Immerhin fand ich nach längerer Suche zwei glänzende Vogelfedern und einige rot-gelb marmorierte Tonscherben, die jedem Museum Ehre gemacht hätten; zu einer gefiederten Sonne angeordnet, legte ich die Fundstücke auf sein Grab. Und aus lauter Sympathie für den verkannten Mosesbruder brachte ich ihm auch noch ein Wasseropfer dar, welches daraus bestand, daß ich den Rest meiner sorgsam gehüteteten Flasche über meinem Arrangement verteilte. Keine Einheimische hätte sich einen derartigen Leichtsinn erlaubt.

Da ich immer noch nicht Vernunft annehmen mochte, spazierte ich bis zum äußersten Rand der Plattform unterhalb des Felsenheiligtums, so daß mich jeder weitere Schritt in den Abgrund befördert hätte, und begann erst zu rufen, dann zu singen. Schräge Melodien, inspiriert von der nächtlichen Folklore der Pferdeknechte, kamen da aus meiner Kehle. Es hörte mich ja niemand, nicht einmal ein Echo antwortete. Statt dessen sah ich einen großen schwarzen Vogel in Augenhöhe über dem zweiten Gipfel schweben, zunächst hielt ich ihn für einen Milan, dann aber für einen Greif aus dem Märchen oder Buch der Bücher, denn sobald ich verstummte und in die Hocke ging, um ihn zu beobachten, änderte er seine Richtung. Er schraubte sich zunächst in höhere Gefilde, damit er den Harun-Gipfel umkreisen konnte, trudelte aber plötzlich in Spiralen abwärts wie ein defektes Segelflugzeug, um dann unmittelbar über meinem Kopf in der Luft stehenzubleiben. Wie riesig dieser Raubvogel war, seine Flügel mußten eine Spannweite von mindestens zwei Metern haben! Ich spürte bereits die Spitzen seiner Klauen in meinem Haar, erschauderte vor seinem Krummdolchschnabel und fühlte mich wie hypnotisiert, als ich sekundenlang den Blick seines tückischen gelben Auges erwiderte.

Mit einem gellenden Schrei, wie ich ihn noch nie aus meinem

Mund gehört hatte, sprang ich auf die Füße und begann zu rennen, als wäre Haruns Todesengel mir auf den Fersen. Ich wollte nur noch fort, fort von diesem Ort und aus dem ganzen Land. Was auch immer ich hier gesucht hatte, es war genug; ich hatte meine Initiation gehabt.

Immer noch halb von von Sinnen, erreichte ich zur Abendröte, in der selbst Zwerge lange Schatten werfen, unsere Herberge am Mosestal. Schon von weitem sah ich Julian, auf einem Mäuerchen vor dem Resthouse hockend, geduldig meine Heimkehr erwarten.

»Wir reisen ab, morgen schon!« schleuderte ich ihm entgegen.

»Kein Problem«, sagte das Lamm.

Rotmeerträume

Nur über die Reiseroute konnten wir uns zunächst nicht einigen. Julian wollte über die »alte Weihrauchstraße von Petra bis Marib brettern«, wie er sagte, »und zwar am liebsten auf einem geliehenen Motorrad oder wenigstens per Anhalter, nachdem du dich in Palmyra von diesem Bullen so gekonnt hast ausnehmen lassen«. Ich überhörte den Vorwurf und machte Gegenvorschläge, denn die Aussicht, wochenlang auf unbequemen Gefährten über die saudi-arabische Wüstenpiste geschüttelt zu werden, bereitete mir jetzt schon Qualen.

»Kommt nicht in Frage, die Sanddämonen haben mir am Rande der Wüste, in Palmyra und Petra, schon genug zugesetzt, außerdem haben wir uns zwar für die Arabische Republik des Jemen ein Visum geben lassen, nicht aber für Saudi-Arabien.«

»Dann laß uns nach Amman zur Botschaft der Saudis fahren und dort eins besorgen.«

»Nein, wirklich, du Globetrotter, nach Amman sind es fast dreihundert Kilometer, dafür würde wieder ein ganzer Tag draufgehen, wir sind hier ja nicht in Kalifornien.«

Julian verdrehte die Augen. »Ich sag's dir«, stöhnte er, »Zeit und Geld sind der Menschheit größte Tyrannen.«

»Wenn du es so siehst, dann laß uns gleich morgen nach Aqaba fahren, das ist von Petra aus nur halb so weit wie nach Amman. Wir könnten uns dann auf dem Seeweg dem Reiche Sabas nähern, was überdies ganz im Sinn meiner Recherche ist, denn schließlich muß die Königin des Südens seinerzeit auch über den Golf von Aqaba gekommen sein, als sie König Salomo in Jerusalem besuchte.«

Mit Engelszungen redete ich meinem Easy-Rider seine Motorradtour aus, behauptete gar, vom Golf von Aqaba aus wäre es nur noch ein Katzensprung bis zum Roten Meer.

»Bei Lilith«, so sagte ich, »hatte schließlich ein einziger Name genügt, sie durch die Lüfte dorthin zu katapultieren.«

Nach den Aventuren der letzten Tage fiel es mir zusehends schwer, Mythos und Realität auseinanderzuhalten.

»Wir werden die Küsten Saudi-Arabiens an unseren staunenden Augen vorüberziehen lassen, Julian«, phantasierte ich weiter, »und das heilige Mekka der Moslems respektvoll aus der Ferne grüßen, denn als Ungläubige dürfen wir es ja ohnehin nicht betreten. Warte, sag jetzt nichts! Wir werden den Strand des sagenhaften Goldlandes Ophir erspähen, dessen Name außer uns niemand mehr kennt, denn nur du und ich, mein Schatz, gehören zu denen, die noch wissen, daß auch König Salomo seine Expedition nach Ophir in Aqaba starten ließ und daß sie mit vierhundert Talenten Gold von dort zurückkehrte.«

»Wenn wir wenigstens wüßten, ob sie all das Gold irgendwo vergraben haben«, maulte Julian.

Seitdem wir unterwegs waren, konnte er wohl nur noch an den schnöden Mammon denken; darauf mußte ich nicht reagieren. »Und endlich werden wir, nach tagelangem Geschaukel über sturmgepeitschte und flautengeplagte Gewässer, im erstbesten jemenitischen Hafen an Land gehen«, fuhr ich fort. »Und dann, lieber Julian, kannst du machen, was du willst, denn ich werde mich sogleich nach Marib, der dritten meiner Hauptstädte der Antike, begeben, um den Palast der Königin von Saba im Sande zu suchen.«

Widerstrebend gab Julian endlich nach; erst als uns der Wirt des Resthouse beim Abendessen erzählte, daß zur Zeit sowieso keine Touristenvisa für Saudi-Arabien ausgestellt würden und daß die Grenzkontrollen überaus scharf wären, konnte sich auch Easy-Rider mit dem Gedanken an eine Seereise befreunden.

Jordaniens einzige Hafenstadt lag in einer weitgeschwungenen

Bucht am Fuße gelber Wüstenberge. Vergebens versuchte ich am Tag unserer Ankunft gleich vom Bus aus, und später zu Fuß, die malerischen Lehmziegelhäuser unseres Reiseführers aus den fünfziger Jahren zu entdecken, oder die von Eseln angetriebenen Wasserräder, die es in jedem größeren Garten geben sollte. Statt des ehemaligen Fischerdorfes mit seinen dreitausend Einwohnern fanden wir eine moderne Reißbrettstadt für vierzigtausend Menschen, statt eines überschaubaren Hafengeländes einen turbulenten Umschlagplatz für den gesamten Güterverkehr vom Mittelmeerraum in die Golfstaaten. Lastwagenkolonnen blockierten die Straßen zum Hafen hinunter, verpesteten die Luft und versperrten die Sicht. Aus meiner Erfahrung klug geworden, wollten wir uns diesmal nicht von einem bakschischheischenden Schlepper zum erstbesten Seelenverkäufer schleppen lassen, sondern uns das Schiff in aller Sorgfalt selbst auswählen. Eine Illusion, wie wir bald einsehen mußten, denn um wirklich die Wahl zu haben, waren wir nicht wohlhabend genug. Mit höchst gemischten Gefühlen bestiegen wir endlich am späten Abend als einzige Passagiere einen angerosteten Küstenfrachter, der den Vorteil hatte, für uns erschwinglich zu sein und am nächsten Morgen auszulaufen. Unsere Kabine im Mannschaftslogis war dreckig, stickig und eng.

»Ein Rattenloch«, stellte Julian fest und hoffte, daß ihm von irgendeinem Desperado an Bord Drogen angeboten würden, preisgünstig natürlich, die ihn für die Dauer der Reise ins Nirwana versetzten, weit weg von Hitze, Dieselölgestank und lähmender Langeweile. Ob es ihm gelang, hätte ich nicht einmal sagen können, denn mein Nirwana war von anderer Art. Am fünften Tag auf dem Meer, als die Ausläufer des saudi-arabischen Hochlandes von »Hedjas« schon in Sicht kamen, befiel mich ein heftiges Typhusfieber, das mich in eine komaähnliche Trance versetzen und erst an Land wieder freigeben sollte. Bei Tag und bei Nacht plagten mich Visionen und Gesichte. Während Julian mir hinterher erzählte, es sei eine ausgesprochen ruhige Passage gewesen, verlor in meinen Träumen das Rote Meer, dessen Himmelblau seinen Namen verleugnete, jäh seine Farbe und wurde schwefelgelb. Kurz darauf begann es zu toben und sich zu wälzen, und bald schlug ein Unwetter Wasser und Schiff. Ich aber war Zeugin des

Unheils, ohne darin verwickelt zu sein, sah aus der Vogelperspektive den Kapitän, der vergebens versuchte, Kurs zu halten, und wie außerhalb von Zeit und Raum auf den Wellen ritt, nachdem selbst die Sternbilder am Himmel ihre Position verloren hatten. So robust sein Segelschiff auch sein mochte, in diesem Augenblick war es nur noch ein Spielball der Naturgewalten. Die Reise über das Rote Meer galt selbst bei ruhigem Wetter als gefährlich, der zahlreichen Klippen und unberechenbaren Strömungen wegen war äußerste Vorsicht geboten, vor allem nachts. Wenn aber die Instrumente verrückt spielten, konnte selbst die navigatorische Kunst erfahrener Seeleute nicht mehr viel retten. Inzwischen ahnten auch die Menschen an Bord, daß ihr Schiff dem Untergang geweiht war; wie von Riesenfäusten gepackt, wurden sie ein um das andere Mal emporgeschleudert, um gleich darauf ins Bodenlose zu stürzen. In Todesangst schrien sie, ein jeglicher zu seinem Gott, der aber hörte auf keinen seiner tausend Namen und ließ sie allesamt zugrunde gehen. Die Erde sollte wieder wüst und leer sein. Und im Fieberdelirium wußte ich ganz gewiß, daß eine Königin des Südens unter den Schiffbrüchigen gewesen war.

Bilder und Geräusche aus dem sogenannten Wachzustand, an die ich mich später zu erinnern versuchte, blieben so fragmentarisch, daß sie nicht einmal für Briefe an Stella taugten. In den ersten zwei, drei Tagen war wohl keine Küste zu sehen, nur Himmel und Wasser und ab und zu ein Schiff am Horizont. Später tauchten kleine nackte Felseninseln aus dem Meer auf, ausgebrannte Vulkane konnten es sein, dann kam irgendwann hügeliger graugelber Sandstrand in Sicht, und von da an fuhr ich als blinder Passagier mit, denn ich konnte mich nicht mehr allein nach draußen schleppen. Zur Dunkelheit lagen wir meistens in irgendeinem Hafen fest, damit das marode Schiff seine Ladung löschen oder ausgebessert werden konnte, beides ging die ganze Nacht hindurch und sorgte für einen Höllenlärm. In stilleren Stunden glaubte ich von weither das Heulen von Hyänen und Schakalen zu hören, aber das mochte auch am Fieber gelegen haben. Erst eine Tagesreise vor unserem Zielhafen, als wir im Tor zur Meeresenge »Bab-al Mandab« den sogenannten »zwölf Aposteln«, einer hoch aus dem Wasser ragenden Felsengruppe, bedenklich nahe kamen, begann ich meine Umgebung wieder etwas deutlicher wahrzunehmen, obwohl ich auch da noch die meisten Sehenswürdigkeiten verschlief.

Den Schiffbrüchigen aus meinen Traumszenen gleich, war ich in jenen Tagen auf Barmherzigkeit angewiesen, brauchte, um zu überleben, Hilfe wie ein kleines Kind – und ich bekam sie, im Gegensatz zu den Ertrinkenden, vielleicht sogar von einem Gott. Täglich zur Abenddämmerung trat nämlich jemand an mein verdrecktes Lager, der mich wusch und mir gewürzten Tee zu trinken gab. Einmal, in einer Stunde ärgster Leibschmerzen, trugen mich starke Arme hinaus an Deck und betteten mich auf eine alte Schiffsmatratze, die nach Kampfer roch, mir aber die erste ruhige Nacht seit langem bescherte. Nirgends schläft es sich ja besser ein als im Freien unter dem Sternenhimmel, wenn das weite Meer im Mondschein leuchtet und das Geplätscher der Wellen die Begleitmusik spielt. Bis zur ersten Morgenbrise ließ man mich dort, dann wurde ich wieder nach unten in die Glutluft der Kajüte verbannt.

Meinen Samariter sah ich mir an jenem Morgen genauer an, er hatte das dunkelblaue Gesicht eines Engels, und es war nicht Julian. Ihn fragte ich, als wir an Land gingen, gar nicht erst, wo er die ganze Zeit über gewesen war, vielmehr beschrieb ich ihm den schönen Fremden, der sich meiner angenommen hatte, doch ich bekam zu hören, einen solchen habe es an Bord nicht gegeben und nur mein Fieber habe ein Fabelwesen mit blauer Haut kreiert. Ich aber wußte es besser.

Im Reiche Sabas

Glücklich, in der weißen Kaffeestadt Al-Mukha, dem letzten Hafen der arabischen Republik im geteilten Jemen, wieder festen Boden unter den Füßen zu haben, ersparte ich uns Rede und Gegenrede, zumal es mir schon Schwierigkeiten genug bereitete, mich einfach nur auf den Beinen zu halten. Überdies schämte ich mich zum erstenmal im Leben meines Aussehens. Die Tage im Rattenloch hatte mein rotes Haar ebenso fahl werden lassen wie die Haut, und abgemagert wie eine Schiffskatze kam ich mir vor; statt gebadet, parfümiert und in seidenen Scheherazade-Gewändern das Land aus Tausendundeiner Nacht zu betreten, trug ich schmuddeliges Baumwollzeug, umgab mich der abgestandene Geruch des Krankenlagers. Dabei hatte ich ihr an Eleganz doch ebenbürtig sein wollen, meiner Königin von Saba. Gesund sein und gepflegt konnte indessen nur, wer das Geld dazu hatte, zum erstenmal wurde mir diese Tatsache schmerzlich bewußt. Und Julian war nicht Manns genug, mir meine Lage zu erleichtern, auch das hatte ich inzwischen begriffen. Mit keinem der Einreisenden beschäftigte sich der Zollbeamte in der mörderisch heißen Ankunftshalle so lange wie mit uns, immer wieder fragte er nach »Whiskey« und »illegal drugs«, glaubte Julians Kopfschütteln ebensowenig wie ich und nahm schließlich ohne Rücksicht auf meine Leiden unser gesamtes Gepäck auseinander. Die einzige Trophäe, die ihm bei seinem schweißtreibenden Tun wenigstens ein kleines Erfolgserlebnis verschaffte, war eine deutsche Illustrierte; vehement riß er alle Seiten mit leichtbekleideteten Damen einzeln heraus, bevor er mir den Rest vor die Füße warf. Der Mann an meiner Seite, befand ich, durch die Krankheit zum hilflosen Weibchen mutiert, hätte so etwas mit Geld und guten Worten zu verhindern wissen müssen.

Mit dem erstbesten Krösus, der mich haben will, werde ich auf und davon gehen, schwor ich mir, als mein derzeitiger Liebster mich in einem tristen Café ablud, um uns zur Erholung von den Reisestrapazen ein nicht weniger tristes Quartier für die kommende Nacht zu suchen.

Noch war es früher Nachmittag, und im Café saßen ausschließlich martialisch aussehende Männer. Die meisten von ihnen trugen lange hemdartige Gewänder, darüber eine bestickte Weste, einen Krummdolch am Gürtel und eine Kalaschnikow über der Schulter. Die Waffen schienen Bestandteil der Garderobe zu sein, denn sie wurden selbst hier im Caféhaus nicht abgenommen. Obwohl die Männer mich kaum beachteten, beeilte ich mich, Kopf und Gestalt trotz der atemberaubenden Hitze unter einem schwarzen Tuch zu verstecken. So erregte ich kein Ärgernis und konnte die Männerwelt dieses gottverlassenen Rotmeerhafens aus den Augenwinkeln betrachten, ohne indiskret zu erscheinen. In einem Land, in dem schon bloßes Anschauen Unglück bedeuten konnte, weshalb die Fenster der Häuser zum Schutz vor dem bösen Blick, wie ich irgendwo gelesen hatte, mit geometrischen Verzierungen eingefaßt wurden, in einem solchen Land konnte man gar nicht züchtig genug sein. Nach außen hin tat sich ohnehin nicht viel im Café von Al-Mukha, und es wurde auch nur wenig geredet, was womöglich daran lag, daß die Herren Krieger immer wieder gewisse zartgrüne Blätter unter ihren Schnurrbärten verschwinden ließen, bis nach einer guten Stunde eine tennisballgroße Kat-Kugel ihre Backen beulte. Dazu spülten sie fleißig Wasser hinunter, damit die erwünschte narkotisierende Wirkung sich entfalten konnte. Einen Mokka oder Kaffee sah ich in Al-Mukha niemanden zu sich nehmen. Später erfuhr ich, daß sich die männliche Bevölkerung jeden Nachmittag zur Kat-Sitzung versammelte und damit regelmäßig für vier Stunden die gesamte Wirtschaft zum Erliegen brachte.

Nach dreitägiger Ruhepause auf der hochbeinigen geflochtenen Liege, dem einzigen Möbelstück in unserem kleinen Dreckshotel, hierzulande poetisch »Funduk« genannt, begannen uns die Backofentemperaturen und die hundertprozentige Luftfeuchtigkeit der Küstenebene gewaltig zu nerven. Von den unersättlichen Moskitos ganz zu schweigen. Auch Julian, der schon draußen herumgelaufen war, während ich in unserem Etablissement der Genesung entgegenfieberte, reizte Al-Mukha nicht zum Verweilen.

»Es ist eine Geisterstadt«, berichtete er. »Alles ist in Auflösung begriffen, die alten Kontore und Handelshäuser sind längst verfallen, die schönen geschnitzten Fenstergitter und Balkone durch die salzige Luft aufgeweicht wie Pappmaché. Die Farben sind abgeblättert, die Fassaden zerbröckelt, die ganze famose Kaffeehafenkulisse gammelt leise vor sich hin. Früher soll es hier Eselskarawanen gegeben haben, die kurz vor der Monsunzeit ihre Säcke mit den ungebrannten Bohnen zum Verladen brachten, doch heute scheint es keinen Kaffeeexport mehr zu geben, jedenfalls nicht von hier aus. Warum, kann ich dir auch nicht sagen.«

»Vielleicht brauchen sie inzwischen die ganze Ernte für ihren komischen ›qishr‹«, sagte ich und dachte an mein allmorgendliches Getränk aus Kaffeeschalen, die mit Ingwer, Kardamom und Zimtrinde aufgekocht wurden. Mir tat es gut wie eine Medizin; am nächsten Morgen trank ich doppelt soviel davon, in der Hoffnung, meinen Kreislauf für den ersten Spaziergang in Schwung zu bringen.

Doch am späten Vormittag fegte ein derartig heißer Wind über die Straßen, daß ich schon nach wenigen Schritten reumütig zurückkehrte. »Tihama«, heiße Erde, nannten sie den Küstenstreifen zwischen jemenitischem Bergland und Rotem Meer, und in der Hölle konnte es kaum schlimmer sein. Nicht einmal baden ließ es sich hier, denn es gab zwar einen Traumstrand südlich der Hafeneinfahrt, aber keine Handbreit Schatten, zudem sollte das Wasser ebenso schmutzig wie haifischreich sein. Es war ein Fehler gewesen, erkannten wir nun, daß wir nur des schönen Namens wegen in der Mokkastadt an Land gegangen waren statt weiter nördlich in Al-Hudaydah. Unsere zerknitterte britische Fliegerkarte, die Julian an Bord gegen eine Packung Antbiotika eintauschen konnte, legte uns nahe, die hundertfünfzig Kilometer Küstenstraße mit einem klapprigen Bus zurückzufahren und von dort aus ein Taxi in die Berge zu nehmen. Stundenlang durch die Tihama – schon beim Gedanken bekam ich Hitzewallungen. Zum Glück empfahl man Julian in einem dieser Café genannten Kat-Häuser eine andere, weniger strapaziöse Route direkt in die Bergwelt; zu meinem Entzücken überwand er sogar seine Bakschischphobie und ließ sich für den Weg nach Sanaa einen Jeep mit einem einheimischen Fahrer vermitteln. Und so saßen wir bald in einem ganz manierlich aussehenden Toyota und folgten zunächst einem wunderschönen grünen Wadi mit ausgedehnten Dattelhainen, um dann in halsbrecherischen Kurven über eine Schotterpiste bergaufwärts zu stottern.

Unsere erste Station, die Stadt Taizz, lag vierzehnhundert Meter hoch; zwei Dreitausender schirmten sie vor der feuchtheißen Küste ab und sorgten für ein angenehmes Klima. In früheren Jahrhunderten mußten alle Besucher der heiligen Stadt Sanaa zunächst in Taizz die Erlaubnis des Imam zur Weiterreise einholen. Zahlreiche ausländische Botschaften und Industriebetriebe hatten sich seither in der Nähe des sogenannten Tores zum Jemen angesiedelt, und die Stadt erblühte langsam zur Wirtschaftsmetropole. Entsprechend lebhaft war der Verkehr; Autos, Eselskarren und die merkwürdigsten Fuhrwerke befolgten oder mißachteten undurchschaubare Regeln, und wir waren heilfroh, als unser schweigsamer Begleiter endlich die Hauptstraße verließ und uns auf Schleichwegen in die Altstadt, und damit aus der Neuzeit zurück ins Mittelalter, beförderte. An einem großen alten Stadttor hieß er uns aussteigen, und wir mußten, ob wir wollten oder nicht, durch unseren ersten jemenitischen Suk spazieren. Mit kraftlosen Beinen schleppte ich mich durch die Gassen von den Silberläden zu den Dattelverkäufern, den Gewürzhändlern und Brotbäckern; von tagelanger Seekrankheit noch kaum genesen, peinigte mich die Intensität der sonst so geliebten Gerüche. Vor allem bei den Kafferöstern, die zu Julians Gaudi vorsintflutliche Maschinen aus Deutschland für ihre Arbeit benutzten, schwanden mir fast die Sinne, und ich eilte mit vorgehaltener Hand zum anderen Tor wieder hinaus, wo mir sogleich die Gerüche der Garküchen entgegenschlugen. Das letzte, was ich sah, war ein Meer grellbunter Farben, gleichzeitig drang ein sonderbares Zirpen an mein Ohr, bevor mich die Gnade der Bewußtlosigkeit traf. Als ich wieder zu mir kam, schaute ich in unverschleierte, mit gelber Farbe bemalte Frauengesichter. Wie freundliche Mondinnen leuchteten sie über mir, und nicht nur das: Ihre Zungen erzeugten diese allerliebsten Geräusche, zwitschernd, schnalzend, jodelnd unterhielten sie sich in einer Sprache ohne Worte. Sobald ich die Augen aufgeschlagen hatte, wetteiferten sie darin, mir wohlzutun; Kissen wurden mir unter den Kopf geschoben, die Schläfen mit Rosenwasser benetzt und die Lippen mit »cay yemeni«, dem jemenitischen Zimt-, Ingwer-, Kardamomtee. Angeblich waren es einfache Bäuerinnen, die sich da um mich bemühten; mit ihren farbenfreudigen Gewändern und dem üppigen Goldschmuck an Hälsen und Handgelenken hätten sie allerdings in jeden Harem gepaßt – zumindest in meiner noch immer klischeehaften Vorstellung. Einmal in der Woche, so erfuhr ich später, kamen die Frauen aus den Bergen herunter, um vor den Toren des Suks ihre Waren feilzubieten. Sie waren ungewöhnlich aufgeschlossene Wesen, auch in ihrem Aussehen, denn statt ihre hübschen Gesichter hinter Schleiern zu verstecken, hatten sie lediglich eine Paste aus Gelbwurz aufgetragen, und weitere Konzessionen an die muslimische Schicklichkeit machten sie nicht. Nach einigen Minuten in ihrer Obhut konnte ich mich schon wieder aufrichten und sie anlächeln. Gerne hätte ich mich für ihre Herzlichkeit mit einem Geschenk bedankt und kam mir auf einmal ganz armselig vor. Mit all ihren Reichtümern geschmückt, standen sie vor mir, hatten Körbe voll köstlicher Früchte zu verkaufen: Bananen, Datteln, Apfelsinen und Rosinen, die hier »mauz, tamr, portugal« und »zabib« hießen – und ich, was konnte ich ihnen bieten? Verlegen kramte ich in meinen Taschen und fand nichts, sie aber machten mir klar, daß sie als einzige Gegengunst mein rotes Haar berühren wollten. Also ließ ich sie streicheln und zupfen, soviel sie wollten, während ich ihnen zum Dank das einzige Volkslied vorsang, das mir noch aus meiner Schulzeit in Erinnerung war: »Wenn alle Brünnlein fließen, so muß man trinken, wenn ich mein' Schatz nicht rufen darf, tu ich ihm winken ...«

Die jemenitischen Bergfrauen konnten gar nicht genug davon hören, und schließlich lockte mein deutscher Gesang sogar meinen sogenannten Schatz nebst Chauffeur aus dem Labyrinth der Gerüche, damit auch dieser Ausflug ein gutes Ende fand.

Zwei Stunden später, zu Füßen des dreitausend Meter hohen »Jebel Sabir«, woher meine zwitschernden Freundinnen stammen sollen, trafen wir dann endlich auf die alte Weihrauchstraße nach Sanaa, von der wir zu Hause so lange geträumt hatten. Unser Fahrer merkte unser Entzücken und machte es von da an zu seiner Herzenssache, uns aus dem Staunen nicht mehr herauskommen zu lassen. Allmählich schätzten wir seine zurückhaltende Freundlichkeit, auch trug er kein Gewehr über der Schulter, sondern ließ nur gelegentlich den Kamelhorngriff seines Krummdolches als Zeichen männlicher Würde aus den Falten seines Gewandes hervorschauen. »Hamad bin Siman bin Saliman« hieß unser Mann, und mehr erfuhren wir nicht über ihn. Dafür zeigte er uns tief in den Bergen verborgene Pilgermoscheen und atemberaubende Ausblicke von den Paßstraßen hinunter auf grüne Terrassenfelder und in fruchtbare Wadis voller Papaya- und Bananenplantagen.

Anschließend führte er uns durch die alte Stadt Jiblah mit ihren kunstvoll gemauerten Steinhäusern und weißen Minaretten. Eine weise Königin hatte im elften Jahrhundert von dieser Stadt aus weite Teile des Landes regiert, und ihre Grabmoschee sollte zu den berühmtesten des Landes gehören. So schön wie ihren Namen »Arwa bin Ahmed« fand ich die Höfe, Brunnen und Gebetsräume ihrer Moschee in leuchtendem Weiß. Wir würden noch etliche Gotteshäuser auf unserem Weg nach Sanaa besichtigen, aber keines strahlte so viel heitere Ruhe aus wie dieses hier. Noch zu Lebzeiten der Herrscherin war es errichtet worden, und ich glaubte im Umkreis der Gebetsnische etwas von ihrem harmonischen Wesen zu spüren, oder ihrer Aura, wie Stella wohl gesagt hätte. Hamad bin Siman bin Saliman beglückte uns noch mit weiteren Sehenswürdigkeiten, die nur Einheimischen bekannt waren, obwohl sie wenige Kilometer abseits der Weihrauchstraße lagen. Seit meinem Schwächeanfall im Suk schien unser Begleiter sichtlich bemüht, mir unnötige Strapazen zu ersparen, und so kam es, daß wir Sanaa erst nach drei Tagen erreichten. Diese Märchenstadt aber bot ein noch berauschenderes Fest für die Sinne als alles bisher Geschaute. Wer immer sie in elendem Zustand betrat, sagte ich mir, mußte auf der Stelle an Leib und Seele genesen. Julian schien ähnlich zu denken, denn er sprang ein zweitesmal über seinen Sparzwang-Schatten und mietete uns ein einfaches, aber wohltuend sauberes Zimmer im »Dhar Dahab«, dem Golden-Daar-Hotel, von dessen Dachterrasse aus uns die malerischste Stadt der Welt, einer Fata Morgana gleich, zu Füßen lag. Und damit Stellaluna mich nicht gemeinsam mit Lilith im Roten Meer verschollen glaubte, schrieb ich ihr die ersten Worte seit Wochen.

»Ein Weg von Briefen wird am Ende dieser Reise von meinem Herzen zu ihrem führen«, offenbarte ich Julian, der statt seines geliebten Kat gerade in großen Mengen »mishmish« genannte Aprikosen kaute und daher zu seinem Glück einer Antwort enthoben war.

»In dieser Stadt liebe ich einfach alles, sogar die Mittagshitze«, teilte ich der Gefährtin vergangener Zeiten mit, »denn zum einen ist sie hier in über zweitausend Meter Höhe längst nicht so unerträglich wie unten an der Moskitoküste, und zum anderen legt sich statt drückender Luftschichten ein faszinierender Klangteppich über die Stadt, sobald die Muezzin von -zig Minaretten aus gleichzeitig zum Nachmittagsgebet rufen. Um dieser einladenden Gesänge willen könnte ich glatt zur Muslimin werden. Wirklich, Stella, wenn ich die Frauen in ihren buntbedruckten ›sitaras‹ (Tuch), auf dem Kopf ein Fladenbrot balancierend, durch eines der sieben Stadttore schreiten sehe, oder wie sie im Suk flüssigen Weihrauch, Sandelholzöl und Safranpulver verkaufen, möchte ich eine von ihnen sein. In einem achtstöckigen, stuckverzierten Lehmhochhaus wohnen und zusammen mit meinen Töchtern und Schwestern die bunten Glasfenster im sogenannten ›mafradj‹ putzen, dem Prunkraum im obersten Stockwerk. Überhaupt: diese Zuckerbäckerarchitektur hier in Sanaa erscheint wie nicht von dieser Welt. Wir hatten uns zu Hause ja schon Fotos davon angesehen. Nach Weihnachtsmarkt duftende Lebkuchenhäuser hattest Du sie genannt. Es ist aber nicht Zucker oder Marzipan, nicht einmal Styropor, sondern weißer Gips, mit dem sie hier ihre Fenster und Balkone verzieren, überall siehst du Rundbögen aus dekorativen kleinen Ornamenten, und wenn dann noch die Sonne durch die leuchtendbunten Scheiben scheint, ist der Augenschmaus kaum noch zu überbieten. Wir steigen jedenfalls am frühen Morgen und Abend rechtzeitig auf das Dach unseres Hotels, damit uns das Farbenspiel der ersten und letzten Sonnenstrahlen über dem Meer der Lehmziegelbauten nur ja nicht entgeht. Parallel zum Hotel verläuft ein ausgetrocknetes Flußbett, das ›Wadi-as-Sailah‹, wenn du dort entlanggehst, siehst du die ganzen Fassaden in voller Schönheit vor dir aus dem Lehmboden wachsen. Gehst du dann weiter über eine steinerne Brücke, so kommst du in die Altstadt und den Suk, in dem jedes Handwerk seine eigene Gasse hat. Es gibt dort Krummdolchschmiede, Fenstertischler, Tuchmacher, Wasserpfeifenhersteller und sogar Geldwechsler. Indische Gastarbeiter brennen über offenen Feuern Weihrauchgefäße aus Lehm in der Form von Wachtürmen und Forts. Sanaa soll übrigens vom Sohn Noahs gegründet worden sein, so uralt ist es schon! Auch ein sagenumwobenes Schloß ›Ghumdan‹, von Geisterhand erbaut, hat es hier in grauer Vorzeit gegeben. Was es damit auf sich hatte, konnte ich bisher noch nicht herausfinden, es bringt mich jetzt aber auf das Wichtigste überhaupt: Denk Dir nur, Stella, in der Medina habe ich jenes Turmhaus gefunden, das König Salomo von seinen guten Geistern, den Dschinnen, für seine Königin des Südens bauen ließ. Erinnerst Du Dich, Du selbst hast es einst ›gesehen‹ und mir ungefähr so beschrieben:

›Vor meinen Augen erscheint ein Turmhaus, in jenem Weihrauchland wird es sein, viele Stockwerke hoch und mit bunten Steinen verkleidet. Weiß sind sie und grün, schwarz sind sie und rot. Von allen vier Ecken brüllen bronzene Löwen in den Wind. Hoch über der Dachterrasse erhebt sich ein weiteres Stockwerk, so wie es heute noch die Häuser der Stadt Sanaa tragen‹ ... Dieses Haus gibt es noch, wenn auch in sehr baufälligem Zustand. Deine Visionen sind also wahr, liebe Stella, und damit ist meine Mission hier fast erfüllt.«

Dieses »fast« aber führte bei Julian und mir zur Zerreißprobe. Es begann damit, daß wir im Dhar Dahab zwei Schweizer kennenlernten, die den Jemen schon einige Male zuvor bereist hatten, und zwar nicht nur die Arabische Nordrepublik, sondern auch die von Marxisten beherrschte Demokratische Volksrepublik im Süden, welche Europäern, und vor allem Amerikanern, kaum zugänglich war. Da die beiden zu einer Hilfsorganisation gehörten und medizinische Camps in den abgelegensten Gebieten betreuten, besaßen sie Sondergenehmigungen und konnten sich frei über die Grenzen des geteilten Landes hinweg bewegen. Sie schwärmten von »himmelhohen Lehmburgen, geschmückt mit farbigen Fensterlaibungen«, in einer Stadt namens »Shibam«, dem sogenannten »Manhattan der Wüste« im ehemaligen Königreich »Hadramaut«. Man sähe dort junge Hirtinnen herumlaufen, schwarzgekleidet, unverschleiert und mit hohen runden Hüten, und die Männer wären so unkriegerisch, daß sie ohne den unvermeidlichen »Djambia«, jenen Krummdolch, und erst recht ohne Kalaschnikow auskämen. Die Vergleiche mit Manhattan aktivierten sofort den Großstadtneurotiker in Julian, und er schwor, dieses Land nicht zu verlassen, bevor er nicht mit eigenen Augen jene arabische Wolkenkratzerarchitektur im verbotenen Süden gesehen hätte. Der Kat-Handel in Addis Abeba müßte eben solange warten. Genüßlich folgte sein Zeigefinger dem Verlauf der Weihrauchstraße auf der Karte der Schweizer.

»Von Sanaa aus fahren wir zunächst nach Marib, damit du endlich in diese Sonnen- oder Mondtempel deiner Bilqis kommst«, versprach er, um mich milde zu stimmen.

»Und in die Residenz der Königin von Saba« ergänzte ich.

»Residenz?« Die Schweizer lachten nur. »Und Mondtempel? Oh je ...« Vom eleganten Oval des Almaqa Tempels wären nur noch ein paar Monolithpfeiler stehen geblieben, sagten sie. Und die Fundamente natürlich, die Neunmetermauern aber müßte man sich denken. Das hatte ich auch schon gehört und mir eigentlich vorgenommen, auf weitere Trümmertouren zu verzichten.

»In Petra und Palmyra habe ich genug Ruinen gesehen, mir fehlt die Geduld für das Puzzle im Kopf«, gestand ich den beiden. »Von den Mauern des berühmten Staudammes in Marib stehen dann womöglich auch nur noch Bruchstücke?« Und da Julian mich ansah, als hätte er noch nie davon gehört, erklärte ich ihm:

»Die Königin von Saba hatte ihn doch zur Bewässerung der Felder bauen lassen. Ihr wißt ja«, wandte ich mich an die Schweizer, »es war der größte Staudamm der Antike; als er vor fünfzehnhundert Jahren brach, verödeten die Oasen und die gesamte sabäische Kultur ging zugrunde.«

»Wer sagt das?« neckte mich der attraktivere der beiden Ärzte, ich aber lächelte nur geheimnisvoll, weil ich hoffte, daß er mich dann nach meinem Namen fragen würde, was er, berechenbar wie Männer nun mal sind, auch prompt tat.

»Lilith«, behauptete ich und überhörte Julians spöttisches Geräusper. »Und du?«

»Adam«, sagte er, und während der Mann an meiner Seite irgend etwas Geistloses wie »Sieh, da, die ersten Menschen!« von sich gab, fügte dieser Adam in der ungeschminkten Sprache der Mediziner, wenn auch gewürzt mit Schwitzerdütsch, jene Worte hinzu, die mich sofort für ihn einnahmen:

»Lilith, die dämonisierte erste Eva hat mich schon als Junge fasziniert! Und zwar wegen einer Passage in der jüdischer Kabbala, nach der die Dämonen keinen eigenen Leib besitzen, weil der Sabbat hereinbrach, bevor ihnen einer erschaffen wurde. Wenn Lilith sich verkörpern will, bleibt ihr nichts anderes übrig als sich der Samentropfen zu bedienen, die, so wörtlich, *beim Geschlechtsverkehr ins Leere fallen ...«*

»Und dann?« fragte ich amüsiert, denn diese Variante war mir neu.

»Kann sie daraus einen Körper für sich erschaffen.« Jetzt wurde auch Julian hellhörig. »Beliebig oft?« wollte er wissen. Schließlich hatte er seine eigene Theorie über Raum und Zeit und die Existenz vergangener Leben.

»Solange unsere Dämonin Erfahrungen als Mensch machen will, ja«, antwortete Adam, und er pries das Wunder der Wiedergeburt, während ich an die Königin des Südens dachte, die ich jüngst im Traum auf dem Roten Meer hatte ertrinken sehen. Ihre Lebenskraft war demnach noch nicht erschöpft, freute ich mich. Nur eine Inkarnation war an ihr Ende gekommen. Dieser Adam schien es mir wert, weiter ausgefragt zu werden, derweil wir alle zusammen auf der Dachterasse des Dhar Dahab saßen und den Sonnenuntergang bewunderten, der den zuckergußüberkrusteten Fassaden meiner Märchenstadt zur Steigerung ihrer Reize noch einen Hauch Rouge auflegte.

»Und woran erkennt man deiner Meinung nach die Wiedergeborenen?«

»Oh, da gibt es schon Kriterien, oder?« meinte unser Schweizer. »Bildhafte Erinnerungen, Verhaltensmuster, physische Spuren, vor allem aber das Weiterbestehen der Zielvorstellungen. Aus Neigungen in einem Leben werden Fertigkeiten im nächsten, und umgekehrt ...«

»Weiterbestehen von Zielvorstellungen«, wiederholte ich, weil ich spürte, daß dies etwas mit Lilith und mir zu tun hatte und ich mir den Begriff zueigen machen wollte. Wir löffelten abwechselnd *zabati* und *zibab,* Joghurt mit Rosinen, aus einer einzigen Schale, während wir über die Stadt schauten, und als ich genug nachgedacht hatte, fragte ich den schwarzgelockten Adam, der mit seiner dunklen Haut so schön südländisch aussah, ob er denn Jude sei, da er ja wohl deren Schriften studiert habe. Und wir erfuhren, daß sein Vater ein jemenitischer Silberschmied gewesen war, der bis vor sechzehn Jahren hier im Norden, und zwar in Sadah, dem heiligsten Ort der strengen konservativen Zaiditen gelebt hatte. Neunzehnhundertzweiundsechzig hatte es eine Revolution und einen Bürgerkrieg im Jemen gegeben, danach fühlten die jüdischen Familien sich nicht mehr sicher im Land und hatten es in einer Aktion, »fliegender Teppich« geheißen, verlassen.

»Ich liebe fliegende Teppiche«, sagte ich. »Und deine Mutter, ist sie auch Jemenitin?«

»O nein, sie ist eine christliche Französin, ich bin daher im strengen Sinn gar kein Jude, oder? Jedenfalls fühle ich mich nicht so. Die Kabbala indessen fand ich immer sehr inspirierend.« Unten in der Stadt flammten die ersten elektrischen Lichter auf, für Julian ein Signal, das Thema zu wechseln, indem er uns allen seine völlig utopischen Reisepläne in den verbotenen Süden kundtat.

»Von Marib aus machen wir einen Abstecher in das Ramlat as-Sab'atayan, was so viel heißt wie *Sand der beiden Sabas,* Lilith-Eliza, und von da aus soll es irgendeine Ruckelpiste nach Timna geben, einer alten babylonischen Tempelstadt, in der, by the way, kultische Prostitution betrieben wurde. In Harib gehen dann wir über die Grenze – ihr beiden« wandte er sich an die Schweizer, »müßt uns helfen.«

»Amerikanern kann man nicht helfen«, versicherte ihm Adams Kollege Claude, »die sind unten in der demokratischen Republik absolut unerwünscht.«

Doch Julian wußte es besser. »Ausnahmen gibt es immer. Außer in diese Wolkenkratzerstadt und nach Timna, will ich nämlich noch nach Sayun, das soll das Highlight Südarbabiens sein, und von da aus nach Shabwah in die ehemalige Hauptstadt des Hadramaut, dem ältesten Siedlungsgebiet des Jemen ...«

»Laß es gut sein, ich habe meinen Helfritz auch gelesen«, sagte Claude. »Im übrigen hat selbst er in Harib festgesessen, als er über Shabwah nach Sanaa vordringen wollte. Und seitdem hat sich nicht viel geändert.«

»Wer hat festgesessen?« Ich hatte keine Ahnung, von wem sie sprachen.

»Ach, Heinz Helfritz, dieser Abenteurer, der in den dreißiger Jahren unter gefährlichsten Umständen in die verbotene Wüstenstadt Shabwah eingedrungen ist. Zur gleichen Zeit hatte eine Frau, Freya Stark, dasselbe versucht, es kam zu einem dramatischen Wettkampf, den er gewann, weil sie krank wurde und daraufhin ihre Expedition kurz vor dem Ziel abbrechen mußte.«

»Wie schade!« bedauerte ich meine mutige Geschlechtsgenossin. »Und sicher hat auch sie ein Buch über ihre Entdeckungsreise geschrieben, oder?« imitierte ich die Fragefloskel der Schweizer. Adam nickte, und seinen schönen dunklen Augen lächelten mir zu. Nur Julian hatte mal wieder nichts mitgekriegt.

»Und Aden, den Garten Eden, muß man natürlich gesehen haben.« tönte er.

»Aden ist die unfruchtbarste Stadt der Welt, Julian, kein Baum kein Strauch, nur schwarzes Lavagestein. Und mörderisch heiß ist es dort, schlimmer als in Al-Mukha. Die Briten nannten Aden nicht umsonst *the white men's grave*«, gab Adam zu bedenken und Claude ergänzte: »Der Abschaum Europas trifft sich in deinem Garten Eden, mein ahnungsloser Freund, dort gibt es Spelunken und Spielhöllen en masse.«

Aber Julian begrüßte auch das, es paßte zu seinem Traum von *something bigger than life,* außerdem könnte er dort Geld im Spiel gewinnen und würde nicht länger pleite sein. Kurz, er war zu bekifft oder zu verbohrt, Vernunft anzunehmen. Schließlich gerieten wir in Streit, er und ich, den wir die halbe Nacht lang unten in unserem Zimmer fortsetzten, daß die Lehmwände des Dhar Dahab davon widerhallten. Wir hatten einander gründlich satt.

»Langeweile, Julian, entsteht nicht durch physische Nähe, sondern durch seelische Trennung«, informierte ich ihn am Morgen bei *qishr* und dem Fladenbrot *tannur;* er machte ein angewidertes Gesicht und ließ mir das letzte Wort. Eigentlich hätte jetzt jeder seiner Wege gehen können, doch unsere neuen Freunde, die irgendeinen Narren an uns gefressen zu haben schienen, sagten, sie hätten noch zwei freie Tage, bevor sie den Flieger nach Djibouti nehmen müßten und schlugen vor, zusammen mit uns nach Marib zu fahren, damit Julian sich anschließend am Grenzübergang selbst davon überzeugen konnte, daß man ihm die Weiterreise nicht gestatten würde.

»Sie haben allerdings auch schon einfache Touristen für mehrere Tage in Harib festgehalten«, warnten sie uns noch einmal. Dazu schwiegen wir beide, Julian, weil ihm nichts mehr einfiel, und ich, weil mich der Name Djibouti elektrisierte, wußte ich doch daß diese kleine Staat am Golf von Aden beinah vollständig von Äthiopien, dem letzten Ziel meiner Reise, umschlossen wurde. Im Vertrauen auf die Gunst eines zukünftigen Augenblicks genoß ich vorerst die Fahrt im Jeep durch die berüchtigten autonomen Nomadengebiete nach Marib und war bald heilfroh, in Begleitung der beiden Schweizer zu sein, denn auf halber Strecke gerieten wir in eine Straßensperre, der wir nicht mehr ausweichen konnten, und wurden von äußerst finster aussehenden Männern mit Maschinenpistolen zum Aussteigen gezwungen. Wir mußten uns auf ziemlich grobe Art durchsuchen lassen, und als sie nichts fanden, verlangten sie Wegegeld.

Adam nickte. »Wir müssen tun, was sie sagen«, flüsterte er, »sie gehören zu jenen Wüstenstämmen und verstehen keinen Spaß.«

Während ich meine Geldbörse zückte, um nachzusehen, ob ich die zweihundert Dollar, die sie von jedem von uns verlangten, überhaupt noch besaß, hob Julian neben mir ein schreckliches Lamento an; er beschimpfte die Männer als »verfluchte Wegelagerer, als Raubritter aus dem Mittelalter«, so daß sie schließlich ihre Gewehrläufe direkt auf uns beide richteten. Während Claude meinen wahnsinnigen Kalifornier besänftigte und ihm klar machte, daß die Wegegeldforderungen zu den Rechten der hiesigen Nomaden zählte, redete Adam mit Engelszungen auf sie ein. Mit einer doppelt so hohen Summe wie ursprünglich verlangt, erkaufte er uns schließlich die Weiterfahrt im Schutz einer Motorradeskorte, die uns erst in die Ruinenstadt Baraqish begleitete, wo es ebensoviel moderne Polizeiwachen wie alte Wehrtürme zu geben schien, und dann nach Marib. Wir befänden uns hier nicht in einem Freizeitpark, sondern in der unsichersten Region des Jemen, informierten uns die Schweizer Freunde; täglich sollte es hier zu Zusammenstößen zwischen Einheimischen und Ausländern kommen, entsprechend gereizt war ihre Stimmung gegenüber Julian.

»Wenn du auf dem Rückweg wieder so eine Show abziehst,

werden wir dich ungerührt abführen lassen«, drohte Adam, doch solange mußte er nicht einmal warten.

In Marib ging noch alles gut, so daß ich mich wieder ganz auf meine Recherchen besinnen konnte. Leider war die einstige Residenzstadt der Königin von Saba im Laufe der Jahrhunderte und nicht zuletzt durch die Bombardierungen der Ägypter im jüngsten Bürgerkrieg zu einem unbedeutenden Wüstenort verkommen. Sie lag sehr schön auf einem hohen Lehmhügel. Einige der verfallenen Häuser waren noch von Familien bewohnt, die meisten aber hatten archäologischen Ausgrabungen Platz gemacht. Mit Claudes Geländewagen fuhren wir zu den weit verstreut liegenden Sehenswürdigkeiten zwischen dem antiken Staudamm und den Tempeln. Es war letzten Endes auch wieder eine Trümmertour, doch diesmal hatte ich Adam an meiner Seite und ließ keine Gelegenheit aus, ihm schöne Augen zu machen. Im Mondtempel, der hier *Mahram Bilqis,* Tempel der Bilqis genannt wurde, huldigte ich dem Sternenkult, indem ich meine und Adams Initialen auf einen der acht Monolithpfeiler ritzte, die den Planeten zugeordnet waren. Auch Stellas Name durfte nicht fehlen, hatte ich doch aus ihrem Munde erst von der Existenz dieser heiligen Stätte erfahren. In der Säulenhalle stehend, gedachte ich meiner Bilqis, denn so lautete ja der islamische Name der Königin von Saba, und es gab sogar Hinweise darauf, daß Salomo diesen Tempel eigens für sie gebaut haben sollte. Hier an der alten matriarchalischen Weihestätte, dem Haus der Bilqis, dessen Oval das Weibliche symbolisierte, fügten sich die Fragmente aus Mythos und Historie zu einem einheitlicheren Bild, und der Rest ist schnell erzählt:

Wir fuhren alle zusammen nach Harib und konnten es nicht verhindern, daß Julian wie ein Irrer losrannte und in die Grenzstation stürmte, wo er die Beamten erst zu überreden, dann zu bestechen und dann zu bedrohen versuchte, damit sie ihn trotz des fehlenden Visums für die Demokratische Volksrepublik hinüberließen. Als sie ihn barsch abwiesen, wurde der Schwachkopf heftig, Claude mischte sich ein, und alle beide wurden festgenommen. Wir warteten drei Stunden, daß wenigstens der Schweizer dank seiner Papiere und Privilegien freikam, dann aber mußten wir ohne ihn zurückfahren, wollten wir es nicht riskieren, in diesem Teil des Jemen bei Dunkelheit unterwegs zu sein.

»Mach dir keine Sorgen«, sagte Adam, während er mir beschützend den Arm um die Schultern legte. »Morgen, spätestens übermorgen, lassen sie die beiden laufen. Claude können sie als Mitarbeiter von Swiss Aid auf keinen Fall länger festhalten, zumal er immer sehr diplomatisch mit diesen Leuten umgeht.«

Und ich machte mir keine Sorgen, denn ich hatte Besseres zu tun. Es wurde nämlich, dachte ich, höchste Zeit, daß ich mich wieder meiner Talente entsann, schließlich hatte sich Lilith – wer sonst – mit meinem Körper einen Köder erschaffen, den kein Mannsbild auf dieser Welt jemals verschmähen würde. Ein Abend und eine Nacht mußten genügen, den ersten Adam in meinem Bett glauben zu machen, das Zusammensein mit mir könne eine Schönheit in sein Leben bringen, die er bisher, ohne es zu wissen, schmerzlich vermißt hatte. Am Morgen danach verließen wir das Land der großen Baumeister und wilden Wüstensöhne. Claude würde uns ebenso gut in Djibouti treffen können, und Julian hatte ich bereits vergessen.

12. Kapitel
»Kebra Nagast« oder Die Herrlichkeit der Könige

Von Menelik I.

In der Gluthitze der Tihama hatte ich zum erstenmal wieder so etwas wie Sehnsucht nach heimischen Schattentagen verspürt und war dennoch überglücklich, bald darauf in ein Land zu reisen, dessen Klima als das heißeste und feuchteste dieser Erde gilt. Wie alle frisch Verliebten kaum noch Herrin meiner Sinne, wäre ich dem Objekt meiner Begierde derzeit selbst in das Innere eines Vulkans gefolgt. Auch Adam schwelgte im Hochgefühl erfüllter Liebe, doch wurde er im Gegensatz zu mir noch von einer zweiten Leidenschaft bewegt, und die galt den Kranken in den ärmsten Ländern unserer sogenannten dritten Welt. Unweit der Hauptstadt Djibouti richtete er mit ganz einfachen Mitteln eine

Ambulanz für Augenkranke ein, und ich durfte ihm bei seinen Untersuchungen und Staroperationen assistieren, bis Kollege Claude nach einer Woche zu uns stieß. Ich fand es angenehm, die allnächtliche Liebe im gemeinsamen Tagewerk fortzusetzen, und wusch, salbte und verband die entzündeten Augen unserer Patienten mit nie gekannter Hingabe. Diverse einheimische Kräuter und nicht zuletzt den heiligen Weihrauch lernte ich als vorzügliches Mittel gegen Schmerzen und Blutungen schätzen, und wenn gar nichts mehr helfen wollte, legte ich minutenlang meine heilenden Hände auf, vor allem den abgemagerten Kindern. Zusammen mit Adam freute ich mich über jeden unerwarteten Erfolg.

»Die Berührungen meines rothaarigen Hexleins helfen besser als jedes Antibiotikum«, erklärte er seinem Freund.

Claude winkte ab. »Therapeutic touch ist doch nichts Neues. Placebo-Effekt, mehr nicht. Nach zwei Tagen fließt der Eiter wie zuvor. Ihr werdet sehen!« prophezeite er und behielt unrecht.

Claude war noch voller Zorn wegen der Unannehmlichkeiten, die Julian ihm bereitet hatte, und schloß mich in seinen Groll mit ein. Es schien ihm auch wenig zu behagen, daß Adam und ich ein Liebespaar geworden waren. Er gab sich sehr wortkarg, doch immerhin erfuhren wir, daß auch Julian wieder freigekommen war.

»Durch Gesang«, behauptete er.

»Wie bitte?«

»Ja, dieser Verrückte hat Tag und Nacht zweistimmig gesungen, er allein wohlgemerkt. Er nannte es Obertongesang, und es hörte sich nicht einmal schlecht an, wie ein schweizerisches Alphorn. Entweder hat es seinen Bewachern gefallen, oder es war ihnen unheimlich, jedenfalls haben sie ihn zwei Tage nach mir laufenlassen.«

»Und wohin ist er gegangen?«

»Wohin? Bin ich sein Hüter? Er hat seinen Weg auf eigene Faust fortsetzen wollen. Mit Obertongesang, nehme ich an.«

Na schön, dann hat auch er sich auf seine alten Talente besonnen, dachte ich und gab mich damit zufrieden. Bei einem Mann mit zwei Herzen wußte man nie, welches gerade den Ton angab, das des Lammes oder das des Wolfes. Ein einziges Herz, das für mich allein schlug, hätte mir schon genügt.

Das nächste medizinische Camp sollte im Norden Äthiopiens eingerichtet werden. Claude gefiel es ganz und gar nicht, daß sein Freund auch weiterhin nicht auf meine alleinseligmachende Gesellschaft verzichten mochte und es sogar irgendwie fertigbrachte, die schwierigen Einreiseformalitäten für mich zu regeln, doch mußte er sich wohl oder übel damit abfinden.

»Adam und Lilith«, sagte Adam, »haben noch viel nachzuholen.«

Claude schüttelte den Kopf und machte Gesten, die ich nicht verstand und Adam nicht verstehen wollte.

»Du mußt wissen, was du tust, mein Armer«, sagte er schließlich. »Wenn das so ist, werde ich allerdings die Bahn von Djibouti nach Addis Abeba nehmen und dort erst den kleinen Flieger. Ich habe mir immer schon gewünscht, einmal im Leben Zeit für diese alte Eisenbahn zu haben. Ihr könnt ja einstweilen ohne mich anfangen.«

Obwohl Djibouti nur halb so groß war wie die Niederlande, brauchte Claude eine ganze Woche, um uns zu erreichen. Zu dritt arbeiteten wir dann einen Monat lang im Bergland von Tigre. Ohne Adams Liebesenergie und die Hypnosetechnik eines Priesters und Schamanen, den sie den »Azmari« nannten, wäre ich am Ende wohl selbst noch krank geworden, so aber machte ich die ersten außerkörperlichen Erfahrungen meines Lebens und fühlte mich Stellaluna endlich ebenbürtig. Dieser Azmari sprach ein altmodisches, schwerverständliches Englisch, allein, das wenige, was ich verstand, erfüllte mich mit Staunen und Entzücken.

Es gab ein äthiopisches Nationalepos aus dem 14. Jahrhundert, genannt »Kebra Nagast«, die »Herrlichkeit der Könige«, und in der bedeutendsten seiner biblischen Geschichten und Legenden wurde die Begegnung des Königs Salomo mit einer nach Weisheit dürstenden Königin des Südens beschrieben, die zweifellos mit der schönen Sabäerin identisch war, obgleich sie hier den Namen »Makeda« trug. An Namensänderungen meiner Heldin war ich ja längst gewöhnt. Nach einigen Gesprächen, akustischen Silbenrätseln besser gesagt, über Scheba und Makeda steckte mir der Azmari irgendwann einen zerknitterten Zettel zu, auf dem er in abenteuerlicher englischer Orthographie einen Weisheitsgesang aus dem »Kebra Nagast« für mich festgehalten hatte, den die

Königin von Saba angestimmt haben soll. Ich übersetzte ihn, so gut ich konnte, und sandte ihn sogleich an Stella. Auf die Weise erfuhr auch sie, daß ich das sogenannte Horn von Afrika endlich erreicht hatte:

Und nun höre, was man hierzulande im Buch der Bücher der Stimme der Weisheit in den Mund legt, schrieb ich. *Der Name Abessinien ist übrigens verpönt, »Äthiopien« dagegen gilt als die Wiege der Menschheit. Aber nun lasse ich die Weisheit zu dir sprechen: »Der Herr hat mich geschaffen im Anfang seiner Wege: ehe er etwas schuf, war ich da. Ich bin eingesetzt seit Ewigkeit, von Anfang an, vor der Erde. Als die Tiefen noch nicht waren, als aus den Brunnen noch kein Wasser quoll, ehe die Berge geformt waren und vor den Hügeln, da war ich schon geboren ...«*

Eine weitere Entdeckung beeindruckte mich in diesen Tagen zwischen Euphorie und Erschöpfung beinah noch mehr, obwohl sie historisch gebildeten Menschen sicherlich nicht neu war:

Makeda, die Königin von Saba, galt allgemein als Begründerin der uralten äthiopischen Königsdynastie, denn ungeachtet ihrer Spiritualisierung im »Kebra Nagast«, war ihre Liebesnacht mit Salomo nicht ohne Folgen geblieben: Sie brachte einen Sohn zur Welt. Dies aber hatte Auswirkungen auf die Thronfolge und mußte in der Verfassung festgehalten werden. Voraussetzung für die Königsherrschaft war jahrhundertelang, daß sich »die Linie des Kaisers ohne Unterbrechung auf die Dynastie Meneliks I., Sohn der Königin von Äthiopien, der Königin von Saba, und des Königs Salomo von Jerusalem«, zurückführen ließ. Erst seit wenigen Jahren, nachdem der 225. Nachkomme des berühmten Liebespaares, der Kaiser Haile Selassi, durch eine Militärregierung abgesetzt wurde, bestand keine Notwendigkeit mehr für die Herrscher dieses Landes, sich durch ihre Abstammung für das Amt zu legitimieren.

Ein ganz besondere Rolle in der Geschichte Äthiopiens aber spielte der Königssohn Menelik. Er wuchs bei seiner Mutter auf, und da es ihm an nichts fehlte, vergingen zwölf unbeschwerte Jahre, bevor er sich bei seinen Erziehern nach seinem Vater erkundigte. Während diese ihm nun sogleich den Namen des Königs von Israel verrieten, mehr aber nicht zu sagen wußten, wich seine Mutter den Fragen aus, weil sie fürchtete, daß der Sohn sie dann verlassen werde.

»Warum fragst du mich nach dem Vater? Ich bin dein Vater und deine Mutter, und nun frage nichts weiter!« verlangte sie.

Doch Menelik gab sich damit nicht zufrieden. Wieder und wieder brachte er das Gespräch auf seinen Vater. Eines Tages gab seine Mutter nach, sie bestätigte dem Knaben, daß König Salomo sein Vater sei, und warnte ihn gleichzeitig: »Fern ist sein Land und beschwerlich der Weg dorthin. Gehe nicht zu ihm.«

Er aber, der Sohn, war schön, hieß es in der Schrift. *Seine ganze Statur, sein Körper und die Haltung seines Nackens glichen Salomo, dem König, seinem Vater. Seine Augen, seine Beine und seine ganze Art erinnerten an die des Königs Salomo.*

Nun war die Königin von Saba klug genug, um zu wissen, daß sich ihr Sohn keineswegs davon abhalten lassen würde, nach Israel zu ziehen, und sie änderte daraufhin ihre Taktik. Sie bat die vertrauenswürdigsten unter ihren Landesfürsten, Menelik zu begleiten; auch gab sie ihnen kostbare Geschenke und einen Auftrag mit auf den Weg. Ihre Getreuen sollten sich bei Salomo dafür einsetzen, daß der gemeinsame Sohn in Jerusalem zum König seines Mutterlandes gekrönt wurde, bevor sie ihn anschließend in seine Heimat zurückbrachten. Bisher hatte in Äthiopien so wie in seinen Nachbarländern die weibliche Thronfolge gegolten, die Königin aber nahm nun Anstoß daran und wollte dies ihrem Sohn zuliebe ändern. In Zukunft sollten nur noch seine – und damit Salomos – Nachkommen zur Inthronisation zugelassen und die matriarchale afrikanischen Herrschaftsordnung für immer aufgehoben werden.

Mir erschien das etwas ungereimt, aber so stand es nun einmal geschrieben. Auch wenn ich ihre Gründe nicht kannte, so nahm ich doch an, daß eine Königin von Saba genau wußte, was sie tat. Nach Adams Meinung wollte sie womöglich eine gewisse Beständigkeit in die Herrschaftsfolge bringen, denn das afrikanische System, das auch vor rituellen Königsmorden nicht zurückschreckte, führte auf Dauer zu Instabilität und Anarchie.

König Salomo, so erzählte die Legende, schloß den Besucher

aus dem Weihrauchland mit großer Freude in seine Arme. Da Menelik seinem Vater zum Verwechseln ähnlich sah, erkannte er ihn nicht nur auf der Stelle als seinen Erstgeborenen an, sondern feierte ihn sogar wie einen lang ersehnten Messias, auf den nun auch alle göttlichen Verheißungen bezogen werden mußten. Obwohl auch er hoffte, Menelik im Lande zu behalten, krönte er ihn wunschgemäß in Jerusalem nach altisraelitischen Ritualen zum König von Äthiopien. Danach aber mußte er sich wieder von ihm trennen, denn »es kommt mir nicht zu, daß ich mein Land und meine Mutter verlasse«, gab Menelik ihm zu verstehen. »Ich habe danach getrachtet, dein Antlitz zu sehen und deine Stimme zu hören, deinen Segen zu empfangen und hinterher wohlbehalten zu meiner Mutter zurückzukehren.«

Aus Großzügigkeit oder Vaterliebe beging Salomo nun einen folgenschweren Fehler: Er ließ nicht nur seinen Sohn ziehen, sondern gab Weisung, daß die erstgeborenen Söhne seiner königlichen Beamten und Priester dem König Menelik nach Äthiopien folgen und dort bleiben sollten.

Die Betroffenen mochten keinen Widerspruch erheben, dennoch schmerzte es sie, unschuldig in die Fremde verbannt zu werden, fern von ihren Familien und dem geliebten König, abgeschnitten von der Präsenz Gottes, die sie allein im Lande Israel wähnten, und sie beschlossen daher, die Bundeslade als höchstes Symbol göttlicher Gnade nach Äthiopien zu entführen. Als einem der Priestersöhne im Traum gar ein Engel erschien, der ihnen versicherte, daß sie recht daran täten, da Israel den Herrn erzürnt habe, führten sie zur Freude Meneliks ihr Vorhaben aus.

Ich wußte nicht, was ich mehr bewundern sollte, die Legendenbildung im äthiopischen Nationalepos, das aus einer flüchtigen Liebesgeschichte die Staatstheologie eines auserwählten Volkes ableitete, oder die dort gefundene Bestätigung von Traumszenen, die ich des Nachts in Palmyra gesehen hatte, ohne das Geringste von der Existenz eines »Kebra Nagast« zu wissen.

»Denk dir nur«, erzählte ich, vor Aufregung stotternd, meinem Herzallerliebsten. »Am Ende dieses Traumes, von dem ich dir erzählte, in dem Salomo die Königin von Saba durch eine List verführte, stand sie am Fenster, während er schlief, und ich hörte sie zur Sonne sprechen: ›Lange genug hast du über Israel verweilt, entferne dich nun, und fliege zum Land Äthiopien. Du wirst gerne dort sein und magst bis in alle Ewigkeit über Äthiopien leuchten, denn mit der heutigen Nacht hat die göttliche Gnade das Land Salomos verlassen.‹ Das klingt doch wie ein Fluch, nicht wahr? Und auch Salomo hätte im Traum die Sonne nach Äthiopien auswandern sehen, schrieb ich damals an Stella und hielt es für meine eigene Erfindung, und nun steht es genauso im ›Kebra Nagast!‹

»Die Verführungsszene auch?« fragte Adam, der sich schon in seiner Hängematte zusammengerollt hatte.

»Ich nehme es an. Ich habe ja nicht jedes einzelne Wort verstehen können, und das ganze Werk hat mir der Azmari auch nicht vorgetragen. Aber anders macht es keinen Sinn, denn der Verlust der göttlichen Gnade sollte ja wohl die Strafe dafür sein, daß Salomo die Königin Äthiopiens verführt hatte.«

Adam murmelte etwas von »den archetypischen Erinnerungen meines Hexleins«; der Rest wurde von seinem Gähnen verschluckt. Der Ärmste war todmüde und überarbeitet. Immerhin versprach er mir noch, mich so bald wie möglich in die Königsstadt Aksum zu begleiten, denn dort sollte ja die streng bewachte Bundeslade aufbewahrt werden. Sogar Julian hatte davon gehört.

Doch »so bald wie möglich« war ein dehnbarer Begriff, wenn jeden Morgen die Kranken zu Hunderten vor unserem Zelt kauerten. Hier hatten wir nicht nur eiternde Augen zu versorgen, sondern es kamen entzündete Wunden, Knochenbrüche und vor allem unterernährte Kinder hinzu, die sich vor Schwäche kaum auf den Beinen halten konnten. In diesem überaus fruchtbaren Hochland wurden zwar Hülsenfrüchte und Getreide angebaut, kurz »Teff« genannt, doch im letzten Jahr hatte eine Rüsselkäferplage, gepaart mit einer Dürreperiode, die ganze reiche Ernte zunichte gemacht. Und wo die Menschen hungerten, litt auch das Vieh, dabei soll es in Äthiopien die meisten Rinder von ganz Afrika geben. Anscheinend widersprach es aber der Mentalität der Menschen, sich in fetteren Jahren Vorräte anzulegen, jedenfalls gab es keine, und in vielen Familien reichte es kaum zu einer

Portion »Injera«, dem täglichen Getreidebrei, der hierzulande eine Art Nationalspeise zu sein schien. Die häufigsten Gesundheitsstörungen entstanden jedoch durch verseuchtes Wasser. In den ländlichen Gebieten hatten neunzig Prozent der Bevölkerung keinen Zugang zu sauberem Trinkwasser, und es sah auch nicht so aus, als würde sich dies bald ändern.

Als wir unsere Arbeit endlich Claude und seinem Team überlassen wollten, vereitelte ein mysteriöses Fieber im Lager der Weihrauchpflücker unsere Reisepläne. Ein junger Bursche, der zehn Stunden gelaufen war, um Hilfe bei uns zu holen, konnte Adam gerade noch das Nötigste mitteilen, bevor er ohnmächtig zusammenbrach. Obwohl wir ihn sofort mit Infusionen versorgten, würde er noch mindestens eine Woche in der Krankenstation bleiben müssen. Adam und ich ließen ihn in Obhut der anderen und rumpelten im ältesten Auto, das ich je fahren gesehen hatte, in die Weihrauchberge. Wir erreichten die strohgedeckte Rundhütte mit den Kranken nach einer Stunde und machten uns sofort daran, die zwanzig halbwüchsigen Knaben und ihre Aufseher mit Mineralwasser, Elektrolytpulver und einem Schlangengiftpräparat gegen die inneren Blutungen zu versorgen. Einige der jungen Patienten hatten hohes Fieber und waren so ausgetrocknet, daß sie keinen weiteren Tag überlebt hätten. Alle schienen trotz ihrer schweren körperlichen Arbeit selten kräftigende Nahrung zu bekommen.

Das sollte Julian sich einmal ansehen, dachte ich, denn auch das Tagewerk der kleinen Pflücker entsprach ganz und gar nicht seinen romantischen Vorstellungen. Um Julians einstiger Träume willen schloß ich mich den ersten sechs Knaben an, die vom Fieber genesen waren, und ich vergaß auch nicht, ein Heft mit Notizen zu füllen und es meinem Verflossenen zu widmen. In diesem Leben konnte man nie wissen, ob es nicht eines Tages wieder zusammenführte, was es soeben getrennt hatte, und statt über Schuld und Versäumnis zu sprechen, über verletzte Gefühle und all dieses Zeug, könnte ich dann sagen: »Gut, dich zu sehen, Julian, denn ich habe nicht allein für mich, sondern auch für dich recherchiert. Wenn es dich also noch interessiert, das Weihrauchpflücken ...?«

Er würde mich nur ansehen mit seinen grünen Augen, und wenn sie leicht schielten, würde das »ja« bedeuten.

Mit dem Notizbuch in der Hand könnte ich dann ungefähr so anfangen:

»Die Jungen, von denen ich dir erzählen will, sind elf bis fünfzehn Jahre alt, und ihr Tag beginnt damit, daß die kleineren von ihnen beim ersten Hahnenschrei zum Wasserholen geschickt werden; hin und zurück kostet sie das drei Stunden. Anschließend gibt es Frühstück: Hirsebrei oder Fladenbrot mit einer Sauce aus Tomaten und Bohnen, mittags und abends wieder dasselbe, aber ohne den Brei. Etwas Abwechslung bekommen sie gelegentlich durch ›Ensete‹, eine Bananenart, die ausschließlich in Äthiopien genutzt wird, und zwar verspeist man nicht die Früchte, sondern nur die Knollen und Blattrippen. Nach dem Frühstück schultern alle Pflücker ihre Körbe und machen sich mit ihren Aufsehern auf den Weg. Weihrauch kann übrigens nur in der Trockenzeit, von November bis April, geerntet werden. Die Bäume tragen in diesen Monaten keine Blätter, und das Land ist so ausgedörrt, daß es leicht zu Flächenbränden kommt. Alles riecht dann nach Weihrauch, man wird richtig berauscht von dem Duft.

Drei Tage vor uns ist bereits ein Trupp in den Bergen gewesen, um mit einem Stichel die Rinde der Weihrauchbäume aufzuritzen. In der Zwischenzeit sind aus den Wunden Harzklumpen herausgetropft und so fest geworden, daß wir sie nun absammeln können. Die Aufseher kommandieren die ganze Zeit herum, weil es ihnen nicht schnell genug geht. Trotzdem singen die Jungen bei der Arbeit, vielleicht hat das unentwegte Kauen der Kat-Blätter, die so ähnlich aussehen wie die der Pfefferminze, sie euphorisch gemacht und auch das Hungerfühl betäubt. Sie sind bildhübsch, diese Weihrauchknaben, mit ihrer zimtfarbenen Haut und den schmalen, schön geformten Köpfen. Jeder von ihnen erntet ungefähr sechzehn Kilo Weihrauch, läuft zwanzig Kilometer am Tag und verdient zehn Birr – das ergibt weniger als einen Dollar und so viel, wie ein Maulesel kostet, der hier nicht gerade hoch im Kurs steht, obwohl er so nützlich ist. Insofern teilt er das Schicksal der Kinderarbeiter.

Äthiopien zählt zu den ärmsten Länder der Erde, Julian. Dabei ist Weihrauch überaus begehrt, die Moslems nennen ihn ›Amina‹ und decken ihren Bedarf ausschließlich in arabischen Ländern. Es gibt viele verschiedene Qualitäten, einmal bin ich auch mit zu einer der Sammelstellen gegangen, um zu sehen, wie die Harzklumpen von Rindenresten befreit werden, bevor man sie, nach Farbe, Größe und Qualität sortiert, in Säcke füllt und für den Transport nach Addis Abeba bereitstellt. In dieser Sammelstelle arbeiteten auch junge Frauen, sie klaubten und siebten die besten Stücke heraus, der hellgelbe Harz war für den Export bestimmt, der graue und braune blieb für den Verkauf im Inland übrig. Zum Kenner des Weihrauchs«, so würde ich schließen, »muß man geboren sein, lieber Julian, und zwar dort, wo das Spiel seiner Verwandlung täglich zu beobachten ist: die Wundwasserperlen über aufgekratzter Haut, die zu Edelstein erstarren, um in Rauch aufzugehen – welch faszinierende Metamorphose ...«

»Kannst du das noch mal sagen?« bat mich Freund Adam, denn ihm, und nicht Julian, las ich im Flugzeug aus meinen Aufzeichnungen vor.

»Was?«

»Wundwasserperlen ...«, wiederholte der Herr Doktor.

»Ach das, nun ja, vielleicht sollte ich ein Gedicht daraus machen:

Metamorphosen des Weihrauchs
Wundwasserperlen über aufgekratzter Haut,
zu Edelstein erstarrt,
um in Rauch aufzugehen.«

»Dein Poem ist genial, Hexlein, du beschreibst die physikalischen Grundeigenschaften in drei Zeilen: flüssig, fest, gasförmig. Die Königin von Saba hätte den flüchtigsten ihrer Schätze nicht schöner besingen können!«

Berauscht vom Klang meiner eigenen Worte, ließ ich sie mir zum drittenmal auf der Zunge zergehen, bevor ich meine Aufmerksamkeit wieder auf die Außenwelt richtete, denn schließlich schwebten wir schon eine ganze Weile hoch oben in den Lüften, und nicht einmal mein Zauberteppich hätte uns über eine grandiosere Landschaft tragen können.

Das »Land der Dunkelhäutigen« hat die Form eines Schmetterlings, dessen Flügel durch den Einbruch des äthiopischen Grabens getrennt sind. Auf dem Flug von Djibouti hatten wir das gut erkennen können; während das Bergland von Tigre in der äußersten Spitze des linken Flügels lag, flogen wir mit unserer kleinen, achtzehnsitzigen Maschine über das viertausend Meter hohe Tafelgebirge landeinwärts nach Aksum. Ich fand den Luftverkehr sehr viel angenehmer als die Autotouren über schlecht ausgebaute Straßen. Von oben betrachtet, glich diese Hochebene eher einer Felsenfestung als einem Gebirge. Schneebedeckte Gipfel fehlten ganz, dafür gab es tiefe Einschnitte und vereinzelte Vulkankegel. Auch dann und wann ein Schachbrettmuster staubtrockener Felder, deren müde Erdfarben, von ockergelb und rostrot bis oliv, an einen alten Gobelin erinnerten. Wir flogen nur ein kurze Strecke über das sogenannte Dach Afrikas, gerade lang genug, sich in Adams Arm auf den Höhepunkt dieser Reise vorzubereiten.

In der Hauptstadt des christlichen Äthiopien würde ich nun endlich »dem göttlichen Glanz« begegnen, der das Land Israel vor mehr als zweitausend Jahren verlassen hatte. Ich wußte zwar nicht, was ich mir darunter vorstellen sollte, würde mich aber gern überraschen lassen.

Doch Adam dämpfte meine Vorfreude. »Weißt du, wie viele Felsenkirchen es in Aksum und Umgebung gibt?« fragte er und gab auch gleich die Antwort: »Es sind genau hundertsechzig. Viele davon liegen auf steilen Tafelbergen oder sind in schwer zugänglichen Höhlen verborgen, und jede einzelne hütet ihren Holzkasten samt einer Kopie der Gesetzestafeln wie einen Nibelungenschatz, damit nur ja niemand errät, wo sich die echte Bundeslade befindet, sie könnte ja sonst geraubt werden. Sie machen ein Riesengeheimnis daraus, Lilith, selbst diese Kopien, Tabots sagen sie dazu, dürfen nur von ausgewählten Priestern angeschaut werden ...«

»Das glaube ich nicht. Der Azmari ...« unterbrach ich Adam, den Skeptiker, und wurde meinerseits unterbrochen: »Ja, die Ausnahme ist der 19. Januar, wenn sie, zur Erinnerung an die Taufe Jesu durch Johannes den Täufer, ihr Timkat feiern. Einmal im Jahr kann jeder zuschauen, wie die Tabots, unter kostbaren Tüchern verborgen, in einer Prozession durch die Straßen getragen werden. Zu keinem anderen Fest sind in Äthiopien so viele Menschen auf den Beinen.«

»Und was hat das mit der Taufe zu tun?«

»Keine Ahnung. Soviel ich weiß, werden die Tabots ins Wasser getaucht, anderenorts springen auch nur die Kinder am Morgen nach der Prozession nackt in einen Tümpel und spritzen sich gegenseitig naß. Ich war einmal zu Timkat auf dem Weg nach Gondar und begegnete der Prozession, als sie sich gerade in einem schier endlosen Zug zu den Burgruinen hochschlängelte. Ich habe das Bild heute noch vor Augen, wie die Brokatumhänge der Priester im letzten Abendlicht aufleuchteten und die bunten Sonnenschirme über dem Kirchenschatz tanzten. Es war höchst eindrucksvoll. Dazu wurde getrommelt, gerasselt und ein eigentümlicher abgehackter Sprechgesang angestimmt, na ja, es sind seit sechzehnhundert Jahren dieselben Rituale ... Trotzdem ist es schade, daß Timkat für dieses Jahr vorbei ist.«

Das fand ich auch, andererseits dauerten Feste in diesen Breiten immer recht lange, uns aber blieb nur noch eine Woche, bis wir von Addis Abeba aus nach Hause fliegen sollten. Adam hatte seine gesamte Ferienzeit den humanitären Projekten geopfert und wurde gleich danach wieder in seinem Krankenhaus erwartet. Doch daran mochte ich im Augenblick noch nicht denken. Ich fühlte mich meinem Ziel jetzt trotz seiner Einwände ganz nah, zumal mir der Azmari verraten hatte, wo wir die Originalbundeslade finden würden.

»Das glaubst du doch wohl selber nicht«, sagte Adam und hörte dann aber auf, den Spielverderber zu mimen. So ließen wir uns gleich vom Flughafen aus zur Kathedrale der heiligen Maria in Aksum bringen. Eine Bettlerin führte uns bereitwillig in eine menschenleere dunkle Seitenkapelle, worin sich nun der Kirchenschatz befinden sollte, der so heilig war, daß man ihn hinter einem Gitter nebst dickem Vorhang verbergen mußte.

Ich seufzte tief und faltete die Hände wie zum Gebet. In Wahrheit juckte es mir in den Fingern, das Geheimnis auf der Stelle zu lüften. Indessen schienen sie hier nicht nur den bösen Blick der Ungläubigen zu fürchten, sondern mehr noch deren räuberische Absichten. Wozu sonst stand dieser Priester da, der einen Stab mit einem breiten Metallkreuz an der Spitze vor sich aufgepflanzt hatte wie einen Speer? Damit klopfte er nun bereits zum drittenmal auf den Boden, vielleicht in der Hoffnung, uns zum Weitergehen zu bewegen. In drei verschieden Sprachen baten wir ihn, uns das »sanctum sanctorum« zu zeigen, er aber schüttelte den Kopf und ließ sich durch eine Handvoll Birr, die Adam ihm anbot, ebensowenig umstimmen wie von einem lateinischen Kirchenlied, das ich ihm dank meiner Klostererziehung zum Beweis unserer Rechtgläubigkeit vorsingen konnte. Er legte die Hand auf sein Herz, was immerhin eine Geste des Vertrauens war, und rührte sich nicht von der Stelle. Ich versuchte zu erspüren, ob er wohl der einzige Hüter der Bundeslade war oder ob jenseits des Vorhangs noch ein zweiter lauerte.

»Er lebt, ißt und schläft in dem geheimen Raum«, hatte der Azmari mir anvertraut. »Und er stirbt auch dort, nachdem er rechtzeitig seinen Nachfolger ernannt hat.«

»Dir hilft nur noch eine List«, flüsterte Adam in meine Gedanken. »Eine Lilith wird sich doch zu helfen wissen.«

Ich hatte keine Ahnung, worauf er hinauswollte. Sollte ich den Herrn über die Gesetzestafeln vielleicht kraft meiner Gedanken zur Salzsäule erstarren lassen oder ihn, den Nachthexen gleich, an Ort und Stelle verführen, fragte ich mich, während ich dem Priester in die Augen starrte, wie der Azmari es mich gelehrt hatte. Und dann geschah etwas Unglaubliches: Er schulterte sein Metallkreuz, wandte sich ab und ging.

Im Nu war ich über das Gitter geklettert und hinter dem Vorhang verschwunden. Außer mir befand sich niemand dort; ein flackerndes Öllämpchen spendete gerade so viel Licht, daß ich die Umrisse eines katafalkähnlichen Aufbaus erkennen konnte, dem ich mich, von einer plötzlichen Scheu ergriffen, nur auf Knien zu nähern wagte. Mit ausgestreckten Armen und zitternden Fingerspitzen versuchte ich, das goldgemusterte Brokattuch zu berühren, welches die Bundeslade bedeckte, und zu ertasten, aus welchem Material sie bestand.

Sie sei ganz »aus dem warmen Holz der Akazie gemacht«, hatte die hellsichtige Königin von Saba dem Salomo einst enthüllt, ich aber stieß erst auf kalten, glatten Marmorstein und dann auf zwei

Halteringe aus Gold nebst einer Tragestange, welche wohl zum Transport dienen sollte. Ob es möglich war, daß sich die eigentliche Lade erst innerhalb eines weiteren Steinsarkophages verbarg wie die Puppe in einer Puppe? Dann würde man sie mit Gewalt aufbrechen müssen, um den Deckel mit den beiden Cherubimen zu sehen, zwischen deren Gesichtern der Hohepriester eine »Materialisation des göttlichen Geistes« erscheinen lassen konnte.

Abermals von seltsamen Gefühlen überwältigt, verbeugte ich mich so tief, daß meine Stirn den Fußboden berührte. Ich spürte, wie mir von vorne ein kühler Luftzug entgegenwehte, verbunden mit einem betörenden Blumenduft, süßer als der von Maiglöckchen, stärker als der von hundert Hyazinthen. Unfähig, mich zu bewegen, mußte ich es zulassen, daß mir die Sinne schwanden. Ich weiß nicht, wie lange ich dort lag, bis mich der Metallkreuzritter aus der Duftwolke hob und durch eine Seitentür ins Freie schob. Ich brauchte seine Sprache nicht zu kennen, um seine Worte zu verstehen: Wenn ich mich noch einmal in der Kathedrale blicken ließe, würde er die Polizei holen. Und das galt auch für meinen Begleiter, der wenige Minuten später mit einem unsanften Stoß zur Tür hinausbefördert wurde.

»Du hast doch etwas gesehen, oder?« fragte Adam nach einem Blick in meine Augen. »Sag, wie ist es dir ergangen?«

»Wie den Unbeschnittenen beim Anblick der Bundeslade«, antwortete ich, und da er mich ansah, als wäre ich nicht recht bei Trost, mußte ich ihm jene Szene aus der Saba-Legende erzählen, in der die Königin ihre berühmten Rätselfragen stellte und Salomo die Beschnittenen von den Unbeschnittenen unterscheiden hieß. Das Wasser schoß mir in die Augen, als ich mit den Worten schloß: »›Die Unbeschnittenen aber fielen auf ihr Angesicht, sahen nichts und blieben unberührt, da sie nicht zu den Eingeweihten gehörten.‹«

»Gräme dich nicht, Hexlein, für mich gehörst du auch so zu den Eingeweihten«, versuchte Adam mich zu trösten, ich aber wußte, wie sehr er sich irrte.

Unsere letzten gemeinsamen Tage verflogen so schnell, daß ihnen für immer etwas Surreales bleiben würde: Wie Adam mich zu einem alten Mann in die Berge von Gondar führte, der bis an sein Lebensende Säulen, Bögen, Fenster aus den Steinen meißelte, nachdem der Erzengel Gabriel ihn in einem Traum vor fünfzehn Jahren um eine eigene Felsenkirche gebeten hatte. Wie wir in Papyrusbooten lautlos über den Tanasee von Insel zu Insel glitten, um einige der vom Wasser umschlossenen Mönchsklöster zu besuchen; in manchen wurden wir freundlich aufgenommen, andere verließen wir gleich wieder, weil Frauen dort nicht willkommen zu sein schienen. Eine unwirkliche Stille lag über dem See und begleitete uns bis zu seinem Südzipfel. Hier aber war eine andere Energie, hier stürzten sich die Wasserfälle des Blauen Nils über eine Basaltschwelle in die Tiefe, das fortwährende Tosen übertönte jedes andere Geräusch und erzeugte Schwingungen, die ich schwer auszuhalten fand. »Tississat« nannten die Afrikaner ihr Naturwunder, »sprühender Regen«. Auch die Landschaft war hier eine andere: atemberaubend wild und zerklüftet, paßte sie gut zu der gewaltigen Geräuschkulisse.

Etwas weiter unterhalb hatte sich der Fluß im Laufe der Zeit so weit in die Felsen eingegraben, daß uns an manchen Stellen bis zu fünfzehnhundert Meter tiefe Abgründe entgegengähnten. Ich hielt mir den Kopf und schnappte nach Luft. Der Blaue Nil und das Rote Meer, die Weihrauchpflücker und der Metallkreuzritter, Timkat und Tabots ... Die Flut der Worte und Bilder überstieg mein Fassungsvermögen, und nur etliche Mundvoll Tississat konnten mich vor dem Blackout bewahren.

Wohlschmeckend waren die Wasser des Tanasees, süß und erfrischend erzeugten sie neue Assoziationen: Der Vogel »Hudhud«, legendärer Kundschafter Salomos, kam mir in den Sinn. Hatte nicht auch er nach seinem Besuch bei der Königin des Südens vom Wasser ihres Landes geschwärmt, das so rein gewesen sei wie Morgentau? Bisher hatte ich die Weihrauchstadt Kitor immer im Jemen vermutet, in Marib oder Sanaa, jetzt aber, mit dem Geschmack des Blauen Nils auf der Zunge, konnte ich mir die

Heimat des paradiesischen Wassers ebensogut in Äthiopien vorstellen.

»Woran denkst du?« fragte Adam, als hätten meine Phantasien über längst vergangene Paradiese auch bei ihm etwas ausgelöst.

»Daß wir die Energie des Wasserfalls nutzen sollten«, sagte ich. »Wir könnten über Nacht oben am Seeufer bleiben und in einem dieser schaukelnden Kähne Hochzeit halten.«

Mit orgiastischer Kraft ein Kind von den Sternen anzuziehen, wünschte ich mir, doch das behielt ich für mich; ich kannte die Psyche meines Adams noch nicht gut genug, um ein Thema anzusprechen, das bei den meisten Männern Panikattacken auslöste. Eine Liebesnacht auf dem Tanasee dagegen war ganz nach seinem Geschmack und eine Herausforderung an uns beide. Sex auf schwankenden Papyrusmatten hatte seinen besonderen Reiz; zum Einstimmen durften wir uns nur ganz behutsam aneinander ergötzen, bis wir uns, zu einem einzigen Leib verschmolzen, synchron mit dem Spiel der Wellen, in nie gekannte Höhen schaukelten.

Jede Unachtsamkeit, jeder Rückfall in zwei verschiedene Rhythmen und Temperamente hätte unser Traumschiff zum Kentern gebracht. Wieder und wieder lösten wir uns voneinander, um uns aufs neue zu verbinden, und erlebten dabei Ekstasen, wie sie vollkommener kaum sein konnten. Doch wußte ich am Morgen, als die ersten Sonnenstrahlen unsere erschöpften Glieder wärmten, daß es eine, nein, die Einheitserfahrung geben mußte, die weit über jede körperliche Liebe hinausging. »Something bigger than life« – so wie Julian es sich auf die Fahnen geschrieben hatte. Oder war es Benno gewesen?

Seltsamerweise scheuten Adam und ich an diesem Morgen noch lange den Blickkontakt. Die ganze Nacht über hatten wir uns selbst vergessen, hatten uns bis zum Verlust der eigenen Identität in den anderen hineinversetzt, denn ohne Rollentausch war kein Gleichklang zu erreichen, jetzt aber schien jeder wieder auf sich zurückgeworfen, bis Adam sein »Was denkst du?« fragte.

»Daß ich heute Nacht schwanger geworden bin«, sagte ich und leitete damit das Ende dieser großen Liebe ein. Er sah mich an wie jemand, der einer Hochstaplerin auf den Leim gegangen war – womit er ja so falsch gar nicht lag.

»Du hast mich reingelegt!« warf er mir vor.

»Aber nein!« Ich schüttelte energisch den Kopf. »Du hast nicht das mindeste damit zu tun.«

Adam widersprach nicht, er zog den Kopf ein und akzeptierte den Part, den Lilith ihm zuteilte. Mir aber fiel es wie die sprichwörtlichen Schuppen von den Augen, ein Gefühl, das ich immer schon geliebt habe, weil ich danach endlich wieder klar sehen konnte. Alles erhielt nun einen Sinn, sogar Claudes versteckte Anspielungen. Die Wege von Adam und Lilith hatten sich schon getrennt, bevor sie einander zum erstenmal begegnet waren; ich hätte es wissen können.

»Dann sollten wir jetzt wohl nach Hause fahren«, schlug ich vor. Niemals würde ich jemanden zu halten versuchen, der innerlich nicht frei war.

»Nach Hause?« wiederholte Adam.

»Du zu deinen Leuten und ich zu mir.«

Warum mußte man Männern nur immer alles haarklein erklären?

»Später, uns bleiben noch vier Tage, oder?« entgegnete Adam sanft.

Nachdem ich seine Situation erkannt hatte und sie nicht zu verändern versuchte, war ihm an einem plötzlichen Abschied nicht mehr gelegen. Ohne meine Antwort abzuwarten, zog er los, um uns ein paar Früchte zum Frühstück zu besorgen, und brachte außer Fladenbrot, Oliven und Ensete ein frisches Palmherz mit, das er mir mit den Worten »Mein Hochzeitsgeschenk« in den Schoß legte, bevor wir es andächtig verspeisten.

Um das schneeweiße Innere einer Palme bloßzulegen, mußte man den Baum fällen und allen Bast und alle Blätter entfernen, eine mühselige und langwierige Prozedur, die nur zu besonderen Anlässen, wie einer Hochzeit, durchgeführt wurde. Ich hatte keine Ahnung, auf welche Weise Adam daran gekommen war, und wollte es auch gar nicht wissen. Wenigstens so viel Geheimnis sollte bleiben. Als er mir aber das letzte Häppchen in den Mund schob und sagte: »Ein Palmherz spendet Leben«, war es um meinen Gleichmut geschehen. Ich hatte Mühe, mir die Tränen wegzuzwinkern, bevor er es merkte. Mit Adam hätte ich alt werden mögen.

Statt eines ganzen Lebens blieben uns nur noch die wenigen Tage, die wir dem Wunder der elf Felsenkirchen in Lalibela widmen wollten. Wir taten so, als hätten wir alle Zeit der Welt, und verbannten den Kummer in die Tiefen unserer Seelen, aus denen er eines fernen Tages nur um so vehementer hervorbrechen würde. Jetzt aber sollte er keine Rolle spielen, jetzt kletterten wir von Felsenturm zu Felsenturm, auf einem jedem thronte eine Kirche, und als wäre das nicht genug, verbargen sich im Erdinneren weitere Gott geweihte Höhlen. Interessanterweise glaubten die Menschen hier nur an die göttliche, nicht aber an die menschliche Natur Christi, und das schon seit dem vierten Jahrhundert, in dem neun Heilige aus Rom das Land missionierten; syrische und ägyptische Bettelmönche sollen es gewesen sein.

Ich konnte diese sogenannten Monophysisten verstehen; so wie die Kirche uns den historischen Jesus nahebrachte, hatte ich mich schon als Kind von seinen übermenschlichen Tugenden erschlagen gefühlt. Kein gewöhnlicher Mensch konnte sich so ohne weiteres mit einem inkarnierten Gottessohn identifizieren, außer vielleicht – Lalibela. Über ihn fand ich Erstaunliches heraus: Er hatte im zwölften Jahrhundert gelebt und stammte aus der jüdischen Zagwe-Dynastie, welche sich einen eigenen Mythos schuf, um ihre Herrschaft über Äthiopien zu legitimieren. Diese Zagwe-Usurpatoren wußten, daß sie in der Geschichte noch weiter zurückgehen mußten als ihre aksumitischen Rivalen, wenn sie die Nachkommen der Königin von Saba ausstechen wollten. Also beriefen sie sich, ebenso kühn wie unbeweisbar, auf ihre Abstammung von Moses. Das ging auch eine ganze Weile gut, zumindest reichte es für ein beinah drei Jahrhunderte währendes Zwischenspiel in der Geschichte Äthiopiens, danach aber setzte sich die sabäische Linie wieder durch und blieb an der Macht, bis zum Ende der Monarchie.

Der letzte große Herrscher aus dem Zagwe-Klan trug nun den schönen Namen Lalibela, und um ihn, den genialen Bauherrn, rankte sich eine besondere Legende. Er wollte nämlich den göttlichen Auftrag erhalten haben, die Hauptstadt des annektierten Reiches in ein neues Jerusalem zu verwandeln. Damit er das Werk, für das seine Arbeiter normalerweise hundert Jahre gebraucht hätten, noch zu Lebzeiten vollenden konnte, kam ihm jede Nacht eine Heerschar von Engeln zu Hilfe. Auf die Weise genügten dreiundzwanzig Jahre, um ein Wunder zustande zu bringen, das einmalig war in der Welt. Die Kirchenbauer des neuen Jerusalem begannen ihre Arbeit nämlich mit dem Dach; alles weitere wurde in einem Stück von oben nach unten aus dem Felsen herausgemeißelt. Für dieses Kunststück aber fehlte bislang jedes Beispiel in der irdischen Architektur. Bei dem alten Mann, der dem Erzengel Gabriel eine Felsenkirche aus dem Stein schlug, hatten wir gesehen, mit welch unsäglichen Mühen ein solches Lebenswerk verbunden war. Der Mann aus Gondar hatte allerdings zuerst einen halbkreisförmigen Gang gemeißelt, ungefähr fünf Meter hoch, und von dort aus Löcher in das Innere gegraben, bevor er sich nach oben hocharbeitete, aber er arbeitete ja auch nach eigenem Gutdünken und nicht in der Tradition von Lalibela.

Das schönste aller Lalibela-Bauwerke fanden wir hinter alten Olivenbäumen versteckt; es war eine rein monolithische Kreuzkuppelkirche mit leuchtenden Deckengemälden in Olivgrün, Sonnengelb und venezianischem Rot. Starke Farben und ebenso starke Typisierungen jener neun Gründerväter des äthiopischen Christentums gab es hier zu bestaunen. Mir gefielen ihre übergroßen Augen, ihre Streifengewänder und hohen Hüte, und vor allem ihre plastische Wirkung, sie sahen aus, als würden sie im nächsten Augenblick auf uns herabkommen wie zu Pfingsten der Heilige Geist.

Weitere Juwelen Lalibelas, des Herrschers und des Ortes, ließen sich nur nach stundenlanger Kletterei über Maultierpfade erreichen; das eine oder andere entging unseren ungeübten Augen wohl auch, da Fassaden und Bergwand kaum voneinander zu unterscheiden waren. Immer aber befanden wir uns in einer wunderschönen Szenerie aus grünem Hügelland zu unseren Füßen und lichtblauen Bergketten in der Ferne, und die dünne Luft tat ein übriges, unseren Geist zu erheben und die Schritte zu beflügeln. Ich wünschte mir die ganze Zeit, die Mönche einmal singen zu hören. In diesen Felsendomen mußte auch die Akustik eine besondere sein, doch niemals ließen sie ihre Stimmen für uns erklingen. Aber es gab ja noch andere Künste: So spielten eines Sonntags wandernde Musiker in blauen Pluderhosen bei einem Dorffest zum Tanz auf. Sie hatten Flöten, Trommeln und Leiern mitgebracht, und der älteste von ihnen fiedelte auf einer einseitigen quadratischen Hüftgeige. Die Musik klang zunächst ungewohnt für unsere Ohren, doch je länger wir uns in sie hineinhörten, desto liebenswerter kam sie uns vor.

Am Tag darauf trafen wir einen weiteren Künstler: In dem kleinen Skriptorium eines Bergklosters lebte ein Schreiber, der im Laufe der Zeit fünfhundert theologische Werke kopiert hatte. Als wir kamen, war er gerade mit seinen Ziegenfellen beschäftigt; er mußte die Haare abschaben und die Häute sorgfältig waschen und trocknen, damit sie ein brauchbares Pergament abgaben. Stolz zeigte er uns die fertigen Werke, die zum Schutz vor Ungeziefer in Hüllen aus Ziegenhaut an die Wand gehängt wurden. Auch die kostbaren Originale in der Klosterbibliothek wurden so aufbewahrt. Die ältesten Bücher sollten auf diese Weise schon vierzehnhundert Jahre überdauert haben. Der Kopist besaß farbenprächtige Illustrationen aus dem »Kebra Nagast«, die ich ihm am liebsten geklaut hätte. Allein der Wachsamkeit Adams war es zu verdanken, daß ich es nicht tat.

»Darauf steht hier lebenslänglicher Knast«, zischte er. »Tu mir das nicht an!«

Widerstrebend gab ich nach und wurde dafür vor dem Abflug in Addis Abeba mit einem fürstlichen Abschiedsgeschenk belohnt. Es gab mir die Gewißheit, daß ich mir keinen würdigeren Vater für mein Kind hätte aussuchen können als Adam. Er hatte mir zuliebe auf irgendeinem Markt ein Poster erstanden, das in zweiundsiebzig kleinen Bildquadraten die gesamte Saba-Legende wiedergab; sogar die Verführungsszenen aus meinem Traum entdeckte ich in dieser weltlichen Version des »Kebra Nagast«, das einem modernen Comic Strip ähnelte, ohne die Tradition afrikanischer Volkskunst zu verleugnen. Wie bei den Deckengemälden der Kirchen hatte sich der Maler auch hier auf die Grundfarben beschränkt, auf leuchtendes Rot, Indigoblau, Goldgelb. Auch die überlangen, belehrenden Zeigefinger und die weit geöffneten Augen glichen denen der Gründerväter; selbst hier wurden die Personen nur im Profil gezeigt, damit kein Betrachter vom bösen Blick getroffen wurde.

Da die Miniplakate alle amarhische und englische Untertitel trugen, war deren Lektüre ein weiteres Vergnügen, so wurde der »Empfang der Köngin im Palast Salomos« thematisiert, »das Abendessen mit stark gewürzten Speisen«, »der Wasserdiebstahl« und »das Liebeslager« und auch »Menelik«, wie er nach seinem Vater fragte. In meinem Bilderbogen drückte die Köngin ihrem Sohn einen Spiegel in die Hand, um ihm die Ähnlichkeit mit seinem Vater vor Augen zu führen. Ein paar Szenen weiter fragte er Salomo zunächst ganz offiziell, ob er die Gesetzestafeln nach Äthiopien überführen dürfe, und stahl sie erst, »nachdem« ihm dies verweigert wurde. Die Flucht erfolgte schließlich im sogenannten »Windwagen«, der von einem weißen Pferd gezogen wurde.

»Du«, sagte ich zu Adam, als ich ihm schluchzend und lachend um den Hals fiel, »hast mir die beiden größten Geschenke meines Lebens gemacht. Diese Bildchen bringen alles zusammen, was ich auf dieser Reise geträumt und erfahren habe. Und weißt du, wie ich unseren Sohn nennen werde?«

Adam sah sich erschrocken um, ob uns auch niemand belauschte.

»Menelik«, flüsterte er, da er die Luft rein gefunden, mit verlegenem Gesicht.

»Nein, – Lalibela.«

»Oh! Das ist klingt nach Saba, ist aber eine Ketzerei, nicht wahr?«

»Ja, aber wie soll ich mich sonst jemals von ihr befreien, von ihr – und von allem, was damit zusammenhängt?«

Darauf erübrigte sich die Antwort. Uns blieb eine letzte halbe Stunde bis zum Abflug unseres Windwagens. Manches wäre noch zu sagen gewesen, wir aber schwiegen einem Abschied entgegen, der uns beide mehr schmerzte, als wir es dem anderen jemals eingestanden hätten. *Tausend Schritte zu meinem Herzen, mein Geliebter ging drei.*

Vielleicht hätte ich um Adam kämpfen sollen, mit allen Mitteln, die einer Lilith zur Verfügung standen.

13. Kapitel

Heimkehr

Ich brauchte eine ganze Nacht und einen Tag, um Stellaluna zu erzählen, was ich als Fährtenleserin einer verschollenen Magierin in den Königreichen des Weihrauchs erlebt hatte, und dabei geschah es mir, daß sich die Bilder in Luft auflösten, sobald ich sie in Worte fassen wollte, als wären es die Reiseabenteuer einer anderen, die ich als meine eigenen ausgab.

»In Syrien hatte ich mich wie eine Touristin gefühlt, in Jordanien wie in einem Kriminalroman, im Jemen wie Scheherazade und in Äthiopien wie zu Hause«, versuchte ich schließlich auf den Punkt zu bringen, was immer weiter ausufern wollte. Ich wußte zugleich, daß das Gegenteil nicht weniger wahr gewesen wäre.

Sag es nicht, dachte ich, aber Stella, die Gedankenleserin, blieb sich treu.

»Höchste Zeit herauszufinden, wer du wirklich bist«, belehrte sie mich, und da ich nur gequält stöhnte, fuhr sie fort: »Im Orientexpreß durch Geographie und Historie, was sollte das bringen? Auf die Entwicklung deiner Seele kommt es an, und die schwirrt nicht irgendwo da draußen in der Weltgeschichte herum.«

Gestern hatte sie die großmütig Verzeihende gespielt, nachdem sie mich erst geohrfeigt und dann geherzt hatte, doch heute fiel es ihr schon wieder schwerer, über den Schatten ihrer Verletzungen zu springen. Gestern war ich beeindruckt gewesen, daß sie bereits beim ersten Blick in meine Pupillen den Keim neuen Lebens in meinem Leib entdeckt hatte, heute aber störte es mich, daß sie mein Ungeborenes mit dem Jubelruf: »Halleluja, wir bekommen ein Baby!« für sich vereinnahmte.

Trotzdem nahm ich ihr Angebot an, unser gemeinsames Leben dort fortzusetzen, wo ich es durch meine Flucht abrupt beendet hatte. Es schien mir für uns beide das beste zu sein, schließlich würde ich von heute auf morgen weder eine Wohnung noch Arbeit finden, die es mir erlaubte, der Freundin die geklauten Ersparnisse zurückzahlen. Außerdem prangte unser altes Praxisschild noch unten an der Haustür.

Obwohl ich kein Recht dazu hatte, knüpfte ich meine Zusage an zwei Bedingungen: Ich würde nur noch auf den Namen Lilith hören, und ich wollte mich nicht länger von Stella unterweisen lassen, die »Psychopompossa« sollte sie bei mir nicht mehr spielen, denn »ich bin nicht mehr die, die ich einmal war«, erklärte ich ihr, »nachdem ich in Äthiopien als Heilerin gearbeitet und von einem Schamanen bewußtseinserweiternde Techniken gelernt habe, die den deinen in nichts nachstehen«.

»Du wirst sie brauchen«, bemerkte Stella nur.

Die einst so Redselige gab sich wortkarg, auch in ihren Fragen. Sie meinte, ihre Neugier sei durch meine ausführlichen Reiseberichte schon hinlänglich gestillt worden. Was den Vater meines Kindes betraf, so genügte es ihr zu hören, daß es nicht Julian war, dessen Namen sie ohnedies lieber vergessen wollte. Gerne hätte ich von Adam gesprochen, doch sie wehrte alle weiteren Enthüllungen mit einem müden »später« ab. Und Ben? Stella zuckte die Achseln: »Blowin' in the wind ...«

Wie es ihr in all den Monaten ergangen war, ob sie sich verraten, allein gelassen, gedemütigt gefühlt hatte, wagte ich nicht zu fragen. Auch mir genügte, was ich sah. Stella dauerte mich mit ihrem bleichen, elfenbeinfarbenen Gesicht, dessen Teint aussah wie gesprungenes Porzellan. Sie wirkte sichtlich gealtert, und nur eine langanhaltende Kränkung konnte die tiefen Falten um ihre Mundwinkel gemeißelt haben; gewiß war ich nicht unschuldig daran. Womöglich hatten wir sie mit unserer Orientreise nicht nur um Geld, sondern auch um ihre Kraft zur Utopie beraubt; womöglich glaubte sie nun selbst nicht mehr an die Verwirklichung ihres Traumes von der Mysterienschule.

Reumütig ging ich ihr zunächst aus dem Weg. Arbeiten lassen wollte sie mich in der ersten Woche noch nicht, und so nutzte ich die Zeit für ausgedehnte einsame Spaziergänge am Fluß. Kaum aus der Fremde heimgekehrt, faszinierte mich auch hier wieder das Wechselspiel zwischen außen und innen: eine Landschaft, die zu Gedanken einlud, Gedanken, die Gefühle erzeugten, Gefühle, die zum Szenenwechsel animierten ... Wären meine Arme nicht noch blau gewesen von all den indigogefärbten Gewändern, die ich im Land der Dunkelhäutigen trug, so hätte ich leicht glauben können, meinen Trip durch Äthiopien nur geträumt zu haben.

Vielleicht aber setzte jedes Heute nur den Traum von gestern fort, dachte ich, oder wie kam es, daß ich auf einmal wieder aufgeräumten Uferstraßen folgte, statt auf unwegsamen Maultierpfaden Heiligtümer zu erobern? Daß ich wieder Gefallen fand an matten Farben und gedämpftem Licht, an gezähmten Wellen, die nichts überstürzten, sich nicht aufspielten und wichtig machten wie die Wasser des Tississat. Der Himmel über dem Strom war nicht blau genug, um Wärme abzugeben, und der Ufersand würde niemals im Wind zu singen beginnen wie die Sande in der Wüste. Trotzdem liebte ich, was ich wiedersah. In meiner Erinnerung war alles viel reizloser gewesen. Noch nie hatte ich die Rheinwiesen so grün gefunden, nie die Reben der Weinberge in so verschwenderischer Fülle.

Lalibela, mein Sohn, würde sich seines Mutterlandes nicht schämen müssen, das ich ihm und mir, von unserem Wohnort ausgehend, in einem täglich weiter werdenden Radius erschloß. Zugleich bemühte ich mich, in meiner Lilitheologie weiterzukommen, obwohl ich immer noch nicht so recht wußte, wohin mich das noch führen sollte. Auch ohne Stellas Kommentar wäre mir klar gewesen, daß meine Suche mit dem Aufspüren der echten oder gefälschten Bundeslade zwar einen Höhepunkt, nicht aber schon ihr Ende erreicht haben konnte. Regelmäßig bat ich eine noch namenlose große Göttin, mir zu zeigen, welche weiteren Körper Lilith sich, der Kabbala gehorchend, geschaffen hatte. In der Nacht gaukelte die Phantasie mir Liebesszenen vor, die zu jenen »ins Leere fallenden Samen« führten, doch was dann daraus entstand, blieb mir verborgen. Sobald der Morgen dämmerte, stimmte ich einen monotonen Sprechgesang an, zu dessem Rhythmus ich meinen Oberkörper hin- und herbewegte, um mich in Trance zu versetzen, denn so hatte es mich der Azmari gelehrt, aber auch das führte nicht zum gewünschten Ergebnis.

»Du mußt bis zu jenem Ort gehen, der sich nicht im Raum befindet, sondern in der Zeit«, gab Stella mir am letzten Tag meines Müßiggangs mit auf den Weg. Sie konnte ihre Orakelsprüche einfach nicht lassen. »Übrigens dominiert der Schwarze Mond derzeit in deinem Horoskop, sieh dich also vor!« warnte sie mich noch.

Ich lachte und tat trotzdem, was sie sagte, indem ich in ihrem kleinen Auto rheinaufwärts fuhr, um den »Ort in der Zeit« so lange zu suchen, bis der Benzintank leer war. Dann stieg ich aus und lief ziellos durch Weinberge eine bewaldete Kuppe hinauf, wo sich der Weg alsbald in einem Dickicht verlor. Ohne auf das Gestrüpp zu achten, das mir die bloßen Beine zerkratzte, arbeitete ich mich weiter durch das Unterholz, als gelte es, mitten im rheinischen Regenwald einen verborgenen Schatz zu finden, und stand unversehens vor einem dickleibigen grauen Turm. Das Tor stand weit offen, als würde jemand erwartet.

Unschlüssig, ob ich weitergehen oder umkehren sollte, tat ich zwei Schritte vor und einen zurück. Auch fiel es mir schwer, das Spätsommerlicht gegen die Götterdämmerung im Turm einzutauschen. Von dort lud eine steinerne Wendeltreppe zum Aufstieg ein. Die ebenmäßigen hellen Stufen verrieten, daß man sie erst vor kurzem erneuert hatte.

Mußt du jede verdammte Stiege hochklettern, die dir in den Weg kommt? nörgelte irgendein Saboteur in meinem Hirn. Aber genau das mußte ich wohl, ungeachtet des eiskalten Luftzuges an meinen Beinen und eines penetranten Modergeruches irgendwo aus der Tiefe. Ich schloß daraus, daß diese Höhenburg zumindest seit dem Mittelalter hier herumstehen mußte, als man Türme nicht der schönen Aussicht wegen baute, sondern um Freund und Feind schon von weitem voneinander zu unterscheiden und letzteren unschädlich zu machen, was soviel hieß, wie ihn bis auf weiteres im Gefangenenverlies unter der ersten Treppenstufe verschwinden zu lassen. Daher der Luftzug aus der Mördergrube. Wie phantasieanregend solche alten Gemäuer doch immer wieder waren, dachte ich, leicht amüsiert, während ich zögernd einen Fuß vor den anderen setzte.

Schon nach wenigen Minuten wurde mir schwindelig; ich hatte mich lange genug um mich selbst gedreht. Tief ein- und ausatmend, blieb ich vor einem der wenigen Lichtschlitze stehen. Der Blick in die Weite, so hoffte ich, würde mir helfen, das Gleichgewicht wiederzufinden. Wind war aufgekommen und blätterte in den Bäume, die, zum Greifen nah, den Blick auf den Rhein noch versperrten. Ob sie damals schon so hoch gewesen waren? Wann – damals? Als die Fensteröffnungen gleichzeitig Schießscharten waren? Warum kümmerte mich das? Ich fühlte sie förmlich hinter mir stehen, all die fabelhaften Helden der Vergangenheit, wie sie angetreten waren, Luft zu schnappen oder einen Feind zu vernichten. Ich atmete tief durch und stieg weiter, trug meine wachsende Beklemmung den Turm hinauf, Wendung um Wendung. Wie viele Stufen zwischen Himmel und Erde, zählte ich nicht.

Um den Turm herum strich langsam die Sonne. Ich hielt mein Gesicht in den Luftstrom, fühlte, wie es alterte im Wind. So schnell ging das? Flogen die Jahre nur so dahin, auch bei mir? Und warum nur fiel mir das Steigen heute so schwer? Hatte ich Äthiopiens Felsenkirchen nicht flinken Fußes erklettert wie eine Bergziege? Und so schwanger war ich doch noch nicht, daß mir die Beine derartig bleiern werden konnten. Hier schmerzte der Weg nach oben bei jedem Schritt in der Brust und in den Knien. Auch ließ sich das Ende der Treppe kaum erkennen in dem ungewissen Licht. Weit konnte es nicht mehr sein, durfte es auch nicht. Längst hatte ich die Lust verloren, und doch war es mir nicht möglich umzukehren.

Die letzten Stufen werden die schwersten sein, sagte die Spielregel aller Torturen. Zuvor legte ich mich noch einmal mit dem Oberkörper in eine der Lichtluken, die Arme weit ausgebreitet wie ein Engel aus Stein, zum Sturzflug bereit. Der Himmel war jetzt sehr nah und der Drang, mich hineinfallen zu lassen, so groß, daß ich ihm kaum widerstehen konnte. Ich mußte mich zwingen, meine Arme wieder dem Körper zu nähern und die Füße dem Boden. Mit geschlossenen Augen wartete ich, bis die Anwandlung verging. Nie zuvor hatte ich etwas Ähnliches gefühlt.

Die letzte Treppenstufe war höher und massiver als alle vorhergehenden, ein absurdes Hindernis aus der Neuzeit, das jedwedem Eindringling den Zugang zur offenen Plattform erst noch einmal erschweren wollte. Was dieser Aufwand sollte, blieb das Geheimnis seines Erfinders. Als ich endlich im Freien zwischen den Zinnen stand, fiel alle Beklemmung von mir ab. Ich sah hinunter auf eine friedliche Flußlandschaft, eingebettet in Weinberge, überwölbt von einem wolkenlosen Himmel und mit einem breiten Sonnenfinger auf dem Wasser. Alles, was mich im Turm gefoltert hatte, waren nichts als meine eigenen Hirngespinste gewesen. Vielleicht hatten die Schwangerschaft und Stellas Schwarzmondgerede mich leicht hysterisch gemacht.

Ich ging in die Hocke, lehnte meinen Rücken gegen den warmen Stein und versuchte, mich zu entspannen. Das einzige, was ich fürs erste noch bewegen mochte, waren meine Augen. Kaum hatte ich den Gedanken zu Ende gebracht, fiel mein Blick auf eine Inschrift, die in einen Mauervorsprung eingeritzt war, sowie auf ein milchigweißes Stückchen Glas, das in einer Fuge steckte. Ich entzifferte ein »A« und ein »L« und wunderte mich nicht, daß mir zwei Buchstaben, eingesperrt in ein enges kleines Herzchen, Anlaß zur Wehmut geben konnten. Ein Ritual, das verewigen wollte, was vergehen mußte. Hatte nicht auch ich kürzlich noch, einem kindischen Wunsch folgend, unsere Initialen in die Felsen Lalibelas eingraviert? A und L für Adam und Lilith? Wie mochten diese beiden hier geheißen haben: August und Luise, Ludwig und Agathe, Lotte und Anton?

Altmodische Namen mußten es gewesen sein, denn die Jahreszahl in der Spitze des Herzgefängnisses sah nach 1905 oder 1906 aus. Wer auch immer dieses Liebespaar gewesen war – sie lebten längst nicht mehr. Und das Stückchen Glas entpuppte sich, nachdem ich es vorsichtig herausgezogen hatte, als eine auffallend schön gearbeitete Brosche. Sie bestand aus einem großen, bläulich schimmernden Opal inmitten eines Goldblütenkranzes und war völlig unversehrt. Noch nie hatte ich Opale gemocht. Sie erinnerten an das Weiß toter Augen, sagte meine Großmutter, und brächten nur Unglück. Damals oder heute? An einem Schwarzmondtag wollte ich es lieber nicht darauf ankommen lassen. Um das Schmuckstück mit positiver Energie aufzuladen, nachdem es wer weiß wie lange in dieser Mauerritze festgesteckt hatte, hielt ich es zwischen Daumen und Zeigefinger gen Himmel, so daß ein Sonnenstrahl die vergoldete Rückseite traf.

Ohne jede Anstrengung geschah diesmal, was der Azmari mir verheißen hatte: Der Blick in das Gefunkel versetzte mich in einen veränderten Bewußtseinszustand, und alsbald liefen vor meinem inneren Auge Szenen ab, die sich zur Zeit jenes im Herzchen vereinigten Liebespaares hier auf Turm abgespielt hatten. Ich sah einer jungen Engländerin in einem lichtblauen Leinenkleid dabei zu, wie sie mutterseelenallein um ihr Leben kämpfte.

Und während ich ihr zusah, wußte ich alles so genau über sie, als steckte ich in ihrer Haut.

14. Kapitel
Aller Tage Abend

Das Gefühl der Freiheit, wenn sie sich frühmorgens unbemerkt davonstehlen konnte, während die anderen Gäste noch schliefen, war das einzig köstliche in dieser Zeit erzwungener Dreisamkeit. Alles bis auf weiteres hinter sich lassen: die väterliche Ironie ebenso wie Mutters geschwätzige Hilflosigkeit, ihre beobachtenden Blicke. Abstand nehmen von »den anderen Gedanken«, auf die Anabel im fernen Rheinland kommen sollte, denn das war der Sinn dieser als Sommerfrische getarnten pädagogischen Maßnahme. Die Tochter aus gutem Haus sollte ihren Seemann vergessen, ihn sich ein für allemal aus dem Kopf schlagen, und das ausgerechnet hier, an den Ufern eines großen Stromes, dessen Gerüche und Geräusche sie ständig an den verbotenen Geliebten erinnerten. Jeder Wellenschlag, jeder Möwenschrei enthielt eine geheime Botschaft von ihm, und niemand konnte verhindern, daß Anabel entschlüsselte, was allein ihr bestimmt war. Keine Reise der Welt könnte sie dazu bringen, Leonard aufgeben; nur zum Schein würde sie sich ein paar lächerliche Sommertage lang dem elterlichen Willen beugen. Alles geschah nur zum Schein. Ihrem Vater, dem Richter, war ein Steuermann der britischen Handelsmarine nicht gut genug, und die Mutter, wiewohl selbst nur Tochter eines kleinen Landpfarrers in Sussex, redete ihm nach dem Mund. Für Standesdünkel aber war es längst zu spät.

»Anabel Lightblue« hatte Leonard seine Braut genannt, ihrer Augen- und Garderobenfarbe wegen, und so lief sie nun in ihrem hellblauen Kleid, mit der Staffelei und dem Aquarellpapier unter dem Arm, hinunter zum Flußufer, um den Sonnenaufgang über den Weinbergen einzufangen. Der Brillanz dieser frühen Herbsttage konnte man nur durch Farborgien gerecht werden, im Rausch aus Gelb- und Rot- und Orangetönen sich selbst vergessen. Alle hielten Anabel für begabt, doch zur Zeit spielte sie auch die von ihrer Kunst besessene Malerin nur zum Schein. In Wirklichkeit wartete sie Tag für Tag darauf, daß ihr Leonard in einem Nachen käme und sie entführte, denn so war es verabredet.

Längst hatte sie die Absicht ihrer Eltern, mit unbekanntem Ziel zu verreisen, vereitelt, hatte Mittel und Wege gefunden, ihren Liebsten wissen zu lassen, daß es kein Weltmeer war, welches sie voneinander trennte, sondern lediglich der kleine Ärmelkanal. Weshalb gerade das Rheinland als Geheimtip herhalten mußte, das doch schon seit Jahren zu den Modezielen der besseren Kreise zählte – diese Frage stellte sich allenfalls Anabel.

»Inconsistency and lack of imagination«, murmelte sie, während sie den Blick vom Wasser löste, da weit und breit noch kein Schiff zu sehen war. »The German river« hatte sie schon zu jeder Tageszeit verewigt, es mußte doch noch etwas anderes geben, dessen Darstellung sich lohnte. Ein Porträt hätte jetzt Abwechslung geboten, doch leider fehlte das Modell dazu. Und mit sich selbst vorliebnehmen mochte Anabel heute nicht, eine Zwanzigjährige mit Pausbacken und strohblondem Haar – wen außer Leonard sollte das interessieren?

Weiter landeinwärts lockte ein Hügel mit einem Turm auf der Spitze, er sah zwar langweilig aus, eignete sich aber gut für eine Kohlezeichnung. Überdies würde ein Stapel flüchtiger Skizzen am Abend im Gasthaus ihr langes Fernbleiben rechtfertigen. Sie begann mit einer Schwarz-weiß-Studie, verlor jedoch schnell jedes Interesse an ihrem Objekt und beschloß, den Turm erst einmal zu besteigen und dann von oben aus ein hoffentlich reizvolles Panorama zu entdecken. Die Perspektive des Vogels war der des Frosches stets vorzuziehen. Anabel nahm ihren Skizzenblock zur Hand und auch ihren weißen Filzhut gegen die Sonne, die schwere Staffelei aber versteckte sie im Ufergebüsch, wo sie bis zum Rückweg gut aufgehoben sein würde.

Obwohl sie sich als Opfer elterlicher Willkür für bemerkenswert gelassen hielt, zumindest nach außen hin, befand sich doch ihr ganzes Gemüt in Aufruhr, was dazu führte, daß sie sich derzeit völlig geistesabwesend umherbewegte. Sie hätte ihre Maleraugen, die sich sonst an Farben und Strukturen kaum satt sehen konnten, ebensogut geschlossen halten können. Einer Schlafwandlerin gleich, stieg sie den Hügel hinauf bis zur bewaldeten Kuppe und stand dann eine Weile unschlüssig herum, weil ihr entfallen war, was sie hergeführt hatte. Eigentlich hätte ihr das verrostete Schild mit der Warnung, den einsturzgefährdeten Turm zu betreten, auffallen müssen, da es aber in fremder Sprache verfaßt war, achtete sie nicht weiter darauf. Auch daß die halboffene Tür nur noch in einer Angel hing und Tausende von Fußtritten der steinernen Wendetreppe klaffende Wunden zugefügt hatten, denen sie mit dem Instinkt eines träumenden Kindes auswich, drang kaum in ihr Bewußtsein. Erst auf den letzten Stufen, als das Geräusch der losgetretenen und in die Tiefe polternden Steine nicht mehr zu überhören war, ahnte sie, worauf sie sich eingelassen hatte. Dennoch siegte ihre Neugier über die Vernunft, als könnte der Blick von oben ihr einen Ausweg zeigen, den sie von unten nicht fand, und so setzte sie ihren Weg fort, bis es weiter nicht mehr ging. Kaum hatte ihr Fuß die oberste Stufe verlassen, da stürzte die morsche Treppe mit Donnergetöse hinter ihr zusammen.

»Jesus Christ!« entfuhr es Anabel. Sie hielt sich die Hand vor den Mund, weil ihr der liebste Stoßseufzer ihrer Mutter entwischt war. Bestürzt und noch ein wenig schwindelig, blickte sie über ihre Schulter nach hinten, wandte sich dann ganz um, weil sie es kaum fassen konnte, daß ihre beiden kleinen Füße, welche die Amma in Indien stets mit Lotosblüten verglichen hatte, eine solche Steinlawine ausgelöst haben sollten. So etwas mochte in Alpträumen vorkommen, aber doch nicht im wirklichen Leben: Die gesamte Treppe war in einer Staubwolke verschwunden, und als diese sich gelegt hatte, gähnte Anabels entsetzten Augen ein abgrundtiefer leerer Schacht entgegen. Später würde sie vielleicht einmal darüber lachen können, zur Gefangenen einer Turmruine geworden zu sein, und zwar nicht unter der Erde in einem verschütteten Kellerverlies, sondern hoch oben in luftiger Höhe. Später, denn zunächst mußte sie aus ihrer mißlichen Lage befreit werden.

Von Zinne zu Zinne laufend, versuchte sie sich ein Bild von ihrer Situation zu machen und befand sie zwar als äußerst unangenehm, aber nicht hoffnungslos. Der kleine Urlaubsort mit dem »Gasthaus zur Post«, in dem die Eltern logierten, grüßte von ferne. Der Rhein mit seinen Ausflugsbooten lag fast in Rufweite, und gewiß würde sich im Laufe des Tages auch der eine oder andere Spaziergänger dem Unglücksturm nähern. Nun nicht die Nerven zu verlieren war das Wichtigste. Aber auch das Schwierigste, wenn die Glieder nicht zu zittern und das Herz nicht zu rasen aufhören wollten, wenn die Gedanken zu Befürchtungen wurden und die Befürchtungen zur Panik.

Anabel ging in die Hocke, lehnte ihren Rücken gegen den noch warmen Stein und nesstelte nervös an ihren Knöpfen, weil ihr die Brust so eng geworden war, dabei löste sich die Brosche von ihrem Kleid. Lange starrte sie auf den Opal in der Mitte, ohne etwas zu sehen, als sie ihn aber sah, steckte sie ihn in eine Mauerritze neben ihrem Kopf. Diese Brosche hatte einst einer unglücklichen Patentante gehört, die ins Wasser gegangen war; es wurde Zeit, sich davon zu trennen.

»Du solltest sie nicht tragen«, hatte Leonard, der abergläubischste aller Seemänner, oft gesagt. »Wer weiß, ob nicht ein Fluch daran hängt.«

Ohne diese Brosche fühlte Anabel sich gleich besser, als hätte sie ein befreiendes Ritual durchgeführt. Mit einem Ruck sprang sie auf ihre Füße, um die Welt außerhalb des Turms durch Rufen und Winken auf ihre Notlage aufmerksam zu machen. Stundenlang mühte sie sich ab, doch die einzige Antwort kam von einer Zikade, die sich irgendwo da unten auf der Erde verzweifelt ihre Hinterbeine wund rieb so wie Anabel ihre Stimmbänder.

Es wurde Abend, und niemand kam ihr zu Hilfe. Daheim in London wurden nun die Straßenlaternen angezündet, mußte Anabel denken, und Heimweh schnürte ihr die Kehle zu. Die bläulichen Gasflammen in den Lampen hatten sie immer an Pfauenaugen erinnert und die Pfauenaugen an ihre Kindheit in Indien.

Niemals würde sie die Bilder und Klänge Indiens vergessen, die Lotosblumenteiche und Pfauenschreie, die orangerot gekleideten Heiligen und die ausgemergelten Bettler, die Tempelglocke, die man draußen an der Tür anschlug, um die im Inneren residierende Gottheit zu begrüßen. Während ihr Vater im Gericht seine Urteile unterschrieb und die Mutter in abgedunkelten Räumen unter der Hitze und den Dienstboten litt, war Anabel mit ihrer Amma von Tempel zu Tempel spaziert.

Es gefiel ihr, die Statue des Elefantengottes Ganesha mit Sandelholzpaste einzureiben und seinem Bruder, dem schönen Subramanya, Blumen und Früchte zu opfern. Ihr Lieblingsgott aber war der blaue, Flöte spielende Krishna, von dessen Wundern und Streichen die Kinderfrau niemals müde wurde zu erzählen. Jeden Abend, wenn Anabel schon unter ihr Moskitonetz gekrochen war, das sich im Luftzug des Ventilators sachte auf und ab bewegte wie das Segel eines Schiffes, bettelte sie um die Geschichte von Krishna und dem Berg Govardhana. Eine Woche lang hatte der verspielteste aller Götter diesen Berg mit nur einem Finger in die Höhe gehalten, damit die Bürger Brindavans Schutz vor dem Regensturm fanden, welchen der Wettergott Indra ihnen gesandt hatte. Wäre Anabel eine von Krishnas Gopis, jenen liebestrunkenen Hirtenmädchen seiner Heimat, so würde er jetzt ganz gewiß auch zu ihrer Rettung herbeieilen, vielleicht sogar bis in das ferne Deutschland.

Als hätte der indische Gott das Flehen seiner einstigen Verehrerin vernommen, sandte er in der Nacht ein paar Männer aus, die unten am Flußufer nach ihr suchten. Wie Irrlichter sah Anabel ihre Laternen im Kreis umherwandern, doch als sie sich lauthals bemerkbar machen wollte, gehorchte ihr die Stimme nicht mehr. Der Schrei schlug in ihren Mund zurück, und all die leiseren Rufe, die sie dem ersten hinterherschickte, wurden vom abendlichen Westwind verweht. Schluchzend sank sie zu Boden. Sie würde wohl oder übel bis zum nächsten Morgen auf diesem vermaledeiten Turm ausharren müssen, in ihrem dünnen Leinenkleid, ohne Umhang oder Decke oder die Möglichkeit, sich an irgendeinem Feuer zu wärmen. Dabei wurde es des Nachts bereits empfindlich kühl. Solange sie sich auf den Beinen halten konnte, ging Anabel im Kreis herum, immer darauf achtend, daß sie dem Loch, das einst Treppenhaus gewesen, nicht zu nahe kam; zwischendurch stand sie zitternd an die Zinnen gedrückt und blickte nach oben. Auch die Sterne sahen kalt und einsam aus, als hätte jemand vergessen, sie rechtzeitig vom Himmel zu pflücken. Nächte wie diese, dachte sie, können einen Menschen um den Verstand bringen. Und sie hoffte um ihres ungeborenen Kindes willen, daß dies bei ihr nicht geschehe.

Anabel hatte das Gefühl, die Zeit und damit alles Leben im Kosmos seien zum Stillstand gekommen und sie sei allein auf einer Insel im luftleeren Raum zurückgeblieben, um einem noch unmanifestierten Gegenüber Zeugnis abzulegen von einer Welt, die abhanden gekommen war. Sie rieb sich verwundert die Augen, als es nach einer Ewigkeit aus Kälte und Wind doch wieder zu dämmern begann und die Nachtvögel ihren Platz mit den Tagvögeln tauschten. Nie zuvor war ihr die Wärme der Sonne so lebensspendend erschienen wie an diesem Morgen. Im südindischen Kerala hatte sie sich in der Frühe stets zu den Yogaübungen der Dienstboten draußen am Lotosteich eingefunden, obwohl ihre Mutter das überhaupt nicht gerne sah. Amma und die beiden anderen verneigten sich mehrmals vor der aufgehenden Sonne, streckten ihr die hocherhobenen Hände entgegen und führten sie zum Erdboden zurück. Hier auf diesem Turm, neugeboren nach einer Schreckensnacht, erinnerte Anabel sich wieder an »Suryanamaskar«, den Sonnengruß; es war ihr ein Bedürfnis, den Tag damit zu beginnen, obwohl sie ihre steifen Glieder zunächst kaum rühren konnte. Anschließlich aß sie ihren letzten Apfel, denn nun konnte es ja nicht mehr lange dauern, bis sie befreit wurde. Die Eltern hatten sich damit abgefunden, daß ihre Tochter oft erst am Abend von ihren Malausflügen zurückkehrte; sie würden aber Himmel und Hölle in Bewegung setzen, nachdem sie zum erstenmal über Nacht ausgeblieben war. Es wurde auch Zeit, denn Anabel hatte schon seit gestern nichts mehr getrunken, und zu essen gab es nur noch ein halbes Käsesandwich. Wenn sie ihre Staffelei nicht so gut versteckt hätte, wäre sie bestimmt längst entdeckt worden.

»Jesus Christ!« sagte sie wieder und überlegte, ob sie beten sollte. Seitdem sie als Zwölfjährige nach England zurückgekehrt war, hatte sie es nicht mehr getan.

Alles ist Eins, alles ist Gott, lautete das Credo der Hindu-Priester, entsann sie sich; das sollte bedeuten, daß nichts existierte außer Gott, daß folglich auch jeder Mensch göttlicher Natur war, wobei die meisten dies allerdings im Laufe ihrer zahllosen Leben vergessen hatten. Ihr Großvater, der Pastor, rümpfte die Nase über solche Ansichten, und Mutter hielt sie für heidnische Gotteslästerung. Anabel aber glaubte, daß die Priester in Indien mehr wußten als die in Sussex. Zu wem also hätte sie beten sollen? Es war besser, sich selbst zu helfen.

Sie nahm ihren Skizzenblock, zeichnete die Umrisse des Turmes, mindestens zwanzigmal, und daneben die Worte »SOS« oder »Help!« Dann ließ sie alle Blätter nacheinander hinunterfallen und vom Wind davontragen. Einige verfingen sich in den Baumkronen, andere aber flogen weiter in Richtung Rhein; sie hielt das für ein gutes Zeichen, denn unten am Wasser würde man sicherlich zuerst nach der Vermißten suchen.

Die Sonne stieg höher und brannte nun viel zu heiß auf ihre nackten Arme; in der Umgebung des Turms aber zeigte sich keine Menschenseele. Unsichtbar schien er geworden zu sein oder ins Niemandsland gebaut. Anabel legte sich bäuchlings über den schwarzen Treppenschacht, um nachzusehen, ob an den Seitenwänden Reste von Steinen im Mauerwerk steckengeblieben waren, an denen sie sich hätte hinunterhangeln können, doch zumindest im oberen Teil ließ sich nichts dergleichen erkennen. Entmutigt drehte sie sich auf den Rücken und schloß die Augen.

Wenn sie aus Ungeduld Kopf und Kragen riskierte, abstürzte und ihr Kind verlor, würde sie das Unglück nur vergrößern. Im Grunde, so versuchte sie sich einzureden, mußte die Angst ihrer Eltern erst noch wachsen, damit sie die Tochter nach bangen Stunden gerührt in die Arme schließen und ihr einen Fehltritt verzeihen konnten, von dem sie bislang nichts ahnten. Sie glaubten, durch diese Reise noch eben rechtzeitig verhindert zu haben, daß Anabel ihre Unschuld an einen Unwürdigen verlor. Seit Jahren warfen sie einander vor, ihrer einzigen Tochter in der Kindheit zu viele Freiheiten erlaubt zu haben. Regelrecht verwildert war sie im Sinne verwirrenden Klima Indiens, und mit um so größerer Prüderie wurden ihr nach der Rückkehr die Sitten eines Landes nahegebracht, das sie niemals als ihre Heimat betrachten mochte.

Während Anabel sich in Kerala auf dem Rücken eines der schönen goldbraunen Boys durch die Wasserlilien der Backwaters tragen ließ und dabei recht wonnige Gefühle entdeckte, durfte in England ihr linkes Knie nie etwas anderes berühren als ihr rechtes. Unvorstellbar, daß sie gegen die gesellschaftlichen Konventionen ihres Standes verstieß, indem sie sich vor einer sorgfältig geplanten Vermählung – oder wenigstens Verlobung – verbotenen Sinnesfreuden hingab. Aus all diesen Gründen hatte Anabel noch nicht die Worte gefunden, den Eltern ihre Schwangerschaft einzugestehen. Sie selbst glaubte an Schicksalswendungen, die das Leben veränderten, und eben dies geschah ihr ja gerade, wenn auch weitaus dramatischer, als sie es je für möglich gehalten hätte.

Während ihr all dies durch den Kopf ging, mußte sie wohl kurz eingeschlafen sein, denn sie befand sich plötzlich wieder in London und spazierte durch einen der ärmlichen Vororte. Sie sah die Logierhäuser mit den Kanarienvögeln in den Fenstern, hörte deutlich den Leierkastenmann, der zwischen den Wäscheleinen im Hinterhof seine Weisen erklingen ließ. Eine Waschfrau mit einem Kinderwagen voller Brennholz schickte sich zum Abladen an, verscheuchte die bleichen Kinder, die sie, Spottlieder von der »schwarzen Köchin« singend, umkreisten. Im Treppenhaus roch es nach Erbrochenem; steile Stufen führten in meist trostlose Wohnungen. Leonards Leute lebten dort, mehr schlecht als recht, dennoch hatte Anabel sie oft und gerne besucht. O ja, ihr Doppelleben war perfekt gewesen! Während ihre Eltern sie zur Kunstakademie schickten, träumte sie heimlich davon, in den Slums der Großstadt von ihrer und Leonards Hände Arbeit zu leben, am liebsten in einem Büro, das sich für Frauenrechte einsetzte. Sie würde nicht nur mit den Requisiten der Neuzeit wie Schreibmaschinen, Aktenordnern und Kopierpresse umgehen können, sondern sich auch an die Öffentlichkeit wenden, indem sie Wohltätigkeitsbasare oder Zeitungskampagnen organisierte. Durch die Kindheit in Indien oder den Pastorengroßvater für soziale Fragen sensibilisiert, ließ sie sich keine Gelegenheit entgehen, politische Versammlungen zu besuchen. Auch ihren Leonard hatte sie auf einer solchen Versammlung kennengelernt. Ein Seemann, der sich für das Wahlrecht der Frauen interessierte – das allein sprach doch für sich! Alle Ämter mußten jedermann und jeder Frau offenstehen, fand er, und Anabel liebäugelte damit, als Priesterin der Menschlichkeit ihr junges Leben dem Ideal der Gleichberechtigung zu widmen. Nein, zu keiner Zeit war sie gewesen, was sie zu sein schien; pausbackig und mit strohblondem Haar, hätte niemand sie für eine höhere Tochter gehalten, für eine Suffragette allerdings auch nicht.

Sie weinte bittere Tränen, als sie aufwachte und ihr das ganze Ausmaß ihrer Misere bewußt wurde. Wie belanglos waren ihre bisherigen Freuden und Leiden innerhalb weniger Stunden geworden!

Noch einmal sammelte sie Kraft, um sich durch Rufen bemerkbar zu machen, bis sie heiser war. Danach fühlte sich ihre Kehle an, als hätte sie mit Rheinkieseln gegurgelt. Die Zunge klebte ihr am Gaumen, so daß sie kaum noch schlucken konnte, und der Durst wurde schier unerträglich. Wenn sich jetzt jemand dem Gefangenenturm näherte, würde sie, ihrer Stimme beraubt, zu akustischen Signalen schon gar nicht mehr fähig sein. Das Gefühl der Ohnmacht, das mit dieser Erkenntnis verbunden war, jagte ihr trotz der Nachmittagshitze einen Schauer nach dem anderen über die Haut. Dann ließ sich eine weiße Taube auf einer der Zinnen nieder, sie blieb eine Weile, und die Sonne schien durch ihre Flügel.

»Hol Hilfe!« teilte Anabel ihr telepathisch mit, denn Tauben besaßen den sechsten Sinn. Diese aber bewegte ruckartig den Kopf von rechts nach links, bevor sie sich in die Lüfte erhob und davonflog. Es war, als hätte sie das Todesurteil gesprochen.

Um sich abzulenken, versuchte Anabel zu schätzen, wie viele Meter Stoff ihre Röcke und Unterröcke wohl ergäben, wenn sie alles in Streifen zerrisse und diese aneinanderknüpfte. Es rächte sich jetzt, daß sie einfach geschnittene, schmale Kleider ohne Rüschen und mächtige Volants der derzeitigen Mode vorzog und sich stets über den Anblick jener Besucherinnen lustig gemacht hatte, deren Röcke beim Eintreten in den elterlichen Salon die ganze Tür ausfüllten. Ganz unangebracht erschien Anabel nun ihre Spottlust, denn wäre sie eine jener zutiefst verachteteten Teatime-Aunties, so trüge sie nun reichlich Stoff am Leib und könnte sich womöglich von diesem Gemäuer abseilen, das sie allerdings mit den modischen Gewändern ihrer Geschlechtsgenossinnen gar nicht erst erklommen hätte.

Ach, ihre Überlegungen waren ohnehin Nonsens, vom Durst erzeugte Hirngespinste, und selbst Rapunzels gesamte Haarpracht wäre diesem Hexenturm nicht gewachsen. »Rapunzel, laß dein Haar herunter« – typisch deutsch, dieses romantische Märchen! In England würde irgendein Lancelot der Lady in Not zu Hilfe eilen und in Indien Gott selbst. Hier in Deutschland dagegen gab es diese starken Frauen: Rapunzel, die ihrem Liebhaber eine Leiter aus geflochtenem Haar zuwarf, und jene legendäre Loreley, die ebenfalls ihr güldenes Haar und obendrein ihren Gesang einsetzte, um arglose Schiffer ins Verderben zu stürzen.

Wo Leonard nur blieb? Am Ende glaubten die Eltern, er habe seine Drohung wahr gemacht und sie gestern in aller Herrgottsfrühe entführt. Ein verhängnisvoller Irrtum, der sie nur davon abhalten würde, intensiv genug nach ihrer Tochter zu suchen. Vielleicht hielten sie es sogar für möglich, daß Anabel aus Liebeskummer ins Wasser gegangen war wie ihre unglückliche Patin mit der Opalbrosche. Auch dies ein verhängnisvoller Irrtum. In ihren Kreisen führte eine Schwangerschaft für gewöhnlich nicht zu solchen Kurzschlußhandlungen, da würde man sich für ein paar Monate aufs Land begeben, um nach der Entbindung mit dem Kind nebst einer passenden Legende in den Schoß der Familie, und damit auch in die Gesellschaft, zurückzukehren. Das Wort »Schande« würde nur hinter vorgehaltener Hand gesprochen, dafür aber um so genüßlicher wiederholt werden. Doch wozu diese Betrachtungen? Die Eltern wußten ja gar nicht, daß Anabel im vierten Monat war. Sie beschloß, die letzten Blätter ihres Skizzenblockes mit Notizen für ihre Familie zu füllen, solange sich ihre Sinne noch nicht getrübt hatten. Manch einer sollte nach so einem Unglück unter Amnesie leiden und nicht einmal mehr seinen eigenen

Namen wissen, so hatte Leonard es jedenfalls von schiffbrüchigen Seeleuten berichtet.

Wieder saß Anabel gegen die warmen Mauern gelehnt. Hungrig, durstig und von Schwindelanfällen geplagt, begann sie gegen den Sog der Verzweiflung anzuschreiben, dem sie sich nicht kampflos ergeben wollte. Schon bei den ersten Zeilen fielen ihr die verweinten Augen zu, und sie befand sich wieder in London. Diesmal war sie auf dem Weg zu ihrem eigenen Elternhaus, das nicht in einem dieser von Sorgen gezeichneten Vorstädte lag, sondern im vornehmen Kensington. In einem violetten Kostüm mit Pelzbesatz am Rocksaum schlenderte sie die Straße entlang, dann und wann blieb sie stehen, um die Auslagen der Schaufenster zu betrachten. Die Kaufhäuser wetteiferten neuerdings miteinander, wenn es darum ging, ihre Waren ins rechte Licht zu rücken: Hauchdünnes Porzellan, »china« genannt, Goldschmuck und glänzende Lederwaren thronten auf Ständern aus Glas. Anabel wandte sich ab und ging weiter, sie sah den Strom von Droschken und Omnibussen über die Verkehrsknotenpunkte rauschen, hörte das Klingeln der Trambahnglocke und das unaufhörliche Tuten der Autohupen. Es mußte soeben Büroschluß sein, denn aus den Geschäftshäusern eilten die Menschen einem imaginären Ziel entgegen. Gelegentlich hielten sie inne und lauschten, angelockt von den Zeitungsjungen, die ihre neuesten Nachrichten ausriefen. Und wie in einem Klartraum, in dem man die Geschehnisse beeinflussen kann, überlegte Anabel, ob die Tatsache, daß im fernen Rheinland eine englische Kunststudentin vermißt wurde, den Zeitungen wohl eine Meldung wert war.

Einige Straßenzüge weiter wurde es ruhiger. Anabel begegnete distinguierten Herren im Gehrock, die mit weit ausholendem Spazierstock und einer Nelke im Knopfloch ihren Clubs entgegen strebten. In der Nähe des Elternhauses trieb ein saumseliges Kind noch seinen Reifen durch die Pfützen, während daheim schon das Stubenmädchen aus dem Souterrain emporstieg, um den Gästen im Salon den Tee zu servieren. Gleich der erste Blick in den langen Korridor mit seinen Büsten und Palmen verriet Anabel, daß sich auch bei ihnen zu Hause eine Teegesellschaft eingefunden hatte. Sie sah es an der Anzahl der Regenschirme und der Visitenkarten auf dem Silbertablett. Sie haßte diese Zusammenkünfte auf denen nach dem Austausch des jüngsten Gesellschaftsklatsches unsägliche Gedichte vorgetragen wurden, denn in diesen Kreisen gab es derzeit niemanden, der keine Gedichte schrieb.

Ohne sich irgend jemandem gezeigt zu haben, ging sie sogleich auf ihr Zimmer, das sie erst kurz vor dem Dinner verlassen würde. Erst nachdem die Gesellschaft sich aufgelöst hatte, betrat sie noch einmal den Salon. Die Luft war geschwängert vom Zigarettenrauch und dem Parfum der Damen, vergiftet von den Meinungen der Leute; die Uhren tickten im Gleichtakt, und die Porzellanhunde auf dem Kaminsims saßen einander stumm gegenüber wie aller Tage Abend. Anabels Finger strichen zärtlich über die grüne Seide auf dem Piano, das außer ihr niemand zu spielen verstand. Bevor sie Malerin wurde, hatte sie sich als Pianistin versucht und sich davor heftig für Psychologie, Astronomie und Archäologie interessiert. Seitdem sie Leonard kannte, träumte sie davon, Schiffsbildhauerin zu werden; sie würde mit ihrer kleinen Familie auf einer Flußinsel irgendwo in Europa leben und schwere Holzklötze in Galionsfiguren verwandeln. Leonard würde ihr mit Rat und Tat zur Seite stehen, denn auch mit dieser Kunst müßte sie Neuland betreten, aber das war ja gerade das Reizvolle daran. Anabels Glück oder Unglück wollte es, daß sie vielfältige Begabungen besaß und ihr Enthusiasmus für das gerade erkorene Lieblingsthema sie zu erstaunlichen Leistungen führte. Ihre Lehrer lobten sie immer sehr, um es dann desto mehr zu bedauern, daß diese Ausnahmeschülerin ihre Bemühungen abbrach, sobald sie in einer der schönen Künste oder Wissenschaften die Vorstufe zur Meisterschaft erreicht hatte. Ihre Rastlosigkeit ließ keine wirkliche Reife zu; vielmehr schien Anabel die Rolle der Pionierin die erstrebenswerteste zu sein. Das Leben war zu kurz, um sich allein auf ein Gebiet zu beschränken. Die einzig beständige Leidenschaft, welche bisher jede anderen überdauert hatte, war die für alles Indische gewesen – und die Musik. Auch jetzt setzte sie sich an das Piano und spielte voller Hingabe ihre geliebten Scarlatti-Sonaten, bis die Eltern hereinkamen und zum Dinner auftragen ließen.

Mit dem Geruch von Apfelpudding und gebratenem Roastbeef in der Nase wachte Anabel auf und spürte, wie das Kind in ihrem

Leib langsam verhungerte. Sie hätte nun ihr Leben dafür gelassen, um im Salon ihrer Eltern das zu tun, was sie noch vor Tagen »stumpfsinniges Dahinvegetieren« genannt hätte; ihr Leben aber, so schien es ihr, ließ sie ohnehin, denn schon wurde es wieder dunkel im Niemandsland um den Turm, und nur derjenige, der ihn unsichtbar gemacht hatte, würde ihn der Welt wiedergeben können.

In der zweiten Nacht klebte ein fetter Vollmond am Himmel, ab und zu huschten Wolken über sein blatternarbiges Gesicht, der Wind aber hatte sich gelegt und gaukelte etwas mildere Temperaturen vor, womöglich gar ein Ende der langanhaltenden Trockenperiode. Die Grillen unten im Gras forderten unermüdlich Regen, und Anabel tat es ihnen gleich. Wie lange konnte man überleben ohne Wasser? Drei Tage, vier oder fünf? Im Rheinland hatten sie einen Jahrhundertsommer erlebt, das hieß, wochenlang keinen Tropfen von dem Regen gesehen, der in England so reichlich fiel, daß man ganz übersättigt wurde vom Anblick grüner Landschaften.

Wider Erwarten fühlte sie sich in der zweiten Nacht weniger ihrem Schicksal ausgeliefert als in der vorhergehenden. Hingestreckt auf dem rauhen Boden der Plattform, mit dem Filzhut unter dem Kopf und den Blättern ihres Skizzenblockes als Decke, gelang es ihr sogar, sich ein wenig zu entspannen. Die Nachtluft umfing sie watteweich, und bald fand sie sich darin eingesponnen wie in einem Kokon. Sie wünschte sich nichts weiter, als in diesem Zustand zu verweilen, die Verpuppung fortzusetzen, bis der Schmetterling, zu dem sie langsam würde, sein Gefängnis mit einem Flügelschlag sprengte.

Beim Erwachen glaubte sie, ihre Seele hätte sich bereits von ihrem Körper getrennt und sie in einem Zwischenreich zurückgelassen, in dem ihr alles, was geschah, auf eine rätselhafte Weise substanzlos vorkam. Dazu paßte der Nebel, welcher das Rheintal füllte und den Turm stundenlang in graues Zwielicht tauchte, während das Land jenseits des Flusses, unerreichbar fern, im Sonnenschein lag. Anabels Zunge trank die feuchte Luft. Und mehr, beschloß sie, würde sie an diesem Tag nicht benötigen. Es ging nicht mehr darum, ob sie verhungerte, verdurstete oder erfror, sondern darum, die Identifikation mit ihrem Leib und seinen Bedürfnissen aufzugeben. In Indien hatte sie Asketen gesehen, die wochenlang nur von Lichtnahrung lebten, eine geistige Übung, aus der sie die Gewißheit ableiteten, mehr zu sein als ein Körper-Verstand-Organismus. Durch vollkommenen Verzicht, so glaubten sie, würden sie alles gewinnen. Bis zur ihrer Rettung wollte Anabel diesen Hungerkünstlern nacheifern, zumindest so tun, als ob. Das war ein interessantes Experiment, und für eine Weile gelang es ihr auch, sich einzureden, daß sie sich freiwillig kasteite.

Die Krise traf sie unvorbereitet am Nachmittag, als unten im Tal die Weinlese begann. Geschmückte Boote glitten den Strom hinunter, Musik spielte, die Winzerinnen sangen. Noch einmal zwang die Gefangene ihren geschwächten Körper, mit heiseren Rufen und heftigen Gesten auf sich aufmerksam zu machen, und das Unvorstellbare geschah: Sie war doch nicht unsichtbar, nicht außerhalb von Raum und Zeit; der Turm war gar keine Tarnkappe, die sie den Blicken der Welt entzog. Die Menschen auf den Schiffen erwiderten sogar fröhlich ihr Winken, setzten ihre Fahrt dann aber unbekümmert fort.

Wie viele Mißverständnisse brauchte es, damit endete, was nicht enden wollte? Ich werde, beschloß Anabel, ihnen folgen. Alles war besser als hier oben zu bleiben, selbst die endgültige Verwandlung, der Tod. Sie legte ihren Oberkörper auf die brusthohe Mauer zwischen zwei Zinnen, breitete die Arme weit aus, und über den Dingen schwebend wie ein Engel aus Stein, machte sie sich zum Sturzflug bereit. Der Himmel war jetzt sehr nah und überwältigend der Drang, sich hineinfallen zu lassen. Unten auf der Erde feilte immer noch wie von Sinnen diese eine hysterische Zikade.

Als Anabel ihr Gleichgewicht verlagern und vorn überstürzen wollte, spürte sie, obwohl es viel zu früh dafür war, die Bewegung des Kindes in ihrem Leib. Einem gefangenen Vögelchen gleich, klopfte es mit seinem Schnabel gegen die weichen Wände seines Gehäuses, und Anabel ließ sich behutsam nach hinten sinken, damit sie auf Zehenspitzen und mit angehaltenem Atem die ersten Lebenszeichen ihres Kindes der Liebe entgegennehmen konnte. Ein unerhörter Zauber lag in diesem einen Augenblick, um dessentwillen allein sich ihr ganzes Leben gelohnt hätte. Eine Träne der Seligkeit bildete sich und fiel, die letzte, die sie noch hervorbringen konnte, galt ihrem Sohn. Arjuna hatte er heißen sollen, so wie der Freund und Schüler Krishnas, der von ihrem geliebten blauen Gott, stellvertretend für die gesamte Menschheit, in die höchsten Lehren eingeweiht worden war. Bis zum Abend erging Anabel sich in Zukunftsphantasien, danach spürte sie ihren Körper nicht mehr, empfand weder Hunger noch Kälte, und es kümmerte sie auch nicht, was weiter mit ihm geschehen würde.

Bei den Großeltern in Sussex hatte in der Nachbarschaft ein Junge gelebt, der vollkommen ohne Körpergefühl zur Welt gekommen war; niemals konnte er sicher sein, ob seine Beine ihm folgten, wohin sein Geist ihnen zu gehen befahl, und oft fügte er sich die ärgsten Verletzungen zu: Schnitte, Brandwunden, Knochenbrüche, ohne daß er das Geringste davon merkte. Sein Vater, der Dorfarzt, hatte viel Arbeit mit ihm, und jedermann bedauerte sein Los. Irgendwie schien sein Sohn nicht richtig inkarniert zu sein, wenn es denn es so etwas gab, jedenfalls erweckte er den Eindruck, er würde den größten Teil seines Lebens außerhalb seines Körpers verbringen. Anabel dachte an das wellige Ackerland in Sussex, an die Schafherden zwischen den Heckenreihen, die sich im Winde wiegenden goldenen Daffodils und wußte, daß sie auch dort hingehört hatte und nicht nur nach Kerala, wie sie sich und anderen immer so gern zu verstehen gab.

Im Rheinland war es an diesem dritten Abend kälter geworden als an den beiden zuvor. Die Sterne sahen wieder etwas glücklicher aus, und die dunkle Silhouette der Berge stand scharf wie ein Scherenschnitt vor dem Himmel. Am Morgen kämmten die eng stehenden Hügelkuppen den Nebel, molken ihn gar, damit er endlich etwas Flüssigkeit absonderte, denn immer noch hatte es nicht geregnet. Das Gleichgewicht zwischen Vergessen und Erinnerung, um das Anabel gestern noch gerungen hatte, glaubte sie nun erreicht, und der geheime Ort für dieses Gleichgewicht war jener Turm im Niemandsland.

»Scheinlebendig bin ich gewesen«, vertraute sie ihren Blättern an. »Meine Stimme hat gesprochen, meine Augen haben gesehen, meine Füße den Boden berührt. Ich wurde geboren und sterbe. Alles war nur ein Traum.«

»And all the world is a stage, and we are merely players«, oder so ähnlich, behaupteten Meister Shakespeare und die indischen Meister. Wenn aber alles nur Traum war oder Spiel, woraus bestand dann die Wirklichkeit? Trotz all ihrer Studien hatte Anabel nichts darüber erfahren.

Sterbensmüde und mit entzündeten Augen schrieb sie noch einen Brief an Leonard und Arjuna; sie hätte es aber ebensogut bleibenlassen können. Niemals würde sie ihren Liebsten wiedersehen, die Eltern hatten gewonnen, wenigstens für sie würde sich die Reise nach überstandenem Schicksalsschlag gelohnt haben. Anabel war ihr einziges Kind, aber sie zweifelte nicht daran, daß die Eltern sich trösten würden.

Das wahre Sein, so lehrten alle heiligen Schriften der Welt, begann erst, nachdem der vergängliche Körper sich in seine Elemente aufgelöst hatte. Es wurde Zeit, daß sie ihr Leben nun dem Tode brachte, aus freien Stücken und ohne Bedauern, trotz des Vögelchens in ihrem Inneren, das da auf sein Recht pochte, geboren zu werden. Hätte sie nur gewußt, wie, so hätte sie um seinetwillen darum gekämpft, weiterzuleben. Doch hier, auf dem Turm, gab es keinen Gegner außer der Zeit, die unerbittlich ablief, obwohl sie sich bald zu erweitern, bald zu schrumpfen schien, bis sie sich in das Nichts auflöste, das sie wahrscheinlich immer schon gewesen war. Anabel hatte nun keine Schmerzen mehr; allein daß sie nicht mehr schlucken konnte, bereitete ihr Pein. Ihre Haut fühlte sich an wie Pergamentpapier. Falls sie diesen Turm doch noch lebend verlassen würde, dann sicherlich als Greisin mit Runzeln und schlohweißem Haar. Es spielte, dachte sie, keine Rolle mehr, ob das eine oder andere geschah, wenn es nur schnell ging.

Entscheidend waren die letzten Gedanken und Wünsche, die ein Mensch am Ende seines Lebens hegte, hatte die Amma einmal angesichts eines sterbenden Bettlers gesagt, denn diese Gedankenformen würden sich im nächsten Leben verdichten und in Erscheinung treten. Jeder Mensch war somit nicht nur Betrachter seiner Welt, sondern zugleich ihr Schöpfer.

Also stellte Anabel sich das Gesicht ihres Liebsten vor, seine breite Stirn und den Backenbart, die grauen Augen, welche ihre Farbe vom Wasser nahmen und sich dessen Schattierungen anpaßten. An dieses eine Gesicht dachte Anabel, bis sie es überall sah, in den Wolken, den Vögeln, den Tages- und Nachtgestirnen. Sie war nicht mehr imstande, sich noch auf den Beinen zu halten, und saß, mit dem Hut im Nacken, an die Mauer gelehnt, genau dem Abgrund gegenüber, den ein unvorsichtiger Tritt ihrer Füße aufgetan hatte. Ihre körperliche Schwäche führte zu Lethargie und Losgelöstheit, und beides empfand sie als Geschenk. Sie war nicht mehr von dieser Welt, war es nie gewesen, es würde nicht schwerfallen, diese Welt zu verlassen, jetzt gleich oder später.

Die Tageszeiten wechselten. Sonne und Schatten lösten einander ab. Zuweilen wurden die Vorhänge des Himmels aufgezogen, damit das Sternengefunkel von anderen Planeten künden konnte, dann wurden sie wieder zugezogen. Als letzten Gedanken wollte Anabel den Wunsch mit hinübernehmen, ihrem Kind zu begegnen, Arjuna, dem Spielgefährten des blauen Gottes. Damit sie ihren Geist auf diesen Gedanken ausgerichtet hielt, mußte sie sich jetzt absichtlich verpuppen, mit geschlossenen Lidern, eingesponnen in den Kokon der Vergänglichkeit, die eigentliche Initiation erwarten. Der Kokon war weit mehr als ein Symbol, sondern vielmehr ein sakrales Gefäß der Verwandlung; schade, daß ihr niemand da unten auf der Erde etwas davon gesagt hatte. Es wäre ein großes Thema gewesen.

Das letzte, was Anabels irdische Augen sahen, waren die Schwalben, welche in immer enger werdenden Spiralen um den Turm herumschwirrten; sie flogen viel tiefer als sonst. Morgen würde es Regen geben.

15. Kapitel
Übersinnliches Intermezzo

Wenn Gedanken elektrische Impulse im Gehirn auslösten, so mußte sich in meinem Kopf gerade ein besonders heftiges Gewitter entladen. Wort- und Bildfetzen lösten einander so blitzartig ab, daß mein Verstand ihnen nicht zu folgen vermochte, und mündeten schließlich in einen einzigen Satz: »Sieh nach, ob die Treppe noch steht!«

Einer Panik nahe, sprang ich auf die Füße, von denen mir einer eingeschlafen war, und humpelte unsicheren Schrittes zum Ausgang gegenüber. Die letzte Stufe, durch eine zusätzliche hellgraue Zementschicht künstlich erhöht, hatte es zu Anabels Zeit noch nicht gegeben, für mich aber war sie die erste auf dem Weg in die Freiheit. Ich prüfte sie mit den Zehenspitzen und eilte, da der Boden nicht unter mir nachgab, die Wendeltreppe hinunter, als wären die arabischen Dschinnen in ihrer feindseligsten Erscheinungsform hinter mir her, bereit, mich von oben zu steinigen oder unten die Tür vor mir zu verschließen.

Kein einziges Mal getraute ich mich, anzuhalten, obwohl die Welt nur noch aus sich drehenden Spiralen zu bestehen schien und mir der Angstschweiß in die Augen tropfte. Erst draußen im Wald, gut hundert Meter vom Turm entfernt, sah ich mich um und wunderte mich immer noch, daß er nicht in sich zusammenstürzte, für immer in einer Staubwolke verschwand und mich zur Phantastin degradierte. Mir war, als hätte ich Jahre auf diesem Turm verbracht, doch die Uhr in Stellas Auto sagte mir, daß ich nur eine gute Stunde lang unterwegs gewesen war.

Auch Anabel hatte, den nahen Tod vor Augen, die Erfahrung gemacht, daß die Zeit nach Belieben schrumpfen und sich erweitern konnte. Mit dem Raumgefühl schwand auch die Zeit. Anabel … immer noch hielt ich ihre Opalbrosche umklammert, vielleicht sollte ich sie in den Rhein werfen, doch sie blieb bisher das einzig Handfeste an diesem Tag.

Meine Erleichterung darüber, das Schicksal der kleinen schwangeren Engländerin nicht teilen zu müssen, wich bald dem Verdruß über meinen Leichtsinn. Auf der Suche nach Stellas imaginärem »Ort in der Zeit« hatte ich den letzten Tropfen Benzin verbraucht und mußte mich nun zu Fuß bis zu einer Tankstelle in der nächstbesten Ortschaft des Diesseits schleppen. Unterwegs fiel mir ein, daß ich ja auf Anabels Spuren wandelte und möglicherweise im Städtchen unterhalb des Turms noch die Pension der englischen Familie finden konnte.

Und so war es. Es gab ein Kino, eine Tankstelle, eine Kirche nebst Friedhof und einen »Gasthof zur alten Post«, der aussah, als hätte er die letzten hundert Jahre verschlafen. Mit meinem gefüllten

Benzinkanister in der Hand betrat ich das Wirtshaus und hoffte, daß niemand mich für eine Mafiosa hielt, die auf unfeine Weise Schutzgelder erpressen wollte. Doch in diesem Kaff war man wohl noch nicht so krimigeschädigt wie bei uns in der Stadt, trotz des laufenden Fernsehers in der Ecke, der die Mittagsgäste schon vertrieben oder die Abendgäste noch nicht hergelockt hatte, denn die etwas schmuddelige Stube war leer.

Es dauerte reichlich lange, bis der Wirt mein Rufen erhörte und sich aus dem Dunkel hinter dem Schankraum nach vorne bequemte. Er sah aus, als hätte ich ihn beim Mittagsschlaf gestört, und so ließ er mich meine Bitte, mir etwas über den grauen Turm zu sagen, gar nicht richtig vorbringen, sondern verwies mich gleich an eine gewisse Josefine Caspers, die Haushälterin des verstorbenen Pfarrers. Sie wohne im Haus neben der Kirche und sei schon über neunzig, aber wenn sie einen guten Tag hätte, würde sie gerne über alte Geschichten reden, sogar mit Fremden. Ich bedankte mich und ging, obwohl mir der Magen knurrte und ich in einer angenehmeren Umgebung gerne etwas gegessen hätte.

Nun, auch diese Josefine schien keinen guten Tag zu haben. Sie war alt, schwerhörig und mißtrauisch. Erst als ich ihr die Brosche zeigte und von allen Seiten betrachten ließ, taute sie auf. Ja, sie erinnere sich noch an die Herrschaften aus England, die zu Beginn des Jahrhunderts im Gasthof zur alten Post gewohnt hatten. Sie, Josefine, war damals ebenfalls ein junges Mädchen und selbst in jemanden verliebt, der sie nicht heiraten konnte, weil sie seiner Familie nicht gut genug gewesen. Ihre ganze Sympathie hatte daher dieser Engländerin gegolten, einer hübschen blonden Lady, der man ansah, daß sie ein Geheimnis hütete.

»Wußte man hier im Dorf denn, was die Familie hergeführt hatte?«

»Nein, zuerst nicht, aber es wurde natürlich geredet. Der Vater so streng, die Tochter so traurig, da dachte man sich schon seinen Teil. Erst nachdem die junge Dame spurlos verschwunden war, mußten die Eltern Erklärungen abgeben.«

»Und wie lauteten diese Erklärungen?«

»Nun, die Tochter habe sich mit einem Seemann eingelassen, eine Heirat komme aber nicht in Frage, und so habe sie hier im

Ausland bei ihren Studien Vergessen gesucht. Die Kleine war ja von früh bis spät mit ihrem Malzeug unterwegs, ich habe sie gesehen, ihre Bilder, sehr schön, besser als Picasso und all das moderne Gekleckse.«

Ich umfaßte Josefines harte, abgearbeitete Hände und zwang sie, mir in die Augen zu sehen. »Was meinen Sie damit, sie habe sich eingelassen, Frau Caspers? Ich denke, zu Ihrer Zeit ließ sich ein anständiges Mädchen nicht mit jemandem ein, oder?«

Die alte Frau verzog ihr Gesicht. »Die Liebe«, sagte sie, »war zu allen Zeiten gleich.«

»War das Mädchen denn schwanger?«

»Schwanger? Du lieber Gott, da kommt jemand nach über siebzig Jahren und fragt mich so etwas. Wozu wollen sie das wissen? Ich meine, sind Sie mit dem Mädchen verwandt?«

Ich schwieg eine Weile, studierte Josefines Züge, verweilte auf den tiefen Furchen in ihrem Gesicht, welche die Geschichte eines entbehrungsreichen Lebens erzählten, und verriet ihr dann, was ich an dem Tag oben auf dem Turm erlebt hatte. Ich erwartete keineswegs, daß sie mir glaubte, ich war einfach nur neugierig auf die Reaktion dieser einfachen alten Frau, immerhin Haushälterin eines katholischen Priesters.

Sie schwieg nun ebenfalls ziemlich lange, und als ich dachte, ich hätte ihr zuviel zugemutet und mir damit ihre Gesprächsbereitschaft verscherzt, meinte sie nur: »Ja, ich glaube, so etwas gibt es.«

Wieder nahm ich ihre Hände und sagte: »Ich möchte nur wissen, ob man damals richtig nach Anabel gesucht hat, ob man sie wirklich finden wollte, verstehen Sie?«

Josefine nickte heftig. »Zuerst ja. Aber dann fand man ihre Staffelei mit dem unvollendeten Bild des grauen Turms darauf, und plötzlich hieß es, das Bild sei so viel düsterer als die bisherigen, und die Lady müsse sich in einem Anfall von Schwermut ins Wasser gestürzt haben. Ein paar Tage später aber entdeckten sie Spuren eines Nachens, der im Uferschlamm gelandet sein sollte, und nun wurde behauptet, sie sei von ihrem Seemann entführt worden. Die Eltern machten sich wieder Hoffnung, daß ihre Tochter doch noch lebte. Kurz darauf reisten sie ab; ich konnte das damals überhaupt nicht begreifen. Aber was weiß man schon, man hat ja auch ihre Sprache nicht verstanden ...«

»Und Anabel wurde niemals gefunden?« Ich mußte mich kurz fassen, die alte Frau sah erschöpft aus und würde sich nicht mehr lange konzentrieren können. Oder ihr Zögern hatte andere Gründe.

»Nach zwölf Jahren wurde der alte Turm renoviert, damit die Fremden wieder hinaufsteigen und die Aussicht genießen konnten«, entsann sie sich schließlich. »Dabei fanden die Handwerker oben auf der Plattform ein Gerippe, einen weißen Filzhut und in einer Mauerritze ein halb vermodertes Taschentuch mit aufgestickten Initialen.«

»Was für Initialen?« Meine Stimme konnte die Ungeduld kaum verbergen.

»A. S.«

»Und die Eltern?«

»Die konnte man nicht mehr ausfindig machen, niemand kannte deren Namen und Adresse. Die englische Lady wurde auf unserem Friedhof begraben. Ich besuche sie heute noch jeden Sonnabend.«

Dafür sollte ich ihr die Brosche schenken, dachte ich und tat es nicht, stellte statt dessen eine weitere indiskrete Frage: »Und Sie, Frau Caspers, haben Sie später jemand anders geheiratet?«

»Nein, Fräulein. Die große Liebe gibt es nur einmal im Leben, wissen Sie?«

Ich wußte es nicht und verabschiedete mich schnell.

Natürlich konnte ich nicht heimfahren, ohne Anabels Grab zu sehen, und fand es auch in kurzer Zeit auf dem kleinen Friedhof. Ein noch kaum verwittertes Holzkreuz gab ihren Namen und ihr Todesjahr preis, und eine himmelblaue Hortensie kündete, Josefine sei Dank, von der Treue einer Leidensgenossin. »Anabel Lightblue« – keine Blume hätte besser zu dir passen können. Ich klaute ein paar Fliederzweige von einem frischen Grabhügel und legte sie dazu.

Stellaluna reagierte unerwartet verhalten auf die Beweise meiner neu erwachten Medialität, brachte sie in Zusammenhang mit meiner Schwangerschaft und prophezeite, daß mir nach der Geburt meines Kindes wieder verlorenginge, was mir jüngst geschenkt ward. Es sei denn, ich führte regelmäßig bestimmte geistige Übungen durch.

Ich hielt ihre Warnung für schiere Mißgunst, kannte ich doch inzwischen Stellas Unzulänglichkeiten und war sogar froh darum, denn mit einer Heiligen hätte ich es nicht ausgehalten. Für Anabels qualvolles Ende fand sie kein Wort des Bedauerns, nicht eines für das verschmachtende Vögelchen in seiner Todeszelle. Was ging in einer Mutter vor, die den Lebenshunger ihres Ungeborenen nicht stillen konnte? Stella, der Junggesellin, fehlt jedes Gespür für die Dramatik dieser Situation. Dafür versetzten sie die starken Symbole meiner Turmvision in Aufregung. Sicherlich würde das eine oder andere bald in ihren Seminaren wieder auftauchen, dachte ich amüsiert. »Der Kokon als sakrales Gefäß der Verwandlung« hatte es ihr dabei besonders angetan, und die Übereinstimmung einiger Details im Wach- und Traumbewußtsein kaum weniger. So hatte es ja auf beiden Ebenen die Vorstellung vom Engel aus Stein gegeben, der sich zum Sturzflug auf die Erde anschickte, und die Opalbrosche als Bindeglied zwischen Vision und Realität sprach natürlich für sich.

Während ich noch Stellas wortreichen Kommentaren dazu lauschte, sah ich auf einmal wieder jenen Samariter des Roten Meeres vor mir, wie er mir die Stirn kühlte und gewürzten Tee zu trinken gab, als ich sterbenskrank in diesem stickigen Kabuff lag. Sein Gesicht war dunkelblau gewesen wie das von Anabels indischem Gott. Wer aber kreierte solche Zusammenhänge? Mein eigenes Bewußtsein oder das eines anderen?

»Und was?« dachte ich laut, »hat das alles mit Lilith zu tun?«

Im selben Moment ärgerte ich mich, daß ich schon wieder fragte, was ich mir doch längst selbst beantworten konnte, seitdem Adam damals bei unserem Gespräch zum Sonnenuntergang auf dem Dach des Dhar Dahab den roten Faden von einem Leben zum anderen so präzise beschrieben hatte. Vom Weiterbestehen der Zielvorstellungen war die Rede gewesen, von bildhaften Erinnerungen und physischen Spuren, von den Neigungen, die irgendwann später zu Fertigkeiten würden.

»Jede Frau hat mit Lilith zu tun; mit ihr fing schließlich alles an«, bemerkte Stella und schloß, da sie wußte, daß ich mit soviel Verallgemeinerung nichts anfangen konnte, schnell die Frage an: »Zu welcher Zeit, sagtest du, soll deine Anabel gelebt haben?«

»Zu Anfang des Jahrhunderts. Ins Herzchen auf dem Turm war die Zahl 1905 eingeritzt.«

»Zur Zeit der industriellen Revolution also. Wahrlich ein hartes Los!« seufzte sie, und ich hörte zum erstenmal so etwas wie Mitgefühl in ihrer Stimme. »Die Menschen hatten sich damals weitgehend von der Natur abgetrennt, und damit von den Jahreszeiten und ihren Rhythmen; alle strömten in die Städte, um Geld zu verdienen. Das Bild von der Großen Göttin oder der Weiblichkeit Gottes, das Jahrtausende überdauert hatte, verblaßte, ihre Geheimnisse fielen dem Vergessen anheim. Auf dem Tiefpunkt dieser Entwicklung begannen die Frauen um ihr Stimmrecht und ihre Gleichberechtigung zu kämpfen!«

»So wie Anabel«, unterbrach ich Stella, damit sie zu dozieren aufhörte.

»Genau. Deine Anabel besaß ja Pioniergeist auf etlichen Gebieten und hat sich auf ihre Weise gegen die Konventionen ihrer Zeit aufgelehnt. Eine Rebellin vom Format einer Lilith war sie, wenn du so willst.«

Damit gab ich mich zufrieden. »Meine« Anabel ... Ja, ich hatte ihre Gedanken gedacht und ihre Empfindungen gespürt, als wären es meine eigenen gewesen; nun brauchte ich Zeit, um sie wieder loszulassen. Ich wußte auch schon, was mir dabei helfen würde, und so stürzte ich mich gleich am nächsten Tag auf die Arbeit an unseren Patienten. Ich streichelte und massierte fremde Körper, daß es eine Lust war. Solange der Knirps in meinem Bauch es zuließ, wollte ich mit meinen Händen arbeiten, denn das tat uns beiden gut.

Stella hatte allerdings anderes mit mir vor. Sie setzte sich eines Abends auf meine Bettkante und sagte sehr bestimmt: »Du hast mir aus Äthiopien von deinen außerkörperlichen Erfahrungen geschrieben. Erzähl mir doch bitte jetzt mal genau, wie das war!«

Ich ahnte Schreckliches, suchte Ausflüchte, die sie nicht gelten ließ, und versuchte es dann so kurz und wenig spektakulär wie möglich zu machen: »Zum erstenmal geschah es mir im Bergland von Tigre. Wir hatten seit dem Morgengrauen bis zur Erschöpfung Kranke versorgt, und ich lag dösend, aber nicht schlafend, in meiner Hängematte, um meine tägliche Portion Injera – das ist dieser dicke Getreidebrei – zu verdauen. Auf einmal begann es in meinen Füßen merkwürdig zu kribbeln. Während ich mich noch darüber wunderte, war mir, als würde jemand einen Staubsauger auf mich ansetzen, der einen Teil von mir sanft hinauszog. Dieser feinstoffliche Teil aber mußte mein eigentliches Ich sein, denn er schwebte über meinem Körper, auf den ich nun von oben herabsah. Kurz darauf verschwand die Strohhütte, in der ich gewesen war, im Dunst. Ich erhob mich über die Baumwipfel rund um die Hütten und fühlte mich unglaublich befreit.

Je weiter ich flog, desto mehr schien ich mich auszudehnen. Mein Geist benötigte immer mehr Raum, wuchs über alles hinaus, was mir begegnete, und je weiter ich wurde, desto mehr steigerte sich meine Ekstase. Ich sah Wälder, Gärten und Seen, glasklar und in viel brillanteren Farbe, als sie hier auf der Erde zu finden sind. Niemals wurde es da draußen dunkel oder kalt, denn eine kosmische Sonne, die allen begrenzten Systemen übergeordnet ist, leuchtete ohne Unterlaß. Alles pulsierte und befand sich im lebendigen Austausch miteinander, und alles geschah gleichzeitig. Ich spürte auch die Gegenwart anderer Wesen um mich herum und fühlte mich ihnen zutiefst verbunden ... Ja, das war es auch schon, glaube ich.«

Stella drückte dankbar meine Hand. »Und haben die Wesen Gestalt angenommen?«

»Ja, manchmal.«

»Haben sie sich zu erkennen gegeben?«

Ich schwieg, weil ich bereits mehr preisgeben hatte, als ich wollte.

»Wie oft bist du schon auf Astralreise gegangen?«

»Nicht so oft.«

»Schade, Lilith, ich dachte, wir könnten anfangen, damit an die Öffentlichkeit zu gehen und Kurse zu geben. Es gehört nämlich zu den natürlichen Fähigkeiten des Menschen, außerhalb seines Körpers zu reisen. Diese Fähigkeit ist uns bloß verloren gegangen, wie so manches andere. Wir müssen nur lernen, Ballast abzuwerfen und unserer Natur gemäß zu leben, dann gibt es nichts

Übersinnliches oder Übernatürliches, dann steht uns alles zur Verfügung.«

»Aber solange diese Bewußtseinsreisen bei mir nur sporadisch auftreten und ich sie nicht willentlich steuern kann, möchte ich niemanden darüber belehren, Stella. Ich bin eine sehr gute Physiotherapeutin. Auch kann ich bei Bedarf meine Hände auflegen und Energie übertragen, und das genügt mir erst einmal. Was deinen Geheimlehren-Spleen angeht, so mußt du Geduld haben, bis ich soweit bin.«

»Sprach Lilith und stürzte sich ins nächste Abenteuer«, sagte Stella und ahnte wohl, wie recht sie damit hatte. Es war nicht einfach, einer Hellsichtigen etwas zu verheimlichen.

Diese Schwangerschaft schien wahrlich die kreativste Zeit in meinem Leben zu werden. Nie zuvor hatte ich soviel über die Bedingungen meiner Existenz erfahren, soviel Ein-Sicht darüber, wie stark sie auf vergangenen Existenzen aufbaute. Hätte Stella genauer gewußt, was sich bei mir abspielte, seitdem ich wieder unter einem Dach mit ihr lebte, so hätte sie mir keine Ruhe mehr gelassen.

»Hast du selbst denn deinen Klienten gar nichts Neues zu bieten?« fragte ich, um sie von meinen Experimenten abzulenken.

»O doch, Lilith, aber das hast du ja nicht mehr mitgekriegt. Nach dem ›Eros des Schwarzen Mondes‹ mit seiner ganzen Thematik von Destruktivität, Perversion und Geschlechterkampf habe ich schließlich zur ›mystischen Sexualität‹ gefunden, darin sehe ich jetzt meinen Schwerpunkt.«

»Sexualität und Mystik …? Ist das nicht ein Widerspruch in sich? »

»Eben nicht!«sagte sie triumphierend. »Es geht darum, die groben Energien des Menschen zu verfeinern und die Verbindung zwischen Sexualität und Transzendenz wiederherzustellen. Dann kann unsere egomanische Triebbefriedigung nämlich zu dem werden, was Sexualität ihrem Wesen nach sein sollte: ein heiliges und heilendes Mittel zur Transformation.«

Ich gähnte laut. »Klingt sensationell, Stella, aber erkläre es mir ein andermal. Schwangere brauchen ihre acht Stunden Nachtruhe.«

Zu der Zeit, als dieses Gespräch stattfand, konnte ich mich gar nicht oft genug schlafend stellen. Es war so, wie meine Freundin bereits vermutete: Ich hatte auf diesen Reisen, befreit von der Bürde des Körpers, nicht nur Neuland betreten, sondern den Horizont meines bisherigen Weltbildes im wahrsten Sinne des Wortes erweitert. Die zunächst verschwommenen Bilder hatten nach und nach Konturen bekommen, die Geistwesen Namen und erfühlbare Eigenschaften. Zu Anfang hoffte ich wohl, Anabel irgendwo dort »draußen« zu treffen, später fand ich das nur noch naiv, angesichts der Grenzenlosigkeit dieses Raumes, der sicherlich mehr Wesen beherbergte als unser schmutziger kleiner Erdball.

Nach einer Weile verstand ich, daß mir meine eigenen Vorstellungen nur im Wege standen, und ich ließ sie los; es war sowieso alles ganz anders. Ich hielt meine Ausflüge auch keineswegs für etwas Besonderes. Nacht für Nacht gingen die Menschen schließlich auf Astralreisen, die sie für Träume hielten, während ich sie mit der Zeit nicht weniger wirklich fand als die Ereignisse im Wachbewußtsein. Da ich mir nicht aussuchen konnte, was mir geschah, nachdem der Staubsaugereffekt mich jeweils aus meinem Körper gezogen hatte, war mir jede Orientierungshilfe willkommen, und so lernte ich bald die Bemühungen eines weiblichen Wesens schätzen, weder jung noch alt, weder häßlich noch schön, das sich mir als eine der zehn weisen Sibyllen vorstellte.

Ich konnte sie stets schon von weitem an ihrem weiten Gewand und an einem roten Tuch um den Kopf erkennen. Einer geheimnisvollen Regie folgend, empfing sie mich immer gleich in den ersten Augenblicken meiner Reise, um mir ein und dieselbe Szene vorzuführen, bis ich endlich zu fragen begann.

Jedesmal sahen wir vier Frauen zu, die eifrig damit beschäftigt waren, aus weißen Steinen eine hohe, runde Mauer in die blühende Landschaft zu setzen. Während drei der Frauen üppige Gewänder trugen und sogar kleine Goldkronen auf den Häuptern, wirkte die vierte in ihrem kobaltblauen Kleid recht schlicht und dafür um so liebenswerter, zumal sie bei ihrem Tun ständig lächelte. Ihr Name, so hieß es, war Caroline de Castel, und meine Begleiterin bezeichnete sie »als erste Schriftstellerin des Abendlandes, die von ihrer Kunst leben konnte«.

»Was bauen sie denn da?« fragte ich voller Neugier.

»Die Cité des dames, ein Refugium der Frauen«, lautete die rätselhafte Antwort.

»Und zu welcher Zeit geschieht das?«

»Von heute aus betrachtet, würde ich sie als Herbst des Mittelalters bezeichnen«, sagte die Sibylle.

»Herbst des Mittelalters ...«, sprach ich ihr nach. Dann mußte ich für die freundliche Caroline ein Wesen aus der Zukunft sein! Was für eine Inszenierung! Aber wohin sollte das führen? Wozu wurde sie mir gezeigt, und was hatten wir uns zu sagen? Ich kam nicht mehr dazu, diese Fragen zu stellen, denn schon verblaßte das Bild zum Zeichen dafür, daß sich der Ausflug seinem Ende näherte. Leider hatte ich es ja noch nicht gelernt, den Ablauf zu beeinflussen. Voller Ungeduld erwartete ich die nächsten Begegnungen und wurde nicht enttäuscht. Hatte ich Caroline bei meinem ersten Besuch nur von weitem sehen können, so erzählte sie mir beim zweiten- und drittenmal schon Szenen aus ihrem Leben, dann aber ließ sie mich ganz in ihre Rolle schlüpfen.

16. Kapitel
Ich, Caroline

Ich, Caroline, so begann Caroline de Castel ihren Monolog, habe einen weiten Weg zurücklegen müssen, zunächst von Rosen bedeckt und später nur noch von Dornen, bis irgendwann im Labyrinth meiner Gedanken eine Stadt der Frauen auftauchte wie eine Fata Morgana in der Wüste. Doch wenn Ihr Muße habt, schöne Freundin, und Geduld, so würde ich gern der Reihe nach erzählen:

Ein Kind zweier Welten war ich; geboren in Venedig, vertauschten wir alsbald die Stadt des Wassers und des Lichtes, dieses Schmuckkästchen an der Lagune, mit dem Saint-Paul-Viertel an den Ufern der Seine, nachdem mein Vater, ein renommierter Arzt und Astrologe, als Ratgeber des Königs nach Paris berufen worden war. Ob ich mich fremd fühlte in dem neuen Land, dessen Sprache ich nicht verstand, weiß ich nicht mehr. Eine Vierjährige ist ja noch überall zu Hause, wenn nur die Eltern ihr zugetan sind. Mein Herr Papa hatte sich übrigens zunächst einen Sohn gewünscht, einen Erben seines Wissens und Verstandes; meine Mutter dagegen sehnte sich nach einer Tochter, die ihr ähnlich war, und da sie mehr vom weiblichen Zyklus und dem Geheimnis der Zeugung verstand als er, kam ich eben als Mädchen zur Welt. Dennoch verstand es meine Mama, auch die Wünsche ihres Ehemannes zu erfüllen, glich ich doch in Wesen und Gestalt mehr ihm als ihr, und sorgte sie überdies dafür, daß mir in gebührendem Abstand noch zwei Brüder folgten. Sie war mir eine liebevolle Mutter, stillte mich gleich nach der Geburt sogar selbst, statt dies einer Amme zu überlassen, und erzog mich mit großer Hingabe, dennoch sollte ich es zeit meines Lebens bedauern, nicht als Mann geboren zu sein, denn mein Wissensdurst übertraf bei weitem das einer Tochter aus gutem Hause zugestandene Maß.

Während meine Mutter mich im Gebrauch des Spinnrades unterweisen wollte, verlangte es mich um so mehr nach den Kenntnissen meines Vaters. Wie beneidete ich ihn um die Kunst, die Bewegung der himmlischen Sphären und Planeten zu kennen, und heute weiß ich auch, warum, denn die Wissenschaft des Astrologen ist der des Philosophen verwandt, und wer sich ihr widmet, den macht sie verliebt in die Schönheit des Überirdischen und letztendlich dem ähnlich, der ihn schuf. Was bringt es dagegen, sich mit Hanf und anderen Garnen zu befassen. Nein, ich begehrte gerade das, was ich nicht bekam, jenen unvergleichlichen Schatz, den die Bildung all denen schenkt, die nach Wissen streben.

Doch versteht mich nicht falsch, abgesehen von diesem einen Wermutstropfen war meine Kindheit eine gesegnete Zeit, in der mir weder Schade noch Harm widerfuhren, was gewiß die besten Voraussetzungen sind, ein harmonischer Mensch zu werden.

Eine meiner frühesten Erinnerungen geht zurück bis zu jenem glanzvollen Tag im Dezember 1386, als die ganze Familie vom König Karl V. höchstpersönlich im Louvre empfangen wurde. So jung ich damals noch war, weiß ich doch noch, daß meine Mama und ich an diesem Tag unsere goldbestickten lombardischen Gewänder trugen und daß wir uns wunderschön darin fühlten. Der

König begrüßte uns mit großer Freude. Niemals werde ich das Lächeln vergessen, das er mir damals schon schenkte, einer kleinen, etwas verschüchterten Venezianerin, die Jahrzehnte später seine Biographin werden sollte. Er war groß und gut gewachsen, mit breiten Schultern und ebenmäßigen Gliedern, auch an seinen Bart entsinne ich mich, an seinen festen Blick, und vor allem an seine wohltönende Stimme.

Als ich älter wurde, lernte ich seine Rhetorik schätzen und seine überaus gepflegte Sprache. Wir schlossen den König, den die Nachwelt den »weisen« nannte, sogleich in unsere Herzen und sollten auch allen Grund dazu haben, denn er ermöglichte meinem Vater eine glänzende Laufbahn als sein Berater und Leibarzt und uns ein Dasein, in dem es uns an nichts mangelte. Doch wären nur wir mit unserem Los zufrieden gewesen, so zählte das wenig; es erlebte aber ganz Frankreich unter Karl V. zwei Jahrzehnte des Friedens, wahrlich eine Seltenheit in unserer schwergeprüften Zeit. Sogar die Pest stellte vorübergehend ihr Wüten ein, und auch die Naturkatastrophen mit der Hungersnot im Gefolge mieden einstweilen das Land, so daß die Bauern endlich wieder ernten konnten, was sie gesät hatten.

Unser Schutzherr, der König, war selbst ein Freund der Wissenschaft, der in seiner berühmten Bibliothek im Louvre mehr als tausend Handschriften beherbergte, und da mein Vater dank seiner Fähigkeiten hoch in seiner Gunst stand, verwöhnte er uns oft mit kostbaren Geschenken und schenkte uns sogar einen Wohnsitz und etwas Land. So gehörte der Familie bald der Barbeau-Turm in der Stadtmauer von Paris, dazu eine ummauerte Gartenparzelle sowie außerhalb der Stadt ein kleines Schloß in der Nähe von Orsonville ...

Zu den Sternstunden meiner Jugend zähle ich diejenige, zu der ich, fünfzehnjährig, der großen und einzigen Liebe meines Lebens begegnen durfte: Etienne de Castel, einem Edelmann aus der Pikardie. Unter all den Rittern und reichen Schreibern, die mir damals den Hof machten, erkannte mein Vater, der Zukunftsdeuter, in ihm den mir bestimmten Ehemann, und er täuschte sich nicht. Seltsamerweise erinnere ich mich auch hier noch an das Gewand, welches ich zu meiner Hochzeit bekam, nicht weil ich so putzsüchtig bin, sondern weil mir, im nachhinein betrachtet, seine Symbolkraft ins Auge fällt. Ein Umhang aus weißer Seide umfing mich ganz, die Schleppe war mit einer kostbaren Spange an meinem Hals befestigt, und ich trug wertvollen Schmuck ... Die weiße Seide aber symbolisierte die Exklusivität meiner Liebe, denn über Etienne kann ich nur das Beste erzählen. Er war zehn Jahre älter als ich und mir nicht nur ein treuer Freund und Weggefährte, sondern obendrein ein begnadeter Liebhaber, dem das Entzücken seines Weibes hundertmal mehr am Herzen lag als sein eigenes.

In wenigen Jahren wurden uns eine Tochter und zwei Söhne geboren, und da man Etienne zur Hochzeit das ehrenvolle Amt eines königlichen Notars übertragen hatte, gab es nichts, das uns zu unserem Glück fehlte. Doch die Schicksalsgöttin, diese launische Dame Fortuna, hatte mich bereits auf dem absteigenden Teil ihres Rades plaziert und führte Böses im Schilde.

Im Jahr nach unserer Hochzeit verstarb, obwohl erst zweiundvierzigjährig, unser Freund und Gönner, Karl V., und unsere Familie verlor mit ihm all ihre Privilegien. Meinem Vater wurden nicht nur seine Bezüge gestrichen, sondern er sollte auf einmal auch Zinsen für den Barbeau-Turm und das dazugehörige Grundstück zahlen, obwohl ihm doch beides zuvor geschenkt worden war. Nun hatte mein Vater immer gern auf recht großem Fuße gelebt und im Vertrauen auf die Gunst des Königs keinerlei Ersparnisse angesammelt. Das bedeutete, daß die Familie sich bald gehörig einschränken mußte. Und schlimmer noch: Unsere private Situation spiegelte lediglich die Krise wider, welche von heute auf morgen das gesamte Land heimsuchte.

Der Thronfolger Karls V. war erst zwölf Jahre alt, und so begannen die drei rivalisierenden Brüder des verstorbenen Königs, die Herzöge von Anjou, Berry und Burgund, in seinem Namen über Frankreich zu herrschen und es an den Rand des Abgrundes zu bringen. Skrupellos, wie diese Herzöge waren, schickten sie eilends ihre Steuereintreiber aus und verlangten Abgaben, die der verstorbene König seinem Volk noch eben erlassen hatte. Durch diese Instinktlosigkeit kam es nun überall in den Provinzen, vor allem aber in Paris, zu Unruhen und Aufständen. Mein Ehemann

Etienne durfte zwar sein Amt behalten, wurde aber fortan, je nach Zustand der Staatskasse, nur noch höchst unregelmäßig und oft genug gar nicht honoriert. Der Berg unserer Schulden wuchs und wuchs, bis nach fünf Jahren etwas eintrat, was uns von nun an in schöner Regelmäßigkeit geschah: Einem anscheinend günstigen Wendepunkt folgten weitere Rückschläge.

Der junge Karl VI. erinnerte sich aus unerfindlichen Gründen plötzlich daran, wie wertvoll seinem verstorbenen Vater stets die Dienste seines ehemaligen Leibarztes gewesen waren, und so ließ er ihm in einer Anwandlung von Dankbarkeit oder schlechtem Gewissen zweihundert Goldfrancs zukommen. Wir wußten kaum, wie uns geschah, und konnten mit der Summe zwar die dringendsten Schulden begleichen, nicht aber die Wunden meines Vaters heilen. Für ihn kam die Geste zu spät; er, der es niemals verwunden hatte, am Königshof in Ungnade gefallen zu sein, war darüber schwerkrank geworden und starb wenige Monate nach der Schenkung. Anders als vor Jahren beim Tod des Königs hatte er übrigens seine eigene letzte Stunde präzise vorausgesagt.

Kurz nach diesem schmerzlichen Ereignis folgte der nächste Schicksalsschlag, über den meine Zunge sich selbst hier, in einer Welt jenseits aller irdischen Sorgen und menschlichen Bindungen, noch immer zu sprechen sträubt. Der junge König Karl VI. hatte inzwischen, obwohl durch eine epileptische Krankheit sehr behindert, seine Regentschaft angetreten, und so kam es, daß Etienne, mein Liebster, ihn eines schönen Herbsttages zusammen mit seinem Gefolge ins Beauvais begleiten mußte, wo sie von einer jähen Seuche überrascht wurden. Der König selbst erkrankte schwer, vollkommen kahlköpfig wurde er vom Fieber, doch schlimmer noch traf es Etienne. Er starb in der Blüte seiner Jahre, acht Tage, nachdem wir voneinander Abschied genommen. Da stand ich nun, stumm vor Schmerz, eine Witwe von fünfundzwanzig Lenzen, die außer ihren drei kleinen Kindern noch eine Mutter und eine mittellose Nichte zu versorgen hatte, denn meine Brüder zogen es nach all den Verlusten vor, ihr Glück im heimatlichen Veneto zu suchen.

Ich, die Franko-Italienerin, fühlte mich zum erstenmal wie im Exil. Auch ohne die Kunst der Astrologie sah ich einen Strom von

Widerwärtigkeiten voraus, der auf mich zukommen würde, und ich wünschte mir nichts sehnlicher, als ebenfalls zu sterben. Doch das Schicksal hatte anderes mit mir vor. Zunächst aber galt es, das Tal der Qualen zu durchschreiten.

Fatalerweise war es zu meiner Zeit nicht üblich, daß die Ehemänner ihre Frauen in die Geschäfte einweihten, die meisten Witwen mußten sich selbst einen Reim auf die wenigen Worte machen, welche die Gatten ihnen mit letzter Kraft auf dem Sterbebett zuflüsterten; da mein Liebster aber fern von mir weilte, als die Epidemie ihn dahinraffte, konnte ich mir keinerlei Klarheit über seine Vermögensverhältnisse verschaffen. Ich weiß nicht, wie es in Eurer Welt darum bestellt ist, werte Besucherin, doch kann ich jeder Frau nur raten, sich rechtzeitig um diese letzten Dinge zu kümmern, damit sie nicht erleiden muß, was mir widerfuhr: Ich, die Behütete und Verwöhnte, die vollkommen Ahnungslose, wurde von Stund an zum Spielball eigennütziger Menschen.

Unsere Gläubiger belagerten mich von früh bis spät, während unsere Schuldner meine Familie und mich tunlichst mieden. Es kam zu endlosen Gerichtsverfahren um den Grundbesitz meines Mannes, und keine Unredlichkeit, keine Demütigung und kein Betrug blieben mir dabei erspart.

Dreizehn Jahre lang mußte ich um die Gehaltsrückstände prozessieren, welche der königliche Rechnungshof meinem Mann schuldete, und weitere acht Jahre sollte es dauern, bis ich das Geld endlich eingetrieben hatte. Zeitweise sah ich mich an vier Pariser Gerichten zugleich klagend oder zu Verteidigungsprozessen genötigt. Als Zielscheibe des Spottes sämtlicher Winkeladvokaten der Stadt wurde ich mich mit Beschlüssen konfrontiert, welche mir die Augen schwitzen ließen. Sogar das bescheidene Vermögen meiner Kinder, das ich ihrem Vormund anvertraut hatte, einem angeblich rechtschaffenen Kaufmann, wurde von diesem erst durch diverse Geldgeschäfte vermehrt und dann veruntreut, indem er mit den Gewinnen verschwand. Ihr könnt Euch, werte Freundin, nicht vorstellen, wie viele Vormittage ich im königlichen Gericht vertrödelt habe, des Sommers in der stickigen Luft einer Ohnmacht nahe und im Winter vor Kälte fast sterbend, unter meinem fadenscheinig gewordenen scharlachroten Sonntagskleid mit nichts als einem abgeschabten Mantel darüber. Noch heute treibt mir allein der Gedanke daran die Schamesröte ins Gesicht.

Gott allein weiß, wie viele Belästigungen und anzügliche Blicke, wieviel Häme aus dem Munde angetrunkener Männer, die selbst im Überfluß lebten, ich mir dort gefallen lassen mußte! Aus Angst, meinen Interessen zu schaden, antwortete ich ihnen gar nicht erst oder wandte mich an eine andere Person oder tat so, als hätte ich nicht verstanden. Die Prozeßkosten stiegen unterdessen in schwindelerregende Höhen, und Fortuna, dieser Blutegel, wollte sich an unserem Vermögen schier satt fressen. So mußten wir es über uns ergehen lassen, daß immer wieder Büttel der Justiz in unsere Wohnung im Barbeau-Turm eindrangen und Dinge davontrugen, an denen einst mein Herz gehangen. Nach und nach verschwanden mein Schmuck, die Möbel, die Bilder und sogar die schönen hebräischen Handschriften, welche der König meinem Vater geschenkt hatte. Wegen des emsigen Kommens und Gehens in meinem Haus wurde ich obendrein bald verdächtigt, leichtfertige Liebschaften zu unterhalten, woran, weiß Gott, kein wahres Wort war. Vielmehr hatte ich mir nach dem Tod meines Mannes geschworen, um unserer einzigartigen Liebe willen niemals einem anderen zu gehören. Eine Wiederheirat zur Lösung meiner gesellschaftlichen Probleme mochte ich nicht einmal im Traum erwägen. Diese Zwangsvollstreckungen und Verleumdungen taten mir zwar in der Seele weh, doch bedauerte ich dabei weniger mich selbst als meine Familie, der ich doch ihren Lebensstandard und guten Ruf hatte erhalten wollen.

Ich hielt uns alle in jenen Unglücksjahren als Kopistin fremder Werke über Wasser, begann aber bald, eigene Gedichte zu verfassen und beim französischen Hofadel Liebhaber, ja Mäzene dafür zu finden. Gewiß hätte mich der Kummer mit der Zeit umgebracht, wäre ich ihm nicht mit meiner Geheimwaffe, der Poesie, begegnet. Bereits im Todesjahr meines Mannes hatte ich mich, mehr aus Verzweiflung als in der Hoffnung auf Erfolg, an einem Dichterwettstreit beteiligt, bei dem meine Balladen viel Beifall fanden. Welch ein Balsam war das für meine vom Spott der Juristen gequälte Seele! Das Schreiben gegen den Schmerz tat mir so wohl, daß ich von nun an nicht mehr davon lassen mochte, und bald fügte ich meinen Trauergesängen zuversichtliche und fröhliche Worte hinzu, damit mich das Selbstmitleid nicht überwältigte und überdies meine Leser ermüdete.

Auf diese Weise trug ich in wenigen Jahren hundert Balladen, Gedichte und Rondeaux zusammen, welche Trauer, Verlust, Liebe und Tod thematisierten und mir gleichzeitig ein wenig die Schwermut verdrängten, von der ich niemals frei sein werde, denn unmöglich ist es mir, den sanften und friedlichen Gefährten je zu vergessen, den der Tod mir entriß.

Ihr seht mich an, als wolltet Ihr etwas davon hören, schöne Freundin, nun gut, höret also einige Zeilen aus dem ersten Poem jener Zeit, die ich Euch beschrieb: »Hundert Jahre sind vergangen« taufte ich es.

Mich dünkt, hundert Jahre ist's schon her,
seit mein Liebster von mir ging
und doch sind erst vierzehn Tage vergangen.
Mich dünkt, hundert Jahre ist's schon her:
so lang wird mir die Zeit,
denn seit seiner Abreise sind, so dünkt es mich,
schon hundert Jahre vergangen.

Und noch eines von meinen späteren Gedichten möchte ich anführen, aus dem Ihr ersehen mögt, daß meine Selbsttherapie bereits Wirkung zeigte: »Ich singe und verstelle mich« hieß es.

Mein Kummer und meine Trauer
lassen mich weder klagen noch aufbegehren;
vielmehr lache ich, wenn ich weinen möchte,
und ohne Reim und ohne Versmaß
singe ich – und verstelle mich.

Wenig Sinn hat es,
sich bedrückt zu zeigen.
Jene, die heiteren Herzens sind,
finden es nur töricht.

Deshalb liegt mir nichts daran,
mein Innerstes zu entblößen,
vielmehr, wie ich es gewohnt bin,
um meine dumpfe Qual zu verbergen,
singe ich – und verstelle mich.

Sooft es mir meine Verpflichtungen in diesen wirren Zeiten erlaubten, zog ich mich fortan aus der Gesellschaft zurück in mein Gehäuse, um, einer Seidenraupe in ihrem Kokon gleich, das Garn meiner Poesie zu spinnen. Doch nicht nur dazu taugte meine selbsterwählte Weltabgeschiedenheit; ich wußte sehr wohl, daß es für mich noch viel zu lernen gab, wenn ich mich demnächst als Berufsschriftstellerin statt als Exotin mit den männlichen Größen dieser Zunft messen wollte.

Ganz wie ein Mann, der gefährliche Wege gegangen ist und sich noch einmal umwendet, damit er hinter sich seine Fußspuren erblickt, so wandte auch ich mich um und betrachtete die Welt, die voller Fallstricke ist und in der es nur einen Weg gibt, der jede Mühe wert ist: den Weg der Wahrheit. Um ihn zu beschreiten, mußte ich endlich den Pfad einschlagen, zu dem mein ganzes Wesen neigte: Ich mußte studieren. Mein Geschlecht, meine Jugend, die Pflichten als Ehefrau und die Bürde der Schwangerschaften hatten mich lange genug davon abgehalten. Das alles lag hinter mir. Nun schloß ich meine Türen so oft wie möglich und nahm mir alles, was uns an schönen Büchern und wichtigen Schriften noch geblieben.

Zunächst beschäftigte ich mich intensiv mit den wichtigsten historischen Quellen, wobei mich weniger die höhere Wissenschaft mit ihrem unverständlichen Vokabular interessierte als vielmehr die Kunde von gelebten Leben, Geschichten statt Geschichte. Sodann beschäftigte ich mich mit den Grundlagen der übrigen Wissenschaften und schließlich mit den Werken anderer Dichter. Ich suchte nach einer Verbindung aus Gelehrsamkeit und persönlicher Erfahrung und mußte mir natürlich auch erst meinen eigenen Stil erarbeiten. Ich nahm mir vor, unter allen Umständen den weiblichen Blick zu wahren, selbst wenn ich einmal notgedrungen politische Texte verfassen sollte, denn nur so würde ich die Literatur meiner Zeit bereichern können.

Übrigens legte ich zu der Zeit den italienischen Namen meines Vaters ab und trug nun den meines Mannes, zusammen mit einem Vornamen, den ich selbst mir wählte: ich, Caroline, die Sängerin französischer Balladen.

Damit schließt sich auch schon der Kreis. Verzeiht, werte Freundin, wenn ich Euch zu lange an diesem Ort außerhalb der Zeit festgehalten habe, aber ich hatte den Auftrag, dies zu tun. Der Vollständigkeit halber nur noch ein nicht unwesentliches Detail, das ich bisher verschwiegen habe, weil es sich so schwer darüber sprechen läßt: Ich gestand Euch ja schon, daß ich häufig mit der Göttin meines Schicksals haderte, und endlich erbarmte sie sich meiner und erschien mir eines Nachts im Traum, nachdem ich mich wieder einmal vor Schmerz um den verlorenen Geliebten in den Schlaf geweint hatte.

Fortuna berührte meinen ganzen Körper, jedes einzelne Glied bewegte sie und belebte es mit ihren Händen. Als ich erwachte, fühlte ich mich ganz leicht und völlig verwandelt. Meine Glieder waren viel kräftiger als zuvor. Trauer und Furcht, die mich langsam zu zerstören drohten, hatten mich verlassen. Auch mein Gesicht schien über Nacht fester geworden zu sein, meine Stimme kam mir klangvoller vor, der Körper widerstandsfähiger und behender. Ich erhob mich ohne jede Mühe von meinem Lager, was mir in all den einsamen Morgenstunden zuvor vor lauter Verzweiflung kaum möglich gewesen. Staunend spürte ich ein starkes und kühnes Herz in meinem Leibe pochen und merkte, daß ich wahrhaftig ein Mann geworden sein mußte oder zumindest »Virago«, eine männliche Frau, und obwohl mich erst die schlimmsten Selbstzweifel ob der neuen Befindlichkeit plagten, sollte sich zeit meines Lebens nichts mehr daran ändern.

Glaubt mir, es wäre mir dreimal lieber gewesen, eine weibliche Frau geblieben zu sein, so wie damals, als mein Liebster sein Leben noch mit mir teilte. Doch da die Schicksalsgöttin Fortuna diesen Faden nun einmal abgeschnitten hatte und ich mich niemals mehr mit einem Manne verbinden wollte, mußte ich Virago bleiben, eine beherzte Frau als lebender Beweis dafür, daß es so etwas wie spezifisch männliche Tugenden überhaupt nicht gibt.

Was sagt Ihr dazu? Euer Gesichtsausdruck verrät mir, daß Ihr die Geschichte meiner Transformation nicht für ein Lügenmärchen haltet, was leicht hätte geschehen können. Nehmt daher zum Abschied ein Geschenk von mir entgegen, meine Schöne. Es ist der Rosenorden, zu dessen Hüterin man mich irgendwann in meinem Leben ernannte. Als ich noch ein Wesen aus Fleisch und Blut war, wurde er denjenigen verliehen, welche Ansehen und Ehre der Frauen besonders verteidigt hatten. Nun aber soll ihn diejenige bekommen, welche die Wahrheit sucht. Die Wahrheit aber gehört keinem Geschlecht allein, ebensowenig wie die Tugend. Lese ich Fragen in Euren Augen? Die Sibylle von Cumae hat Euch zu mir geführt, namenlose Freundin, wenn Ihr mehr zum Rosenorden wissen wollt, wendet Euch also an sie. Die prophetische Sibylle war eine der großen zehn Orakelpriesterinnen jener Zeit, die Ihr die Antike nennt, und sie muß gefragt werden, bevor sie Auskunft geben kann.

Scheut Euch also nicht. Wisset, auch mich hat sie einst mitgenommen »auf die Reise in eine andere, vollkommenere Welt«, wie sie es nannte, damit ich dort »mehr lernen konnte, als es normalen Sterblichen auf der Erde erlaubt ist«. Bei Euch wird es sich ähnlich verhalten. Nur wer nach Erkenntnis dürstet wie der Wanderer in der Wüste nach einer Wasserquelle, dem wird sie zuteil werden. Und nun geht und übernehmt beim nächstenmal meine Rolle, denn das ist der Sinn dieses Spiels.

17. Kapitel
Der Rosenkrieg

Meine Freundin Caroline aus anderen Sphären hatte also ebenfalls ihren Namen gewechselt, frohlockte ich, als ich mich auf meinem Bette liegend wiederfand. In jedem Leben häuteten wir uns mehrmals wie die Schlangen und sollten doch bis an Ende unserer Tage auf einen Namen hören, den unsere schwangeren Mütter sich, irgendeiner Laune gehorchend, ausgedacht hatten. Mir und meinem Kind würde ich das nicht zumuten!

Ich, Lilith, brannte darauf, Caroline so bald wie möglich wiederzusehen, und tat zuvor gehorsam, was sie mir empfohlen hatte: Ich trennte mich nicht mehr von dem geheimnisvollen Rosenorden, so daß ich beim nächstenmal die Sibylle von Cumae um eine Deutung bitten konnte. Äußerlich war auf der runden dunkelroten Steinscheibe das Relief einer Rosette zu sehen, deren Blütenblattmuster sich zur Mitte hin immer mehr verjüngte, bis es sich schließlich in einer Spirale auflöste. Zwischen den fünf äußeren Blütenblättern steckten noch acht kleinere Röschen. Das ganze Bild erinnerte mich an ein östliches Mandala. Was aber mochte dahinterstecken? Acht war die Zahl der Unendlichkeit, und Rosetten gab es auf Kirchenfenstern, doch das war sicherlich noch nicht alles. Stella mochte ich nicht zu Rate ziehen, sie hätte nur wieder ihre eigenen Erkenntnisse auf die meinen projiziert. Von ihr wußte ich immerhin, daß die Rose im alten Rom als »Blume der Venus« und Kennzeichen ihrer heiligen Prostituierten gegolten hatte. Dinge, die »sub rosa« gesagt wurden, gehörten zu den sexuellen Mysterien der Venus und durften nur an Eingeweihte weitergegeben werden. Nun gut, das war Stellas Thematik; wo ich enträtseln wollte, mystifizierte sie gern, mir ging das manchmal zu weit.

Von der Sibylle erfuhr ich indessen mehr: »Die Rose«, so verriet sie mir, »ist die Blume des Weibes in all seinen Aspekten. Sie hat fünf Blütenblätter ebenso wie die Apfelblüte, aus der sich die fünf Kerngehäuse der reifen Frucht entwickeln. Die Zahl fünf symbolisiert dementsprechend die Jungfräulichkeit, die Fruchtbarkeit, Mutterschaft, Wiedergeburt und das ewige Leben. Die Rose gehört zu Maria, der Apfel zu Eva, und wenn du in der Zeit noch weiter zurückgehst, findest du die Zahl fünf der Rosen- und Apfelblüte auch im Pentagramm, im fünfzackigen Stern Ischtars und in anderen Requisiten der Großen Göttin mit den vielen verschiedenen Namen.«

»Das Pentagramm des Salomo«, wiederholte ich versonnen, weil ich hier auf der sogenannten Astralebene an jenen Abu Ubaida denken mußte, der sich in Palmyra provoziert gefühlt hatte, als ich einen Apfel nach Zigeunerinnenart teilte, um ihm den fünfzackigen Kernenstern zu zeigen. Wahrhaftig, Raum und Zeit waren nichts als Fiktion; alles konnte überall und jederzeit stattfinden.

»Auch im fernen Osten ist die Blume der Göttin eine Rose, und zwar die scharlachrote Chinarose, der Hibiskus«, erfuhr ich noch.

»Und was hat die Rose mit Caroline de Castel zu tun?«

Die Sibylle lächelte. »Das ist eine besondere Geschichte. Deine Exkursion heute wird dich mitten hineinführen.«

Ich sah Caroline in ihrem blauen Kleid und mit der weißen Hörnerhaube auf dem Kopf hinter einem Schreibpult sitzen, umgeben von aufgeschlagenen Büchern. Ich hörte ihre Feder fest und energisch über das Papier kratzen; seit Stunden schon arbeitete sie, ohne ihren Fluß zu unterbrechen.

»Was schreibst du da?«

»Briefe gegen den Rosenroman.«

»Was für ein schöner Titel!«

»Schön? Von wegen! Der ›Roman de la Rose‹ ist ein übles Machwerk«, ereiferte Caroline sich, »er trieft nur so vor frauenfeindlichen Vorurteilen und Klischees, was ihn aber nicht daran hindert, seit hundert Jahren so etwas wie die Bibel der Intellektuellen zu sein.«

Caroline erklärte mir, ein Pariser Universitätsprofessor namens Jean de Meun habe mit diesem geschwätzigen Traktat lediglich seiner Frauenverachtung Ausdruck geben wollen und obendrein mit seiner These, die Liebe diene allein der Befriedigung männlicher Instinkte, das edelste aller menschlichen Gefühle entweiht.

»Hier, sieh selbst!« Sie hielt mir eine der dicken aufgeschlagenen Schwarten vor die Nase, und gebot mir, daraus vorzulesen. Nur zum Schein ging ich darauf ein, denn woher sollte ich plötzlich Altfranzösisch verstehen?

»Flieh, Knabe, flieh vor diesem Ungeheuer Weib! Es verdirbt und vergiftet jeden Mann, der sich ihm nähert«, las ich so selbstverständlich, als wäre es in meiner Muttersprache verfaßt. Es folgte ein Kapitel, in der die Frauen überaus wortreich als gewissenlose Intrigantinnen beschrieben wurden. Ihr Lebensinhalt bestehe aus Spitzfindigkeiten und Bosheiten, ihre Schönheit sei nur Tünche, die Männer sollten sie um ihres Vergnügens und der Fortpflanzung willen aufsuchen und sich ansonsten vor ihnen hüten. Wer an die Liebe glaube statt an die Macht der Triebe, sei zu bedauern.

Die Natur lehre schließlich, daß alle Frauen für alle Männer und alle Männer für alle Frauen geschaffen seien, man müsse nur beobachten, wie die Kühe es mit den Stieren und die Schafe mit den Hammeln trieben ... Monsieur le Professeur redete sich so richtig in Rage und scheute sich auch nicht, die weiblichen Geschlechtsteile mit ebenso drastischen wie abwertenden Namen zu versehen.

Ich konnte vor Lachen kaum weiterlesen. »Bei uns würde man das Pornographie nennen, Caroline! Stell dir vor, etliche Jahrhunderte später führen wir sogenannten Postmodernen immer noch dieselbe Diskussion wie ihr einst im Mittelalter: Unsere Sexualwissenschaftler wollen Sex und Liebe trennen, unsere Moralisten sie miteinander vereinen und unsere Metaphysiker beides transzendieren. Euer Rosenromancier scheint mir übrigens ein recht gebranntes Kind gewesen zu sein!«

»Wenn es nur das wäre, so würde ich mich nicht mit seinen derzeitigen Gesinnungsgenossen anlegen!« entgegnete Caroline. »Aber de Meun verkörpert die Autorität der gesamten Professorenschaft, auch hier und jetzt noch, hundert Jahre nach seiner Zeit. Die Farce der französischen Päpste in Avignon hat ihn sogar zu der Behauptung verleitet, die Universität besäße den ›Schlüssel zur Christenheit‹. Das wiederholen unsere Herren Gelehrten nun bis zum heutigen Tag.« Sie seufzte tief und fuhr dann fort: »Du mußt diese Zeit verstehen, wenn du wissen willst, wofür ich kämpfe. Wir befinden uns hierzulande nicht nur kurz vor der Wende zum 15. Jahrhundert, sondern überhaupt in einer Zeit des Umbruchs, und noch dazu in einem Königreich, dessen Oberhaupt unzurechnungsfähig ist. Unser Karl VI. hat im wörtlichen Sinn den Verstand verloren, und die Mächtigen dieses Landes vernachlässigen ihre Pflichten.«

»Das ist doch nichts Neues«, unterbrach ich ihren Redefluß, obwohl ich es selbst unpassend fand.

»Um so schlimmer für euch, aber bei uns war es bis vor kurzem noch anders«, sagte Caroline mit düsterer Miene. »Es hat einmal so etwas wie ritterliche Tugenden gegeben, und deren größte war es, sich für die Schwachen einzusetzen; dies aber ist durch Stimmen wie die des de Meun in Vergessenheit geraten. Mit dem Verfall der alten Werte hat leider auch die Frau ihre einstige Stellung eingebüßt. Du hast ja unlängst gehört, auf welche Weise ich es am eigenen Leib erfahren habe.«

Ich nickte stumm.

»Zur Blütezeit der höfischen Minne wurden Sanftmut, Zärtlichkeit und das Ideal der geistigen Liebe bei uns noch hochgehalten, doch seitdem die Troubadoure aus der Mode gekommen sind, gewinnen kriegerische Werte mehr und mehr die Oberhand. Selbst die Beziehungen zwischen Mann und Frau werden zunehmend von Gewalt geprägt, wobei es unschwer zu erraten ist, wer bei dem ungleichen Kampf den kürzeren zieht. Ich aber hasse es, wenn Frauen zu Opfern werden.«

»Ja, ich auch«, stimmte ich ihr zu.

»Dann hilf mir!«

»Wobei?«

»Du bist eine Frau der Zukunft, hilf mir, der negativen Botschaft dieser Art von Männerliteratur eine weibliche Kultur entgegenzusetzen. Hilf mir, Bilder einer neuen Eva zu kreieren«, bat sie mich.

Ich schwieg ein wenig unschlüssig und schüttelte dann den Kopf. »Mich interessiert die neue Eva nicht. Mein Thema ist die alte Lilith, und die kann sehr gut mit ihrer Dämonisierung leben.«

Wir diskutierten lange, bevor wir uns darauf einigten, daß es, langfristig betrachtet, weder um Eva noch um Lilith, sondern um eine höhere Stufe des Menschseins gehen müsse. Caroline hatte im Zuge ihrer autodidaktischen Ausbildung Platon studiert und versuchte nun, die Essenz seiner Lehre in ihre Worte zu fassen: »Da wir Menschen nun einmal das Geistige verkörpern, müssen wir den Körper vergeistigen, das Menschliche vergöttlichen und das Göttliche auf die Erde holen. Und zwar das ›weibliche‹ Göttliche, darauf muß ich in dieser Zeit bestehen«, betonte sie.

Dagegen hatte ich nichts einzuwenden.

Nachdem dies soweit geklärt war, drückte sie mir eine Schatulle in die Hand und sagte, darin hätte sie alle Dokumente ihres Literaturstreites mit den Anhängern des Rosenromans aufbewahrt, unter ihnen befänden sich die bedeutendsten französischen Humanisten ihrer Zeit. Ich möchte mir den Briefwechsel bitte ansehen und ihr bei der Abschrift helfen, sie werde nämlich alles zusammen morgen, zum Valentinstag, an Isabeau von Bayern, die

Gemahlin des geisteskranken Königs schicken, in der Hoffnung, sie als Schiedsrichterin zu gewinnen. Wenn ich damit fertig sei, dürfe ich sie zu einem außergewöhnlichen Fest begleiten, einem Fest zu Ehren der Rose, welches der Herzog von Orleans am Abend in seinem Palais gebe.

Mit diesem Versprechen auf den Lippen war Caroline auch schon verschwunden. Ich aber blätterte gehorsam in ihren Papieren, und je länger ich darin las, desto mehr bewunderte ich den Mut dieser Frau. Die einst so gedemütigte Caroline hatte sich ohne Furcht vor den Konsequenzen mit der gesamten Professorenschaft der Pariser Sorbonne sowie den geistlichen Würdenträgern ihres Landes angelegt. Es waren insgesamt drei Briefe, die ich für sie abschrieb, darunter einer von Caroline selbst. Auch jetzt hatte ich keine Mühe, die französischen Redewendungen nicht nur zu verstehen, sondern in großer Geschwindigkeit zu kopieren, denn sobald der erste Tropfen Tinte auf das Papier fiel, war ich es, die da in Carolines blauem Kleid am Schreibpult saß und ihre Worte wiederholte.

Sehr geehrter Herr und Meister, weise und wohlgesittet, Freund der Wissenschaft sowie fachkundiger Rhetoriker, schrieb ich an einen Jean de Montreuil, Profoß zu Lille, *möget Ihr dank Eurer Größe in keiner Weise die belanglose Argumentation einer unwissenden Frau von schwachem Urteilsvermögen und bar jeder Erkenntnis verachten, sondern eingedenk meiner weiblichen Schwäche gütigst zur Kenntnis nehmen.*

Auch ich habe den Rosenroman, zu dem Ihr eine Lobrede verfaßtet, gelesen und ihn meinem geringen Geiste entsprechend, verstanden, ihn aber, ungeachtet vieler schöner Worte und gefälliger Verse, von äußerst unflätiger Ausdrucksweise gefunden. Die Ideen, die er enthält, haben meinen Abscheu erregt, denn mir ist darin vor allem die Skrupellosigkeit aufgefallen, auch bin ich entrüstet darüber, daß der ruhmreiche Verfasser so maßlos, heftig und wahrheitswidrig die Frauen verleumdet, indem er sie schwerwiegender Laster bezichtigt und behauptet, daß ihre Sitten gänzlich verkommen seien. Diese maßlosen Anschuldigungen gegen die Frauen hindern ihn allerdings nicht daran, den Leser gleichzeitig mit Ratschlägen zur Verführung der von ihm Verachteten zu versorgen. Wenn schon alle weiblichen Wesen so verdorben sind, sollte man nicht empfehlen, sich ihnen zu nähern. Wer das Laster fürchtet, möge es doch lieber gar nicht erst suchen!

Und wie kommt der Verfasser darauf, daß man einer Frau kein Geheimnis anvertrauen kann? Wo hat er gesehen, was er behauptet, daß nämlich jemand von seiner Ehefrau denunziert und durch ihr Verschulden gehängt wurde? Welches Verbrechen will er den Frauen noch anlasten? Wer zieht denn in den Krieg? Wer schlägt Schlachten, verwundet, tötet und plündert? Jedermann weiß, daß es die Rolle der Frau ist, Streitigkeiten zu schlichten, Kontrahenten miteinander zu versöhnen, ob als Mutter, Schwester oder Freundin.

Und wenn der Verfasser sich beklagt, daß sie ihn um den Verstand gebracht hätten – warum ließ er sich denn darum bringen? Wenn er des weiteren von den verheirateten Frauen spricht, dann nur von solchen, die lügen und ihre Männer betrügen. Soll er die treulosen unter den Ehefrauen meinetwegen tadeln, wenn er mag, aber er kann doch nicht ausnahmslos alle der Untreue bezichtigen. Sollte man nicht auch einmal die Frauen erwähnen, die einen schlechten Mann haben, und die Witwen, die von Lügnern und unredlichen Schuldnern bedrängt werden, oder von denen sprechen, die ausgenutzt werden, weil sie jung und schön sind? Von denen, die mit Gewalt genommen werden?

Hier schmerzte mir bereits die Hand, so sehr hatte ich mich in Rage geschrieben, und doch durfte ich nicht schließen, ohne Dutzende beispielhafter Frauengestalten von der Bibel bis zum Mittelalter aufzuzählen. Zu guter Letzt verkündete ich, Caroline, mein Urteil über dieses meistgelesene Buch meiner Zeit.

Es enthält eine Lehre voller Lügen, die Mißtrauen sät, zu überflüssigen Verdächtigungen führt und die Rücksichtslosigkeit der Männer fördert. Man laste es mir nicht als Torheit oder Überheblichkeit an, daß ich als Frau es wage, einem so feinsinnigen Verfasser zu widersprechen, nachdem er als Mann es wagte, ein ganzes Geschlecht ausnahmslos zu diffamieren.

Als ich endlich fertig war, applaudierte ich mir selbst, allerdings nur sehr vorsichtig, damit die unpraktischen langen Hängeärmel meines Gewandes mir nicht die Tinte verwischten. Leider fand ich nichts zu trinken in dieser kargen Studierstube, dabei war mir ordentlich heiß geworden, zumal die »Gorge«, das obligatorische Brusttuch, meinen ganzen Ausschnitt bedeckte und die merkwürdigen Hörner, welche zu meinem Kopfputz gehörten, mir auf der Stirne drückten.

Ich setzte sie kurzentschlossen ab. Sanft gewellt und honigblond fiel Carolines Haar mir auf die Schultern, nicht flammend rot wie das einer Lilith. Einen merkwürdigen Dienst hatte ich hier übernommen! Da sich von draußen keine Schritte näherten und auch sonst kein Laut an mein Ohr drang, war meine Klausur wohl noch nicht beendet. Ich fühlte mich wie in einem luftleeren Raum, in einer Blase außerhalb der Welt und ihrer Erscheinungen, und setzte tapfer meine Arbeit fort.

Wie mochte dieser Profoß von Lille auf die kühnen Worte seiner Kritikerin reagiert haben? Ich kramte in den Papieren der Schatulle, konnte aber kein Antwortschreiben von ihm entdecken. Vermutlich hatte er es für unter seiner Würde gehalten, mit einer Frau zu diskutieren. Statt eines Briefes fand ich eine weitere kurze Abhandlung aus der Feder von Monsieur de Montreuil, in der er die Professorenschaft vor »dieser Frau« warnte, »die sich Christine oder Cathérine oder Caroline nennt und fortan ihre Schriftstücke an die Öffentlichkeit bringt«. Damit nicht genug, hatte er einen gewissen Gontier Col damit beauftragt, schriftlich gegen Carolines Kritik zu protestieren. Dieser Magister befahl ihr, als Frau, die sich in ihren Anschuldigungen gegen Jean de Meun über die Maßen erregt habe, den offensichtlichen Irrtum zuzugeben, der ihr aus Torheit, Geistesschwäche oder einem anderen Grund unterlaufen sei.

Da ich aber aus Nächstenliebe Mitleid mit Dir habe, hieß es von dem Magister voller Großmut, *bitte und ersuche ich Dich, Deine Aussagen zu korrigieren und Dein Unrecht gegen den hervorragenden und untadeligen Doktor der Heiligen Göttlichen Schrift, den hohen Philosophen und tief gläubigen Geistlichen, zu bekennen, den Du so unverfroren zu verbessern und zu tadeln wagtest. Desgleichen erwarten wir gegenüber dem Profoß von Lille und mir und den anderen. Wenn Du Deinen Irrtum eingestehst, so werden wir Erbarmen mit Dir haben und Dich gnädig wieder aufnehmen, indem wir Dir eine heilsame Strafe auferlegen.*

Ich kopierte es getreulich Wort für Wort, damit unsere bayrische Königin Isabeau sich ein Bild machen konnte, und verschwieg auch nicht Carolines Antwort, in der allein schon die Anrede vor Ironie nur so troff.

O feinsinniger Schreiber von philosophischem Verständnis, um schöne Rhetorik und geistreiche Poesie nicht verlegen, hast Du mir dennoch beleidigende Worte geschrieben, indem Du mir mein weibliches Geschlecht zum Vorwurf machst, das Du von Natur aus leidenschaftlich, verblendet und überheblich nennst. Ich aber sage Dir: »Die Quelle bedeutender Anstrengung ist stets das leidenschaftliche Herz.« Und wenn du mir vorhältst, als Frau zu räsonnieren, so sei Dir gesagt, daß dies in meinen Augen weder ein Vorwurf noch eine Schande ist, denn ich erfahre Trost aus der ruhmreichen Erinnerung an die Scharen hervorragender Frauengestalten aller Epochen, ihnen zu gleichen wäre mir entschieden lieber, als mit irdischen Reichtümern gesegnet zu sein.

Wieder folgten die Namen großer Frauen der Weltgeschichte als Gegenbeispiele für die männliche These ihrer Minderwertigkeit. Mit der Ermahnung: *Bedenke, daß die Spitze eines kleines Messerchens einen großen Sack, vollgestopft mit Plunder, aufzustechen vermag*, beendete ich meine Schreibarbeit, die mir viel Vergnügen und auch einige Mühe bereitet hatte.

Dann stand auch Caroline wieder vor mir, bereit, ob als Dame oder Virago, die Regie der nächsten Szene zu übernehmen. Sie war ganz außer Atem und ließ mich, so gut es ging, wissen, daß sie geradewegs aus dem Badehaus komme, wo sie sich von Kopf bis Fuß erfrischt habe.

»Meine innere Stimme hat mir nämlich verheißen, daß der heutige Abend zu einem der Wendepunkte in meinem Leben zählen wird«, erklärte sie, sobald sie wieder Luft bekam.

»Ihr habt in Paris Badehäuser wie die Araber?« wunderte ich mich. »Gibt es denn kein Wasser in euren Wohnungen?« Es mußte doch lästig sein, für jedes Reinigungsbad das Haus verlassen zu müssen.

»An Wasser fehlt es uns nicht, wohl aber an einer geeigneten Stube, seitdem wir den Barbeau-Turm räumen mußten. Aber auch daran habe mich gewöhnt, zumal ich mich im öffentlichen

Bad gerne mit den Frauen aus dem sogenannten einfachen Volk unterhalte.«

Caroline sah wirklich so aus, als hätte sie anregende Stunden verlebt. Ihre Haut schimmerte pfirsichfarben wie die eines jungen Mädchens, und ihr Haar duftete nach Rosenwasser. Auch in ihrer Bekleidung zeigte sie sich bereits für das bevorstehende Fest gerüstet: Das seidene Obergewand im vornehmen Silbergrau war weiter ausgeschnitten, als ich es sonst an ihr gesehen hatte; darunter schauten die violetten Ärmel ihres Unterkleides hervor, und der Rockteil, der von der Hüfte aus in weichen Falten bis zu den Füßen herabfiel, endete dekorativ über dem verzierten Saum des violetten Untergewandes.

»Deine Robe sieht wirklich edel aus«, sagte ich. »Die Männer müssen dir zu Füßen liegen.«

»Ganz so schlimm ist es nicht«, widersprach Caroline mit einem Lächeln, das eher verlegen als stolz anmutete. »Und was die Mode angeht, so treibt sie immer absurdere Blüten, seitdem bei uns die Kleiderordnung abgeschafft wurde, welche bis vor kurzem jedem Stand die ihm gemäße Garderobe zugewiesen hatte.«

»Sag bloß, das bedauerst du!«

Sie schüttelte energisch den Kopf. »Ich bedauere lediglich die Frauen, welche über ihre Verhältnisse leben, nur um mit der Mode zu gehen. Wenn eine einfache Frau aus der Provinz ein Obergewand aus fünf Ellen Tuch trägt, das zu drei Vierteln über dem Boden schleift, mit Ärmeln, welche bis auf die Füße fallen, und dazu einen riesigen Kopfputz mit diesen hohen, häßlichen Hörnern auf ihrem Haupt balanciert, statt ihr schönes Haar zu zeigen, so sieht das in meinen Augen eher lächerlich als schmeichelhaft aus. Doch die Französinnen scheinen die Kleiderexzesse zu lieben. In anderen Ländern wechselt die Mode jedenfalls nicht so oft und ist auch nicht so kostspielig. Ich weiß nicht, wie es in deiner Welt ist, aber bei uns in Italien werden die Gewänder viel auffälliger mit Perlen, Gold und Edelsteinen verziert und sind trotzdem nicht so teuer, weil sie länger halten als diese straßenfegenden Schleppenkreationen.«

Wie alle Schwangeren vorübergehend eher nachwuchs- als modeorientiert, wechselte ich das Thema, über das Caroline sich so ereifern konnte, und erkundigte mich nach ihren Kindern. Nichts, so sagte ich, habe in der Abgeschiedenheit ihrer Studierstube darauf hingedeutet, daß sich irgendwo in diesem Haus so etwas wie ein Familienleben abspielte. Caroline sah mich versonnen an, aus schönen dunkelblauen Augen, hinter deren Glanz sich eine tiefe Melancholie verbarg. Ja, sie lebe derzeit ganz allein mit ihrer alten Mutter, bestätigte sie mir, ihre Tochter, ein bildhübsches Ding, sei vor kurzem in das Kloster der Dominikanerinnen bei Poissy eingetreten, und ihr jüngster Sohn sei im letzten Winter einer ansteckenden Krankheit erlegen. Die Unglück bringende Fortuna meine es nach wie vor nicht allzu gut mit ihr. Selbst das Schicksal ihres ältesten Sohnes sei, nach unerwartet günstiger Aussicht auf eine Karriere, gerade dabei, sich in sein Gegenteil zu verwandeln. Wenn ich wollte, würde sie mir unterwegs mehr davon erzählen.

»Unterwegs?«

»Ja, das Bankett beim Herzog. Hast du das vergessen?«

Betreten schaute ich an mir herunter. Schließlich war ich in einem durchsichtigen, ärmellosen Nachthemd auf Astralreise gegangen.

»Keine Sorge, niemand wird merken, daß du dabei bist.«

Das verstand ich zwar nicht, fragte aber nicht weiter; wenn ich auf diese Weise etwas von den Straßen der mittelalterlichen Seine-Metropole zu sehen bekäme, sollte es mir recht sein. Doch daraus wurde leider nichts. Draußen war es bereits stockdunkel und bitterkalt, und wir wurden, vermummt bis zur Nasenspitze, in einem geschlossenen Wagen an unser Ziel kutschiert. Auch was Caroline mir zu erzählen hatte, drang nur als dumpfes Gemurmel an mein Ohr. Wie immer holte sie weit aus – aber wäre sie sonst Europas erste Schriftstellerin geworden?

»Solange ich denken kann«, sagte sie, »haben Frankreich und England im Unfrieden miteinander gelebt, bis gegen Ende dieses Jahrhundert plötzlich eine Art Tauwetter einsetzte, so wie wir es nun zum Valentinstag in Paris erwarten. Kuriere reisten hin und her, Verbindungen wurden geknüpft, und schließlich kam es sogar zur Verlobung zwischen dem blutjungen König Richard II. von England und unserer kleinen fünfjährigen Isabella von Frankreich, Tochter jener Isabeau von Bayern, der wir soeben geschrieben haben, und ihres kranken Gemahls, aber gottlob noch vor dem ersten Anfall seiner geistigen Umnachtung zur Welt gekommen. Als sie ein Jahr später heirateten, hoffte ganz Frankreich, daß diese Verbindung nach beinahe dreißigjährigem Zwist nun endlich zu dauerhaftem Frieden führte. Ich weiß, du wirst dir nicht vorstellen können, wie so eine Ehe zwischen zwei Kindern beschaffen sein soll, und ehrlich gesagt, ich kann es auch nicht, aber die Gepflogenheiten der Königshäuser entsprechen nun einmal nicht dem gesunden Menschenverstand ...

Um mich kurz zu fassen: Nachdem mich meine Gedichte und ersten Bücher binnen weniger Monate in den Kreisen des Hochadels bekannt gemacht hatten, nahm ich allmählich auch wieder am gesellschaftlichen Leben teil und lernte nun bei einer der Feierlichkeiten, welche der französisch-englischen Vermählung vorausgingen, einen gewissen John Montague, Graf von Salisbury, kennen. Dieser ehrenhafte Ritter schätzte nicht nur die Dichtkunst und war selbst ein begabter Poet, sondern er hatte auch meine Gedichte kennen- und liebengelernt – sie werden übrigens derzeit gerade ins Englische übersetzt. Er bat mich gleich nach dem Austausch einiger Höflichkeiten, ihm meinen damals zwölfjährigen Sohn Jean anzuvertrauen, damit er zusammen mit seinem eigenen Sohn in England zum Ritter erzogen würde.

Kannst du dir vorstellen, welche Genugtuung ich bei seinen Worten empfand? Zum erstenmal, seitdem Etienne mich verließ, hatte ich das Gefühl, meinem Sohn den Vater wirklich ersetzen zu können, war es doch durch mein Werk allein zu jenem verlockenden Angebot gekommen. Ich stimmte also freudig zu, obwohl die Trennung von meinem liebenswerten Ältesten mir sehr schwerfiel. Doch das durfte ich mir nicht anmerken lassen, denn ihm, dem vaterlosen Halbwaisen, der in ärmlichen Verhältnissen lebte, eröffneten sich mit einemmal Zukunftsperspektiven, die sich ihm hier bei mir niemals geboten hätten. Und dies nur, weil das Talent seiner Mutter von einflußreichen Personen sogar im feindlichen Ausland geschätzt wurde! Verzeih, wenn ich mich wiederhole, aber es war Balsam auf meine Seele. Damit ich nun trotz der erhebenden Erfahrung hübsch auf dem Boden blieb, verließ uns auch dieses irdische Glück ebenso unversehens, wie es gekommen war.

Jean hatte drei unbeschwerte Jahre in England verlebt, als Heinrich von Lancaster einen Aufstand anzettelte. Richard II. wurde gefangengesetzt und starb bald darauf in irgendeiner obskuren Festung an Hunger und Kälte. Unser Freund, der königstreue Salisbury, aber wurde enthauptet, nachdem er mit einem Gegenputsch gescheitert war. Wenige Wochen, bevor das Jahrhundert zu Ende ging, ließ sich der Herzog von Lancaster als Heinrich IV. zum König krönen.

Wieder begann eine Zeit der Unsicherheit und Angst für mich wie für das ganze Land. Der französische König protestierte heftig gegen das Unrecht, das man seinem Schwiegersohn angetan hatte, und verlangte die Herausgabe seiner Tochter mitsamt ihrer beträchtlichen Mitgift. Die kleine zehnjährige Isabella selbst bat inständig, man möge sie heimholen, doch Heinrich IV. dachte gar nicht daran, eine so nützliche Geisel gehen zu lassen, sie solle vielmehr, so schlug er vor, seinen Sohn, den künftigen König, heiraten. Die Verhandlungen zogen sich in die Länge, und ich, Caroline, wartete derweil, beunruhigt bis zum äußersten, auf ein Lebenszeichen von meinem Sohn. Und weißt du, was dann geschah? Abgesandte des englischen Königs besuchten Frankreich und bestellten mich zu sich, um mir zu sagen, daß Heinrich IV. meinen Sohn zu sich genommen habe und auf das beste für ihn sorge. Und da er meine Gedichte angeblich sehr schätze, lud er mich ein, als Zierde seines Hofes fürderhin in England zu leben. Er werde sich dafür einsetzen, daß meine Kunst Anerkennung finde, und mir ein großzügiges Einkommen gewähren.«

»Aber nach allem, was du mir neulich über die schwere Zeit nach dem Tod deines Mannes erzählt hast, klingt das doch wie im Märchen!« rief ich. »Was hast du dem Engländer denn geantwortet?«

»Dasselbe wie der französische König: Er möge mein Kind erst einmal beurlauben, damit es mich besuchen kann. Dann werde man weiter sehen. Gleichzeitig sandte ich ihm meine schönsten Handschriften, um nur ja nicht sein Wohlwollen zu verlieren, bevor ich meinen Jean zurückhabe, der nun jeden Tag hier eintreffen muß.«

»Und danach?« Ich war gespannt, ob meine Dichterin die Gunst der Stunde nutzen würde, statt Fortuna weiter ihre Launen vorzuwerfen.

»Kein danach«, lautete Carolines kategorische Antwort. »Ich habe eine Ballade an den Herzog von Orléans geschrieben, mit der Bitte, meinen Sohn zu protegieren. Und heute erwarte ich seine Antwort. Oder hast du geglaubt, ich ließe mich um des vermeintlichen Ruhmes willen dazu verleiten, die Hofdichterin eines Thronräubers, Königsmörders und Landesfeindes zu werden?«

Nein, nach allem, was ich heute über die Prinzipien der Caroline de Castel erfahren hatte, gab es keinen Grund, dies anzunehmen.

Unterdessen hatten wir unser Ziel erreicht. Der Rumpelwagen hielt an, und wir stiegen aus. Das erste, was ich im Palais des Herzogs von Orléans feststellte, war, daß mich außer Caroline niemand wahrnehmen konnte. Eine merkwürdige Erfahrung: Freudig streckte ich meine Hand aus, nachdem der Herzog und seine Frau Valentina Visconti meine Begleiterin sehr herzlich begrüßt hatten, doch niemand ergriff sie. Ich nannte meinen Namen, da Caroline keine Anstalten machte, mich vorzustellen, doch niemand hörte meine Stimme. Sie stieß mir ihren kleinen spitzen Ellenbogen in die Rippen, damit ich endlich begriff, daß ich mich hier beim Abendspektakel mit der Rolle der Zuschauerin begnügen mußte, was mir zunächst voyeurhaftes Vergnügen, am Ende jedoch Verdruß bereitete.

Wie ich den Gesprächen entnahm, wurde dieses ganze sogenannte »Rosenfest« zu Ehren der Herzogin Valentina gegeben, welche am Tag der Verliebten ihren Namenstag feierte. Nachdem alle Gäste Platz genommen hatten, verteilte ein schönes Mädchen weiße und purpurrote Rosen an die Ritter, und jeder einzelne wiederholte, was Caroline, unsere erste Dichterin und Kämpferin für die Ehre der Frauen, ihnen vorsprach: »Dem wahren Amor schwöre und verspreche ich und bei jener Blume, die Rose heißt, gelobe ich, den guten Ruf der Frauen zu schützen und niemals eine Frau zu verleumden. Deshalb trete ich dem Rosenorden bei.«

Damit sich niemand Illusionen über die damit verbundenen Pflichten hingab, ließ meine lebenskluge Freundin dem Schwur der Ritter »eine Botschaft des Liebesgottes an die Edelleute« folgen, in der es hieß: »Gemeine Leute nenne ich jene, die gemein handeln, niedrig ist für mich nicht der einfache Mann, sondern ein Mensch von niederträchtiger Gesinnung. Ein Mann von adliger Geburt verliert in der Tat seinen Rang, wenn sein Adel zur Gemeinheit wird.«

Nachdem diese Worte wider den Standesdünkel gebührenden Beifall gefunden hatten, stand einem üppigen Festschmaus nichts mehr im Wege. Zur Feier dieses besonderen Abends wurden die Damen von ihren Tischherren persönlich bedient; stehend schenkten sie ihnen Wein ein und lasen ihnen auch sonst jeden Wunsch von den Augen ab. Es wurde reichlich Geflügel aufgetragen, das man nach dem Braten wieder mit seinem Gefieder bekleidet hatte, so daß es verblüffend unversehrt aussah, außerdem Kapaune, die in Glasflaschen gekocht waren, neben Hasen und Kaninchen und Trüffelpasteten, aus denen die Rittersleute lebendige Vögel flattern ließen. Mich ekelte vor soviel totem Getier; lieber foppte ich die Damen, die rechts und links von mir schmausten, indem ich vor ihren Augen Süßigkeiten von den übereinandergestellten Platten verschwinden ließ.

Zwischen den zahlreichen Gängen wurde das Essen durch diverse Darbietungen und sogenannte »lebende Bilder« aufgelokkert. Im ersten erschien das Mädchen, das zuvor die Rosen überreicht hatten als Göttin Diana, auf der Mondsichel reitend und in ihrer dreifachen Funktion als Jungfrau, vielbrüstige Mutter aller Geschöpfe und zerstörende Jägerin. Zusammen mit ein paar halbwüchsigen Knaben sollte sie die todbringende Rolle darstellen, welche Diana den Männern in ihrem heiligen Hain zuerteilt hatte: Ein jeder von ihnen durfte immer nur so lange ihr Priester und Wächter sein, bis der nächste kam und den Vorgänger umbrachte. Mir war sie als griechische Artemis vertrauter, Artemis mit dem goldenen Mistelzweig in der Hand, Artemis, die Gebieterin der Wälder und Herrin der Amazonen.

Ein weiteres Bild zeigte Amor auf seinem Thron im phantasievoll dekorierten »Rosenhaag«. Ein auffallend schöner junger Mann war es, den sie den Liebesgott spielen ließen, und ich wäre zu gerne als Nymphe oder Psyche in das Bild integriert gewesen. Seinen wohlgeformten Kopf schmückte ein Lorbeerkranz, sein Gesicht glich dem eines Engels, und passend dazu schauten zwei zarte, goldgetupfte Flügel aus dem Rücken seines weiten Purpurgewandes. In seine linke Hand hatten sie ihm zwei riesige Pfeile gesteckt, während seine Rechte auf ein weißes Blatt Papier wies, welches ihm ein zweiter Schönling präsentierte, der in zweifarbigen Strumpfhosen – ein Bein orange und eines weiß –, zu seinen Füßen kniete.

Die dritte Darbietung zwischen Crème Caramel und kandierten Früchten kam schließlich von Caroline selbst, nachdem Valentina Visconti sie gebeten hatte, eine ihrer berühmten traurigen Ballade vorzutragen.

Caroline zierte sich erst ein wenig, aber dann sang sie mit heller Mädchenstimme ihr offenbar schon berühmtes »Seulette suy et seulette vueil estre« und begleitete sich dabei selbst auf einer Laute.

»Ganz allein bin ich, und allein will ich auch sein,
ganz allein ließ mich mein süßer Freund zurück,
ganz allein bin ich, ohne Gefährten, ohne Gebieter,
ganz allein bin ich von Trauer und Schmerz erfüllt.«

Lang und bewegend war die Klage um den verlorenen Geliebten, und mit jeder Strophe wuchs das Verlangen der selbsternannten Rosenritter, dieser anmutigen Frau auf der Stelle Trost und Schutz und manches mehr anzubieten. Ich las es in den schmachtenden Augen der Ritter, sah es an ihren feuchten Lippen und hörte es in ihren Stimmen, wenn sie endlich Gelegenheit bekamen, das Wort an Caroline zu richten. Was sie auch tat, sie war die Königin dieses Abends und nicht die Herzogin von Orléans, die ihr eigens einen lombardischen Edelmann zum Tischherrn gegeben hatte, damit er ihr im Namen von Valentinas Vater Giangaleazzo Visconti das Angebot unterbreiten konnte, an den Hof des Herzogs von Mailand zu kommen und dort standesgemäß zu leben.

»An den Hof des Mannes, der die Bibliothek zu Piacenza eingerichtet hat, der den Dom zu Mailand und die Kartause von Pavia bauen läßt«, resümierte Caroline mit leuchtenden Augen. »O gewiß wäre es schön, wieder in meinem Geburtsland zu leben, mit meinem Sohn an meiner Seite.«

Aber, so las ich in ihren Gedanken, hatte nicht derselbe kunstliebende, feinsinnige Visconti seine erste Gattin wegen Ehebruchs hinrichten lassen und bald darauf eine zweite genommen? Sie würde Näheres darüber in Erfahrung bringen müssen, bevor sie eine Entscheidung fällte. Und was war mit der Protektion des Herzogs, um die sie gebeten? Sollte womöglich die Einladung nach Mailand nur davon ablenken, daß der Herzog von Orléans am Schicksal ihres Sohnes wenig interessiert war?

Fürs erste machte sie dem Abgesandten Hoffnung, das Angebot des Herzogs Visconti anzunehmen, während der Edelmann selbst sich Hoffnung machte, Carolines Herz im Sturm zu erobern, was ihm freilich nicht gelingen würde, mochte er ihr auch noch so schöne Augen machen.

Ich fand mich da weitaus weniger unangefochten als sie. Zu ihrer Linken saß nämlich ein weiterer Lombarde mit dem wohlklingenden Namen Ruggiero Deodata. Und dieser Gottgegebene, der mit dem Rosenorden ebensowenig zu tun hatte wie sein Landsmann, gefiel mir ausnehmend gut, weil er mit dem respektlosen Charme eines Uneingeweihten Carolines Kritik an Jean de Meun in Frage stellte.

»Vielleicht sollte man seine Worte nicht so gar so ernst nehmen, wie Ihr es tut«, mahnte er sanft.

Caroline konterte sogleich mit der Geschichte eines krankhaft eifersüchtigen Ehemannes, für den der Rosenroman eine Art Evangelium war. Jedesmal, wenn er darin gelesen hatte, drosch er auf seine Frau ein. »Meint Ihr nicht auch, daß jedes Lob des Rosenromans von den beklagenswerten Ehefrauen solcher Männer zu teuer bezahlt wird? Rechtfertigungen für prügelnde Grobiane, mein Lieber, kann man gar nicht ernst genug nehmen.«

In Ermangelung weiterer Argumente küßte Maestro Deodata der Dichterin stumm die Hand, etwas länger als schicklich und gerade lange genug, damit ich es mir auf seinem Schoß bequem machen und ihn gehörig umgarnen konnte, bis er kaum noch wußte, wie ihm geschah. Von einem Augenblick zum nächsten war er von Liebe entbrannt, da aber Caroline auch ihm die kalte Schulter zeigte, konnte es nur aus Liebe zur Liebe sein. Dies aber hatte ich, Lilith, mit meinen ätherischen Berührungen, im wahrsten Sinne des Wortes, zustande gebracht.

Das Rosenfest mit seinen Gelagen und Gesängen, Tänzen und Tändeleien zum Tag der Verliebten zog sich hin bis in die frühen Morgenstunden, und wie die meisten Gäste verbrachten Caroline und ich den Rest der Nacht im Palais des Herzogs. Ich durfte an ihrer Seite in einem prachtvollen Bett ausruhen, das über und über mit Rosenblättern bestreut war. Frankreichs Troubadoura würde es später »als weiß wie Schnee und mit üppigen, kunstvoll drapierten Vorhängen versehen« beschreiben. Mich aber hielt es nicht lange in der Umarmung meiner keuschen Freundin, auch glaubte ich nicht wie sie an eine einzige große Liebe im Leben, und so schlich ich mich, mit einer Kerze in der Hand, in das Gemach des mir vom Gott der Liebe gegebenen Ruggiero Deodata.

Caroline bemerkte nichts davon, und das war auch besser so; sie würde es nicht goutieren, wenn die Liebe zum bloßen Spaß verkam. Darin unterschied sie sich nicht von Stella, ich aber war Lilith, und deren Schatten reichte weit, selbst wenn sie unsichtbar war.

Mit meinen Ätherfingern folgte ich Ruggieros Haaransatz und den Konturen seiner sinnlichen Lippen. Seine Locken klebten feucht an seinen Schläfen wie die eines schlummernden Kindes, seine Glieder waren schlank und doch muskulös, seine Haut leicht gebräunt und samten, vor allem über den Lenden. Einen reizvolleren Geliebten hätte ich mir kaum erträumen können. Und da ich die »Venus observa« geheißene Stellung immer noch verabscheute, welche Adam, dieser erste Unmensch, seiner Herzallerliebsten hatte aufzwingen wollen, ritt ich meinen Deodata, einer Nachthexe gleich, bis er schrie, und ergötzte mich an ihm und er sich an mir, obwohl er dies für ein Produkt seiner Phantasie halten mußte. Ich wollte ihm die Täuschung ersparen, mich ihm als seine Gefährtin im Liebesspiel offenbaren, und wußte nicht, wie. Spätestens zu dem Zeitpunkt bedauerte ich meine Körperlosigkeit zutiefst, denn ich hatte die Selbstbefriedigung angesichts der vielen Möglichkeiten, sich zu zweit zu amüsieren, immer für pure Energieverschwendung gehalten und, wenn sie nur in der Einbildung stattfand, für ein Sakrileg.

Kaum waren wir fertig miteinander, erwachte ich daheim in meinem eigenen Bett, das nicht mit Rosen bestreut war und aus dem mich der unvermeidliche Durst nach einer Liebesnacht und die seltsamen Gelüste der Schwangerschaft alsbald in die Küche trieben. Dort aber hockte schon die gute alte Stella wie eine Spinne im Netz und konnte es kaum erwarten, daß ich mit ihr teilte, was ich im »Herbst des Mittelalters« erfahren hatte.

»Ich glaube, die verschieden Ebenen durchdringen einander, die eine aber weiß nichts von der Existenz der anderen«, sagte ich so leise, daß sie ihre Ohren spitzen mußte, wenn sie mich verstehen wollte. »Ebenso unsichtbar, wie ich es für die Gäste des Rosenfestes war, sind es auch für uns die Geistwesen aus anderen Welten. Sie sitzen mit uns am Tisch, arbeiten mit uns und gehen mit uns spazieren, doch unsere physischen Augen sehen sie nicht. Das habe ich schon als Kind gespürt.«

Stella zuckte enttäuscht die Achseln. »Und warum mußt du dann jetzt damit anfangen?«

»Weil ich es jetzt erst weiß.«

»Erzähl mir von deinem Rosenfest!«

Doch dazu schien mir die Zeit noch nicht reif. Ich zerteilte einen Apfel nach Zigeunerinnenart, reichte Stella die Hälfte und ging wieder zu Bett.

Kurz vor meiner Entbindung kam ich ein letztes Mal zu Caroline de Castel. Sie war mir inzwischen so vertraut, daß ich mich mit ihren Augen sah und daher ihr die Rolle der Erzählerin für eine Weile überlasse. Sie war ich, und ich war sie.

18. Kapitel
Die Stadt der Vergessenen

Ich, Caroline, Teil 2

Der Valentinstag des Jahres 1402 wurde tatsächlich zu einem Wendepunkt in meinem Leben, ganz so wie ich, Caroline, es vorausgesehen hatte. Der Streit um den Rosenroman zog weitere Kreise und erfaßte bald auch die Menschen außerhalb von Universiät und Louvre; ohne es je darauf angelegt zu haben, befand ich mich im Zentrum des Interesses, diesmal jedoch erfuhr ich wachsenden Zuspruch und Unterstützung. Königin Isabeau, deren Kammerfrau ich seit einiger Zeit war, wurde auf meine verborgenen Talente aufmerksam und schenkte mir einen vergoldeten Becher und andere Kleinodien zum Zeichen ihrer Gunst. Ich revanchierte mich mit einer Ballade an sie, und sie nahm nun alle meine Werke in ihre Bibliothek auf, inzwischen fünfzehn umfangreiche Bücher. Als ich damals vor drei Jahren meine Reise nach Italien vorbereitete, um einer Einladung des Herzogs von Visconti zu folgen, hätte ich mir soviel Beachtung in meiner zweiten Heimat noch kaum vorstellen können. Es sollte wohl auch nicht sein, daß ich sie verließ, denn wenige Tage vor unserem Aufbruch starb Giangaleazzo Visconti in Mailand wahrscheinlich an der Pest; andere sagen, er wurde ermordet. Heute bin ich froh, in Paris geblieben zu sein, zumal mein Sohn Jean dort die Stelle eines Notars und Sekretärs des Königs erhielt, so wie einst sein Vater.

Warum ich dies alles niederschreibe? Nun, zum einen, weil ich besessen davon bin, aus Worten Kathedralen zu errichten, Himmelsleitern bis zu den Sternen, den Lieblingsobjekten meines Vaters, des Astronomen, und zum anderen, weil ich diese Notizen für meine schöne rothaarige Freundin hinterlegen möchte, die sich Lilith nannte und in jener Valentinsnacht das Fleisch eines Mannes meinem Geist vorzog. Zuvor hatte sie für Stunden mein Tagewerk, mein Abendfest und das Nachtlager mit mir geteilt; somit hat sie ein Recht zu erfahren, wie sich die Dinge weiter entwickelten.

Mit dem Rosenfest ebbten die Diskussionen zwar langsam ab, dennoch wurde Kritik an mir und denen geübt, die mich nun feierten, nachdem sie mich einst schmähten, doch fielen die Vorwürfe in den Briefen meiner Gegner nun wesentlich milder aus als zu Beginn der Auseinandersetzung.

»Wenn man dich gelobt hat, weil du einen Schuß über die Türme von Notre-Dame gefeuert hast, so versuche deshalb nicht, mit einer schweren Kanonenkugel den Mond zu treffen«, riet mir beispielsweise ein gewisser Pierre Col, Bruder meines Kontrahenten Gontier Col und Geistlicher wie er. Doch damit konnte ich leben, zumal zur gleichen Zeit Jean Gerson, ein unorthodoxer Doktor der Theologie und Kanzler der Universität von Paris, eine flammende Predigt gegen den »Roman de la Rose« hielt, bei der er die Moralvorstellungen des Verfassers, seine sprachlichen Entgleisungen und gehässigen Angriffe auf die Frauen in aller Öffentlichkeit anprangerte. In der Absicht, das Sexualverhalten der Männer zu reformieren, verurteilte Doktor Gerson jenen Monsieur de Meun, »der ihnen erst befahl, mit den Frauen zu schlafen, um ihnen dann zu sagen, man müsse sie fliehen«. Als er bald darauf ebenfalls eine Abhandlung gegen den Rosenroman verfaßte, hielt ich meine Arbeit für getan, obwohl Pierre Col mir eine zweite und dritte Epistel mit langweiligen Erläuterungen zum besseren Verständnis des Rosenromans ins Haus schickte. Schließlich verweigerte ich jeden Kommentar und ließ ihn wissen, daß ich kein weiteres Schreiben zu dem Thema mehr verfassen würde.

Daraufhin gab er Ruhe. Ich, Caroline, behielt das letzte Wort, und das war auch gut so, denn ich hatte Wichtigeres zu tun. In Träumen, Geschichten und Visionen war mir offenbart worden, daß ich eine »Stadt der Frauen« zu errichten hätte, gebildet aus den Biographien der vergessenen Heldinnen unserer Geschichte. Da es zu den literarischen Eigenarten meiner Zeit gehörte, abstrakte Ideen zu personifizieren, schrieb ich in Allegorien wie meine Herren Kollegen und ließ in meinem Buch die Tugenden der Vernunft, Rechtschaffenheit und Gerechtigkeit in Gestalt von drei edlen Frauen aufmarschieren, auf daß sie mich und meine Leserinnen unterwiesen. Sogar die Sibylle von Cumae erschien zu Beginn meiner Arbeit, um mich zur »Quelle der Musen« zu führen, damit ich mich an ihren Wasserströmen labte, und eines schönen Tages überraschte mich auch wieder meine Besucherin aus der Zukunft. An einer Halskette trug sie den Rosenorden und in der Hand mein Buch, woraus ich wohl schließen durfte, daß es in Hunderten von Jahren noch gelesen wird. Dies brachte mich gleich auf die Idee, in einem Bericht über meine Visionen, an dem ich derzeit auch noch schrieb, eine »Dame Opinion« auftreten zu lassen und ihr im Zwiegespräch mit mir die prophetischen Worte in den Mund zu legen: *In künftigen Jahrhunderten wird man mehr von dir sprechen als zu deinen Lebzeiten, denn du kamst zu einer schlechten Zeit auf die Welt; die Wissenschaften und die schönen Künste erfreuen sich gegenwärtig nicht der ihnen gebührenden Wertschätzung. Nach deinem Tod aber wird ein starker und weiser Fürst kommen, der deine Bücher kennt und sich daher wünscht, du hättest zu seiner Zeit gelebt, damit er dich mit eigenen Augen hätte sehen können …*

Doch dies erwähne ich nur nebenbei und als Hinweis darauf, wie eine Schriftstellerin alles, was ihr im Leben begegnet, und selbst die Träume, für ihr Werk zu nutzen versteht. »Ich träume, also bin ich nicht …« Ich glaube, auch den Satz verdanke ich der geheimnisvollen Lilith.

Am Tag ihres Besuches war ich nicht allein in meiner Klause, sondern befand mich in einer Besprechung mit der Malerin, welche mir meine »Stadt der Frauen« illustrieren sollte. Sie hieß Anastasia, und obwohl sich in Paris die besten Künstler der Welt tummelten, stellte sie mit ihrer raffinierten Technik sämtliche Kollegen weit in den Schatten. Niemand zeichnete so feine Weinblattornamente und so zarte Miniaturen wie sie – und keiner verkaufte seine Werke so teuer an den, der sie bezahlen konnte. Für mich war es ein Glück, sie als Mitarbeiterin gewonnen zu haben, denn einer meiner besten und vermögendsten Kunden, der Herzog von Berry, war ein großer Ästhet, der meine Schriften noch mehr schätzte, wenn sie mit schönen Miniaturen versehen waren.

Auch auf dem Umschlag von Liliths Ausgabe der »Stadt der Frauen« leuchtete mir ein Bild Anastasias entgegen, welches die Anfangsszene illustrierte: Ich, Caroline, eine zierliche Frau in einem einfachen blauen Gewand, saß daheim am Arbeitspult und schrieb an einem meiner Bücher. Die rechte Hand führte die Schreibfeder, die linke hielt das Radiermesser gezückt; so verbrachte ich alle Tage viele Stunden. Um mich herum waren die Rundbögen meines Hauses zu sehen, über meinem Kopf das leuchtendrote Dach mit den beiden Gauben, und zu meinen Füßen hatte Anastasia mir einen kleinen Hund gesetzt, das Symbol ehelicher Treue.

Anastasia plagte mich schon geraume Zeit mit einer Frage, die ich liebend gerne überhört hätte, sie aber bestand auf einer Antwort. »Was an dieser Geschichte ist wahr, und was hast du erfunden?«

»Wozu willst du das wissen?«

»Damit ich mir ein Bild machen kann«, wünschte sich meine Malerin und erklärte mir: »Dein Metier folgt anderen Gesetzen als meines. In meiner Kunst gebe ich naturgetreu wieder, was mein Auge sieht, während du die Imagination bemühst. Wir arbeiten jetzt schon seit ein paar Jahren zusammen, doch das Geheimnis deiner Kreativität hat sich mir noch immer nicht enthüllt. Entweder bist du eine begnadete Seherin oder eine geschickte Erfinderin ...«

»Mit deinem Entweder-Oder kann ich nichts anfangen, Anastasia. Nenne mir ein Beispiel.«

»Mit Vergnügen! Beginnen wir mit der ersten Szene deines Buches: Du beschreibst darin deine Gefühle nach der Lektüre eines Werkes des mir unbekannten Autors Matheolus, welcher wieder einmal die Schlechtigkeit der Frauen und die Qualen des ehelichen Zusammenlebens thematisiert habe. Daraufhin, so sagst du, hast du nicht nur dein eigenes Verhalten überprüft, sondern hast dich mit unzähligen Frauen der unterschiedlichsten sozialen Stände unterhalten, wobei etliche Damen dir ihre geheimsten Wünsche und Gedanken anvertrauten. Und obwohl du in diesen Gesprächen keinerlei Rechtfertigung für die abschätzige Meinung jener Männer finden konntest, hast du dann trotzdem die Schlußfolgerung gezogen, es müsse stimmen, was sie alle wie aus einem Munde behaupten, und du wärst eben einfach nur unfähig, die eigenen schlimmen Schwächen und die der anderen Frauen zu erkennen ...«

»Das ist ein Kunstgriff, Anastasia, Phrase und Antiphrase, also reine Rhetorik«, unterbrach ich sie und wunderte mich, daß sie nicht von selbst darauf gekommen war, doch scheinbar hatten Malerinnen einen unreflektierteren Zugang zur Kreativität. »Ich stelle mich dumm, wenn du so willst, indem ich eine unhaltbare Behauptung aufgreife, welche ich dann um so überzeugender ad absurdum führen kann.«

»Dann ist es nur Kalkül?«

»Wenn du so willst.«

»Aber du hast sogar mit Gott gehadert«, sagte Anastasia mit vorwurfsvoller Stimme. Sie blätterte in meinem Buch und las mir daraus vor: »›Wenn es aber nun stimmt, teurer göttlicher Herr, und das weibliche Geschlecht wirklich ein Ausbund aller Boshaftigkeit ist, warum ließest Du mich nicht als Mann auf die Welt kommen, damit ich Dir mit meinen Gaben besser dienen könnte, damit ich mich niemals irrte und ich überhaupt so vollkommen wäre, wie es der männliche Mensch zu sein vorgibt.‹«

Ihre Empörung brachte mich zum Lachen. »Du mußt den letzten Satz mit einbeziehen, meine Liebe, wenn du verstehen willst. Da heißt es nämlich: ›In meiner Torheit haderte ich damit, von Gott in einem weiblichen Körper geboren zu sein.‹ Ich stellte mich dumm, spielte mit Absicht die Naive. Und du solltest weiterhin lesen, mit welchen Worten mich die erste der drei Tugenden daraufhin ermahnte …«

»›Teure Tochter, erschrecke nicht, denn wir sind nicht gekommen, um dir zu schaden, sondern um dich aus deiner Unwissenheit zu erlösen. Deine Verwirrung dauert uns. Sie verdunkelt deinen Verstand, so daß du Wahres und Falsches kaum noch unterscheiden kannst‹«, buchstabierte Anastasia etwas mühsam. Das Lesen schien jedenfalls nicht zu ihren Stärken zu gehören, nun ja, ihre Eltern stammten aus Griechenland, so wie die meinen aus Italien. Sie schaute auf: »War das die Stelle, die du gemeint hast?«

»Nein, etwas weiter unten.« Behutsam nahm ich ihr das Manuskript aus der Hand und wiederholte die Worte, welche ich die erste der schönen Frauen an mich hatte richten lassen: »›Wo hast du all deinen Scharfsinn gelassen, schöne Tochter? Hast du denn vergessen, daß feines Gold in der Feuersglut seine Beschaffenheit beweist, eine Qualität, die sich nicht verändert, sondern sogar noch verfeinert, je mehr das Gold gehämmert und bearbeitet wird? Weißt du denn nicht, daß die höchsten Dinge auch die umstrittensten sind?‹ Voilà, um diese höchsten Dinge geht es mir! Und nun spanne mich nicht länger auf die Folter, Anastasia, zeige mir bitte deine erste Illustration zur ›Ankunft dreier Tugenden‹.«

»Warte, ich war mir nicht sicher, ob ich sie ganz ätherisch oder als gewöhnliche Sterbliche darstellen sollte. Du hast sie schließlich als Lichtgestalten bezeichnet, als himmlische Wesen, hier …«

Wieder übte mein geniales Malweib sich in der Kunst des Vorlesens: »›Während ich mich so mit traurigen Gedanken herumquälte, sah ich plötzlich einen Lichtstrahl auf meinen Schoß fallen, als ob die Sonne schiene. Und ich, die ich mich in meiner dunklen Klause aufhielt, welche zu dieser Stunde nicht von der Sonne erhellt werden konnte, schreckte auf, gleich einer Person, die aus dem Schlaf hochfährt ...‹ Jetzt kommt's: ›Ich hob den Kopf, um die Lichtquelle ausfindig zu machen, und erblickte drei gekrönte Frauen von sehr edlem Aussehen, die leibhaftig vor mir standen.‹ Später sprichst du von ihrer ›überirdischen Schönheit, ihrer prächtigen Kleidung, ihrer edlen Haltung und ihrem würdevollen Auftreten‹. Du sagst: ›Ich wußte nicht, welche von ihnen ich zuerst ansehen sollte, denn die drei hohen Frauen ähnelten einander so sehr, daß ich nur mit Mühe die eine von der anderen unterscheiden konnte.‹ Und jetzt zeige ich dir meine Illustration dazu, Caroline, ich habe sie in zwei Hälften geteilt. Die linke Szene spielt in deiner Studierstube. Du hast dich zur Begrüßung der drei bekrönten Damen erhoben. Ich habe sie alle gleich aussehen lassen – nur ihre Kleider sind verschiedenfarbig – und habe aber jeder einen symbolischen Gegenstand in die Hand gegeben, damit man sie wiedererkennt.«

»Die Vernunft hält den Spiegel, das Attribut der Lebensklugheit, die Rechtschaffenheit ein Richtscheit, und die Gerechtigkeit umfaßt mit beiden Händen ein Maßgefäß ...«, sagte ich, hocherfreut über die Brillanz der Darstellung. »Du hast jenen Augenblick festgehalten, in dem sie mir vorschlugen, mit ihrer Hilfe eine Stadt zu errichten, in der alle Frauen Zuflucht vor ihren Gegnern finden. ›Laß uns unverzüglich hinausgehen, liebe Tochter, auf das Feld der Literatur‹, sprachen sie. ›Dort soll die Frauenstadt auf einem fetten und fruchtbaren Boden gegründet werden, dort, wo alle Früchte wachsen, wo sanfte Flüsse fließen und die Erde überreich gesegnet ist ...‹«

»Siehst du, und genau das habe ich in der rechte Bildhälfte dargestellt: Du und die Dame Vernunft habt bereits mit dem Bau der Stadtmauer begonnen. Du hältst die Mörtelkelle in der Hand, um mit der Speis einen schönen weißen Mauerstein zu bestreichen, welchen die Vernunft dir reicht. Sie hat dir kurz zuvor prophezeit, daß diese Stadt weder Zerstörung noch Verfall erleben wird, darum denke ich, sie sollte auf allen Illustrationen ganz besonders prachtvoll dargestellt werden.«

»Es ist wunderschön geworden, Anastasia, und selbstverständlich mußtest du die Tugenden körperhaft darstellen. Deine Bedenken waren ganz umsonst.«

»Dann ist es gut«, sagte sie mit einem Seufzer der Erleichterung, »und du erlaubst mir vielleicht noch eine letzte Frage: Sind die drei Frauen dir denn nun wirklich erschienen, oder hast du sie frei erfunden?«

Ich nahm Anastasia in die Arme und drückte sie an mich wie ein widerspenstiges Kind. »Ich bitte dich, nicht schon wieder!« flehte ich theatralischer als nötig, um dann ihren Kopf in eine bestimmte Richtung zu drehen. »Nun gut, damit du zufrieden bist: Sie haben so wirklich in meiner Studierstube gestanden, wie eben jetzt diese Manifestation aus der Zukunft hier vor uns steht!«

Als hätte sie ein geheimes Stichwort empfangen, hatte sich die schöne Lilith bei uns eingefunden und schaute uns schon eine ganze Weile bei der Arbeit zu, wobei sie ihre Augen kaum von der kunterbunten Anastasia wandte, welche ihr etwas zigeunerhaftes Aussehen durch die kontrastreichen Farben ihrer Kleidung zu unterstreichen pflegte.

Während bei mir Jahre vergangen waren, seitdem wir jene paar Stunden meines Lebens miteinander geteilt hatten, schienen es bei Lilith nur Monate gewesen zu sein, es sei denn, sie trug bereits ihr zweites Kind unter dem Herzen.

Hatte man bei unserem letzten Zusammentreffen ihre Schwangerschaft nur ahnen können, so wölbte sich nun ein gewaltiger Bauch unter ihrem kittelähnlichen kurzen Obergewand, zu dem sie auffallend häßliche Beinkleider trug, die aus einem groben blauen Garn gesponnen waren. Nicht einmal die Pariser Bierbrauerinnen hätten sich darin wohl gefühlt. Um so schöner fand ich wieder Liliths rotes Lockenhaar, das ihr Gesicht, einer feurigen Wolke gleich, umrahmte.

Nun wußte ich ja vom Rosenfest, daß Erscheinungen aus der Zukunft nicht für jedermann sichtbar waren, und beobachtete daher voller Spannung mein Malweib: Würde sie Lilith ebenfalls wahrnehmen, oder würde sie mich für eine Halluzinierende halten? Anastasia hatte ihren Mund zu einem Kommentar geöffnet, deutete aber, ohne einen Laut hervorzubringen, fassungslos auf das Buch in Liliths Hand. Also hatte sie doch mit meinen Augen zu sehen gelernt – oder ich mit den ihren, so, wie es sich nach all den Jahren intensiver Zusammenarbeit erwarten ließ. Auch für mich war es eine der merkwürdigsten Erfahrungen meines Lebens, daß diese Besucherin aus der Ferne zukünftiger Jahrhunderte bereits fertig in der Hand hielt, womit ich mich noch mühte. Während ich noch Fundamente legte und Grundmauern errichtete, kannte sie schon die Wohnhäuser und Paläste nebst ihren Bewohnerinnen. Nur gut, daß die Texte für ihr Exemplar in eine andere Sprache übersetzt worden waren, dachte ich, sonst hätte ich am Ende noch bei mir selbst abgeschrieben!

Sogleich begannen wir uns über das Buch in ihrer Hand zu unterhalten. Lilith erklärte mir so freimütig, wie es ihre Art war, daß sie es sehr genossen habe, trotz der für sie unzeitgemäßen Ausdrucksweise und obwohl ich die Bewohnerinnen meiner Stadt nach recht elitären Kriterien ausgewählt hätte; sogar etliche Gemeinsamkeiten seien ihr darin aufgefallen.

»Gemeinsamkeiten?« wiederholten Anastasia und ich wie aus einem Munde, da wir uns dergleichen kaum vorstellen konnten.

»Ja, du widmest zum Beispiel den Amazonen und ihren Königinnen mehrere Kapitel und scheinst ihren kämpferischen Geist ebenso zu bewundern wie ich und selbst Stellaluna, die Freundin, bei der ich lebe ...«

»Und auch ich«, hauchte Anastasia, doch ich gebot ihr zu schweigen, weil ich unser Zwiegespräch nicht gleich wieder unterbrochen haben wollte.

»Sag, bist du denn mit allem einverstanden, was ich über die Amazonen schrieb?«

Erstaunt hob die Schöne ihre Augenbraue: »Wieso fragst du mich das?«

»Nun, ich bin bei meiner Arbeit ja auf Quellen aus der Antike angewiesen und auf meine Intuition. Vermutlich ist aber die Evolution der Menschheit in den fünf oder sechs Jahrhunderten, die du uns zeitlich voraus hast, weiter fortgeschritten, so daß ihr euch nun in einem höheren Bewußtseinszustand befindet als wir und zudem mit tieferen Erkenntnissen gesegnet seid.«

»Ich dagegen glaube, daß die Evolution gar nicht linear, sondern in Zyklen verläuft«, widersprach Lilith. »Das Erreichen einer neuen Entwicklungsstufe bringt meistens Verluste in anderen Bereichen mit sich, und was sind fünf oder sechs Jahrhunderte, wenn allein das Reich der Amazonen, wie du selbst es erwähnst, mehr als achthundert Jahre überdauerte! Es gibt allerdings bei uns eine neuere Erkenntnis über die Amazonen, die im Gegensatz zu dem steht, was du über sie geschrieben hast ...«

»Nämlich? Bitte, hab keine falsche Scheu mir gegenüber!«

»Die Annahme, daß man ihnen die rechte Brust entfernte, damit sie besser mit dem Bogen schießen konnten, gehört wohl in den Bereich des Mythos.«

»Aber ihr Name soll sich von ›a-mazos‹ – brustlos – ableiten«, sagte ich etwas irritiert, während Anastasia unserem Gast sofort mit den Worten beipflichtete: »Mich hat es immer schon gewundert, daß auf griechischen Darstellungen keine derartigen Verstümmelungen zu sehen sind.«

»Amazone soll ›Mondfrau‹ bedeuten, meint Stellaluna«, sagte Lilith lächelnd und sprang zu einem anderen Thema, während ich noch darüber nachdachte, ob die Weisheiten einer Frau namens ›Sternenmond‹ so überzeugend waren, daß ich daraufhin mein Buch ändern mußte.

Lilith zählte munter weitere Gemeinsamkeiten auf, derweil mein Malweib sich anschickte, ihre ebenmäßigen Züge zu skizzieren. Sie sprach von einer Orientreise, von der sie unlängst zurückgekehrt sei, und von seltsamen Abenteuern in der Stadt Palmyra, von den Arabern zärtlich »die Braut der Wüste« genannt. Auch die von mir in die Frauenstadt aufgenommene Herrscherin Zenobia, Tochter der Scheba, sei ihr dort begegnet. Es habe sie außerordentlich gefreut, in meinem Buch so viele Details über den Charakter, die Lebensweise und die Regierungskunst dieser ungewöhnlichen Königin zu erfahren.

Die Eitelkeit der Autorin gebot mir, die zu meiner Zeit noch ungeborene Leserin zu fragen, was ihr denn an Zenobias Geschichte so wohl gefallen habe. Lilith nahm mein Manuskript zur Hand, in dem sie sich erstaunlich mühelos zurechtfand, und las mir daraus vor, was sie bereits in ihrem eigenen Exemplar mit roter Tinte angestrichen haben wollte: »›In der Schlacht ließ Zenobia sich nicht in einer Sänfte herumtragen, wie es für Könige üblich war, sondern saß stets auf dem Rücken eines flinken Schlachtrosses, und manchmal ritt sie unerkannt ihren Leuten voraus, um ihre Feinde zu erspähen.‹ Und weiter: ›Ihr Lebensstil war sehr prächtig und aufwendig; er entsprach den Gepflogenheiten persischer Herrscher, deren Luxus alle bei den sonstigen Königen üblichen Gewohnheiten in den Schatten stellte. Das Geld, das ihr zufloß, vereinigte sie zu einem großen Schatz. Niemals preßte sie jemandem etwas ab, vielmehr war sie, wenn es ihr sinnvoll erschien, so freigiebig, daß sie jeden Fürsten an Großzügigkeit übertraf.‹ Weniger gut hat mir aber ihre unmotivierte Keuschheit gefallen«, gestand Lilith mit ihrer den zukünftigen Menschen wohl eigenen Direktheit. »Nicht genug damit, daß sie sich fremden Männern verweigerte, mochte sie sogar mit ihrem Ehemann, dem König der Palmyrer, nur schlafen, um für Nachkommenschaft zu sorgen – so eng würde das bei uns heutzutage kaum noch ein Mensch sehen, das heißt ... «, schränkte sie gleich ein. »Meine Freundin Stella mit ihrem Faible für mystische Sexualität propagiert ebenfalls eine strengere Auswahl der Liebespartner. Mag sein, daß sich die Zeiten bei uns gerade mal wieder ändern.«

Nun gut, dachte ich, dann erübrigte sich ja eine Stellungnahme meinerseits, zumal Lilith gerade eine unvollendete Zeichnung aus dem Stapel der Skizzen und Manuskriptseiten hervorgezogen hatte und sich mit der Frage: »Und welche Szene hast du hier dargestellt?« an Anastasia wandte, die glücklich war, endlich in das Gespräch mit einbezogen zu werden.

»Sie zeigt einen Augenblick im Leben der Semiramis, der Gründerin Babylons: Sie ließ sich gerade von ihrer Zofe das Haar kämmen, als sie die Hiobsbotschaft erhielt, daß sich eines ihrer Königreiche gegen sie erhoben hatte. Obwohl ihre Frisur noch nicht vollendet war, sprang sie sofort auf und gelobte bei allem, was ihr am Herzen lag, ihr zweiter, noch ungeflochtener Haarzopf werde so lange in diesem Zustand bleiben, bis sie diese Schmach gerächt und das Land wieder unter ihre Kontrolle gebracht hätte ...«

»Ja, deine Zeichnung charakterisiert die Königin Semiramis sehr genau. Allerdings scheint mir ihr Haar etwas dünn zu sein.«

»Verglichen mit Eurer Lockenpracht, in der Tat.« Voller Bewunderung betrachtete Anastasia Liliths ungezähmten Schopf und hätte ihn gewiß gerne berührt, doch das wagte sie nicht. »Ich kann es ja Euch zuliebe noch ein wenig verstärken«, bot sie an.

»Aber nein, so habe ich das nicht gemeint. Erzähl mir lieber, wie die Geschichte weiterging.«

»Nun, Semiramis, trat den Aufständischen an der Spitze eines eilends zusammengestellten Heeres entgegen und brachte das Reich wieder unter ihre Herrschaft. Sie zeigte dabei so viel Mut und Stärke, daß es von da an niemand mehr wagte, sich gegen sie zu erheben. Sie war eine große Eroberin, diese Semiramis, eine, die Schmerz, Verlust und Tod nicht zu fürchten schien. Sie ist mit ihren bewaffneten Mannen sogar in Äthiopien eingedrungen, hat dort sehr heftige Kämpfe ausgetragen und das Land schließlich ihrem Reich einverleibt. Von dort aus zogen sie dann weiter bis nach Indien und belagerten die Inder, denen sich bis zu dem Tag noch niemals ein Mensch in kriegerischer Absicht genähert hatte.« Anastasia gab sich wirklich Mühe, unserem Gast verständlich zu machen, warum dieser kühnen assyrischen Königin ein Ehrenplatz in unserer Stadt gebührte, da aber Liliths Miene sich trotz all ihrer Worte nicht erheitern wollte, flüchtete sie sich in das Reich der Anekdoten und fügte mit einem Seitenblick auf die modischen Accessoire der Zukunft hinzu: »Sie soll übrigens das Beinkleid als Bekleidungsstück für Frauen eingeführt haben.«

Lilith lachte etwas herausfordernd: »Und nicht nur das! Mir hat man jüngst in der syrischen Wüste die sogenannten ›Hügel der Semiramis‹ gezeigt, darunter ihre zahlreichen Liebhaber begraben liegen. Sie hatte nämlich gar keine Lust, ihr Leben mit einem Mann allein zu verbringen, sondern nahm gutaussehende Soldaten mit in ihr Bett, die dann sie nach gehabten Freuden lebendig begraben ließ. Die Gründerin Babylons, die Erfinderin der ›Hängenden Gärten‹, gilt im Orient als eine der wollüstigsten Königinnen der Geschichte!«

»Entsprechende Anspielungen kann man bei Maestro Boccaccio nachlesen, welcher ebenso wie du Opfer einer Verwechslung wurde«, sagte ich kühl. »Es gab nämlich zwei Königinnen mit Namen Semiramis, du sprichst von der ersten, jener Tochter der syrischen Göttin Atragatis, welche Scharen von Männern aus unerwiderter Liebe in den Selbstmord trieb, während meine Hochachtung der zweiten Semiramis gilt, die ein paar Jahrhunderte später lebte; und es soll auch nicht sie selbst gewesen sein, sondern Nebukadnezar, der ihr zu Ehren das Weltwunder der Hängenden Gärten erbauen ließ. Mir erschien sie in meiner Sammlung unverzichtbar als Beispiel einer souveränen, unabhängigen Frau mit Mut und Durchsetzungskraft, mit einem Wort: Semiramis steht für ein Ideal, das man bei uns bisher ausschließlich männlich besetzte.«

Begütigend legte Lilith mir die Hand auf die Schulter, wovon ich freilich nichts spürte. »Verzeih mir meine Halbbildung, Caroline, nicht umsonst hast du von deiner Stadt der Frauen als einer Stadt der Vergessenen gesprochen. Um so mehr dürfte es dich freuen, daß dein Buch bei uns derzeit eine wahre Renaissance erlebt.«

»Wie viele Frauengeschichten habe ich denn darin beschrieben?« erkundigte ich mich und wurde ganz kribbelig vor Spannung; vor allem hätte ich gerne gewußt, wieviel Arbeit noch vor mir lag.

Sogleich blätterte Lilith in ihrem Exemplar, wobei Anastasia ihr neugierig über die Schulter spähte. »Nun, du hast dein Werk in drei Bücher unterteilt und darin schätzungsweise hundertzehn Einzelgeschichten aufgenommen, dazu die etlicher Prophetinnen, Sibyllen und heiliger Frauen. Ich habe sie auch noch nicht alle gelesen.«

»Was – so viele?« stöhnte ich und hielt mir den Kopf; bisher war ich über das erste Buch noch nicht hinausgekommen.

»Deine Arbeit wird sich jedenfalls lohnen«, versuchte Lilith mich zu trösten. »Bei uns gibt es ein ganz neues Interesse an der Literatur des Mittelalters, insofern bedient dein Buch auf das schönste unseren Zeitgeist.«

»Zeit-Geist ...« Das Wort mußte ich mir im Munde zergehen lassen. »Was soll das sein – ein Gespenst?«

Lilith schien viel und gern zu lachen, auch jetzt mochte sie kaum wieder damit aufhören. »So kann man es auch nennen. Der Zeitgeist als Gespenst des kollektiven Bewußtseins, das unermüdlich wiederholt, was gerade en vogue ist, bis keiner das Geschwätz mehr hören kann und sich einem neuen Trend zuwendet. Das betrifft aber nicht dein Buch, Caroline. Für unsere Soziologinnen bist du die erste Berufsschriftstellerin des Westens, die Historikerinnen rekonstruieren mit Hilfe deiner Geschichten die Lebensbedingungen um 1400, die Moralistinnen feiern dich als Tugendwächterin, die Feministinnen als Utopistin weiblicher Wunschträume, und alle zusammen loben sie das frauengeschichtliche Baumaterial deiner Stadt ... Willst du noch mehr hören?«

Nein! Längst schon hielt ich mir die Ohren zu. Lilith benutzte meine Sprache, aber ich verstand ihre Worte nicht mehr, es waren Schlagworte ohne Bedeutung.

»Zeit, das Thema zu wechseln«, sagte ich und stellte endlich die Frage nach der Tochter der Scheba, welche mich beschäftigte, seitdem Lilith diesen Namen ausgesprochen hatte.

»Du weißt nicht, wer Scheba genannt wurde? Nun, es ist die Königin von Saba, meine Liebe, bei dir heißt sie Nikaule, denn sie trägt so viele Namen, wie es Legenden über sie gibt. Auch du hast ihr zu meinem Entzücken eines der ersten Kapitel deines Buches gewidmet ...«

»... um durch ihre Biographie das männliche Vorurteil zu widerlegen, Frauen seien von Natur aus weder zur Staatskunst noch zu Regierungsgeschäften geeignet«, ergänzte ich.

»Die Spuren der Königin von Saba, beziehungsweise Liliths, waren es, nach denen ich auf meiner Orientreise suchte«, fuhr Lilith fort, und der Glanz in ihren Augen verstärkte sich. »Ich halte es keineswegs für einen Zufall, daß sie deinen Reigen starker Frauen eröffnen durfte!«

»Aber was suchst du nach deiner Reise in den Orient hier bei uns?« wagte Anastasia zaghaft zu fragen. Die Ärmste sah vollkommen verwirrt aus.

»Erkenntnis, die Wahrheit«, antwortete Lilith etwas vage.

»Worüber?«

»Die Erkenntnis meiner selbst, stellvertretend für jeden Menschen«, sagte sie nicht ohne Pathos, und da wir sie immer noch verständnislos anstarrten, erzählte sie uns die biblische Schöpfungsgeschichte in einer sehr eigenwilligen Version, die Rolle, welche Lilith darin spielte, und wie sie sich als Königin von Saba und andere Persönlichkeiten wiederverkörpert hatte. »Manchmal mußte sie sich erst tausend Jahre im Jenseits ausruhen, bevor sie einen neuen Leib für sich schuf«, schloß sie mit einem Augenzwinkern.

Anastasia konnte nur noch nach Luft ringen, und auch ich tat mich schwer mit dem Vergleich von Genesis I und II.

»Bei uns würdest du für solche Thesen als Ketzerin verbrannt werden«, sagte ich schließlich.

»Ja, ich weiß.«

»Caroline beschreibt in ihrem Buch die Schöpfungsgeschichte so, wie sie ihr von einer der drei edlen Frauen offenbart wurde, diese aber müssen die Wahrheit kennen, denn sie sind himmlische Wesen«, sagte Anastasia. Ach, sie hatte immer noch nicht verstanden, mich nicht und Lilith erst recht nicht. Nun zitierte sie gar wieder aus meinem Werk: »›Dort, im irdischen Paradies, welches der vornehmste Ort auf dieser Welt war und ist, schlief Adam ein, und aus einer seiner Rippen formte Gott den Körper der Frau; dies bedeutet, daß Er sie dazu bestimmte, ihm als seine Gefährtin zur Seite zu stehen – nicht jedoch als seine Sklavin zu Füßen zu liegen –, und daß er sie lieben sollte wie sein eigenes Fleisch.‹«

»Das ist doch schon ein Fortschritt«, unterbrach Lilith und umfaßte mit beiden Händen ihren Bauch. Ich sah, daß sie jeden Augenblick von hier verschwinden mußte, ihre Niederkunft stand kurz bevor. Sie aber schien keineswegs beunruhigt, sondern sagte: »Noch lieber sind mir die folgenden Worte: ›Wenn es heißt, daß Gott den Mann nach Seinem Bilde geschaffen hat, so sind manche töricht genug zu glauben, dies bezöge sich auf den wirklichen Körper. Aber das stimmte nicht, denn Gott hatte zu jener Zeit keine menschliche Gestalt angenommen, vielmehr ist darunter die Seele zu verstehen, die das oberste geistige Prinzip ist.‹ Eigentlich hätte ich noch gerne über diesen letzten Satz mit dir diskutiert, Caroline, doch nun fühle ich, daß ich irdischere Aufgaben zu erfüllen habe.«

»Seltsam, ich habe Eva immer gemocht«, sagte ich schwerfällig, weil es mir nicht paßte, die Rolle der ersten Frau einer anderen zuzugestehen.

»Aber auch du willst lieber die Wahl haben, statt blind zu gehorchen.«

Das stimmte allerdings.

»Auch du, Caroline de Castel, bist eine Pionierin und Rebellin wie Lilith.«

Plötzlich ahnte ich, worauf sie hinauswollte: »Dann soll ich wohl eine ihrer Verkörperungen sein? Bist du gekommen, mir das zu erzählen? Aber du, Lilith, willst ebenfalls ›sie‹ sein, du trägst sogar ihren Namen.«

»Du kannst ruhig noch einen Schritt weiter gehen«, sagte sie.

Ich tat ihr den Gefallen. »Dann bin ich du, wie ich einmal sein werde, und du bist ich, wie du einst warst? Himmel, ist das eine Gehirnakrobatik!«

»Es ist nur ein Traumspiel«, sagte Lilith, und lächelnd löste sie sich auf.

19. Kapitel
Der Purpurschneckenhäuserberg

Nein, mein Kind kam nicht schon in jener Nacht zur Welt, sondern beinahe eine Woche später zu Neumond, und da alles sehr plötzlich geschah, fiel Stellaluna die Rolle der Hebamme zu. Sie war es, die das Kind mit ihren Händen auffing, nachdem ich es, den Afrikanerinnen gleich, in der Hocke aus meinem Leib gewürgt hatte; sie war es, die es abnabelte und wusch und mir triumphierend mit den Worten: »Es ist ein Mädchen!« in den gemarterten Schoß zurückgab.

Ich betrachtete meine Tochter und fühlte, wie ich erstarrte. Sie war äußerst wohlgestalt und ganz entspannt, ihre Haut war weder rot noch runzlig, ihr Haar lackschwarz und dicht, und ihr Mund schien bereits zu lächeln, als wäre es ein Privileg, geboren zu werden, und nicht eine Strapaze. Ich aber konnte weder ihre noch Stellas Freude teilen und wußte nicht einmal, warum.

»Du brauchst nur etwas Schlaf. Ab morgen wirst du sie lieben«, prophezeite Stella.

Doch am Morgen war es noch schlimmer. Ich fühlte mich so

sterbenselend wie nach einem schlechten LSD-Trip. Die Tränen flossen ohne Ende, und als Stella mir das Kind auf die Brust legte, schob ich es weg.

»Wochenbettdepression«, diagnostizierte die Allwissende, »das vergeht.«

Ich aber wußte es besser: Im Repertoire einer Lilith fehlte die Rolle des Muttertiers. Vielleicht hätte ich diesen Mangel bei einem Sohn überspielen können, vielleicht hätte es mich überrascht, die Welt aus seiner Perspektive kennenzulernen, bei einer Tochter aber würde es mich nur langweilen, sie war mir selbst zu ähnlich. Jahrelang hatte ich nicht mehr an meine Mutter gedacht; jetzt plötzlich sah ich sie wieder vor mir und fand immer noch nichts, was ich mir hätte zum Vorbild nehmen können. Vielleicht trug ich ja selbst in mir, was ich an ihr so verabscheute, ihre Gleichgültigkeit und Hysterie, ihre Schwäche und ihren Masochismus ... Und wenn nun diese und schlimmere Eigenschaften nach der Geburt des Kindes auch bei mir zum Vorschein kämen? Würde auch ich bald die Fragen meiner Tochter mit Ammenmärchen beantworten, weil ich die Wahrheit selbst nicht kannte? Würde ich meine Schritte vor ihr geheimhalten müssen, damit sie nicht denselben Irrweg ging? Konnte so eine Herumtreiberin in Zeit und Raum wie ich überhaupt ein Vorbild sein?

»Wir sollten sie Serafina nennen«, schlug Stella vor.

Ich dachte an Camael und weigerte mich. »Auf keinen Fall, Engelnamen bringen Unglück.«

»Und was schlägst du vor?«

Ich sah in die dunklen Augen meiner Tochter, ein Erbe ihres halbjemenitischen Vaters, und sagte: »Luluwa.«

»Hört sich düster an. Wer soll das sein?«

»Die Zwillingsschwester von Kain. Luluwa wird im ›Ersten Buch Adam und Eva‹ erwähnt, das nicht in die christliche Bibel aufgenommen wurde. Sie galt als Inkarnation der Lilith.«

»Zwillingsschwester von Kain!« empörte sich Stella. »Hat sie etwa auch jemanden umgebracht?«

»Keine Ahnung.«

»Deine Kleine hat Hunger. Wann wirst du sie stillen?.«

Ich zuckte die Achseln. »Laß mir Zeit, mich daran zu gewöhnen.«

Die ersten Versuche waren nicht sehr ermutigend gewesen. Die makellose Form meiner Brüste hatten es meinen Liebhabern immer besonders angetan. Sollte ich sie jetzt etwa einem Säugling zum Spielen geben? Die Brustwarzen waren so empfindlich, daß schon eine leichte Berührung die heftigsten Empfindungen auslöste. Alles in mir sträubte sich dagegen, sie einem Kind in den Mund zu schieben und seinen gierigen, schmatzenden Lippen zu überlassen, solange es Lust hatte.

»Schau nur, diese kleinen Händchen!« Stellaluna hielt der Kleinen ihren Zeigefinger hin, den sie sofort fest umklammerte.

»Da schmilzt einem doch das Herz, wenn man dieses Kind ansieht.«

»Dann gib du ihm doch die Brust«, sagte ich grob.

Lieber wollte ich Adams Tochter gar nicht lieben, als ständig an die Grenzen dieser Liebe zu stoßen.

Die erste Depression meines Lebens hielt mich sechs qualvolle Wochen lang gefangen, und als sie endlich vorüber war, konnte ich kaum glauben, was ich zu dieser Zeit gedacht und gesprochen haben sollte. Letzten Endes befreite ich mich selbst von dieser Gemütskrankheit, indem ich Carolines Beispiel folgte und mir mein ganzes bisheriges Leben von der Seele schrieb. Auch wenn ich nicht mehr Europas erste Berufsschriftstellerin werden konnte, so gedachte ich doch, die Menschheit mit einem Thema zu beglücken, das ihr bisher entgangen war.

Während Stella meine Tochter besser versorgte, als ich es jemals können würde, wühlte ich in alten Briefen und Tagebüchern, um alles zusammenzutragen, was ich zum Lilith-Mythos herausgefunden hatte. Ich schrieb Tag und Nacht, fügte die einzelnen Geschichten in meine Biographie ein, doch wie ich es auch anstellte, das Puzzle wollte sich nicht zum Ganzen fügen, irgend etwas fehlte noch. Ich betrachtete mein lächerlich kurzes Leben und fand keinen Sinn darin. Meine Kindheit war ein Horrormärchen gewesen, meine Männergeschichten oberflächliche Affären und mein selbstloser Verzicht auf Adam reine Heuchelei. Zum Glück gehörte es zu den Prinzipien der Lilith, keine zu haben, und so beschloß ich, Adam, dem stolzen Vater von vier Söhnen, die Geburt seiner Tochter mitzuteilen. In meiner falschen Geste der Großmut hatte ich auf den Austausch von Adressen verzichtet, was aber durch einen Anruf bei der Organisation Swiss Aid, für die mein Medizinmann arbeitete, leicht rückgängig zu machen war. Kaum hatte ich den Brief abgeschickt, fühlte ich mich wohler, es zog mich sogar an Luluwas Bettchen, und nachdem ich ihr nun einen Vater besorgt hatte, schreckte es mich kaum noch, daß sie bei meinem Anblick erwartungsvoll lächelte.

Die Erinnerung an die wenigen Wochen mit Adam ließen mich den ganzen Abend lang über die rätselhafte Psyche der Männer nachgrübeln. Da mir meine Astralreisen bestätigt hatten, daß es eine Instanz in mir gab, die alles wußte und alles enthüllen konnte, fragte ich sie vor dem Einschlafen, ob Lilith eigentlich in keiner ihrer Inkarnationen ein Mann gewesen war, denn wenn doch, hätte ich zu gerne erfahren, wie sich das anfühlte. Was sich mir dann zeigte, war faszinierend und abstoßend zugleich; wie im Zeitraffer wurden die Bilder vor meinen Traumaugen abgespult, so daß ich Mühe hatte, sie am Morgen anzuhalten und in passende Worte zu fassen.

Als Lilith ein Mann war, hieß sie Cesare, lebte in Rom und züchtete Purpurschnecken. Als junger, mittelloser Bursche aus der Campagna hatte er mit einigen hundert Seeschnecken angefangen, deren Absonderungen er im Sonnenlicht erst gelb, dann karmesin-, dann blutrot werden ließ, und da das 17. Jahrhundert die Purpurfarbe liebte und das Glück im hold war, gehörte ihm bald eine große Fabrik. Nach Jahren fleißiger Produktion sah man den Abfall bereits zu einem Berg anwachsen, dem »Monte Testaceo« am Rande der Stadt, ein Berg aus Purpurschneckenhäusern, das Monument eines Reichtums, der einem allein gehörte: Cesare.

Auch er ging stets in Königspurpur gekleidet, die Farbe des Blutes, der Macht und der Liebe, und diese drei Dinge waren zugleich die Themen seines Lebens, die er brauchte, um seinem Hang zur Grausamkeit frönen zu können. Obwohl man Cesare mit seiner gedrungenen Gestalt, seinem schütteren Haar und dem stechenden Blick kaum als schönen Mann bezeichnen mochte, mußte er außer seinem Geld noch andere Talente besitzen, welche die jungen Frauen anzog, denn es gab kaum eine, die seinen

Verführungskünsten widerstand. Da ihn aber keine Liaison länger als ein paar Monate zu fesseln vermochte, konnte er in seiner Lebensmitte auf eine Anzahl von Eroberungen zurückblicken, um die ihn manch ehrenwerter Freier beneidet hätte. Objekte seines nie zu stillenden Verlangens waren immer unerfahrene Mädchen, je jünger, desto besser. Nur sie würden ihm die Macht eines Zauberers zugestehen, nachdem er sie in die Kunst der Liebe eingeweiht hatte. Die erwachsenen Frauen dagegen ließen sich weniger leicht täuschen. Zuweilen träumte Cesare, vor allem in Vollmondnächten, am Fuße seines Pupurschneckenhäuserberges eine Schnupftabakdose voller Jungfernhäutchen zu vergraben, durchsichtig wie Libellenflügel, und er erschauderte vor seiner eigenen Hybris.

Für ihn waren alle seine Nymphen himmlische Wesen, Unschuldsengel, die er zu Fall gebracht hatte. Eines Tages aber würde eine unter ihnen sein, die ihn von seinen Begierden erlöste. Um diese eine zu finden, mußte er eine Auslese treffen, indem er sie alle auf die Probe stellte. Wer seine Wünsche nicht erfüllte, dem entzog er seine Gunst und seine Geschenke so lange, bis auch die Widerspenstigste ihren Fehler bereute. Und da er zu den Zauberern zählte, dessen Liebkosungen süchtig machten, bekam er meistens, was er wollte – und war doch nie zufrieden, weil er, ungeachtet seiner Erfolge, in jedem weiblichen Körper ein Geheimnis witterte, das er ihm nicht entreißen konnte. Die Frauen, ob alt oder jung, behielten immer etwas für sich, dessen war er gewiß. Er mochte noch so oft in sie eindringen, sie ließen ihn nicht bis zum Kern ihres Seins vorstoßen, und das raubte ihm schier den Verstand. Das Dunkle in ihm sehnte sich nach Licht, das Häßliche nach Schönheit, das Verdorbene nach Jungfräulichkeit, das Niedrige nach dem Erhabenen. Das Tragische aber war: Je mehr von diesen oder anderen Tugenden eine seiner kleinen Gespielinnen besaß, desto leichter würde sie sich ausbeuten lassen und ihn damit wieder um die Befreiung von seinen Lastern bringen. So lebte er in einem Teufelskreis, aus dem er nicht herausfand.

»Schenk mir deine Perlen«, flehte er jedesmal auf dem Höhepunkt seiner Lust, aber keines seiner Mädchen war bisher intelligent genug gewesen, zu wissen, was er damit meinte. Luzifer hatte sich eines Körpers bemächtigt, ihn aufgebrochen und bis in den letzten Winkel durchwühlt, um die Seele aufzustöbern und in Besitz zu nehmen. Doch das, was er Seele nannte, war ihm längst entflohen.

Als ihm Giovanna zufiel, war sie dreizehn und er über fünfzig. Ihr Vater hatte sie beim Kartenspiel an Cesare verloren, erst sein Haus, dann sein Vermögen und, da die dunkelste Nacht des Jahres lang genug war und die Spielleidenschaft eine unheilbare Krankheit, zu guter Letzt das, was er für seinen kostbarsten Besitz hielt, seine Tochter. In seinen Purpurmantel gehüllt, trug der Engelfänger die noch schlafende Kleine in das einzige Zimmer seines Palazzos, das noch nicht gänzlich von Sammlerstücken zugewachsen war. Als Giovanna am Morgen erwachte, stand schon ein Diener bereit, ihr die Situation zu erklären, denn wenn Cesare etwas verabscheute, dann waren es Tränen, die der Trauer entsprangen und nicht dem körperlichen Schmerz.

Die kleine Comtessa möge sich fassen, empfahl der Diener und reichte ihr eine Tasse heißer Schokolade. Was hier im Haus von ihr erwartet werde, sei leicht zu erfüllen. Sie habe nichts zu befürchten.

»Und was«, stammelte Giovanna, »habe ich zu tun?«

»Trockne deine Tränen, und zeige dich meinem Herrn, und zwar nackt, damit er weiß, ob sein nächtlicher Spielgewinn den Kummer seines Verlierers wert war.«

Die Kleine zierte sich. »Aber nur im Dunkeln, am hellichten Tag nicht«, ließ sie dem Purpurfabrikanten ausrichten.

Als Roms Kirchenglocken ihr Mittagsgeläut anstimmten, servierte der Diener eine duftende Safransuppe und trug ein zweites Mal Cesares Wunsch vor: »Er möchte nur einen Blick auf die Haut eines Engels werfen, die noch kein Mann vorher gesehen hat.«

Die Kleine lachte lauter und aufreizender, als es sich für eine Comtessa geziemte. »Zu spät«, sagte sie heiser, »auf dem Landgut meines Vaters habe ich mich jeden Sommer mit den Knechten im Heu vergnügt und dabei kaum das Nötigste auf dem Leib behalten.«

Erst als der Diener am späten Nachmittag zum drittenmal sein Glück versuchte und die Süßigkeiten, die er auftrug, mit den Worten vergällte: »Wenn du jetzt nicht kommst, sieht mein Herr sich gezwungen, seinerseits vor dir zu erscheinen, und zwar barleibig«, lenkte Giovanna ein.

Sie entledigte sich stumm ihrer Kleider, bis auf ein purpurrotes Halsband, hüllte sich in den verschossenen Brokatüberwurf ihres Bettes und ließ sich in das Boudoir ihres Gastgebers bringen.

Mit herrischer Geste, wie es ihm zustand, forderte Cesare sie von seinem Sessel aus auf, das Tuch abzuwerfen. Giovanna hielt den Atem an und tat, wie ihr geheißen. Er stand auf, um sie mit einem Kerzenleuchter in der Hand in Augenschein zu nehmen, ihre weiße Haut, die überschlanken Glieder, die hellroten Knospen ihrer Brüste. Die Comtessa stand still wie eine Statue. Selbst als ihr das heiße Wachs auf die Schulter tropfte, zuckte sie nicht mit der Wimper. Ihre Haut duftete nach Honig, und ihr Gesicht, das er gestern im Schlaf schon mit Verwunderung betrachtet hatte, war das einer erwachsenen Frau.

Nachdem Cesare sich satt gesehen hatte, reichte er ihr einen seidenen Morgenmantel und sagte, sie möge morgen zur selben Stunde wiederkommen. Wenn sie dies bis zum nächsten Vollmond fortsetzte und bereitwillig seine Wünsche erfüllte, würde er sie nicht nur freigeben, sondern sie überdies mit genau der Summe Geldes, die ihr Vater an ihn verloren hätte, zu ihm zurückschikken.

Giovanna öffnete die Augen und sah ihn forschend an, als wollte sie ihm die Beschaffenheit seiner Wünsche von der Stirn ablesen, dann nickte sie kurz und ging barfuß, wie sie gekommen war, in ihr Gefängnis zurück.

Allabendlich fand sie sich nun bei ihm ein, ohne daß man sie hätte rufen müssen, und Cesare weihte sie in Praktiken ein, die er für Liebeskunst hielt, obwohl sie nur einem einzigen Zweck dienten, der Steigerung seiner Lust. Je mehr Überwindung es seine kindlichen Gespielinnen kostete, ihm zu Willen zu sein, desto größer war sein Genuß. Für gewöhnlich bekam er, was er sich in den Kopf gesetzt hatte; nach einer Zeit des Weinens und Wehklagens fanden die Mädchen Gefallen an seinen Foltermethoden und mochten sie, da sie es noch nicht anders kannten, bald nicht mehr missen. Die Frau war eben von Natur aus zur Dulderin bestimmt, so das Credo des Cesare.

Die kleine Giovanna allerdings war von anderer Art, sie zeigte ihre Gefühle nicht, gab niemals etwas von sich preis. Ob er sie endlose Minuten lang nackt über einen Spiegel schreiten ließ oder ihr bei den intimsten Verrichtungen zuzusehen verlangte, ob er ihren Körper mit seinen gierigen Händen oder seiner rauhen Zunge erkundete, sie ließ es geschehen und blieb aufreizend unberührt. Sogar ihr Mondblut in der Farbe des Purpurs fing sie in einem Fläschchen auf und brachte es ihm eines Abends, da er täglich danach fragte. Die Absonderungen der Schnecken hatten Cesare reich gemacht, von denen der Mädchen aber versprach er sich mehr, obgleich er selbst nicht wußte, was es war, solange sie ihm die falschen Geheimnisse ihrer Körper nicht enthüllten. Wie tief er tauchen mußte, um Perlen zu gewinnen, verriet ihm keine.

Wider Erwarten fand er Giovannas Jungfräulichkeit gänzlich unangetastet, die Spiele im Heu waren wohl doch harmloser gewesen, als sie es ihn hatte glauben machen wollen. Die weibliche Vagina war das Heiligtum der großen Göttin. Jeder gebildete Mensch in Rom wußte das. Zum Glück hatte Venus gut darüber gewacht, daß Cesare bekam, was ihm zustand. Er würde sich seinerseits erkenntlich zeigen, indem er behutsam vorging, bevor er den Vorhang des Venustempels zerriß, schließlich war er kein Barbar. Die kleine Comtessa schien seine Rücksichtnahme indessen kaum zu schätzen; sie wollte die Entjungferung so schnell wie möglich hinter sich bringen und verdarb damit das Spiel. Vor allem weigerte sie sich hartnäckig, die Zierde des Mannes, die Cesares ganzer Stolz war, jemals zu berühren, mit ihren Kleinmädchenfingern nicht und mit den sündigen Lippen schon gar nicht. Solange sie das aber nicht über sich brachte, konnte er seine Bedingung nicht als erfüllt betrachten.

»Du mußt«, sagte er, »ich bestehe darauf.«

»Morgen« erwiderte sie und spähte durch einen Spalt in den schweren Fenstervorhängen zum Menetekel des zunehmenden Mondes.

Niemals würde sie von sich aus die Haut des Purpurfabrikanten berühren, deren krötenhafte Feuchtigkeit sie gelegentlich streifte, wenn er sich an seinem Opfer labte, das Giovanna nicht sein wollte. Er mochte sich ihrer bedienen, da er die Macht dazu besaß; Beihilfe würde sie ihm nicht leisten. Mit diesem schneckenhaften Stückchen Fleisch, das ihm bald anschwoll, bald erschlaffte, wollte sie nichts zu schaffen haben. Lieber würde sie sterben, als es jemals in ihren Händen zu halten.

»Einmal muß es aber sein«, wiederholte er, »sonst ...«

»In der Vollmondnacht«, vertröstete sie ihn schließlich, »denn sie wird unsere letzte sein.«

In dieser Nacht kam sie früher als bisher. Sie hatte sich mit Blütenessenzen parfümiert und Augen und Mund übergroß geschminkt, so daß sie aussah wie die blutjunge Kurtisane eines Pharaos. Auch Cesare traf sie wohlvorbereitet: Hunderte von Kerzen waren bereits angezündet, der Duft orientalischer Räucherstäbchen mischte sich mit dem seines portugiesischen Tabaks. In der Mitte des Raumes, auf einem Silbertablett, wartete gut sichtbar ein Beutel voller Goldmünzen für den Vater der Comtessa nebst einem Rubinhalsband als Abschiedsgeschenk für sie selbst.

»Solange der Mond am Himmel steht, wirst du mir Gesellschaft leisten, danach bist du frei«, versprach Cesare mit lüsternem Glanz in den Augen. »Es sei denn ...«

»Ja, ich weiß«, flüsterte Giovanna.

Ohne dabei auch nur einen Seufzer über die Lippen zu bringen, ließ sie seine aufdringlichen Küsse und unverschämten Fingerfertigkeiten über sich ergehen. In dem Augenblick aber, da er versuchte, ihre fest geschlossenen Fäuste zu öffnen, blitzte ein Messerchen auf, und sie schnitt ihm flinkerhand ab, womit er sich so wichtig tat. Der Purpurfabrikant sah sein Blut über seine Hände fließen, heller als Mondblut, klebriger als Schneckensaft, und sein Schmerzensschrei steigerte sich zum Wutgebrüll, daß die Mauern des Palazzos davon widerhallten. Seinen ganzen Monte Testaceo hätte er damit zum Einsturz bringen können.

Mich aber erlöste das Geschrei meiner Tochter vor weiteren Szenen aus dem Leben Luzifers, und zum erstenmal war ich ihr von Herzen dankbar dafür. Schon im »Ersten Buch Adam und Eva« stand geschrieben, daß »die Kunst, purpur zu färben, vom Satan erfunden« sei; damit schien bereits alles gesagt. Lilith als Cesare war mir einfach zuwider, zumal er mich an Küken-Benno erinnerte. Während ich Luluwa die Windeln wechselte, dachte ich über das Gesetz des Karma nach, welches lehrte, daß jeder Mensch die Folgen seiner Handlungen am eigenen Leib erfahren müsse, sei es in diesem Leben oder in einem anderen. Mindestens die Hälfte der Menschheit glaubte daran.

»Was Lilith als Cesare anrichtete, mußte sie eines Tages von Küken-Benno zurückbekommen«, flüsterte ich Luluwa ins Ohr, und sie nickte verständnisvoll, worauf ich ihr versprach, von nun an selbst für sie zu sorgen.

Stellaluna machte das Schutzamulett mit den Engelnamen »Sanvai, Sansanvai« und »Semangloph«, welches sie der Kleinen , einem alten hebräischen Brauch gehorchend, hatte anfertigen lassen, für diese Sinneswandlung verantwortlich, ich aber wußte es wieder einmal besser. Es war Luluwas Körpersprache, die mich für sie einnahm. Sie redete mit ihren großen dunklen Augen und den winzigen Händen, mit Stirnrunzeln oder sonnigem Lächeln, und sie sagte mir mit allem, was ihr zur Verfügung stand, daß sie mich ausgewählt hätte, die Rolle ihrer Mutter zu spielen, und nicht Stella, ob uns das nun gefiel oder nicht. Wäre sie unscheinbar gewesen oder mir zu ähnlich, hätte ich mich ihr womöglich weiter entzogen, doch glich sie ihrem Vater jeden Tag mehr; schon jetzt war sie eine morgenländische Schönheit. Warum sollte es mir nicht möglich sein, meinem Kind die Liebe zu geben, die man mir in jungen Jahren verweigert hatte? War es nicht immer schon mein Los gewesen, vorgefaßte Meinungen zu bekämpfen? Warum sollte ich ausgerechnet bei meiner eigenen Tochter einer Binsenweisheit auf den Leim gehen?

Stella trug es mit Fassung, daß ich sie des Kindes beraubte, das sie bereits so liebgewonnen hatte, als hätte sie es selbst zur Welt gebracht, was in gewisser Weise ja auch zutraf. Zum Trost durfte sie meine Geschichte vom »Purpurschneckenhäuserberg« lesen, und ich gestattete ihr sogar, sie für ihre Seminare auszuschlachten, was sie sich nicht zweimal sagen ließ.

Cesare, der bedauernswerte Psychopath aus dem 17. Jahrhundert, mußte fortan als ihr Prototyp für den männlichen Analphabeten der Liebe herhalten, der sich und seiner Partnerin durch den falschen Gebrauch des Orgasmus Lebensenergie entzog, statt sie bewußt zu erhöhen.

Und damit nicht genug: Auch heute noch, nach unserer ganzen sogenannten sexuellen Revolution, wären wir nicht viel klüger geworden, hörte ich Stella eines Tages in einem Vortrag behaupten. Viele unserer modernen Krankheiten rührten vom Mißbrauch der mächtigsten Energie, welche der Menschheit gegeben wurde. Geschickt verstand sie es, an der Stelle einzuflechten, daß die europäischen Männer im 18. Jahrhundert und auch noch später von den indischen Freudenmädchen als »Misthaufen-Hähne« verspottet wurden, weil der Liebesakt für sie schon nach wenigen Sekunden vorüber war, während es bei den jahrtausendealten tantrischen Übungen Indiens auf eine verfeinernde Kontrolle der Körperfunktionen und geistige Bewußtheit ankäme.

Die rastlose Stella hatte sich während meiner Orientreise in die östliche Medizin und Philosophie vertieft. Dank ihrer Intuition wußte sie um die Yin- und Yang-Kräfte des Menschen und fand es nun an der Zeit, die Unwissenden zu lehren, auf welche Weise sie die Energiezentren ihres Körpers, die »Chakren«, zum Erblühen bringen konnten. Wieder einmal war sie mir einen Schritt voraus, und wieder staunte ich, wie schnell sie neue Trends aufgriff und umsetzte, wenn sie in ihr Konzept paßten. So hatte sie bereits ein Übungsprogramm entwickelt, welches ihren Klienten die Umwandlung ihrer bisherigen Verhaltensmuster erleichtern sollte. Für Stella war die rein äußerliche Form der geschlechtlichen Vereinigung primitiv, solange die inneren und höheren Aspekte dabei vernachlässigt wurden.

»Ich bringe den Männern bei, ihre Vitalkräfte aufzusparen und statt dessen die mächtigen Yin-Kräfte in sich aufzunehmen, welche die Frauen beim sexuellen Höhepunkt erzeugen«, erklärte sie mir. »Einige sind durch meine Übungen schon so weit gekommen, daß sie den Samenerguß zurückhalten und die Lebensenergie nach oben zum Kopf hin lenken können; es ist eine Art Alchemie, welche die niederen Ernergien in höhere verwandelt. Zum Schluß wird diese Energie im Mund als Honignektar geschmeckt, dieser aber ist ein Lebenselixier ohnegleichen, es heilt und regeneriert den gesamten Organismus.«

»Hört sich gut an, aber woher kennst du den Geschmack dieses Honignektars? Bist du ein Mann?«

»Du etwa nicht?« Verschwörerisch lächelnd sah sie mich an. »Übrigens hüten die Männer, die nach monatelangem Training ihre ersten höheren Bewußtseinszustände erleben, ihr Wissen wie ein Staatsgeheimnis. Und weißt du auch, warum?«

»Sag's mir.«

»Weil sie fürchten daß auch die Frauen es lernen könnten, ihren Orgasmus zurückzuhalten.«

»Na und?« Ich verstand nicht, worauf sie hinauswollte.

»Eine Frau, die sich zurückhält, während sie den Mann in Ekstase bringt, ist ihm an Weisheit und spiritueller Kraft weit überlegen. Ihre ohnehin schon mächtigere Yin-Magie bleibt in ihrem Körper und wird außerdem noch durch die schwächere Yang-Kraft des Mannes verstärkt.«

»Stella, weißt du, was du da sagst?«

Sie neigte den Kopf und schwieg.

»Das bedeutet ja, daß dieser sadistische Cesare mit seinem Verdacht, die Frauen würden ihm etwas vorenthalten, durchaus recht hatte. Sie schenkten ihm im wahrsten Sinne des Wortes ›ihre Perlen‹ nicht.«

Wieder nickte Stella amüsiert, sie schien sich an meiner Aufgeregtheit sichtlich zu weiden.

»Und es bedeutet, daß Giovanna ihm an Weisheit und spiritueller Kraft, wie du es nennst, weit überlegen war ...«, schloß ich.

»So junge Mädchen reagieren noch recht unbewußt«, meinte Stella. »Doch deine Giovanna war gewiß ein bemerkenswertes Kind, womöglich ahnte sie bereits, was Erotik und Sex wirklich sein sollten.«

»Und was?«

»O Lilith, das fragst du immer noch? Katalysator für eine höhere Intergration, was sonst, denn letzten Endes soll ja der gesamte Prozeß, um den es mir geht, in einer transzendenten Erfahrung münden: der Vereinigung mit dem Göttlichen.«

»Ist das alles?« neckte ich sie.

Ich fand die Ziele meiner Menschheitsverbesserin ganz schön anspruchsvoll und war ebenso gespannt, wen sie damit erreichen würde, wie bereit, ihr in jeder Weise zu helfen, nachdem ich meine Kindbettkrise glücklich überwunden hatte. Ich würde verstärkt mit meiner Hände Arbeit zu unserem Lebensunterhalt beitragen, schließlich sollte es Luluwa an nichts mangeln. Gleichzeitig aber wollte ich, Caroline sei Dank, mein bescheidenes Talent zum Schreiben kultivieren.

Müheloser als erwartet, gelang es mir in kurzer Zeit, meinen etwas makabren Erstling vom »Purpurhäuserschneckenberg« einer Frauenzeitschrift zu verkaufen, zudem schickte Adam regelmäßig, wenn auch leider kommentarlos, Schecks für seine kleine Tochter. Nach einigen Monaten erhielten wir weitere materielle Unterstützung aus einer längst vergessenen Quelle. Wir sahen darin ein Zeichen, daß wir mit unseren Plänen auf dem richtigen Wege waren.

20. Kapitel
Die Schlangenbraut

Julian war wiederauferstanden von den Totgeglaubten und schickte uns Post aus Amsterdam. Stella mußte mit einem Bankscheck vorliebnehmen, der ihr die entwendeten Ersparnisse auf Heller und Pfennig ersetzte, ich dagegen bekam einen längeren Brief, in dem unser Troubadour mich wissen ließ, daß er den Prozeß um seine Bluesballade in der zweiten Instanz nun doch gewonnen habe und derzeit ein Musical komponiere. Es handele sich um eine Auftragsarbeit zum Thema »Die Königin von Saba«. Was ich davon halte, die Texte zu seinen Songs zu schreiben, er habe keinen Zweifel, daß ich genau die Richtige dafür sei ... Es verschlug Stella und mir die Sprache.

»Der Mann mit den zwei Herzen«, murmelte Stella beiläufig, doch ihre strahlenden Augen straften ihren Gleichmut Lügen.

»Lilith«, sagte sie, nachdem ich ihr meinen Brief vorgelesen hatte, »das ist deine Chance. Bei Julians Urheberanspruch ging es um Millionen, wenn er ihn jetzt gewonnen hat, ist er ein gemachter Mann. Laß Luluwa hier bei mir, und fahr nach Amsterdam, um alles mit ihm zu besprechen.«

Ich packte eine Reisetasche und legte meinen kostbarsten Besitz, das »Kebra Nagast« oben drauf sowie meinen Bericht über die Weihrauchpflücker, den ich bereits in weiser Voraussicht meinem einstigen Gefährten gewidmet hatte. Mühelos fand ich den Weg zu seinem Hausboot in einer kleinen Gracht außerhalb des Stadtzentrums. Den bronzenen Drachenklopfer ließ ich dann allerdings etwas zaghaft gegen die Tür fallen. Julians Brief hatte zwar sehr freundlich geklungen, wie aber mochte er reagieren, wenn ich nun plötzlich vor ihm stand? Zuletzt hatten wir uns in Harib gesehen, als die Grenzbeamten ihn nach seinem Tobsuchtsanfall einsperrten; damals war ich so in Adam verliebt gewesen, daß mich Julians Gefühle nicht kümmerten. Heute bedauerte ich meinen Egoismus. Wir würden beide sehr achtsam miteinander umgehen müssen, damit sich die alten Fehler nicht wiederholten. Zum Glück schien Julian mir nichts nachzutragen, und ich spürte nicht mehr das Bedürfnis, einen anderen Menschen aus ihm zu machen; wir hatten wohl beide dazugelernt.

»In diesem jemenitischen Knast ist mir etwas aufgegangen«, gestand er mir nach dem obligatorischen Austausch von Wangenküssen und Höflichkeitsfloskeln.

»Nämlich?«

»Wir leben in einer durch und durch weltlichen Welt und hegen doch eine nahezu jenseitige Illusion …«

»Welche?« fragte ich gespannt.

»Die Erfüllung unendlicher Wünsche in der Liebesbeziehung.«

»Ja, du hast recht«, stimmte ich ihm zu und band es ihm lieber nicht auf die Nase, daß mich seine weisen Worte an Stellas Sprüche erinnerten. »Ich für meinen Teil möchte im Augenblick nur in Ruhe gelassen werden.«

»Aber gleichzeitig geliebt werden, so wie alle Frauen«, behauptete Julian, und auch diesmal widersprach ich nicht.

Ganz behutsam weihten wir einander in die jüngsten Ereignisse unseres Lebens ein. Meinem Vorurteil über die Feigheit der Männer zum Trotz hörte Julian es nur ungern, daß ich ihn nicht zu Luluwas Vater erkoren hatte, doch die Babyfotos meiner kleinen dunklen Schönheit mußten ihn schließlich davon überzeugen.

»Schade, eine Tochter von dir habe ich mir immer gewünscht«, bedauerte er.

»Und warum weiß ich nichts davon?«

»Weil die Zeit noch nicht reif war: Ich hatte kein Geld, und du hattest noch soviel anderes vor ...«

»Das habe ich immer noch«, verriet ich ihm und wußte trotzdem, was er meinte.

Stundenlang tauschten wir an diesem ersten gemeinsamen Abend unsere Erinnerungen und Reiseabenteuer miteinander aus, und früher hätte ich nichts dabei gefunden, um der alten Zeiten willen auch die Nacht mit meinem ehemaligen Liebhaber zu verbringen, doch nach den abschreckenden Szenen im Palazzo des Purpurfabrikanten und Stellas Theorien über die Macht der Yin- und Yang-Energien war ich wesentlich vorsichtiger geworden. Obwohl mir das Verlangen in Julians grünen Augen nicht entging, versuchte er nicht, mich umzustimmen. Ich blieb allein in meinem Bett über dem bewegten Wasser und träumte die seltsamsten Geschichten.

Am Morgen, bei einem köstlich kalorienreichen holländischen Frühstück, beschlossen wir beide, nicht da anzuknüpfen, wo wir einst aufgehört hatten. Lieber wollten wir unsere ganze Kraft in unser gemeinsames Projekt stecken, das würde unsere Kreativität gewiß mehr fördern als erneuter Beziehungsstreß.

»Konflikte entstehen durch einen Mangel an Power und sind nichts weiter als der Versuch, sie vom anderen abzuziehen. Genaugenommen sind sie energetischer Vampirismus«, zitierte ich unsere Lehrmeisterin.

»Keinen Streß, keine Konflikte, keinen Vampirismus«, gelobten wir einander.

Von allem emotionalen Ballast befreit, stürzten wir uns daraufhin in die Arbeit. Julian spielte mir seine Melodien auf dem Klavier vor, und ich machte Vorschläge zu Themen und Texten. Bald stellten wir beglückt fest, daß wir als Künstler wunderbar miteinander harmonierten. Spät am Abend belohnten wir uns noch mit einem Bummel durch Amsterdams gemütliche Kneipen, bevor ich anderentags, ganz kribbelig vor schöpferischer Unruhe, nach Hause eilte.

Die nächsten Wochen waren zu arbeitsreich, um Hirngespinste

zu pflegen. Der Königin von Saba zuliebe gab ich mir mit meinen Texten die allergrößte Mühe und schrieb und verwarf, feilte an jedem Satz, bis ich mir sicher war, daß er so und nicht anders lauten mußte. Trotzdem vergaß ich Amsterdam und das Déjà-vu-Gefühl nicht, das diese Stadt in mir ausgelöst hatte. Ich kannte die Häuser, die Straßen, die Grachten bereits, ja, sogar die Sprache hatte meinen Ohren vertraut geklungen, als wäre sie meine eigene. An keinem Ort der Welt war mir bisher Ähnliches widerfahren, und eines Mittags, mit der schlafenden Luluwa im Arm, versetzte ich mich in die dreißiger Jahre unserer Epoche, als ich eine alternde Diva war und in Holland auf einem Hausboot lebte.

Sie hieß Nelly de la Pastellière und hatte in ihrem Leben schon mehrfach die Rollen gewechselt, war Tänzerin und Schauspielerin gewesen, Konkubine und Göttin der sinnlichen Liebe, bis sie alle körperlichen Erfahrungen für ausgereizt hielt.

Es begann damit, daß sie das Interesse an Eroberungen verlor, sie brauchte keine Liebhaber mehr zu sammeln wie andere Frauen Porzellan oder Hüte, zumal die wenigsten Männer sie zufriedenstellten. Sie schalt sich Nymphomanin und tröstete sich mit Tangomusik, aber ganz für sich allein und ohne sich dabei zu bewegen, denn der Tango war ein trauriger Gedanke, den man tanzen konnte, aber nicht mußte. Eines Tages ertappte sie sich dabei, daß sie ihre Lust nur noch vortäuschte, da sie sich in Wahrheit der Liebe gar nicht mehr erfreuen konnte, und sie lachte und weinte, weil sie ihre Jugend dahinschwinden sah, bevor sie eine Alternative gefunden hatte.

Auch am Hausboot nagte der Zahn der Zeit, die Kratzer und Narben ließen sich kaum noch übermalen, irgendwann würde man es ganz ausmustern müssen. Dieses behäbige Schiff, das sich niemals von der Stelle bewegte, war die Tanzbühne eines Lebens gewesen, fürwahr ein widersinniges Requisit. Zu was hatte es nicht schon alles herhalten müssen: zur Lasterhöhle für Nirwanasüchtige, zum Venustempel für heimliche Liebespaare und nicht zuletzt zum Tummelplatz für drei Kinder von verschiedenen Vätern. In den letzten Jahren war das Schiff nur noch eine ramponierte Bude, in der die füllig gewordene Nelly ebenso fülligen Meisjes den Bauchtanz beibrachte. Sie liebte die wellenartigen Hüft- und Beckenbewegungen, den Umgang mit Schleiern und Schärpen, das Zu-Boden-gehen und Sich-Wiederemporschrauben. Der Bauchtanz war eine Kunst, inspiriert von den sinnlichen Windungen der Schlange, und Nelly war ihre Priesterin, mit einer irisierenden Pfauenfeder am Dekolleté, die schon seit ewigen Zeiten zu ihren wichtigsten Accessoires gehörte. Selbst nachdem sie den jungen Tibeter kennengelernt und ihr Leben vollkommen umgekrempelt hatte, trennte sie sich nicht von der Schwanzfeder des Paradiesvogels mit dem großen, wachsamen Auge an ihrer Spitze.

Der Tibeter handelte mit Musikinstrumenten und Rollbildern und besaß ein kleines Geschäft in Nellys Viertel. Darüber hinaus war er ein Yogi, der seine Zeit am liebsten in tiefer Meditation verbrachte. So traf ihn auch Nelly eines Tages an, als sie Klangschalen zur Stimulation ihrer Schülerinnen bei ihm kaufen wollte. Samten, so war sein Name, saß, einem Buddha gleich, im Lotossitz auf dem Fußboden seines winzigen Ladens, und obwohl ihm eine Stechmücke mit einem penetranten Geräusch um die Nase herumflog, verscheuchte er sie nicht. Sein Gesicht blieb vollkommen entspannt, nicht einmal die Nasenflügel bewegten sich.

Nelly ließ sich ihm gegenüber auf ein Kissen fallen und sah ihm fasziniert zu. Wie lange würde es dauern, bis er ihre Gegenwart spürte und sich beobachtet fühlte? Blicke konnten außerordentlich lästig sein, davon konnte sie ein Lied singen. Samten hingegen schien sie gar nicht wahrzunehmen, und auch Nellys etwas kurzatmiges Schnaufen erreichte nicht sein Ohr. Nach einer Weile juckte es sie in den Fingern, ihre Pfauenfeder aus dem Ausschnitt zu lösen, dem Tibeter damit über das pausbäckige Gesicht zu streichen und die kitzeligsten Stellen zu berühren, doch auch jetzt verzog er weder Mundwinkel noch Augenbrauen. Da kreuzte Nelly ebenfalls die Beine, schloß ihre Augen, und obwohl sie nicht wußte, was in der Meditation zu tun oder zu lassen war, fühlte sie bald, wie sich die Ruhe ihres Gegenübers auf sie übertrug. Ich muß wohl, dachte sie, den Meister gefunden haben, der meinem Leben noch fehlte. Dann hörte sie auf zu denken und genoß das sanfte Dahinsegeln ihres Geistes.

Als Samten aus seiner Selbstvergessenheit erwachte und sein Gesicht voller Licht war, das auch beim Anblick des ungebetenen Gastes nicht erlosch, sagte sie: »Viele Jahre habe ich mich vollkommen dem Tanz hingegeben und dies für einen sicheren Weg zur Befreiung gehalten, nun aber sehe ich, daß du einen besseren Weg kennen mußt. Verzeih mir, daß ich mich nicht stillschweigend entfernte, aber der Wunsch, bei dir zu verweilen, war mächtiger als meine Diskretion.«

Der Tibeter lächelte und lud sie zum Tee ein, den er schweigend zubereitete, wobei er einem umständlichen und ziemlich zeitraubenden Ritual folgte.

»Wovon hast du dich durch den Tanz befreien wollen?« fragte er nach der ersten Tasse.

Sie zuckte die Achseln. »Ich weiß nicht. Von allem, was mich einengt, vielleicht?«

Diesmal dauerte Samtens Schweigen noch länger. »Yoga bedeutet, das Gift der Wünsche loszuwerden«, sagte er dann.

»Ich glaube, so viele Wünsche habe ich gar nicht mehr.« In aller Eile, damit noch Zeit für ihr Anliegen blieb, zählte Nelly ihre einstigen Wünsche auf, und verglich sie mit dem, was davon übriggeblieben war. »Na ja, es sind schon noch ein paar«, gestand sie etwas verlegen, »aber das ist doch menschlich. Ohnehin habe ich unlängst den Entschluß gefaßt, auf alles zu verzichten, bis sich mir das bietet, was ich wirklich will.«

»Du kommst mir vor wie eine Frau, die auf einem angebundenen Pferd reitet«, sagte Samten, nachdem der Tee bis auf den letzten Tropfen getrunken war.

»Oh! – Und kann man es losbinden, dieses Pferd?«

»Nein, aber du kannst aufhören zu reiten.«

Das war Nellys erste Unterweisung, und von da an besuchte sie den Tibeter regelmäßig, damit er ihr die Kunst des Meditierens beibrachte, welche, wie er sagte, darin bestand, »die Lücke zwischen zwei Gedanken zu verlängern«.

Die Tänzerin aber entpuppte sich als Naturtalent; es gelang ihr mit Leichtigkeit, sich auf den Punkt zwischen ihren Augenbrauen zu konzentrieren und jede Zelle ihres Körpers mit Licht zu füllen. In kurzer Zeit wurden ihr Erfahrungen zuteil, zu denen gewöhnliche Sterbliche jahrelange Übung brauchten, und Nelly merkte, wie sich ihr Leben langsam veränderte, es verlor seine Schwere, wurde traumgleicher.

Nothing matters much, and most things do not matter at all, schrieb sie auf ihren Spiegel über dem Bett, denn dies half ihr, den Tag morgens ohne Befürchtungen zu beginnen und am Abend wie ein sorgloses Kind einzuschlafen, obwohl die Welt draußen aus den Fugen war und jedermann wie hypnotisiert auf das Nachbarland mit seinem wahnsinnigen Führer starrte und den Krieg erwartete.

Auch den Spiegelsatz verdankte sie Samten, der manchmal lieber englisch sprach als holländisch.

Nach ihrer ersten gemeinsamen Meditation hatte er sie mit den Worten ernüchtert: »Solange du nicht weißt, wer du wirklich bist, nützt dir die Meditation gar nichts, sie ist nur ein angenehmer Zeitvertreib.«

Nelly erschrak. Sie war ein Frau Ende Vierzig, die, ob Tänzerin oder nicht, mit beiden Beinen auf der Erde stand; sie hatte verschiedene Berufe ausgeübt, ihre Kinder großgezogen, Männern den Kopf verdreht, und sie sollte nicht wissen, wer sie war? Wann immer ihre Pflichten es erlaubten, erforschte sie von da an mit großer Sorgfalt ihr Inneres, entdeckte die tieferen Schichten ihres Seins, trennte Wesentliches vom Unwesentlichen, verwarf es wieder und begann von vorn, allerdings niemals in der Meditation, denn dieser wunderbare Ruhezustand des Geistes erschien ihr zu kostbar, um ihn durch Gedanken zu stören.

Als Samten nach einem guten Jahr endlich die bang erwartete Frage stellte: »Hast du inzwischen herausgefunden, wer du bist?«, antwortete sie: »Mir scheint, ich habe eher herausgefunden, wer ich nicht bin.«

Sie sah ihn aufmunternd nicken und fuhr fort: »Ich bin weder mein Körper, noch mein Verstand, noch meine Sinne. Denn was ich ›mein‹ nenne, kann ich ja nicht selber sein.«

»Gut so, mach weiter«, ermutigte sie ihr junger Lehrer.

Nelly suchte fortan nach dem, was über Körper, Verstand und Sinne hinausging, doch als sie es gefunden hatte, wußte sie nicht, wie sie es benennen sollte. Es, Bewußtsein, absolutes Sein?

Sie faßte sich ein Herz und fragte eines Abends nach der gemeinsamen Meditation den Tibeter: »Was ist Erleuchtung, Meister?«

»Erleuchtung ist ein Zustand von Nicht-Sein und Nicht-Identität.«

»Und wie erreiche ich diesen Zustand?«

»Indem du aufhörst, dich mit deiner vergänglichen Persönlichkeit und allem, was zu ihr gehört, zu identifizieren.«

»Aber wenn ich das nicht mehr tue, wer ist dann noch da, der erleuchtet werden könnte?«

Samtens Gesicht verzog sich zu einem breiten Lächeln, und seine sonst immer so gleichmütige Stimme war voller Wärme, als er sagte: »Du bist eine alte Seele, Nelly, und deine Frage beweist dein Verständnis! Also höre, was mir mein eigener Lehrer mit auf den Weg gab, kurz bevor ich Abschied von ihm nahm:

›Vor der Erleuchtung sind Berge Berge und Bäume Bäume.

Während der Erleuchtung sind Berge die Thronsitze von Geistern und Bäume die Träger der Weisheit.

Nach der Erleuchtung sind Berge Berge und Bäume Bäume.‹«

Nelly wiederholte, was er sagte, und vergaß es nie mehr. Gleichzeitig konnte sie sich des Gefühls nicht erwehren, daß auch für sie und ihren kleinen Meister die Stunde des Abschieds eher schlagen würde, als ihnen lieb war. Wenn es zum Krieg in Europa käme, würde er in sein Land zurückkehren.

Zuvor aber geschah ihr etwas, womit niemand gerechnet hatte, auch Samten nicht. Eines Morgens, kurz vor Weihnachten, saß sie im Schneidersitz daheim am Fenster ihres schwimmenden Palastes und schaute den Schneeflocken zu, wie sie, kaum aus den Wolken geboren, im Wasser gleich wieder starben. Nelly dachte an die Metapher, welche der Tibeter gerne gebrauchte, um den Weg des Menschen vom begrenzten Ich-Bewußtsein bis zur Entdeckung seiner wahren Natur zu beschreiben: »Der Tropfen kann nicht ein Tropfen bleiben, wenn er in den Ozean eingegangen ist; er wird selbst zum Ozean.«

Diesen Satz und Samtens Stimme noch im Ohr, schloß sie die Augen und begann vollkommen absichtslos ihre Morgenmeditation. Nelly saß einfach nur aufrecht auf ihrem Kissen, atmete langsam und rhythmisch und richtete ihre Aufmerksamkeit auf den obersten Teil ihres Kopfes, wo sie schon seit einigen Tagen von innen her ein merkwürdiges Kratzen spürte. Es gelang ihr, über ihrem Scheitel die leuchtende Flamme einer Kerze zu visualisieren, und bald spürte sie, wie sich ihr Körperbewußtsein und ihr ganzes Wesen in diesem strahlenden Licht auflöste. Gleichzeitig fühlte sie etwas Seltsames unten an der Wirbelsäule, genau da, wo sie das Kissen berührte. Diese Empfindung war so außergewöhnlich und überaus köstlich, daß ihre Aufmerksamkeit unwillkürlich dorthin wanderte. Doch im selben Augenblick, in dem sie ihre Konzentration von dem strahlenden Licht über ihrem Scheitel abzog, verschwand auch das ebenso schöne wie beunruhigende Gefühl. Sie mußte sich sehr anstrengen, um das Bild der Flamme erneut entstehen zu lassen, und es dauerte noch eine ganz Weile, bis sie es klar und deutlich vor sich sah. Doch dann nahm sie augenblicklich auch wieder die Bewegung am Ende ihrer Wirbelsäule wahr. Diesmal breitete sie sich weiter aus, stieg von unten nach oben und fühlte sich so überwältigend an, daß Nelly Herzklopfen bekam und die Meditation irritiert abbrach.

Verwundert schüttelte sie den Kopf, rieb sich die Stirn. Was war ihr da gerade geschehen? Sie hatte inzwischen genug über die geheimnisvollen Kräfte der Yogis erfahren, um nicht heillos verwirrt zu sein, das einzige, was sie nicht fassen konnte, war, daß ihr, der Anfängerin auf dem Weg nach innen, Phänomene begegneten, die ihr noch kaum zukamen. Es sei denn, sie hatte sich nur getäuscht oder zu lange meditiert und damit ihre Nerven überreizt.

»Wenn das Ego eines Individuums für sich den Weg der Meditation plant, dann plant es unbewußt seinen eigenen Tod«, hatte Samten sie vor der ersten gemeinsamen Sitzung gewarnt und damit ihren Wunsch nach Unterweisung nur noch verstärkt. Nun durfte sie sich auch nicht über die Folgen wundern. Jedenfalls würde sie erst einmal abwarten, wie sich die Dinge weiter entwickelten, bevor sie ihrem Lehrer davon erzählte.

Sie verordnete sich eine dreitägige Meditationspause, in der sie sich wieder mehr um ihre Tanzschülerinnen kümmern wollte, die sie in der letzten Zeit zum Schaden ihres Geldbeutels arg vernachlässigt hatte. Nach drei Tagen konnte sie es indessen kaum abwarten, wieder einzutauchen in den Ruhezustand jenseits der Gedanken, der ihr so unentbehrlich geworden war wie die Luft zum Atmen. Obwohl sie befürchtet hatte, das Übermaß ihrer Erwartungen würde ein Hindernis sein, befand sie sich nach wenigen Minuten in tiefer Meditation und erfuhr wieder dieselbe Regung im untersten Bereich ihres Rückgrates, das Aufsteigen einer unbekannten Energie. Dennoch zwang sie sich, ihre Aufmerksamkeit weiterhin bei der leuchtenden Flamme über ihrem Scheitel zu halten, und wurde mit einem Strom flüssigen Lichtes belohnt, das tosend wie ein Wasserfall durch ihre Wirbelsäule aufstieg und sich über ihr Gehirn ergoß. Noch Stunden danach befand Nelly sich in einem nie gekannten Glückszustand, der auch noch anhielt, als sie Samten besuchte, um ihn an ihrem Gipfelerlebnis teilhaben zu lassen.

Der Tibeter war damit beschäftigt, seine Gebetsnische mit einem Mandala aus farbigem Sand zu verzieren, als seine Schülerin bei ihm auftauchte. Eine Weile sah sie ihm schweigend zu, wie er durch ein feines Röhrchen weißes, grobkörniges Pulver auf die vorgezeichneten Umrisse der vielen einzelnen Felder blies, dann erhob er seine Hand zum Zeichen, daß Nelly sprechen solle, und sie ließ sich nicht lange bitten. Nie zuvor hatte sie Samten unachtsam gesehen, er richtete seine Aufmerksamkeit stets auf das, was er gerade tat, doch diesmal schienen ihre Worte ihn aus der Fassung zu bringen. Er holte tief Luft und atmete dabei das Pulver ein, das er eigentlich auf den Linien des Mandalas verteilen wollte.

»Aber du hast«, brachte er schließlich nach heftigem Niesen hervor, »doch gar kein Mantra zum Aufstieg der Kundalini von mir bekommen.«

»Und was ist Kundalini?«

Statt einer Antwort fühlte er ihren Puls und fand ihn über die Maßen beschleunigt.

»›Kundalini befreit den Yogi und fesselt den Narren‹, heißt es bei uns. Kundalini ist der Name einer Form von Shakti, der göttlichen Energie. Man nennt sie auch Schlangenkraft, weil sie aufgerollt wie eine Schlange im Wurzelchakra am unteren Ende der menschlichen Wirbelsäule ruht. Wenn sie geweckt wird, steigt sie durch die sechs Chakren hinauf.«

»Chakren?« wiederholte Nelly. Sie hatte darüber gelesen, wollte aber lieber von Samten wissen, was es war.

»Das sind subtile Bewußtseins- oder Energiezentren im Rückgrat«, antwortete er. »Meine Güte, Nelly, die meisten Westener haben angelesenes Wissen, aber keine Erfahrung, bei dir ist es genau umgekehrt!« Er hob die Schultern und kicherte, wie immer, wenn er über die »Westener«, wie er sie nannte, sprach.

»Die erwachte Kundalini steigt also hinauf bis zum siebten Chakra, das sich außerhalb des Körpers über dem Scheitelpunkt des Kopfes befindet, und erblüht dort zur Inspiration und göttlichen Weisheit.«

»Samten, wer besäße nicht gerne göttliche Weisheit. Deine besorgte Miene verrät mir allerdings, daß du mir noch nicht alles gesagt hast.«

Der Tibeter hatte das runde, gutmütige Gesicht eines Bauernjungen. Jede Gemütsbewegung spiegelte sich darin, was um so auffälliger war, als es für gewöhnlich glatt und unberührt blieb.

»Hast du jemals in deinem Leben Yoga nach tantrischen Methoden praktiziert?« erkundigte er sich und runzelte immer noch ratlos die Brauen.

Nelly schüttelte den Kopf. »Ich weiß nicht einmal, was das ist, warum fragst du?«

»Weil deine Kundalini gewissermaßen von selbst aktiviert wurde, und das ist zum Glück sehr selten.«

»Zum Glück?«

»Ja, denn es besteht die Gefahr, daß damit ein Prozeß eingeleitet wurde, den du allein nicht steuern kannst. Wenn dieses kosmische Kundalini-Feuer sich nach oben windet, brennt es die ätherischen Schutzgewebe zwischen den Chakren durch. Der ganze angesammelte Nervenplunder wird verbrannt, und das kann sehr anstrengend und bedrohlich werden. Manche Uneingeweihte bekommen einen Nervenzusammenbruch oder glauben, verrückt zu werden oder zu sterben. Sie brauchen dann dringend Schutz und Hilfe, die ihnen aber niemand geben kann, weil die Therapeuten im Westen gar nicht begreifen, was geschehen ist.«

»Du bist doch da – oder nicht? Wie lange dauert denn diese Prozedur?«

»Schwer zu sagen, bei dir vielleicht sechs oder sieben Monate ... Sieh mich nicht so an, so lange bleibe ich schon noch in deinem Land. Du bist eine Braut der Schlange, Nelly, und wirst in Zukunft ihre Göttin sein, falls ...«

»Aber dazu ist doch kein Preis zu hoch«, unterbrach sie ihren Lehrer, weil sie dem, was ihr geschehen mochte, lieber unvoreingenommen begegnen wollte. Irgendeine »self fulfilling prophecy« wollte sie lieber gar nicht erst heraufbeschwören.

Mit den Worten: »Es gefällt mir allemal besser, eine Schlangenbraut zu sein als eine Frau, die auf einem angebundenen Pferd reitet«, überließ sie Samten seinem Sandmandala. Es beruhigte sie zu sehen, daß sein Gesicht sich entspannte und wieder das Aussehen eines reinen vollen Mondes annahm.

Die Meditationen der folgenden Tage verliefen sehr sanft, ohne irritierende Regungen am Ende der Wirbelsäule. Als Nelly schon glaubte, das Gespräch mit Samten hätte dazu geführt, daß sich die Schlange, deren Braut sie sein sollte, wieder zum jahrhundertelangen Winterschlaf eingerollt hätte, spürte sie nicht nur deren Bewegung, sondern sah schließlich von innen, wie sich die Kundalini in Gestalt einer weißen Kobra durch einen dicken Nervenstrang in ihrem Rückgrat nach oben schlängelte. Leider durfte sie das Bild nicht festhalten, wollte sie nicht wieder alles verderben. Sie blieb also mit ihrer Aufmerksamkeit bei dem siebten Chakra über ihrem Kopf, das sie sich nun, einem Vorschlag ihres Lehrers folgend, als strahlendweiße tausendblättrige Lotosblüte vorstellte.

Nach einer Weile spürte sie, wie ein Fluß elektrisierender Lebenskraft durch ihre Nervenbahnen raste und all ihre Zellen in Schwingungen versetzte. Als die Energie das Kronenchakra erreichte, war ihr, als würde ihre Fontanelle durchstoßen, wobei irgendein Partikel, einem Korken unter Überdruck gleich, aus seiner viel zu engen Öffnung geschleudert wurde. Danach geriet sie in einen Zustand unbeschreiblicher Ekstase, der sieben Tage lang andauerte, so daß sie schon meinte, er würde niemals mehr vergehen und die ewige Seligkeit wäre ihr schon in diesem Leben zuteil geworden. Das Faszinierende war, daß sie zwar die Bindung an ihren Körper und die Wahrnehmung ihrer Umgebung beibehielt, sich aber gleichzeitig zu einem überdimensionalen Wesen ausgeweitet fühlte, das in Kontakt mit dem gesamten Universum und einer geheimnisvollen Macht stand, die um sie herum war und gleichzeitig alles durchdrang. Ihr Körper, das Sitzkissen, das Hausboot mit seinen Fenstern sowie Himmel und Wasser draußen erschienen ihr als reine Phantome in dieser Realität des alles durchdringenden Meeres des Seins. Es war eine ebenso beglückende wie beunruhigende Erfahrung, zu der ihr weder Worte noch Vergleiche einfielen, da sie jenseits von allem und jedem war, was zu der ihr bisher bekannten Welt gehörte, und weder durch das Denken erfaßt, noch durch die Sinne wahrgenommen werden konnte.

Nelly fragte sich, was sie nur getan habe, um eines so außergewöhnlichen Erlebnisses würdig zu sein, und obwohl sie keine besonderen Verdienste in ihrer Vergangenheit finden konnte, hielt die Verzauberung an: Alle Gegenstände, die sie sah, schienen ein inneres Licht zu reflektieren, alles zeigte sich von einem Silberschein umgeben, und sie selbst war davon nicht ausgenommen. Sogar ihre Träume sprengten alle Vorstellungen. Nelly begann Gedichte zu schreiben, ganz automatisch und ohne jede Absicht, und stellte fest, daß sie spirituelle Erkenntnisse formulierte, die ihr nie zuvor in den Sinn gekommen waren. Sie konnte stundenlang über philosophische Themen sprechen, als hätte sie ihr Lebtag nichts anderes getan. Dialoge in unbekannten Sprachen durchzogen ihr Traum- und Wachbewußtsein. Auch ihr Körper verhielt sich wie der einer anderen.

»Ich esse häufiger und verdaue schneller, mein Puls rast, und ich schlafe kaum noch«, erzählte sie dem Tibeter, der nun täglich nach ihr sah. Und ich könnte dreimal täglich Sex haben, dachte sie, sprach es aber nicht aus, denn ihr kindlicher Lehrer schien über derartige Gelüste weit hinaus zu sein.

»Jedenfalls ist es offensichtlich, daß mein Körper unter dieser umgewandelten Nervenenergie nicht mehr so reagiert wie früher; er scheint unter einem enormen inneren Druck zu stehen, der ihn dazu zwingen soll, seine Funktionen über das Normale hinaus zu beschleunigen. Das Schönste aber ist, daß ich mich als Beobachterin meiner eigenen Transformation erlebe. Noch sehe ich nicht, was das Ziel des ganzen Geschehens ist, doch solange es mit solch einem grenzenlosen Glücksgefühl verbunden ist, soll es mir nur recht sein.«

»Du mußt dich vorsehen, Nelly, du bist noch nicht transformiert genug, um auf Dauer in diesem Glückszustand zu leben«, mahnte Samten mit der Sanftmut, zu der sein Name ihn verpflichtete. »Dir fehlt noch die Kontrolle über dein niedriges Selbst, das durch die drei unteren Chakren wirkt. Du weißt, wovon ich spreche?«

Von Sex, wovon sonst, vermutete Nelly. »Und was ist mit dir?« Als Schülerin hätte ihr die Frage nicht zugestanden, doch als Schlangenbraut schon.

Der Tibeter blieb ihr die Antwort schuldig und erklärte ihr statt dessen, daß es drei feinstoffliche Kanäle in der Wirbelsäule gäbe, welche durch die Kundalini aktiviert würden. Ihre Bewegungen entsprächen dem Bild des »Caduceus«, den durch das Symbol der Ärzte bekannten, sich um einen Stab windenden Schlangen.

»Die Kräfte, die den Bewußtwerdungsprozeß eher hemmen, führen vom Kopf aus hinunter bis zur Leistengegend, während die evolutionäre Energie von unten nach oben verläuft. Jeder Mensch hat die Wahl, ob er sich mit den nach oben oder nach unten verlaufenden Energien identifizieren will. Verstehst du?«

»Ja, mein lieber Samten, du weißt doch, daß ich zur Zeit alles verstehe! Ich habe von einem Tag auf den anderen Zugang zu dem Wissen bekommen, daß alle Menschen und alle Lebewesen aus einer Quelle stammen – und ich bin kurz davor, das begrenzte persönliche Bewußtsein aufzugeben.«

Er aber sah sie aus seinen unergründlichen tibetischen Augen an, und sie wußte, daß er ihr nicht glaubte.

In dieser Nacht ging Nelly in einem erregten und freudigen Zustand zu Bett, und als sie nach zwei Stunden, von fleischlichen Gelüsten gepeinigt, aufwachte, beschloß sie, den kindlichen Meister, der ihr Sohn hätte sein können, auf die Probe zu stellen. Sie wollte ihn zu einem erotisierenden Abendessen einladen, dann würde sich ja zeigen, ob er seine körperlichen Wünsche wirklich vollkommen überwunden hatte oder ob auch in ihm noch verdrängte Bedürfnisse schlummerten wie die Kundalini-Schlange in ihrem Versteck. Jedenfalls hatte sie mit einem solchen »Flirtmahl«, wie sie es nannte, in ihrem früheren Leben sogar schon katholische Priester zur Strecke gebracht.

Tags darauf plünderte Nelly ungeachtet der unsicheren Zeiten ihr Sparbuch und kaufte ein, als gelte es, einen Prinzen zu verführen. Sie ging auch zum Friseur und opferte ihr üppiges, hochgestecktes Haar zugunsten eines lackschwarz getönten Bubikopfes, was ihr, wie sie fand, ein tibetisches Aussehen gab. Nur von der Pfauenfeder trennte sie sich nicht, sondern steckte sie ans Dekolleté eines lange nicht mehr getragenen Charlestonkleides, das die Brüste der Schlangenbraut ins rechte Licht rückte, ohne die Fülle ihrer Hüften preiszugeben. Auch das Hausboot wurde geschmückt und mit Kissen, Kerzen und Räucherstäbchen in die Zeit zurückversetzt, da sich Nelly noch mehr als Lebenskünstlerin denn als Ego-Killerin gefühlt hatte. Natürlich achtete sie die buddhistischen Prinzipien des Tibeters und servierte weder Fisch noch Fleisch noch Alkohol. Nur beim Apéritif schummelte sie ein wenig, denn zu einem »Fallender Engel« genannten Getränk gehörte außer Zitronensaft, Angostura und zwei Spritzern Crème de Menthe auch ein Schuß Gin.

Samten nippte höflich daran, ohne eine Miene zu verziehen, führte aber sogleich seine mit Rosenöl parfümierte Serviette an den Mund und schnupperte lange daran, als könne der Geist der Rose den des Schnapses unschädlich machen. Er sah Nelly an, die, weit über das Grammophon gebeugt, ihre Reize zur Schau stellte, und sagte lächelnd: »Ich hätte dich beinah nicht wiedererkannt.«

Die ersten Takte barocker Tafelmusik enthoben sie einer Antwort. Außerdem gab sie Samten mit dem Schweigefinger auf ihren blutroten Lippen zu verstehen, daß sie an diesem Abend mit ihren Augen und Händen sprechen würde, nicht aber mit dem Mund, zumal die Auswahl ihrer Speisen beredt genug war. Zur Ouvertüre servierte sie eine klare Ginsengsuppe mit Chrysanthemenblüten, die sie in den Winter hinübergerettet hatte. Es folgten japanische Buchweizennudeln mit Nori-Algen, dazu Zimtbohnen und Selleriesalat, garniert mit ein paar Scheiben von der schwarzen Trüffel, vor einem Zwischengang erlesener Gemüse, vornehmlich Artischocken, welche ausschließlich mit den Fingern zu verspeisen waren. Der Tibeter wußte sehr anmutig mit diesen Dienern der Venus umzugehen. Allein wie seine schneeweißen Zähne sich in das Fleisch der Blätter gruben, wie seine Lippen saugten und lutschten und seine hellrote Zunge die Fingerspitzen umspielten, um die Tropfen der Vinaigrette aufzufangen, gab zu den schönsten Hoffnungen Anlaß. Zwischendurch hob er seinen Kopf und sah Nelly tief in die Augen, so daß sie glaubte, ein Schmachten und Sehnen in seinem Blick zu lesen, das ihren eigenen Gefühlen in nichts nachstand.

Als zum Dessert aus karamelisierten Apfeltörtchen und einem Schokoladensoufflé, das im Munde zerging, programmgemäß die Musik von Ravels »Bolero« erklang, hielt sie die Schlacht für gewonnen. Samten hatte nicht einmal ein Viertel von dem verzehrt, was ihre einstigen Liebhaber zu sich zu nehmen pflegten, dafür hatte er es genossen wie kaum ein anderer. Frühere Gäste ihrer Flirtessen waren zuweilen vorzeitig melancholisch geworden, vor allem die Rotweintrinker, oder hatten den teuer bezahlten Champagner verschmäht und statt dessen Bier oder Genever pur verlangt, wobei eines so unerotisch wie das andere war. Dem Tibeter dagegen genügten klares Wasser und Yogi-Tee, um die aphrodisische Wirkung der Speisen zu steigern.

Nach dem letzten Gang erhob er sich, geradezu schnurrend vor Wohlgefühl, und Nelly stand ebenfalls auf, gespannt auf das, was nun kommen würde. Zusammen sahen sie aus dem Fenster hinaus auf die Lichter der Boote, die sich im schwarzen Wasser spiegelten wie die jenseitige Welt im Diesseits, und jeder wartete auf das erlösende Wort des anderen. Schließlich legte der Tibeter seine Hand auf Nellys Schulter, denn er war einen Kopf kleiner als sie und hätte sich auf die Zehenspitzen stellen müssen, um zu tun, was sie von jedem anderen erwartet hätte. Da sie Samten aber in Liebesdingen für unerfahren hielt, schloß Nelly ihn mütterlich in ihre weichen Arme und drückte ihn fest an sich. Sie hätte schwören können, daß sie dabei jedes einzelne Glied seines harten schmächtigen Körpers vor Verlangen vibrieren spürte. Dennoch entwand sich dieser Junge, ihr Lehrer, tapfer der Umarmung und sagte: »Bleibe drei Monate lang enthaltsam, dann werde ich dich in das Tao der Liebe einweihen.«

Wessen war nun der Sieg? Als Nelly sich schlafen legte, hatte die Euphorie der letzten Tage sie noch nicht verlassen. Dann jedoch beobachtete sie im Halbschlaf das Niedersteigen ihrer Kundalini durch die Lotos-Chakren; eine Blüte nach der anderen ließ bei der sanften Berührung den Kopf hängen, und sobald die Schlangenenergie wieder ihren ursprünglichen schlafenden Zustand am Ende der Wirbelsäule eingenommen hatte, schlossen die Blütenblätter sich ganz. Das für eine kurze Zeit befreite Bewußtsein aber wurde mit eingesperrt.

Am Morgen erwachte Nelly als Gefangene ihres Körpers und konnte nichts Erstrebenswertes daran finden, von nun an wieder von der Vernunft gesteuert oder von den Sinnen beherrscht zu werden statt von einer höheren Form des Bewußtseins. Sie war aus dem Zustand der Glückseligkeit zurückgekehrt und mußte sich einstweilen mit der Erinnerung an den Flug ins Unendliche begnügen. Und da es zu dieser Stunde nichts gab, was es ihr wert erschien, getan zu werden, und eine bleierne Müdigkeit sie lähmte, blieb sie einfach im Bett liegen und wartete ab, ohne etwas zu wollen.

»Der sich identifizierende Mensch nimmt teil, der sich nicht identfizierende Mensch schaut zu«, hatte Samten ihr einmal gesagt. Er würde es sicherlich auch für eine gute geistige Übung halten, wenn sie ihre eigene Umwandlung jetzt einfach nur beobachtete, ohne sie in allen Einzelheiten zu bewerten.

Eine Weile blieb Nelly ihrem Vorsatz treu, doch als sie nach Stunden des gedankenlosen Dahindämmerns unvermittelt von einer Panikattacke gepackt wurde, deren Grund ihr verborgen blieb, verlor sie im wahrsten Sinne des Wortes die Nerven. Ihr ganzer Körper schlotterte vor Angst, und schließlich brach sie in unbeherrschtes Weinen aus. Sie fand keine Möglichkeit, die Flut ihrer Tränen zu stoppen, und konnte sich lange nicht wieder beruhigen. Nachdem sich das Schluchzen endlich gelegt hatte, fühlte sie sich so sterbenselend, daß sie auf der Stelle von Bord ihres Schiffes gesprungen wäre, hätte ihr nicht die Kraft gefehlt, sich nach draußen zu schleppen. Das ist nur der Katzenjammer nach den

Tagen der Euphorie, redete sie sich gut zu, doch es half nicht viel. Wer einmal, so wie sie selbst, die Fesseln gesprengt und von einer anderen Art des Lebensgefühls gekostet hatte, würde sich nie mehr mit der Seichtigkeit des Seins abfinden können. Als schrecklicher Fluch erschien ihr nun das Bewußtsein der sogenannten normalen Menschen. Nur der Tod würde sie davon erlösen.

Zu den psychischen Qualen gesellten sich die körperlichen: Nelly war auf einmal ungewöhnlich licht- und geräuschempfindlich. Schon das Klappern eines Fensterladens oder das Knattern einer Fahne versetzte sie in Schrecken. Obendrein wurde sie von stechenden Schmerzen in der Brust und im Unterleib gequält. Sie wagte es auch nicht, zu meditieren, denn sobald sie die Augen schloß, sah sie ihre rotglühenden Nervenbahnen spröde werden und schließlich an mehreren Stellen reißen. Der Mensch schien im wahrsten Sinne des Wortes ein Nervenbündel zu sein. Wenn der Tibeter das nächste Mal käme, würde sie ihn fragen, ob es am Ende nur diese Nerven waren, die das menschliche Handeln bestimmten.

Doch Samten ließ tagelang auf sich warten und verstärkte damit Nellys Gefühl, der einsamste und verlassenste Mensch auf dieser Erde zu sein. Sie glaubte sich bereits dem Untergang geweiht, denn lange würde sie das alles nicht mehr aushalten, und nicht einmal derjenige, der sie so weit gebracht hatte, erschien zu ihrer Rettung.

»Ich bin in den letzten Tagen durch die Hölle gegangen«, gab sie Samten nicht ohne vorwurfsvollen Unterton zu verstehen, als er endlich wieder bei ihr saß. »Ich habe die furchterregendsten Zustände erlebt und hatte das Gefühl, den Verstand zu verlieren oder vor Angst zu sterben ...«

Er lächelte nachsichtig und erzählte etwas vom Zentrum des Egos, das automatisch zerbrochen werde, wenn der Kundalini-Prozeß einmal initiiert worden sei.

»Tut es dir schon leid?« fragte er dann.

»Nein.« Nelly schüttelte heftig den Kopf. »Die Erfahrung, in einem Meer des Bewußtseins dahinzutreiben, und der damit verbundenen Rauschzustand scheinen mir immer noch jede Marter wert zu sein. Allerdings ...« Sie verstummte, weil sie nicht wußte, ob es gut war, auszusprechen, was sie sonst noch bedrückte, aber wen außer ihren Lehrer hätte sie fragen können? »Mir drängten sich Bilder aus der Zukunft auf«, sagte sie so leise, daß Samtens Ohr sich ihrem Mund nähern mußte, damit er sie verstand. »Zumindest glaube ich das, das heißt, ich bin mir ziemlich sicher. Ich weiß jetzt, daß es Krieg geben wird und daß er Jahre dauern wird. Verwandte aus Deutschland werden sich hier bei mir verstecken, aber man wird sie finden ... Und ich habe gesehen, daß ich kurz vor Kriegsende erschossen werde. Was sagst du dazu? Sind das nun Halluzinationen, oder bin ich hellsichtig geworden?«

»Wenn es so weit ist, wird es dich nicht mehr interessieren, was mit deinem Körper geschieht, denn bis dahin wirst du die Illusion nicht mehr mit der Wirklichkeit verwechseln. Also spielt es schon jetzt keine Rolle mehr«, lautete die etwas rätselhafte Antwort des Tibeters. »Du wirst vermutlich noch in diesem Leben die nächst höhere Bewußtseinsstufe erreichen, die irgendwann einmal der gesamten Menschheit zusteht. Die Erweckung der Kundalini ist das größte Abenteuer und das schönste Ziel für den Menschen.«

Dieser Satz rettete Nelly über die folgenden Wochen zwischen Angst und Entspannung, Depression und Euphorie. Zuweilen fand sie sich damit ab, daß es ihr wohl nicht bestimmt war, ihr Gipfelerlebnis noch einmal zu wiederholen oder bis an das Ende ihrer Tage in einem Meer der Glückseligkeit zu schwimmen. Womöglich würden jene wenigen Augenblicke für immer die einzige Besonderheit in ihrem Leben bleiben. Dieser Gedanke machte sie indessen weder glücklich noch traurig, da sie den Preis für die Bewußtseinserweiterung nun am eigenen Leib erfahren hatte. Zumindest würden die Objekte um sie herum ihren Silberschein nicht mehr verlieren, das allein war schon viel wert und überzeugte sie täglich von der Echtheit ihrer Erfahrung.

Den Tibeter sah sie nur noch ein einziges Mal, als er kam, um sich zu verabschieden.

»Du hast mir die Einweihung in das Tao der Liebe versprochen«, erinnerte sie ihn. »Die drei Monate sind um.«

»Ja, ich weiß. In einem anderen Leben vielleicht. Ich werde es nicht vergessen«, versprach Samten, und er gab ihr einen Brief, den sie öffnen sollte, wenn er fort war.

Nelly ließ ihn erst einmal liegen; sie brauchte eine ganze Weile, bis ihre Neugier den Abschiedsschmerz übertraf und sie die Worte des einzigen Lehrers, der ihr in ihrem Leben wichtig gewesen war, lesen konnte, ohne die Tinte mit ihren Tränen auszulöschen.

Was ist zu tun?
Pack deine Koffer,
Geh ohne sie zum Bahnhof.
Steig in den Zug,
Und laß dein Ich zurück.
Dies genau:
Die einzige Übung – ein einziges Mal.

»Sei unbesorgt, Samten«, flüsterte die Schlangengöttin der Zukunft. »Der Krieg wird zu Ende führen, was du begonnen hast; er wird mir schon beibringen, mein Ich zurückzulassen, und er wird ein unerbittlicherer Lehrer sein, als du es je warst.«

Ich mußte mich beeilen, die Botschaft des Tibeters wortgetreu zu Papier zu bringen, bevor sie mir entfiel.

»Es klingt wie ein Vermächtnis«, sagte ich am Abend, als Luluwa schlief, zu Stella, und sie gab mir recht.

»Weißt du, was ich nicht verstehe?«

»Nein.«

»Unter all den Leben der Lilith, die ich bisher kennenlernen durfte, ist das der Schlangenbraut mir zeitlich am nächsten. Wie konnte ich so viel von dem vergessen, was ich gelernt habe?«

»Aber du hast es ja nicht vergessen, Lilith, du hast nur so lange gebraucht, um dich wieder zu erinnern.«

»Dann wäre ich in meinem letzten Leben erschossen worden? Glaubst du das, Stella?«

Sie zuckte die Achseln. »Warum nicht? Jeder von uns ist schon einmal umgebracht worden.«

21. Kapitel

Häutungen

»Rate mal, wer mich heute nacht besucht hat«, sprach Stellaluna eines Morgens mit geheimnisvoller Miene, als ich gerade Luluwa anzog und darüber nachsann, ob ich wohl meine eigene Schlangenenergie erwecken könnte, ohne dabei die Leiden der Nelly wiederholen zu müssen.

»Königin Kleopatra, Scheherazade, die Jungfrau von Orléans ... Bitte verschone mich, Stella, Rätselraten am frühen Morgen ist mir ein Greuel.«

»Ich faß es nicht, du weißt es bereits!« rief sie und war schon wieder zur Tür hinaus, weil ihre neugegründete Tantragruppe sie erwartete.

Erst am Abend drückte sie mir ein Blatt Papier in die Hand. »Deine Kollegin aus dem Mittelalter hat sich beklagt, daß du deine Aufmerksamkeit schon lange nicht mehr auf ihren Zeit-Raum gerichtet hast und sie daher keinen direkten Weg finden konnte, dir vom größten Schatz in ihrer Stadt der Frauen zu erzählen.«

»Ja, ich gebe zu, daß ich die Biographie der Schlangenbraut derzeit faszinierender finde als die meiner Kollegin aus dem Mittelalter, wie du so schön sagst. Von welchem Schatz sprach sie denn?«

»Aber Lilith, nun tu doch nicht so, du hast den Namen heute morgen doch selbst genannt, es war die Jungfrau von Orléans ...«

»Das habe ich doch nur so dahergeredet, Stella, es hätte auch jeder andere Namen sein können.«

»Manchmal redest du wie eine Unwissende! Hier, ich habe mich bemüht, alles annähernd so für dich aufzuschreiben, wie Caroline de Castel es formuliert hat, denn das mußte ich ihr versprechen.« Stella reichte mir ihr silbernes Traumtagebuch. »Ich habe übrigens eure Frauenstadt heute nacht zum erstenmal mit eigenen Augen gesehen, und ich muß sagen, sie lag wie ein funkelnder Diamant in der Landschaft. Die Stadt ist nicht nur schön, Lilith, sondern auch vollkommen uneinnehmbar mit ihren Gräben und Bollwerken, mit dicken Türmen und den gut befestigten

Kastellen. Sonderbar, immer, wenn ich Zinnen sehe, geht mir das Herz auf, ich weiß auch nicht, warum.«

»Ja«, sagte ich, und obwohl mir bei Stellas Worten die Stadt der Frauen, die ich ja nie vollendet gesehen hatte, in ihrer ganzen Schönheit vor Augen stand, ließ mich das Bild völlig kalt. Auch ihre Aufzeichnungen ließ ich noch tagelang liegen, dann aber bekam ich ein schlechtes Gewissen, dabei hatte mich doch Carolines Leben vor kurzem noch ebensosehr beschäftigt wie mein eigenes. Sogar in ihre Haut war ich vorübergehend geschlüpft. Häutungen einer Schlange, dachte ich, was konnte Caroline dazu, daß ich, unserer schnellebigen Zeit entsprechend, meine alten Hüllen abwarf, sobald sich etwas Neues fand. So trug ich statt des Rosenordens im Augenblick lieber eine Pfauenfeder am Gewand. Einmal aber würde auch diese Maskerade ihren Reiz verlieren, denn Lilith war älter als jede Schlange und konnte sich nicht endlos häuten.

Dennoch las ich pflichtschuldigst, was Stella von Carolines Lamento über die unsagbar verworrene Lage ihres Landes zu Beginn des 15. Jahrhunderts behalten und notiert hatte: Der Machtkampf zwischen den Herrscherhäusern von Burgund und Orléans war mit den Jahren eskaliert und führte schließlich zu bürgerkriegsähnlichen Zuständen im Land, die ihren Höhepunkt erreichten, als ein Heer von dreißigtausend Engländern, nunmehr Verbündete Burgunds, in Paris ein grauenvolles Massaker anrichteten. Caroline wäre eine schlechte Schriftstellerin gewesen und Stella eine schlechte Chronistin, hätte mich die Leidensgeschichte Frankreichs unberührt gelassen. Mit gewohnter Wortgewalt hatte sie sich an die Edlen Frankreichs gewandt, um ihnen Chaos und Blutvergießen im Land vor Augen zu führen. Sie verfaßte eine »Klage angesichts der Schrecken des Bürgerkrieges«, die sie mit den Worten einleitete: *Selbst das härteste Herz muß jetzt Mitleid empfinden: Denn wir leben in einer Zeit, die dessen dringend bedarf. Bestürzt und schmerzerfüllt sage ich: Wie kann das menschliche Herz es zulassen, daß der Mensch zu einer gemeinen, mordlüsternen Bestie wird? Jene so edlen französischen Ritter, die einst in vollkommener Eintracht das Königreich schützten, streiten nun in einem jämmerlichen Kampf* gegeneinander,

Väter gegen Söhne, ein Bruder gegen den anderen, Verwandte gegen Verwandte. Todbringend sind ihre Schwerter; die Schlachtfelder des Grauens überflutet von Blut, übersät von Leichen und abgeschlagenen Gliedern! Bei Gott, das ist ein Sieg, auf den diese Sieger stolz sein können.

Carolines Klage enthielt noch viele grausame Einzelheiten, die wohl nur nachvollziehen konnte, wer diesen Krieg am eigenen Leib erlebte, und zum Schluß richtete sie das Wort an die unentschlossene Königin Isabeau: *Und du, gekrönte Herrscherin Frankreichs, schläfst du? Was hindert dich, die Zügel wieder fest in die Hand zu nehmen und diesem Gemetzel ein Ende zu bereiten?*

Doch ihr leidenschaftlicher Appell, dem noch weitere folgten, verhallte ungehört.

»Vergebens habe ich versucht, der Welt ein wenig Weisheit zu bringen«, gestand sie Stella. »Belastet vom Elend der Menschen, habe ich mich in den letzten Jahren von der Poesie verabschiedet und meine Stimme nur noch als politische Autorin erheben wollen, doch auch das stieß bei den Mächtigen des Landes auf taube Ohren. Nun gut, was kann eine Frau in einer solchen Zeit tun außer schweigen und beten? Ich, Caroline, suchte Zuflucht im Dominikanerkloster zu Poissy, in das sich bereits meine Tochter zurückgezogen hatte.«

Frankreichs berühmteste Schriftstellerin verstummte für eine lange Zeit.

»Nach vier Jahren meiner Abgeschiedenheit starben indessen die beiden Erzfeinde, Heinrich V. von England sowie Frankreichs umnachteter König, und zwar im August 1422 der eine und im Oktober der zweite«, erzählte sie Stella. »Da sie beide junge Söhne hinterließen, entbrannte nun der Kampf um die Thronfolge auf das heftigste, bis jener Gott, vor dem wir Tag und Nacht auf den Knien lagen, sich nach weiteren sieben Jahren des notleidenden Volkes erbarmte und ein Wunder geschehen ließ: Er schickte uns ein sechzehnjähriges Bauernmädchen aus Lothringen, dem Furcht und Zweifel fremd waren und das sich von keinem Menschen beirren ließ. Wie sonst hätte sie das von den Engländern belagerte Orléans innerhalb weniger Tage befreien und Frankreich seinen rechtmäßigen König zurückgeben können!

Wahrhaftig, in diesem Jahr begann die Sonne erneut über uns zu scheinen.«

Caroline glaubte zu träumen, als die Gerüchte Gewißheit wurden und sich die phantastischen Neuigkeiten wie ein Lauffeuer verbreiteten, das selbst vor Klostermauern nicht haltmachte. Landauf, landab verkündeten die Herolde des Königs den Rückzug der Engländer, welche, so trompeteten sie, die Belagerung von Orléans abbrachen, um gegen die Feinde zu kämpfen, in deren Begleitung sich eine Jungfrau befand.

Die Menschen atmeten auf, und Caroline brach ihr Schweigen. Zum erstenmal nach elf Jahren griff sie wieder zur Feder.

»Niemals, dessen bin ich mir sicher, war ein Wunder offenkundiger«, jubelte sie, »denn Gott half den Seinen so sehr, daß die Feinde einander nicht besser beistanden, als tote Hunde es zu tun pflegen: Sie wurden gefangengenommen oder getötet.«

Im Rausch der Gefühle schrieb Caroline nun einen Lobgesang nach dem anderen auf die von Gott gesandte Jungfrau, welche ihr die Welt errettete:

Ein Mädchen von sechzehn Jahren-
Ist das nicht ganz unfaßbar?-
Für das die Waffen nicht zu schwer sind.
Und vor ihr fliehen die Feinde,
Keiner vermag ihr standzuhalten.
Du, Johanna, geboren zu günstiger Stunde,
Gesegnet sei Er, der dich erschuf!

Das selbst auferlegte Schweigen mußte für eine Dichterin wie Caroline eine Qual gewesen sein, davon befreit, schrieb sie nun wie in Trance vierhundertvierundachtzig Verse nieder und war, als sie die Feder aus der Hand legte, immer noch trunken vor Begeisterung.

»Nichts kann mich mehr bekümmern, da ich das sehe, was ich sehen möchte«, gestand sie ihren Lesern, nachdem Johanna den Dauphin zur Krönung nach Reims geführt hatte. Den Marschbefehl, auch das wußte Caroline, wollte die Jungfrau vom einzig weiblichen unter den Erzengeln bekommen haben, von Gabriel persönlich.

Mit einem nachsichtigen Seufzer ließ ich das Notizbuch sinken. Ich hatte einstweilen genug gelesen und konnte die Frage, ob der Verkündigungsengel männlich, weiblich oder androgyn war, getrost auf sich beruhen lassen. Ich mußte mir auch nicht jede einzelne Strophe über die Jungfrau von Orléans zu Gemüte führen, um zu begreifen, daß sie für Caroline alles verkörperte, wofür sie sich ihr Leben lang eingesetzt hatte: die Rittertugenden und die Reinheit, den Mannesmut und die Gottesfurcht. Für Caroline muß sie die »Virago« schlechthin gewesen sein, Feldherr und Edelfrau in einem. Eine beispielhaftere Persönlichkeit hätte sich eine sterbliche Autorin für ihre »Stadt der Frauen« kaum ausdenken können. Somit hatte Johanna nicht nur den Dauphin gekrönt, sondern auch Carolines Lebenswerk, das sie nun, im Jahr vor ihrem Tod, endlich als gelungen betrachten durfte. Ihre Ideale waren keine Utopie gewesen, sie konnten gelebt werden, in diesem Lande, zu dieser Zeit – die Jungfrau hatte es ein für allemal bewiesen.

»Zu günstiger Stunde geboren« – oder gestorben; ich gönnte Johannas Verehrerin den rechtzeitigen Tod. Sie erfuhr noch, daß ihre Heldin geistlichen Richtern vorgeführt wurde, damit sie drei Wochen lang inquisitorische Fragen beantwortete, und es blieb ihr auch noch genügend Kraft, ihren Kommentar dazu in Verse zu fassen. Gar nicht ersättigen konnte sich Caroline an all den Szenen, die es wert waren, der Nachwelt überliefert zu werden: Wie Johannas Jungfräulichkeit den peinlichen Untersuchungen durch zwei von der Schwiegermutter des Königs bestellte Frauen standgehalten hatte und wie das Resümee der beauftragten Theologen lautete, welche nicht nur« nichts Böses« an der keuschen Amazone fanden, sondern darüber hinaus öffentlich bekannten, sie müsse tatsächlich von heiligen Engeln bestimmt worden sein, Frankreich zu retten.

Von heute aus gesehen, war es ein Augenblickssieg, doch den Widerruf und die Anklage der Ketzerei zwei Jahre später mußte Caroline nicht mehr erleben. Die von ihr so oft gescholtene Dame Fortuna ersparte ihr die Erkenntnis der bitteren Wahrheit, daß die Professoren der Pariser Universität als würdige Nachfolger der Messieurs Gontier Col und Jean de Montreuil im Prozeß gegen

Jeanne d' Arc immer noch ihre Messer wider die unbequemen Vertreterinnen der Weiblichkeit wetzten und daß sich schließlich wieder derselbe Frauenhaß durchsetzte, dessen Opfer Jahrzehnte zuvor die Witwe Jean de Castels selbst gewesen war.

Wie illusionär all unsere Leben sind, dachte ich, denn während unsere Freundin aus ferner Vergangenheit am Ende ihres Weges mit dem Bewußtsein der Siegerin zu Stella sprach, hatte ich, ihr Alter ego aus der Zukunft, Mühe, die Bilder eines neunzehnjährigen Mädchens loszuwerden, das auf dem Scheiterhaufen des religiösen Fanatismus als Hexe verbrannt wurde. Um den Hals hatte man ihr ein Schild gehängt mit der Aufschrift »Rückfällig, häretisch, abtrünnig, götzendienerisch«.

»Hast du in deiner anderen Dimension überhaupt zur Kenntnis genommen, wie diese Geschichte endete, oder mußt du es jetzt von mir hören«, sprach ich laut zu mir selbst und meinte Caroline. »Nun gut, ich schreibe es dir vorsichtshalber in meiner Sprache auf.‹

Vierhundert Jahre sollten vergehen, bis Frankreich sich der Meinung seiner ersten Schriftstellerin anschloß und die Jungfrau von Orléans zur Nationalheldin ernannte, vermerkte ich auf der Rückseite von Stellas letztem Blatt. *Seitdem gehört sie zu den Großen der Weltgeschichte, deren Schicksal Künstler und Wissenschaftler jedweder Couleur beschäftigt. Malern, Bildhauern, Dramatikern, Musikern war ihr Leben und Sterben bis heute eine Quelle der Inspiration. »Die Jungfrau von Orléans, Johanna auf dem Scheiterhaufen, die heilige Johanna der Schlachthöfe« – ich kenne allein drei Theaterstücke über sie. Dieselbe Kirche aber, die Johanna zur Hexe gestempelt und getötet hatte, nimmt sie nun als Heilige in Anspruch.*

Als ich das Ganze noch einmal überflog, fand ich in Stellas Papieren einen Satz, den sie in ihrer krakeligen Schrift irgendwo an den Rand gequetscht hatte, so klein, daß ich beinah übersehen hätte, was für mich allein bestimmt war:

Dir, Lilith, aber sage ich: Vergiß die Stadt der Frauen, denn an jenem Punkt, an dem die Seele sinnlich wird, entsteht die Stadt Gottes ohne einen Anfang, lautete Carolines letzte Botschaft an mich.

Dann war also auch sie, die Fürsprecherin der Frauen, irgendwann und irgendwo über unsere geschlechtsspezifischen Belange hinausgegangen, schloß ich aus ihren Worten. Häutungen ereigneten sich folglich auch nach dem Tod, auch ohne einen Schlangen- oder Menschenleib aus Fleisch und Blut. Obwohl ich mir nur schwer vorstellen konnte, auf welche Weise eine körperlose Seele ihre Sinnlichkeit zum Ausdruck brachte, schien mir genau darin die Verbindung zwischen einer Caroline de Castel und Nelly de la Pastellière zu liegen.

Keines der Leben Liliths hatte mir bisher so viele Rätsel auf gegeben wie das der Schlangenbraut. Mir war, als wollten die Szenen zwischen ihr und Samten mir einen Weg zeigen, den ich nur zu betreten brauchte, damit sich scheinbar zusammenhanglose Einzelheiten zu einem Ganzen fügten. Nur wenn ich dort anknüpfte, wo Nellys Geschichte aufhörte, hätte es einen Sinn, daß sie mir gezeigt wurde. Doch wider besseres Wissen zögerte ich, den ersten Schritt zu tun, der den Abschied von liebgewordenen Gewohnheiten bedeutet hätte. Statt meinem inneren Drängen nachzugeben, flüchtete ich mich in alte Muster, indem ich mich wieder in den Sumpf meiner Natur ziehen ließ und dem Urkampf der Geschlechter eine für mich neue Variante hinzufügte.

Da ich der körperlichen Liebe dank Stella, Giovanna und nun auch Nelly fürs erste abhold war, wollte ich die Männer zwar noch anziehen, aber nur, um mich ihnen nach gelungener Eroberung zu verweigern. Das allerdings nach allen Regeln der Kunst. »Ich gebe mich dir nicht hin und strafe dich dafür, daß du mich nicht trotzdem nimmst«, hieß mein kindisches Spiel, das ich so lange auf die Spitze trieb, bis mir eines Tages ein verschmähter Liebhaber meine dreijährige Tochter entführte und ich mit ihm schlafen mußte, damit er sie mir unbeschädigt zurückgab. Dies endlich brachte mich zur Vernunft, denn Luluwa war der wichtigste Mensch in meinem Leben geworden, ihr zuliebe würde ich Päpstin werden oder sogar ihren Vater heiraten.

Ich machte also wieder Schluß mit den Kindereien und beschloß, Nellys Worte beherzigend, zu warten, bis sich mir etwas bot, was ich wirklich wollte. Das erste reizvolle Angebot kam von Julian. Wir hatten die Arbeit an unserem Musical inzwischen abgeschlossen und auch schon Premiere in Amsterdam gefeiert. Für den großen Welterfolg fehlte es uns beiden wohl noch an Professionalität, doch immerhin würde es Aufführungen in London, Paris und sogar im Berliner »Theater des Westens« geben, wo »Die Königin von Saba« die in die Jahre gekommene »Fair Lady »ablösen sollte. Jedenfalls flossen die Tantiemen für meine bescheidenen Ansprüche bereits recht erfreulich, während Julian erst zufrieden sein würde, wenn er unser Werk als Dauerbrenner auf dem Broadway sah. In der Zwischenzeit träumten wir von weiteren gemeinsamen Projekten, und damit sie Gestalt annahmen, lud er mich für die Sommermonate nach Südfrankreich in sein neues Haus ein und hatte auch nichts dagegen, daß ich meine Familie mitbrachte: Stella und Luluwa.

Während meine Tochter die Gene unbekannter Zigeunervorfahren in sich zu tragen schien und jeden Ortswechsel lautstark begrüßte, zierte Stella sich zunächst, dann aber erkundigte sie sich eines Morgens mit scheinheiliger Miene:

»Dieses Haus in Südfrankreich liegt nicht zufällig in den Pyrenäen?«

»Doch, Stella, es liegt am Fuß der Pyrenäen, irgendwo auf dem Land zwischen Foix und Perpignan. Warum fragst du?«

»Nun, ich habe gehört, daß die Lilith dort herumgeistert, und zwar als ›Noctiluca‹, die Königin der Nachthexen und schwarzen Feen. Sie soll jungen Männern auflauern, die nachts allein durch die Berge reisen, und rate, was sie mit denen macht! Du verdrehst die Augen und sagst kein Wort? Dann laß mich reden und stell dir vor, was ich sonst noch erfahren habe: Irgendwo da unten gibt es eine Kathedrale mit einem Relief, das Lilith oder Noctiluca als geflügelte, vogelfüßige Frau zeigt, die einen wilden Mann gebiert.«

»Dann kommst du also mit!« rief ich erfreut, während Luluwa sich über »Noctiluca« amüsierte; sie liebte Worte mit vielen Vokalen.

»Heißt Foix nicht ›der Glaube‹?« fragte Stella dazwischen.

»Ja, aber ohne x am Ende.«

»Wer weiß, zur Zeit der Katharer gab es das x vielleicht noch. Wir reisen nämlich in das Land der Ketzer, Lilith. Ist dir das klar?«

»Nein, aber wenn du es sagst. Vielleicht finde ich ja dort den ›Punkt, an dem die Seele sinnlich wird‹.«

Wir brachen also auf, die Stadt Gottes in den Pyrenäen zu suchen.

22. Kapitel

Der Berg der Erlösung

Aufstieg

Julians Sommerhaus lag am Fuß der Pyrenäen, im Dörfchen »La Serpent«, ein Name, der nur allzu gut paßte, denn auch unser Mann mit den zwei Herzen hatte sich dort alter verkrusteter Häute entledigen können. Nachdem ihm in jenem Prozeß Gerechtigkeit widerfahren war, hatte sich sein Selbsthaß ebenso gelegt wie seine Rachsucht, sein Schwanken zwischen Lethargie und Hysterie. Er begegnete uns in diesem Sommer als ausgesprochen harmonischer Mensch, der, unbelastet von Alltagssorgen, den Geist Okzitaniens aufsog wie ein Schwamm. Er hatte im Land der Katharer nicht nur die Weisheit der Druiden entdeckt, sondern auch eine mögliche Verbindung zwischen beiden, über die er uns, wie er meinte, unbedingt aufklären müßte, sobald wir richtig angekommen wären. Bis dahin begnügte er sich damit, meiner Tochter Balladen in der Sprache des Languedoc vorzusingen und altfranzösische Märchen zu erzählen.

Nichts Schöneres hätte Luluwa sich wünschen können; sie schloß unseren Freund auf der Stelle in ihr kleines Herz, und er war ebenfalls vernarrt in sein »allerliebstes Zuckerpüppchen«, wie er sie nannte, das so aufmerksam seinen Geschichten lauschte. Nach zwei Tagen schon wollte er eine Kinderoper für sie komponieren. Die Musik dazu ergab sich wie von selbst, wenn er mit Luluwa auf dem Schoß am Klavier saß und Melodien für sie improvisierte. Dem Zauberer Merlin, dem letzten großen Druiden, der überdies ein Schlangenbeschwörer gewesen war, würde sein neues Werk gewidmet sein, und ich sollte wieder das Libretto dazu schreiben. Julian sprudelte schier über vor Ideen. Sein

Anwesen lag recht einsam, und man merkte, daß er die Gesellschaft von Freunden entbehrt hatte.

»Ich würde lieber eine Woche lang nur ausruhen und mir die Gegend ansehen«, unterbrach ich seinen Redeschwall, denn ich war müde von der Reise und mußte mich erst mit dem Katharerland vertraut machen, bevor ich mich davon inspirieren lassen konnte. Zwischen Carcassone und Foix waren mir die Schauplätze historischer Dramen ausgesprochen idyllisch vorgekommen. Sanft geschwungene Hügelketten und fruchtbare Täler folgten einander in wohltuendem Rhythmus, dann aber wurde die weiche Landschaft karstig und wild, die Berge wichen zerklüfteten Felsen, viele von verfallenen Burgen gekrönt, deren Soldaten einst die Pyrenäen gegen Spanien abriegelten. Selbst der Weiler »La Serpent«, unweit der Grenze zu Andorra, besaß eine Burgruine, und auch dort sollten sich während des päpstlichen Kreuzzuges gegen die Häretiker einige ihrer Anhänger versteckt haben.

Stella hatte mich unterwegs gründlich über die »bons hommes« informiert, die »guten Leute«, wie man sie zu ihrer Zeit schlicht nannte; zu Katharern, den »Reinen«, wurden sie erst von der Nachwelt erklärt. Worin bestand nun ihre Ketzerei?

»Sie leiteten ihre Philosophie von den Polaritäten des Daseins ab, die überall anzutreffen waren und immer noch sind«, sagte Stella. »Geburt und Tod, Krieg und Frieden, arm und reich, hell und dunkel … Das Leben konfrontiert uns ja ständig mit Gegensätzen. Die Katharer schlossen daraus, daß es zwei Prinzipien geben mußte: Aus dem Prinzip des Guten kam Licht und Geist, aus dem des Bösen ging Materie und Finsternis hervor. Fürst der Finsternis aber war Satan, und so betrachteten sie ihn als Schöpfer der grobstofflichen Welt, Gegenspieler des guten Gottes, der in ihren Augen nur Vollkommenes hervorbringen konnte … Allerdings gab es zu diesem Punkt variierende Vorstellungen, die auch zugelassen wurden, denn Wissen konnte für die Katharer nur aus persönlicher Erkenntnis entstehen. So war es auch jedem Menschen gestattet, die Bibel nach seinem eigenen Verständnis zu interpretieren, statt dies irgendwelchen Priestern zu überlassen. Du kannst dir vorstellen, daß sie damit das Auslegungsmonopol des römisch-katholischen Klerus ganz schön störten.«

»Vielleicht gibt es in ihrem Glauben ja etwas zu entdecken, das über den Dualismus hinausgeht«, hatte ich damals gesagt. Es war bei unserem letzten Picknick im Schatten einer Steineiche gewesen, wir hätten von da aus nur noch dem Flüßchen »Aude« bis zur Quelle folgen müssen, um Julians Einsiedelei zu finden. Das allerdings scheiterte an Luluwa: Während wir über Gott und die Welt redeten, hatte sie damit begonnen, aus flachen Steinen Sonnenterrassen für Käfer und Eidechsen zu bauen und sie zum Schutz mit einem Zaun aus rot-gelben Gummibärchen zu umgeben. Freiwillig würde sie ihr Spiel jetzt nicht beenden. Ich gab ihr noch zehn Minuten zur Reptilienfürsorge und Stella zehn Minuten, mir die Lebensführung der Katharer nahezubringen, die ihrer Meinung nach wichtiger war als die Lehre. Also gut, was taten Menschen, die sich für gefallene Engel hielten, Engel, die sich vom Teufel hatten verführen lassen und nun durch ihr weltliches Dasein dafür büßen mußten?

»Sie wollten zur Tradition der Apostel zurückkehren und in Armut, Askese und materieller Wunschlosigkeit leben, denn nur wer zeigte, daß er nicht zu dieser Welt gehörte, würde unabhängig von Satan sein«, antwortete Stella. »Wie die meisten Sektierer in der Nachfolge Christi träumten sie von einer Volkskirche aller Gläubigen und verurteilten den Reichtum des etablierten Klerus.«

»Kann ich verstehen«, sagte ich. »Wo war das Problem?«

»Das fragst du noch? Die Katharer waren sehr fromm, frömmer als die meisten Katholiken, sie propagierten ein unaufhörliches Streben nach Reinheit – ganz im Gegensatz zu ihren römisch-katholischen Kollegen. Kurzum, sie waren eine Gefahr für die Kirche, also mußten sie allesamt zu Teufeln erklärt und vernichtet werden. Die sogenannten ›Ketzer‹ haben einen beispiellosen Holocaust erlitten. Allein in der Champagne errichtete man ihnen an einem Tag hundertneunundachtzig Scheiterhaufen. Und das ganze christliche Abendland hielt dies für legitim, denn im Ketzer wurde ja nicht der Mensch getötet, sondern Satan, der von ihm Besitz ergriffen hat.«

Ich hatte mich damals gewundert, daß Stella sich so erregte; ihre Stimme zitterte mit jedem Wort mehr, als hätte sich das ganze Drama erst gestern und vor ihren Augen abgespielt.

»Kann es sein, daß du sie ein bißchen verherrlichst?« hatte ich sie gefragt, denn ich hatte auch anderes, fragwürdigeres über die Doppelmoral der sogenannten Reinen gehört, die sich als Geschöpfe Satans für ihre Taten gar nicht verantwortlich fühlten und daher auch keine Skrupel hatten, untereinander der »freien Liebe« zu frönen.

An Stellas Antwort erinnerte ich mich nicht mehr, wahrscheinlich war sie ihr durch irgendeinen Einfall meiner Tochter erspart geblieben.

Bei unseren Ausflügen mit Julian verhielt Stella sich ungewöhnlich still. Mal wirkte sie vollkommen geistesabwesend, mal sah sie aus, als suchte sie etwas. Ich kannte sie gut genug, um zu wissen, daß irgend etwas in ihr vorging. Immerhin war sie es und nicht Julian, die eines Tages irgendwo am Wegesrand das Salomonssiegel entdeckte und ihn damit zu einer merkwürdigen Äußerung verleitete.

»Alle Nachkommen Salomos waren Druiden und konnten die Götter ausschalten«, behauptete er. »Heute geschieht das nur noch durch Pflanzen wie zum Beispiel dieses Salomonssiegel.« Er bückte sich und pflückte ein eher unauffälliges Gewächs mit einem gebogenen Stengel, daran aufgereiht sieben weiße Blütenglöckchen zwischen großen, hasenohrenförmigen Blättern. Sofort tat Luluwa es ihm gleich, rupfte ein zweites Exemplar aus und steckte ihr Näschen hinein, um den zarten Duft einzuatmen.

»Wie schaltet man denn nun damit die Götter aus?« fragte ich und bekam auch diesmal keine Antwort, weil meine Tochter mich auslachte und rief: »Sie weiß es nicht, sie weiß es nicht.«

Luluwa war mir manchmal ein Rätsel. Oft hatte ich das Gefühl, daß es eine Diskrepanz gab zwischen ihrem Wissen und der Fähigkeit, es in unserer Sprache auszudrücken. Wenn ich ihr Mienenspiel beobachtete, so sagte es mehr als Worte, und wenn ich ihr in die unergründlichen schwarzen Augen schaute, schien mir irgendwo in der Tiefe alle Weisheit der Welt verborgen zu sein.

»Sie ist eine alte Seele«, wiederholte Stella gern, doch das war mir zu wenig. Wer auch immer sich in Luluwa inkarniert hatte, verfolgte damit einen bestimmten Zweck, der mit uns allen dreien zu tun hatte, mit Julian, Stella und mir.

Selbst Julians hiesige Vertraute, eine alte Einsiedlerin, schien dies zu bemerken, obwohl sie nichts von uns wußte. Sie wohnte in einer recht komfortablen Höhlenwohnung am Fuße des Montségur, dem Schicksalsberg der Katharer, und war mit deren Lehren wohlvertraut. Allerdings zählte sie selbst sich zu den Erbinnen der Druiden, deren vergessene Spiritualität sie wiederbeleben wollte.

Aha, dachte ich, daher weht jetzt Julians Wind. Sie habe ihm viele Geheimnisse anvertraut, und er hoffe, daß sie seinen Freundinnen gegenüber ebenso mitteilsam sei, sagte er. Aus ihrem Munde höre sich die Wahrheit nun einmal authentischer an als aus seinem. Wir waren alle sehr gespannt, doch kaum vor dem Höhleneingang angekommen, weigerten sich Stella und Luluwa hineinzugehen, die eine, weil sie angeblich unter Klaustrophobie litt, die andere, weil sie lieber draußen in der Sonne spielen wollte. Also versuchten Julian und ich allein unser Glück bei Allissendis, so hieß die alte Frau mit der verfilzten weißen Mähne und dem etwas stechenden Blick.

Nachdem die Druidin mich lange fixiert hatte, richtete sie ihren knochigen Zeigefinger auf mich und sagte: »Sie könnte die Wahrheit längst wissen, wenn sie nur wollte. Doch solange sie sich nicht dafür entschieden hat, ist es umsonst. Das Geheimnis wurde den Menschen enthüllt, wieder und wieder, da aber die Mehrzahl nicht bereit war, änderte sich so gut wie nichts in der Welt. Ob Katharer, Buddhisten, Druiden, es ist dasselbe Gedankengut, eine Verwandtschaft in Worten, die vom Himalaya ausgingen und sich durch Boten über die ganze Welt verbreiteten. Die Druiden haben lange vor den Christen die ersten Mönchsgemeinschaften im Abendland begründet; sie lebten in Klöstern, die wie die Lamasereien Tibets aufgebaut waren. Alles vergessen!«

Ich schüttelte den Kopf, mehr aus Verwunderung als aus Ablehnung, denn der Vergleich mit den Buddhisten erweckte Assoziationen an Samten und seine Schülerin.

»Erkläre du es ihr, mein Freund«, befahl Allissendis, und Julian gehorchte: »In den Lehren Buddhas sowie in denen des Urchristentums und anderer heiliger Schriften heißt es immer schon, daß man ein einfaches Leben führen, Reichtum geringschätzen und Wünsche zurückweisen soll.«

»Und wenn man die Wahrheit an allen Straßenecken ausposaunte und auf alle Hauswände sprühte, so würden die Vorübergehenden nicht aus ihrer Begrenztheit erwachen«, räsonierte die Alte und zeigte immer noch mit dem Finger auf mich.

Was sollte das? Warum redete sie so mit mir?

»Sie wissen wohl nicht, wen sie vor sich haben?« sagte ich verstimmt. »Ich bin Lilith, die Lilith.«

»O la Lilith!« verhöhnte mich die Alte, bevor sie in unflätiges Gelächter ausbrach.

Ich hatte genug von ihr. Die ganze Situation war blödsinnig. Julian mochte sich mit seiner hexenhaften Muse abgeben, solange es ihm beliebte, ich aber würde sie auf der Stelle verlassen. Doch ich hatte mich kaum zum Gehen gewandt, als Luluwa mit einem beerenschweren Mistelzweig in der Hand hereinstürmte. Erst streckte sie mir ihre Gabe entgegen, dann aber legte meine kleine Verräterin sie Allissendis mit einer verehrungsvollen Geste zu Füßen.

Sogleich hellte sich die Miene der alten Frau auf.

»Danke Töchterchen, du hast mir die heilige Pflanze des Druidentums gebracht. Weder Baum noch Strauch, steht sie für das, was weder das eine noch das andere ist, für die Freiheit von Beschränkungen. ›Alle Schlösser werden mit dem Mistelkraut geöffnet‹, heißt es. – Zu wem gehört dieses Kind?«

»Zu mir«, sagte ich schnell, bevor Julian sich irgendeine Vaterrolle anmaßen konnte, denn das tat er gerne.

»Du hast in diesem Leben viel wiedergutzumachen, Lilith«, belehrte mich daraufhin Allissendis freundlicher als bisher. »Und dieses feenhafte Wesen ist gekommen, dir dabei zu helfen. Wie heißt sie?«

»Luluwa«, sagte Luluwa.

»Du hast ihr den falschen Namen gegeben. Deine Tochter hat mit deinen Geschichten nichts zu tun. Jeder andere Name hätte besser zu ihr gepaßt«, rügte die alte Frau. »Aber nun geht. Verbringt zusammen eine Nacht auf dem Pog des Monsalvatsch, dem Berg der Erlösung, du und Julian, wenn ihr mehr wissen wollt.«

»Und ich?« fragte Luluwa enttäuscht.

»Du nicht, Töchterchen, du bist eine reine Seele«, antwortete Allissendis, und Luluwa gab sich damit zufrieden.

Auch Stella schloß sich uns nicht an, als wir einige Tage nach der Sonnensonnenwende, die jedes Jahr Tausende auf den Berg lockte, unseren Aufstieg begannen. Sie sagte, allein der Anblick des Montségur würde in ihr ein Schwindelgefühl erzeugen, das sie nicht erklären könne. An ihrem Gesichtsausdruck sah ich, daß sie dies sehr wohl konnte, aber nicht wollte. Sie – und womöglich auch diese allwissende Allissendis – kannte etwas, das es für Julian und mich erst noch zu entdecken galt.

Ich wußte nur, daß auf dem zwölfhundert Meter hohen Gipfel, dem Pog von Montségur in den Bergen des Ariège, einst die uneinnehmbare Burg der Katharer gestanden hatte und daß diese über ein Jahr lang von einer zehntausend Mann starken Armee des Papstes und des Königs belagert worden war, bevor die Menschen sich ergaben. Sie sollten ihrem Glauben abschwören oder auf dem Scheiterhaufen brennen, ließ man sie wissen, doch keiner der zweihundertfünf »Vollkommenen« widerrief.

Was hat das mit mir zu tun? fragte ich mich, als wir den steilen Burgberg erstiegen, und hätte ich meine unrühmliche Rolle bereits gekannt, so wäre ich bestimmt auf der Stelle umgekehrt. So aber kletterte ich unbekümmert wie eine der Bergziegen im Hochland von Äthiopien und ergötzte mich am Geräusch der Steine, die unter unseren Füßen davonrollten, bevor sie schwindelerregende Abgründe hinabstürzten. Die schneebedeckten Gipfel der Pyrenäen vor Augen, ließen wir langsam die felsige Ebene mit ihren dunklen Zypressen und grünen Steineichen hinter uns.

Zu Beginn hatte Julian noch einen Versuch gemacht, mich für seine Druiden zu begeistern, die, wie er betonte, an die tiefe Einheit zwischen Dingen und Lebewesen, Materie und Geist glaubten, was mir keineswegs ungewöhnlich erschien. Sich selbst betrachteten sie als Manifestation Gottes, denn für sie waren alle keltischen Götter Druiden und alle Druiden Götter.

»Na wunderbar«, erwiderte ich, »wenn wir alle Gott sind, wo ist dann der Witz bei dem Spiel hier auf der Erde?«

»Der Witz könnte darin bestehen, es erst zu vergessen und sich dann wieder zu erinnern«, antwortete Julian. Er schien in La Serpent tiefer denn je über den Sinn seines Lebens nachgedacht zu haben.

»Weißt du, was ich vermute: Die Druiden sind zwar von Irland aus in die Welt gewandert, müssen aber zuvor in Asien gewesen sein, denn sonst gäbe es nicht so viele Parallelen zu den tibetischen Lamas. Allissendis hat es ja auch schon erwähnt. Die Druiden vertrauten übrigens lieber der Sprache als der Schrift; sie verbreiteten ihr Wissen durch Hymnen, die den indischen Veden ähnlich sind, und auch sonst ist ihre Lehre dem frühen Brahmanismus verwandt. Die Magier unter ihnen konnten die Welt durch Beschwörung, also das Wort, verwandeln. Wie findest du das?«

»Ganz interessant, aber was hat das mit den Katharern zu tun, im Gegensatz zu ihnen waren die Druiden ja wohl keine Dualisten?«

»Nun, die Katharer waren leidenschaftliche Prediger, Menschen des Wortes, und auch sie kamen aus dem Osten wie die persischen Manichäer, mit denen sie oft verwechselt werden. Der Urgott der Manichäer sowie der Druiden aber war ein Gott des Lichtes, und selbst für die vergeistigten Katharer blieb die Schöpfung untrennbar mit ihrem Schöpfer verbunden, so wie Sonnenstrahlen mit der Sonne. Alle Geschöpfe waren Emanationen des Urlichtes.«

»Dann war ihre Burg vielleicht doch der Sonnentempel, den die esoterischen Sommersonnenwendpilger darin sehen.«

»Morgen wissen wir mehr«, prophezeite Julian.

Danach sprachen wir nicht mehr, der Weg wurde sehr steil, zudem fühlten wir uns beide mit jedem Schritt beklommener. Es war früher Abend, und eine merkwürdige Stimmung lag über den Ruinen der ehemaligen Katharerfestung. Vielleicht wußten wir auch schon zu viel, um diesen Tatort menschlicher Grausamkeiten unvoreingenommen auf uns wirken zu lassen. Wir betraten die gewaltige Anlage durch das Südportal, und das erste, was mir auffiel, war ein Pentagramm auf der steinernen Schwelle. Auch das verursachte bei mir eine Gänsehaut. Hatten Julian und ich es nicht seinerzeit Stellas geheimnisvollem Hinweis auf das Pentagramm in Salomos Ring zu verdanken gehabt, daß wir uns auf den Weg ins Weihrauchland begaben? Es sollte irgend etwas mit unserer Bestimmung zu tun haben, hatte Stella damals orakelt. Und wenn wir nun mit diesem Montségur durch eine weitere persönliche Geschichte verbunden waren? Auch Allissendis Worte legten dies nahe. Julian schien meine Gedanken zu erraten.

»Pentagramme kann man hier des öfteren finden«, sagte er. »Die Katharer haben in ihren Werkstätten verschiedene Bleimarken hergestellt, wozu, weiß man nicht so genau. Darunter waren auch Pentagramme, sie müssen so eine Art Erkennungszeichen gewesen sein.«

»Erinnerst du dich noch an das, was ich dir in Syrien von diesem Abu Ubaida erzählt habe? Er wäre mir damals fast ins Gesicht gesprungen, als ich vor seinen Augen einen Fünfstern in den Sand malte.«

»Mit dem Drudenfuß kennzeichnet man überall auf der Welt magische Orte, Lilith, in Ägypten ebenso wie bei den Kelten, er ist eben ein Symbol Satans. Nun laß uns schleunigst in den Innenhof gehen, da bläst uns vielleicht nicht so ein Teufelswind um die Ohren.«

Im Burghof war es tatsächlich windstill und menschenleer. Nur die Plastiktüten voller Abfall zeugten noch vom Ansturm der Pilger vor wenigen Tagen. In aller Ruhe wanderten wir über den kleinen gepflasterten Hof. Die Vorstellung, daß wir dieselben Steine betraten, welche die Füße der Katharer einst berührt hatten, ließ mich auch ohne Wind frösteln. An der Ringmauer stiegen wir Treppenfragmente zum ehemaligen Wehrgang hinauf, die plötzlich abbrachen und mein Unbehagen verstärkten, da sie mich an das Gefängnis der armen Anabel erinnerten. Auch hier gab es einen Turm, jenen sagenumwobenen Wohnturm der letzten sogenannten Vollkommenen, die sich bis zu ihrer Kapitulation dort aufgehalten hatten. Auf den darunterliegenden Terrassen mußte ihr altes Dorf Montségur gelegen haben. Seine leuchtendroten Ziegeldächer verrieten uns, daß es auch heute noch bewohnt war.

Julian hätte die Nacht gerne in der Nähe dieses Turmes verbracht, um am Morgen die ersten Sonnenstrahlen durch die Schießscharten einfallen zu sehen, mich dagegen hielt es dort keine fünf Minuten. Ich fühlte mich wie in einem Gefängnis zwischen Himmel und Erde und wollte lieber auf einer Bank im Schatten der Ostmauer ausharren. An dieser Seite ging die Plattform des Pog in einen schmalen Bergkamm über, den man niemals hatte befestigen müssen, da die Steilhänge rechts und links beinah senkrecht in die Tiefe fielen. Entsprechend atemberaubend war der Blick in gähnende Schluchten, die nur darauf warteten, nicht schwindelfreie Betrachter zu verschlingen.

Am äußersten Ende des Kammes hatte vermutlich einst ein Wachtposten gestanden, und diese Stelle zog mich magisch an, während Julian sie zum Fürchten fand.

»›Hairesis‹ heißt die Wahl, Julian, also laß mich bitte die Wahl haben, wo ich mir die Nacht um die Ohren schlagen will.«

»Ich weiß, du bist die geborene Häretikerin, Lilith, aber hier auf diesem Sprungbrett für Selbstmörder werde ich meinen Schlafsack nicht ausbreiten, bei der steifen Brise heute schon gar nicht.«

Nach einigem Hin und Her einigten wir uns auf eine moosbewachsene Felsenmulde an der Außenseite der Ringmauer. Wenigstens waren wir, meinem Wunsch entsprechend, auf der Ostseite geblieben. Hier wärmten wir uns zu später Stunde an einem kleines Lagerfeuer, tranken vom mitgebrachten Rotwein und schauten in den sternenbeladenen Nachthimmel, bis uns wider Erwarten die Augen zufielen. Seltsamerweise sahen wir beide im Traum dieselben Szenen eines Geschehens, das sich Stella, wie sie uns später gestand, aufgedrängt hatte, seitdem sie im Land der Katharer weilte. Es war eine Geschichte über Liebe und Tod, Treue und Verrat, den wahren und den falschen Glauben. Die Hauptdarsteller trugen wohlklingende Namen wie: Sybilya Belibasta, Esclarmonde de Perella und Guillelmus Sicredi. Natürlich hatten wir alle Anteil an dieser Geschichte. Jeder von uns hatte damals eine der drei Rollen gespielt, jeder durfte sie nun nach mehr als siebenhundert Jahren noch einmal aus seiner eigenen Perspektive erleben.

Ort der Wandlung

Meine Perspektive war die der Sybilya Belibasta, die viel zu spät erkannte, daß »die Reinen« unter einem guten Ende immer noch etwas anderes verstanden als sie selbst. Sie begegnete mir an dem Tag, der zum Wendepunkt ihres Lebens werden sollte, wenn auch anders, als sie sich das noch am Morgen vorgestellt hatte.

Sybilya wollte nach langer Vorbereitungszeit das »consolamentum« erhalten; sie wollte sich endlich von der Masse der Gläubigen unterscheiden und zu den Auserwählten gehören. Obwohl es mir nicht Schritt für Schritt gezeigt wurde, wußte ich, daß sie einen weiten Weg zurückgelegt hatte, bis sie von der skeptischen Beobachterin zur Sympathisantin geworden war und von der Sympathisantin zum »Engel im Wartestand«, wie sie es insgeheim nannte. »Insgeheim« war vielleicht das Schlüsselwort zum Desaster. Sybilya hegte zu viele Geheimnisse; zu lange hatte sie sich nicht entscheiden können, ob sie den Druiden nacheifern mochte wie Mutter und Großmutter oder ob sie sich dem Kreis des Mannes anschließen wollte, den sie heimlich liebte, obwohl sein Herz einer anderen gehörte – was er aber ebenfalls für sich behielt, da seine Angebetete schon länger zu den Vollkommenen zählte als er selbst.

»Vollkommene, Parfaits« – niemals hätten sie selbst sich einen so vermessenen Titel gegeben. Voller Häme sprachen ihre Gegner ihn aus, voller Bewunderung die einfachen Gläubigen, die »Croyants«, denn in ihren Augen waren allein die Vollkommenen wieder die Engel geworden, die sie alle einst vor ihrem Fall gewesen. Und wodurch wurde ein Mensch nun zum Engel? mochten die Ungläubigen fragen. Durch harte Askese, eine heiligmäßige Lebenweise und – die Gnade des consolamentum.

Auch Sybilya hatte sich als Novizin redlich darum bemüht, ein reines Leben zu führen, hatte die Versuchungen der Welt von sich gewiesen und täglich so viele – häretische – Vaterunser gebetet, daß sie ihren Pflichten in der Familie kaum noch nachkommen konnte. Jeder der dreißig mit ihr im großen Saal Versammelten wußte das, auch Esclarmonde de Perella und der Bischof. Wozu also stellten sie noch all diese Fragen, statt ihr endlich zu offenbaren, worin der höchste Ritus denn nun eigentlich bestand, der den Einzug des Heiligen Geistes in den gereinigten Körper gewährleisten sollte?

Von geheimen Formeln wurde draußen im Dorf gemunkelt, vom Friedenskuß aller Vollkommenen als Zeichen der Initiation, von weitgehenden religiösen Verpflichtungen. Selbst wenn das eine oder andere davon stimmen sollte, konnte es doch noch nicht die ganze Wahrheit sein. Sybilya mußte es wie immer selbst herausfinden, das war ihre Natur. Sie schätzte das »Wissen aus dem Herzen« in der Tradition der Gnostiker, die sich auch schon geweigert hatten, Gott die Schöpfung der materiellen Welt zuzuschreiben. Die erste Frage kam von ihrer Tutorin Esclarmonde und war ebenso rhetorisch wie alle weiteren.

»Was hat dich vor Jahren zu uns geführt, Sybilya?«

»Ich wollte wissen, was es mit den Schauergeschichten über das sogenannte ›himmlische Mahl‹ der albigensischen Ketzer auf sich hatte.«

»Was hattest du gehört?«

Obwohl sie gehofft hatte, diese Frage würde ihr erspart bleiben, antwortete sie, so gut sie konnte. Ein wenig stockend sprach sie von den Teufelsanrufungen und den sexuellen Orgien, welche den Reinen nachgesagt wurden, von der Verbrennung der Kinder aus einer solchen Vereinigung, vom gemeinsamen Verzehr der Asche dieser Kinder, nach welchem Satan endgültig Macht über die Menschen gewann. Es war der jungen Novizin schwer genug gefallen, dies alles auszusprechen. Sie hatte zu Ehren des consolamentum ein makellos weißes Leinenkleid angelegt, um auch äußerlich einem Engel zu gleichen, hatte sich trotz des frostigen Morgens von Kopf bis Fuß kalt abgewaschen und ihre roten Haare gebürstet, bis sie Funken sprühten. Warum ließ man sie nun die falschen Worte der Ungläubigen wiederholen, statt mit ihr zu singen und zu beten?

»Du hast also zunächst nur so getan, als seist du an unserer Lehre interessiert. Ist das richtig?« fragte nun der Bischof, der im Unterschied zu seinen katholischen Amtsbrüdern keinerlei weltliche Macht außer der des Wortes besaß; es sei denn, die Reinen räumten es ihm ein.

»Zunächst ja.«

»Und – hast du magische Teufelspraktiken bei uns gefunden?«

»Nein.«

»Vielleicht glaubst du ja unter denen, die sie die ›Vollkommenen‹ nennen, welche zu finden?«

Sybilya schüttelte den Kopf. Eine Träne bildete sich und fiel. Was unterstellte man ihr hier, wieso redete man mit ihr wie mit einer Spionin? Und warum ergriff Esclarmonde, die sie über ein Jahr lang unterwiesen hatte, nicht zu ihren Gunsten das Wort, statt eine weitere Frage anzuschließen?

»Was hat dir bei uns gefallen, Sybilya? Sorge dich nicht, du wirst gleich verstehen, warum wir all dies aus deinem Mund erfahren müssen.«

Das Mädchen warf den Kopf in den Nacken, holte tief Luft. »Mich überzeugt erstens die Lehre. Wir, denn längst zähle ich mich zu euch, erkennen weder das Gesetz Moses noch die Propheten, noch die Psalmen, noch das Alte Testament an, da all dieses im Laufe der Zeit von den sogenannten Nachfolgern Christi verfälscht wurde. Unser Glaube stützt sich einzig auf die Evangelien, die Paulus-Briefe, die Apostelgeschichte und die Apokalypse. Zweitens überzeugt mich die Lebensweise, denn wir suchen nach nichts, was die Welt uns bieten kann, während jene, die sich Christen nennen, Haus zu Haus fügen und Feld zu Feld und lauter Dinge begehren, die von dieser Welt sind. Bei uns gibt es keine prunkvollen Gebäude, Tempel oder Kirchen für unsere Gebete. Wir können überall zu Gott sprechen, und auch gute Gedanken, Worte und Werke sind zu jeder Zeit und allen Orten angebracht. Und drittens schätze ich es, daß es nur das consolamentum gibt, sonst aber keine Sakramente, und daß auch Frauen es spenden dürfen.«

Jetzt lächelte der Bischof doch und fragte Sybilya, ob sie bereit sei, sich Gott und seinem Evangelium zu unterwerfen.

»Ja, gewiß.«

Ob sie versprechen könne, nicht zu töten, sexuell enthaltsam zu sein, kein Fleisch zu essen und keine Milchprodukte, nicht zu lügen, keinen Eid zu schwören und die Gemeinschaft der Reinen nicht mehr zu verlassen, auch nicht aus Angst vor dem Tod durch Feuer, Wasser oder etwas anderes, wurde sie dann gefragt.

»Warum sollte ich den Tod fürchten, durch den ich nur gewinnen kann, nämlich die Befreiung aus dem Gefängnis des Leibes sowie der Materie überhaupt. Meine Seele ist die Seele eines Engels, die seit ihrem Sturz viele Körper durchwandert hat.«

»Sie wird eine gute Predigerin abgeben«, murmelte eine aus dem Kreis der Dreißig.

Ob sie das Vaterunser sprechen könne, hieß es dann.

Sybilya bejahte, und das war ihr erster Fehler, denn zum Ritus des consolamentum gehörte die feierliche Übergabe des Vaterunsers, welches als das Gebet der Engel vor dem Thron Gottes galt und nur von geläuterten Menschen wiederholt werden durfte. Sybilya aber kannte bereits alle Formulierungen und wußte, daß die Reinen Gott nicht um ihr »tägliches«, sondern um »geistiges« Brot baten. Sie hatte es Esclarmonde abgelauscht, die das Gebet fortwährend vor sich hin sprach, um in einem höheren Bewußtseinszustand zu verweilen.

Hätte sie sich etwa dumm stellen sollen, nur damit der unausgesprochene Spionageverdacht aus der Welt war? Das hätte doch geheißen, Mißtrauen mit Mißtrauen zu begegnen. Trotzig schaute sie in die Flammen des Kamins, der einzigen Wärmequelle im eiskalten Wohnturm. Seit zweihundert Jahren wurden Sektierer aus ihren Reihen nun schon als Ketzer verbrannt. Sie um Aufnahme zu bitten war ein Spiel mit dem Feuer. Warum tat sie das überhaupt? Aus den Augenwinkeln beobachtete sie ihre Prüfer. Ihre Mienen hatten sich verfinstert.

Einer der Älteren, Petrus Maurini, ergriff nun das Wort: »Du verstehst, daß wir in Zeiten wie diesen nicht vorsichtig genug sein können«, sagte er, und Sybilya wußte sehr wohl, worauf er anspielte.

Seit dem Monat Mai wurde Montségur von einem zehntausend Mann starken Heer des Erzbischofs von Narbonne und anderer Inquisitoren belagert. Sie hatten einen Ring um den Berg gebildet und nur den Steilhang an der Ostseite ausgespart. Auf der Burg selbst befanden sich lediglich zweihundert Söldner, denen es aber dank des unzugänglichen Geländes eine Zeitlang gelungen war, von oben aus jeden Angriff abzuwehren. Im November hatte die Gegenseite dann allerdings einen Trupp baskischer Söldner angeworben, und diese kühnen Burschen schafften es, sich im Südhang einzunisten und dort sogar eine Wurfmaschine aufzustellen. Ihre Steinkugeln flogen bis in das östliche Vorwerk und versetzten die Bewohner der Burg seither in Angst und Schrecken.

»In der vergangenen Nacht haben sie versucht, den Pog einzunehmen. Sie haben den Gipfelkamm erreicht und die Wachmannschaft des Vorwerks getötet«, fuhr Petrus fort.

Sybilya spürte, wie ihr Herzschlag aussetzte bei seinen Worten. Was er sonst noch sagte, hörte sie so schlecht, als hätte sie ihre Ohren mit Wachs verstopft.

»Der Führer dieser baskischen Banditen, einer, der unsere Geheimgänge kannte, war ein abtrünniger Croyant. Auch er hatte den Anschein erweckt, als trachtete er nach Vollkommenheit. Wir haben Hinweise, daß er aus der Familie Belibasta stammt. – Hast du davon gewußt, Sybilya?«

»Nein!« schrie sie und wollte, sie hätte es gewußt, denn dann hätte sie ihn rechtzeitig warnen können, Guillelmus Sicredi, den Mann, den sie liebte, vielleicht sogar mehr liebte als den Gott der Auserwählten.

»Kannst du das beschwören?«

»Ja!« Immer noch schrie Sybilya. Sie mußte hier weg, mußte sich auf der Stelle vergewissern, ob Gui noch unter den Lebenden weilte.

Die Reinen sahen sie ernst an und schüttelten ihre Häupter. Wer es wert sein wollte, das consolamentum zu empfangen, durfte keinen Schwur ablegen, unter keinen Umständen. Hatte sie das nicht eben noch versprechen wollen? Wie konnte ihr Geist nur so wankelmütig sein! Der Wankelmut der Belibastas. Sybilya faßte sich an den Kopf, sie hatte sich reinlegen lassen, hatte vergessen, daß sie auf der Hut sein mußte.

»Wir werden«, sprach Bertrand d'en Marti, der Bischof, »dich später noch einmal prüfen und dann neu entscheiden. Es sei denn, du befindest dich in Lebensgefahr; in dem Fall wirst du die Tröstung sofort erhalten!«

»Die Mühe könnt ihr euch sparen!« schleuderte Sybilya ihm entgegen, dann drehte sie sich um und fing an zu laufen.

Sie sprang die Stufen der Wendeltreppe hinunter in die Halle, rannte hinaus in den Innenhof, wo die Söldner, unter ihnen ihr Vater, trotz der beißenden Kälte schon beim Würfelspiel saßen. Allzu ernst schien die Lage wohl doch noch nicht zu sein. Ihr Vater war ein verrückter Hund, der seine Familie in regelmäßigen Abständen verließ, um den Gral zu suchen. Niemand wußte, ob und wann er wiederkommen würde. Als er das letztemal weggegangen war, waren sie ihm einfach gefolgt. Im Grunde hatten sie es ihm zu verdanken, daß sie nun alle auf Montségur festsaßen.

Sybilya verhüllte ihr rotes Haar und das weiße Kleid mit einem schwarzen Wolltuch, damit er sie nicht erkannte. Schwarz und weiß, Satan und der liebe Gott und das rote Haar einer Hexe. Sie huschte an den dreistöckigen Wohnbauten vorbei, an den Werkstätten und Verkaufsbuden, die alle unter einem gemeinsamen Ziegeldach Platz fanden, dann die Treppen zum Wehrgang hinauf, in der Hoffnung, durch seine Zinnen einen Blick auf das Vorwerk im Osten werfen zu können. Sie sah die Einschlaglöcher der feindlichen Steinkugeln im schneebedeckten Gras und auf den Mauern, aber keinen einzigen Wachtposten. Also noch einmal treppab und durch das Schlupfloch in der Ringmauer auf den Bergkamm bis zum äußersten Zipfel mit der Stellung des Vorpostens der Verteidiger von Montségur. Eigentlich war es Frauen und Kindern verboten, sich so weit vorzuwagen, doch darauf konnte sie jetzt keine Rücksicht nehmen. Sie rief sogar laut den Namen ihres Liebsten, bis sein Kamerad aus seinem Schlupfwinkel kam und ihr kurz das Nötigste erklärte, bevor er sie mit einer Handbewegung davonscheuchte. Guillelmus war in der Nacht an der Schulter verletzt worden. Man hatte ihn ins Lazarett im Keller des Kommandanten Mirepoix gebracht.

»Du solltest gar nicht erst versuchen, dir Zutritt zu verschaffen«, warnte der Kamerad sie.

Doch Sybilya wußte, daß sie nicht auf ihn hören würde, auf ihn nicht und auf niemanden sonst. Erst auf dem Rückweg ins Dorf begriff sie das Ausmaß der Schmach, die ihr an diesem Morgen geschehen war. Was hatte sie noch mit den Belibastas zu schaffen? Ihre Sippe war weitverzweigt, und Sybilya hatte schließlich lange genug bewiesen, wohin sie fortan gehören wollte. Man hatte ihre Bemühungen mißachtet, ihre geläuterte Seele zurückgewiesen, statt sie wieder in die Schar der Engel einzugliedern, wie es ihr nun zustand. Der Bischof hatte gesprochen, und sie konnte nichts tun, ihn umzustimmen. Zurückweisung aber ertrug Sybilya ebensowenig wie das schale Gefühl der Ohnmacht.

Wieder überquerte sie den Innenhof, diesmal eng an die Ringmauer gedrückt, und dabei stieß ihre Ferse in der verrutschten

Holzpantine gegen den Kadaver einer Ratte. Sie wollte ihn rasch zur Seite schieben, als ein Gedanke sie durchzuckte: Was, wenn sie den Spieß umdrehte und nun selbst die Prüfer prüfte? Niemand wußte, wie viele Wochen, Monate oder Jahre Montségur der Belagerung noch standhalten konnte. Die Burg war für einen langen Widerstand eingerichtet worden, der ganze Berg von Stollengängen durchzogen, in denen gewaltige Vorräte lagerten. Eine Wendeltreppe mit dreitausend Stufen führte im Inneren bis hinunter ins Tal, sie waren nicht wirklich von der Außenwelt abgeschnitten. Vom Vater wußte sie, daß die Blockade praktisch jede Nacht durchbrochen wurde. Auf verschlungenen Wegen gelangten immer wieder Waffen und Lebensmittel in die Burg. Das einzige, was langsam knapp wurde nach diesem regenarmen Jahr, war das Wasser. Das Wasser und nichts anderes würde über das Schicksal der Reinen entscheiden. Sybilya hob die Ratte am Schwanz in die Höhe und trug sie zur Zisterne. Ungesehen lüftete sie den schweren Deckel und ließ den Kadaver in die Tiefe fallen.

Tag für Tag, so gelobte sie sich, würde sie diesen Frevel nun wiederholen, bis zum bitteren Ende: Das war Sybilya Belibastas Antwort auf die Demütigung dieses Morgens. Der Engel unterscheidet sich vom Teufel nur durch eine Überlegung, die ihm noch bevorsteht, kam es ihr in den Sinn, und sie schätzte sich glücklich, daß die Häuser im Dorf eigene kleine Zisternen besaßen und ebenso wie die Krankenstation in der Kommandantur von ihrer Rache verschont blieben. Auch dort sprach Sybilya auf ihrem Heimweg noch vor und wurde ebenfalls abgewiesen, ganz so, wie Guis Kamerad es ihr prophezeit hatte. Nicht einmal ihre Genesungswünsche würde man ihm überbringen.

»Wozu trägst du dein weißes Gewand?« fragte die Großmutter, als sie sich daheim vor die rußende Feuerstelle hockte, um ihre Hände zu wärmen. »Gibt es etwas zu feiern?«

»Würdest du es denn begrüßen, wenn deine Enkelin zu den Vollkommenen gehörte?« fragte Sybilya zurück.

Die Großmutter sah von ihrem Spinnrad hoch, doch der beißende Rauch von der Feuerstelle, der den Weg zum viel zu engen Abzugsloch im Dach wieder nicht fand, hinderte sie daran, im Gesicht der Enkeltochter zu lesen.

»Kein Druide würde sich jemals den Dualisten anschließen, auch du nicht, und wenn du noch soviel katharisches Gift aufgesogen hast«, behauptete sie.

»In dem Fall gibt es für dich heute etwas zu feiern«, entgegnete Sybilya, und mehr sagte sie nicht.

In der Nacht darauf fiel das östliche Vorwerk endgültig in die Hände der Belagerer. Zum erstenmal konnten sie den Soldaten der Häretiker auf gleicher Höhe begegnen, statt sich durch deren Wurfspeere, Pfeile und Geschosse von oben herab in die Flucht schlagen zu lassen. Es war nun nur noch eine Frage der Zeit, wie lange die Bewohner von Montségur der Wurfmaschine standhalten konnten, welche der Bischof von Albi in unmittelbarer Nähe der Festungswälle aufstellen ließ. Die ganze Familie Belibasta bangte um das Leben von Sybilyas Vater, der dem ständigen Bombardement der schweren Steinkugeln im Innenhof der Burg ausgesetzt war. In den Dächern und Mauern klafften schon gewaltige Löcher, und es wurden jeden Tag mehr.

Sybilya half ihrer Großmutter beim Wollespinnen und Färben und verließ das Haus nur noch, um in der Kommandantur vergebens nach Guillelmus zu fragen und frische Ratten zur Zisterne zu tragen. Besser ein Ende mit Schrecken als ein Schrecken ohne Ende, wünschte die gesamte Nachbarschaft einschließlich der alten Forneira de Perella, der Mutter des Grundherrn Ramon, die lieber bei ihnen unten im Dorf lebte statt oben in der Burg. Also tat Sybilya recht daran, das Wasser des Wohnturms zu vergiften. Den lebensmüden Vollkommenen würde sie bei der Befreiung ihrer Seelen aus dem Kerker des Leibes behilflich sein und dem belagerten Dorf zwischen Himmel und Erde den Weg in ein friedlicheres Leben ebnen.

Kurz nach Weihnachten klopfte es eines Morgens an der Tür. Sybilya war allein zu Hause, weil der druidische Teil der Familie an einer religiösen Zeremonie teilnahm, während der kriegerische immer noch die Burg verteidigte. Sie öffnete einer schwarzen, vermummten Gestalt, und als diese den Schnee von den Tüchern geschüttelt und die Tücher vom Kopf gezogen hatte, stand Esclarmonde, ihre einstige spirituelle Lehrerin, vor ihr. Die schöne Esclarmonde, Tochter des Kommandanten Ramon de Perella, die ein Schloß in den Lüften bewohnte, durch deren Fensterschlitze zur Sommersonnenwende die Sonnenstrahlen aufeinandertrafen, kam in das ärmliche Haus der Belibastas, um Erklärungen abzugeben. Sie sprach noch einmal von der Bedeutung des consolamentum, welches nur ein einziges Mal im Leben vollzogen werden kann, vom Ernst dieser Initiation und den Gründen des Bischofs und der übrigen Geläuterten, Sybilya noch nicht den höchsten Grad an Weisheit und Reinheit zuzuerkennen.

»Das Ideal des Weisen liegt nicht im Glück, sondern darin, vollkommen zu werden«, mahnte Esclarmonde. »Wer aber leichtfertig mit dem Glauben umgeht oder ihn und das consolamentum später verleugnet, muß bis zu seiner Reinigung erneut in diese Welt der Leiden geboren werden, wieder und wieder.«

»Wer sich in diesen Zeiten der Verfolgung zu eurem Glauben bekennt, wird niemals leichtfertig sein«, widersprach Sybilya und spürte immer noch Bitterkeit in ihrem Herzen. Sie bot Esclarmonde einen Becher Wasser an, den diese in einem Zug leerte.

»Ich trinke oben nur noch geschmolzenen Schnee. Unser Wasser riecht so faulig, und einige sind schon krank geworden«, sagte sie.

Sybilya forschte nach Zeichen des Unwohlseins im Gesicht der Besucherin und fand keines. Esclarmondes Haut sah so frisch aus wie eh und je; ihre veilchenblauen Augen waren klar und ohne jede Spur von Fieber.

»Du fühlst dich verletzt, Liebe, ich weiß«, sagte sie und drückte Sybilyas Hand. »Aber wir können niemanden mit in den Tod nehmen, der noch in irgendeiner Weise am irdischen Leben hängt. Uns dagegen ist der Tod gewiß. Wenn wir in der Burg bleiben, werden wir am Wassermangel sterben; wenn wir uns ergeben, wird man von uns verlangen, daß wir unserem Glauben abschwören. Da die wenigsten von uns dies tun werden, ist uns der Scheiterhaufen sicher. Ob wir den Tod durch Feuer oder Wasser erleiden, kommt letztlich auf dasselbe hinaus …«

Sie hob ihre schmale Hand, als sie sah, daß Sybilya zum Reden ansetzen wollte. »Warte, sag noch nichts, und verzeih mir, was ich dir nun sage: Bei dir, die du mir wie eine jüngere Schwester warst und bist, spüre ich, daß du lieber noch mit einem Mann zusammensein möchtest, bevor du den Freuden des Fleisches entsagst. Alles Weltliche verkörpert das Böse, und du weißt, jede geschlechtliche Vereinigung, ob in einer Ehe oder außerhalb, verlängert das Werk Satans, doch solange du Verlangen verspürst, bist du gespalten und kannst noch nicht zum Licht zurück.«

Esclarmonde kam von sich aus auf Gui zu sprechen und verriet Sybilya, daß die Schulterverletzung geheilt sei, er aber noch in seinem Versteck bleibe, weil er einen bestimmten Auftrag zu erfüllen habe.

»Einen Auftrag?«

»Ja. Er muß etwas in Sicherheit bringen, bevor es zu spät ist.«

Also gab es ihn doch, den Schatz der Katharer, über den soviel gemunkelt wurde, schoß es Sybilya durch den Kopf, doch sie konnte diesen Gedanken nicht weiter verfolgen, weil ein anderer stärker war: »Und wenn du mir das alles nur erzählst, um zu verbergen, daß du selbst Gui begehrst, so wie er dich auch?«

Esclarmonde schüttelte betrübt den Kopf. »Dir fehlt es an Glauben und Vertrauen, Sybilya, das ist deine größte Schwäche. Im Grunde deines Herzens traust du uns allen nicht, nicht einmal mir. Guillelmus und ich sind beide weit über die Art des Verlangens hinaus, das du uns unterstellst. In Wahrheit geht es darum, daß die Seele sinnlich wird, nicht der Körper. Du mußt deine Sinne transzendieren, um heimzukehren zu können, verstehst du?«

Nein, Sybilya verstand nicht, was Esclarmonde meinte. »Sorge dafür, daß ich Gui noch einmal sehen kann, bevor er nach draußen geht, und ich werde dir glauben«, verlangte sie.

Esclarmonde versprach es.

Sybilya traf ihn eines Tages im März, nachdem sie ihre hundertste Ratte zum Wasser der Reinen getragen hatte. Es hatte seit dem Jahreswechsel weder geregnet noch geschneit, und sie wußte selbst nicht, warum sie ein übriges tat und ihre kindische Rache fortsetzte. Es geschah wie unter einem Zwang, der stärker war als sie selbst; gewiß hatte Satan längst Besitz von ihr ergriffen, und ebenso gewiß würde Guillelmus sie verurteilen, wenn sie ihn je in die Abgründe ihrer Seele schauen ließe. Zum erstenmal fühlte Sybilya sich schuldig, nicht nur wegen der Brunnenvergiftung, sondern auch, weil sie mit jedem Tag weniger geglaubt hatte, daß Esclarmonde ihr Versprechen noch halten würde.

»Das Böse ist die Abwesenheit des ursprünglichen Lichtes«, hieß es, und Sybilya erkannte, wie sehr sich ihr Gemüt verdunkelt hatte, seitdem ihr der Anblick des Geliebten verwehrt war, der nichts von ihren Gefühlen ahnte und auch jetzt mit der Vertrautheit eines Bruders zu ihr sprach.

»Weißt du noch, wie wir im vergangenen Jahr zusammen auf dem Pog gestanden und über die Holzpalisade im Osten geschaut haben, die Burg und Dorf damals noch unversehrt umgab? Das Heer der Inquisitoren hatte gerade sein Lager rund um den Berg aufgeschlagen, und du warst entsetzt darüber, von zehntausend Soldaten eingekreist zu sein.«

Sybilya verzog das Gesicht. Als ob sie das je vergessen könnte! »Der Zaun verlief direkt über der steilsten Stelle, du hast mich auf deine Schultern gehoben, weil er mannshoch war – o je, wie geht es deiner Schulter überhaupt?«

»Ich hatte sie mir nur ein wenig ausgekugelt, Sybilya, halb so schlimm.«

»Du hast mich hochgehoben, damit ich mich selbst davon überzeugen konnte, daß wir nicht wirklich gefangen waren«, sagte sie und wünschte, sie würde noch einmal einen Vorwand finden, Gui so nah zu sein. »Ich sah hinunter in die Schlucht und den Wildbach und glaubte dann auch, daß die feindlichen Truppen ihre Linien an der Seite niemals würden schließen können.«

»Es gibt immer noch Lücken, Sybilya. Ein Sturmangriff auf Montségur ist bis zum heutigen Tag unmöglich.« Und Guillelmus erzählte ihr, der Saboteurin, daß Pierre de Mirepoix noch vor wenigen Tagen die königlichen Wachen bestochen hätte, damit die erfahrensten seiner Leute über Geheimwege am Osthang einige Wertgegenstände herausschmuggeln konnten.

»Wertgegenstände? Gold und Silber meinst du wohl, den ›Schatz der Häretiker‹? Warst du dabei?« fragte sie und platzte beinah vor Neugier.

Er aber lächelte nur. »Unsere Leute hatten den Auftrag, draußen eine Elitetruppe anzuwerben, welche die Reihen der königlichen Armee durchbrechen und die Wurfmaschine am östlichen

Vorwerk zerstören sollte. Es fand sich auch ein Katalane, der den Trupp anführen wollte, doch er und seine Leute haben sich des Nachts in der Schlucht verirrt.«

»Und jetzt?«

Guillelmus sollte weiter erzählen, gleichgültig was, wenn sie ihn nur dabei ansehen und den Klang seiner Stimme hören durfte.

»Es ist zu Ende, Sybilya. Die Belagerung dauert nun schon über ein Jahr, beide Seiten haben genug von dem Spiel ohne Sieger und Verlierer. Die Papsttreuen werden die ›Synagoge des Satans‹«, wie sie unsere Festung zu nennen belieben, niemals im Handstreich erobern, und uns zwingt das Wasserproblem zur Kapitulation. Den trockenen Sommer hätten wir noch überstanden, doch auch die Wintermonate brachten ja kaum Niederschlag. Unser Bischof hat daher die Kommandanten Perella und Mirepoix beauftragt, eine ehrenvolle Übergabe auszuhandeln. Das Ergebnis ist bereits bekannt. Esclarmonde hat mich gebeten, es dir persönlich zu sagen.«

Sybilya schluckte, sie hatte doch recht gehabt. Niemals würde er ihren Namen mit soviel Wärme aussprechen wie den Esclarmondes, niemals würde er dabei diesen verräterischen Glanz in seinen graugrünen Augen haben.

»Jeder, der sich ergibt und öffentlich seinen Glauben widerruft, wird freies Geleit haben und nicht weiter verfolgt werden«, sagte er, und der verächtliche Unterton seiner Stimme erübrigte jeden Zweifel über seine Entscheidung. »Wir haben noch zwei Wochen Bedenkzeit. Am 16. März, nach der Frühjahrs-Tagundnachtgleiche, sollen wir uns ergeben.«

»Sie lassen uns das Sonnenfest noch feiern? Warum sollten sie das tun?«

»Ich weiß es nicht. Vielleicht hoffen sie, daß wir doch noch widerrufen, wenn sie uns Zeit zum Nachdenken geben. Im Gegensatz zu uns fürchten die Ungläubigen den Tod. Und nun muß ich gehen, Sybilya, leb wohl!«

Er hauchte ihr einen brüderlichen Kuß auf die Stirn, sie aber umschlang ihn mit beiden Armen und hielt ihn fest, als wollte sie ihn nie mehr loslassen. Schließlich mußte er sich mit sanfter Gewalt aus ihrer Umklammerung befreien. Sie sah das Befremden in den Augen ihres Geliebten, und es kümmerte sie nicht, Sybilya hatte nichts mehr zu verlieren.

In der Nacht des Sonnenfestes, der Nacht vor der Übergabe, als niemand sich zum Schlafen niederlegte, ging das Gerücht von Mund zu Mund, daß Pierre-Roger de Mirepoix, der die Verteidigung der Burg leitete, vier Männern aus dem Kreis der Vollkommenen zur Flucht verholfen hätte, obwohl er selbst nicht zu den Häretikern gehörte. Diese vier wären bis dahin in einem Keller versteckt gewesen, hieß es, und hätten sich mit Tauen an der Westwand des Berges abgeseilt.

Sybilya hatte die Nachricht von ihrem Vater gehört, und sie machte sich sogleich auf den Weg zum Wohnturm, um Esclarmonde zu fragen, ob Guillelmus Sicredi zu diesen Männern zählte. Allein, die Vollkommenen hatten sich in einem ihrer unterirdischen Gebetsräume im Inneren des Berges verschanzt und ließen niemanden zu sich hinein, auch nicht die einfachen Gläubigen.

Sybilya erwartete den Sonnenaufgang, zitternd an die dicken Mauern der Zisterne gelehnt, dort, wo sie Schicksal hatte spielen wollen und vielleicht gespielt hatte. Die Sonne indessen mochte nicht aufgehen an jenem Tag. Wohin sie auch schaute, wanderten Schattenwolken über das Land am Fuße des Berges und hüllten es in graues Zwielicht. Die Felsen im Osten und Westen waren kaum zu erkennen, während im Süden die riesige Masse der schneebedeckten Pyrenäen mit dem Himmel verschmolz.

Die junge Frau wußte, was sie zu tun hatte, wie jeder hier. Zum Tagesanbruch des 16. März 1244 verließen alle Bewohner Montségurs ihr Dorf und auch die Burg des Widerstandes; Waffen und Gepäck durften sie mitnehmen. Ungefähr die Hälfte der Häretiker unterwarf sich den Bedingungen der Inquisitoren und wurde nicht weiter verfolgt, während zweihundertfünf Unbeirrbare, unter ihnen die Tochter des Kommandanten Perella, seine Mutter und Großmutter, sich weigerten, ihrem Glauben abzuschwören. Auch einige der einfachen Croyants schlossen sich der Schar derer an, die sich vom freiwilligen Tod ein ewiges Lebens unter idealen Bedingungen versprachen.

Von der Familie Belibasta gehörte niemand zu ihnen. Der Vater, die Großmutter und die Brüder machten sich sofort auf den Weg zu Verwandten in der Lombardei, die Mutter dagegen, eine Freundin der alten Forneira de Perella, blieb, um ihr das letzte Geleit zu geben, und auch Sybilya sah zu, wie die Scheiterhaufen unten auf einer der Gemeindewiesen errichtet wurden. Sie hörte die Delinquenten Ruhmeshymnen auf das Licht anstimmen und lief auch nicht weg, als sie in einer endlosen Prozession, mit dem Bischof an ihrer Spitze, singend in das Feuer hineingingen. Ihre Seelen konnten es kaum erwarten, endlich aus der Knechtschaft befreit zu werden; dies und nichts anderes galt es der Welt zu beweisen. Auch Esclarmondes Lippen verloren ihr Lächeln nicht auf dem Weg zum Scheiterhaufen. Hocherhobenen Hauptes stieg sie die letzten Stufen hinauf, und erst als die Flammen an ihrem keuschen Körper leckten, schlug sie die Hände vors Gesicht.

Sybilya zitterte wie Espenlaub, sie fühlte sich einer Ohnmacht nahe, blieb aber aufrecht stehen. Sie durfte ihre Augen erst abwenden, wenn sie sicher sein konnte, daß Guillelmus nicht zu den Opfern gehörte, sonst würde sie in diesem Leben niemals mehr Ruhe finden. Was sie bis dahin sah, wurde zu ihrem eigenen Fegefeuer, glaubte sie doch bei jedem der Märtyrer andere Merkmale des Geliebten zu erkennen. Bei dem einen war es sein Gang, beim nächsten das schulterlange braune Haar und der Bart, beim dritten die graugrünen Augen, doch Guis ganze Gestalt begegnete ihr gottlob nicht. Er wäre Esclarmonde, ohne zu zögern, in den Tod gefolgt, soviel war sicher. Wenn er aber wirklich zu den vier Entflohenen gehörte, dann gab es dafür nur eine Erklärung: Es stand mehr auf dem Spiel als sein Leben, das er für gering erachtete.

»Montsalvatsch, Berg der Erlösung«!« rief jemand, als der letzte Vollkommene seinen Fuß in die Flammen gesetzt hatte.

Der nächste griff es auf, und bald sprach es ein jeder zum anderen, um das Wort der Verheißung aus dem eigenen Mund zu hören und sich angesichts des Unvorstellbaren weniger verlassen zu fühlen.

Sybilya stand bis zum Morgengrauen des nächsten Tages da, stand, wie zu Stein erstarrt, am rauchenden Feuer, dann nahm sie etwas Asche vom Rande der Glut und verteilte sie auf ihrem Gesicht. »Sie sind alle verbrannt, und ich bin gerettet … Nein, sie sind alle gerettet, und ich verbrenne«, murmelte sie, bevor sie sich auf die Suche nach Guillelmus Sicredi machte. Nur wenn sie ihn fand, würde sie wissen, ob er seine halsbrecherische Flucht lebend überstanden hatte.

Nachspiel

Wie wir den Montségur wieder hinunterkamen, Julian und ich, weiß ich nicht mehr so recht. Ich erinnere mich noch an sein verstörtes Gesicht, das bei dem steilen Abstieg immer bleicher wurde. Bei unserem Weg nach oben hatten wir kaum bemerkt, wie unzugänglich dieser Berg war, eine natürliche Festung, damals schon und heute noch. Wir balancierten am Rande grauenerregender Abgründe und krochen manchmal auf allen vieren durch dichtes Gestrüpp und über schlüpfrige Steine. Stunden brachten wir damit zu, Wege zu suchen, auf denen unsere Füße Halt finden würden. Ich spürte eine seltsame Leere in mir und glaube, daß es Julian ähnlich ging, denn keiner von uns brachte ein Wort über die Lippen. Als wir endlich unten waren, taumelten wir zum Auto wie zwei Höhenkranke und konnten uns lange nicht entscheiden, wer der Fahrtüchtigere von uns beiden war.

Selbst Luluwa, die uns an der Auffahrt zu Julians Steinhaus stürmisch empfing, verstummte bei unserem Anblick und ließ sich zur gewohnten Stunde bereitwillig zu Bett bringen, ohne auf ihrer allabendlichen Merlin-Legende zu bestehen. Wir waren dankbar, fürs erste einfach nur in Ruhe gelassen zu werden, auch von Stella – Esclarmonde –, die ohnehin schon alles wußte und genug mit ihren eigenen Erinnerungen zu tun hatte. Jeder von uns brauchte Zeit, um die Eindrücke aus der Katharerzeit zu verarbeiten. Mich belastete das Schicksalhafte an unserer Verbindung und meine Rolle in diesem Drama. Mehr denn je wünschte ich mir eine Auflösung der Dreierbeziehung und wußte, daß wir hier und jetzt die Chance wahrnehmen mußten, alle offenen Fragen zu klären, bevor wir nach Hause zurückkehrten.

An einem angenehm kühlen Abend in unserer letzten Ferienwoche ergriff Stella unvermittelt das Wort und erzählte, wie sie als Esclarmonde ihre Gefangenschaft auf dem Montségur erlebt hatte. Diesmal war ich beindruckt von ihrer Geisteshaltung und der Tiefe ihres spirituellen Wissens, das ich als Sybilya so nicht hatte erkennen können. Sie schien zu der Zeit wirklich als reines Geistwesen existiert zu haben, vollkommen losgelöst von Fleisch und Materie.

Wir stellten ihr viele Fragen zu ihrer damaligen Weltanschauung, wobei mir allerdings ein scheinbar nebensächliches Detail besonders am Herzen lag.

»Hast du gewußt, was Sybilya die ganze Zeit über tat?«

Stella lächelte nachsichtig. »Dein damaliges Ich war ebenso Lilith wie dein heutiges. Du wolltest Wind säen und hast Sturm geerntet, wolltest den Ballast der Theorien durcheinanderwirbeln und deinen Widersacher, die Materie, zwingen, einer lebenden Seele zu gehorchen. Du weißt doch, unsere Zielvorstellungen bleiben erhalten, Dasein für Dasein.«

»Ich glaube nicht, daß die Materie damals mein Widersacher war, eher der Geist. Ich werde darüber nachdenken, es stimmt so noch nicht. Aber etwas anderes: Du, Stella, die in dem festen Glauben starb, als ›Vollkommene‹ und quasi Erleuchtete nicht mehr wiederkehren zu müssen – warum bist du immer noch hier?«

»Das habe ich mich auch oft gefragt. Nun, das Faszinierende bei den Katharern war, daß sie in einer Religion lebten, die ohne Angst und Schuld auskam. Sie mußten ihre Anhänger nicht mit Konzepten von Hölle und Fegefeuer disziplinieren, denn das Menschsein an sich war bereits das Schlimmste, was geschehen konnte, es kam ohne die Befreiung durch das consolamentum einer Verbannung gleich. Der Preis für diese Angstfreiheit war aber eine Geringschätzung der gesamten Schöpfung. Vielleicht mußte ich erst noch lernen, daß die Welt schön sein kann, obwohl der Mensch unvollkommen ist und den Gipfel der Evolution noch längst nicht erreicht hat.«

»Ja, du mit deinen Themen von mystischer Sexualität und Mißbrauch von Energien willst die Menschen immer noch umerziehen.«

»Du mit deiner Neugier letzten Endes auch, Lilith! Motor der geistigen Entwicklung wird immer die Frau sein, davon bin ich überzeugt. – Aber nun laß uns Julian hören.«

Etwas beklommen sah ich seinem Bericht entgegen. Was würde er sagen, mein Held Guillelmus Sicredi, nach dessen Anblick ich mich als Sybilya verzehrt hatte? Würde nicht wieder seine alte Arroganz zum Vorschein kommen, wenn er erfuhr, wie sehr ich damals nach seiner Liebe gelechzt hatte? Oder würde es seine Leidenschaft für Esclarmonde neu entfachen? Mußten wir denn bis in alle Ewigkeit dasselbe Stück aufführen?

Mußten wir zum Glück nicht, denn Julian-Guillelmus ersparte uns alle Peinlichkeiten. Mehr als mit seinen und unseren Gefühlen war er schon in jenen Märztagen des Jahres 1244 damit beschäftigt gewesen, seine Schäfchen, sprich die Schätze der Katharer, ins trockene zu bringen. In unserer gemeinsamen Nacht auf dem Pog hatte er den Angriff der baskischen Söldner auf das Vorwerk im Osten, seine Schulterverletzung und die riskante Flucht so deutlich gesehen, als wäre all das gerade erst geschehen. Er wußte, daß er tatsächlich zu jenen vier Auserwählten gehört hatte, die sich am Vorabend der Übergabe abseilen konnten und so von Mord und Verfolgung verschont blieben. Auch was sich im Hintergrund abspielte, war ihm bekannt.

»Die Verhandlungen zwischen der Inquisition und den Verteidigern von Montségur, Perella und Mirepoix, standen unter dem Schutz des Herrn von Rennes-le-Château in der Grafschaft Razès ...«

»Rennes-le-Château?« unterbrach ich ihn, »aber das ist doch in direkter Nachbarschaft von La Serpent.«

Julian schlug sich mit der Hand vor Kopf. »Was du nicht sagst! Merkst du auch schon, was hier abläuft!«

»Erzähl weiter!« verlangte Stella etwas ungehalten.

»Wir vier begaben uns also, nachdem wir die Akrobatik an der Westwand heil überstanden hatten, sogleich ins Razès, aber nicht nach Rennes-le-Château, sondern zur Burg von Blanchefort, der weißen Festung, wo Angehörige des Templerordens uns und unsere Schätze versteckt haben, bis sich die Wogen draußen glätteten. Zuvor hatten wir noch auf halber Strecke ein Gipfelfeuer entzündet, damit unsere Leute auf dem Montségur wußten, daß die

Flucht geglückt war. Soweit das, was ich in jener Nacht erlebte. Interessant ist in dem Zusammenhang, was sich die Leute hier erzählen: Um die Jahrhundertwende soll der Pfarrer von Rennes-le-Château bei der Renovierung einer Säule einen Schatz entdeckt haben, der seine verarmte Gemeinde mit einem Schlag reich machte. Dieser Abbé hat die Herkunft seines Geldes niemals preisgegeben, dafür hat er seine Kirche damit auf eine Weise verschönert, die einem in ihrer abstrusen Symbolik den Atem verschlägt. Sinnigerweise ist Maria Magdalena die Patronin dieses Panoptikums. Wir sollten es uns unbedingt einmal ansehen.«

»Von mir aus«, sagte Stella wenig begeistert, während ich Julians Vorschlag für ein Ablenkungsmanöver hielt.

»Wozu sollen wir uns anschauen, womit dieser Pastor seine Kirche herausgeputzt oder verhunzt hat? Was interessiert uns seine Geldquelle? Wir haben doch dich, den direkten Zeugen. Du, Guillelmus, wirst uns doch sagen können, woraus er denn nun bestanden hat, der legendäre Schatz der Katharer.«

Doch Julian behauptete, er wisse es genausowenig wie wir, es lohne sich aber allemal, darüber zu spekulieren.

Das fanden Stella und ich auch, und Esclarmonde wollte sogleich ihren Kommentar dazu abgeben, allein Julian bestand darauf, daß jeder für sich seine Hypothesen zum Katharerschatz zu Papier und dann erst den anderen zu Gehör brächte, damit wir uns nicht gegenseitig beeinflußten. Wir zogen uns also für eine Weile in verschiedene Winkel des Hauses zurück und tauchten noch einmal ein in jene Zeit des weltlichen und religiösen Wahns.

Schon eine Stunde später wurden Schafskäse, Oliven und Wein aufgetischt, und wir trugen einander unsere Ergebnisse vor. Ich sollte den Anfang machen, obwohl ich eigentlich noch nicht soweit war.

Mit den Worten: »Weil Julian es so wollte, habe ich hier am Kamin seines Hauses jeden Abend im Perceval von Chrétien de Troyes gelesen«, eröffnete ich meinen Text, um dann fortzufahren: »Es gibt dort eine Szene, in der ein Eremit dem Ritter Perceval immer wieder ein Gebet mit den Namen der Götter ins Ohr flüstert, die sonst kein Mensch je aussprechen darf, es sei denn, er befindet sich in höchster Not. Perceval mußte das Gehörte also auswendig lernen, um es dann, außer in Todesgefahr, nie wieder anzuwenden. Julian meint, daß die Katharer etwas mit der Geschichte vom Gral zu tun haben, und das glaube ich auch, obwohl ich keine Gelegenheit hatte, dieser Spur nachzugehen. Es ist nur so ein Gefühl. Wer wie Perceval den unaussprechlichen Namen Gottes kennt, ist quasi unsterblich, da dieser Name ihn ja errettet. Wie wir wissen, hatte schon die biblische Lilith diesen Namen in höchster Not ausgerufen, und meine These ist nun, daß die Katharer als Hüter des Grals den Gottesnamen kurz vor ihrem Tod ebenfalls entdeckt haben, nur darum konnte das Feuer ihnen nichts anhaben, obwohl sie scheinbar verbrannten. Das Wort, welches Unsterblichkeit verleiht, war das Geheimnis, das sie der Nachwelt in irgendeiner Höhle oder Säule dieses Landes hinterlassen wollten.«

Dann fügte ich noch etwas hinzu, das beim besten Willen nicht von mir sein konnte: »Der Sinn, der sich aussprechen läßt, ist nicht der ewige Sinn.«

Wir hatten beschlossen, unsere Beiträge nicht zu kommentieren, aber ich sah den beiden anderen an, daß sie beeindruckt waren.

Als nächste las Stella: »Für mich besteht der Schatz der Katharer in einer letzten Prophezeiung. Sie mußten am Ende ihrer Tage auf dieser Erde erkennen, daß sie ihrer Zeit weit voraus waren. Die Menschheit war noch nicht reif für ihre unorthodoxen religiösen Vorstellung von einer ›Kirche der Liebe‹. Siebenhundertfünfzig Jahre, so prophezeiten sie, würden noch vergehen müssen, bevor die Kirche der Liebe, wie die Vollkommenen sie seinerzeit verstanden, ausgerufen würde. Sie hatte zwanzig Merkmale, ich nenne hier nur die wichtigsten: ›Die Kirche der Liebe lebt nicht als feste Form, sondern nur im Einvernehmen der Menschen untereinander. Sie achtet alle großen Lehrer aller Zeiten, welche die Wahrheit der Liebe offenbaren. Sie trachtet nicht, andere zu belehren, sie trachtet nur, zu sein und durch ihr Sein zu geben. Sie weiß, daß die Zeit der letztlichen Umwandlung gekommen ist: fort von der Ichhaftigkeit aus freiem Willen zurück in die Einheit. Sie kennt weder Furcht noch Scham, und ihr Zeugnis wird immer gültig sein, in guten wie in schlechten Zeiten. Die Kirche der Liebe hat kein Geheimnis, kein Mysterium und keine Einweihung außer dem tiefen Wissen um die Macht der Liebe und darum, daß die Welt sich ändern wird, wenn wir Menschen dies wollen; aber nur, indem zuerst wir selbst uns ändern. Alle, die sich dazugehörig fühlen, gehören dazu.‹«

Selbst Julian mußte sich dreimal räuspern, bevor er seinen Teil vortragen konnte. Überraschenderweise bestand auch für ihn der Katharerschatz weder aus Gold oder Silber noch aus dem Kelch mit dem Blut Jesu Christi, sondern aus einer Mission, nämlich bestimmten Personen Geheiminformationen über das französische Königshaus zu verschaffen. Auch dabei spielten wieder die Geschichten um König Artus, Perceval und die berühmten Ritter von der Tafelrunde eine Rolle.

»Im Grals-Zyklus wird eine geheime Dynastie erwähnt, die auf König David, den Vater Salomos, zurückgehen soll und die das jeweils herrschende Königshaus aus der Linie der Kapetinger oder Merowinger entweder rechtfertigt oder aber erpreßbar macht, falls seine Abkömmlinge diesem Mythos zufolge nicht legitimiert sind.«

Hatte die äthiopische Dynastie nicht schon ähnliche Probleme gehabt?

»Endlich schließt sich der Kreis!« sagte ich, erfreut, Salomos Namen zu hören, während Stella nur mitleidig den Kopf schüttelte.

Julian vertiefte seine Thesen über die Erbfolge der französischen Monarchie noch, doch ich muß gestehen, daß mich soviel Geschichtsunterricht langweilte und ich lieber meinen eigenen Gedanken nachhing.

Stella beendete seine Ausführungen schließlich mit den Worten: »Ersparen wir uns die Einzelheiten, Julian, deiner Meinung nach geht es in Wahrheit nicht um den ›saint greal‹, den heiligen Gral, sondern um das ›sang real‹, das dann zum ›sang royal‹ mutiert, dem königlichen Blut, das heißt dem Hinweis auf ein Herrschergeschlecht aus der Familie der Gralskönige, welche sich über Joseph von Arimathia, den Hüter des göttlichen Blutes, auf König David zurückführen lassen. Richtig?«

»Wunderbar, woher weißt du das alles? Jedenfalls hast du es auf den Punkt gebracht!« sagte Julian erleichtert.

»Laßt es mich noch einmal zusammenfassen«, schlug Stella vor, die an diesem Abend bei weitem den klarsten Kopf von uns hatte: »Bei Lilith bestand der Katharerschatz aus einer geheimen Formel, bei Julian aus politisch brisanten Informationen und bei mir aus einer Prophezeiung ... Ich finde, wir haben unsere Sache gut gemacht!«

In dem Bewußtsein, äußerst kompetente Schatzsucher gewesen zu sein, begaben wir uns alsbald zu Bett und schliefen trotz Vollmond tief und traumlos.

Gleich am nächsten Morgen fuhren wir noch einmal auf Fahrrädern durch das Razès, das »Land der Feen und Hexen«, wie es gerne genannt wurde, denn das hatten wir Luluwa versprochen. Nachdem sie auf ihre Kosten gekommen war, besuchten wir dann doch noch die sogenannte »Ketzerkirche« von Rennes-le-Château, die ihrem Namen wirklich Ehre machte: Schon am Eingang wurden wir von einer Statue des glubschäugigen Teufels Asmodeus empfangen, zu dessen Häupten vier Engel demonstrierten, wie man sich mit Hilfe des Kreuzzeichens seiner erwehren konnte. Damit die Besucher es auch in der richtigen Reihenfolge machten, führte ihnen jeder Engel einen Teil dieser rettenden Geste vor, und wem das noch nicht genügte, dem versicherte eine Inschrift im Sockel der Statue: *Durch dieses Zeichen wirst du ihn besiegen.*

Der Sockel, der den Teufel trug, wurde uns allerdings auf dem Kopf stehend präsentiert, so wie man auch die Stationen des Kreuzwegs mit der letzten statt mit der ersten beginnen ließ. Die Absicht, in dieser Kirche eine verkehrte Welt darzustellen, war nicht zu übersehen. Obendrein waren etliche Heilige gleich paarweise vertreten, so gab es zwei Darstellungen der Maria Magdalena, zwei Antoniusfiguren, eine noch kitschiger als die andere, und zu beiden Seiten des Chores je einen Jesusknaben aus buntem Gips, der einmal von Maria und einmal von Joseph getragen wurde. Der eine sollte das männliche Prinzip oder die sichtbare Seite verkörpern, der andere – auf dem Arm seiner Mutter – das subtile weibliche Prinzip, das Verborgene.

»Ich bin jedes Mal wieder fasziniert von den beiden«, bekannte Julian, »meiner Meinung nach stellen sie einen Glaubenssatz der sogenannten ›unechten Dualisten‹ unter den Katharern dar, welcher besagte, daß sowohl Jesus als auch Satan Manifestationen eines Gottes waren, der gut und böse zugleich sein konnte. Das aber entspricht monistischem Denken.«

Stella widersprach heftig. »Es entspricht wirrem, krankhaftem Denken und sonst nichts! Wenn es eine ›Synagoge des Satans‹ gibt, die zu schwarzen Messen einlädt, dann ist es diese Kirche zur heiligen Maria Magdalena. Jener zu Reichtum gekommene Abbé mit dem bemerkenswert schlechten Geschmack hat Anleihen gemacht, wo immer es ihm paßte: Das Schachbrettmuster des Fußbodens erinnert an die Freimaurer mit ihrem schwarz-weißen Weltbild, die vielen Rosen und Kreuze an den Kreuzwegstationen an die Rosenkreuzer ... Ein Sammelsurium an Symbolen, von denen keines zum anderen paßt.«

»Das finde ich nicht so schlimm«, meinte Julian. »Sie haben sich eben alle hier im Razès getummelt, die Katharer und die Templer, die heimlich mit ihnen sympathisierten, die Freimaurer, Rosenkreuzer, Gralsritter, Geheimbündler ...«

»... und Feen!« ergänzte meine Tochter und zog uns hinaus aus dieser Kirche, die offensichtlich auch ihr Unbehagen bereitete.

Luluwa zuliebe beschlossen wir, unsere letzten Ferientage so normal wir möglich zu verbringen und nicht mehr mit Reisen in die Vergangenheit zu belasten.

Erst wenige Minuten vor unserer Abreise, als ich plötzlich begriff, daß wir in Zukunft keine Weggefährten mehr sein würden, stellte ich jedem der beiden anderen noch eine letzte Frage: »Weißt du, ob Sybilya und Guillelmus sich nach dem Tod Esclarmondes noch einmal wiedergesehen haben?« wollte ich von Julian wissen.

»Mehr als das«, sagte er. »Sie sind zusammen nach Oberitalien gereist, wo seine Familie lebte, und haben sich dort ziemlich lange versteckt gehalten. Sybilya war so beeindruckt von der Glaubensstärke jener zweihundertfünf Vollkommenen, daß sie sich den Katharern endgültig angeschlossen hat.«

»Und Guillelmus und sie, haben sie sich ...?«

»Mehr weiß ich nicht«, antwortete Julian und wandte sich ab.

Mit meiner Frage an Stella wartete ich, bis wir zu Hause waren, und auch ihre Antwort genügte mir nicht: »Haben wir die Stadt

Gottes, die, wie du sagst, an jenem Punkt liegen sollte, an dem die Seele sinnlich wird, im Katharerland denn nun gefunden oder nicht?«

»Woher soll ich wissen, was du gefunden hast, Lilith?« entgegnete Stella etwas ungnädig. »Die wahre Einweihung führt den Menschen auf einem inneren Weg zum Göttlichen. Mehr kann ich dir dazu nicht sagen.«

23. Kapitel

Das torlose Tor am Ende des weglosen Weges

Die lebende Göttin

Nach jenen verstörenden Recherchen im Razès verloren wir einander sehr bald aus den Augen. Julian ließ unser Merlin-Projekt ruhen, weil er zuvor auf eigene Faust nach Tibet reisen wollte, um die Querverbindungen zu den Druiden genauer zu untersuchen, und Stella fand unversehens eine andere Partnerin, mit der sie statt einer Mysterienschule ein Institut für Tantra Yoga gründete. Zuvor hatte sie ein letztes Mal versucht, mich für ihre Göttinnenbewegung zu gewinnen, die der Welt das Wissen über die Verbindung zwischen Sexualität und Transzendenz zurückgeben wollte, doch ich winkte ab. »Erleuchtung durch Ekstase«, frei nach Stellaluna, mochte ein verlockendes Konzept sein, aber nicht für mich. Sollte sie mit ihrer neuen Gespielin den Geist der Priesterinnen wiedererwecken, von denen sie glaubte, daß es sie vor vielen Tausenden von Jahren gegeben hatte, mich reizten diese esoterischen Spielereien nicht mehr.

Warum sollten Gott oder Göttin, mit denen Stellaluna dank ihrer tantrischen Übungen kommunizieren oder gar verschmelzen wollte, unserem Geplapper zuhören, solange wir nur das sagten, was wir gerade wieder einmal zu meinen glaubten, und das entscheidende Wort noch nicht in uns aufgestiegen war? Warum sollten sie sich uns von Angesicht zu Angesicht zeigen, solange wir unser eigenes Gesicht nicht kannten? Wenn ich überhaupt noch nach etwas trachtete, dann mußte es ein Wissen jenseits aller

Vorstellungen, Ideen und Lehren sein. Wie sah die Welt ohne die Kongruenz von fremden Vorbildern und der sogenannten Wirklichkeit aus – das hätte ich gerne erfahren.

»Der Sinn, der sich aussprechen läßt, ist nicht der ewige Sinn«, hatte ich kürzlich, einer spontanen Eingebung folgend, unter meine Spekulationen zum Katharerschatz geschrieben, und diese Erkenntnis erschien mir authentischer als alles, was andere mir erzählten.

Auch der Wunsch zu erfahren, wo und wann und unter welchem Namen sich die unverwüstliche Lilith verkörpert hatte, verließ mich von einem Augenblick zum anderen, er fiel einfach von mir ab wie der Schwanz von einer Kaulquappe. Wenn sie die erste Frau Adams war, hatte die gesamte Menschheit Anteil an ihrem Erbe, biologisch, psychisch und metaphysisch. Das Offensichtliche gehörte ebenso dazu wie das in den Schattenbereich Verdrängte. Sieben Leben Liliths, mein eigenes eingeschlossen, hatte ich mir sehr genau angesehen; das mußte genügen, um zu begreifen, daß es in allen Mythen und Biografien nur um eines gehen konnte: die Evolution des menschlichen Bewußtseins. Erst in der Nacht auf dem Montségur hatte ich das so richtig begriffen.

Dennoch würde ich meiner Weggefährtin durch mehr als ein Leben für ihre Impulse ewig dankbar sein, und so schenkte ich ihr, bevor ich sie ziehen ließ, einen meiner größten Schätze, den dunkelroten Rosenorden der Caroline de Castel, den Beweis dafür, daß die Zeit sich nach Belieben erweitern oder zusammenziehen konnte und daß verschiedene Ebenen der Existenz einander unmerklich durchdrangen. Raum und Zeit waren für mich nicht mehr die festen Größen, zu denen das kollektive Bewußtsein sie bei uns erklärte.

Stella revanchierte sich auf ihre Weise mit einer »Hommage an Lilith« aus einer gnostischen Schrift, die man vor Jahren in Ägypten gefunden hatte:

Denn ich bin die Erste und die Letzte.
Ich bin die Verehrte und die Verhöhnte.
Ich bin die Hure und die Heilige.
Ich bin die Ehefrau und die Jungfrau.

Ich bin die Mutter und die Tochter.
Ich bin die Glieder meiner Mutter ...
Ich bin die unverständliche Stille und
der Gedanke, dessen Erinnerung häufig ist.
Ich bin die Stimme mit dem vielfältigen Klang und
das Wort mit der vielfachen Erscheinung.
Ich bin die Äußerung meines Namens.
(Aus der Nag Hammadi Library)

Dem war nichts mehr hinzuzufügen, und so schieden wir in Frieden.

Ich mußte nun ganz allein für uns sorgen und den dornigen Weg als Autorin ohne Julians Verbindungen weitergehen – oder wieder die Kunst der »heilenden Hände« kultivieren, aber das wäre mir als Rückschritt erschienen. Zum Glück hatte ich Luluwa, die mich mit ihrer überbordenden Phantasie jahrelang zu Kinderbüchern und Fernsehsendungen inspirierte, bevor ich mich endgültig auf Reiseberichte spezialisierte.

Ja, und dann trat eines Tages, kurz vor ihrem zwölftem Geburtstag, Adam wieder in unser Leben. Wochen zuvor hatte unsere Tochter sich sein Poster zum »Kebra Nagast« über ihr Bett gehängt und wurde nicht müde, sich ganze Romane zu den Bildsequenzen auszudenken. Ganz besonders liebte sie die Szene, in der die Königin von Saba ihrem Sohn mit einem Spiegel in der Hand von seiner Ähnlichkeit mit Salomo erzählt. Auch Menelik war zwölf Jahre alt gewesen, als er sich auf die Suche nach seinem Vater begab, und ich ahnte, daß Luluwa nur zu gern seinem Beispiel gefolgt wäre. Eine würdigere Identifikationsfigur als jenen illegitimen Königssproß hätte sie kaum selbst erfinden können.

Ob sie Adam, ihren bisherigen »Zahlvater«, eigenmächtig eingeladen hatte, weiß ich nicht. Jedenfalls war er plötzlich da, schloß uns in die Arme und blieb, als wäre es das Selbstverständlichste von der Welt. Wir brauchten einander nichts zu erklären, uns nicht für etwaige Irrtümer oder Versäumnisse zu rechtfertigen, Vergangenes war vergangen, mehr gab es nicht zu sagen. Überdies hatte Adam alles auf eine Karte gesetzt und sämtliche Bindungen gelöst, bevor er zu uns kam: Seine vier Söhne waren erwachsen, seine Ehe hatte den vielen Auslandsaufenthalten nicht standgehalten, und sein letztes Swiss Aid-Projekt in Nepal würde auch ohne ihn fortgesetzt werden. Kurzum, er wurde in der Schweiz nicht mehr gebraucht, während anderenorts seine einzige Tochter und eine, wie er meinte, große Liebe auf ihn warteten. Luluwa und ihr Vater wichen einander vom ersten Augenblick an nicht mehr von der Seite; sie hatten einander gesucht und gefunden, und ich würde es niemals übers Herz bringen, ihnen diese Freude zu vereiteln.

»Lilith kann erst heimkehren, wenn Adam erkannt hat, wer sie war«, zitierte er eine meiner alten arroganten Weisheiten, und ich schätzte uns glücklich, daß er mir, im Gegensatz zu seinem biblischen Namensbruder, zuvorgekommen war.

Der neue Adam hatte uns auf indisch-nepalesische Art begrüßt, indem er die Handflächen zusammenlegte und an die Stirn führte, wobei er leicht den Kopf neigte. Er sagte, mit dieser Geste grüße der Gott in ihm den Gott im anderen, und wenn nur jeder Mensch die darin verborgene Philosophie verstünde, wäre Erleuchtung Allgemeingut. Seine Tochter sprach er mit »Kumari« an, was soviel wie »junges Mädchen« bedeuten sollte, und als er ihr später noch erzählte, daß in Nepals Hauptstadt Kathmandu eine lebende kleine Göttin dieses Namens verehrt würde, wollte Luluwa nicht mehr anders genannt werden.

Wir erfuhren, daß diese Kumari im Alter von vier Jahren unter den Töchtern des Landes ausgewählt wurde. Sie mußte zweiunddreißig körperliche und geistige Merkmale aufweisen und zudem einen Furchtlosigkeitstest bestehen. Danach bewohnte sie einen Palast im Herzen der Stadt, wo sie sich mehrmals täglich durch ein vergittertes Fenster ihren Anhängern zeigte. Sie wurde bewundert und verehrt. Mit der ersten Monatsblutung würde ihre Zeit als lebende Göttin allerdings schon vorüber sein und eine Nachfolgerin ihren Platz einnehmen.

»Leider hat ihre Familie es später schwer, sie zu verheiraten«, erzählte Adam. »Es heißt, eine Verbindung mit der Kumari bringt Unglück und frühen Tod. Sie gilt zwar als Verkörperung von Parvati, der Gemahlin Shivas, aber ebenso als Durga, dem unergründlichen, zerstörerischen Aspekt ihres Wesens und somit Shiva, dem Gott der Auflösung und Umwandlung, ebenbürtig.«

»Macht nichts. Kumari zu heißen ist immer noch besser als Luluwa. Das klingt so düster, und was habe ich überhaupt mit der Zwillingsschwester dieses Brudermörders zu tun?« ereiferte sich Luluwa und warf mir einen vorwurfsvollen Blick zu.

Gleich am ersten Tag steckte ihr Vater sie mit seinem Indien-Nepal-Bazillus an, erweckte eine Sehnsucht nach dem Land der tausend Götter in ihr, das wir erst drei Jahre später stillen konnten.

Wenn Adam uns da begleitet hätte, wie es geplant war, so hätte diese Reise sicherlich einen anderen Verlauf genommen, das heißt, heute würde ich das nicht mehr behaupten, heute weiß ich, daß unser Leben im Grunde genommen unpersönlich ist, ein Traum; die Dinge ergeben sich durch unser Handeln oder Nicht-Handeln genau so, wie sie sich ergeben müssen. Das ist es, was die Inder »Lila« nennen: das göttliche Spiel. »Wir« haben nichts damit zu tun.

»Du solltest erst darüber schreiben, wenn du selbst erleuchtet bist«, hatte mir ein Meister geraten, dem wir gleich zu Beginn begegneten und dann aus den Augen verloren. Ich schloß daraus, daß ich der Nachwelt das letzte Kapitel zu Liliths Lebensgeschichten wohl schuldig bleiben müßte, zumal er hinzugefügt hatte: »Solange du aus der Sicht einer gebundenen Wesenheit über metaphysische Dinge schreibst, geprägt von der Vorstellung, daß du das bist, was du zu sein scheinst, solange schreibst du aus einer Position der Unwissenheit und führst die Leser nur in die Irre. Die Worte von jemandem, der hinter Gittern sitzt, wird die Mitgefangenen nur weiterhin täuschen, wobei die Täuschung darin besteht, es gäbe ein Gitter und jemand, der sich dahinter befände.«

Es war derselbe Meister, der gerne vom »torlosen Tor am Ende des weglosen Weges« gesprochen hatte, um seinen Schülern die Sinnlosigkeit ihrer Bemühungen vor Augen zu führen. Einem Schatten sei es unmöglich, seine Substanz zu finden, da in Wirklichkeit nur Eines existierte und der Sucher und das Gesuchte ein und dasselbe seien.

Ich ließ also meine Notizen über unsere Pilgerreise zu den »Sidhas »und »Sadhus« unbearbeitet liegen, und ohne das Drängen meiner Tochter und ihre Frage: »Willst du warten, bis du alt und grau wirst und die Erinnerung verblaßt?« hätte ich mich wohl niemals an die Arbeit gemacht.

»Aber womit soll ich anfangen, Lulu? Wir haben auf dieser Reise die ganze Spannweite zwischen erster, dritter und letzter Welt erlebt und alles dazwischen und etliches darüber hinaus.«

»Fang damit an, daß Adam im letzten Moment abspringen mußte, weil er vorzeitig in seinem neuen Krankenhaus gebraucht wurde.«

Ich schüttelte den Kopf. »Das interessiert außer uns niemanden.«

»Dann damit, daß mir Premsai drei Nächte zuvor im Traum erschien und mir einen Berg mit einem schmalen Pfad zeigte, der zu seiner Wohnstätte in den Himalaya führte.«

Auch dieser Vorschlag fand nicht meine Gnade. »Unmöglich, mit jemandem anzufangen, der noch gar nicht geboren ist. Premsais Auftritt muß warten.«

»Dann würde ich mit dem Geruch Indiens beginnen, den man niemals mehr vergißt, dieses Konglomerat aus Desinfektionsmitteln, Jasmin und Urin, Curry, Schweiß und Sandelholz«, sagte Lulu mit einem verklärtem Gesichtsausdruck, der nicht so recht zu ihrer Auswahl passen wollte. »Oder mit dem unvermeidlichen Kulturschock bei der Ankunft in Bombay, dem kilometerbreiten Slumgürtel um den Moloch, der smoggeschwängerten feuchtheißen Luft, den Müllkindern und den Pflasterschläfern, den Leprakranken, die einem so nah kommen, daß man ihren Atem spürt ...«

Wieder schüttelte ich den Kopf.

»Die monströsen Seiten dieses Landes werden oft genug vor uns ausgebreitet. Die Armut dort ist unbeschreiblich, der Reichtum aber ist es auch. Also, was soll's? Die Düfte Indiens sind wirklich bemerkenswert, lassen sich aber ebenfalls kaum in Worte fassen. Nein, ich glaube, ich sollte mit einem Lächeln beginnen, Lulu. Mit dem Lächeln des ›dritten Auges‹, das in die Zukunft sieht.«

»Meinst du diesen Palmblattleser?«

»Ja, denn er war unser Wegweiser durch das Dickicht der Zeit.«

Auf die Palmblattleser hatte Adam uns neugierig gemacht. In Indien, so hörten wir, existierten zwölf Bibliotheken mit Sammlungen menschlicher Schicksalsbotschaften aus dem »Gedächtnis der Welt«, vergleichbar dem hypothetischen morphogenetischen Feld, das nach Meinung einiger westlicher Wissenschaftler unseren Planeten umgeben sollte. Adam stellte es sich wie ein unsichtbares Videoband vor; man brauchte nur einen Experten und die richtige Technik, um es abzurufen. Die fernöstlichen Quellen nannten diese kosmische Datei bekanntlich »Akasha-Chronik«, wobei Akasha das feinste Element, den Äther, bezeichnete. Nach und nach erfuhr ich mehr über diese auf Palmblättern verewigten Informationen: Sie waren keineswegs mit den bei uns üblichen medialen Durchsagen zu vergleichen, vielmehr basierten sie auf den Ur-Aufzeichnungen eines berühmten Sehers namens »Bhrigu« aus der Gruppe der Sieben Heiligen Rishis. Diesen altehrwürdigen Rishis wurden außerordentliche spirituelle Fähigkeiten nachgesagt, unter anderem eben auch die, in der Akasha-Chronik zu lesen. Jener Bhrigu, ein Zeitgenosse des Gottes Krishna, der vor fünftausend Jahren inkarniert gewesen sein soll, hatte nun in der Meditation die Lebensläufe von achtzigtausend Menschen »geschaut« und im Laufe der Zeit auf Tausende von Palmblättern geritzt.

Von der Urschrift in alttamilischer Sprache gab es, über das ganze Land verstreut, zwölf Kopien, die alle paar hundert Jahre auf ein frisches Palmblatt übertragen wurden, wenn das alte brüchig geworden war. Adam hatte mir ausführlich vom Verlesen des ihm zugedachten Palmblattes, dem sogenannten »Nadi-Reading«, in Madras erzählt, und da ihm auch noch andere vergangene und zukünftige Ereignisse wahrheitsgemäß geschildert worden waren, flogen Lulu-Kumari und ich eines Winters kurz - entschlossen ebenfalls dorthin, denn die größte Sensation bestand meiner Meinung nach darin, daß allein für die Menschen, die persönlich eine der Bibliotheken aufsuchten, ein für sie bestimmtes Palmblattorakel vorhanden sein würde. Informationen per Post oder über dritte gab es nicht.

Unser »Nadi-Reader« hieß Ramakrishnan und war ungefähr in meinem Alter.

»Weißt du noch, wie er ausgesehen hat, Lulu?«

»Kumari«, korrigierte Lulu. »Weißt du es denn nicht mehr? Er trug diesen langen hellen Rock, kurz ›Dhoti‹ genannt, und sonst nur noch ein Schultertuch über seinem nackten muskulösen Oberkörper.«

Sie hatte recht, ich wurde langsam alt. »Und zu Beginn hat er doch all diese Zeremonien gemacht ...«

»Genau. Mit Feuer, Wasser und heiliger Asche, die er uns auf das dritte Auge drückte, während er vedischer Mantren rezitierte.«

Es rächte sich jetzt doch, daß ich mein Manuskript so lange hatte liegen lassen und auch keine Tonbandaufnahmen gemacht hatte. Aber wozu hatte ich meine Tochter?

»Nach diesem Ritual kam der Bibliotheksdolmetscher und ließ uns einen Fragebogen mit unseren Daten ausfüllen«, fuhr sie fort. »Obendrein drückte er uns ein Stempelkissen in die Hand. Er brauchte nämlich den Abdruck unseres rechten Daumens, um die richtigen Palmblätter aus den unzähligen Bündeln in seinen Regalen für uns herauszufischen.«

Ich weiß noch, wie befremdlich mir das damals erschienen war, überdies hatte ich gelesen, daß mitunter das Geburtsdatum der ratsuchenden Person, der Termin ihres Erscheinens sowie der Name ihrer möglichen Begleiter bereits auf dem gesuchten Palmblatt verzeichnet wären. Doch das hatte ich schon damals für ein Märchen gehalten. Den Daumenabdruck fand ich allerdings auch recht sonderbar, denn womit in aller Welt sollte er verglichen werden?

»Bevor der Dolmetscher sich in sein Archiv begab, hat er mich noch gefragt, ob uns das Wort ›Karma‹ geläufig sei«, entsann ich mich.

»Und du hast gesagt: ›Sicher, es geht um die Gesetzmäßigkeit von Ursache und Wirkung aller Gedanken, Gefühle, Worte und Handlungen. Karma ist das System, das Aktion und Reaktion in der Welt ausbalanciert.‹«

»Das weißt du noch, Lulu?«

»Ja, ich habe es mir gemerkt, denn ich hatte damals zum erstenmal davon gehört. Du hast dann noch vom Baum der Erkenntnis oder Entscheidung zwischen Gut und Böse geredet ...«

»... und gemeint, daß dieser Baum aus der Bibel dem Karmagesetz des Ostens entspricht. Der Dolmetscher hat uns daraufhin sehr respektvoll auf eine luftige Dachterrasse geführt, wo wir auf großen Bananenblättern ein wunderbares indisches Essen serviert bekamen.«

»Berge von dampfendem Reis, Joghurt und Fladenbrot, würzige Saucen zu diversen Gemüsen, eine noch köstlicher duftend als die andere, und gegen die Schärfe frisches Kokosnußwasser direkt aus der Frucht«, schwärmte meine Tochter heute noch, während ich damals viel zu aufgeregt war, mir auch noch die Gaumenfreuden besonders zu merken.

Ich weiß nur, daß es Stunden dauerte, bis Ramakrishnan und sein Englisch-Dolmetscher ihr Nadi-Reading endlich begannen. Nun ja, es warteten noch andere Klienten auf ihn, aber wir waren die einzigen Nicht-Inder und die einzigen, die auf der Dachterrasse eine Mahlzeit serviert bekamen, wofür man hinterher übrigens ebenso wie für die Lesung keinen Obolus von uns verlangte, da die beiden ihr Tun als heiligen Auftrag betrachteten.

Für jeden Besucher der Palmblattbibliotheken waren zwei dieser eng beschriebenen, vielleicht zwanzig Zentimeter langen braunen Blätter bestimmt, eines für die vergangenen, das andere für die zukünftigen Leben. Auch die Ausländer wurden ganz selbstverständlich mit früheren Existenzen konfrontiert, galt doch die Reinkarnation eines individuellen Seelenkerns nicht nur in der östlichen Hemisphäre als Tatsache, sondern war bis zum Konzil von Konstantinopel im 6. Jahrhundert ebenso Bestandteil der katholischen Kirchenlehre gewesen.

Mit den vielversprechenden Worten: »Die göttliche Mutter, Sai Ma, wünscht dir alles Gute. Mit diesem Palmblatt gewährt sie dir vollkommenen Schutz und jede Unterstützung für dein zukünftiges Leben«, begann die etwa einstündige »Übersetzung«, wie der Dolmetscher in holprigem Englisch betonte, damit niemand ihn selbst oder Ramakrishnan für den Propheten hielt; diese Rolle gebührte allein dem Rishi Bhrigu.

Ich hatte damals eine Abschrift der Palmblattübersetzung

bekommen, die ich mir nun zum erstenmal seit jener Reise wieder ansah, um Lulu nicht länger mit meinen Gedächtnislücken zu plagen. Während die Angaben über meinen Geburtsort mit »an einem mächtigen Fluß in einem fruchtbaren hügeligen Land« noch recht vage waren, traf die Beschreibung meiner Kindheit zwischen »unzulänglichen Eltern« und »weitherzigen Großeltern« absolut zu. »Ihre Fußsohlen sind überaus sensibel«, hieß es, »und ihre äußere Schönheit begünstigt die Entwicklung charakterlicher Mängel.« Mein rebellisches Wesen wurde ebensowenig verschwiegen wie die Lust, Tabus zu brechen, und die philosophische Neigung, gepaart mit einem »Hang zur Ketzerei«. Ich konnte es kaum fassen: Diese Aufzeichnungen in einer unscheinbaren Bibliothek im Süden Indiens erwähnten den Mißbrauch durch meinen Onkel, wußten, daß ich als Kind einen sonderbaren Gefallen daran gefunden hatte, für die Mörderin meines Bruders gehalten zu werden, und waren doch fünftausend Jahre alt. Was sollte man davon halten?

Über meine »vergangenen« Leben wurde mir gesagt, es wären derer so viele gewesen, daß man sich auf diejenigen beschränken müsse, die für die Überwindung der sogenannten »Koshas« relevant gewesen seien.

»Koshas?« hatte ich damals gefragt, weil mir das Wort überhaupt nichts sagte.

»Es gibt fünf Koshas, Madam, feinstoffliche Hüllen, die den ›Atman‹, das eigentliche Selbst des Menschen, umgeben. Sie bilden ein Hindernis bei der Erfahrung von Glückseligkeit« – »bliss« nannte es der Dolmetscher – »jenseits der Hüllen.«

»Wer sagt das?«

»Die Upanishaden, Madam, heilige Schriften. Auf Ihrer Pilgerreise in den Himalaya werden Sie mehr darüber erfahren.»

Ich konnte damals nicht allzuviel mit dieser Antwort anfangen; wenn ich jemals in den Himalaya reisen sollte, dann nur mit Adam. Dem Rückblick auf meine vergangenen Inkarnationen – noch dazu unter dem »Kosha«-Aspekt – schenkte ich daher zunächst nur flüchtige Aufmerksamkeit; zumal die Hinweise auf Namen, Orte und Jahrhunderte arg verschlüsselt daherkamen. Nur einige wenige Schauplätze ließen sich leicht identifizieren, so die »Stadt der Frauen«, der »Monte Testaceo« und der »Diamantturm im Land der Reinen«. Es wunderte mich mittlerweile nicht einmal mehr, Requisiten aus den Leben Liliths auf meinem Palmblatt wiederzufinden. Erst als ich Samten zum zweitenmal begegnete und mich seine Interpretation die verborgene Ordnung hinter dem scheinbar willkürlich Zusammengefügten erkennen ließ, befaßte ich mich wieder gründlicher mit der Vergangenheit. Doch das geschah erst Tage später.

An jenem Nachmittag in Ramakrishnas Büro zweifelte ich nicht daran, daß meiner Familie und mir eine strahlende Zukunft beschieden sein würde; das hellsichtige dritte Auge Bhrigus sollte mir zulächeln, während mein Ohr seinen Prophezeiungen lauschte. Die Weisen sagen uns immer wieder, daß wir selbst es sind, die unsere Wirklichkeit erschaffen. Wenn wir uns allmächtig fühlen, so sind wir es; betrachten wir uns als Dreck, so suchen wir nur die Erfahrung, nichtswürdig zu sein. Mit dem neuen Adam an meiner Seite erwartete ich wunderbare Jahre, und die Palmblattleser schilderten sie mir in den leuchtendsten Farben.

Auch Kumari, die sich mit einer lebenden Göttin identifizierte so wie ich mit Lilith, wurde in ihrem Glauben bestätigt. Sie spielte die Göttin, ich die Dämonin, zusammen waren wir vollkommen! Meine Tochter würde eine »Jivan-Mukta« sein, so hieß es, eine lebend Befreite, während ich noch ein ganzes langes Leben mit Adam benötigen würde, um dem ewigen Kreislauf von Tod und Wiedergeburt schließlich durch Selbst-Erkenntnis zu entkommen. In Anbetracht Tausender von Existenzen, die unsereins in Dunkelheit und Ahnungslosigkeit verbringen konnte, erschien mir dies eine erfreuliche Aussicht.

Für die nächste Zukunft sprach das Palmblatt außer von jener unbeabsichtigten »Pilgerreise in die Himalayas« von einem weiteren merkwürdigen Phänomen, das ich um der Glaubwürdigkeit dieser Prophezeiungen willen sogleich zu überprüfen gedachte.

In Südindien, so verlas unser Dolmetscher, lebe derzeit ein Avatar, eine Inkarnation des Gottes Krishna, welcher das letztemal vor fünftausend Jahren zur Erde herabgekommen sei. Kumari und ich würden uns im Anschluß an das Nadi-Reading in seinen Ashram bei Bangalore bringen lassen, ihn dort aber nicht antreffen.

Krishna, der charmante blaue Gott aus Anabels Kindheit, das indigoblaue Gesicht aus meinem Fiebertraum auf dem Roten Meer – sogleich verspürte ich Sehnsucht nach ihm und wußte, daß ich nichts unversucht lassen würde, ihm dem Palmblatt zum Trotz, irgendwo in Indien zu Gesicht zu bekommen. Was aber war ein »Avatar«?

»Eine Inkarnation des göttlichen Bewußtseins in menschlicher Form.«

Ich verstand nicht, worauf der Dolmetscher hinauswollte. Vielleicht hatte er falsch übersetzt. »Warum sollte das ›göttliche Bewußtsein‹ sich so etwas antun?«

Diesmal verstanden die Diener Bhrigus mich nicht. Blicke und Worte wurden gewechselt; Ramakrishnan lächelte überlegen. »Weil es immer schon so gewesen ist, zu allen Zeiten«, ließ er uns schließlich mitteilen. »Die Absicht eines Avatars ist es, der Menschheit zu zeigen, wie sich das Leben vergöttlichen läßt. Immer, wenn die Welt im Chaos zu versinken droht, nimmt das Absolute, Formlose, Eigenschaftslose Form und Gestalt an, um die Friedliebenden zu schützen und das Böse zu vertreiben.«

»So wie Jesus Christus?« fragte Kumari.

»Ja, so ähnlich ... Du gehörst doch wohl nicht zu denen, die meinen, Gott habe sich nur ein einziges Mal und in einem einzigen Land dieser Erde den Menschen gezeigt?«

»Nein«, sagte sie, »das glaube ich nicht.«.

»Gut, sagt Ramakrishnan, das genügt für's erste«, übersetzte der Dolmetscher. »Alles weitere wird sich finden. Ihr werdet demnächst in die ›Lokaloka mountains‹« reisen und am Zusammenfluß dreier Flüsse die Heiligen Höhlen aufsuchen, die schon in den ›Puranas‹ beschrieben sind. Dorthin zu gelangen ist bei weitem nicht jedem Sterblichen möglich, und es ist das größte Glück, das einem zuteil werden kann. Ihr werdet dort alle Gottheiten treffen, die ihr braucht.«

Sogleich holte ich meine Indienkarte hervor, um mir diese geheimnisvollen Berge zeigen zu lassen, deren Namen ich noch nie gehört hatte.

»Sie sind auf keiner Karte verzeichnet«, wurde mir jedoch bedeutet, »zu gegebener Zeit wird jemand kommen und euch dorthin geleiten.«

Während meine Tochter die Auskunft mit ihrem strahlendsten Lächeln entgegennahm, spürte ich Abwehr und Unbehagen. Dennoch hinterließ ich den Palmblattlesern eine großzügige Spende und fragte sie dann, einer plötzlichen Eingebung gehorchend, ob wir außer dem Papier mit den Übersetzungen wohl auch unsere Originalpalmblätter mitnehmen dürften, da sie hier ja wohl nicht mehr gebraucht würden. Kumari trat mir auf den Fuß, so dreist erschien ihr meine Bitte, und auch ich war auf ein höflich ablehnendes »Sorry, Madam« gefaßt, doch das Wunder geschah: Ramakrishnan schnürte das Bündel der bereits zusammengelegten Botschaften noch einmal auf, und wir bekamen die vier für uns bestimmten Kostbarkeiten ausgehändigt. Ich hatte mir vorgenommen, diese Palmblattmanuskripte zu Hause einmal von Spezialisten unter die Lupe nehmen zu lassen, die ihr Alter bestimmen und eine eigene Übersetzung anfertigen sollten, doch in den ersten Wochen vergaß ich es, und später wußte ich nicht mehr, was ich damit beweisen wollte. Die eigenen Erfahrungen erschienen mir überzeugender als wissenschaftliche Analysen.

Für die ersehnte Entspannung nach diesen aufregenden Stunden fanden wir ein etwas heruntergekommenes Hotel am Meer. Unser Zimmer war zwar recht schmuddelig und nur notdürftig möbliert, aber es führte zu einer luftigen Dachterrasse mit einem kleinen Tempelchen in der Mitte, das dem uns nun fast schon vertrauten blauen Gott gewidmet war.

»Wer nicht an den Zufall glaubt, dem wird alles zum Zeichen«, lautete der kluge Kommentar meiner Tochter.

Auf dem Altar stand zwischen Räucherstäbchen und buntbemalten Kühen die Statue eines flötespielenden Krishna, der wir sogleich frische purpurrote Hibiskusblüten zu Füßen legten, um ihn, den Avatar und seine gegenwärtigen und zukünftigen Inkarnationen gnädig zu stimmen. Dann gingen wir getrost zu Bett.

Ich freute mich auf die Geräusche der Tropennacht, das Rauschen des Meeres, den Wind in den Palmen und die grellen Schreie unbekannter Gesellen, hier aber wurde alles vom Brummen eines altmodischen Holzventilators unter der Decke übertönt. Wenn wir ihn abstellten, fielen die blutrünstigen Moskitos über uns her, denn ein Netz gab es nicht.

Während ich mich stöhnend unter dem kratzenden Bettlaken verkroch, wo ich vor Hitze fast verging, verzog Lulu sich mitsamt ihrer Isomatte nach oben unter den Sternenhimmel, und dort, direkt vor dem Tempelchen, erschien ihr im Traum Gott Krishna als halbwüchsiger wunderhübscher Knabe. Die Haut seines Gesichtes schimmerte ebenso blau wie die seines nur mit einer Blumenkette bedeckten Oberkörpers. Um die schlanken Hüften trug er einen gelben Dhoti und auf dem Kopf ein Diadem aus Pfauenfedern. Kumari sah ihn zunächst aus der Ferne, wie er voller Anmut einen Pfad zu einem Lotosteich hinunterhüpfte und sogleich wieder umkehrte. In der rechten Hand hielt er seine Silberflöte, während die linke den Hirtenstab schwang, mit dem er zehn weiße Kühe vorantrieb. Nach einer Weile näherte er sich Kumari, die am See auf einem Badesteg saß. Sie legte sich Worte zurecht, mit denen sie ihn ansprechen wollte, doch als er vor ihr stehenblieb und sie aus seinen leuchtenden Augen unverwandt ansah, wollte kein Laut über ihre Lippen kommen. Sie spürte seinen Zauber mit jeder Faser ihres Körpers und fühlte sich vollkommen berauscht davon. Während Krishna lächelnd seine Hand erhob, um sie zu grüßen oder zu segnen, sog sie den betörenden Duft ein, den er verströmte, und hatte nur den einen Wunsch, in seiner göttlichen Gegenwart zu verweilen. Nach einem endlos langen Blick schlug er seine schönen Augen nieder und ging weiter. Kumari wollte sich erheben, um ihm zu folgen, doch sie hatte die Gewalt über ihre Glieder verloren und konnte sich nicht von der Stelle rühren.

»Auf meinem Palmblatt soll zwar etwas von einer alten Verbindung zu diesem Krishna gestanden haben, daß ich allerdings so unter seinem Bann stehe, hätte ich nicht für möglich gehalten«, gestand sie mir am Morgen unter Tränen.

Ich erkannte meine Tochter kaum wieder. Das Gefühl der Abhängigkeit war ihr ebenso verhaßt wie mir, und jetzt wollte sie einem Hindu-Gott verfallen sein, der noch dazu irgendwo in diesem Land als wiedergeborener Avatar von sich reden machte?

»Hör zu«, sagte ich in der himmlisch frischen Luft der Dachterrasse bei einem indisches Frühstück aus »Idlis«, warmen Reisfladen mit Sauce. »Wir schenken uns die Reise nach Bangalore zu besagtem Ashram. Die Nadi-Reader haben uns gesagt, daß wir diesen Avatar doch nicht antreffen würden, und ich habe gerade eben beschlossen, ihnen zu glauben, statt es selbst zu überprüfen.«

Lulu sah mich erstaunt an. »Und wohin sollen wir statt dessen fahren?«

»In Indien gibt es sieben heilige Städte von Chidambaram bis Varanasi, die erstbeste davon können wir uns ansehen.«

»Und wie sollen wir dann diese Lokaloka mountains finden?«

»Was weiß ich? Sollen sie doch uns finden, wenn es so wichtig ist.«

»Nein, Mama, so läuft das nicht.«

»Sondern?« Ich rümpfte die Nase, weil mir eine Wolke saurer Kokosmilch aus der offenen Tür des Tempelchens entgegenwehte. Daß die Inder ihre Götterstatuen aber auch immer so besudeln mußten, um ihre Verehrung zu zeigen! Tagein, tagaus wurden sie mit Wasser, Joghurt, Sandelholzpaste, Butterfett und dergleichen eingerieben; manche waren im Laufe der Zeit schon ganz schwarz geworden.

»Nur wenn wir den Umweg über Bangalore machen, werden wir jemandem begegnen, der uns weiterhilft«, hörte ich meine Tochter sagen. »Begreifst du die Regeln dieses Spiels denn gar nicht mehr?«

»Doch, Lulu, aber deine Krishna-Story hat mich total aus dem Konzept gebracht.«

»Story! Wie unpassend, es heißt ›Darshan‹.«

»Was heißt Darshan?

»Wenn einem der Anblick eines Gottes oder eines Heiligen gewährt wird.«

Ich hatte keine Ahnung, woher sie das alles wußte, aber das war mir im Augenblick auch gleichgültig. »Wenn du dich hier schon so gut auskennst, dann weißt du doch sicher auch, ob es besser ist, mit dem Flugzeug nach Bangalore zu reisen oder mit dem Bus«, bemerkte ich etwas spitz.

»Flüge sind in Indien schwer zu bekommen und außerdem

teuer. Am besten gehen wir zum Busbahnhof und nehmen den Bus«, entschied meine Tochter, ohne zu wissen, was uns blühte.

Die indische Art zu reisen erwies sich rasch als äußerst ungemütlich. Auf dem Bahnhof warteten bereits Tausende von Menschen, die alle verfügbaren Busse erst umlagerten und dann erstürmten, wobei ihnen Fenster und Dachluken ebenso als Einstieg dienten wie die demolierten Türen. Hatten wir bisher die sanfte Gelassenheit der Inder bewundert, mit der sie Unbequemlichkeiten und Wartezeiten hinnahmen, so lehrte uns ihre rücksichtslose Drängelei nun das Fürchten. Ob Ausländer oder nicht, in der Masse galt allein das Recht des Stärkeren, und mir war es schleierhaft, wie wir uns da gleichzeitig durchboxen und unser Gepäck transportieren sollten.

Auf den ersten Bus nach Bangalore verzichteten wir, weil wir die mehrstündige Fahrt nicht stehend, zwischen schwitzenden Leibern eingezwängt, verbringen wollten; den zweiten, ebenso überfüllten, aber mußten wir nehmen, wenn wir nicht einen weiteren Tag in Madras verbringen wollten. Während ich das Gepäck bewachte, versuchte Lulu sich Informationen zu verschaffen und kehrte schließlich nach vierzig Minuten, in denen sie tapfer meterlange Formulare ausgefüllt hatte, mit einen »priority ticket« zurück. Allein, die priority bestand nur auf dem Papier, denn sinnigerweise wurden die Billetts erst im Bus kontrolliert, und wie man dort hineingelangte, blieb jedem selbst überlassen. Im stillen ärgerte ich mich darüber, daß wir als Ausländerinnen nicht etwas entgegenkommender behandelt wurden. Schöne allein reisende Frauen wie mein madonnengesichtiges Töchterchen und ich fanden normalerweise immer einen Gentleman, der uns Vorteile verschaffte, doch hierzulande schienen wir unsere Wirkung vollkommen zu verfehlen. Die einzigen, die uns auf ihre Weise huldigten, indem sie uns umlagerten und gierig ihre Hände nach uns ausstreckten, waren die Bettler. Ansonsten wurden wir zwar aus Dutzenden schwarzer Augenpaare angestarrt, von handfesten Verdrängungsversuchen in der Warteschlange aber keineswegs verschont. Auch der Run auf den Bus hatte nichts Spielerisches oder Sportliches, es war reiner, brutaler Überlebenskampf.

Irgendwie gelang es Lulu und mir trotz allem, uns hineinzuzwängen und auf der letzten Bank zwischen lebendigen Ziegen, Eßgeschirren und verschnürten Pappkartons einen engen Sitzplatz zu ergattern. Wir zählten mindestens hundertfünfzig Leute in diesem schrottreifen Gefährt, dessen durchlöcherte Bodenbleche den Blick auf die Straßen Indiens freigaben.

In quälender Langsamkeit brachten wir die ersten Kilometer hinter uns, wobei allein der Blick durch die glaslosen Fenster für die Rumpelei entschädigte. Irgendwann verloren sich die häßlichen Allerweltsvororte und machten archaisch anmutenden Dörfern Platz. Das ganze Spektrum menschlicher Aktivitäten breitete sich nun vor unseren Augen aus: kinderreiche Familienmütter, die nach ausgiebiger Morgentoilette Muster aus Reismehl vor den Eingang ihrer Hütten aus Steinen, Brettern oder Plastikbahnen streuten; Männer, die ohne jede Scheu am Straßenrand ihre Notdurft verrichteten, während andere gleich daneben frühstückten oder roten Betelsaft in den Dreck spuckten; eine Prozession von Bauarbeiterinnen in leuchtend bunten Saris mit Körben voller Steine auf dem Kopf; ein Pulk Schulkinder in englischen Uniformen; weiße Zeburinder vor strohbedeckten Karren; Wasserträger und Melonenverkäufer; ausgemergelte Bettler und Leprakranke auf Rollbrettern. Die tausend Gesichter Indiens an jedem Stückchen Straßenrand. »Wer Dreck, Staub, Lärm und Gestank, Hitze und Häßlichkeit nicht ertragen kann, hat kein Recht, in Indien zu leben«, hat irgendein kluger Mensch einmal gesagt.

Unterdessen hatte unser Klapperbus an Tempo gewonnen. Auf gerader Strecke fing er dann gar zu rasen an, überholte sämtliche Ochsenkarren, Lastwagen, Dreirad-Rikschas, wobei er dem Gegenverkehr oft nur noch in letzter Sekunde ausweichen konnte. Unsere Mitreisenden schien die Kamikazefahrt kaum zu beunruhigen. Eine junge Mutter, die vor uns auf dem Boden hockte, setzte die Ölmassage bei ihrem Baby ungerührt fort. Andere fanden es an der Zeit, ihre Mägen mit dampfenden Köstlichkeiten aus ihren Provianttöpfen zu füllen. Nur Lulu und ich waren blaß um die Nase geworden. Wie oft hatten wir in den Zeitungen daheim Berichte über Verkehrsunfälle in Ländern der »dritten Welt« gelesen und uns über die hohe Zahl der Todesopfer gewundert. Jetzt ahnten wir, wie sie zustande kamen.

Auf halber Strecke geschah dann das Unvermeidliche: Ein dumpfer Schlag, ein halsbrecherisches Schleudermanöver, und der Bus landete mit gebrochener Achse im Straßengraben. Mit Beinen, die uns kaum gehorchen wollten, kletterten wir durch das Rückfenster. Ganze Familien folgten, etwas schockiert, aber unverletzt. Der Fahrer mußte trotz seiner Raserei ein Meister seiner Zunft sein, erkannte ich voller Dankbarkeit, schließlich hatte er den überfüllten Bus gerade noch rechtzeitig zur Seite gebracht, bevor uns der nachfolgende Lastwagen überrollen konnte. Wir auf der hintersten Bank wären die ersten gewesen, die unter seiner Schotterladung begraben worden wären. Meine Tochter und ich ließen uns unter den erstbesten Baum fallen und atmeten erst einmal tief durch. Nach einer Weile fing ich an zu lachen, weil mir bewußt wurde, daß die Erleichterung der eben noch heil Davongekommenen bereits wieder der westlichen Gewohnheit wich, sich Gedanken um die weitere Zukunft zu machen. Unseren indischen Mitreisenden schienen solche Anwandlungen dagegen gänzlich fern zu liegen. Bei uns hätte man sich über Ursachen und Auswirkungen des Unfalls austauschen wollen, hier dachten sie gar nicht daran. Die Mehrzahl nutzte die Zwangspause zur Entspannung, die Rambos von eben hatten auf einmal alle Zeit der Welt. Wer heute sein Ziel nicht mehr erreichte, dem war es eben nicht bestimmt. Wir befanden uns auf freier Strecke. Weit und breit war nicht die kleinste Hütte zu sehen, und jetzt, zur Stunde der größten Mittagshitze, hatten auch die Menschen auf den Feldern sich in den Schatten verkrochen. Vor dem Abend würde jedenfalls niemand von hier wegkommen, und womöglich würden auch wir eine Nacht am Straßenrand verbringen müssen. Ich wollte Lulu darauf ansprechen, doch die Ärmste hatte ihre Augen geschlossen und bewegte nur stumm die Lippen. Also blieb auch mir nichts anderes übrig, als mich der Situation anzupassen.

Irgendwann sah ich unseren heldenhaften Fahrer mit zwei Begleitern feldeinwärts marschieren, und irgendwann kehrte er mit einem Dutzend Männer zurück. Es kam dann doch zu einem allgemeinen Palaver, das ich mit wenig Hoffnung auf konstruktive Vorschläge vom Baumschatten aus verfolgte, bis sich plötzlich zwei junge Burschen aus dem Kreis der Diskutierenden lösten und uns fragten, ob sie ein Taxi für uns besorgen sollten. Im Nu erwachte Lulu aus ihrer Erstarrung, um einen Preis auszuhandeln, der wohltuend moderat ausfiel. Seltsamerweise wollte sich uns niemand anschließen, und so saßen wir eine halbe Stunde später allein in einem klimatisierten englischen »Ambassador« hinter einem turbantragenden Fahrer.

»Er ist ein Sikh«, flüsterte mein Töchterlein mir ins Ohr, »eigentlich trifft man die nur im Norden.«

»Was du nicht sagst!« wisperte ich zurück. »Der Ausländerinnenbonus funktioniert jedenfalls doch noch.«

Lulu-Kumari schüttelte lächelnd den Kopf. »Nein, Mama, es war Krishna, der uns geholfen hat. Ich habe in meinem Geist die ganze Zeit sein Mantra rezitiert.«

»Und wie geht das?«

»›Om namoh Bhagavate, Vasudevaya‹. Ich verneige mich vor dir, Sohn des Vasudeva – so hieß Krishnas Vater«, flüsterte sie.

»Woher weißt du das?«

»Ich habe mich wieder daran erinnert.«

Da wußte ich, daß ich die weitere Regie dieses Abenteuers meiner Tochter überlassen sollte.

Noch vor Einbruch der Dunkelheit hatten wir den Ashram, den wir suchten, erreicht. Das erste, was wir beim Aussteigen sahen, war eine Traube von Menschen, die einer Staubwolke folgten, welche hinter einem Bahnübergang verschwand.

»Der Meister hat seinen Ashram soeben verlassen«, bemerkte unser Chauffeur.

»Was soll das heißen?« rief ich unbeherrschter als nötig.

»Oh, er hat noch andere Wohnorte, Madam. Der größte ist hundertfünfzig Kilometer von hier entfernt, ein zweiter liegt weiter oben in den Bergen. Vermutlich wird er sich dorthin begeben. – Wollen Sie ihm folgen?«

»Aber ja, worauf warten Sie!«

Lulu ergriff meinen Arm.«Es ist sinnlos, ihm folgen zu wollen, Mama, erinnere dich an das Nadi-Reading: ›What bound is to happen, happens‹, lautete der letzte Satz auf meinem Palmblatt.«

»Ja, das haben wir heute gesehen«, murrte ich und ließ es

widerstrebend zu, daß uns der Fahrer in einem kleinen Hotel mit Blick auf den Ashram einquartierte. Wir luden nur kurz unser Gepäck in einem staubigen Zimmerchen ab, um dann schleunigst den Speisesaal aufzusuchen, denn im Gegensatz zu unseren Reisegefährten hatten wir im Unglücksbus keinen Picknickkorb bei uns gehabt.

Erst nach drei Gläsern Zitronenwasser und den ersten Fladenbrot-Chapatis fühlte ich mich gestärkt genug, mich ein wenig umzusehen. Lulu und ich waren die einzigen Gäste außer einem wohlgenährten Inder in einem ockergelben Gewand, der am Nebentisch saß und uns neugierig beäugte. Das winzige Restaurant war nur spärlich beleuchtet und schummrig wie eine Bar, dennoch ließen sich an den spinatgrünen Wänden die Fotos einiger heiliger Männer erkennen. Das größte und bunteste zeigte vermutlich den besagten Gottmenschen oder Avatar, denn vor ihm brannte eine Kerze; außerdem war es mit einer Blumengirlande bekränzt.

»Ist Er das?« fragte Kumari.

Noch bevor ich antworten konnte, mischte sich unser Nachbar in das Gespräch. Er trat an unseren Tisch und erhob seine Hände zum Namasté, dem Gruß »des Gottes in uns«, womit er sofort Lulus Zuneigung gewann, da sie diese Geste an ihren heiß geliebten Vater erinnerte. Mein Einverständnis stillschweigend voraussetzend, bat sie den Mann, sich zu uns zu setzen. Während ich mich noch über die Eigenmächtigkeit meiner Tochter ärgerte und mir überlegte, wie wir diesen Inder so schnell wie möglich wieder loswerden konnten, denn ich war keineswegs zur beliebten »where are you from«-Konversation aufgelegt, stellte dieser sich bereits freundlichst als »Subramanya Chaurasia« vor und den Heiligen auf dem Buntfoto als »Swami«, was soviel hieß wie »Herr« oder »Meister«.

»Und die beiden anderen?« Meine Tochter deutete auf das Foto eines älteren weißgekleideten Mannes, der mit übereinandergeschlagenen Beinen auf einer Mauer saß, und auf das eines schmalen Jünglings, der mit seinem schulterlangen Haar und dem leicht umflorten Blick an eine Jesus-Darstellung erinnerte.

»Das sind die beiden anderen Sai-Inkarnationen, die vergangene und die zukünftige. Der Avatar des ›Kaliyugas‹, so nennen wir dieses dunkle Zeitalter, in dem wir leben, wird insgesamt dreimal Gestalt annehmen, in jedem Jahrhundert einmal.«

Während Kumaris Augen sich an dem hübschen Gesicht des Jünglings festsaugten und sie sich gewiß fragte, wie man einen noch ungeborenen Meister fotografieren konnte, fühlte ich mich vom Anblick des gegenwärtigen Swami besonders berührt: Sein langes rotes Gewand hatte die Farbe meines Haars, seine krause Löwenmähne die Konsistenz der meinigen. Seine Gestalt wirkte kraftvoll und doch zart, sein breites Gesicht männlich und zugleich mütterlich. Hatte nicht überhaupt die Lesung meines Palmblattes mit der Floskel »Die göttliche Mutter, Sai Ma, wünscht dir alles Gute« begonnen?

»Bedeutet ›Sai‹ göttliche Mutter?« fragte ich unseren Mister Chaurasia, der zum Glück ein weniger hartes Englisch sprach als die meisten seiner Landsleute und daher ganz gut zu verstehen war.

»Ja, das bedeutet es. Und wenn du ihm begegnest, berühre seine Füße, denn er ist euer Familienguru, die vollkommene Verkörperung Gottes als Mensch.«

»Warum sagst du das? Weil du selbst sein Anhänger bist?« fragte ich etwas ungehalten.

»Weil es die Wahrheit ist«, bekam ich zur Antwort.

Erst jetzt sah ich mir unseren Tischherrn genauer an. Er hatte ein rundes Gesicht, warme freundliche Augen, nicht zu vergleichen mit den tiefgründigen des Swamis auf dem Foto, aber auch nicht übel, und eine interessante Haartracht in Form eines dicken Knotens auf dem Hinterkopf.

»Und wenn ich unseren Familienguru gar nicht antreffe ... Ich meine, wir haben ihn soeben verpaßt!«

»Das macht nichts, dann liest du seine Schriften. Ein Avatar ist der Meister aller Meister, der kosmische Guru. Swami sagt, der beste Guru aber ist dein Selbst – und damit meint er nicht dein Ego, wohlgemerkt.«

Lulu bestellte sich bei dem schläfrigen Kellner noch eine Portion »curd«, Joghurt, um die Schärfe der Saucen zu mildern, und sagte dann zu Subramanya: »Ich mag dieses Wort nicht.«

»Welches Wort? Ego?«

»Nein, Guru. Es ist bei uns in Europa dermaßen negativ

besetzt. Seit Osho und Maharishi kursieren um indische Gurus immer wieder die wildesten Geschichten im Zusammenhang mit Sex, Crime, Drogen, Geld und Macht.«

Subramanya legte seinen Kopf mit dem schweren Haarknoten in den Nacken und brach in lautes Gelächter aus. »Und welches Wort magst du?« keuchte er, als er sich wieder gefangen hatte.

»Swami, Sai, Avatar ...« sagte meine Tochter und fügte schließlich mit verklärtem Gesichtsausdruck hinzu: »Krishna.«

»Das Wort ›Guru‹ bedeutet nur: ›Der dich aus der Dunkelheit führt‹«, versuchte es unser Experte noch einmal, wir aber gähnten nur noch.

»Und in diese Dunkelheit werden wir jetzt schleunigst verschwinden«, griff ich sein Stichwort auf. Ich nahm Lulu bei der Hand, und wir verschwanden auf unser Zimmer.

Am nächsten Morgen wurde ich um fünf Uhr früh vom Klang der Tempelglocke geweckt. Ich ließ meine Tochter schlafen und ging noch im Mondenschein durch weitgeöffnete Tore bis in den Tempel hinein, in dem die Ashrambewohner ihre Morgenrituale durchführten, als hätte ihr Swami sie gar nicht verlassen. Die besondere Atmosphäre dieses Ortes und der Klang der Sanskrit-Rezitationen nahmen mich sogleich gefangen. Ich hockte mich auf den Boden zu den anderen Frauen, darunter auch etliche Europäerinnen, und nahm diese Art der Gottesverehrung mit allen Sinnen in mich auf. Meine Lungen füllten sich mit dem Duft der Tempelblumen und Räucherstäbchen und meine Ohren mit den melodischen Wechselgesängen zum Klang eines kleinen indischen Harmoniums, während meine Augen sich an den auf und ab tanzenden Kerzenlichtreflexen ergötzten. Schließlich blieben sie am leeren roten Samtsessel des Avatars haften, bis das Bild verschwamm und ich das Gefühl hatte, er säße wirklich und leibhaftig dort und nähme mich hinein in seine Aura des Friedens und der Harmonie.

Obwohl das Sitzen auf dem bloßen Boden ungewohnt war und ich später auch einen gehörigen Muskelkater davon bekam, fühlte ich mich die ganze Zeit über unbeschreiblich wohl in meiner Haut. »So, als wäre ich endlich nach Hause zurückgekehrt«, gestand ich später unserem Freund Subramanya, der mich am Ashram-Ausgang erwartete, als wären wir miteinander verabredet gewesen. Meine Sympathie für ihn war über Nacht gewachsen, denn ich hatte von ihm geträumt und glaubte nun zu wissen, wer sich hinter seiner derzeitigen Maskierung verbarg. Ich erhob daher keine Einwände, als er mich zum indischen Frühstücksbuffet in einem eigens dafür eingerichteten Prunkzelt einer indischen Hotelkette einlud.

Auch Subramanya, der heute weinrote Gewänder trug und sein Haar zu einer Krone hochgesteckt hatte, schien über mich nachgedacht zu haben, denn er machte mir ziemlich unverblümt den Hof. Noch während wir eine der aromatischsten Papayas auslöffelten, die mein Zunge je geschmeckt hatte, lenkte ich das Gespräch auf unser Nadi-Reading, und kaum war der Tisch abgeräumt, zog ich meine kostbaren Palmblätter samt der Abschrift aus dem Brustbeutel und bat meinen Begleiter, sie genau zu studieren. Würde er bei der Beschreibung eines bestimmten vergangenen Lebens stutzig werden oder nicht?

Subramanya nahm sich bei der Lektüre viel Zeit, ohne jedoch an einer Stelle länger zu verweilen als an den anderen, und fragte dann ganz ruhig: »Dir ist klar, daß fünf deiner Inkarnationen besonders hervorgehoben werden?«

»Fünf Leben Liliths«, betonte ich.

»Macht das einen Unterschied?«

»Nicht mehr«, sagte ich und fing an zu lachen, weil ich plötzlich begriff, wie absurd es gewesen war, die Erinnerung an sämtliche Körper heraufbeschwören zu wollen, welche die erste Frau in der Menschheitsgeschichte, die Große Mutter oder Große Hure, sich aus Tausenden und Abertausenden von »ins Leere fallenden Samen« erschaffen hatte. Wie konnte man einen Mythos so wörtlich nehmen?

»Diese fünf sind entscheidend«, fuhr Subramanya unbeirrt fort, »Sie sind exemplarisch für die fünf Stufen deiner Entwicklung. Weißt du auch, warum?«

Ich dachte an die fünf Blütenblätter der Rose, den Fünfstern der Göttin Ischtar, das Pentagramm Salomos und schüttelte verwundert den Kopf. Die Zahl fünf mußte wirklich von besonderer Bedeutung sein.

»Dir fällt nichts dazu ein?« fragte der Inder ungläubig. Seine Frisur und die Farbe seiner Gewänder gaben ihm etwas Majestätisches, als wäre er selbst einer von den Göttern, die hier allgegenwärtig waren.

Ich beeilte mich, ihm zu antworten, damit er mich nicht für vollkommen ahnungslos hielt. »Es muß irgendwie mit diesen Hüllen, den sogenannten ›Koshas‹, zu tun haben, die meine Seele oder mein Selbst umgeben.«

»So ist es. Der Yoga-Weg, das heißt der Bewußtwerdungsprozeß der Seele, besteht darin, zu den Koshas Distanz zu schaffen, sich stufenweise von allen damit verbundenen Identifikationen zu lösen. Die Koshas gehen ineinander über, aber um Befreiung zu finden, mußt du ›Anandamyakosha‹, die feinste der Hüllen, erreichen und sie dann ebenfalls transzendieren, denn der wahre, unvergängliche Glückszustand des erleuchteten Menschen befindet sich jenseits aller Koshas.«

»Erleuchtung ...«, wiederholte ich gedehnt, »ein viel strapazierter Begriff. Bist du erleuchtet, Subramanya?«

»Warum nicht? Erleuchtung ist das Geburtsrecht des Menschen. Aber wir sollten jetzt nicht das Thema wechseln.«

»Ich dachte, das wäre unser Thema.«

Subramanya hob die Augenbrauen, was er zu einer anderen Zeit und an einem anderen Ort auch schon gerne getan hatte.

»Zurück zu den Koshas«, sagte er streng. »Ich zähle sie dir jetzt einzeln auf, die Zuordnung zu den beschriebenen fünf Leben kannst du dann selbst vornehmen. Also: Die erste, äußerste Hülle nennen wir ›Annamayakosha‹, sie bezeichnet die Leibeshülle, den grobstofflichen physischen Körper. In einem Leben, das Annamayakosha zum Schwerpunkt hat, spielt das Körperbewußtsein eine große Rolle, die Nahrung – ›Anna‹ – oder der Mangel daran sowie Sex oder der Hunger nach Sex.«

»Cesare, der Purpurschneckenhäuserberg«, flüsterte ich, »aber auch Anabel und der Graue Turm ...«

»Die nächste Hülle, ›Pranamayakosha‹, ist dann schon feinstofflicher Natur; ›Prana‹, der Atem, belebt den Körper. Jemand, dessen Dasein von diesem Kosha bestimmt wird, erkennt, daß er nicht der Körper ist, er ist nicht besonders geerdet und erfährt alle möglichen, von der Umwelt für unnatürlich gehaltenen Phänomene wie zum Beispiel Astralreisen, Visionen oder das Aufsteigen der Kundalini-Energie.«

»Nelly de la Pastellière, die Frau, die auf einem angebundenen Pferd reitet, die Schlangenbraut«, sagte ich, und diesmal mußte es sein: Ich nahm seine Hand und sah ihm so lange in die tibetischen Augen, bis ich keinerlei Zweifel mehr hatte. »Du warst Samten, nicht wahr?«

Subramanya hatte sich bei der Erwähnung der Namen völlig unberührt gegeben, jetzt entzog er mir seine Hand, senkte den Kopf und sagte: »Laß uns später darüber reden, es ist wichtig, jetzt nicht zu unterbrechen. Ihr Westener seid immer so wenig ›onepointed‹, das verdirbt euch alles. – Die dritte, ›Manomayakosha‹, ist die Gedankenhülle. In einem davon geprägten Leben geht es um Vorstellungen, Eindrücke und Gedanken, um das Abwägen von richtig und falsch, das Beobachten deiner Gefühle ...«

»Christine de Pizan!«

»Ja, sie hatte interessante Konzepte und konnte sie geschickt vermitteln, identifizierte sich aber noch zu sehr mit ihren Ideen und Emotionen. Der letzte Schritt, nur Zeugin der Ereignisse zu sein, fehlte ihr noch.«

»Steht das etwa auch auf dem Palmblatt?« wunderte ich mich, denn auf der englischen Abschrift hatte ich nichts dergleichen gelesen.

»Indirekt schon. Es gibt ja eine ganze Skala von Identifikationsstufen des Ich mit der Materie, insofern ist die Einteilung in diese den fünf Koshas zugeordneten auch wieder recht grob. Wenn sich das Ich von einer dieser Stufen zurückgezogen hat, so ist es noch nicht von jeder Bindung frei, sondern identifiziert sich mit einer höheren Stufe der Skala. So auch bei diesen Lilith-Inkarnationen. – Als nächstes kommt nämlich die Erkenntnishülle, ›Vijnanamayakosha‹. Auf dieser Stufe hast du die Leidenschaften des Fleisches gemeistert und bist nicht mehr an die Sinne gebunden, hegst aber noch Gedanken der Trennung zwischen dir und deinem göttlichen Selbst.«

»Die Katharer, Esclarmonde, Guillelmus, Sybilya ...«

Durch eine Handbewegung verbat sich Subramanya die

Unterbrechung. »Diese vierte Ebene ist die der Philosophen und abstrakten Denker. Wenn der Mensch von dort aus fortschreitet, wird er unweigerlich Anandamayakosha erreichen, die Hülle der Glückseligkeit, der höchsten menschlichen Kreativität, jenseits von seelischem Leid und körperlichem Schmerz und dem Selbst am nächsten. In den Upanishaden werden die letzten Erkenntnisse des Weisen Bhrigu am Ende seines Weges ungefähr so beschrieben: ›Wer diese Welt zurückläßt, der überschreitet das Ich, das aus Anna oder Nahrung gebildet ist, der überschreitet das Ich, das aus Prana, der Lebenskraft, gebildet ist, der überschreitet das Ich, das aus Manas, dem Denkvermögen, gebildet ist, der überschreitet das Ich, das aus Vijnana, der Erkenntniskraft, gebildet ist, und dann durchstreift er diese Welten, nach Lust sich gestaltend.‹«

»›Nach Lust sich gestaltend‹ – genau das hat für mich die Faszination des Lilith-Prinzips ausgemacht, das ich ergründen wollte«, sagte ich laut und war heilfroh, all die Jahre vielleicht doch nicht nur einer fixen Idee hinterher gejagt zu sein.

Aber ich mußte da wohl irgend etwas verwechselt haben, denn Subramanya umfaßte nun ziemlich heftig meine Schultern, schüttelte mich und wiederholte seine Samten-Frage: »›Wer‹ bist du?«

»Elisa, Lilith ...«

»Das sind nur Namen. Du bist weder Elisa, noch Lilith, noch Caroline oder Sybilya oder sonst eine dieser unwesentlichen, vergänglichen Persönlichkeiten, sondern ... Na los, ich will's von dir hören!«

Da faßte ich mir ein Herz und sagte: »Wenn es wirklich so ist, daß sich die Koshas irgendwann erübrigen und nur Atman, das Selbst, bleibt, dann bin ich ›Das‹, obwohl ich es immer noch nicht ganz verstehe. Du hast mir übrigens noch nichts zum fünften Kosha gesagt. Demnach wurde in keiner dieser Inkarnationen die letzte Ebene erreicht, nicht wahr?«

»Na ja, dann und wann magst du von der Seligkeit des Anandamayakosha gekostet haben, aber du hast sie dir nicht zu eigen gemacht. ›Bliss‹ – oh, ich liebe dieses Wort! – sollte ein Dauerzustand sein, nicht eine ›passing cloud‹.«

»Vielleicht hättest du mir die Einweihung in das ›Tao der Liebe‹

nicht schuldig bleiben dürfen«, konnte ich mir nicht verkneifen, meinem einstigen tibetischen Meister vorzuwerfen, doch der verzog wieder keine Miene.

»Als Schlangenbraut bist du der Erleuchtung immerhin schon sehr nahe gewesen«, sagte er großmütig, »und deine Bewußtseinsreise ist ja noch nicht zu Ende. Denk an die Prophezeiung auf dem Palmblatt ...«

»Sprichst du von diesen Lokaloka mountains?« fragte ich ihn und sah vor meinem inneren Auge einen Tempelberg, der mit Höhlen übersät war. Und in jeder Höhle saß ein Mensch, der Erleuchtung erlangt hatte.

»So ist es«, antwortete Samten.

»Dann weißt du, wo sie liegen?«

»Ja.«

Das hörte sich schon besser an als die vagen Hinweise der Palmblattleser.

»Und würdest uns dorthin begleiten?« fragte ich hoffnungsvoll, doch Subramanya wiegte bedauernd sein schweres Haupt.

»Ich fürchte, es fehlen mir die Mittel, bis nach Delhi und Rishikesh zu reisen, aber ich kann dir genau sagen, an wen ihr euch dort wenden müßt, und ich kann euch ein Empfehlungsschreiben an Colonel Cooper mitgeben.«

»Wer ist das?«

»Euer Begleiter. Nur ihm ist es gestattet, Ausländer zum Wohnsitz der Götter zu führen. Ihr müßt übrigens morgen schon fliegen, die Tickets werde ich euch besorgen.«

»Warum so eilig? Ich hatte gehofft, vorher vielleicht doch noch diesen Swami zu finden, wenn nicht hier, dann eben in einem anderen Ashram ...«

»Vergiß es«, bekam ich zu hören, »niemand kann seinen Ashram betreten, wenn er es nicht will. Es ist dir nun einmal nicht bestimmt, dein Palmblatt ist in dem Punkt absolut eindeutig. Und Grund zur Eile gibt es, weil die Heiligen Höhlen nur zu wenigen glückverheißenden Tagen geöffnet sind. Diese beruhen auf astrologischen Berechnungen, und der nächste Zyklus beginnt übermorgen, ihr seid also genau zum richtigen Zeitpunkt gekommen!«

Mein Freund aus vergangenen Zeiten drückte einen langen Kuß

auf den Punkt meiner Stirn, hinter dem ich das dritte Auge glaubte. Gleichzeitig trat ein Kellner an unseren Tisch und bat uns höflich, das Zelt nun zu verlassen, da die Frühstückszeit überschritten sei und er schließen müsse.

Ich sah Subramanya erst am frühen Abend wieder, als er uns die Flugtickets ins Zimmer brachte. Kumari, die lebende Göttin, machte ihrem Namen Ehre und hockte seit Stunden schon im Tempel, nach dessen »hohen Schwingungen« sie, wie sie es nannte, süchtig werden könnte, während ich, immer noch nicht frei von weltlicher Eitelkeit, in den kleinen Läden an der Hauptstraße herumgestöbert hatte, um mir Saris nähen zu lassen und Videofilme über den entschwundenen Avatar zu kaufen. Vielleicht würde ich wenigstens auf die Weise etwas von den Wundern sehen, die er angeblich vollbringen konnte.

Nachdem unser Lotse in die Lokaloka mountains und ich das Geschäftliche miteinander geregelt hatten, zog er mich neben sich auf mein Bett und meinte, es sei nun an der Zeit, die Versäumnisse von damals wiedergutzumachen, das würde uns von altem Karma befreien und eine weitere Wiedergeburt ersparen.

»Erlaube mir, dich hier und jetzt in das Tao der Liebe einzuweihen«, sagte er feierlich.

Ich lachte, weil ich gewußt hatte, daß dieser Satz früher oder später fallen würde, dann löste ich das »Bindi«, den Stirnschmuck der Inderinnen, den ich mir heute eigens gekauft hatte, von meinem dritten Auge und schloß die beiden anderen, damit sich mir zeigte, wie die verheißene Initiation ablaufen würde.

Ich sah mich schon in inniger Umarmung auf Samtens Schoß sitzen, spürte, wie er mich erregte und von einem Höhepunkt zum nächsten trieb, ohne dabei selbst die Körperkontrolle zu verlieren. Bei ihm diente der Verzicht auf den Orgasmus lediglich der eigenen Inspiration, und dazu brauchte er seine Dosis ›Honignektar‹. Auch eine Art Energie-Vampirismus! Er wollte meine Lebenssäfte in sich aufnehmen, um seine am Ende der Wirbelsäule schlummernden Kräfte nach oben zu lenken. Durch mich würde er Shiva werden, der Gott der Umwandlung, der sich in ständiger Vereinigung mit seiner Göttin befand. Es waren tantrische Übungen, Stellas Erleuchtung durch Ekstase. Ich schüttelte jedoch energisch den Kopf. Auf die meisten Dinge der Welt, die ich mir einst automatisch zugeführt hatte, war mir der Appetit vergangen, dazu gehörte, daß ich nicht mehr mit jedem schlafen mußte, mit dem mich eine eingebildete oder tatsächliche Geschichte verband. Außerdem gab es Adam; ich war nicht nach Indien gereist, um ihn zu betrügen, nicht einmal mit einem Meister aus längst vergangenen Tagen.

»Wozu sollte ich Annamayakosha, dem grobstofflichen Körper, neue Nahrung zuführen?« schlug ich ihn mit seinen eigenen Waffen.

Doch so schnell mochte Samten nicht aufgeben. »Du erinnerst dich doch noch an das Mantra ›Om mani padme hum‹?« versuchte er es andersherum.

»Ja sicher, es bedeutet ›Juwel im Lotos‹, hast du damals gesagt.«

»Es gilt als das allerheiligste Mantra, weil es die Prinzipien tantrischer Verehrung beschreibt; es geht nämlich um ›mein‹ Juwel in ›deinem‹ Lotos. Verstehst du, das ist die esoterische Bedeutung.«

Ich öffnete die Augen und verschloß mein drittes wieder mit dem Bindi, damit Samten es nicht mitleidig lächeln sah, dann sagte ich: »Deine Einweihung in das Tao der Liebe würde sehr lange dauern, nicht wahr?«

»Die ganze Nacht, das ist ja die Kunst daran.«

»Dann möchte ich dich bitten, statt dessen lieber mit uns zu Abend zu essen und Kumari und mir genau zu erzählen, was es mit jenen Heiligen Höhlen, den Gottheiten und den ›Puranas‹ auf sich hat.«

Sichtlich enttäuscht, willigte Subramanya schließlich ein.

Stunden später trafen wir uns zu dritt im Restaurantzelt, das mich mit seinen bunten Teppichen, den blankpolierten Messingleuchtern und den turbantragenden Dienern an ein schon fast vergessenes Ambiente im Weihrauchland erinnerte. Wir labten uns an einem Buffet mit köstlichen vegetarischen Speisen und zogen uns dann in eine Sitzecke unter einem Brokatbaldachin zurück, um uns von Subramanya in die Geheimnisse der Lokaloka mountains einweihen zu lassen.

»Es ist eine Bergregion unweit der indisch-nepalesischen Grenze am Zusammenfluß von Sarayu, Gupta Ganga und Ram Ganga.

Ihr werdet die Lokaloka mountains auf keiner Landkarte verzeichnet finden, obwohl die ›Puranas‹, eine uralte Sammlung mythischer Geschichten über das Wirken der Götter in der Welt, den Weg dorthin so genau beschrieben haben, daß er sich heute noch verfolgen läßt – insofern ist es weit mehr als ein Mythos. Der Begriff »Lokaloka« aber ist ein Synonym für die Grenze unseres Planeten und sicherlich auch für die Grenzen unseres Bewußtseins, die dort überschritten werden. Erst im vergangenen Frühjahr erfüllten sich die Vorhersagen in den Puranas, und der ›Patal‹, so heißt dieser Höhlenkomplex, der so alt ist wie die Erde selbst, wurde nach jahrtausendelangem Dornröschenschlaf wiederentdeckt, durch Hinweise unseres Swami übrigens. Ist das nicht bemerkenswert?«

»Es ist unfaßbar!« rief ich, denn mir wurde ganz schwindelig bei dem Gedanken, daß ausgerechnet meine Tochter und ich dazu bestimmt sein sollten, dorthin zu gelangen.

»Hast du diesen Ort mit deinen eigenen Augen gesehen, Subramanya, oder erzählst du uns vom Hörensagen?«

»Ich war einer den ersten, die ihn betreten haben«, antwortete er nur und wehrte alle weiteren Fragen zu dem Punkt mit einem Kopfschütteln ab. Jedenfalls schien ihn mehr mit diesem Swami zu verbinden, als er mir bisher gesagt hatte.

»Und sind diese Höhlen bewohnt?« wollte Kumari wisssen.

»Ja und nein, findet es selbst heraus. Der Patal wird von himmlischen Wesen besucht, die dort ihre ›Puja‹, eine Opferzeremonie, für Lord Shiva durchführen. Für manche Menschen sind sie sichtbar und lebendig, andere können nur ihre versteinerte Form wahrnehmen. Shiva gehört zur Trinität Brahma, Vishnu, Shiva und ist der Gott der Auflösung und Zerstörung.«

»Dann sind die Avatare ihre Inkarnationen?« schloß meine kluge Tochter.

»Ja, das sind sie.«

Ich seufzte ein wenig, denn die Göttervielfalt im Hinduismus hatte mich immer schon eher abgeschreckt als angezogen. »Euer Pantheon ist einfach überfüllt«, sagte ich. »Die merkwürdigsten Gestalten schwirren dort herum. Die weiblichen Gottheiten sind mir ja noch ganz sympathisch: die dämonische schwarze Kali oder Sarasvati, die Schutzherrin der Künste, doch mit einem ›Affengott‹ oder Ganesha, dem Elefantengott, kann ich rein gar nichts anfangen.«

Samten zwinkerte mir verschwörerisch zu. »Du wirst dich daran gewöhnen müssen, meine Liebe, denn Herrin des Patals ist Shesha, die Weltenschlange mit den tausend Köpfen, aber mit Schlangen bist du ja längst vertraut. Im übrigen sind alle diese Gottheiten mit ihren Eigenschaften und Attributen nur Hilfsmittel, um den Menschen den Zugang zum Absoluten zu erleichtern.«

»So wie man kleinen Kindern die Mathematik mit Äpfeln und Birnen beibringt und danach erst mit abstrakten Zahlen«, sagte Kumari, die im Gegensatz zu mir für jede Gehirnakrobatik zu haben war.

Nachdem wir Subramanya noch ein wenig über das Aussehen dieses Patals ausgefragt hatten, das mit sieben unterirdischen Ebenen und etlichen kilometerlangen Tempel-Höhlen geradezu gigantisch sein mußte, wurde es Zeit, Abschied zu nehmen. Während Kumari nicht mehr als einen hilfsbereiten Zufallsbekannten in ihm sah und sich mit einem freundlichen Lächeln empfahl, bevor sie leichtfüßig davonhüpfte, überfiel mich ein jäher Trennungsschmerz. Ein letztes Mal legte ich meine Hände um Samtens großes, ovales Gesicht und küßte seine Lippen. Ich wußte, daß ich ihn niemals wiedersehen würde, in diesem Leben nicht und auch in keinem anderen. Er und ich hatten unsere Aufgabe erfüllt.

Die Lilas der Götter

Der Weg zum Himalaya und in die Lokaloka mountains läßt sich für mich bis heute nicht nachvollziehen. Irgendeine Instanz in mir löschte alle Bilder, sobald sie die Netzhaut trafen; mit verbundenen Augen hätte ich mehr gesehen. Dabei benutzten Kumari und ich alle Arten öffentlicher Verkehrsmittel und über weite Strekken auch nur die Füße, um am Ende der Strapazen in zwölfhundert Metern Höhe vor einer unkrautüberwucherten Felsenspalte zu stehen, dem in der Tat »torlosen Tor« des Patals. Mit einem Buschmesser legte Colonel Cooper, ein freundlicher älterer Herr, einen kaum meterbreiten Eingang frei, durch den sich dann einer nach dem anderen hindurchzwängte. Wir gehörten zu einer neunköpfigen Besuchergruppe aus allen Kontinenten, darunter Australierinnen, Amerikaner, Europäerinnen und zwei Inder. Auf welche Weise sie hierhergefunden hatten, wußte ich nicht und sollte ich auch nie erfahren. Jeder hatte bei diesem letzten Abenteuer genug mit sich selbst zu tun, und irgendwann vergaß ich, daß ich nicht allein an diesem Ort war.

Unmittelbar hinter dem Eingang erwartete uns ein etwas mühsamer Abstieg in die Unterwelt. Zeitweise mußten wir sogar auf allen vieren kriechen und uns an Steinvorsprüngen festhalten, um in dem glatten, tunnelähnlichen Schacht nicht wie auf einer Rutschbahn ungebremst nach unten zu gleiten. Nach ungefähr dreißig Metern wurde die erste Höhle sichtbar; sie war nicht nur luftig und geräumig, sondern besaß sogar elektrisches Licht.

Sobald ein jeder wieder festen Boden unter den Füßen hatte, machte uns der Colonel mit den verschiedenen Göttern, Halbgöttern und Dämonen vertraut, die er mehr oder weniger deutlich in den Felsformationen zu entdecken glaubte. Einige Namen hörte ich zum erstenmal, andere Wesenheiten konnte ich beim besten Willen nicht ausmachen, nur Sheshanag, der Schlangenkönig mit der breiten aufgefächerten Haube, zeigte sich auch mir, ohne daß ich meine Phantasie hätte überstrapazieren müssen. Sein hocherhobenes Haupt war aus unzähligen Kobraköpfen zusammengesetzt, jedes davon mit funkelnden Juwelen übersät, welche Lichtreflexe in allen Regenbogenfarben auf die Felsenwände zauberten, so daß die Glühbirnen daneben wie billige Partylämpchen wirkten. Kumari erzählte mir allerdings hinterher, sie hätte weder das Haupt des Schlangenkönigs noch sein meterlanges Rückgrat mit den hervorstehenden Wirbeln gesehen, die sich im Felsenboden der Höhle fortsetzten, und schon gar keine leuchtenden Edelsteine. Ich dagegen hatte sogar Sheshanags Giftdrüse erkennen können, als ich mich direkt unter seinen Kopf stellte und nach oben schaute. Aber so war es mit allem, was uns im Götterhimmel des Patals widerfuhr; jeder erlebte es vollkommen anders.

Bevor wir auf dem Rückgrat der Haubenschlange bis in die Mitte der Höhle balancierten, vollzog Colonel Cooper ein Opferritual, um Lord Shiva, den Hausherrn der Tempel-Höhlen, gnädig zu stimmen. Er entzündete ein Feuer und bot uns allen eine winzige Portion indischen Hanf und Stechapfel an, den größeren Teil aber übergab er den Flammen.

»Wir opfern Gott Shiva, der alle schädliche Substanzen hinunterschluckt und umwandelt, das Gift der Gesellschaft, damit die Gesellschaft rein werde«, sagte er. Dann rezitierte er Mantren mit der Bitte um »Divyadrishti«, um göttliche Sicht. Das normale menschliche Auge sei nämlich nicht in der Lage, Lord Shiva oder andere himmlische Wesen zu schauen, erklärte er, als alles zu Asche verbrannt war und himmlische Düfte den Raum erfüllten. Nur wenn uns Divyadrishti gewährt würde, könnten wir die Versteinerungen als Lebewesen sehen und die Spiele der Götter beobachten. Nun, in der ersten Höhle blieb meiner Tochter und mir das meiste noch verborgen, mochten der Colonel und seine beiden Landsleute uns auch noch so detailliert das Aussehen eines in der Mitte thronenden Elefantengottes Ganesha und eines drei Meter hohen Dämon des Todes beschreiben, von dessen spuckefeuchter, herausgestreckter Zunge der Speichel triefen sollte. Wir sahen ein dünnes Rinnsaal aus einem Felsenvorsprung fließen, das war auch schon alles.

Diese erste Höhle besaß außer jenem schmalen Felsenspalt in die Oberwelt auch noch drei unterirdische Eingänge. Einer davon wurde uns als »Befreiungstor« vorgestellt. Schon in den Puranas sollte zu lesen gewesen sein, daß jeder, der es durchschritt, erlöst wurde. Also gingen wir alle bereitwillig durch dieses sogenannte »Moksha-Tor« und wurden sogleich mit dem Anblick eines mächtigen Paradiesbaumes belohnt, den Lord Krishna eigenhändig vom Götterhimmel heruntergebracht haben soll. Kumari, die Verehrerin des blauen Gottes, sah »Parijat«, so hieß dieser Baum, als erste und hätte am liebsten auf der Stelle dort Wurzeln geschlagen. Der Baumstamm und die Blätterkrone wirkten wie aus Jade geschnitzt. Ich konnte es leider nicht genauer untersuchen, weil der Weg von nun an ziemlich steil bergaufwärts führte. Wir wunderten uns, daß er mit Erde bedeckt war statt mit felsigem Gestein, und wunderten uns noch mehr, als wir hörten, daß er Teil eines himmlischen Garten voll seltener Blumen und köstlicher Früchte sein sollte. Wir konnten es nur glauben, nicht aber bezeugen, denn diese Oase, so hieß es, sei den Rishis vorbehalten, kein gewöhnlicher Mensch werde je in den Genuß kommen. Die fünf unteren Stockwerke des Patals sollten durch diesen Paradiesgarten, den »Kadaleevanam«, mit den anderen verbunden sein. Alle Wege dorthin waren aber längst verschüttet, so daß die menschlichen Besucher sich mit den beiden oberen Ebenen begnügen mußten. Das wollen wir doch mal sehen, dachte ich, und meine Tochter gab mir einen Stoß in die Rippen, weil sie wußte, was ich dachte.

Nach einiger Kletterei erreichten wir das Heiligtum Shivas, den »Tempel der Lingams«. In einer Spirale durchzogen diese uralten phallusförmigen Symbole der Zerstörung und Neuschöpfung die ganze Höhle, wobei der letzte und innerste Schnörkel durch drei besonders große Lingams gebildet wurde. Der mittlere war leuchtend durchsichtig und stellte Gott Shiva dar, die beiden anderen sahen aus wie ovale Opale und gehörten zu Brahma und Vishnu. Von der hohen Decke dieser Höhle lösten sich unaufhörlich Wassertropfen, die zuerst auf den Shiva-Lingam fielen, dann auf Brahma und schließlich auf Vishnu. Dieser Vorgang setzte sich in gleichbleibendem Rhythmus endlos fort, und stets bildeten sich die Tropfen so, daß niemals zwei zur gleichen Zeit denselben Lingam trafen. Da die Abstände zwischen den Lingams groß genug waren, sollte sich nun jeder von uns einen Platz innerhalb der Spirale suchen, um sich zu versenken und die Anwesenheit der Götter zu spüren. Meine Tochter und ich wollten der Kupferplatte, die das berühmte Dreigestirn trug, so nah wie möglich sein, und so quetschten wir uns in die letzte und engste Windung der Spirale. Einem jener Hindu-Rituale gehorchend, die mich immer noch ein wenig Überwindung kosteten, besprengten wir die drei Lingams mit ein paar Tropfen Milch, entzündeten Räucherstäbchen und kleine Öllämpchen, dann durften wir endlich die Augen schließen.

Die überraschende Reise vom südindischen Palmblattorakel bis hinauf zum Wohnsitz der Götter hatte wohl doch einige Aufregung in mein Nervensystem gebracht, entsprechend ungeordnet waren die ersten Eindrücke in der Meditation, die noch ganz von den äußeren Sinnen dominiert schienen: Eine Prozession seltsamer Gestalten, angeführt von einem roten Ganesh mit einem durchsichtigen Elefantenkopf und dem Körper eines jungen Mannes, tauchte vor meinem inneren Auge auf; seine Gespielen folgten ihm in ockerfarbenen Gewändern. Dann erschienen Gott Shiva und seine Gattin Parvati. Huldvoll nahmen sie ein Betelblatt von mir entgegen und segneten mich für die Opfergabe, von der ich gar nicht gewußt hatte, daß ich sie bei mir trug. Später zeigten mir die bildschönen indischen Schwestern Liliths, die »Apsaras«, ihr Spiel: Sie raubten asketischen Heiligen ihre aufgestaute Glut, indem sie die alten Knaben nach allen Regeln der Kunst verführten. Ihr Tun erschien mir sehr vertraut. Dazu kamen akustische Reize: Eine zungenfertige Deva rezitierte in großer Geschwindigkeit Mantren. Nach einer Weile hielt sie kurz inne, um zu beklagen, daß die Hymnen der Veden von Frauen verfaßt worden seien und daß die Welt dies vergessen habe.

Allmählich wurden die Abstände zwischen den Bildern größer, ich sah ein Universum, das ganz aus Wasser bestand, und eine riesige Frau, in deren Körper die drei Welten, Himmel, Erde und Zwischenwelt, wie in einem Spiegel reflektiert wurden. Ich selbst war diese Frau und wußte das ganze Universum im Patal und gleichzeitig in mir. Ohne eigene Absicht begann ich laut in einer mir unbekannten Sprache zu singen, andere Wesen stimmten ein und wiederholten meinen Gesang in einem nicht enden wollenden Echo. Irgendwann glaubte ich meine physischen Augen öffnen zu müssen, und obwohl ich das sicherlich nicht tat, schaute ich plötzlich in einen Sternenhimmel, als ob die Höhle kein Dach hätte. Über dem Shiva Lingam las ich meine Namen vom ersten bis zum letzten in leuchtenden Buchstaben. Dieser Anblick war so ergreifend, daß ich in Tränen ausbrach.

Eine Frauenstimme sagte mir: »Wenn alle geistige Aktivität verschwindet, bist du das, was ist.« Augenblicklich hörte die Unruhe des Verstandes auf. Tiefer Frieden erfüllte mein ganzes Sein, verbunden mit einem intensiven Gefühl der Leichtigkeit und Loslösung.

Ich hätte nicht sagen können, wie lange dieser Zustand dauerte, denn ich befand mich auf einer anderen Seite der Zeit, doch als ich wieder in die unwirkliche Wirklichkeit der Lingam-Spirale zurückkkehrte, mußten Stunden vergangen sein, denn alle außer meiner Tochter hatten die Höhle verlassen. Sie sagte, Colonel Cooper habe es uns anheimgestellt, die Nacht hier oder draußen in der Pilgerstation zu verbringen. Sie habe mich aber nicht aus der Meditation holen wollen, um mich danach zu fragen, und schließlich entschieden, daß wir bleiben sollten, denn dieser Ort habe eine mystisch aufgeladene Atmosphäre, die auf dieser Erde ihresgleichen suche. Morgen früh würde der Colonel uns abholen. Außer uns wären nur noch die beiden Inder geblieben, die aber die Nacht in einer anderen Höhle des Patals verbringen wollten, in welcher, wüßte sie nicht.

»Wir werden auch nicht hierbleiben«, sagte ich und nahm mein umsichtiges Töchterlein in die Arme.

»Und wohin willst du?«

»Nach ›Kadaleevam‹, in den Paradiesgarten.«

»Aber da dürfen sich doch nur Rishis aufhalten, Mama, für normale Sterbliche ist er verboten.«

»Dann ist es genau das, wo ich hin muß, sprach Lilith«, sagte ich.

Nun erst sah ich, daß man die elektrische Beleuchtung in der Höhle ausgeschaltet hatte. Der Phallus von Shiva war nun die einzige Lichtquelle und stärker, als jede künstliche es hätte sein können. Dazu gesellten sich funkelnde Feuerfliegen, welche die gesamte Lingam-Spirale wie ein Mückenschwarm umkreisten. Obwohl mich zusammen mit dem Zeitgefühl auch Hunger und Durst verlassen hatten, nahmen wir noch eine Handvoll Datteln und getrocknete Mangoscheiben zu uns, bevor wir die Höhlen auf eigene Faust erkundeten. Während wir an den Früchten lutschten, erzählte mir Kumari, daß sie in der Meditation ihren geliebten kleinen Krishna auf der Kupferplatte vor der Dreiergruppe haben sitzen sehen. Er wäre sehr verspielt gewesen und hätte die Lingams von Shiva, Brahma und Vishnu mit den Blumen beworfen, welche der Colonel zur Puja mitgebracht hatte.

»Wie hat er denn ausgesehen?«

»Oh, wie immer! Diesmal trug er sein gelbes Beinkleid und ein rotes Oberteil«, sagte Kumari. »Er hatte wunderschöne große Augen, seine Haut war von einem geradezu ätherischen Blau, und ein bezauberndes Lächeln lag auf seinen feuchten Lippen.«

»Und was hat er dir beigebracht?«

Kumari ließ sich Zeit mit ihrer Antwort. »Eine Übung, die mich für den Rest meines Lebens beschäftigen wird«, seufzte sie dann.

»Ja, welche denn?« fragte ich etwas ungeduldig. Wenigstens eine von uns beiden könnte doch seinem Ziel schon ein wenig näher gekommen sein!

»Ich soll von nun an aus der Sicht Krishnas, des Gottes, denken, nicht mehr aus der seines Schülers Arjuna ... Das heißt, ich muß die Ebenen wechseln. Verstehst du, was das bedeutet?«

»Ja«, sagte ich und dachte plötzlich an Anabel und ihre Kindheit in Kerala.

Wer einmal nicht nur mit den Augen, sondern mit der Seele in Indien gewesen ist, dem bleibt es ein Heimwehland... Waren das nicht ihre Worte gewesen? Und hatte sie ihren ungeborenen Sohn nicht »Arjuna« nennen wollen?

Ich schüttelte die Szenen aus der Vergangenheit ab und mahnte zum Aufbruch. Da das elektrische Licht wohl zentral abgeschaltet worden war, mußten wir uns im Schein meiner Taschenlampe zurücktasten, wobei die selbstleuchtenden Edelsteine, welche die Götterfiguren schmückten, uns die Orientierung erleichterten. Wie eine Kette aus Glühwürmchen hingen sie in den Felsenwänden. Obwohl wir tatsächlich mit so etwas wie »Divyadrishti« gesegnet sein mußten, denn die steinernen Höhlenbewohner am Wegesrand schienen zu atmen und sich zu bewegen, war es uns immer noch nicht möglich, die Blumenpracht im Garten der Rishis zu sehen oder gar von den Früchten der imaginären Bäume zu kosten, insofern war es ein echter Paradiesgarten. Kumari fand die Luft hier angenehm frisch, viel besser als im stickigen »Tempel der Lingams«, und wollte die Nacht gern unter dem Baum verbringen, den Gott Krishna ihr vom Himmel geholt hatte. Das letzte, was ich von ihr sah, war, daß sie sich mit angewinkelten Beinen wie ein Fötus am Fuße des Parijat zur Ruhe begab.

Ich hätte nicht die Wahl gehabt, an ihrer Seite zu bleiben. Eine Kraft, die stärker war als alle mütterlichen Bedenken, zog mich tiefer in den Patal hinein. Jede Höhle, die ich auf der Suche nach Erleuchtung – oder auch nur einem Nachtquartier – durchwanderte, führte in eine weitere und diese wiederum in die nächste, bis ich endlich durch einundzwanzig Höhlen gegangen war und die kleinste und innerste erreicht hatte.

An den Wänden brannten kleine Öllämpchen, so daß ich die Darstellungen von Shiva und seiner Gemahlin Parvati gut erkennen konnte. Wer auch immer für Licht gesorgt hatte, wollte mich auf diese Weise willkommen heißen; ich hatte keinen Zweifel, am richtigen Ort zu sein. Nach dem langen Marsch über felsigen Boden plagten mich Blasen an den immer noch viel zu empfindlichen Füßen, dazu kam ein brennender Durst, doch ich war mir dessen kaum bewußt geworden, als sich eine Öffnung in der Felsenwand auftat und mir ein Schwall smaragdgrünen Wassers entgegensprudelte.

Ehe ich mich versah, erschien eine hochgewachsene, etwas matronenhafte Göttin und gab sich mir als Herrin des heiligen Flusses Ganges zu erkennen, welcher der Überlieferung nach durch die langen, wallenden Haare Shivas aus den oberen Welten auf die Erde heruntergekommen war. Mutter Ganga reichte mir eine Schale ihres wahrhaft himmlischen Wassers. Ich trank sie in einem Zug halb leer und benetzte auch Füße und Gesicht.

Sobald die Flußgöttin sich wieder in das Nichts zurückgezogen hatte, aus dem sie aufgetaucht war, schloß ich erwartungsvoll meine frischgewaschenen Ganga-Augen, um wenigstens im Traum zu einer höheren Bewußtseinsstufe zu erwachen. Nach ein paar Atemzügen durchbrach ein merkwürdiges Geräusch die Stille; es hörte sich so an, als würden irgendwo in der Nähe Erd- und Geröllmassen bewegt, doch das kümmerte mich nicht mehr, erhielt ich doch gleichzeitig Darshan von Shiva und Parvati. Ihre Häupter waren noch schneebedeckt, als wären sie soeben von den Himalayas herabgestiegen. Ich war allein und den Umgang mit Göttern nicht gewöhnt, also verneigte ich mich tief und berührte respektvoll den Saum ihrer Gewänder, um ihnen mein Ego vor die Füße zu legen. Was weiter geschah, blieb ihnen überlassen.

Eine Zeitlang verharrten sie in der Pose des majestätischen Ehepaares, und erst als ich mich fragte, ob ich nun Statuen oder lebendige Wesen vor mir hatte, erwachten sie aus ihrer Erstarrung. Zu den sanften Klängen einer unsichtbaren Sitar begannen sie sich, erst langsam und dann schneller, in den Hüften zu wiegen, und als später die Trommeln einsetzten, begleiteten sie den stakkatohaften Rhythmus mit stampfenden Füßen. Die Musik – ein indischer Raga – schien unendlich lange zu dauern und endete in reiner Ekstase. Irgendwann sank Gott Shiva ermattet zu Boden, während Paravati weiter ihre Fußkettchen klirren ließ. Sie hatte ihre vornehme Zurückhaltung längst abgelegt und war nur noch »Shakti«, die personifizierte weibliche Energie. Auf dem Höhepunkt der Raserei hob sie ihren Sari hoch – darunter trug sie nichts – und tanzte unbekümmert und fröhlich auf Shiva, der hilflos auf dem Rücken lag. Ob Juwel und Lotos zusammenkamen, »om mani padme hum«, war ihre Angelegenheit, nicht seine.

Warum meine Aufmerksamkeit hier abflaute, weiß ich nicht mehr. Jedenfalls reichte sie nicht aus, die Szene weiter zu verfolgen, und so öffnete ich widerwillig die Augen. Zu meinem Erstaunen war ich nicht mehr allein. Vor mir stand ein Jüngling, der mich in seiner androgynen Schönheit sogleich an das Foto in jenem Ashram-Restaurant bei Bangalore erinnerte, an das Bildnis des noch ungeborenen, zukünftigen Swami. Die gleichen sanftmütigen Augen, dieselben schulterlangen Jesus-Locken.

»Wer bist du?« fragte ich ihn.

»Shivashakti«, sagte er, »eine Wiedergeburt von Krishna.« Seine Stimme war ebenso zart wie seine mädchenhaften Züge.

»Shivashakti ... männlich und weiblich in einem«, übersetzte ich mir, »aber das ist doch kein Name, oder?«

»Man wird mich Premsai nennen.«

»Ich nehme an, es ist ein außerordentliches Glück, deinen Darshan zu erhalten?«

In einer bescheidenen Geste der Zustimmung senkte er sein Haupt. Seine Augenlider flatterten ein wenig, und seine Wimpern waren so lang, daß sie halbmondförmige Schatten auf die Wangen warfen.

»Du solltest die Gelegenheit nutzen, sie wird dir kein zweites Mal zuteil«, sagte er nüchterner als erwartet. »Was kann ich für dich tun?«

Ich dachte an die Weiblichkeit Gottes, das Tabu seines oder ihres Namens, meine ganze Odyssee durch Raum und Zeit, und wußte nicht, wie ich all das in einem Satz unterbringen sollte.

»Sag mir die Wahrheit in drei Worten«, bat ich den Gott aus der Zukunft schließlich.

»Gut. Du bist in Wahrheit ›Parabrahman‹, die höchste Wirklichkeit«, sagte er schlicht.

»Und warum weiß ich das nicht?«

»Darum!« Premsais Fingerspitzen berührten die Felsen, und sogleich erweiterte sich die Höhle zu einem riesigen Saal mit Tausenden von Spiegeln an den Wänden und einer einzigen strahlenden Lichtquelle in der Mitte.

»Schau dir das Licht an, es symbolisiert das absolute, unteilbare Bewußtsein, das in Tausenden und Abertausenden von Spiegeln reflektiert wird und so scheinbar unbegrenzte Vielfalt erzeugt«, sagte er, und von da an traf mich jedes seiner Worte wie ein Pfeil.

»Das einzig Wirkliche, was auf dieser Welt existiert, ist Parabrahman oder – in westlicher Sprache – Bewußtsein, Energie, vergleichbar dem Licht, das du hier siehst. Alles andere, was sonst noch aufzutauchen scheint, sind lediglich seine Widerspiegelungen und somit Illusion. Was das Bewußtsein – das Licht – als seine eigene Quelle sucht, ist es selbst. Und darin besteht nun das Verwirrspiel: Du – als reines Bewußtsein – bist es immer, die sieht, aber du kannst dein Sehen nicht sehen. Du bist es immer, die hört, aber du kannst dein Hören nicht hören, dein Schmecken nicht schmecken und dein Berühren nicht fühlen. Du bist nicht das, was du wahrnehmen kannst, und du kannst nicht das, was du bist, finden oder kennen, weil du es bereits bist. Das einzige, was du tun kannst, ist, dich mit der Quelle des Lichtes zu identifizieren statt mit seinen Reflexen.«

»Ah!« rief ich, weil ich mit einemmal glaubte, verstanden zu haben, worum es ging: Wir wollten das Göttliche immer erreichen, wollten es begreifen oder etwas davon »haben«, statt es einfach nur zu »sein«. In Wirklichkeit aber waren wir die Schöpfergötter dieser Welt. Jeder von uns. Auch Lilith hatte ihr Drama von Anfang an selbst kreiert, und zwar in einer sehr viel umfassenderen Weise, als Elisa, das Kind, es bereits wußte.

Doch der noch ungeborene Meister sah mich liebevoll an und fügte hinzu: »Der identifizierte Mensch verwickelt sich und leidet, der nicht identifizierte Mensch aber beobachtet das Schauspiel nur. Der identifizierte Mensch versucht, die Lehre zu verstehen; der nicht identifizierte Mensch erlebt die Lehre, das bedeutet, er erfaßt sie intuitiv.«

Premsai legte mir seine rechte Hand auf den Scheitel, und ich fühlte die Kraft seiner Energieübertragung bis in die letzte Zelle meines Körpers.

Ganz und gar überwältigt, beugte ich mich über seine Füße, umklammerte sie mit beiden Händen. Es wäre mir auch nicht peinlich gewesen, sie zu küssen, schließlich war er mein Familienguru, hatte Samten gesagt, und ob in der Gegenwart, Zukunft, oder Vergangenheit, was spielte das noch für eine Rolle. Alles war ein- und dasselbe, alles war diese Eine Energie.

Als ich den Vibrationen, die der Kontakt mit Premsai in mir auslöste, kaum noch standhalten konnte, trat er einen Schritt zurück und überließ mich meinem Selbst, denn das, wofür ich mich gehalten hatte, gab es nicht mehr. Die Gefühle waren ebenso verschwunden wie alle Gedanken und Konzepte, in mir war nur noch Leere. Ganz automatisch erinnerte sich mein Körper an die Übungen der Nelly de la Pastellière und fuhr da fort, wo die »Schlangenbraut«, eine Spiegelung des Bewußtseins auch sie, zu ihrer Zeit aufgehört hatte.

Ich hörte Samtens Stimme sagen: »Es gibt fünf Hindernisse zur Erfahrung von ›Turiya‹, dem wahren Glückszustand jenseits der Hüllen: Erstens die Identifikation mit dem Körper, zweitens das Vergessen des eigenen innneren Selbst, drittens das Interesse an Sinnenfreuden, ferner die Bindung an Objekte, Reichtum und Bequemlichkeiten und schließlich negative Gefühle durch die Nichterfüllung von Wünschen.«

Ich hatte unterdessen den Lotossitz eingenommen und die Augen halb geschlossen. Ohne darüber nachzudenken und zum erstenmal in diesem Leben, intonierte ich sehr langsam die heilige Silbe OM und atmete alle Luft, die sich in mir angesammelt hatte, restlos aus. Danach war mir, als hätte meine Lebensenergie den Körper aufgegeben und bewegte sich irgendwo außerhalb, ganz frei im Strom reinen Bewußtseins. Ein sehr angenehmer Zustand, der eine ganze Weile andauerte.

Mit dem zweiten OM wurde diese Energie, die alles belebte,

wieder kurz spürbar, zog sich dann aber ohne mein Dazutun aus dem Körper zurück; sie stand ganz einfach still, war weder draußen noch drinnen, weder oben noch unten. Ein Feuer erhob sich aus dem Herzen und verbrannte sich selbst. Von allen fünf grobstofflichen und feinstofflichen Hüllen blieb nichts als Asche übrig, die von einem mächtigen Wind in die Weite des Raumes geweht wurde.

Im dritten Stadium, als nach dem OM lange Zeit absolute Stille herrschte, geschah es, daß mein Atem die Lebenskräfte wieder anzog. Sie hatten sich zuvor als kalte Brise im Weltraum zerstreut und die Region des Mondes erreicht. Dort breiteten sie sich strahlenförmig aus und fielen dabei auf die Asche, welche vom Körper übriggeblieben war. Augenblicklich erhob sich aus der Asche eine strahlende Gottheit, die mein ganzes Sein ausfüllte.

Im Körper spürte ich vom Ansatz des Rückens bis zum Scheitel eine starke Wellenbewegung: die innere Kundalini-Energie. Ich beobachtete, wie sie in einer Spirale aufwärtsstieg und durch die Mitte beider Hirnhälften hindurchlief. Mein Körper war nun vollständig von altem Plunder gereinigt und mein Bewußtsein frei vom leisesten Hauch eines Gedankens; auch die Sinne hatten keinen Kontakt mehr zu irgendwelchen Objekten. So von allem befreit, wurde ich der geistigen Konditionierung gewahr, die durch vergangene Erfahrungen erzeugt worden war, und ich löschte sie einfach aus.

Ohne neue Ablenkung von außen kam mein Geist vollkommen zur Ruhe, so daß ich in meinem Herzen das Dunkel der Unwissenheit erblickte, die das Licht der Selbsterkenntnis verhüllt hatte. Mit dem Licht der Selbsterkenntnis zerstreute ich diese Dunkelheit und erfuhr bloßes Gewahr-Sein. Dieses Gewahr-Sein, das bisher immer mit äußeren Faktoren verbunden gewesen war, hatte nun seine Reinheit und Unabhängigkeit wiedererlangt, und ich genoß Ananda oder Bliss, die letzte Stufe im Entwicklungsprozeß der Seele. Ich sah die Sieben Rishis vor meinem dritten Auge, sah die Göttinnen Sarasvati und Kali, die Trinität Shiva, Brahma, Vishnu und ignorierte sie, denn ich wollte in diesem Zustand absoluter Glückseligkeit bleiben, dem sogar noch die Freuden der Götter unterlegen sind. Dann ging ich auch darüber hinaus, erfuhr weder Ananda noch Nicht-Ananda, sondern reines Bewußtsein. Das mußte es sein, das Ziel aller menschlichen Bemühungen, der höchste Zustand des unverkörperten Selbst jenseits von Wachen, Schlafen und Träumen. Wie lange ich in »Turiya« verweilen durfte, kann ich nicht sagen. Irgendwann wurde ich von einer Bewegung in der Luft geweckt, die ich für den Flügelschlag einer Fledermaus hielt, sie kam aber von Premsai, meinem Meister. Ich wußte: Er und mein Höheres Selbst waren ein und dasselbe.

»Du solltest deine Tochter nicht länger warten lassen«, mahnte er sanft.

Unfähig, ein Wort hervorzubringen, erhob ich mich mit zitternden Knien. Wieder legte er seine Hand auf meinen Scheitel, und ich hörte auf zu zittern. Auch der veränderte Bewußtseinszustand verging allmählich, nur die Erinnerung daran würde ich niemals mehr verlieren.

Premsai geleitete mich zum Höhleneingang, der offenbar während meiner Meditation durch einen Erdrutsch verschüttet worden war. Indessen genügte eine flüchtige Berührung der magischen Hände, und das Hindernis verschwand, so daß wir die nächste Höhle betreten konnten. Dieser Vorgang sollte sich noch zwanzigmal wiederholen; jedesmal fanden wir das torlose Tor versiegelt vor, jedesmal mußten die Fingerspitzen des Meisters es freilegen. Mit der Öffnung der letzten Siegels aber löste Premsai sich in Luft auf.

Dann stand ich vor meiner Tochter, die mich, an den Baumstamm des Parijat gelehnt, erwartete. Ich sah ihr in die Augen und wußte, daß ihr Ähnliches widerfahren war wie mir. Ihr blauer Gott hatte auch sie in die höchste Wahrheit eingeweiht und ihr einen Frieden vermittelt, der mit nichts draußen in der Welt zu vergleichen war. Schweigend gingen wir zum Ausgang zurück, schweigend arbeiteten wir uns aus der Unterwelt zurück ans Tageslicht. Der Tunnel erschien mir jetzt viel weicher und feuchter als beim Abstieg vor Stunden, Tagen oder Jahren. Wie die Innenseite eines Frauenkörpers fühlte er sich an, ein Gebärmutterkanal. Und ich wußte: Dieser Durchgang vom Ich zum Selbst war meine letzte Geburt.

Benutzte Literatur

Ute Bejick, »Die Katharerinnen«, Freiburg

Rolf Beyer, »Die Königin von Saba«, Bergisch Gladbach 1991

Hans Georg Deggau, »Befreite Seelen«, Köln

Joelle de Gravelaine, »Lilith. Der Schwarze Mond. Die Große Göttin im Horoskop«, Wettsw. 1990

Siegmund Hurwitz, »Lilith – die erste Eva«, Einsiedeln, 1993

Regine Pernoud, »Christine de Pizan«, München 1997

Christine de Pizan, »Da Buch von der Stadt der Frauen«, München 1991

Christine de Pizan, »Wege in die Stadt der Frauen«, hrsg. Von Margarete Zimmermann, Zürich

Hannelore Traugott, »Lilith – Eros des Schwarzen Mondes«, Wettsw. 1995

Heide Wunder, »Er ist die Sonn, sie ist der Mond – Frauen in der Frühen Neuzeit«, München 1999

SAP-S/4HANA®-Projekte erfolgreich managen

SAP PRESS

SAP PRESS ist eine gemeinschaftliche Initiative von SAP SE und der Rheinwerk Verlag GmbH. Unser Ziel ist es, Ihnen als Anwendern qualifiziertes SAP-Wissen zur Verfügung zu stellen. SAP PRESS vereint das Know-how der SAP und die verlegerische Kompetenz von Rheinwerk. Die Bücher bieten Ihnen Expertenwissen zu technischen wie auch zu betriebswirtschaftlichen SAP-Themen.

Damit Sie nach weiteren Büchern Ihres Interessengebiets nicht lange suchen müssen, haben wir eine kleine Auswahl zusammengestellt:

Ulf Koglin
SAP S/4HANA. Voraussetzungen, Nutzen, Erfolgsfaktoren
490 Seiten, 3., aktualisierte und erweiterte Auflage 2020, gebunden
ISBN 978-3-8362-7574-3
https://www.sap-press.de/5088

Frank Densborn, Frank Finkbohner, Jochen Freudenberg, Kim Mathäß, Frank Wagner
Migration nach SAP S/4HANA
670 Seiten, 3., aktualisierte und erweiterte Auflage 2020, gebunden
ISBN 978-3-8362-6316-0
https://www.sap-press.de/4645

Marc. O. Schäfer, Matthias Melich
SAP Solution Manager für SAP S/4HANA
436 Seiten, 2016, gebunden
ISBN 978-3-8362-4389-6
https://www.sap-press.de/4264

Mario Destradi, Stephan Kiesel, Christian Lorey, Stefano Schütte, Bernd Lauterbach
Logistik mit SAP S/4HANA
616 Seiten, 2. aktualisierte und erweiterte Auflage 2019, gebunden
ISBN 978-3-8362-6771-0
https://www.sap-press.de/4789

Denise Banks-Grasedyck, Hans Oelfin, Reinhold Schwaiger, Volker Seemann
Erfolgreiche SAP-Projekte. Aufwände einschätzen, Kapazitäten planen und Ziele erreichen
368 Seiten, 2015, gebunden
ISBN 978-3-8362-3722-2
https://www.sap-press.de/3825

Banks-Grasedyck et al.

SAP-S/4HANA®-Projekte erfolgreich managen

Aufwände einschätzen, Kapazitäten planen und Ziele erreichen

Rheinwerk
Publishing

Liebe Leserin, lieber Leser,

SAP-Projekten eilt ein gewisser Ruf voraus: Sie drehen die Abläufe im Unternehmen auf links, dauern mitunter länger, als es ursprünglich geplant war, und verschlingen mehr als das ihnen zugedachte Budget. Gerade die Einführung von SAP S4/HANA geht mit einer fundamentalen Unternehmenstransformation einher. Hier ist es unerlässlich, sorgfältig und vorausschauend zu planen und auch im Verlauf des Projekts professionell auf Veränderungen zu reagieren.

Es gibt Mittel und Wege, auch solche komplexen Projekte in den Griff zu bekommen. Unser Autorenteam zeigt Ihnen anhand zahlreicher Erfahrungsberichte, wie Sie Ihr SAP-Projekt planen sollten, welchen Hürden Sie begegnen müssen und wie Sie Ihr Projektteam zu Höchstleistungen anspornen. Dabei lernen Sie auch, was Sie beachten sollten, wenn Sie einen internationalen Roll-out planen, wie Sie externe Kolleginnen und Kollegen am besten einbinden und welche Softwarewerkzeuge Sie im Projekt unterstützen können.

Natürlich ist auch Zeit im SAP-Projekt ein knappes Gut, deshalb stellen wir Ihnen viele Checklisten und Vorlagen zur Verfügung, die Sie direkt einsetzen können. Auf der Website des Rheinwerk Verlags können Sie sich Vorlagen für Projekt- und Kommunikationspläne, den Projektauftrag, Qualitäts-Reviews, die Aufwandsschätzung und vieles mehr herunterladen.

Jetzt wünsche ich Ihnen viel Spaß beim Lesen und viel Erfolg bei Ihrem SAP-Projekt! Wenn Sie dieses Buch gelesen (und Ihr Projekt gemeistert) haben, freuen wir uns über eine Rückmeldung. Schreiben Sie uns, wenn Sie Fragen, Kritik oder Verbesserungsvorschläge haben oder von Ihrem Projekt berichten möchten – wir sind gespannt auf Ihr Feedback!

Ihre Maike Lübbers
Lektorat SAP PRESS

maike.luebbers@rheinwerk-verlag.de
www.rheinwerk-verlag.de
Rheinwerk Verlag · Rheinwerkallee 4 · 53227 Bonn

Auf einen Blick

1 Einleitung ... 15
2 Was ein SAP-S/4HANA-Projekt so anders macht ... 45
3 Das SAP-S/4HANA-Projekt: Wie es sein sollte ... 107
4 Das SAP-S/4HANA-Projekt: Wie es tatsächlich ist ... 147
5 Der unterschätzte Erfolgsfaktor: der Mensch ... 177
6 Planung, Steuerung und Qualitätssicherung ... 239
7 Beispiele aus realen SAP-S/4HANA-Projekten ... 289
8 Externe Ressourcen – Fluch und Segen ... 357
9 Werkzeuge zur Projektunterstützung ... 381
10 12 Gebote für ein erfolgreiches SAP-Projekt ... 409

Wir hoffen, dass Sie Freude an diesem Buch haben und sich Ihre Erwartungen erfüllen. Ihre Anregungen und Kommentare sind uns jederzeit willkommen. Bitte bewerten Sie doch das Buch auf unserer Website unter **www.rheinwerk-verlag.de/feedback**.

An diesem Buch haben viele mitgewirkt, insbesondere:

Lektorat Maike Lübbers
Korrektorat Monika Klarl, Köln
Herstellung Nadine Preyl
Typografie und Layout Vera Brauner
Einbandgestaltung Bastian Illerhaus
Coverbilder iStock: 638681522 © alvarez, 498571761 © Aslan Alphan;
Shutterstock: 362171267 © Sergey Nivens, 1498583432 © REDPIXEL.PL
Satz SatzPro, Krefeld
Druck Beltz Grafische Betriebe, Bad Langensalza

Dieses Buch wurde gesetzt aus der TheAntiquaB (9,35/13,7 pt) in FrameMaker. Gedruckt wurde es auf chlorfrei gebleichtem Offsetpapier (90 g/m²). Hergestellt in Deutschland.

Bibliografische Information der Deutschen Nationalbibliothek:
Die Deutsche Nationalbibliothek verzeichnet diese Publikation in der Deutschen Nationalbibliografie; detaillierte bibliografische Daten sind im Internet über *http://dnb.dnb.de* abrufbar.

ISBN 978-3-8362-7537-8

2., aktualisierte und erweiterte Auflage 2020

Informationen zu unserem Verlag und Kontaktmöglichkeiten finden Sie auf unserer Verlagswebsite **www.rheinwerk-verlag.de**. Dort können Sie sich auch umfassend über unser aktuelles Programm informieren und unsere Bücher und E-Books bestellen.

Inhalt

1 Einleitung 15

1.1 Über dieses Buch 19

1.2 Exkurs: SAP-Lösungen – von den Anfängen bis heute 26

1.2.1 Ein SAP-ERP-System für alle Geschäftsbereiche 28
1.2.2 Standardsoftware als Alternative zu Eigenentwicklungen 29
1.2.3 Weg von der monolithischen SAP-ERP-Architektur 31
1.2.4 Zukäufe, Cloud-Company, SAP HANA 33
1.2.5 Cloud und SAP HANA 34
1.2.6 SAP S/4HANA – Die größte Investition in der Firmengeschichte 36
1.2.7 Aktuelle SAP-Softwarelösungen und Ausblick 39
1.2.8 The Experience Company powered by the Intelligent Enterprise 40
1.2.9 SAP S/4HANA – ein Ladenhüter? 42
1.2.10 On-Premise oder in der Cloud? 43

2 Was ein SAP-S/4HANA-Projekt so anders macht 45

2.1 Was IT-Projekte von der Unternehmenstransformation mit SAP unterscheidet 46

2.2 Projekt ist nicht gleich Projekt 50

2.2.1 Was ist ein Projekt? 50
2.2.2 Welche Projektmanagementarten gibt es? 53
2.2.3 Wer ist am Projekt beteiligt? 58

2.3 Digitalisierung im Projektmanagement 60

2.3.1 Wie kann Projektmanagement von der digitalen Transformation profitieren? 61
2.3.2 Vom klassischen Projektmanagement zu agilen Prozessen (Methoden) 65
2.3.3 Hybrides Projektmanagement 67

2.4 Die Entscheidung für Software von SAP 70
2.4.1 Analyse der Ausgangssituation 70
2.4.2 Beispiel zur Auswahl einer ERP-Software 71
2.4.3 Review der bestehenden Systemlandschaft 72
2.4.4 Das Assessment: Durchführung einer Ist-Analyse 73
2.4.5 Kriterien für die Auswahl der Software 73
2.4.6 Im Rückblick – Erfahrungen mit dem SAP-System und Verbesserungspotenzial 77

2.5 Der Weg zu SAP S/4HANA 80
2.5.1 Ihr Unternehmen hat SAP seit Jahren im Einsatz 81
2.5.2 Ihr Unternehmen steht vor der ersten SAP-Einführung 83
2.5.3 SAP-S/4HANA-Nutzungsmodelle 83
2.5.4 Der richtige Ansatz für den Aufbau der SAP-S/4HANA-Systeme: Greenfield oder Brownfield 91
2.5.5 Datenmigrationsaspekte beim Greenfield-Ansatz 99
2.5.6 Wirtschaftlichkeitsbetrachtungen/Business Case 102

2.6 Fazit 104

3 Das SAP-S/4HANA-Projekt: Wie es sein sollte 107

3.1 Projektmanagementstandards, Methodik und Werkzeuge: ein Überblick 109
3.1.1 Auswahl der externen Projektleitung 110
3.1.2 Die Bedeutung der Projektmanagementmethodik 112

3.2 Das Projektmanagement-Einmaleins: PMI-Projektmanagementmethodik 113

3.3 Alles perfekt vorbereitet: die idealen Voraussetzungen 116

3.4 ASAP – die Mutter aller SAP-Methoden 119
3.4.1 Phase 1: Planung und Vorbereitung 120
3.4.2 Phase 2: Business Blueprint 122
3.4.3 Phase 3: Realisierung 124
3.4.4 Phase 4: Produktionsvorbereitung 125
3.4.5 Phase 5: Go-live und Support 126
3.4.6 Vor- und Nachteile von ASAP 127

3.5 SAP Launch: die Einführungsmethodik für die SAP-Cloud-Produkte 127

3.6 SAP Activate: das bessere ASAP 129
3.6.1 Phase 1: Discover 131
3.6.2 Phase 2: Prepare 132
3.6.3 Phase 3: Explore 132
3.6.4 Phase 4: Realize 133
3.6.5 Phase 5: Deploy 134
3.6.6 Phase 6: Run 136

3.7 Tools zur Unterstützung von SAP Activate 138
3.7.1 Roadmap Viewer 139
3.7.2 SAP Best Practices Explorer 142
3.7.3 SAP Model Company 143

4 Das SAP-S/4HANA-Projekt: Wie es tatsächlich ist 147

4.1 Phase 1: Discover (oder: Möglichkeiten sondieren) 148

4.2 Phase 2: Prepare (oder: das Projekt vorbereiten) 149
4.2.1 Offizieller Projektstart 149
4.2.2 Vereinfachung durch Lösungsbausteine 150
4.2.3 Planung des Projekts 150
4.2.4 Projektorganisation und Projektressourcen 152
4.2.5 Bereitstellung der Infrastruktur 155
4.2.6 Kommunikation im Unternehmen 156

4.3 Phase 3: Explore (oder: Geschäftsprozesse abbilden) 157
4.3.1 Geschäftsprozessanforderungen 158
4.3.2 Systemarchitektur 159
4.3.3 Projektstandards und Vorgehensweisen 161

4.4 Phase 4: Realize (oder: die Umsetzung) 162
4.4.1 Projektsteuerung und -kontrolle 162
4.4.2 Konfiguration des Systems 164
4.4.3 Testen 165
4.4.4 Datenmigration 167
4.4.5 Change Management 168

4.5 Phase 5: Deploy (oder: die Produktivsetzung vorbereiten) 169
4.5.1 Schulung der Anwender*innen 169
4.5.2 Produktivsetzung 170

4.6 Phase 6: Run (oder: Go-live und Support) 171

4.7 Top-Flops im SAP-S/4HANA-Projekt ... 172
4.7.1 Fallstricke im gesamten Projektverlauf ... 172
4.7.2 Phase 1: Discover ... 172
4.7.3 Phase 2: Prepare ... 173
4.7.4 Phase 3: Explore ... 173
4.7.5 Phase 4: Realize ... 173
4.7.6 Phase 5: Deploy ... 174
4.7.7 Phase 6: Run ... 175

5 Der unterschätzte Erfolgsfaktor: der Mensch 177

5.1 Wer gehört zum Projektteam? ... 179
5.2 Die Bedeutung der Projektleitung ... 182
5.3 Qualifikation, persönliche Eignung und Verfügbarkeit der Projektmitglieder ... 192
5.3.1 Skill-Anforderungen im digitalen Projektmanagement ... 192
5.3.2 So wählen Sie die richtigen Mitarbeiter*innen aus ... 196
5.3.3 So stellen Sie die Ressourcenverfügbarkeit sicher ... 199
5.4 Schlüsselfaktoren für gute Teamarbeit ... 201
5.4.1 Gegenseitiges Vertrauen ... 202
5.4.2 Ein gemeinsames Verständnis der Mission ... 203
5.4.3 Individuelles Engagement und Selbstverpflichtung zu den Teamzielen ... 203
5.4.4 Klar definierte Rollen und Verantwortlichkeiten ... 204
5.4.5 Regeln für das Arbeiten im Team ... 204
5.4.6 Klar geregelte Entscheidungsfindung ... 204
5.4.7 Effektive Gruppenprozesse ... 205
5.4.8 Richtlinien für High-Performance-Teams ... 205
5.5 Menschlichkeit, Machbarkeit und Motivation ... 207
5.5.1 Überlastung erkennen ... 208
5.5.2 Mitarbeiter*innen brauchen Motivation ... 212
5.5.3 Helfen Sie, Stress zu vermeiden ... 215
5.6 Kommunikation als Erfolgsfaktor ... 220
5.6.1 Kommunikationskultur ... 223
5.6.2 Kommunikationsstruktur und Unternehmenskultur ... 226

5.7 Internationale Projektbesetzung – eine besondere Herausforderung ... 230
5.7.1 Gut beraten ist halb gewonnen ... 231
5.7.2 Nach der Anreise fängt die Reise erst an ... 231

5.8 Auswirkung der Digitalisierung auf das Projektmanagement .. 234
5.8.1 Worauf es ankommt ... 234
5.8.2 Digitalisierung von Kundenbeziehungen ... 235
5.8.3 Aufbau von Digital Talent ... 235
5.8.4 Nutzung von Daten und fortschrittlicher Technologien ... 236
5.8.5 Digitalisierung von Betriebsabläufen und Automatisierung von Prozessen ... 237

6 Planung, Steuerung und Qualitätssicherung 239

6.1 Helfer in allen Lebenslagen: das Project Management Office .. 239

6.2 Projektplanung ... 243
6.2.1 Die Säulen der Projektplanung ... 245
6.2.2 Was wird geplant? ... 245
6.2.3 Wie wird geplant? ... 246
6.2.4 Wie teuer, wie lang, wie viel? Die Aufwandsschätzung 251

6.3 Projektsteuerung ... 253
6.3.1 Leitlinien für eine erfolgreiche Projektsteuerung ... 255
6.3.2 Steuerungs- und Kontrollprozesse durchführen ... 262
6.3.3 Besondere Einflussfaktoren im Projekt ... 266

6.4 Qualitätssicherung ... 268
6.4.1 Wo hakt es in der Praxis? ... 269
6.4.2 Was bedeutet Qualitätssicherung in der Projektarbeit? ... 270
6.4.3 Reviews vorbereiten und durchführen ... 270
6.4.4 Behandlung der Review-Ergebnisse ... 275

6.5 Planung, Steuerung und Qualitätssicherung in SAP-S/4HANA-Projekten ... 277
6.5.1 Was bewegt die IT-Projekt-Welt heute? ... 277
6.5.2 Projektmanagement in SAP-S/4HANA-Projekten ... 279

6.5.3 Besonderheiten bei SAP-S/4HANA-Projekten 281
6.5.4 Aufgaben in den verschiedenen Projektphasen (Checklisten) 283

7 Beispiele aus realen SAP-S/4HANA-Projekten 289

7.1 Vorbereitung eines SAP-S/4HANA-Implementierungsprojekts 289
7.1.1 Ausgangssituation 289
7.1.2 Gründe für das Projekt 292
7.1.3 Projektziele 292
7.1.4 Vorgehensweise 294
7.1.5 Zusammenfassung 295

7.2 Einführung von SAP S/4HANA bei der ELKB 295
7.2.1 Ausgangssituation 296
7.2.2 Gründe für das SAP-S/4HANA-Projekt 297
7.2.3 Projektziele 298
7.2.4 Vorgehensweise 301
7.2.5 Ergebnisse 305
7.2.6 Zusammenfassung und Lessons Learned 308

7.3 »Be liquid« – BITZERs agiler Weg zu SAP S/4HANA 310
7.3.1 Entwicklung der Systemlandschaft 313
7.3.2 Der Fünfjahresplan: SAP S/4HANA 314
7.3.3 Das etwas andere SAP-S/4HANA-Einführungsprojekt 316

7.4 Projekt zur Ablösung der globalen Beschaffungssysteme (Automobilindustrie) 320
7.4.1 Ausgangssituation 321
7.4.2 Gründe für das Projekt 322
7.4.3 Projektziele 322
7.4.4 Vorgehensweise 324
7.4.5 Ergebnisse 327

7.5 Lessons Learned aus einem internationalen SAP-ECC-Projekt 330
7.5.1 Globale SAP-Einführung aus der Sicht eines Pilotlandes 330

7.5.2 Lessons Learned: die lokale Projektvorbereitung 337
7.5.3 Lessons Learned: lokaler Business Blueprint 338
7.5.4 Lessons Learned: die Realisierungsphase 339
7.5.5 Lessons Learned: finale Phase der Vorbereitung/Go-live und Support 340
7.5.6 Wie ging es nach der Pilotinstallation weiter: das Roll-out-Konzept 343

8 Externe Ressourcen – Fluch und Segen 357

8.1 Wozu externe Hilfe? 358
8.2 So finden Sie die Richtigen 361
8.3 Werkleistungen oder Abrechnung nach Zeit- und Materialaufwand? 363
8.4 Rollenverteilung zwischen Auftraggeber*in und Berater*in 367
8.5 Die internen Externen 370
8.6 Ziele im Projekt 371
8.7 Projekte mit Offshore- oder Nearshore-Teams 373

9 Werkzeuge zur Projektunterstützung 381

9.1 Werkzeuge für das Projektmanagement 381
9.1.1 Microsoft Project 383
9.1.2 Microsoft Word 384
9.1.3 Microsoft Excel 385
9.1.4 Microsoft 365: Outlook/Exchange/Outlook 386
9.1.5 Laufwerke auf dem Filesystem 387
9.1.6 SAP Solution Manager 388
9.2 Werkzeuge für das Geschäftsprozessmanagement 392
9.3 Werkzeuge für das Testen 394
9.3.1 SAP Solution Manager 395
9.3.2 CATTT und eCATT 397
9.3.3 Weitere Werkzeuge 397

9.4 Werkzeuge zur Betriebsunterstützung und zur Softwarelogistik 399

9.4.1 Transportwesen/Softwarelogistik 399

9.4.2 Systembetrieb 400

9.4.3 Stammdatenmanagement 401

9.5 Minimized Downtime Services 402

9.6 SAP S/4HANA Migration Cockpit 403

9.7 SAP Data Services 406

10 12 Gebote für ein erfolgreiches SAP-Projekt 409

Anhang 413

A Glossar 413

B Literaturverzeichnis 423

C Das Autorenteam 429

Index 431

Kapitel 1
Einleitung

*Bevor wir Sie in die Tiefen des SAP-Projektmanagements führen und Ihnen dabei auch von unseren Erfahrungen in SAP-(S/4HANA-)Projekten berichten, erklären wir kurz, wie dieses Buch aufgebaut ist und was Sie davon erwarten können. Für geneigte Leser*innen gibt es außerdem einen kleinen Exkurs in die SAP-Historie.*

Als wir 2015/2016 die erste Auflage dieses Buches geschrieben haben, wollten wir eigentlich nur einen Artikel über SAP-Projekte schreiben – aber dann hatten wir einfach zu viel Spaß am Schreiben, um aufzuhören. In einem Artikel mussten zu viele Aspekte unerwähnt bleiben, die für den Erfolg eines großen SAP-Projekts unabdingbar sind. Deshalb haben wir weitergemacht und gleich ein ganzes Buch geschrieben.

Technologischer Wandel

Seitdem hat sich die Welt enorm verändert. Der technologische Fortschritt in der letzten Dekade hat zu drastischen Umwälzungen geführt: Firmen steigern ihre Produktivität durch immer weitergehende Automatisierung, wodurch der Bedarf an menschlicher Arbeitskraft schwindet. Cloud-Anbieter wie Facebook, Uber, Workday, Airbnb und viele andere haben Plattformen geschaffen, die die Art, wie wir leben, arbeiten, reisen und mit anderen kommunizieren, grundlegend verändern. KI-Anwendungen (*künstliche Intelligenz*) sind selbstverständlicher Teil unseres Alltags geworden (»googlen« Sie noch, oder fragen Sie schon Siri oder Alexa?). Milliarden Menschen tragen kleine Computer (Smartphones) bei sich, von denen jeder einzelne mehr Rechenpower hat als die Supercomputer, die genutzt wurden, um 1969 die ersten Menschen zum Mond zu schicken – und telefonieren kann man mit ihnen außerdem.

Diese rasanten Entwicklungen werfen viele gesellschaftliche Fragen auf, aber in diesem Buch soll es vor allem darum gehen, wie Sie als Projektleiter bzw. Projektleiterin einen Beitrag dazu leisten können, dass sich Ihr Unternehmen in diesem globalen Wettbewerb der besten Ideen, der besten Dienstleistungen, der besten Produkte und fähigsten Anbieter durch eine moderne und leistungsfähige IT behauptet. Auch wenn eine Unternehmens-IT häufig noch als Kostenfaktor gesehen wird, kann sie ein wichtiger

»Enabler« werden, der es Unternehmen ermöglicht, neue Angebote, Geschäftsfelder und Kunden zu erschließen.

Wie kann sich Ihr Unternehmen in einer globalen, digitalisierten Welt behaupten?

Die Welt ist eine andere geworden, aber auch die Unternehmen, die SAP-Software einsetzen, und SAP selbst haben sich massiv verändert, sodass eine grundlegend überarbeitete Neuauflage geboten schien. Viele Unternehmen haben SAP-Software seit Jahren erfolgreich im Einsatz und sehen sich nun einer neuen Herausforderung gegenüber, dem Umstieg von der klassischen SAP Business Suite zu SAP S/4HANA – dem neuen SAP-Flaggschiff und SAP-Kernprodukt. Es stellt sich die Frage, ob es besser ist, damit noch zu warten, oder ob jetzt der richtige Zeitpunkt gekommen ist, um diese Aufgabe anzugehen.

Aber auch die SAP-Cloud-Angebote, angefangen bei der SAP HANA Enterprise Cloud über die Integrationsplattform SAP Cloud Platform bis hin zu SAP Cloud for Customer und SAP Analytics Cloud, müssen evaluiert werden. Technologien wie Machine Learning, Spracherkennung, Robotic Process Automation, Blockchain usw. versprechen ganz neue Möglichkeiten, um sich von der Konkurrenz abzusetzen und neue Kunden und Geschäftsfelder zu erobern. Diese Entwicklungen zu ignorieren, kann sich heute kein Unternehmen mehr leisten, ohne die eigene Wettbewerbsfähigkeit und damit die eigene Zukunft aufs Spiel zu setzen. SAP hat viele interessante Produkte im Angebot, aber es ist davon auszugehen, dass Sie den größten Nutzen nur daraus ziehen, wenn Sie diese gemeinsam mit SAP S/4HANA einsetzen.

Zukunftswette und Unternehmenstransformation

SAP S/4HANA ist nicht nur die neueste ERP-Business-Suite von SAP, sondern der neue Kern der SAP-Strategie, SAPs größte und wichtigste Wette auf die Zukunft. Obwohl SAP bemüht ist, die Migration nach SAP S/4HANA so einfach wie möglich zu gestalten, steckt bei genauerem Hinsehen viel mehr dahinter. Eine Einführung von SAP S/4HANA geht – wenn sie sich auszahlen soll – mit einer fundamentalen Unternehmenstransformation einher:

- **ERP in der Cloud**
  SAP ist seit Jahren Marktführer für geschäftskritische Systeme und Daten in On-Premise-ERP-Systemen. Möglichst viele Kunden sollen nun ermutigt werden, auch geschäftskritische Daten und Prozesse in die (von SAP bereitgestellte) Cloud zu migrieren. *SAP S/4HANA Cloud* in einer Essentials Edition bzw. einer Extended Edition sind SAPs Angebote für diese Unternehmen.

  Dahinter steckt eine neue ERP-Philosophie: ein standardisiertes ERP-System als Herz des Unternehmens, umgeben von weiteren, spezialisierten SAP-Cloud-Lösungen und ergänzt durch kundenspezifische Erweiterungen in PaaS- oder On-Premise-SAP-Anwendungen.

- **O-Daten und X-Daten**
  SAP S/4HANA schafft die Möglichkeit, Operational Data (O-Data) mit Experience Data (X-Data), d. h. klassische Unternehmensreports mit zeitnahen Auswertungen über Kundenpräferenzen und Kundenzufriedenheit zu verbinden. Dadurch können Unternehmen sehr schnell und flexibel auf veränderte Kundenwünsche reagieren.
- **Künstliche Intelligenz, Robotic Process Automation, Machine Learning**
  Mit SAP S/4HANA eröffnet sich für Unternehmen die Möglichkeit, Zukunftsthemen wie künstliche Intelligenz (KI), Robotic Process Automation (RPA), Machine Learning (ML) usw. als Teile der Industrie 4.0 Realität werden zu lassen und von ihnen zu profitieren.

Diese massiven Veränderungen, die bei vielen Unternehmen in den nächsten Jahren anstehen, haben das Potenzial, genauso schmerzhaft, revolutionär, zeit- und kostenintensiv zu werden wie die erste unternehmensweite Einführung von SAP-ERP-Software vor vielen Jahren – oder auch nicht, wenn man es richtig angeht: Chancen und Risiken sorgfältig abwägt und handwerkliche Projektmanagementfehler vermeidet. Wir wollen Ihnen in diesem Buch zeigen, wie das geht.

Und SAP? SAP hat sich vom etwas biederen, aber soliden badischen Anbieter integrierter Enterprise-Resource-Planning-Software der 90er- und frühen 2000er-Jahre zu einem globalen Softwarehersteller, Cloud-Anbieter und Serviceprovider entwickelt. Deutschland ist heute weiterhin ein wichtiger, aber beileibe nicht mehr der wichtigste Absatzmarkt für SAP-Produkte und -Lösungen. SAP hat sich in einer Geschwindigkeit verändert, dass sich manche Kunden die Augen reiben und fürchten, den Anschluss zu verlieren. Im Jahr 2016, als die erste Version dieses Buches erschien, hatte SAP ca. 66.000 Mitarbeiter*innen – heute, sieben Jahre später, sind es, bedingt durch organisches Wachstum und zahlreiche Zukäufe bzw. Firmenübernahmen, mehr als 100.000.

SAP: In 32 Jahren von SAP R/3 zum Full-Service-Cloud-Anbieter

Die Produktpalette bestand in den 90er-Jahren im Wesentlichen aus dem Kernprodukt SAP R/3 und wurde Anfang der 2000er-Jahre zunächst durch logische Weiterentwicklungen für das Kundenmanagement (SAP Customer Relationship Management, SAP CRM), für das Berichtswesen (SAP Business Warehouse, SAP BW, vormals SAP BI (SAP Business Intelligence), das Lieferantenmanagement (SAP Supplier Relationship Management, SAP SRM) und das Lieferkettenmanagement (SAP Supply Chain Management, SAP

SCM) usw. erweitert. Ab 2008 begann eine Neuausrichtung auf Cloud-Software und Serviceangebote und damit einhergehend eine enorme Verbreiterung des Produktportfolios (siehe auch Abbildung 1.1).

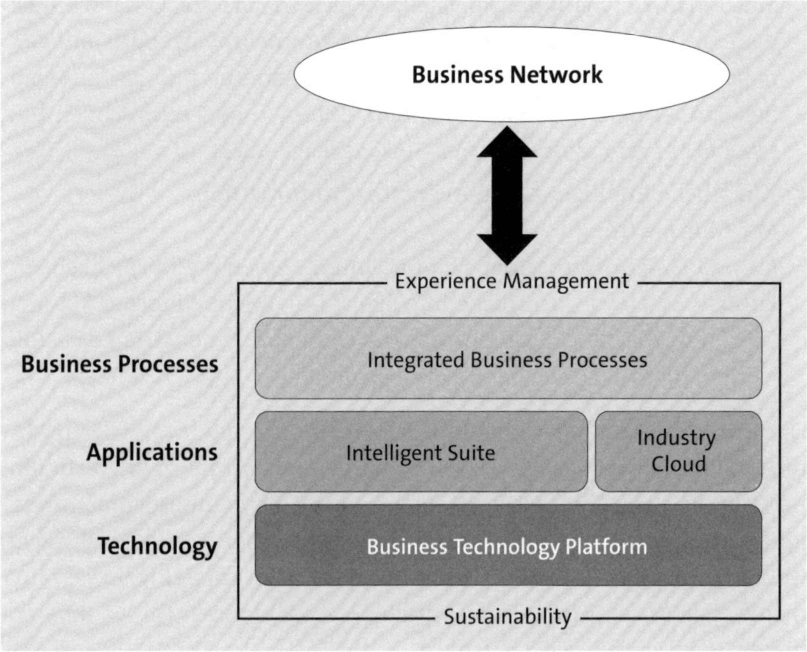

Abbildung 1.1 Überblick über die SAP-Produktstrategie

Damit ging auch die Abkehr vom reinen Softwarehersteller zum Anbieter von Cloud-Lösungen und IT-Services für Infrastruktur und Softwaremanagement einher. Lizenzverkäufe sind weiterhin wichtig, aber mit fast 70 % des Umsatzes verdient SAP heute das Geld vor allem mit »wiederkehrenden Erlösen«, d. h. langfristigen Kundenverträgen mit regelmäßig wiederkehrenden Zahlungen, wie sie z. B. bei Cloud-Angeboten üblich sind.

Fest steht, dass sich SAP als Unternehmen stark verändert und auch seinen Fokus neu ausgerichtet hat. Dies schlägt sich z. B. auch im Unternehmensmotto nieder, das 2013 noch »The Best-Run Businesses Run SAP« war, 2016 in »The Cloud Company powered by SAP HANA« geändert wurde und inzwischen (seit 2019) – zugegeben etwas weniger eingängig – »The Experience Company powered by the Intelligent Enterprise« lautet. Schlagwörter der technologischen Entwicklung werden hier aufgegriffen und weisen den Weg in die Zukunft des Unternehmens.

Auch ein Blick in die Umsatzzahlen (Jahresbericht 2019) zeigt die Veränderungen, die SAP in den letzten Jahren durchlaufen hat: Cloud-Erlöse wachsen um fast 40 % gegenüber dem Vorjahr und erreichen ca. 7 Mrd. Euro, während die Erlöse aus klassischen Softwarelizenzen im gleichen Zeitraum ca. 4,5 Mrd. Euro betragen und damit leicht sinken.

Fazit: SAP hat im letzten Jahrzehnt einen dramatischen Wandel durchlaufen. Man könnte auch sagen, SAP hat sich als Unternehmen selbst neu erfunden und bietet seinen Kunden an, diese Veränderungen mitzugehen und von ihnen zu profitieren.

1.1 Über dieses Buch

Bevor wir uns nach der Einführung kopfüber in die Welt der SAP-Projekte stürzen, möchten wir die folgenden Fragen beantworten: Für wen ist dieses Buch geschrieben? Was ist das Besondere daran? Welche Kapitel gibt es, und wie soll man das Buch am besten lesen?

Was verstehen wir unter einem SAP-Projekt?

Wir schreiben in diesem Buch viel über SAP-Projekte – darüber, was SAP-Projekte so besonders macht, und darüber, was sie von »normalen« IT-Projekten unterscheidet.

»Das« SAP-Projekt gibt es nicht

Aber was verstehen wir unter einem SAP-Projekt? *Das* SAP-Projekt gibt es schließlich nicht; stattdessen finden Sie SAP-Projekte in allen Farben und Formen. Planen Sie eine erstmalige Einführung von SAP-Software? Liebäugeln Sie mit SAP S/4HANA oder einem (oder mehreren) SAP-Cloud-Angeboten? Oder sind Sie bereits langjähriger SAP-Kunde und planen Verbesserungen und Optimierungen Ihrer bestehenden SAP-Landschaft? Betreiben Sie Ihre SAP-ERP-Software noch ganz klassisch on-premise, und planen Sie Cloud-Dienste zu nutzen, oder sind Sie bereits in der Cloud angekommen und haben sogar Erfahrungen mit hybriden Systemlandschaften gesammelt?

Oder sind kaufmännische Aspekte Ihr Antrieb? SAP bewirbt intensiv den Umstieg von klassischen Lizenzverträgen mit dazugehörigem Support-Vertrag zu Subskriptionsverträgen. Statt einer einmaligen Lizenzgebühr zahlen Sie eine (zumeist) monatliche »Softwaremiete« (in einer Art Abo). Das ist ein sehr interessantes Angebot, da es den Kunden ermöglicht, Investitionsausgaben (häufig *Capital Expenditure*, CapEx, genannt) in Betriebskosten (*Operational Expenditures*, OpEx) umzuwandeln, was häufig mit erheblichen Kosteneinsparungen einhergeht. Allerdings ist das nur in Verbindung mit einem SAP-HANA-Enterprise-Cloud-Vertrag möglich, d. h., Ihre SAP Landschaften werden für Sie von SAP in eigenen Rechenzentren bzw. bei einem der drei großen Hyperscaler (Google Cloud Services, Amazon Web Services, Microsoft Azure) betrieben.

Abhängig von Ihrer Antwort bewegen Sie viele unterschiedliche, aber jedoch auch sehr viele gemeinsame Fragestellungen. Ein entscheidendes Kriterium für die Vorbereitung und Durchführung, aber auch für die Erfolgswahrscheinlichkeit Ihres SAP-Projekts ist die Größe der Transformation. Das Risiko steigt exponentiell mit der Transformationsgröße. Sehr viele mittelständische und noch mehr multinationale Unternehmen haben die erste große Hürde bereits in den 90er- oder 2000er-Jahren genommen und einen Großteil ihrer Geschäftsprozesse in SAP-Software abgebildet. SAP ERP ist im deutschsprachigen Raum und mittlerweile auch international sehr weit verbreitet. (SAP ist mit mehr als 22 % Marktanteil unangefochtener Weltmarktführer für Unternehmenssoftware.) Für Unternehmen, die SAP ERP im Einsatz haben, stellen sich nun neue Herausforderungen: Einerseits hat die Komplexität der SAP-Produktpalette, nicht zuletzt durch den Zukauf von Business Objects, Sybase, SuccessFactors, Ariba und Fieldglass (um nur einige zu nennen) erheblich zugenommen. Andererseits stellt die SAP-Abkehr vom Datenbank-Agnostizismus durch die Fokussierung auf SAP HANA und die Integration von immer mehr Cloud-Technologien die IT-Abteilungen vor neue Herausforderungen.

Wir gehen in diesem Buch nicht im Detail auf die Besonderheiten einzelner SAP-Produkte oder -Komponenten ein. Auch die Unterschiede der einzelnen SAP-Releases ist für das, was wir hier beschreiben wollen, nicht relevant. Allerdings hat sich die Komplexität der SAP-ERP-Lösungen in den letzten 28 Jahren (seit dem Erscheinen von SAP R/3) verzigfacht. Und über Komplexität schreiben wir auf den folgenden Seiten noch häufiger.

Komplexe Transformationen

Alle Projekte in unserer zusammengenommen mehr als 100-jährigen Laufbahn, in der wir SAP-Projekte begleitet oder geleitet haben, haben gemeinsam, dass es sich um komplexe Transformationen handelt. Doch worin liegt dann der kleinste gemeinsame Nenner bei einem SAP-Projekt, wie wir es verstehen? In den meisten SAP-Projekten ist das Kernstück die SAP Business Suite powered by SAP HANA bzw. die Intelligent Suite SAP S/4HANA. Häufig spielen auch weitere On-Premise- oder Cloud-Lösungen eine Rolle. Für all diese Projekte gilt Folgendes:

- Sie sind sehr komplex.
- SAP S/4HANA ist funktionaler Dreh- und Angelpunkt, aber oft sind auch weitere SAP-Applikationen involviert.
- Sie haben Berührungspunkte mit Nicht-SAP-Anwendungen und oft auch Nicht-SAP-Integrationsplattformen.

- Sie umfassen sehr oft verteilte bzw. hybride Systemlandschaften.
- Die Veränderungen betreffen weite Teile des Unternehmens.

In diesem Buch gehen wir davon aus, dass auch Sie ein SAP-Projekt durchführen werden, das diese Merkmale aufweist. Wir werden nicht oder nur sehr selten auf releasespezifische Besonderheiten im Projekt eingehen. Das bedeutet, dass Sie dieses Buch im Rahmen aktueller und zukünftiger SAP-Projekte nutzen können und egal ob Ihr Projekt »auf der grünen Wiese« die erste SAP-Anwendung in Ihrem Unternehmen platziert oder ob Sie ein Upgrade- oder Optimierungsprojekt durchführen.

An wen richtet sich dieses Buch?

Wir freuen uns, dass Sie sich für dieses Buch entschieden haben, denn wir haben es genau für Sie geschrieben. Mit »Sie« meinen wir Menschen, die sich aus den unterschiedlichsten Gründen und in den unterschiedlichsten Rollen mit der Durchführung von SAP-Projekten beschäftigen wollen (oder vielleicht auch müssen). Egal, welche Beweggründe Sie für Ihr Interesse an der erfolgreichen Durchführung von SAP-Projekten haben: Wir sind sicher, dass Sie in diesem Buch etwas finden werden, das Ihnen hilft, Ihr aktuelles oder auch zukünftiges SAP-Projekt mit mehr Erfolg und weniger Stress zu begleiten und abzuschließen.

Kernzielgruppen

Dieses Buch richtet sich vor allem an Projekt- und Teilprojektleiter*innen in Unternehmen, die ein SAP-Projekt vor sich haben (oder schon darin verstrickt sind), SAP-Berater*innen, Projektmitarbeiter*innen sowie Manager*innen und Entscheider*innen. Sie können dieses Buch vielseitig verwenden: Für neue Projektmitglieder ist es ein Leitfaden, der die einzelnen Projektphasen und Aktivitäten beschreibt. Sie lernen, was Sie in den einzelnen Projektphasen erwartet, und gewinnt einen wertvollen Einblick in den Alltag eines Projektleiters oder einer Projektleiterin. Sie erfahren, wie Sie auch über Ihre Rolle im Projekt hinaus Unterstützung anbieten und Ideen beitragen und sich damit als besonders wertvolles Teammitglied beweisen können.

Für angehende oder neue Projektleiter*innen ist dieses Buch ein Handbuch mit wichtigen Hinweisen auf Fallstricke und kritische Erfolgsfaktoren. Projektmanagement ist zu einem guten Teil »Handwerk«, d. h., es gibt bewährte Vorgehensweisen, durch die Sie die Wahrscheinlichkeit des Projekterfolgs signifikant erhöhen können. Sie lernen Handlungswege kennen, die dort anfangen, wo die üblichen Projektmanagementschulungen aufhören, nämlich an der sogenannten »Projektfront«, wo die Praxis oft mehr als nur ein wenig anders ist als die Theorie. So können Sie sich als Projektleiterin oder Projektleiter schon beim ersten Einsatz in Ihrer neuen Rolle auf bewährte Erfahrungen verlassen und systematisch auf den Erfolg Ihres Projekts zusteuern.

Für erfahrene Projektleiter*innen ist dieses Buch ein Nachschlagewerk, und für strategische Entscheidungsträger*innen und andere Stakeholder, die durch bessere Entscheidungen etwas zum Projekterfolg beisteuern möchten, ist dieses Buch ein Ratgeber. Sie können das ganze Buch lesen oder es punktuell bei spezifischen Problemstellungen zurate ziehen.

Wie ist dieses Buch aufgebaut?

In diesem Buch finden Sie neben diesem neun weitere Kapitel, deren Inhalt und Zielsetzung wir im Folgenden kurz zusammenfassen möchten:

Der (nicht so) feine Unterschied

Kapitel 2, »Was ein SAP-S/4HANA-Projekt so anders macht«, stellt die Besonderheiten von SAP-S/4HANA-Projekten heraus. Es zeigt, was ein SAP-S/4HANA-Projekt von klassischen IT-Projekten unterscheidet und welche Ziele ein SAP-S/4HANA-Projekt verfolgt.

Vom idealen Projekt ...

Kapitel 3, »Das SAP-S/4HANA-Projekt: Wie es sein sollte«, beschreibt die Bedingungen, die gegeben sein müssen, damit ein SAP-S/4HANA-Projekt erfolgreich verläuft. Dazu wird die Activate-Methode – die Implementierungsmethode, die SAP selbst empfiehlt – kurz vorgestellt und beschrieben, warum ihr Einsatz sinnvoll ist. Anhand der einzelnen Phasen und Werkzeuge dieser Methode stellen wir Ihnen unser ideales Projekt sowie die einzelnen Phasen Discover, Prepare, Explore, Realize, Deploy und Run vor. In diesem Kapitel läuft alles wie am Schnürchen – ohne Finanzierungslücken, Streit mit der Fachabteilung um Ressourcen und sonstige Querschläger.

... zur Wirklichkeit

Kapitel 4, »Das SAP-S/4HANA-Projekt: Wie es tatsächlich ist«, stellt die wichtigsten Fallstricke in SAP-S/4HANA-Projekten vor. Auch hier orientieren wir uns an der SAP-Activate-Roadmap und zeigen, welche Versäumnisse und Rückschläge typisch für die einzelnen Projektphasen sind – von der Planung bis zu Go-live und Support.

Erfolgsfaktor Soft Skills

In **Kapitel 5**, »Der unterschätzte Erfolgsfaktor: der Mensch«, dreht sich alles um die wichtigste Ressource im Projekt. Wir zeigen, welche Eigenschaften und Kenntnisse Projektleiter*in und Projektteam mitbringen müssen, um in der komplexen und immer dynamischer werdenden Welt der Transformationsprojekte erfolgreich zu arbeiten. Sie erfahren, welche herausragende Rolle eine gute stakeholder-orientierte Kommunikation für den Projekterfolg spielt. Anhand von Beispielen aus dem Projektleben vermitteln wir Ihnen einfache und effektive Strategien, um auch schwierige Gespräche zu meistern. Sie lernen, was ein High-Performance-Team ausmacht, welche

Schwierigkeiten es hier geben kann und wie Sie damit umgehen. Wir sprechen auch Themen an, bei denen häufig lieber »weggeschaut« wird, z. B. wie Sie Anzeichen der Überforderung bei Ihrem Projektteam frühzeitig erkennen und dem aktiv entgegenwirken können. In Interviews mit Projektmitgliedern, sowohl firmeninternen als auch externen Mitarbeiter*innen, haben wir evaluiert, welche Hilfestellung sich die Beteiligten wünschen, welche Faktoren in ihren erfolgreichen Projekten präsent waren und welche Faktoren nicht oder nicht ausreichend bedacht wurden.

Achtung! Planung, Steuerung und Qualitätssicherung

Kapitel 6, »Planung, Steuerung und Qualitätssicherung«, behandelt die Aktivitäten im Projekt, die in besonderem Maße strukturelles Vorgehen, Projektdisziplin und Realismus erfordern. Wir zeigen Ihnen in dem Kapitel auf, worauf Sie Ihre besondere Aufmerksamkeit legen sollten, ohne Sie dabei zu sehr in die theoretische Methodenwelt zu entführen, denn letztlich ist der Praxiserfolg entscheidend.

Gut gemacht – von der Theorie zur Praxis im Projekt

Kapitel 7, »Beispiele aus realen SAP-S/4HANA-Projekten«, beschreibt die Durchführung von SAP-S/4HANA-Projekten anhand unterschiedlicher Beispielunternehmen. Sie gewinnen wertvolle Einblicke, wie die Umsetzung in die Praxis gelungen ist und welche Schwierigkeiten und Herausforderungen damit verbunden waren. Zu guter Letzt haben wir noch einmal einige »Lessons Learned« aus unseren Projekten mit weltweitem Rollout zusammengetragen, die als Grundlage für Ihre zukünftigen Projekte dienen können.

Hilfe zur Hilfe von außen

Kapitel 8, »Externe Ressourcen – Fluch und Segen«, ist den externen Unterstützern unseres SAP-S/4HANA-Projekts gewidmet. Sie erfahren hier, in welchen Rollen externe Berater*innen gut aufgehoben sind und wo vielleicht eher nicht. Auch finden Sie hier Tipps, wie man richtige Partner findet und worauf bei der Besetzung zu achten ist. Zusätzlich gibt es einige Betrachtungen zu Offshore- oder Nearshore-Teams.

Der Werkzeugkoffer für Ihr SAP-S/4HANA-Projekt

Kapitel 9, »Werkzeuge zur Projektunterstützung«, beschreibt einige wichtige Werkzeuge zur Unterstützung von SAP-S/4HANA-Projekten. Wir legen hier das Augenmerk nicht vordergründig auf Vollständigkeit oder Aktualität der Werkzeuge. Vielmehr geht es uns darum, die Werkzeuge, die in unseren Projekten am häufigsten benutzt werden (mussten), vorzustellen.

12 Gebote für SAP-S/4HANA-Projekte

Kapitel 10, »12 Gebote für ein erfolgreiches SAP-Projekt«, ohne deren Beachtung jedes SAP-S/4HANA-Projekt zwangsläufig zum Scheitern verurteilt ist, werden am Ende des Buches zur Verfügung gestellt.

Im Anhang finden Sie ein **Glossar**, das die wichtigsten Begriffe, die wir in diesem Buch verwenden, erklärt. Das **Literaturverzeichnis** gibt Ihnen Anregungen für Ihre weitere Lektüre.

Unser Ansatz

Projektmanagementbücher gibt es wie Sand am Meer, darunter auch einige zu SAP-Projekten. Was macht dieses Buch besonders? Wir möchten Ihnen in diesem Buch reale Projekte – konkreter: reale SAP-S/4HANA-Projekte – vorstellen. Dabei benennen wir die Gründe, warum SAP-Projekte häufig scheitern bzw. nicht in der geplanten Weise durchgeführt werden können. Wir weisen Sie auf die Voraussetzungen hin, die idealerweise erfüllt sein sollten, um ein Projekt erfolgreich durchzuführen – und zeigen auch, warum diese Voraussetzungen in der Regel nicht gegeben sind. Wir stellen in diesem Zusammenhang die häufigsten Fallstricke vor und zeigen, wie man es trotzdem schafft, ein SAP-Projekt über die Ziellinie zu bringen, ohne dass die Beteiligten zu viele Federn lassen. Besonders liegt uns der »Faktor Mensch« am Herzen. Wir sind davon überzeugt, dass sich ohne ein wirksames Change Management kein nachhaltiger Projekterfolg einstellen wird. Eine Reihe von Themen wird Ihnen in diesem Zusammenhang im Verlauf des Buches immer wieder begegnen. So heben wir z. B. die Bedeutung des Project Management Office (PMO) in verschiedenen Abschnitten dieses Buches hervor – jeweils aus einer unterschiedlichen Perspektive.

Aus dem Projektleben gegriffen

Um unsere Darstellung mit Leben zu füllen, geben wir Ihnen zahlreiche fiktive Projektbeispiele, die die Dos und Don'ts im Projekt illustrieren. Sie sollen bei der Lektüre dieses Buches keine Fakten pauken, sondern sich und Ihr Projekt wiederfinden können. Fehler, die andere gemacht haben, können Sie so elegant vermeiden. Auch wenn wir uns in unseren Beispielen auf die Erfahrungen stützen, die wir in »freier Wildbahn« gemacht haben, sind Ähnlichkeiten mit lebenden Personen oder realen Unternehmen (wo nicht explizit anders ausgewiesen) rein zufällig.

Um Ihnen die Arbeit mit diesem Buch zu erleichtern, verwenden wir darin Infokästen, um besondere Hinweise und Tipps kenntlich zu machen:

[»]
- Mit diesem Symbol warnen wir Sie vor häufig gemachten Fehlern oder Problemen, die auftreten können. Auch Hinweise auf z. B. weiterführende Informationen zu dem besprochenen Thema werden mit diesem Symbol hervorgehoben.

[+]
- Mit diesem Symbol haben wir Tipps markiert, die Ihnen Ihr SAP-Projekt erleichtern werden.

Noch mehr Inhalt: Materialien zum Buch

Checklisten und Vorlagen zum Download

Warum das Rad immer wieder neu erfinden? In den Materialien zum Buch finden Sie eine Reihe von Checklisten und Vorlagen für diverse Dokumente zur Projektplanung und -durchführung, die sich in der Projektpraxis bewährt haben. Diese Vorlagen können Sie auf der Website des Rheinwerk

Verlags unter *https://www.sap-press.de/5070* kostenlos herunterladen. Unten auf der Seite finden Sie den Link **Materialien zum Buch**, unter dem Sie die Checklisten und Vorlagen ganz einfach auf Ihren Rechner laden können. Die folgenden Materialien zu diesem Buch finden Sie dort:

- Quality-Gate-Checkliste für die Prepare-Phase als Word-Dokument
- Quality-Gate-Checkliste für die Explore-Phase als Word-Dokument
- Quality-Gate-Checkliste für die Realize-Phase als Word-Dokument
- Quality-Gate-Checkliste für die Deploy-Phase als Word-Dokument
- Eintrittskriterien für den Akzeptanztest (auch Acceptance Test oder User Acceptance Test) als Word-Dokument
- Abschlusskriterien für den Akzeptanztest als Word-Dokument
- Projektauftrag als Word-Dokument
- Auswahlkriterien für ERP-Software als Word-Dokument
- RACI-Matrix als Excel-Dokument
- Beispielmodell für die Aufwandsschätzung von SAP-Projekten als Excel-Datei
- Beispiel für ein Projektstatusblatt als Word- und als Excel-Dokument
- Beispiel für die Erfassung und Verfolgung von Risiken als Word-Dokument
- Grundregeln und Beispiele für die Zusammenarbeit in (High-Performance-)Teams als Word-Dokument
- Übersicht zur Selbstanalyse: Anzeichen der Überlastung bei Projektmitarbeiter*innen als Word-Dokument
- Audiodatei mit einer stimmgeführten Achtsamkeitsübung für Präsenz und Entspannung (»Be the Calm in Your Storm«)

Danksagung

Auch das Schreiben eines Buches ist ein Projekt: mit Höhen und Tiefen und vielen Herausforderungen, die wir auch aus unseren SAP-Projekten kennen. Glücklicherweise war dieses Buchprojekt doch nicht ganz so komplex wie ein großes SAP-Projekt. Dennoch haben auch wir an unterschiedlichen Standorten als international besetztes Team gearbeitet: mit drei Deutschen, einem Österreicher und einer Amerikanerin. Ja, auch wir mussten den unterschiedlichen kulturell geprägten Einstellungen Raum geben und die sprachlichen Herausforderungen bewältigen, die sich aus einer Mischung aus Deutsch, Englisch, Österreichisch und Schwäbisch ergeben. Aber wir haben uns strikt an die erfahrungsbasierten Ratschläge, Empfehlungen und auch Warnungen, die Sie in diesem Buch finden, gehalten. Und siehe da, wir haben das Projekt termingerecht, ohne Budgetüberschreitung, ohne einen Fall von Burnout und hoffentlich mit nachhaltigem Erfolg abgeschlossen!

An dieser Stelle möchten wir auch erwähnen, dass wir sehr viel Spaß beim Schreiben hatten, und bedanken uns bei den vielen Menschen, die uns auf vielfältige Weise unterstützt haben. Wir bedanken uns beim Rheinwerk Verlag, unserer Lektorin Maike Lübbers, den Referenzkunden sowie den unterschiedlichen Projektleiter*innen und Projektmitgliedern, die uns in Interviews ihre Erfahrungen in den unterschiedlichsten SAP-Projekten geschildert haben. Wir danken den Kollegen und Kolleginnen, mit denen wir über die Jahre in vielen Projekten zusammengearbeitet haben. Und zu guter Letzt bedanken wir uns bei unseren Familien, Freundinnen und Freunden und auch bei Ihnen. Ohne Erstgenannte hätten wir nicht die Zeit und Muße für ein solches Projekt gehabt, und ohne Sie keinen Grund, das Buch zu schreiben.

Denise Banks-Grasedyck, Eckhard Lippke, Hans Oelfin,
Reinhold Schwaiger, Dr. Volker Seemann

1.2 Exkurs: SAP-Lösungen – von den Anfängen bis heute

Als SAP 1972 von fünf ehemaligen IBM-Mitarbeitern gegründet wurde, ging das Unternehmen mit einer Idee an den Start, die die Welt der ERP-Software (*Enterprise Ressource Planning*) revolutionieren sollte.

In kleinen- und mittleren Unternehmen war die *elektronische Datenverarbeitung* (EDV), nicht zuletzt aufgrund der hohen Kosten, noch wenig verbreitet. Nur Großunternehmen setzten in bestimmten Unternehmensbereichen zumeist Mainframes (häufig von IBM) ein. Auch wenn diese Systeme ganze Räume füllten, waren ihre Rechenleistung und Anwendungsbereiche aus heutiger Sicht sehr begrenzt.

Zeitversetzte Verbuchung

Ein großes Problem war die zeitversetzte Verbuchung von Geschäftsvorfällen: Üblicherweise wurden die Datenbanken zeitversetzt aktualisiert, d. h. Geschäftsvorfälle wie z. B. Warenbewegungen wurden tagsüber gesammelt und anschließend im Batch-Betrieb (*Stapelverarbeitung*) über Nacht verbucht. Am nächsten Morgen waren die Datenbanken synchron mit den tatsächlichen Beständen, aber im Laufe des Tages wurden Änderungen nicht direkt verbucht, sondern bis zur nächsten nächtlichen Batch-Verarbeitung gesammelt. Im Laufe des Tages wichen daher die Datenbestände immer mehr vom tatsächlichen Bestand ab.

Realtime statt nächtlicher Stapelverarbeitung

Die revolutionäre Idee bestand nun darin, alle Datenänderungen realtime, also in Echtzeit in die zentrale Datenbank zu schreiben (das »R« z. B. in SAP R/3 steht genau dafür). Statt erst am nächsten Tag zu erfahren, ob ihre Buchungen erfolgreich abgeschlossen wurden, konnten sich Mitarbeiterinnen und Mitarbeiter nun stets auf die Korrektheit und Aktualität der Daten verlassen. Außerdem konnten sie Anfragen, z. B. zur Warenverfügbarkeit, zuverlässig beantworten.

Die ersten SAP-Lösungen waren Lösungen für Buchhaltung und Materialwirtschaft (Realtime Financials, RF, und Realtime Materials Management, RM), die 1973 mit dem ersten Produkt SAP R/1 auf den Markt gebracht wurden. Dessen Nachfolger, SAP R/2, war eine in den 80er- und 90er-Jahren sehr erfolgreiche, mainframebasierte Soft-Realtime-Anwendung, die vor allem von internationalen Großkonzernen in Europa eingesetzt wurde. Sie beinhaltete die wichtigsten Funktionen, die für die Steuerung eines international agierenden Unternehmens notwendig waren: Finanzbuchhaltung, Einkauf und Warenwirtschaft, Lagerverwaltung, Produktionsplanung, Qualitätsmanagement, Vertrieb, Logistik und Personalwesen.

Die SAP-Antwort auf die aufkommenden Client-Server-basierten Systeme, war das noch weitaus erfolgreichere Produkt SAP R/3, das am 6. Juli 1992 auf den Markt kam (siehe Abbildung 1.2). Damals erlaubte sich das SAP-Entwicklerteam den Scherz, das Datum zu verewigen, indem sie es zum Auslieferungspasswort der beiden zentralen Admin-Benutzer `SAP*` und (in umgekehrter Reihenfolge) `DDIC` machten.

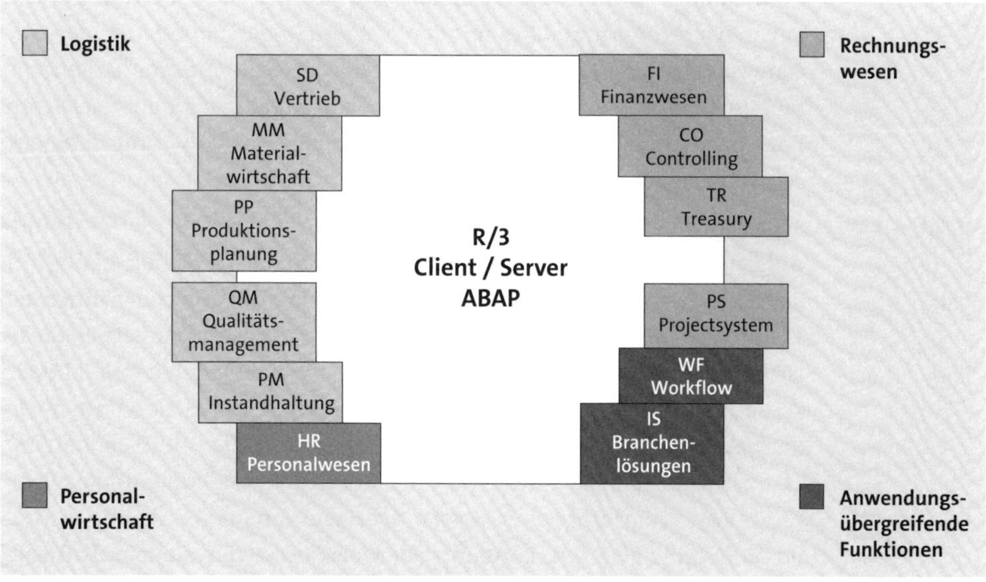

Abbildung 1.2 SAP R/3 – Überblick über die Module

»R« stand wieder für Realtime und »3« sowohl für das dritte Softwareprodukt als auch für die drei Ebenen (*Drei-Schichten-Architektur* oder *Three-Tier Architecture*): eine Client-Server-Softwarearchitektur, bestehend aus Datenbank, Applikationsserver und Frontend (SAP GUI).

1.2.1 Ein SAP-ERP-System für alle Geschäftsbereiche

Eine Software, die alle wichtigen Geschäftsbereiche eines Unternehmens, vom Einkauf, über Fertigung, Vertrieb, Lagerhaltung, Materialwirtschaft, Personalwesen und Finanzen abdeckt, die skalierbar ist und alle Daten in einer zentralen Datenbank vorhält: Das war ein sehr attraktives Angebot für Unternehmen, die bisher nur die Wahl zwischen sehr teuren Großrechnern, selbst entwickelten Individuallösungen und vielen kleineren Produkten mit beschränktem Funktionsumfang, z. B. fehlenden oder kaum betreibbaren Schnittstellen, hatten.

Großrechner, Eigenentwicklung oder Standardsoftware?

Großrechner waren zu dieser Zeit bereits ausgereifte performante Systeme, die einen großen Teil der Geschäftsvorfälle abdecken konnten. Allerdings verursachten sie hohe Anschaffungs- und Betriebskosten und erforderten aufwendige Anpassungen an unternehmensspezifische Anforderungen. Daher lohnte sich eine solche Investition nur für große Unternehmen.

Individuallösungen haben den Vorteil, maßgeschneidert für die jeweiligen Geschäftsanforderungen ausgelegt zu sein, bergen aber auch eine Reihe von Risiken: Am Anfang einer Eigenentwicklung weiß man nicht, ob das Produkt alle Anforderungen erfüllen wird. Wird es stabil, performant und anpassbar sein? Wie sieht es mit dem längerfristigen Betrieb und der Softwarewartung aus? Können sich ändernde rechtliche Anforderungen kostengünstig umgesetzt werden? Diese Risiken sind nicht zu unterschätzen: Eine Investition in eine umfassende Eigenentwicklung kann den wirtschaftlichen Erfolg des gesamten Unternehmens beeinflussen.

Spezialanwendungen für einzelne Unternehmensbereiche bzw. bestimmte Aufgaben bieten den großen Vorteil, die beste Funktionalität häufig mit der einfachsten Bedienbarkeit zu verbinden. Für Endanwender*innen ein Traum, aber für die IT-Abteilung eher ein Albtraum, weil der Betrieb dieser Lösungen sie vor große Herausforderungen stellt. Neben den vielen Punkt-zu-Punkt Schnittstellen, die bei jeder neuen Programmversion immer wieder neu getestet und gegebenenfalls angepasst werden müssen, bereiten Themen wie Stammdatenverwaltung, Monitoring und konsistentes Backup/Restore Kopfzerbrechen. Solche Spezialanwendungen, häufig *Best-of-Breed-Systeme* genannt, können zwar vieles besser als Standardsoftware,